本文集由晨讯科技集团、暨南大学211工程第三期项目赞助出版

鄧喬彬學術文集

第十一卷

学者研究

邓乔彬 著

安徽师范大学出版社

责任编辑：潘　安
装帧设计：丁奕奕

图书在版编目（CIP）数据

学者研究/邓乔彬著．—芜湖：安徽师范大学出版社，2013.8
（邓乔彬学术文集；11）
ISBN 978-7-5676-0153-6
Ⅰ.①学…　Ⅱ.①邓…　Ⅲ.①吴梅（1884～1939）—人物研究　②闻一多（1899～1946）—人物研究　Ⅳ.①K825.78　②K825.6

中国版本图书馆 CIP 数据核字（2012）第 300071 号

学者研究

邓乔彬　著

出版发行：安徽师范大学出版社
芜湖市九华南路 189 号安徽师范大学花津校区　　邮政编码：241002
网　　址：http：//www.ahnupress.com/
发 行 部：0553-3883578　5910327　5910310（传真）　E-mail：asdcbsfxb@126.com
经　　销：全国新华书店
印　　刷：安徽芜湖新华印务有限责任公司
版　　次：2013 年 8 月第 1 版
印　　次：2013 年 8 月第 1 次印刷
规　　格：787×1092　1/16
印　　张：31.75　　插　　页：4
字　　数：681 千
书　　号：ISBN 978-7-5676-0153-6
定　　价：65.00 元（平装）　75.00（精装）

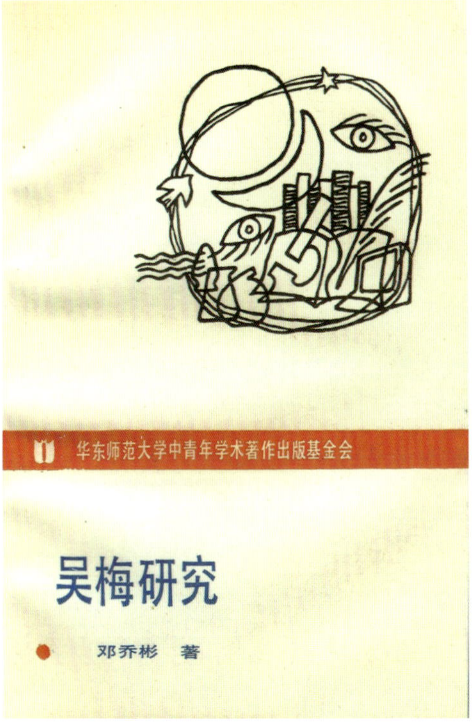

1990年版封面

2001年版封面

奖励证书

邓乔彬同志：

你的成果《学者闻一多》荣获第二届闻一多奖（1994—2008）一等奖。

特颁此证，以资鼓励。

获奖证书

1999年,南汇田野,与父亲

2000年,宜兴

2001年,校内

2002年,武陵源宝峰湖

2004年,新疆喀纳斯湖

总 序

孔子说："吾十有五而志于学，三十而立，四十而不惑，五十而知天命，六十而耳顺，七十而从心所欲，不逾矩。"我今年七十周岁，应以之对照反省并思考其中原因了。

孔子以六艺授徒，实行全才式教育，我于 1956 年考入华东师大附中，勉强可算"十有五而志于学"，却已开始偏科。试前突击可考数、理、化优良，日常所好却为文哲、史地与艺术。高中再入师大附中，不久就被调到区体校，虽安排就读于同是名校的复兴中学，兴趣使然，偏科更为严重。直到高三，情况始变：体校为兼顾运动会得分和高考录取率，全班仅剩十七人，在最小的教室上课，一流老师讲课，我虽近视未戴眼镜，仍看得清又听得明，能集中思想学习。我不仅是文、史课代表，空间解析几何、有机化学等课程的测验、考试也几为全优。学业之进，使我误以为自己能做到文理兼长，因看到了历年对《红楼梦》研究、对胡适思想、对诸多文艺现象和人物的批判，深感"文科危险"，于是，在高考的选择上，决定报考理工科。我有绘画之长，又爱制作船模，原欲报考同济大学建筑系或上海交大造船系，后来却突然生变。原因是：在六月举行的上海市中学生运动会体校组比赛中，我获得跳高冠军和三项全能亚军，被观战的华东师大体育老师相中，劝我报考师大。他告以师大物理系毕业生多分配至高校或科研单位，到中学的仅百分之五。而因经济困难，我曾对父母许诺读大学不要家里负担，师范生由国家提供膳食，能不爽所约，故而听从所劝，改以华东师大物理系为第一志愿，并被录取。

入学后，开始还信心满满，但随着时间推移，却对学习越来越不感兴趣。尤其是高等数学，常布置几十道题，有时竟然半天也解不了一题，使我深感烦恼。有次实验，一女同学失手损坏了仪器配件，被命赔偿，她的痛哭使我难以平静，就此视实验为畏途。我住在运动员宿舍，见文科生毫无作业、实验负担，同室一位羽毛球队员读中文系，是印尼归侨，曾说："我们的同学真厉害，高中就读过《三国演义》、《水浒传》、《红楼梦》！"听此叹慕，我心中暗笑："这些小说，鄙人小学时就读过了，岂止读过，人物和情节都能随口说出！”我深感文理科的苦乐不同，心想：“毕业后拿一样的工资，何必要读物理系？学得如此之苦！”为此，因高考弃长取短、选择了理科而后悔，开始有转系之念。

那时的高校，转系极难。我先向物理系提出转读中文系的申请，未得理睬。后听说，有一数学系转中文系的学生，曾向市委书记柯庆施写信，历尽周折才得批准，且必须从一年级读起。我当然不愿去中文系“留级”，更不愿在物理系勉强升级，决定破釜沉舟、“舍命”一搏。于是，所有的专业课都亮起“红灯”，以证我不宜在物理系学习；同时，正式提出转读中文系二年级的申请。在受阻于物理系、教务处之后，我决定写信给校党委书记兼副校长常溪萍，申明要求转系的理由。常溪萍抗战时入党，曾是山东的模范专员，保持老八路本色，经常出现在学生宿舍、食堂和运动场，爱打篮球，曾多次看我跳高，认识我。我刚入学，就在新生运动会上破了校纪录。1963 年参加高校运动会，所有高度都一次过杆，最有希望夺冠，却在跳 1 米 86 时，心想过此高度将集冠军、高校纪录和一级运动员于一身，杂念一生，三跳失败，仅获亚军。虽如此，我仍是华东师大田径队的“希望之星”。我候在丽娃河桥畔，见他经过，把信交他手上，只说：“常校长，这是我要求转系的信。”转身就走。不久，教务处约我谈话，认真听取我要求转系的理由，后又同意我参加中文系考试，以决定能否转读二年级。事后得知，这是奉常校长所命而办，而常校长之所以同意我转系，主要不在于我是学校的优秀运动员，而是通过查阅高考作文卷，知我所写《雨后》一文似是得了理科生的最高分，这是可以转读中文系的重要理由和依据。

因期终考试已过，我被安排参加中文系一年级的补考，所有课程都通过，优多良少，我终于没成为“留级生”，在 1963 年下半年转到中文系二年级就读。这年冬天，成为一级运动员，自感学习上驾轻就熟，大有余力读书。次年春，我以 1 米 92 打破 1 米 86 的上海高校跳高纪录，距新的运动健将标准仅 3 厘米，是全校最有希望成为健将的人选。我开始酝酿学习与体育双优的计划，期待毕业能留校工作，走上高校教学和文学研究的道路。

但是，在中文系仅读了一年，1964 年 10 月，全年级同学就被命参加“社教”工作队，到安徽农村搞“四清”。先是“访贫问苦”、“扎根串连”，后是“整那些走资本主义道路的当权派”，从全椒县到定远县，先后参加了三期运动。1966 年 5 月，结束“社教”，恢复了大学生身份，回到学校。但随即“五一六”通知下达，“无产阶级文化大革命”真正拉开序幕，我在无“学”、不“学”的大学度过了“乱也看惯了，篡也看惯了”的两年多。好不容易在被拖一年后，于1968年毕业分配。五年制的大学六年毕业，我实际上只读了一年物理系，一年中文系，在“四面向”（厂矿、农村、基层、边疆）的潮流中，被分到甘肃永登水泥厂。服从建材部安排，我于1968年9月到江苏南通长江边的东方红农场，接受解放军的再教育。战天斗地，劳动一年半，于1970年3月结束锻炼。5月初到甘肃永登水泥厂报到，开始在黄土高原的山沟接受工人阶级的永久性再教育。

我先被安排随政工组挖防空洞，后到原料车间，每天推小车，数月后，再被分到班组，当了三班倒工人。一年多后，职工子弟小学一位体育教师调回老家，厂政工组找我谈话，令去学校顶缺，理由是我不久前获兰州市首届运动会跳高冠军，教体育很合适。我认为自己虽能当专业教练却教不了小学体育，在压力之下还是顺从了。每天面对小麻雀般的一二年级小学生，和“我们今天玩什么”的发问，我只能摇头苦笑，唯求不出意外，何有教学可言！一年后，我改任职工子弟中学的军体课，课馀还曾满怀热忱训练学生田径队。后被同事告知：校长对我教体育穿运动鞋和运动服、戴太阳帽（均自费购置）很不满，认为是资产阶级作风，差点过不了转正一关。在教了近两年军体课后，我“归队”当语文教师，而因“阶级”的嫌疑，冷却了对学校体育事业的热心。

很快就到了“而立”之年。难出于时代之外，此时的我是不“学”又未“立”。应付每周十二节语文课兼一个班的班主任，每周三个晚上的学习毛选、马列，是极其容易的。在“知识越多越反动”的年代，不必“给人一杯水，自己要有一桶水”，此时除了马列、毛选，实在无书可读，我仅是利用为厂文艺宣传队创作节目的机会，借口找参考书，在厂图书馆发现了几本藏在角落的外国小说，读了以前未读过的梅里美《嘉尔曼》、《高龙巴》等书。

黄土高原的杨树叶生生落落，我的生活在“看人儿女大，为客岁年长”中循环……终于到了1976年，周恩来、朱德先后逝世，唐山大地震，毛泽东逝世……不久，传来了一举粉碎“四人帮”的消息，举国欢庆之后，很快就是一系列的拨乱反正。终于，在1977年听到了恢复高考的喜讯，不久又传来研究生招生的消息。“伤痕文学”的出现，促使人们反思“文革”，陈景润攻克“哥德巴赫猜想”的报告文学，更鼓舞了许多人，“志于学”的时代终于来临了！我在1978年春报考了古代文学研究生，以母校华东师大为第一志愿，在永登县城参加考试，除俄语外，其他三门课自感较好。在等待中得到了复试通知，却因夏天的洪水冲断宝天铁路，只能向厂领导申请乘飞机回沪，且不顾只准飞兰州到西安的批示而直飞上海，参加复试。9月，收到录取通知，我成为了“文革”后“黄埔一期”研究生，得以从中年开始“志于学”。

三年研究生，是我真正的读书期。深感本科六年、毕业十年的无学，蹉跎岁月之痛，激起了学习的热情。我尽废以前所好，停止了体育锻炼，渐入学术之门。1981年，研究生毕业，留校工作，既是我学术研究的继续，又是逐渐开拓的起始。很快就进入“不惑”之年，对于人生之途自无所“惑”，而对学术问题则“惑”者甚多，因之而兴趣渐广。我先是为写研究吴梅的硕士论文而用力于戏曲和曲论，后因兴趣主要在词而转向唐宋词与词学批评，以上研究领域的相关成果分别是《吴梅研究》与《唐宋词美学》二书及参撰的《中国词学批评史》，还有多篇词学论文。而因唐宋词与词学批评分别被同事设为选修课，且作为科研主攻方向，我就避之而将研究转到了古代诗画比较。这一转向并非有意作跨界研究，而是或因我青年时对诗画皆有所好的“情结”所致，此时因浸淫学术而多了几分中年的理性，虽未能用力于诗画创作，却对研究二者尤其是比较其异同感兴趣。遂从钱锺书先生的两篇论文及所提出的问题出发，写出了古代诗画比较的讲稿，以此稿开了多年的选修课，并据此而写成、出版了《有声画与无声诗》一书。此书被一书评称为“中国的《拉奥孔》”，虽或过誉，但也确是点出了构建中国古代诗画比较理论体系，揭示民族特色的意旨。

《吴梅研究》初稿成于1981年，出版于1990年底，历时近十年；《有声画与无声诗》成稿五年后，才于1993年出版。《唐宋词美学》1993年出版，《中国词学批评史》1994年出版。以上四种著作，都出在五十岁左右。而因前两者的出版历尽艰难，使我真正懂得学术研究成果的面世受制于市场，这就改变了以前的观念，大概可算是我的“五十而知天命”了！

虽然上述的专著、合著都出版于二十世纪九十年代，却是我八十年代“学”之所成，所以这十年之所“治”，主要是词曲与诗画之学。

1988年起，我受命参与华东师大文科第一个复合型硕士专业的筹建，开始指导这一名为“中国文化建设”方向的硕士生，又有授课的任务，遂用了很多时间阅读文化学、文化史著作，结合我国古代的文学与艺术，写成《中国文化与文艺》讲稿。除了为这一方向的硕士生授课外，又在中文系各层次、范围的学生中以选修课讲过多次。在讲述十年后，写成《古代文艺的文化观照》一书，作为我主持的教育部项目成果，在2003年出版。在研读文化学、文化史的过程中，我一度对图腾、民俗颇感兴趣，曾费时费力地借助放大镜阅读影印版《二十五史》，企图从古史记载中寻找图腾制的遗迹，欲写《中国图腾艺术史》。此事虽未行，却因对文化学、文化史及中国古代史著作的阅读，引发出对史前文艺与神话研究的兴趣。适逢中文系有人主持撰写二十世纪中国美学研究丛书，以人为题，确定了十位对象，将其中的闻一多研究交给我，我虽因读了俞兆平的《闻一多美学思想论稿》而自感难以再作全新之论，却因对闻一多用文化人类学方法研究神话、《诗经》的兴趣，而将论题扭转到对闻氏的古代文学研究作文化的观照，与赵晓岚合作，写成了《学者闻一多》。

与上述研究几乎同时，我又延续了对诗、画的研究兴趣。《有声画与无声诗》出版后，因感到西方是力图拉开诗与画的距离，而我国古代却着力于诗画的融合，可是，诗与画毕竟所属不同，艺术介质、手段有异，虽可比又不可比，为此而生分写《中国诗歌思想史》与《中国绘画思想史》之念。我以先生后熟为原则，先作后者，全书百万字，始于1994年，因有集体项目和教学任务，主要用暑假写作，耗时四年才完成，也同《有声画与无声诗》一样，经历了曲折的过程，才在成稿三年多后出版。此时，已入新世纪，同事萧华荣的《中国诗学思想史》已出多年，使我只能将另一选题调整为《中国诗歌艺术思想史》，却因对能否出版的疑虑，令我不敢贸然动笔。而因2002年接受暨南大学之邀担任古代文学学科带头人，则更使我的生活发生了很大改变，这一写作计划终未能实施。近十年之后，出版拙著《中国绘画思想史》的贵州人民出版社要我自报选题，争取国家出版基金资助，而此时经历了一场大病，我的健康状况已不允许再写大部头著作。于是，我的诗画之学就只能终止于这种跛腿的状态了。

九十年代的十年，我的治学既延续了诗画之学而偏在绘画，又新辟了文化与文艺的宏观关系研究，还在学术史范畴以学者为对象继作“研究之研究”。以上三方向的成果，就是分别出版于2001年的《中国绘画思想史》，2003年的《古代文艺的文化观照》，2001年的《学者闻一多》。三著的出版，在我六十岁左右，此时的辨识力已较前为高，虽非和光同尘，却听到的多能泰然入耳，看到的也见怪不怪，虽无反潮流的勇气，却能不跟风而动，此或为我的“六十而耳顺”之义。

2002 年底，为申报古代文学博士点及中文一级学科博士点，我被借调到暨南大学，担任学科带头人，次年，前者得批，后者未就，我正式调入暨大。河南大学出版社的《宋代研究丛书》已出多种，或因我有《中国绘画思想史》之作，向我约写《宋代绘画研究》。成约于 2002 年 6 月，而因我的调动，应对多事，虽只用了半年多撰稿，成书却已在 2004 年 8 月，出版则是 2006 年 10 月了。我的学术兴趣屡转，虽不怕“学书不成学画，学画不成学塑”之讥，却因只问耕耘、不问收获，从未在各界求取认同，故似只有词学界还将我看作“自己人”，因此而有回归词界之想。我先应上海古籍出版社之约写了《宋词与人生》，又在该社出了《词学廿论》，在齐鲁书社再版了《唐宋词美学》，以维持先入为主的词学学者形象。2004 年，国家社科基金项目“唐宋词的形式与艺术发展史”获批，为应对考核而发表了 30 多篇论文后，我在 2007 年一年内完成了《唐宋词艺术发展史》的百万字书稿，三年后正式出版。

我曾有二十年的体育锻炼和体力劳动史，自三十五岁重回大学以来，为追回岁月，就停止了锻炼，虽自感体能退化，却无明显的不适，为之还自我调侃：“青年时应是狮子老虎，老年时要像乌龟王八。”而实际上我不应提前进入“乌龟王八”状态，故从中年起已因久坐不动而疾病暗生。1999 年，第一个验血指标高出临界，此后各指标逐年飘红，渐成“三高”人员，本应重启体育锻炼，却停不下高强度研究的脚步。因多年的连轴转，健康严重透支，终在 2009 年大病一场，躺上了手术台。此时，我才意识到体育锻炼确应是一生之事，对于运动员出身的人尤应如此。悔之晚矣，亡羊补牢，却已非其时！我只能停止了将要进行的研究，为自己的学术生涯不情愿地划上休止符。

从前曾流行过“为祖国健康工作五十年”的口号，我的真正为学始于三十五岁，应工作到八十五岁，但因健康亮起红灯，身患多种疾病，我只能止于七十。这本是“从心所欲，不逾矩”之年，我虽不逾法度规矩，却受制于健康而不能从心所欲了。有了这一清醒认识，我只能中止原先计划，仅在出版《唐宋词艺术发展史》后，于 2011 年再版了《中国绘画思想史》插图本，旋即开始整理三十多年的著作、论文，拟在七十周岁时出版自己的学术文集，就此将“换一种活法”，以度余生。这样，原先计划要写的几种著作都不能付之实施了。按先后，这些著作是：《进士文化与唐诗》、《中国诗歌艺术思想史》、《中国韵文学概论》，以及力图构建新体系、体现“一代之所胜”的《中国文化史纲》，此外，还有一或两种词籍别集的校笺。

新著写作未成，旧作整理已就，如今，名之为《邓乔彬学术文集》的十二卷本将正式出版。十二卷文集分别是：

第一卷：《文化与文艺》，包括专著《古代文艺的文化观照》和相关论文七篇。

第二卷：《比较诗学》，包括平行比较与影响比较两个专题。前者是：专著《有声画与无声诗》，古代诗画比较论文一篇，中外比较诗学论文六篇。后者是：与陈学祖合作的影响比较研究书稿《现代新诗与古典诗词》三章。

第三卷：《文化诗学》，包括四组论文：文化与诗，十二篇论文；进士文化与唐诗，十二篇论文；诗歌美学，十篇论文；曲学及其他，十一篇论文。

第四卷：专著《唐宋词艺术发展史（上）》。

第五卷：专著《唐宋词艺术发展史（下）》。

第六卷：《词学三著》，分别是《唐宋词美学》、《宋词与人生》、《爱国词人辛弃疾》。

第七卷：《词学论文集》，包括：词学总论，十三篇；词人词作论，十三篇；词论研究，十篇；其他，八篇。

第八卷：专著《中国绘画思想史（上）》。

第九卷：专著《中国绘画思想史（下）》。

第十卷：《宋画与画论》，包括《宋代绘画研究》及研究绘画与画论的论文六篇，访谈一篇。

第十一卷：《学者研究》，包括《吴梅研究》与《学者闻一多》二著，及论述二人学术成就或研究方法的论文二篇。

第十二卷：《杂缀集》，包括六部分：第一部分是为古代六十种画论著作所写的提要，第二部分是九十二篇古文的提要，第三部分为序跋后记，第四部分为学习笔谈，第五部分为发言、讲座稿，第六部分为作品赏析。最后附有作者分年度的著作、论文、文章目录。

回顾七十年的人生，恰以1978年三十五周岁为界：此前是在中学、大学偏科、移易的“志于学”与不能“学”之十多年，学工、学农、学军的数年，不能给人以学、自己亦不能学的工厂子弟学校教师的七年；

此后则是真正在高校的为学、治学，经历了不惑、知天命、耳顺、从心所欲而不逾矩的生命历程、节点。十多年的蹉跎岁月，即使放弃体育锻炼及诸般爱好，也难以追回！若老天能再给我以十多年的健康岁月，本应有逾千万的文字用于结集的，如今却只能止于古稀之年而仅得六百多万字。不过，人们常说，学问是做不完的，念此也就不必自责、自叹了。

本文集的出版，先得暨南大学第三期211工程经费的资助，所缺的大半费用由晨讯科技董事长杨文瑛女士赞助，在我筹款无门、不得已而向这位从无联系的初中同学求助时，立即就得到她的无条件应允，随即将钱款打入出版社账户。对此，实在是难以表达我内心的感激之情！本文集的整理、出版，得我沪、穗两地历届的博士生、博士后助力甚多，分别负责各卷的整理、校核者是：

第一卷：刘兴晖、金国正

第二卷：陈学祖

第三卷：彭国忠

第四、五卷：刘兴晖、昌庆志

第六卷：吴思增、王毅

第七卷：杨柏岭、仲冬梅

九卷：李杰荣、刘兴晖、王嘉、陈建穰

第十卷：何平华、汪涤

第十一卷：李俊（委托刘晓亮）

第十二卷：程刚、夏令伟

文集能顺利出版，衷心感谢他们！

安徽师范大学出版社将本文集列为重点图书，社领导统筹安排，诸位编辑兢兢业业，特此致谢！

围绕为学主题，回顾五十多年人生历程，权以为序。啰嗦之至，望读者谅之！

邓乔彬

2013年5月22日

本卷提要

本卷含两种著作:《吴梅研究》与《学者闻一多》,另有论述二人学术成就或研究方法的论文2篇。

《吴梅研究》共七章。

第一章论述吴梅的生平及为人,回顾其一生经历,肯定其青年时期创作戏曲,鼓动民主主义革命,不慕权豪、蔑视富贵,愤恨日本侵略,献身教育,为戏曲事业努力于薪火相传。

第二章论述吴梅的戏曲美学与戏曲创作论。他推许戏曲"为文章之奇观,本不以俚鄙为讳","天然之文,反胜于乐官之造作";提出了"以今时之砌末,演旧日之声容","用故事不可蹈虚,用臆造不可征实"的创作主张。可用"总以脉络分明、事实离奇为要"及"胜场在于本色"概括他的结构、语言论;对宫调、音韵、度曲及南北曲作法,亦有系统的见解。

第三章论吴梅的戏曲史观与戏曲批评。他能较深广地论述戏曲史,较全面地评价戏曲遗产,具有较彻底的发展观。其戏曲批评详尽、客观、重视思想性、全局性。他以征实性、广泛性、剧场性规范、评论戏曲情节结构,以"蒜酪"、"工丽"铨衡杂剧与传奇的语言。

第四章论吴梅的剧作。他早年的《风洞山传奇》揭示了永历政权覆灭的原因,鼓吹民族主义思想。《落茵记》、《双泪碑》表现了对辛亥、五四间女权运动兴起的思考。《霜厓三剧》的前二剧分写明末名士姜垓、清代藏书家黄丕烈,第三剧《惆怅爨》取材于白居易、杜牧、黄庭坚、陆游,抒情与剧情结合,性格语言与情节语言均胜,代表了当时剧作的最高水平。

第五章论吴梅的词学理论。主要通过《词学通论》考察、分析其词学观与词学理论。就其对"声""韵"的见解论其声律论,从他对沈义父《乐府指迷》"四则"的重视,以及对立意与达意、择调与作法、从追琢到自然,结合他对历代词人词作的评价分析其创作论。

第六章论吴梅的诗、词、散曲创作。分别论其言志抒情、登临怀古、追忆悼念等不同题材、风格之词,及其词的艺术性。论其散曲的内容、特点及何以见当行、本色,因其艺术成就而断之为散曲创作的结穴。结合历史、时事、现实论吴梅诗歌的内容,对其以诗表达文学观、戏曲观也作了分析,并论其诗歌的艺术性。

第七章"结语"结合吴梅所处的时代及新旧文学创作态势,对其文学成就、学术贡献、历史定位,作出了评价,对其学术传承,也作了简要梳理。

《学者闻一多》是对诗人、斗士、学者闻一多先生第三重身份的专论,由闻先生所研究的课题、成就及方法，从相关学术史角度作出论述和评价。全书八章，我撰写了六章一节，另近两章由当时从我读博的赵晓岚教授写成，学术年表、参考书目亦由她撰写，联合署名出版。为求完整，现征得同意，将全书收入本卷。

本书第一章论述闻一多的古典文学研究概况。先叙其从诗人到学者的人生道路，再论其从求美到求真、求善的与时而变。郭沫若说他是鱼雷在古籍中游泳，他自称是杀蠹的芸香，故以“鱼雷与芸香”为标题论其研究的批判性。

第二章论闻一多的神话研究。评述他用图腾说研究龙。论其《伏羲考》以文化人类学辅以考古学，通过辨析、考证和训诂，完成由神话到历史的推源。肯定其图腾崇拜三阶段说。他就洪水遗民故事与龙及伏羲的纠葛，考察汉、苗关系；考证葫芦与伏羲、女娲，开西南少数民族葫芦文化研究之先；研究图腾舞，考证端午节，以图腾社会遗迹释《诗经》以鸟起兴，都足证其学术创造。

第三章论闻一多对《诗经》独到的文化发现。他透过“神圣”而将“经”还原为文学，凭藉的是社会学、文化学方法。《说鱼》、《姜嫄履大人迹考》、《高唐神女传说之分析》等，从弗洛伊德的泛性论、恩格斯“种的蕃衍”说、丰产巫术与农业关系说，寻找生殖崇拜之迹，是对“国风好色而不淫”的重要发覆，是历史与文化还原。他研究《诗经》虽多用训诂、考证，却是与生产劳动、经济活动相关的新考证。

第四章论闻一多研究《楚辞》的独创性。他确立了《楚辞》研究的三大课题。用巫术文化和神仙思想观照《楚辞》，有许多独到见解。他从历史、宗教、戏剧、文学对《九歌》作了综合性研究，还出于寻回其艺术生命的动机，拟搬上舞台。他研究《天问》、《九章》、九辩》都有独到心得，对屈原的研究虽带上了现实斗争的时代色彩，但仍有许多精到见解。

第五章论闻一多的《周易》、庄子、乐府诗、古文字研究。他研究《周易》“不主象数，不涉义理”，又非“参证史事”，而是钩稽古代社会史料，将关注大事转为关注大众之事。他对焦氏《易林》作文学的研究，有特殊的价值和意义。他研究《庄子》，训释字句、疏通文意，尤以论庄子和道家精神为学界所重。他对汉乐府诗所作名物训诂，发掘比兴之义，多有创见。他用社会学方法，从生产劳动角度研究古文字，对悬疑者作出了令人信服的解释。

第六、七两章论述闻一多的唐诗研究成就。他对唐诗作“特有的历史文化的综合研究”（傅璇琮语），因之而对唐诗的分期、分派（如初唐诗三派说，盛唐诗复古三阶段说）看法独到，对后人很有启发。他的专题性研究，如“类书式的诗”，以王绩为“局外人”，“宫体诗的自赎”，“厚积的力量”，“庄严的宇宙意识”，“四杰”的重组，以及用历史意识论陈子昂，论孟浩然的“淡”，王昌龄诗的绘画美，以贵族、平民、胡风论王维、杜甫、李白的唐诗风范三类型，对李杜交游文化内涵的重视，以“逼真”和“伤感”看待大历十才子及其时代特点，论析孟郊“写实”、“敢骂”的新风和贾岛“人生的半面”现象等，都有独特之见。

第八章论闻一多的文学史观和独到的文学史研究。他认为文学史是文学与史的化合，应“在世界文学中定中国文学之地位，在整个文化中定中国文学之要点。”善于以平行比较突破本位文化，注重外来影响；认为物质、精神、行为、制度决定文学的发展，注重语言、美术、音乐与文学的关系。他提出了独特的文学史四段八大期说，对上古文学史作了拾遗补阙，对于文体史研究和文学年表，也给予充分的重视。

本卷还收录了研究吴梅与闻一多的相关论文2篇：《吴梅评传》、《传统与现代的完美结合——闻一多古代文学研究方法给我们的启示》。

另有6篇：《吴梅的戏曲批评》、《吴梅曲论评介》、《曲学大师吴梅》、《闻一多的图腾研究》、《穿越时空——闻一多先秦文学史观一瞥》、《巫术与宗教的观照——论闻一多对先秦文学独特的文化发现》，限于篇幅而存目处理。

目　录

吴梅研究

学者闻一多

论 文

吴梅研究

序

吴梅先生是近代的一位词曲大师，驰名海内外。他的学问，博大精深，非词曲所能限。张茂炯说先生“富藏书，博闻见，自经史大义，以至古今学术源流、文章派别，无不融会贯通；所为诗文，亦出入古作者林，自成一家，词曲特其绪余耳。则向之藉藉以曲家称霜厓者，盖犹未深知霜厓者也”（《霜厓三剧序》）。这是正确的。不过论创获之多，影响之大，则以词曲为最。

邓君乔彬这本《吴梅研究》共分七部分，可以说是比较全面、准确地描述出吴梅先生作为词曲大师的面貌。

诚如浦江清先生所说：“近世对于戏曲一门学问，最有研究者推王静安先生与吴先生两人。静安先生在历史考证方面，开戏曲史研究之先路，但在戏曲本身之研究，还当推瞿安先生独步……先生贡献之大，最易窥见者，在校订古剧本及整理曲律之工作”，“海内固不乏专家，但求如吴先生之于制曲、谱曲、度曲、校订曲本、审定曲律均臻绝顶之一位大师，则难有其人，此天下之公论也。”此对吴梅先生在曲学上的贡献，可谓概括精当。然而，亦正如浦先生所说：“凡学问有为潮流所趋者，有为时代所弃者，有赖书本文献足以传后者，有非接近其人、得其指点、不能妙悟者。故如戏曲史目录考订之学则考据家之事，今方兴未艾，如材料增多，方法加密，后者可胜于前。至于南北曲之本身原为一有生命之艺术，由词章家作曲，音乐家谱唱，艺术家搬演，合此数事以构成一整个之生命。一旦风会转移，此艺术亡，此门之学问亦随之而亡，今从先生游者尚不能尽其所学，况后世但读其书者乎？”（均见《悼吴瞿安先生》，刊赵景深、庄一拂编辑《戏曲》第三辑《吴霜厓先生三周年祭特辑》）浦先生所担心者并非无由，所幸如今文化部正在号召拯救、振兴昆曲，而昆曲的现状也显示出它的生机犹在。

正当此时，邓君的《吴梅研究》得以出版，这是大合时宜的。虽然邓君此书并非全面叙述并评价吴梅先生校订古剧本及整理曲律的工作，亦非将吴先生在制曲、谱曲、度曲等方面的成就，去与古人或同代人相比较，而是从吴先生的体沿旧制但时有新见的著作中，去发现吴先生在戏曲美学思想、戏曲创作论、戏曲史观、戏曲批评等诸多领域中的真知灼见和体味至深之处，故另有其研究价值。尤其值得指出的是，有些戏曲史家（如叶德钧先生）仅推崇王国维的戏曲史研究的功绩，而对吴梅先生颇多贬抑，只将他看成一个作曲订谱的“旧式文人”。对此，邓君在其书中将王、吴作了比较，在充分肯定王国维先生于戏曲史研究功绩的同时，亦指出其戏曲史观不及吴梅先生之处，所论三点，颇有见地，既沿传统的“知人论世”之路，又有新见。因而，1981 年邓君以此书二章作为硕士论文（名为《论吴梅的戏曲观》）在通过答辩后，获得专家首肯，遴选入江苏人民出版社编辑、出版的首届《研究生毕业论文选》（古代文学分册）中，唐圭璋教授在阅后亦曾赞许此文。又如对曾收入任中敏先生所编的《新曲苑》的《霜厓曲跋》，叶德钧亦颇多微词。但邓君在其所著中，专列一章论吴先生的戏曲批评，能不为仅执某些考证失当的小疵所囿，随意贬抑其价值，又评论吴先生戏曲批评的特点和优点，发见其光彩，以事实服人，以理服人。但是，邓著毕竟又不是辩难或翻案之作，其所求者是对吴先生及其成就的全面、公正的评价，因而对于了解吴先生及近代曲学，自是功不可没。

邓君的《吴梅研究》有什么特点与优点呢？

一、对吴梅先生的研究成果和创作成就，作了较为全面的探讨。

吴先生幼年专攻制举文，长又读史，于诗、词、古文无所不通，因而常对世以其为曲学专家而一笑置之。但吴先生自以《顾曲麈谈》知名，延为北大教席之后，又确是毕生以曲学、词学的研究、教学、创作为业。所著有《顾曲麈谈》、《中国戏曲概论》、《曲学通论》、《元剧研究》、《〈曲海目〉疏证》、《霜厓曲跋》、《南北词简谱》、《辽金元文学史》、《词学通论》等；剧作有《风洞山》、《苌弘血》、《轩亭秋》、《落茵记》、《绿窗怨记》、《湘真阁》、《无价宝》、《惆怅爨》、《东海记》、《双泪碑》等；又著有《霜厓文录》（未传）、《诗录》、《词录》、《曲录》。邓君在其所著中，对此亦相应作了全面的研究和评价。

应该说，从严格的意义讲，吴先生的《顾曲麈谈》、《曲学通论》等，都是立足于指示作曲者以途径，《中国戏曲概论》、《元剧研究》等作为论曲专著，因处于草创阶段，亦是泛论性的。但是，由于吴先生兼有学人与才人之长，集作曲、论曲于一身，且精通曲律，长于文词，所论、所作自不同于他人，对曲学的个中三昧自有独得之秘。

邓著对吴先生论著不采用逐部、逐章评论法，而是重新构建体例，从四方面评述吴先生的曲学成就。其中《戏曲美学》分列五节，以吴先生著作中语为标题，分论吴先生对戏曲的历史地位、价值观念、创作主张、社会功能的认识，确能发见其中闪光的东西。又《戏曲创作论》亦从结构、语言、宫调、音韵、度曲、南北词作法等方面作了全面的论述、总结，对先生论著价值的肯定，可说已无遗憾。同样，对吴先生戏曲史观、戏曲批评的论述和评价，也多能着力披拣，化零为整，建构体系，却又出之自然，持之有故，言之成理。对吴先生作为大学讲义的《词学通论》，亦能分为声律论、创作论、词史论、作家作品论四部分，加以全面论述。吴先生的某些观点，曾得到文学史专家的注意，并加以引用（如刘大杰《中国文学发展史》），邓著中往往能进一步充分展开，并肯定其识见的价值。

对吴先生的剧作，邓著主要着眼于吴先生在辛亥革命前的反清的政治态度，在“五四”前后注目于女权兴起，及晚年追求艺术的臻于成熟，而分论其《风洞山》、《落茵记》和《双泪碑》，及《惆怅爨》等剧，并有体会颇深之处。

由于吴先生曲名最高，词名为次，诗名又次，但治曲又以戏曲为重点，故论其

《诗录》《词录》、《曲录》时，以《词录》为主，然而从所论所评中，读者足可见吴先生兼擅诸体、奄有众长的特点，可以不为那些对南社文学人之不深却断之甚决者所惑，以见吴先生诗、词、曲的真面目和创作地位。

二、能从历史背景下充分展开论述，对吴先生作为旧戏曲（传奇、杂剧）创作的结穴者和新曲学研究的开山者的地位，给予公正的评价。

吴梅先生是南社的主要作家，是南社戏曲创作的代表。与吴梅先生同时或稍前，尽管有梁启超、林纾等人都涉足剧坛，但他们都仅以曲为余事，且昧于音律，故难窥此道堂奥。吴先生由于生在昆剧故里，“四方歌者皆宗吴门”，从小深受濡染，作幕大梁时，深慕周宪王流风余韵，往往低回不能去，归吴后，潜心戏曲，与里老相问，尤其同“江南曲圣”俞宗海多有切磋，故自作能兼擅玉茗、吴江之长。邓著在评析吴先生所作时，不仅能着眼于剧作的有关时代背景、思想意义，而且能充分论述其艺术性，如对《惆怅爨》的分析，能与石巢、粲花相比拟，尤有其心得与深度。对吴先生作为挽昆剧厄运者：以《霜厓三剧》付之演出，与诸多曲社同仁努力钻研曲艺，对昆曲传习社热情支持，对这些历史功绩都多所肯定。

尤其值得指出：邓著对吴先生曲学的探讨和评价，更是建立在探析源流的基础上的。在写《吴梅研究》前，邓君通览了《中国古典戏曲论著集成》和任中敏先生所编的《新曲苑》，对与吴先生同时的王国维、姚华等人的著作也曾深入研究，并对《元曲选》、《六十种曲》等多有涉览，做了近八十万字的资料卡片和笔记，其时吴先生本人著作新版尚未行，部分著作搜求不易，邓君蒐寻甚力，对吴先生主要的曲学、词学论著和剧作，都作了抄录，《诗录》、《词录》、《曲录》更是全部照抄。为写《吴梅研究》，直接与间接的笔录材料达百万字，五倍于此书。由于能充分掌握材料，了解我国曲学发生、发展的历史，故对于吴先生继承前人、超迈前人之处能辨析较清，既看到吴先生学习、吸收、沿袭王骥德《曲律》、李渔《闲情偶寄》等著之处，又在纵向与横向比较中，肯定了吴先生的深有创获。

此外，邓著力求避免研究某人就抬高某人、压低他人之弊，在充分肯定吴先生的杰出成就的同时，也指出了吴先生作为开山者的某些不足和失误，“不为贤者讳”的态度也应该说是可取的。

我自己是吴梅先生的弟子，邓君可谓再传弟子。回忆六十年前，先生曾对我这个年轻的穷学生寄予很大的期望，可惜我奔走衣食，蹉跎半生，老而无成。邓君是我十年前招收的第一届词曲专业硕士研究生，这本《吴梅研究》的基础就是他倾注了三年心血的硕士论文。是书从草创到完稿，经过反复修改，为时更达十年之久。古人说：“青出于蓝而胜于蓝，冰生于水而寒于水。”就我自己来说，学业成就尚不及吴先生的十分之一，而邓君年富力强，专精词曲，已卓然有所树立，邓君是书之出，更可以告慰于吴梅先生的在天之灵。是为序。

万云骏于华东师大中文系

一九八八年元月

一　吴梅的生平及为人

吴梅是与王国维齐名的曲学大师，是我国近现代之交最著名的戏曲理论家和作家，是总结旧剧时代的代表者。

吴梅，字瞿安（瞿亦作臞、癯，安亦作庵、盦），一字灵鳷，晚号霜厓。江苏长洲（今吴县）人，生于光绪十年甲申（1884）旧历七月二十二日庚午。

吴梅的曾祖吴钟骏（字菘甫，号晴舫），曾任翰林院修撰，浙江学政，湖南乡试正主考官，仕至礼部侍郎，卒于福建学政任上，年未六十。祖父吴清彦（小舫），举于乡，由荫官至刑部员外郎，四十二岁卒。父亲吴国榛（声孙），县府皆试前茅，二十二岁卒，母陆氏。

吴梅祖上虽以科目称吴中望族，然而自己的儿童时代却颇不幸。他三岁丧父，八岁嗣于叔祖吴长祥（吉云）为嗣孙，十岁丧母，二十四岁时嗣祖卒。

吴梅的曾祖父吴钟骏于道光壬辰（1832）以一甲一名登第。父亲吴国榛虽青年去世，然已有《尚䌹堂骈文笺注》、《文选李善注所引书目考》、《冯梦亭义山诗笺纠谬》及《甓勤斋诗集》等著作。吴梅曾感慨道："余少孤，不能躬承趋庭之教。稍长，读书亲串家，始知先君好读，著述甚富。家素贫。先君卒后，丛残遗稿，不知流落何所，楹书无多，已易饼饵。故先君所作，或久已沦失，亦未可知也。"（《瞿安笔记》）吴梅自八岁出嗣吴长祥后，始得嗣祖之教。吴长祥早年失学，十九岁从商，逢太平天国革命运动而辍，事平之后，其兄吴清彦（吴梅祖父）聘管财务，渐得温饱。吴清彦死后，往族主吴引之家，亦管财务，历二十余年，至六十岁而罢。吴梅虽幼年时父母相继而亡，然而能得到嗣祖的照料与教育，后来曾非常感激地回忆道："余之能读书，略知学问途径者，嗣祖吉云公之教也。"（《日记》）

吴梅十二岁从潘霞客（字少霞）读书，习八股文。潘霞客是荥阳人，其子潘承庠（养纯）与吴梅同学。吴梅起初不善于作八股文，常请潘承庠代笔，他后来曾回忆道："余习八股，养纯喜读史。每遇作文日，余往往倩潘养纯捉刀。顾文中多用史事，吾师问余，余无以对，则篝灯重作"（《蠡言》）。他在遗嘱中也说："少随荥阳师游，十二习举业，至十六岁不能终篇。师言于吉云公，谓：'此子不堪读书，习商为是'。公舐犊恩深[①]，不令习贾。时方读莪园制举文，忽来有悟，遂请于师：'为文结构尽若是简易，余亦能步趋焉。'师曰：'然，汝试为之。'因拈十题，命余仿作。余五日乃毕，师大异之，且曰：'何一旦豁然也？'出应县府试，名列四五十

---

① 舐犊：以老牛爱小牛喻人之爱子。《后汉书·杨彪传》："子修为曹操所杀，操见彪问曰：'公何瘦之甚？'对曰：'愧无日䃅先见之明，犹怀老牛舐犊之爱。'"

左右。时瞿文慎公案临苏郡，余提覆被斥。吾师为余惋惜，余转渎如也。及后李侍郎督学江苏，余以府元入泮，吾师已归道山，不及见矣。”（见卢前编《霜厓先生年谱》）可见，吴梅对少年时代老师和嗣祖的教育和恩情都是感受很深的。在嗣祖卒后次年他二十五岁时，于筑圹种树之后，曾写《北泾种树行》一诗，追述自己的童年和少年时代，诗中充满对嗣祖的怀念和敬仰。诗中写道：

> 三岁丁孤零，不知饥与寒，母氏勤抚育，四序无笑颜。故家已中落，百忧初发端，薄田未满顷，安足供三餐？公独请大母：此儿颇不顽，敢乞为我后，庶足娱老鳏。大母首屡颔，公亦心为欢。吾母厉清节，盛年两鬓斑，茹荼垂十载，抱恨入一棺。时余才十龄，积苦身益孱，公复调饮食，巢覆幸卵完。十二就外傅，耆儒荥阳潘。始习制举文，境窄心欠安，继读古文辞，下笔青眼看。十八游邑庠，老怀乍一宽，十九得廪饩，乳虎形桓桓。所惜踏秋闱[①]，两度铩羽翰。公更抚我语：读书非求官，朝廷方改革，新旧如转丸，愿汝守蓬荜，慎勿玷衣冠。我闻斯言泣，悬知论不刊。从此名心淡，万事皆达观……

吴梅十五岁时初应童子试。次年再应童子试，提覆被斥。自此，虽犹习举业，但已注力于诗古文词。他曾在遗嘱中说：“余自提覆被斥后，即注力于诗古文词，文读望溪，诗宗选学。时无交友，所往还者，惟盛霞飞德熔而已。霞飞者，为乡先哲亢绸卿先生之外孙，得古文法于外家。时携所作，请益不少，君亦奖责不少贷。余得粗知义法源流，君之力也。”他后来虽学诗于陈三立，学词于朱祖谋，学曲于俞宗海，但“顾不如霞飞之勤且久也”。

吴梅于光绪二十六年（1900）结婚，夫人邹瑞华，元和人，少吴梅一岁。两年后得子。

次年，吴梅十八岁，以第一名补长洲县学生员。是年春，潘霞客师卒。同窗潘养纯亦因丁酉（1897）年下第后，一直抑郁寡欢，与父潘霞客同年卒，吴梅作《哀养纯》诗以悼之。

同年，吴梅开始了戏曲创作，写成《风洞山》传奇，他在《例言》中说：“是编事实见瞿锡元所著《庚寅始安事略》。锡元为式耜后人，所言当有可信。余通本为目，悉据此以为排次。”“此本脱稿后，刘子子庚曾为我点板，黄子慕庵曾为我评文，翻新出奇，多有余意未逮者。”剧成之后，未谱曲。据其以后回忆所说：“余十八九岁时，始喜读曲，苦无良师以为教导，心辄怏怏。继思欲明曲理须先唱曲，《隋书》所谓弹曲多则能造曲是也。乃从里老之善此技者详细问业，往往瞠目不能答一语，或仅就曲中工尺旁谱，教以轻重疾徐之法。及进求其所以然，则曰：‘非

---

① 秋闱：指秋试。明清科举制度规定，每三年的秋季，由朝廷派出正副主考官，在各省省城举行一次乡试，录取者称为举人。闱：考场。

余之所知也，且唱曲者可不必问此。’余愤甚，遂取古今杂剧传奇，博览而详核之。积四五年，出与里老相问答，咸骇而却走。”（《顾曲麈谈》）可见，吴梅之精于曲学，还是以后的事。

十九岁那年，吴梅食廪饩（官府发给生员的膳食津贴），应江南补行庚子、辛丑并科乡试，第三场不进棚，未完试。二十岁时，再应江南乡试，“是科既荐卷，以书‘羽’字不中程，被黜”（与卢前语，见卢前编《霜厓先生年谱》）。这就是“所惜踏秋闱，两度铩羽翰”的经历。是年，赴上海，于东文学社习日文。

1904 年，吴梅二十一岁。《风洞山》传奇的《先导》及第一出《忧国》，刊于《中国白话报》第四期、第六期。因排场近熟，后费时十二月之久以改定之。

次年，改作《苌弘血》传奇（初名《血花飞》，1903 年作，黄摩西曾为之作序，因祖父深怕此作招祸，于夜间密焚之，致不传），并有诗《草苌弘血传十二章，为戊戌政变死事六君作》。是年，应邑人冯自春、高梓仲之邀，往其创设之蠡墅小学堂。秋，黄摩西介绍其至东吴大学堂任教。

1906 年，吴梅应高梓仲之请，以《板桥杂记》所载姜如须事，作《暖香楼》杂剧（后易名《湘真阁》）。是年撰《奢摩他室曲话》。

1907 年，《暖香楼》在《小说林》第一期上刊出，《奢摩他室曲话》则于《小说林》第二、三、四、六、八、九期刊出。是年，为悼念秋瑾死难，吴梅作了《轩亭秋》杂剧，在《小说林》上刊出该剧《楔子》。是年十月，嗣祖吴长祥卒。由于女革命家秋瑾在这一年的七月十五日就义于绍兴轩亭口，陈去病准备在上海召开追悼会未成，于是又准备组织神交社。陈去病在《神州日报》上刊出了《神交社雅集小启》，文中回顾了明末复社、几社的盛况，指出清朝“文网日张”的高压政策对文人的压抑，明确表示要广结同志，以江南人士为基础，进而联络全国文人，广泛包括新、旧知识分子。八月十五日，吴梅同陈去病、邓实、黄节、沈昌直、刘三等，雅集于上海张园（一说愚园），实际上成了南社最早的成员。

1909 年，吴梅以外舅邹公荐，至开封作幕，留汴中三四月。开封之行的目的是“此行非求名，微尚抱夙昔。山川荡胸怀，文字或增益。幕中有余闲，更习计然策”。并预示妻子：“从来曳裾人，归途无厚装。纵使垂翅返，发箧多篇章。”（《赴豫别家人》，见《霜厓诗录》）回吴之后，在所作《岁暮返里与诸故人小饮》一诗中，表达了抑郁的心情及对国事的隐忧，诗云：“北游意不欢，果应垂翅语。南来复不适，幸有知心侣……瀛海环万邦，玉帛即刀俎。天门多猰貐①，城社伏狐鼠。书生故步封，章句穷寒暑。岂知承明庐②，未容我辈处。行役垂半年，隐患烛寰宇。”是年冬，南社正式成立，吴梅被邀入盟。

次年，吴梅任存古学堂检察官。此时，晚清著名词人、词学大家朱祖谋、郑文

① 天门：指帝王宫殿之门。猰貐：《尔雅·释兽》：“猰貐类豹，虎爪，食人，迅走。”

② 承明庐：指帝宫。《三国志·魏志·文帝纪》裴注：“是时帝居北宫，以建始殿朝群臣，门曰承明。”

焯等客吴下，吴梅过从甚密，其遗嘱曾提到“词得彊村遗民（即朱祖谋）”，可见从朱处所获教益甚多。在是年所作的《读近人词集》诗中，表达了自己对词的见解。校刻《奢摩他室曲丛》第一集是年行世。

1912年，吴梅二十九岁，春，应聘执教于南京第四师范。1913年，在上海民立中学任教。记南京之游所见及感慨作《悲哉行》。诗中虽分不清弘光下殿后的满清屠杀和太平天国的十三载，一概斥之为“髑髅千万镇城郛”，也未能认识到宋教仁被刺后，国民党兴师讨袁的“二次革命”的正义性质，而有“南中雅重孙仲谋，河北况有袁本初”之叹，但是，他从“民间乃至无妻孥，千骑饱腾万骨枯”，痛慨南京城一再遭受兵燹杀戮之苦，对武夫们充满仇恨，对人民深表同情。诗中最后写道：“降此大戾彼丈夫，谁绘一幅流民图？凤凰台前啼鹧鸪，乌衣巷里巢鼪鼯。狐鸣篝火事已徂，只今元气何人扶？”表达了自己的忧愤心情。所以，1912年在南京所作的《双调折桂令》（壬子春过秦淮）中“吊长桥忘不得新亭烽火，渡青溪填不平故国风波”，引起“一时闻者皆惘惘”（见《年谱》），确是事非偶然。

在上海任教之余，为《小说月报》撰写《顾曲麈谈》，1916年由商务印书馆印成专书，列入《文艺丛刊甲集》，销行至数十万册，后来商务又将它列入《国学小丛书》，自此，奠定了吴梅在曲学研究中的地位。《落茵记》在是年《小说月报》上刊出，并写成《绿窗怨记》传奇四十出。此后几年中，所作极盛。

1917年秋，吴梅应北京大学聘，教授古乐曲，次年兼北京高等师范课，在北大前后共五年。吴梅在北京期间，尤好搜求戏曲书籍，“自丁巳以迄壬戌，六年所得，不下二万卷”（遗嘱，见《年谱》）。吴梅教学认真，对学生们寄予很大希望，他在《正宫锦缠道·示北雍诸生》的散曲中写道：“几年来、鸡鸣风雨相亲。数分斋、有东西秘文。论同堂、尽南北儒珍。珍重读书身。莫白了青春双鬓。男儿自有真。谁不是良时英俊？待培养出、文章气节少年人。”（见《霜厓曲录》卷一）

当时北京大学的学生曾回忆吴梅的授课：

> 其时白话之风潮未起，吾辈学生所欣赏者无非九经三史也，忽闻讲堂之上，公然唱曲，则相视而笑尔。是故先生口讲指画，虽历一年而不倦，而区区惰学者流，往往听讲未毕，已入睡乡。初不料数年之后，《水浒》、《红楼》、《儒林外史》且俱作国文课本，而当时懒听词曲之为不识时务者也。（孙世阳《霜厓词录附跋》）

可见，吴梅虽少习八股，苦读经史，但以后专攻词曲，独步前人涉足不多的俗文学领域，是很有眼光的。

到北京的第四年，吴梅三十七岁，开始写《南北词简谱》。三十八岁时，军阀徐树铮任西北筹边使，礼聘吴梅为秘书长，吴梅却其请。

1922年秋天，吴梅应东南大学之聘，举室南归。他在《南归曲》中写道：“铁崖来去未授官①，自知骨相多清寒。此行但饮建业水，观棋莫再留长安。”

吴梅在东南大学时，曾作散曲《仙吕解三酲·示南雍诸生》，表达了自己不愿混迹官场，要热心培植人材的心愿，曲中写道：“露头角十年脱颖。耐心肠一纸虚名……心如镜。不定要、高斋学士，好做个、本分书生。”“……读书人猜不透官场性。还是种桃李遍江城。便一盘苜蓿也值得通儒饱，三径蓬蒿只落得处士清。休争竞，待他年凭高北极，话旧南京。”

吴梅在东南大学四年半，主讲词曲，并任国文系国学研究会的指导员（该会成立于1922年秋），在该会十月二十日的第一次讲习会上，吴梅讲了《词与曲之区别》。担任该研究会指导员的，除吴梅外，还有陈钟凡、顾实、陈去病、柳翼谋。1926年，东南大学爱好词曲的学生组织词社，名“潜社”，取“潜心学问”之意，公推吴梅为首，该社断断续续活动了十余年，后集得《潜社汇刊》十二集。

吴梅在北京、南京二地执教最久，培养出学生亦最多。

1927年春，东南大学停办，吴梅举室回苏州。校订《奢摩他室曲丛》一百五十二种成，分散曲、杂剧、传奇三类，并作序，交商务印书馆。应中山大学聘，九月赴广州，因感生活不适应，于年底返吴。

次年，吴梅在上海光华大学任教。东南大学易名为中央大学，复课，吴梅被迎归，遂兼南京、上海二地课。是年，《奢摩他室曲丛》初集、二集出版，该《曲丛》的第一集系宣统二年的木刻本，收有吴伟业的《临春阁》、《通天台》和吴梅自著的《暖香楼》。商务版影印《曲丛》的初集收嵇永仁《扬州梦》、《双报应》及沈起凤传奇四种，《二集》收朱有燉《诚斋乐府》二十四种及吴炳《粲花五种》。到1933年，三、四集均印就，因适逢“一·二八”战役，书及存版尽毁于战火，无法重印。

1930年，吴梅辞光华大学聘，仅在南京一地任课，是年，写成《高子勉题情国香曲》，合前作《香山老出放杨枝伎》、《湖州守乾作风月司》、《陆务观寄怨钗凤词》，总名为《惆怅爨》，前后历时十六年之久。夏，应商务印书馆万有文库之约，作《辽金元文学略》（后改为《辽金元文学史》）。年底，《曲选》由商务印书馆出版。

1931年，历时十年之久的《南北词简谱》脱稿。卢前所辑的《霜厓曲录》由商务印书馆出版。这一年，为人作序颇多，因东北“九一八”事变，作有《闻辽沈警讯》等诗。

1932年，上海发生“一·二八”事变，日机炸毁上海商务印书馆涵芬楼，非仅《奢摩他室曲丛》三、四集刻版毁于战火，且吴梅留在馆中的《曲丛》底本亦被毁。是年三月，为避战事，来到上海，应王伯元之邀授馆课，得以尽览一贯轩所藏自宋

---

① 铁崖：元杨维桢号。杨为泰定进士，放浪诗酒歌舞之间，事见《明史·文苑传》。

元以迄近代的藏画，写成许多题画诗词，后辑成《霜厓读画录》。九月，辞馆回苏州，十月至南京，复任中央大学课。由于《辽金元文学史》稿毁于战火，商务印书馆约请吴梅重撰，吴梅约顾巍成代作。年底，《曲学通论》（原名《词余讲义》）由商务印书馆出版。

1932年2月，吴梅应金陵大学聘，在该校兼课，主讲金元散曲。8月，上海的曲社同人为吴梅的五十诞辰祝寿，演唱《霜厓三剧》，吴梅作《南吕懒画眉》二支，并即席而歌以奉谢。次年，《辽金元文学史》出版，《词学通论》亦列入万有文库出版，作成《长生殿传奇斠律》，是年除教学、写作外，还参加了曲社的演出活动。

1935年和1936年两年中，吴梅仍在南京任教，授课与著述之余，频繁参加南京、上海、苏州等地的词社、曲社及学会的活动，其中南京如社中人林铁尊、陈匪石、汪旭初、乔大壮、唐圭璋等，都是词学名家。吴梅除校点《董西厢》、《日知录》等著作以外，又与唐圭璋商订《全宋词》，并为之作序。重读《六十种曲》，并陆续为之作跋。应学生卢前、常任侠之请，为之作序、题诗，并应俞平伯之请，为之校正《紫钗记》中《七夕》谱。吴梅虽自1935年11月起因咳嗽而致哮喘，嗓音喑哑，但仍饶有兴致地参加曲社活动。1936年夏，上海啸社发起，邀怡情社、道和曲社奏艺，吴梅仍扮演《仙圆》中的张果老。年底，热情指导韩世昌、白云生学戏，吴梅除认真传授外，还曾赠诗给二人。

1937年，吴梅仍然任教于南京。如社、潜社的雅集继续不断，吴梅的诗、词、曲作品亦层出不穷。除了为《桃花扇》订定曲谱外，六月，又曾应白云生之请，为该剧的《抚兵》出谱曲，又作《投辕》出的歌谱，后又重订《抚兵》出的《石榴花》谱，并为白云生唱《哭主》、《亭会》二出按拍。是月又为蔡嵩云《乐府指迷笺释》作序。

“七七”芦沟桥事变爆发，日军大肆侵华。不久，上海爆发了“八一三”事件。数日后，日机在苏州投弹，吴梅携家避战于木渎。后又向校方请假，全家经南京而至武汉，旋又转至湘潭。寓于湘潭柚园时，吴梅曾作《避寇杂咏》五十首，并有其他诗作。是年除夕，手定诗三百八十一首成，是为《霜厓诗录》四卷。

1938年，吴梅五十五岁，仍寓湘潭。三月，历时三年的手定旧词工作完成，是为《霜厓词录》。在《自序》中说：“身丁乱离，未遑润色”，为“世变方殷，言归何日？敛滂沛于尺素，吐哀乐于寸心”而低回感慨。应唐圭璋之请，作《宋词纪事序》。五月，中央大学国文系主任胡小石来电，促吴梅返校，吴梅以喉喑辞召。六月底，携家迁至桂林。八月，致书中央大学校长罗家伦，以病而坚辞电召。十月，自忖健康日衰，致书卢前，托以身后遗著出版之事，尤其指出“惟《南北词简谱》十卷已成清本，为治曲者必需之书，此则必待付刻，与前五种（按：指《霜厓文录》二卷，《霜厓诗录》四卷，《霜厓词录》一卷，《霜厓曲录》二卷，《霜厓三剧》三种附谱）同此行世”（见卢前编《年谱》）。十月底，手定的《霜厓诗录》四卷抄成。十二月，应东南大学时的学生李一平之约，从桂林抵昆明，并致信中央大学国文系学生，信中说："梅病日益增，气促至不可多语，尚能登坛讲授耶？纵诸君厚我，而仆病未能也。"

1939 年 1 月，吴梅应李一平之请，抵云南大姚县李旗屯。因喘疾加剧，除相继复书龙榆生、夏承焘、徐益藩等人外，开始写遗嘱，数日写成。后因累夜失眠，哮喘更甚，于二月十七日下午三时逝世。前此二日，尚复信其及门万云骏，信中云："路日行日远，病亦日积日深，目下气急咳呛，骨瘦如柴，虽有卢扁，恐亦无能为役，但冀稍延时日，得返故里而已。"未想竟成绝笔。

吴梅在遗嘱中说：死后"棺不取厚，衣不取锦，死欲速朽，先圣明训。时局不安，尽可权厝此间，俟道路平靖，归葬先茔。苟以携带不便，可学浮屠火化，以铁匣盛余烬，随行箧东返，亦是一法"。逝世之后，李一平全力协助料理后事，名墓道为"霜园"。抗战胜利后，接骨至苏州。吴梅遗骨后葬于常州丁堰公社湾城大队朱家村。1984 年 11 月，江苏省及苏州市有关部门召开了吴梅先生诞辰百周年纪念会，1986 年 6 月，迁葬吴县小王山麓，并举行了悼念仪式。

吴梅是个正直、清高、有骨气、有同情心、讲道德、重品质的学人。他的一生虽与新民主主义革命无涉，但在青年时代曾为戊戌变法呐喊，为旧民主主义革命作过文艺上的鼓动宣传。

1898 年，"百日维新"遭到顽固派的镇压，谭嗣同等"六君子"被害。吴梅时年十五岁，被英勇捐躯的义士深深感动。五年之后，作了《血花飞》传奇（二年后更名为《苌弘血》），以纪念戊戌死难之士。此时，因吴梅祖父尚在，恐以文字招祸，焚其稿。（据钱基博《现代中国文学史》增订本称："会康有为、梁启超变政，事败，而有为之弟广仁与杨深秀、杨锐、林旭、刘光第、谭嗣同六人，骈戮都市，所谓六君子是也。梅闻而哀焉，为谱传奇，名曰《血花飞》，昭文黄振元为之序，而梅大父惧以文字贾祸，遂取其稿焚焉！"似是作成于同年。但据光绪三十三年（1907）《小说林》所载吴梅的《奢摩他室曲话》自序称：癸卯［按，光绪二十九年，即 1903 年］作《血花霏》。又《霜厓三剧》自序曰："初取戊戌政变事，成《苌弘血》十二折，后取瞿忠宣事，成《风洞山》二十四出。"则又见《苌弘血》成于十八岁之前。但据《年谱》，则此剧成于 1905 年。吴梅手定的《霜厓诗录》系编年之作，其作于乙巳年（1905）的《草〈苌弘血传〉十二章，为戊戌政变死事六君作》，是为该剧的题诗，可见此剧终成于是年。故此处取卢前《年谱》作于 1905 年之说。）吴梅在题诗中，对"圣心原至孝，天意靳中兴"十分感慨，并有感于"史家论党狱，功罪总难凭"，面对清末阶级矛盾、民族矛盾日益尖锐的局面，"举目空牛李，伤时托管弦"，作剧以表达对"六君子"的缅怀与凭吊。

1901 年，吴梅十八岁，写了《风洞山传奇》，以明末瞿式耜在广西抗清的历史题材，"略书鄙怀，长歌当哭"（《风洞山》自序），以唤起人们对二百多年前往事的回忆，激起反清情绪。

此外，吴梅还写过《义士记》，此剧固因作者出于艺术上的原因被"既存复删”，但以宋末谢翱哭唐珏事，表现了南宋人民反抗元蒙，追怀文天祥的民族正气，寄托了汉族人民反对满清统治的情绪。无疑，此剧与《风洞山》一样，都是20世纪初旧民主主义革命宣传家反清排满思潮影响下的产物。据知情者回忆，青年时代的吴梅，确是一位热血青年：“犹忆三十年前，余在吴门办学，与黄子摩西订忘形交。休沐之暇，借茗寮为谈话所。黄子广交游，庄士狎友，不介自来，团坐放言，间及时事，一少年手拍案、足蹋地，时而笑骂，时而痛哭，寮之人佥目为狂。询诸黄子，则吴其姓，瞿菴其字，枕葄经史外，癖嗜词曲，英雄肝胆，儿女心肠，往往流露于文字间。”（王文濡《中国戏曲概论序》）可见，此二剧之作，绝非偶然。

1907年，秋瑾被害，吴梅据其事迹写成《轩亭秋》杂剧，拟发表于同年《小说林》上，其楔子刊于第六期，后未续登，可能是清政府之忌所致。《轩亭秋》虽仅见一楔子，但从其中秋瑾的唱词来看，是充满爱国热情和民族革命精神的。吴梅此剧与同载于《小说林》，同以秋瑾女侠为题材的杂剧《碧血碑》（龙禅居士即庞檗子作）、传奇《轩亭血》（啸庐即包天笑作），堪称三璧。其后，吴梅又为《西泠悲秋图》题《越调小桃红》套曲，表达对秋瑾烈士的悼念。

1905年同盟会成立之后，资产阶级民主革命潮流高涨，《警钟日报》及《二十世纪大舞台》虽被清政府所禁，但《国粹学报》发刊，多有“攘夷复汉”的文章发表，在整理宋明文献的同时，从中寻找反清和反帝的武器。此后，柳亚子、陈去病、高旭酝酿着成立“南社”，南社虽在1909年正式成立，但其前身的神交社于1907年就成立了。作为神交社的十一个成员之一，吴梅可谓南社的最早成员。他倾心于革命，与叶楚伧、戴季陶、胡朴安等常有晤对。

吴梅三十八岁时，军阀徐树铮任西北筹边使，并统率西北边防军（按《年谱》说，为1921年，但据《辞海》“徐树铮”条，徐任西北筹边使为1919年，此处取《年谱》说，证以《霜厓诗录》中的《思归引》），礼聘吴梅为秘书长，吴梅拒绝了。他在《思归引》序中曰：

> 往读石季伦诗，惜其晚乐放逸，终牵羁勒，委身乱世，授命强藩，纵负高怀，徒托空语。余主讲上庠，非隐非仕，彭城徐公，经略西陲，广罗彦俊，谬采虚誉，征及下走。余非终贾奉使之才①，安有温石河阳之望。既辞盛意，爰写素心。陋巷茅茨，西风菰米，下士所乐，或非金谷所有也。因本季伦之思，载赓乐府之雅览者，当知余之志矣。

诗中写道：“不如归，归草堂，三间门启临朝阳。左图籍，右乐章，四时弦诵乐未央。”表达了一种不汲汲于富贵、安贫守节的情操。他在《鹧鸪天·答徐又铮

---

① 终贾：汉终军、贾谊，二人皆早成，故并称。《后汉书》：“终贾扬名，亦在弱冠。”

（树铮）》一词中，更明确地表明了自己的狷洁襟怀：

辛苦蜗牛占一庐，倚檐妨帽足轩渠①。依然浊酒供狂逸，那有名花奉起居。三尺剑，万言书，近来弹铗出无车。西园雅集南皮会，懒向王门再曳裾。

“懒向王门再曳裾”，这是吴梅不慕权豪、蔑视富贵的心声。他曾说过：“人有一技之长，无不可以自立……人患技之不精耳，苟能精妙，尽享大名，而犹有饥饿不能出门户者，吾不信也。惟其失操守，急急焉求悦于人，即不作伪，亦且心劳日拙，殊可不必耳。”（《蠡言》卷二，载《小说月报》第十一号）其实，吴梅对有才无德者的鄙视是由来已久的，如对李渔的评价即是一例。李渔是清初著名的戏曲理论家和剧作家，吴梅《顾曲麈谈》中所持李渔之说颇多，但对这位前辈的为人，他是颇为鄙嗤的。他在笔记《蠡言》中曾说：

李笠翁以词余负盛名，顾为人善逢迎，龌龊可笑，昔人谓其轻薄由于天性，信然。余见其上都门故人书，一意求丐，其人品可见矣。潘文恭云：“什么叫做名士，多给他几吊钱，他便巴结我了。”此言虽谑，实则皆无耻者流酿之也。今备录其书云（略）。书中语语要钱，至劫之以死，斯真佻挞无赖之尤者也。（见1913年《小说月报》第九号）

从对李渔的佻挞无赖的轻蔑，到拒绝军阀的高官笼络，可见吴梅言行的一致。南社前期重要人物之一的林獬，于1912年被袁世凯聘为秘书，一直升至直隶都督秘书长，成为“世袭君位”的鼓吹者和皇权的拥护者，成为袁世凯复辟帝制的得力帮手。所以，吴、林二人相较，更可见吴梅为人的可敬。

1931年“九一八”事变后，蒋介石政府采取不抵抗政策，吴梅对此十分气愤。他在日记中写道：“环顾大局，亡不旋踵，日兵已过唐山，故都危在旦夕。而今之执政，无声无臭，全无措置。自有历史以来，有如此者乎！”他写下《闻辽沈警讯》诗：

白山黑水认前朝，不道将军竟度辽。已见边庭潜易帜，岂知上国善藏刀。敦槃信使秋风急②，城郭人民夜哭高。太息专城膺重寄，严疆万里等鸿毛。

诗中非但揭露了日本帝国主义侵略、奴役中国的野心，直露无遗地表现了人民遭受侵略的无比悲痛，而且批判了国民党政府不是誓死抗战却渡辽而逃的可耻行径。

---

① 轩渠：笑貌。《后汉书》：“轩渠笑悦。”

② 敦槃：古时盟会所用之器，敦以盛食，槃以盛血，皆以木为之，饰以珠玉。

“一·二八”淞沪战役中，商务印书馆涵芬楼被日机投弹炸毁。对此，吴梅无限感慨，他说：“凡要亡我民族的敌人，总要毁我民族的文化，八国联军火烧圆明园时是如此，现在日寇轰炸上海涵芬楼又是如此；要保卫民族文化，必须整军经武，奋发图强。”（见王季思《玉轮轩曲论·后记》）言中既有对日寇侵略的强烈愤慨，又有对国民党政府腐朽无能的谴责。

1937年“七七”事变后，吴梅作《闻寇警口号》一诗：

西风笳鼓动芦沟，大错真看铸六州。又剪吴淞半江水，南朝士女尚无愁。

日寇已欲鲸吞华北，且又虎视江南，然而“南朝士女尚无愁”，这多么令人可叹！

“八一三”事变后，苏州亦遭日机轰炸，吴梅先避于木渎，后携家经南京而至武汉，继又移家湘潭。在湘潭写成《避寇杂吟》组诗，以历劫之身，痛定思痛，“不作豪吟但写真”，写下避寇途中的实见和实感。诗中写到日机投弹苏州：

疾雷跃铁破空来，织里桥边有劫灰。一夜胡床难合眼，起看星斗伫雄才。

对武汉被炸，死伤五百余人，更感悲愤：

涂地群生等虮虱，极天横祸捷雷霆。胭脂山下芭蕉巷，遥夜高丘递血腥。

在湘潭看到家人为前线战士缝制军衣时，“忽忆申江枕戈士，寒衣九月未装棉”，表现出对抗日勇士的深切关怀。

吴梅因幼年父母双亡，很知饥寒之苦，故一生都过着俭朴的生活。老屋毁于兵火，一直赁屋以居，直到1911年始在苏州蒲林巷筑宅，1928年改建楼成。他生活别无奢望，惟爱藏书，执教北大后，买书更多。他在遗嘱中说：

余生寒俭，无意藏弆，而朋好中颇有嗜旧刊者，朝夕熏染，间亦储存一二。始则乾嘉校订诸本，继及前代珍秘诸书，架上日丰，箧中日啬，饔飧不继，室人交谪，此境习以为常也。嗣后授徒北雍，闻见益广，琉璃厂、海王村、隆福寺街，几无日不游，游必满载后车。自丁巳以迄壬戌，六年所得，不下二万卷。航海南归，插架益富，而宋元旧椠仍不敢搜求，一则力不足，二则京兆贵官，沪滨大贾，室中必有一二种以昭风疋，余无暇与之争胜也……

当时，军阀政府财政十分困难，教授每月仅能领到二三成工资，为了买书，以至弄得“饔飧不继，室人交谪”，他成名之后，仍然视书如宝，“先生以治曲学故，藏曲之富，海内无与伯仲，计之凡六百种。某大学图书馆拟出若干万金收购之，先生不之让也”（郑逸梅《霜厓先生别传》）。

吴梅富藏曲，但并不是居为奇货，秘不示人，除准备有计划出版《奢摩他室曲丛》，将许多珍本秘籍公之于世外，他在苏州蒲林巷住宅藏书的百嘉室和奢摩他室，犹如公共图书馆，任从学生翻看、查阅。如吴梅在北大时的学生任中敏在毕业之后，专程到南方拜访吴梅，在吴梅家里住了一年多，凭藉吴梅所藏书籍资料，编出《散曲丛刊》和《新曲苑》三十四种，为戏曲和散曲的研究开辟了新领地，提供了系统而丰富的资料。

由于日本帝国主义的侵略，吴梅的部分藏书毁于战火，但幸而保存下来的，在解放后都被其后人捐献给了国家。吴梅先生一生节衣缩食用心血换来的这份遗产，是十分值得宝贵的。

吴梅毕生以教学为业，他与多数国学教师不同，在教学方法上颇有创新精神，“先生之上教室也，御尖顶瓜皮帽，足登双梁鞋，修饰边幅，容止俨然。间出马致远、关汉卿杂剧曼声讴唱之，听者为之神往”（郑逸梅《霜厓先生别传》）。他不仅在课堂上对戏曲发展、对曲文品评如数家珍，而且能随时唱曲，引吭高歌。在课余，他还善于在音乐舞蹈上对学生加以辅导。1924 年，东南大学副校长兼教务主任刘伯明病故，全校师生齐表哀悼，吴梅作悼歌并谱曲，在追悼会上演奏致哀。他还曾教东南大学女生排练《霓裳羽衣曲》，他既能教唱法，又能教舞法。吴梅很重视理论与实践的结合，他不仅教学生写诗、填词、作曲，认真批改他们的作业，还邀集学生到自己家中学唱昆曲，教他们识工尺谱，译简谱，教他们如何为昆曲擫笛。由于吴梅讲授得宜，大大促进了学生的学习兴趣，当年在东南大学学习过的王季思先生，就饶有兴味地回忆起吴梅先生：

> 吴先生不仅会填词，会写戏，还会唱戏，会订谱。收藏戏曲的丰富，在当时国内首屈一指。单是明嘉靖时期（1522 年至 1566 年）刻印的戏曲就达百种以上，因此他题自己的书室作“百嘉室”。他课堂教学并不擅长，但善于发现学生的长处，加以鼓励；还允许学生到他书室里翻阅他收藏的图书。其中有些经过他批点的本子，对我们启发更大。我后来对元人杂剧、明清传奇产生那么大的兴趣，跟吴先生对我的教导分不开。（《玉轮轩曲论·后记》）

吴梅从不摆先生架子，待学生如兄弟子侄，他循循善诱，乐于析疑解难，学生也常帮他买书抄书，经常出入他家中，来往频繁。在北大时的学生任中敏、钱南扬等，都过从甚密，多年后依然有信札来往，笔者于 1980 年 6 月拜访钱南扬先生时，钱先生尚出示了珍藏多年的吴梅手书条幅。吴梅在东南大学时的学生卢前（冀野）与吴梅更是亲密无间，1939 年 2 月 15 日（殁前一月）还为卢前校阅《楚凤烈传奇》。并为之题《羽调四季花》。吴梅在自知不久人世前，致书卢前，托以身后遗著的出版事。在东南大学、中央大学期间，吴梅与唐圭璋、王玉章、徐益藩、翟贞元等，都有很深厚的师生之谊。

吴梅对生活困难的学生，常大力资助。他在光华大学兼课时，从第二师范学校首席国文教员王朝阳处得知富有作词才能的万云骏父母双亡，经济拮据，就资助他从师范毕业后升上大学，寒暑假还请至家中，待如亲子，并常勉励他“孤根崛起”，万云骏先生至今仍常常怀念恩师。吴梅宁让自己毕业于金陵大学文学研究院的四子吴南青失业，而把工作机会给了另一女学生，其原因是：“她比四儿功课好，我应该首先推荐她。”

因为吴梅与学生间情谊甚笃，所以，卢沟桥事变爆发，他与家人辗转避难时，更见其间的思念。吴梅避寇途经南京，目睹学校残破，十分悲愤，他在《避寇杂吟》中写道：

南雍桃李寂无言，往日高斋剩破垣。我是十年辛苦地，忍看文物黯中原。

学生对自己敬爱的老师也非常关怀，中央大学迁重庆后，学生们写信请吴梅先生入川任教，吴梅则因体病喉喑而致书相辞。

吴梅逝世后，学生们纷纷写下哀诔，并于逝世三周年时专门出版纪念专辑，还得到与吴梅素未谋面的徐调孚的支持。他的学生、朋友所写的悼念的诗、词、曲、文，都充满了对先生的敬仰，充满了感情。他在南京如社的词友廖恩焘、仇埰都写了挽词。夏承焘因得吴梅在大姚临终前不久写来的论词乐书信，在《水龙吟》（题瞿安先生大姚遗札）中写道：“昨夜天风一纸，炯双瞳梦中亲付。开天事往，人间谁记，霓裳宫羽？”门人所作，悼念尤深。如徐震堮《水龙吟》（挽吴瞿安师）：

伤心海雪词人，抱琴竟向蛮中老。干戈满眼，田园万里，王风蔓草。药裹关心，长镵托命，瘴江春渺。记南明旧事，玉萧曾谱，缄愁地，今亲到（自注：先生早年有《风洞山》传奇，谱瞿忠宣事）。 廿载湖山吟啸，都付与秣陵凄调（自注：吴骏公《秣陵春》，最多兴亡之感，先生亟称道之）。画船贳酒，玄亭问字，前尘如扫。虎阜埋云，岭川涨雨，骑鲸路杳。叹《大招》赋罢，哀时余泪，洒霜花稿（自注：先生手定词稿，邮沪乞序于夏映庵，未梓而归道山）。

枨触无端，词恳情切，写得悲壮动人。

唐圭璋《虞美人》写道：

乱山迷雾姚州路，不道臞仙去。两年避地走天涯，白发飘萧，日日望京华。
豪情曾击珊瑚碎，几度清溪醉。水磨白苎寂无闻，莺老花残，空忆石桥春。

想到南京大石桥寓所的多年交往承教，尤见情谊之深。当1939年吴梅病逝消息传来时，徐益藩曾写下挽联："十年潜社风流，从此谁堪盟主座？千古放翁心事，弥留应有示儿诗！"可谓在悼念一代学人之时，道出了对国难未平的共同悲哀，因而"望江南何日及升平，魂归乐"（陆维钊《满江红》句），确有特殊含义了。

吴梅一生专攻词曲，但早岁曾用力于经史，他自称"生平之志，五十以后，归田读史。节衣缩食，得涵芬楼二十四史。颇思在此一二年，辞去讲席，专诵此书，以殿本细校一通，当有不少发明处"，但"岂料狂寇肆虐，故里成墟……东望乡关，生还何日"，所以，嘱咐儿孙们："汝曹异日行有余力，须时时读史，以竟我志，子子孙孙，毋忘斯言。"（遗嘱）既然他始终不忘经史，那又为什么要专攻不为传统文人所重的词曲呢？这是由于：他认为，戏曲"雕绘物情，模拟人理，极宇宙之变态，为文章之奇观，又乌可以小技薄之哉"？（《曲选》序）可见，他不以文体分尊卑而重视戏曲，且深感"自逊清咸同以来，歌者不知律，文人不知音，作家不知谱"（《曲学通论》自序），所以，除自己治曲外，还十分注意戏曲教育，他努力继承祖国的文学艺术遗产，挽其颓势、促其发展的精神是十分可贵的。其中，值得一提的是他对曲社的热情支持、扶植，及与艺人的切磋艺术、频繁交往。

吴梅早岁并不通音律，后来，同"江南曲圣"俞宗海（粟庐，俞振飞之父）来往，俞是学之于叶怀庭传人韩华卿，直接继承魏良辅等人所创的水磨腔，因而吴梅从俞粟庐处学的是正统的昆曲。到北京以后，吴梅经常待客、唱曲，他在1934年所写的《拟秦嘉赠妇诗》中回忆道："夕阳对尊酒，丝竹时杂陈。旧京富冠盖，唱和冬及春。君或脱钗珥，治具款众宾。兴至亦引吭，客散即杜门。"即可见唱曲会友的情况。1921年，巨商穆藕初创办的"昆曲传习所"在苏州成立，所址在桃花坞四大营门五亩园，全福班的老艺人沈月泉、沈斌泉等担任了教师，后来曾培养出周传瑛、郑传鉴、张传芳、朱传茗、王传淞等著名的"传"字辈演员。该所成立时，吴梅正在北京大学任教，但他每次回苏州时，都拜访老艺人，同他们共商技艺，并给学生们讲授剧本，他与俞粟庐同是传习所的最好顾问。同年，苏州成立道和曲社，吴梅应邀参加，回到南方后，他热心于曲社活动。曲社集会清唱时，他常亲自擫笛，并教授唱法，校正字音，从不摆出大学名教授的架子，使曲社中人十分感动。吴梅还曾促使爱好昆曲的苏州妇女成立了幔亭曲社，后又成立了同期曲社，常在狮子林唱曲。为使南北曲的创作生命能得以延续，1928年中央大学学生续潜社再度活动，吴梅引导他们将作词改为作南北曲，后来汇刻成《潜社曲刊》。吴梅逝世后，他的学生蔡宝珍所写挽联的下联："拂拂琴弦，合成广陵散。愧说当年薪火，歌余曾作继声人。"可谓是对潜社风流的深情追忆。1932年，南京度曲家在钟山紫霞洞唱曲，成立了紫霞曲社，邀请吴梅任社长，吴梅允之，该社在1934年10月再集会时，又推吴梅为社长，吴梅因著述及教学繁忙，力辞之。但是月的百雷曲社演曲时，吴梅在《游殿》、《孙诈》、《学堂》等出中，还分饰配角，表现出极高的兴致。

除热心于曲社活动外，吴梅还曾指导过著名的戏曲演员，同他们切磋技艺。

1917年，他初到北京，曾指导梅兰芳演《木兰从军》，梅兰芳的新编京剧如《霸王别姬》、《黛玉葬花》、《贵妃醉酒》、《麻姑献寿》等，多请他审阅剧本，有些唱词还经他润色。据卢前《奢摩他室逸话》载："先生云：'梅唱尾声，终不得法，于昆腔究属门外耳。'"可推知梅兰芳于唱昆曲一道从吴梅处当有所获益。在北京时，昆剧演员韩世昌曾拜他为师，当时昆腔在北京已成绝响，韩世昌是北京仅有的天乐园高阳班旦角演员。韩世昌同他的艺术交往几近二十年，直到"七七"事变前夕，他还为韩世昌、白云生授戏、按拍、谱曲。可见，作为一位曲学大师，吴梅堪称理论与实践结合的楷模。

二　吴梅的戏曲美学与戏曲创作论

吴梅的生活期与新文学的主将鲁迅基本相同，这是一个新旧交替的时代。如果说，鲁迅是新小说的开山，那么，吴梅就是古典戏曲的结穴者。

吴梅关于戏曲的论著颇多，计有：《中国戏曲概论》、《元剧研究 ABC》、《顾曲麈谈》、《曲学通论》、《南北词简谱》、《朝野新声太平乐府校勘记》、《长生殿传奇斠律》、《霜厓曲跋》、《奢摩他室曲话》等。其中较重要的有《顾曲麈谈》、《中国戏曲概论》、《曲学通论》、《霜厓曲跋》和《南北词简谱》。

“小说和戏曲，中国向来是看作邪宗的。”（鲁迅《且介亭杂文二集·徐懋庸作打杂集序》）《元史》没有曲家的传记，亦未提及曲。在明代，“祖宗开国，尊崇儒术，士大夫耻留心辞曲”（何良俊《曲论》）。清乾隆时，纪昀等奉敕纂修《四库全书》，才将辞曲类著录，殿于集部之末，然仅列品题论断之词，全不录曲文，虽云“未可全斥为俳优”，但又说“厥品颇卑”，仍视其为文苑附庸。

“国初之学大，乾嘉之学精，道咸以降之辈新”（王国维《沈乙庵尚书七十寿序》），伴随着西学东渐，改良运动的兴起，民主革命的到来，使小说戏曲的创作、改革以至学术上的整理、研究，均呈现方兴未艾之势。

吴梅出身贫寒，学曲全无师承，但由于他在青年时期曾有一个“遂取古今杂剧传奇，博览而详核之”（《顾曲麈谈·原曲》）的过程，又曾与“江南曲圣”俞宗海研讨唱曲法，打下了深厚的根底，且又毕生从事词曲研究教学，所以，他的戏曲理论虽多承袭传统的体例，常称述阐发前人所论，但并不乏深造有得之言和发人所未发之见。他既继承了前人曲论的优秀遗产，又有自己戏曲创作的经验总结，他的理论非但是与实践相结合的产物，而且又是包括戏曲美学、戏曲音律、戏曲创作批评论和戏曲史的集大成的理论，颇值得我们整理研究。

（一）戏曲美学

综观吴梅论著，拟从五个方面论述其戏曲美学思想。

雕绘物情，模拟人理，极宇宙之变态，为文章之奇观

戏曲虽被士大夫目为邪宗，但在元、明、清三代，其创作却极其繁盛，其演出获得一致的喜好。

吴梅多次说过：“乐府亡而词兴，词亡而曲作。”这观点虽然忽视了各种文学形式潜在的嬗递变化规律，而带有机械唯物论的印痕，但他看到了正统与非正统、

“大道”与“小道”的消长变化，与王国维“凡一代有一代之文学：楚之骚，汉之赋，六代之骈语，唐之诗，宋之词，元之曲，皆所谓一代之文学，而后世莫能继焉者也”（《宋元戏曲考·序》）的文学进化观是相近的。在吴梅看来，词亡曲作，并能繁衍不息，是因为“夫词曲之道，俨同乐府，而雕绘物情，模拟人理，极宇宙之变态，为文章之奇观，本不以俚鄙为讳也”（《中国戏曲概论·明人传奇》）。在《曲选序》里，他又重复了上面一段话，并进而问道：“又乌可以小技薄之哉？”

“雕绘物情，模拟人理”，这就是反映自然，表现人类社会生活。而且，由于戏曲与散曲不同，“小令散套，则为自抒胸襟之作，杂剧传奇，则全是代人立言之作”（《辽金元文学史》134 页），戏曲以代言体形式再现社会生活，再现其矛盾冲突，通过人物、情节，通过舞台演出，“莫不出之以惟妙惟肖之言论，所谓以生花灿舌之笔，寄其怡情悦性之趣者”（《辽金元文学史》134 页），以真实感引起观众的幻觉，通过剧作家对生活逻辑的揭示和判断来认识和把握生活。正因为它能以真切感起到诗文所不能起的作用，所以才成为“文章之奇观”，而“不以俚鄙为讳”。

文艺的源泉是生活，文艺也必然反映生活，这是一条铁的定律。毛泽东同志说：“作为观念形态的文艺作品，都是一定社会生活在人类头脑中的反映的产物。”（《在延安文艺座谈会上的讲话》）戏曲也不例外，也应是反映社会生活的，王国维称道元曲之“自然”，殊不知这“自然”正是因为它真实地再现了生活。

吴梅说：戏曲“大率假仙佛里巷任侠及男女之词，以舒其磊落不平之气……自杂剧有十二科，而作者称心发言，不复有冠带之拘束①……其他万事万物，一一可上氍毹，余尝谓天下文字，惟曲最真，以无利禄之见存于胸臆也”（《中国戏曲概论·金元总论》）。他又说：“余尝谓古今文字，独传奇最为真率，作者就心中蕴结，发为词华，初无藏山传人之思，亦无科第利禄之见，称心而出，遂为中古至文。”（《董绶经校订曲海叙》）可见，吴梅认识到，戏曲（无论杂剧、传奇）都是代言体形式，可使“作者称心发言，不复有冠带之拘束”，可以表达真情实感，具有他种文学形式无可比拟的长处。戏曲之大兴于元，是因为在这样一个民族压迫严重的时代，知识分子无从求仕，“至蒙古灭金，而科目之废，垂八十年，为自有科目来未有之事。故文章之士，非刀笔吏无以进身”（王国维《宋元戏曲考·元剧之时地》），正是“百年未几，世运中否，士失其业，志则郁矣”（朱经《青楼集序》），“于是多以有用之才，寓于声歌”②（转引自王骥德《曲律》卷三），所以要“舒其磊落不平之气”。从表面看来，戏曲是“仙佛里巷任侠及男女之词”，实际上却是“寄托致其遥深，寸心吐其滂沛”③（姚华《曲海一勺》），是社会生活的曲折反映，是政治

---

① 冠带：冠和带，官吏或士大夫的代称。

② 原话见明胡侍《珍珠船》卷四《元曲》：“于是以其有用之才，而一寓之乎声歌之末，以舒其怫郁感慨之怀。”

③ 滂沛：波澜壮阔，气势盛大貌。

理想的寄托，是喜怒哀乐的抒发。正因为戏曲是反映社会生活，是表现人民思想感情的，而且具有反映生活面广，“其他万事万物，一一可上氍毹”的特点，所以，“天下文字，惟曲最真”。逮至明清，戏曲也不同于八股时文之用于仕进，它因“无科第利禄之见，称心而出”，故能“为中古至文”。

“再现生活是艺术的一般性格的特点，是它的本质”（车尔尼雪夫斯基《生活与美学》），但是我国戏曲与话剧不同。话剧集中而本质地通过矛盾冲突把客观现实再现于舞台，通过感性认识而诉诸理性，最终在理性上吸引了观众。戏曲固然再现生活，但它包括了唱、念、做、打等音乐、舞蹈的表演艺术的表现因素，所以，它的“美”的观念与西方的出自理性不同。在戏曲艺术中，由于兼含再现与表现的因素，“美”甚至掩盖了“真”：“我欲为帝王，则垂衣端冕，俨然纶綍之音[1]；我欲为神仙，则霞珮云裾，如带朝真之驾。推之万事万物，莫不称心所愿，屠门大嚼[2]，聊且快意”（《顾曲麈谈·原曲》），但是，在舞台“美”的背后，就是生活的“真”：“士大夫伏处蘧庐[3]，送穷无术，惟此一种文字，足泄其抑塞磊落不平之气，借彼笔底之烟霞，吐我胸中之云梦”（《顾曲麈谈·原曲》）。所以吴梅将戏曲与《诗经》并提，认为它“模写物态，雕绘人理，足以鉴古今风俗之变，深合于国风小雅之旨”（《奢摩他室曲丛叙》），这并不是一般的“尊体”，而是指出了戏曲反映社会生活，表现人的思想感情，从而给人们以认识作用，对现实讽颂美刺，对生活作出积极评价。

在我国古代戏曲理论中，围绕着对反映社会生活、表达人的思想感情的认识，始终存在着斗争。

朱权以藩王之尊热心于戏曲，但他认为“礼乐虽出于人心，非人心之和，无以显礼乐之和；礼乐之和，自非太平之盛，无以至人心之和也”（《太和正音谱序》），所以，他说“盖杂剧者，太平之胜事，非太平则无以出”（《太和正音谱》），他否认戏曲对生活真实的反映，认为是太平之世产生人心之和，人心之和产生礼乐戏曲。另一种认识却相反，如李贽在评《拜月》、《西厢》等剧时论道：“且夫世之真能文者，比其初皆非有意于为文也。其胸中有如许无状可怪之事，其喉间有如许欲吐而不敢吐之物，其口头又时时有许多欲语而莫可所以告语之处，蓄极积久，势不能遏。一旦见景生情，触目兴叹；夺他人之酒杯，浇自己之垒块；诉心中之不平，感数奇于千载。”[4]（《杂说》，载《焚书》卷三）明白无误地表达了写真情真事、诉心中不平的戏曲创作见解。汤显祖认为“理之所必无，安知情之所必有”（《汤显祖集·诗文集》卷三十三），以戏曲创作“发乎情”，突出了情的作风。王骥德要求传奇“模

---

① 纶綍：《礼记·缁衣》：“王言如纶，其出如綍。”后因称皇帝的诏令为“纶綍”。

② 屠门大嚼：喻欣羡而不能得，姑凭设想以自慰。

③ 蘧庐：传舍，犹今旅馆。

④ 数奇：旧指命运不好，谓遇事多不利。《史记·李将军列传》载：“大将军青亦阴受上诫，以为李广老，数奇，毋令当单于。”

写物态，体贴人理”（《曲律·论家数》）。李渔进一步指出：“凡说人情、物理者，千古相传；凡涉荒唐、怪异者，当日即朽”（《闲情偶寄·结构第一》），把是否符合人情物理看作传奇传与不传的根本原因。

吴梅的生活期既近，本人又曾以戏曲为武器进行过反清斗争，他自然不会不明了戏曲遗产中民主性精华之所在。但是，在漫长的封建社会中，真正反映人民斗争生活和积极进取精神的戏曲作品毕竟不太多。他出于“人世之事，犹桴鼓也，击之则声，勿击则平”（《湘真阁自序》）的认识，肯定了古代戏曲作家为发泄磊落不平之气而创作，并留下了“雕绘物情，模拟人理”的反映生活的作品，使之成为“至文”。在“清末文士们，专致力于词，对南北曲却谦让未遑”（郑振铎《中国文学研究》）的时代，俗文学尚未得到充分重视，吴梅着力于戏曲研究，并有这样的认识，虽不是石破天惊之见，但仍不失其光彩。

天然之文，反胜于乐官之造作

戏曲本于倚声之文，而文与乐是不可分的。我国历代帝王都有声色之好，都不乏乐府、乐官的设置。御用的乐官文人常从人民创作中汲取营养或成果，并以之改造成合于统治者口味的作品。尽管标榜什么“尼山说诗，不废郑卫，圣世采风，必及下里”，实际上一方面是满足自己的声色之娱，另一方面是对人民所要求的“止乎礼义”。而人民的创作虽常来源于统治者编纂的史书，受到其种种制约，但更多是表现自己的生活和真情实感，“男女有所怨恨，相从而歌。饥者歌其食，劳者歌其事”（何休《春秋公羊传·宣公十五年解诂》），可谓自古皆然。吴梅看到了这种既有斗争又有渗透汲取的关系，微妙而复杂地贯穿于文艺史，他从“自然”上肯定了民间之作，他曾在《读近人词集》一诗中写道：“词何名诗余？余自三百篇。劳人思妇语，托意通天渊。境遇有穷达，性情无变迁。哀乐得其正，咳吐皆名言。水流与花放，妙处在自然。”他综观文与乐的关系史，肯定了反映社会现实生活的金元杂剧的“天然之文”的地位。他说：

> 一代之文，每与一代之乐相表里，其制度虽定于瞽宗①，而风尚实成于社会。天然之文，反胜于乐官之造作。故尼山正乐，雅颂始得所，而国风则不烦厘定②。即后世飨祀符瑞歌功颂德之作③，亦每视为官样文章，不如闾巷琐碎儿女尔汝之争相传述。由斯以例列代乐府之真际，于周代则属风骚，于汉代则属古诗，于晋唐则属《房中》、《竹枝》、《子夜》、《边调》等，于两宋则属诗余，于金元则属杂剧。其作者每多不知谁何之人，而流传特甚，若其摹赓扬而仿咸

---

① 瞽：古以瞽者（失明者）为乐官，因以作乐官之代称。
② 厘：治引，引申为厘正，改革。
③ 飨：祭献。

英者①，徒为一时粉饰，供儒生之考订而已。盖与社会之风尚性情，绝不相入，不合于天然之乐，即不能为乐府之代表也。（《中国戏曲概论·明总论》）

他认识到，那些“飨祀符瑞歌功颂德之作”，那些“徒为一时粉饰”的东西，是成不了乐府的代表的，他所认为“列代乐府真际”的周之风骚，汉之古诗，晋唐的《房中》、《竹枝》、《子夜》、《边调》，宋之词，金元之杂剧，符合天然之乐，是反映人民生活的，是人民自己创作的，或是地位卑下的乐工或文人之作。而这些作品之合于天然之乐，是因为入于社会之风尚性情，是因为它们反映了人民自己的生活和感情。

他又说：

盖声音之道，随时势为变迁。汉《铙吹》兴而《诗》废，“乐府”兴而《铙吹》废，齐梁杂曲兴而“乐府”废，梨园教坊兴而杂曲废，词兴而教坊废，北曲兴而词废，迨南曲兴而北曲已失其真矣，此变迁之显者也。（《张怡庵六也曲谱叙》）

所列的取代前者而兴的历代倚声之文，都是起于民间的俗文学，都是因离人民渐远而重新切近人民，反映人民生活，与生活密切相关的。春兰秋菊，各茂一时，风吹不败，雨润还滋，正是生活的活水催开了一朵又一朵瑰丽的鲜花，生活的源泉使文与乐的生命得以代代更新。吴梅的这一认识不仅具有文学进化的观点，而且比王国维更进一步肯定了俗文学的地位，肯定了南北曲是反映时势变迁、生活发展的最新的、成就最高的倚声之文。

明清二代，不少有识之士很重视民间文学。如李开先就搜辑过市井艳词，并称它们“语意则直出肺肝，不加雕刻”，因为反映了真情实感，出于天然，所以“真情尤足感人”（《市井艳词序》）。王骥德说：“盖北之《打枣竿》，与吴人之《山歌》，不必文士，皆北里之侠，或闺阃之秀，以无意得之，犹《诗》郑、卫诸风，修《大雅》者反不能作也。”（《曲律》卷三）而冯梦龙则更着力于搜集、编纂山歌，且认为这是“民间性情之响”，“山歌虽俚甚矣，独非郑卫之遗欤?”所以其“情真而不可废”（《序山歌》）。刘毓崧认识到“风雅之述志，著于文字，而谣谚之述志，发于语言”，“诚以言为心声，而谣谚皆天籁自鸣，直抒己志，如风行水上，自然成文”（《古谣谚序》）。他们所共同肯定的是民间文学的“真”、“自然”，吴梅也是从这一观点出发，并从文与乐的关系史上综观全局，肯定了“历代乐府之真际”，表明了较为全面、彻底的推崇民间文学、通俗文艺的观点。

---

① 赓扬：续也，见《尔雅》。赓歌扬言，皆谓连续而歌言也。咸英：疑为“咸池”与“英英”。咸池为古乐舞名，周代制定的宫廷祭祀乐舞之一，相传为尧帝之舞。英英为乐声和盛之形容。

与其他文艺形式相较，“戏曲究竟是一种比较地最具有群众性、民主性的艺术形式，它的流传主要决定于广大观众的支持和爱好，而人民的爱好则不是任何统治者所得以强迫的”（周扬《改革和发展民族戏曲遗产》，载《文艺报》1952年24号）。吴梅“天然之文，反胜于乐官之造作”和肯定戏曲反映社会生活的看法虽未达到这样的理论高度，但在当时仍不失为有识之见。

正因为戏曲是“天然之文”，乐府代表，所以，他以一位“富藏书，博闻见，自经史大义，以至古今学术源流文章派别，无不融会贯通”（张茂炯《霜厓三剧序》）的学者，而致全力于戏曲研究教学，在他那个时代是不多见的。

以今时之砌抹，演旧日之声容

历史上的戏曲，既是“仙佛、里巷、任侠及男女之词”，是过去生活的直接或间接反映，那么，时至今日，还能沿袭这些内容吗？对此，吴梅是恪守着戏曲反映生活这一原则的。他沿用李渔之说：“古人呼剧本为‘传奇’者，因其事甚奇特，未经人见而传之，是以得名。可见非奇不传。”（《闲情偶寄·结构第一》）他说：“传奇者，以奇事可传也。事若不奇，势必不传，何必浪费笔墨哉！”并进一步说道：“天下新奇之事，日出不穷，今古风俗之异宜，不知凡几，从此着想，尽有妙文，何必汇集各剧，东割一段，西窃一段，成此千补百衲之敝衣乎？”（《顾曲麈谈·论作剧法》）生活在发展变化，创作也应随生活变化而变化，所以，吴梅反对剧作“东割一段，西窃一段”，成为“百衲衣”。

清末之世，长期积贫积弱的中国先后流动着改良主义和民主主义两股思潮，许多有识之士开始重视小说戏曲对人民群众的教育作用，认识到“欲无老无幼，无上无下，人人能有国家思想，而受其感化力者，舍戏曲末由。盖戏剧者，学校之补助品也”（天僇生《剧场之教育》，载《晚清文学丛钞·小说戏曲研究卷》）。但是，他们不甚了解“感性观照的形式是艺术的特征”（黑格尔《美学》第一卷），以至将演戏与宣传鼓动等量齐观，发表了如此的演剧设想：“初到时操衣革履，高唱爱国之歌，和以军乐，列队而行，绕村一周，然后登台。先用科诨，将是日所演戏本宗旨、事实，演说大势，使观者了然于胸。而曲中所发挥之理论，可藉此展转流传，以唤起国民之精神。”（箸夫《论开智普及之法首以改良戏本为先》，《小说戏曲研究卷》）甚至提倡“采用西法”：“戏中有演说，最可长人之见识，或演光学、电学各种戏法，则又可练习格致之学”（三爱《论戏曲》，《小学戏曲研究卷》）。可谓不中不西，不今不古。

“舞台是一个视觉的集中点”，“就是把生活的戏和内心的戏交织在同一幅图景中”（雨果《〈克伦威尔〉序言》）。即使是西洋话剧的理性重于感性，但生活必须通过形象，理性必须通过感性来表现。吴梅深知我国戏曲是综合艺术，其固然应重视内容，但更不能在再现生活、重视其写实内容之时，轻视其艺术性，轻视其歌唱、舞蹈等表现艺术的手段，要遵循表现艺术的规律，不能舍弃表现程式，否则，就失掉了美，不能通过对舞台上艺术美的欣赏受潜移默化的教育。所以，他恪守我国戏曲美学的传统，在创作实践中，也是这样坚持的。

吴梅在写成他的第一部戏曲理论论著《顾曲麈谈》之前，已作了《风洞山》、《苌弘血》、《轩亭秋》、《暖香楼》等剧，这些作品，与“翠羽明珰[1]，唤醒钧天之梦[2]；清歌妙舞，招还祖国之魂”（柳亚子《二十世纪大舞台发刊词》）的主张是一致的。可见，他不仅从改良主义者那里汲取了营养，而且直接以剧作配合了旧民主主义革命。在此同时，他力图保持我国戏曲美学的传统，既重视内容，又重视形式，既讲理性，又讲感性，且从戏曲宜于表现历史题材的经验出发，不取“西国近今可惊、可愕、可歌、可泣之事”（箸夫语），而提出了“但取历史中事实，其有可惊、可愕、可歌、可泣者，谱成词曲，而复衬以布景……以今时之砌抹，演旧日之声容”（《顾曲麈谈·论作剧法》）的创作主张。

“可惊、可愕、可歌、可泣”，这四个“可”提出了审美范畴的崇高与悲剧性问题。

我国有悲剧感薄弱的传统，戏曲作品中大都“始于悲者终于欢，始于离者终于合，始于困者终于亨”。（王国维《红楼梦评论·红楼梦之美学上之价值》）吴梅说：“余尝读明人诸曲，往往以婢女代嫁，亦属厌套。又生必贫困，旦必贤淑，先订朱陈[3]，而女家或毁盟，或赖婚，当其时必有一富豪公子，见色垂涎，设计以图杀生者，女父母转许公子，而生卒得他人之救，应试及第，奉旨完婚，置公子于法，然后当场团圆。十部传奇，几有五六种如此者。”（《顾曲麈谈·论作剧法》）这种歪曲生活的作品愈来愈被有识之士所厌弃，以至有人深刻指出“剧界多悲剧，故能为社会造福，社会所以有庆剧也；剧界多喜剧，故能为社会种孽，社会所以有惨剧也”。（蒋观云《中国之演剧界》，《小说戏曲研究卷》）吴梅懂得悲剧与崇高的关系，认识到爱国思想、民族气节、高尚的道德情操若进入审美范畴，则能以其具体可感的艺术形象作出伦理道德的审美评价和审美判断，通过对崇高的美的欣赏影响和教育读者观众。他的《苌弘血》、《风洞山》、《轩亭秋》是政治悲剧，他的《落茵记》、《双泪碑》是社会悲剧，前者以其崇高壮美激起人们惊愕、感奋之情，以投入反清的斗争，后者以其缠绵的幽美使人或感或泣，起而关注妇女命运和社会问题。所以，“演旧日之声容”既是取材于历史事实中的“可惊、可愕、可感、可泣”者，就首先使这一创作主张带有了与传统戏曲不相蹈袭的根本性变革，而且有进步性。

此外，其进步性还体现在坚持文艺反映生活，强调文艺的兴发感动、陶冶感情，坚持创造，反对剽窃，力求内容与形式能得到较好的统一这一根本上，并承认随着

---

① 珰：女子耳饰。

② 钧天：天之中央，“钧天之乐”的简称。元好问《步虚词》曰：“人间听得《霓裳》惯，犹恐钧天是梦中！”

③ 朱陈：古村名。白居易《朱陈村》诗：“徐州古丰县，有村曰朱陈……一村唯两姓，世世为婚姻。”后遂为联姻的代称。

生活的发展，戏剧表演中亦应随之变动的“今时之砌抹”。但是，在辛亥革命之后，吴梅的民主主义思想未能进一步发展，他的目光并未投向现实生活的纵深处，因而，在创作实践上，他从密切配合政治形势转而为寻觅表现个人生活遭遇的历史题材（如《无价宝》、《惆怅爨》），可见，仅强调取材于历史，无疑是在“可惊、可愕、可感、可泣”的背后还包含着保守的一面。

即便有保守性，我们也还应该说，吴梅认为戏曲的素材应取自历史事实中的“可惊、可愕、可感、可泣”者，是具有时代进步性的。“以今时之砌抹，演旧日之声容”的创作主张，既体现了他反对戏曲表演荒诞、淫乱内容，坚持戏曲反映生活本质、主流，要求戏曲具有美学价值，表明了严肃的创作态度；同时，这一创作主张也体现了民族性，符合古典戏曲的表演形式和人民的欣赏习惯，既道出了戏曲宜于表现历史题材的特点，又体现出汲取现代戏剧的道具、布景写实性的改革观，且不像那种光、电的古今中外的生硬杂糅。总之，戏曲既破旧剧之樊笼，又示新剧以津逮，尽管不够完美，但基本上是值得肯定的。

用故事不可蹈虚，用臆造不可征实

戏曲既然应取材于历史，“演旧日之声容”，但是，到底应该怎样取材，进行创作呢？

吴梅由于时代与阶级的局限，尚未能认识到现代文艺理论的典型论和创作方法论。但他提出的“用故事”、“用臆造”、“征实”、“蹈虚”，却很有见解。

何谓“事实（故事）”和“臆造”呢？他说：“传奇家门副末开场，必云演那朝故事，那本传奇，明人院本，无不如是也。其云故事，必系取古人事实而谱之，非凭空结撰可知也。”这就是“事实”。他又说：“顾文人好奇，多喜作狡狯伎俩，于是有臆造一事，怪幻百出，以恣肆其文字”。这就是“臆造”。（均见《顾曲麈谈·论作剧法》）

吴梅的“演旧日之声容”是主张通过“事实”与“臆造”来向历史取材的，也就是说：戏剧的题材既要符合历史事实，但又不排除“幻生”。诚然，吴梅认识不到艺术典型“源于生活，高于生活”，但他在《酌事实》一节中进而阐明的“用故事则不可一事蹈虚，用臆造则一事不可征实”的具体原则，却基本上是符合“现实主义”、“浪漫主义”创作方法的。在理论上，他对此未作详细阐述，而是在评价前代优秀剧作时，对现实主义和浪漫主义的杰构《桃花扇》和《牡丹亭》表示赞赏，高度服膺其典型意义。他说：“二书一实一虚，各极其妙，余每读其文，辄有季札观止之叹。”（《顾曲麈谈·论作剧法》）在《中国戏曲概论》中，他称《桃花扇》“自是精心结撰，其中虽科诨亦有所本，观其自述本末，及历记考据各条，语语可作信史。自有传奇以来，能细按年月确考时地者，实自东塘为始。传奇之尊，遂得与诗文同其声价矣”。他又认为《牡丹亭》“肯綮在生死之际。惊梦、寻梦、诊祟、写真、悼殇五折，由生而之死；魂游、幽媾、欢挠、冥誓、回生五折，由死而之生。其中搜抉灵根，掀翻情窟，为从来填词家屐齿所未及，遂能雄踞词坛，历劫不磨也”。《桃花扇》之“实”是“虽科诨亦有所本”，“语语可作信史”；而《牡丹亭》之“虚”，是“肯綮在生死之际”，可以“由生而之死”，又能“由死而之生”。可见，吴梅以《桃花扇》和《牡丹亭》作为“实”、“虚”二法的范本。

“虚”、“实”之说李渔曾详细道及，他在《闲情偶寄》中说：“若纪目前之事，无所考究，则非特事迹可以幻生，并其人之姓名，亦可以凭空捏造，是谓虚则虚到底也。”至于取材历史，则“欺之不得，罔之不能，所以必求可据，是谓实则实到底也。若用一二古人作主，因无陪客，幻设姓名以代之，则虚不似虚，实不成实，词家之丑态也，切忌犯之”。由李渔所论可知，他认为取材于当前生活的应该“虚则虚到底”，而取材于历史者则应“实则实到底”。不用讳言，李渔之见固然表明了其戏曲理论立足于“反映真实”，但将文学视同历史，却无视了文学创作的特征，表现出较大的缺憾。

吴梅虽也有“实则实到底”，“虚则虚到底”之说，亦有强分虚、实疆界的形而上学观点，且认为“古人往事，未使改易，填词者须以文就事，不可自行增损”，但他同时看到了“臆造之可以举动自由”，尤其在社会大变动之时，目睹戏曲艺术的宣传鼓动作用，看到了“臆造”之自由驱遣，长于抒情的特点，所以说“不若鼓我笔机，使通本可泣可歌，足以为社会之警钟，观场者亦眉飞色舞，不自知心之何以若此之为愈也”。在强调不同创作法的基本倾向时，他并不认为古事只能用实，现实只能用虚，他之肯定同为古事的《桃花扇》、《牡丹亭》即是例证。在他自己的剧作中，尤可见“虚”“实”结合的努力尝试，如取材于瞿式耜后人瞿锡元所著《庚寅始安事略》的《风洞山》，其中爱情一线的男女主角，就是虚构的，《惆怅爨》亦有虚构成分，他以现实入戏的《苌弘血》、《轩亭秋》则全系事实，他写现代妇女问题题材的《落茵记》、《双泪碑》则或出于杜撰，或有所本。

可见，吴梅关于“臆造”、“事实”、“虚”、“实”的看法，已超越李渔。但是，对用“事实”、“臆造”成功与否的标准的看法，吴梅与李渔则是一致的，这就是“既出寻常视听之外，又在人情物理之中”（见《笠翁文集》，《笠翁一家言全集》卷一）；“是以词家所谱事实，宜合于情理之中”（《顾曲麈谈·论作剧法》）。吴梅批评了顾大典的《青衫记》、汪廷讷的《狮吼记》，指出前者“通本荒唐，都是梦话”，后者“鬼魅杂出”，其原因就是因为它们不合情理，所以走入了魔道。依此看来，这是否与吴梅对《牡丹亭》的心折产生矛盾了呢？不然。因为“明之中叶，士大夫好谈性理[①]，而多矫饰……若士一切鄙弃，故假曼倩诙谐，东坡笑骂，为色庄中热者下一针砭[②]。其言曰：‘理之所必无，安知情之所必有？’……盖惟有至情，可以超生死忘物我，而永无消灭”（《中国戏曲概论·明人传奇》）。所以，《牡丹

---

① 性理：宋儒言性命理气之学。
② 色庄：外貌庄严而无实者。

亭》的“自死而之生”虽不合常理常情，却与至理至情并不相背，吴梅反对的是荒诞不经，愚弄观众，却首肯以奇变之笔，写出真正合于情理的好作品。“一桩不可能发生而可能成为可信的事，比一桩可能发生而不可能成为可信的事更为可取。”（亚里士多德《诗学》第二十四章）李渔、吴梅“合情合理”的说法与西方古典理论家说法是暗合的。

总之，吴梅认为现实主义的创作法（用故事）应具有征实性，即本于史，入于情，合于理，而浪漫主义创作法（用臆造）则应具有蹈虚性，即出于虚构，离乎常情，悖于常理。但总的精神则是要求最终必须合乎情理。他还认为应以“用故事”为主，“用臆造”为辅，其原因是史实足资取材：“余观各人说部中尽有慷慨激昂，为前此词家所未及者”，而且“用故事较臆造为易，何也？故事已有古人成作在前，其篇幅结构不必自我用心，但就原文编次，自无前后不接，头脚不称之病。至若自造一事，必须先将事实布置妥贴，其有挂漏之处，尤宜随时补凑。”（《顾曲麈谈·论作剧法》）但他又认为，“临川诸作，《离魂》最传人口，顾事由臆造，遣词命意，皆可自由。其余三梦，皆依唐人小说为本，其中层累曲折，不能以意为之，剪裁点缀，煞费苦心”（《中国戏曲概论·明人传奇》）。可见，他又以才大者偶用“臆造”为好。

吴悔的这些看法，坚持了唯物主义的认识论，坚持了我国优秀的现实主义文学传统，但同时也暴露了思想方法和美学观的缺陷。

虚实问题实质上是忠于生活还是离开生活的问题。汉代杰出思想家王充就指出过：“世俗所患，患言事增其实”，提出不应“失实离本。”（《论衡·艺增》）刘勰认为“饰穷其要，则心声锋起，夸过其理，则名实两乖”，倡导“夸而有节，饰而不诬”（《文心雕龙·夸饰》）。吴梅“用故事不可蹈虚”就是要求创作忠于生活，忠于历史，不能失实。但是，他对“实”的理解过于刻板，甚至认为“则凡时代、朋旧、舆地、水火、盗贼、刀兵、衣服，及关涉其人一切诸事，皆当凿凿可据，确确可征，虽在科诨之间，亦不可杜撰一语”，并截然分开虚实界限，认为“虚实二义，填词者于未下笔时，必先认定”（《顾曲麈谈·论作剧法》），这就表明了他过于绝对化的形而上学看法。

“艺术性没有‘想象’是不可能有的，是不会存在的”（高尔基《文学论文选》47页）。如果没有创作过程中通过“蹈虚”的虚构、夸张、想象的加工，那么，作品就只能是对生活的刻板实写，或是纯粹自我发泄、表现的主观之作，就不能做到“文艺作品中反映出来的生活却可以而且应该比普通的实际生活更高，更强烈，更有集中性，更典型，更理想，因此就更带普遍性”（毛泽东《在延安文艺座谈会上的讲话》）。戏曲表现人，更多是表现古人，而“人们总是很容易把我们所熟悉的东西加到古人身上去，改变了古人”（黑格尔《科学史讲演录》第一卷第112页），在欣赏的过程中，观众进行美的再创造，生活和人的再创造，就并不完全排斥这种改变，甚至很自然地接受它。正如狄德罗所说：“……戏剧作家要在他的作品的整个结构里贯穿一个显明而容易觉察的联系；所以比起历史学家来，他的真实性要少些，而逼真性却多些。”“……悲剧作家从历史中借过来的众所共知的部分，使得他想象出来的东西也被观众当作是历史的东西而接受了。”（《论戏剧艺术》）

歌德曾说过：“每一种艺术的最高任务即在于通过幻觉，产生一个更高真实的假象。”（《诗与真》）可见，典型性应该高于事事求真的“真实性”。王骥德说：“戏剧之道，出之贵实，而用之贵虚。”（《曲律》卷三）正确阐明了“出”与“用”的虚实关系。凌廷堪论曲绝句写道：“若使硁硁征史传，元人格律逐飞蓬。”鲁迅则说：“艺术的真实非即历史上的真实……因为后者须有其事，而创作则可以缀合，抒写，只要逼真，不必实有其事也。”（《答徐懋庸·1923·12·20》）可见，“虚”“实”并非水火难容。吴梅尽管也说过“元剧之胜，正在荒唐”，却因为其理论的局限，所以，其戏曲批评中除发见少数作品的寄托之意外，基本上走的是索求“本事”的途径，尚未脱前代文人“原事”式的批评习气。

尚有一点应指出。吴梅不懂得典型理论，并未能从美学上了解舞台是幻觉的领域，而不是现实的领域，这固然是其“用故事不可蹈虚”的认识基础，但他之固守昆剧传统，尤其是遵奉清代以来形成的“苏州风范”，也是他强调一切真实，甚至全部细节真实的原因。我们可以引一则资料说明这问题。“昆剧缜密，迥非乱弹可比。非特音节台步，不能以己见损益，服饰亦纤屑不能苟。剪发卖发一出，扮赵五娘者例不得御珍饰。吴郡正旦某一夕演此剧，偶未袒其常佩之金约指，台下私议戚戚，某即颦蹙向台下曰：家贫如此，妾何人斯！敢怀宝以陷于不孝？言次，袒约指，掷诸台下曰：此铜质耳，苟真金者，何敢背古人发肤之训，剪而卖之乎？私议乃息。”（徐珂《曲稗》，见《新曲苑》第七册）这种“苏州风范”固然不失严肃的艺术态度，但此时，已是京剧全盛、昆剧极度衰靡的时代，京剧的服装、道具、化妆等强调的是人物身份、性格区别，而不是历史的真实，以其写意性和程式化表现出真与美并重的思想，表现出大众化和普及性。吴梅认为一切细节均要“凿凿可据，确确可征”，但同时又可用“今时之砌抹”，则可见他是在严守昆剧风范基础上吸取话剧之长，而不是从京剧汲取经验，则可见改革和保守思想并存的复杂现象。

感心脾　补风化　动观听

明清以来，为迎合小市民的低级趣味，相当多的戏曲作品带有怪诞、色情等特点。梁启超曾指出：“中国小说之范围，大都不出诲怪、诲淫、诲盗之三项外，故所演戏曲，亦不出此三项。”（《小说戏曲研究卷》334页）此语固然偏激，并有一笔抹煞优秀的现实主义小说之嫌，但当时无疑是存在着不良的创作倾向，淫乱、荒诞戏在舞台上泛滥成灾。因而，三爱《论戏曲》一文提出了“不可演神仙鬼怪之戏”，“不可演淫戏”，“除富贵功名之俗套”等主张。从清末舞台看，《五雷阵》、《南天门》、《武松杀嫂》、《下情书》、《封龙图》、《红鸾禧》、《天开榜》、《双官诰》等戏都仍在流行，民国以后，余势未衰。所以，吴梅标举《桃花扇》、《牡丹亭》，提出“实”和“虚”的创作法，是具有时代进步性的。而且，面对明清以来传奇创作的大量成果，他既批评了庸俗低级、荒诞不经的不良风气，又反对了剽窃、抄袭，总结出正确的创作方法，表明了严肃认真的创作态度，实是有功于剧坛。

吴梅虽未像某些曲论家那样对清末剧坛嗜痂成癖的颓风大加挞伐，但却提出了戏曲应反映历史上和现实中的生活，而且也从正面阐述了戏曲对生活的反作用：

剧之作用，本在规正风俗。顾庄论道德，取语录格言之糟粕，以求补救社会，此固势有所不能也。就人心之所向而为之无形之规导，则不妨就末流之习，渐返于正始之音，故新异但祈不诡于法而已。（《顾曲麈谈·论作剧法》）

并进而提出“最妙以前人说部中可感可泣，有关风化之事，揆情度理，而饰之以文藻，则感动人心，改易社会，其功可券也”（《顾曲麈谈·论作剧法》）。

由此可见，吴梅认为戏曲具有“规正风俗”、“感动人心”、“改易社会”的作用。这看法，远承孔子“移风易俗，莫善于乐”之见，同时又受到了晚清改良主义、民主主义者曲论的影响。如改良主义者天僇生说过：“国之兴亡，政之理乱，由风俗生也。风俗之良窳，由匹夫匹妇一二人之心起也。此一二人之心，向外物之所濡，耳目之所触，习而成焉者也……盖乐歌仅有声，而演剧则兼有色，其大旨不外惩恶而劝善。”所以称戏剧为“学校之补助品”（《剧场之教育》，见《小说戏曲研究卷》55—57页）。民主主义者陈去病则更为具体地论道：“或编明季稗史而演汉族灭亡记，或采欧美近事而演维新活历史，随俗嗜好，徐为转移，而潜以尚武精神、民族主义，一一振起而发挥之，以表厥目的。夫如是而谓民情不感动，士气不奋发者，吾不信也。”（《论戏剧之有益》，《小说戏曲研究卷》66页）

在辛亥革命前，吴梅正如自己老友陈去病所说的那样，以自己的剧作来感动民情，奋发士气，唤起民族主义，配合民主革命。而他成于民国之后的曲论，则着重于肯定戏曲对改造社会风俗的作用。

戏曲怎样才能取得应有的认识、教育作用呢？吴梅进而提出戏曲批评的标准，他认为能“规正风俗”、“补救社会”的剧作必须是真、善、美的统一，即既感人心脾又动人观听的作品，才能达到补偏救弊之旨。他说：

大抵剧之妙处，在一真字。真也者，切实不浮，感人心脾之谓也……新之有道，异之有方，总期不失情理之真。俾观者知所惩劝，而无敢于为恶，斯亦可矣。以索隐行怪之俗[①]，而责其全反中庸[②]，此必不可得之数也。不若以有道之新，易无道之新，以有方之异，易无方之异，则庶几人皆乐于从事，而案头

① 索隐行怪：《汉书·艺文志》载：“孔子曰：‘索隐行怪，后世有述焉，吾不为之矣。’”颜师古注：“索隐，求索隐暗之事，而行怪迂之道。”这是孔丘指当时违反中庸之道的言行。

② 中庸：朱熹注：“中者，无过无不及之名也。庸，平常也。”

场上，交相为美，此真之说也。（《小说戏曲研究卷》）

吴梅此处关于“真”之说，其要点有三：

第一，“真”要做到切实不浮，感人心脾。

第二，“真”要不失情理，要有所惩劝。

第三，“真”要因之以人们喜新尚异之势，导之以“道”与“方”。通过案头场上交相为美的高台教化作用，使“人皆乐于从事”。

既要惩恶劝善，就必然提出“善”的要求。所以吴梅又说：

传奇之作，用之代木铎[①]。因世间愚夫愚妇，识字知书者多，劝之为善，诫之为恶，其道无由，乃设此种文字，借优人说法，与大众齐听，意谓善者如此，恶者如彼。而文人才士，亦各出其心思才力，以成此锦绣之文，是药人寿世之方，救苦弥灾之具也。（《小说戏曲研究卷》）

既然戏曲对观众来说是“药人寿世之方，救苦弥灾之具”，所以，对作者来说，就应“务存忠厚之心，勿为残毒之事”。

要想起到“有裨风教”的“善”的目的，戏曲必须“动观听”，怎样才能动观听呢？吴梅在“真”之后，紧接谈了“风趣”：

其次须有风趣。近日人情，喜读闲书，畏听庄论，太史公谓“谈言微中[②]，亦可以解纷”此言于传奇中最合……若掇拾市井谑语，或秽亵不文，则又一无足取。盖风趣虽不可少，而惩劝要有所归，设遇未便明言之处，正不妨假草木昆虫之微，以寓扶偏救弊之旨，所谓正告之不足，旁引曲喻之，则有余也，此风趣之说也。（《小说戏曲研究卷》）

因为人们“喜读闲书，畏听庄论”，而戏曲正是形象的艺术，最适于“寓教于乐”，所以，要起到“教”的作用，必须以“趣”求“乐”。然而，吴梅在这儿又划清了“风趣”与“秽亵”的界限，提醒人们不要忘记“惩劝要有所归”，在吴梅看来，戏曲是对“庄论”的“正告之不足”起“旁引曲喻则有余”作用的。

他又说：“真，所以补风化，趣，所以动观听，而其唯一之宗旨，则尤在于美之一字。”由此可见，他既理解戏曲的认识作用、教育作用，又重视其美感作用。将其所论，略作调整，那就是：好戏必须是感心脾（真）、动观听（趣，亦即美的基本要素，其余则分别见于结构、词采、宾白、音律等方面），只有“真”和“美”

---

① 木铎：木舌的铃，古代施行政教传布命令时用之。亦可喻为宣扬教化的人。

② 谈言微中：语出《史记·滑稽列传》，谓谈婉善讽，曲中事理。

的戏曲，才能达到补风化的“善”的目的。换言之，只有那些较充分地体现出认识作用和美感作用的作品，才能较好地起到教育作用，发挥其社会功能。

吴梅关于戏曲真、善、美的看法，从剧作者和观众两方面着眼，不是从一时的功利出发，而是提出了较为长远和根本的标准，可以说是古典文艺理论、古典曲论关于戏曲社会职能的一个较为全面、正确的继承和总结。

真、善、美三者是不可分的。

“只有真才美，只有真可爱”（法国布瓦罗《诗简》第九章）。从王充高呼“疾虚妄”始，我国现实主义文学家、理论家都倡导文艺创作的“真”，吴梅认为剧作取材“最妙以前人说部中可感可泣、有关风化之事”，就是要其“真”。“艺术是现实底复制；从而，艺术的任务不是修改、不是美化生活，而是显示生活的实际存在的样子。”（《别林斯基论文学》106页）没有真，就没有艺术的生命，所以，坚持现实主义精神的作家，一定要忠实于生活，要按照生活的本来面貌反映生活，只有真实的反映生活，才是“切实不浮”。

然而，真实并不是冷淡地描摹生活，作家应该“每自属文，尤见其情”（陆机《文赋》序），艺术之作为审美对象，还必须具有热烈真挚的感情，这样，才能从感情上去激动人，引起读者观众的欢愉、悲伤、愤怒或仇恨，所以，只有真挚，才能打动人，才能“感人心脾”。

要做到创作之真，尤其是感情之真，就要善，才能爱和恨都有所归。作家一定要“善”，要有文德，要“务存忠厚之心，勿为残毒之事”。言为心声，“仁者之言蔼如”，志洁才能行芳。吴梅在进行戏曲批评时，常结合论人来评文，他十分首肯白朴“既不欲高蹈远引，以抗其节，又不欲使爵禄，以干其身，于是屈己降志，玩世滑稽”，“视荣利蔑如也”（《梧桐雨跋》）的品格，他极其赞赏汤显祖“为色庄中热者，下一针砭”之举。他虽认为阮大铖“固深得玉茗之神也”，但又说“其人品固不足道”，他虽多处祖述李渔的曲论，但又极其鄙薄他的人品。事实上，李渔的曲论虽颇为精当，但他告诫别人勿犯的浮泛、粗俗、淫亵、俗恶等忌，自己却屡犯之。所以只有作家有善良的心，才能把握和遵循生活的本质规律，如实反映生活，在作品中表达善良、美好的感情，才能劝人为善，诫人为恶，让人懂得正确的爱憎。

但是，真实的生活和真挚的感情，还必须变成艺术形象，在作家的笔下，现实生活应该具有鲜明生动性，使人觉得如在目前，具有立体感。在吴梅看来，戏曲既然在表现情节中塑造人物，就要求“要使其人须眉如生，而又风趣悠然”，要免去头巾腐气，要讲“机趣”：“机者，传奇之精神；趣者，传奇之风致。少此二物，则如泥人土马，有生形而无生气”。“机”就是局机，偏于情节结构的安排布置。“趣”一是情节的“谈言微中，亦可以解纷”；一是语言的不带道学气，不呆板，要有风趣（均见《顾曲麈谈·论作剧法》）。所以，美必须真，但真并不一定美，要创造优秀的艺术作品，还必须在“真”的基础上求“美”。

吴梅关于真和美关系的看法虽有新意，但并不完整。

因为“美术者，有三要素：一曰天物，二曰思理，三曰美化”，“故作者出于思，倘其无思，即无美术。然所见天物，非必圆满，华或槁谢，林或荒秽，再现之际，当加改造，俾其得谊，是曰美化，倘其无是，亦非美术”（鲁迅《儗播布美术意见书》）。这“美化”是由“真”到“美”的必然过渡，尽管鲁迅所论过简，但所谓“美化”实际上包含着典型化问题。把生活真实转化为艺术真实，就要反映出生活的本质和规律，就要对生活现象进行概括提炼，对人物进行加工，创造生活的典型环境和人物的典型性格，使作品具有“巨大的思想深度和意识到的历史内容，同莎士比亚式的情节的生动性和丰富性”（《马克思恩格斯论艺术》第一卷37页）。对此，吴梅是认识不到的，所以，尽管他从作家的主观动机和客观艺术效果上强调了真、善、美，也看到了作者和读者的联系，但由于看不到真和美之间的“美化”、典型化的中介，所以，他的看法就带着较大的缺陷。

此外，吴梅毕竟是一个接受旧传统颇多的文人，他视传奇代木铎，劝善诫恶，看法未免过于陈腐；他的“愚夫愚妇”说，可见对下层人士的轻视；称戏曲为“药人救世之方，救苦弥灾之具”，未免夸大了戏曲的作用。他之感慨“风俗之靡，日甚一日，究其所以日甚之故，皆由于人心之喜新尚异”，未免流于空泛，难以知其所指。他“俾观者知所惩劝，而无敢于为恶”和“有裨风教”等观念也过于抽象。总之，在整个国家、社会正处于历史激变时期，他的认识却缺乏鲜明的阶级性和强烈的时代感，这是颇令人遗憾的。

（二）戏曲创作论

在吴梅的青年时代，昆乱竞争早已胜负分明，昆曲仅余下北京和苏南两个阵地。在北京，宣统元年（1909），肃亲王善耆组织安庆昆弋班，在东安市场的东庆茶园演出。在苏州，则有全福班和鸿福班旧人组成的聚福班的演出，上海有该班另组的金桂班。此时，昆曲的演出虽不乏人材，但营业已难于自振，艺人的行头破烂到极点。在这样的情况下，即使是苏州，昆曲也大有失传之势。

正因为如此，吴梅才“遂取古今杂剧传奇，博览而详核之”，潜心研究数年，然后“置流俗毁誉于不顾”，把自己的研究结果“用贡诸世，以饷同嗜者”（《顾曲麈谈·原曲》）。

由于体验过创作的甘苦，吴梅深知作剧之难不唯难在要注意字音的平仄阴阳、清浊高下，区分宫调曲牌的悲欢喜怒，在煞费苦心分宫配调之后，还得兼顾字格、用韵。还难在作者为音律拘缚，左支右绌之外，在语言上要避免典雅凝炼，力求本色。因而“故论其难，几令人无以下笔”。除了在形式上极见其难以外，更难在戏曲文学本身所具特征：代言体和剧场性。

吴梅说：“……惟此一种文字，足洩其抑塞磊落不平之气，借彼笔底之烟霞，吐我胸中之云梦。”此说有二义：其一，作剧要有激情，这就是“抑塞磊落不平之气”，亦即感情是作剧的基础，戏曲在叙事的表演中具有强烈的抒情性。其二，这种“抑塞磊落不平之气”是通过“借彼笔底之烟霞”来表现的，也就是说，戏曲不是直接的抒情，而有“借”的特点，亦即：戏曲是一种代言体的文艺形式。

除了代言体外，戏曲用以演出，必然具有剧场性。吴梅说：“尝疑古今曲家，自金源以迄今日，其间享大名者，不下数百人，所作诸曲，其脍炙人口者，亦不下数十种，而独于填词之道则缺焉……于是宗《西厢》者，以妍媚自喜，宗《琵琶》者，以朴素自高。而于分宫配调，位置角目，安顿排场诸法，悉委诸伶工，而其道益以不彰。”（《顾曲麈谈·原曲》）他认为，一个完全的剧作家不能只考虑戏曲的文学性，而且要考虑其用于演出的“分宫配调，位置角目，安顿排场诸法”。

吴梅看到虽有前人的《中原音韵》和《九宫曲谱》二书，但“止供案头之用，不足为场上之资”，他怀着振衰救弊之志，以“文章天下之公器，非我之所能独私”为念，“遂将平生所得，倾筐倒箧而出之，使人知有规矩准绳，而不为诵读所误”（《顾曲麈谈·原曲》），就传统戏曲的创作，总结出系统而深刻的理论。

吴梅继承了明清二代曲论家的戏曲理论遗产，尤其是沿用了李渔在《闲情偶寄·词曲部》所列结构、词采、音律、宾白、科诨、格局的体例，对各项加以适当增删调整，结合自己的独到见解，条分缕析，就戏曲结构、语言、宫调、音律、度曲、作曲等方面，作了详尽的阐述。

总以脉络分明，事实离奇为要——论结构

我国戏曲不同于西方戏剧固有的通过摹仿（见亚里士多德《诗学》）再现生活，它长期受诗词创作和批评的影响，在表演上又有程式化、虚拟化的特点，使“再现”中有“表现”，“真”与“美”并重，所以，结构问题未得到足够的重视，但有识的戏曲理论家对此亦不无灼见。

李渔说：“至于‘结构’二字，则在引商刻羽之先，拈韵抽毫之始，如造物之赋形，当其精血初凝，胞胎未就，先为制定全形，使点血而具五官百骸之势，倘先无成局，而由顶及踵，逐段滋生，则人之一身，当有无数断续之痕，而血气为之中阻矣。”（《闲情偶寄·结构第一》）可惜的是，李渔之后，有清一代的曲论家，竟鲜有谈及戏曲结构者。王国维是清末曲学研究大家，但论曲仅言意境。随着清末改良和革命的迭起，戏曲被看作普及爱国主义、救亡图存的速效工具。然而，染指戏曲之人虽多，好作品却极少，许多仅是抒情套曲，缺乏情节，没有动人的艺术力量，正如吴梅所说：“尝读近人传奇，惜其惨淡经营，用心良苦，而终不能被管弦副优孟者，非审音协律之难，而结构全部规模之未尽善耳。”（《顾曲麈谈·论作剧法》）

吴梅很重视李渔的戏曲结构理论，他承李渔之说，并益之曰：“填词之道，如行文然。必须规矩局度，整齐不紊，则一部大文，始终洁净，读之者虽觉山重水复，而冈峦起伏，自有回顾纡徐之致。数十出中，一出不能删，一出不可加，关目虽多，线索自晰，斯为美也。故填词者，在引商刻羽之先，拈韵抽毫之始，须将全部纲领，

布置妥帖。何处可加挠折？何处可设关目？角色分配如何？可以匀称，排场冷热如何？可以调剂。通盘筹算，总以脉络分明，事实离奇为要。”（《顾曲麈谈·论作剧法》）

由此可见，吴梅所谈的结构，已不限于文学结构本身，而是从整个演出之本来谈，也就是说，他所强调的“总以脉络分明，事实离奇为要”，已是包括从文学角度的情节结构，到舞台演出的设关目、分角色、剂冷热，更具有总体性质，更注意剧场性。

戏剧既然是代言体，具有剧场性，因而其特点之一就是“把已经完成的事件当作好像目前正在发生的事件表演在读者或观众面前”（别林斯基《诗的分类》）。受着演出时间和舞台空间的限制，高度的概括和集中就成了戏剧文学的重要特征。

按照西方古典主义的美学规范，戏剧是“对于一个完整而具有一定长度的行动的摹仿”（亚里士多德《诗学》第七章），戏剧行动与行动时间、地点具有一致性，戏剧行动经过简化，凝缩为锁闭式结构，从古代悲剧直至17世纪高乃依的剧作，都属于这种结构类型。

随着社会生活的发展，三一律受到了挑战，剧作家在企图按照生活的原貌表现生活的同时，力求表现出生活的生动性和丰富性，于是，戏剧行动经过复杂化，扩展为开放式结构，莎士比亚的作品可谓得其风气之先。

我国戏剧诞生得晚（比之希腊），却成熟得早，在元杂剧的时代，就采用了开放式结构。元杂剧虽是四折一楔子，但都表现了完整的故事情节，进入明传奇阶段后，动辄数十出，这固然有助于充分展示戏剧矛盾，增多角色行当，改变了一人独唱，较之元杂剧结构的大体不出起、承、转、合，“至第四折往往强弩之末”，草草收场，也更多变化。但是，从创作素材来说，明传奇要较元杂剧狭窄得多。元杂剧既取材于正史野史，也从笔记小说、讲史话本乃至童蒙读物中汲取创作源泉，当然，更有相当多的作品出自元代的现实社会生活，呈现了极大的丰富性。明传奇则不然，几乎都以唐代传奇故事挥洒敷衍成立，正如吴梅所说“明人院本，颇喜采唐人小说”（《酌事实》条），这固有情节离奇，使人耸动之长，但恣肆渲染过甚，则又使剧本结构臃肿凌乱。所以，李渔之于清初，就慨叹“头绪繁多，传奇之大病”，告诫以“作传奇者，能以‘头绪忌繁’四字刻刻关心”（《闲情偶寄·结构第一》）。

清末之世，国衰政弊，爱国之士倡图存救亡，南洪北孔之后渐趋不振的戏曲又得到作家和理论家的重视。他们看到了戏曲高台教化的速效作用，其原因就在于戏曲的形象、直观，“彼也间接于通人，此则普及于社会，对同族而发表宗旨，登舞台而亲演悲欢，大声疾呼，垂涕以道”（陈去病《论戏剧之有益》）。但此时的剧作，虽多慷慨之气，艺术上却多无足称，作者多不懂戏剧的特殊规律，许多作品根本称不上是“剧”，人物虽多激昂之语，却乏丰满的形象，毫无情节，或杂乱无章，乱纷纷地上台下台。

对此，吴梅是以复古而求其正的，他祖述李渔“立主脑”之见，重申“一人一事，即所谓传奇之主脑”，强调“然必此一人一事，果然奇特，确有可传，则不愧传奇之目”。

戏剧与其他文学样式的主要不同点在于它以人占主要地位，以戏剧冲突的形式来再现行动，展现性格，而不是以描述事件为主。因受制于时间和空间，所以应注意结构上的尽量凝缩。西方古典悲剧服从三一律，属锁闭式结构，中国戏剧近开放式结构。但就“凝缩”而言，则是共同的。

我们知道，戏剧不仅立足于案头，更要可演，因而，就不能忽略剧场性的特征。作为中国戏剧剧场性特征之一的表演程式化，首先是行当的程式，正如吴梅所说“传奇主脑，总在生旦，一切他色，止为此一生一旦之供给”（《立主脑》条）。当然，传奇主脑之在生旦本源于生活，正因为这种戏曲样式多以表现青年男女悲欢离合的爱情生活，所以这一行当程式化的产生并非无由，但因此就有些剧作家忘记了生活的真实性，“往往标新立异，离奇变幻，无所不至”，以至造成许多作品“假托神怪，或糅杂鬼魅……六尺氍毹，人鬼参半，皆由好奇心太过，山穷水尽，不得不设一幻境，以便生旦当场团圆”（《立主脑》条）。这种荒诞的局面既然大谬于生活，所以吴梅的这一告诫不仅是注重减少枝蔓，亦看到了戏剧结构凝缩性与表演行当程式化的关系，注重戏曲情节合于生活的真实性。

文学艺术源于生活，但中国戏曲因出现、成熟得晚（较之诗文），所以常取材于其他文学样式，有“以流为源”的倾向。特别是明传奇形成几乎以唐人小说为唯一创作素材的风气之后，陈陈相因，成为窠臼。吴梅示以脱窠臼之创作途径为“但取历史中事实，其有可惊、可愕、可感、可泣者，谱成词曲”（《脱窠臼》条），具体说来，就是“余观各人说部中，尽有慷慨激昂，为前此词家所未及者，世之锦绣才子，何不起而为之”（《酌事实》条）。

对吴梅的这一创作取材主张的正确性如何，可暂置不论，我们这里对他关于创作素材如何变为戏剧作品的戏曲结构理论，却有研究的必要。

狄德罗说：“布局就是按照戏剧体裁的规则而分布在剧中的一段令人惊奇的历史。”（《论戏剧艺术》）如果说，小说重于描绘效果，戏剧则要产生效果，“描绘”可借时间、空间而渐现，“产生”则要在有限的时间、空间内省略掉许多枝蔓和因果，体现出激变、冲突而“令人惊奇”。

我国戏曲因与诗词血缘尤近，甚重抒情，加以载歌载舞，表现艺术的因素多，对结构重视不够，因而戏曲作品的结构艺术常有平庸不足之处。无论是取材于历史，还是取材于小说，没有对于素材的芟除、加工是难以成为剧情的。吴梅分析明代传奇，对一些剧作作了批评：“旧剧中如屠赤水之《昙花记》……曲情多而事情少，遂至头绪不明，故当时有‘点鬼簿’之诮。”[①] 他对吴炳所作的五种剧作了比较，

---

① 屠隆《昙花记》写唐定兴王木清泰郊游，遇神仙而得指点，遂弃家去求仙访道。十年中历经磨难、考验，游遍地狱、天堂、蓬莱、西方，最后回到家中。值昙花盛开，被引渡到西方乐土。其妻在家中修炼，也得超升。此剧人物繁多，情节荒诞，结构散缓，杂乱无章，曾被人讥为变相的《目连救母劝善戏文》。

说："吴石渠五种，以《绿牡丹》为简明"，此剧好在"通本关目，止在绿牡丹一枝"，及"紧凑缜密之致"，相形之下，由于《疗妒羹》贪用冯小青本传，未对素材作"减头绪"处理，以至"虽出出皆传，顾止可作散套观"（《减头绪》条）。

"减头绪"与"立主脑"是密切相关的。角色集中、行动统一的"立主脑"，只有通过"减头绪"才能实现，而"减头绪"作为生活真实与艺术真实的中介，非但对作家的创作必不可少，而且对沟通舞台与观众，对欣赏也是不可或缺的。吴梅极有体会地指出："头绪繁多，曲之大病也。试思观剧者，于一日半日之间，而欲明此剧中情节，全在一线到底，无旁见侧出之情，则孰主孰宾，一览而知矣。若喜设关目，多添角色，则通部前后，或有照应不及之处，而线索紊矣。线索既紊，将使观场者茫然不知其事之始末。且剧中止有生旦净丑诸角目，苟关目一多，则人数亦不能少，而场上脚色止此数人，上场下场，又易与主任脚色相混，而通本反觉模糊不清矣。"（《减头绪》条）

一个优秀的剧作家不应是一个案头剧作家，吴梅对剧作的演出是十分注意的。他考察了演出情况和剧种发展历史，就戏剧结构、演出效果和演员生理机制三者关系，提出了"均劳逸"的问题。他说："传奇中脚色，总言之曰生、旦、净、丑。自明中叶海盐派盛行，继之以昆腔，而脚色遂繁……统计有十三门，今世人谓十门脚色，举其成数言之也[①]。未有昆腔以前，每本传奇，所用脚色，大率以一人终始之，自开场至结尾，无论多至数十折，总以一色任之，从无有数人分任其劳者也。昆腔既盛，角目之分析亦细，而每一部中，所蓄伶人，各色均不下七八人，故凡演一剧，先将剧中所定角目，逐折细检……各视曲中文字与事迹何若，而后定为某脚某脚也。是则昆剧之角目，已较弋阳腔稍逸矣。惟昆曲悠扬绵邈，每终一曲，其难比他曲不啻数倍，故角目虽分析至细，而其所负之责，曾不少轻焉。"（《均劳逸》条）因此，他从演员演出着眼，告诫"是以填词者，当知优伶之劳逸"，"一则优伶更番执役，不致十分过劳，二则衣饰裙钗，更换颇费时间"（《均劳逸》条）。由此可见，吴梅连服装道具，演出上下场问题都考虑到了。

吴梅说："文人填词，能歌者已少，能知此理者，非曾经串演不能，故尤少也。"（《均劳逸》条）正由于他熟悉唱曲和演出，有具体的艺术实践经验，才能从演出角度提出编剧者应注意的剧本问题，这也是他高于同时代其他剧作家或理论家之处。

戏剧立足于演出，由于受到时空的限制，"动作的单纯、简要和一致（指基本思想的一致），应当是戏剧的最主要的条件之一；戏剧中一切都应当追求一个目的、

① 昆腔戏班基本脚色为九人：副末（引戏，即领班）、生、小生、旦、贴、外、老旦、净、丑。但由于一本传奇有数十出之多，演员不够，因而要突破九人之数。一般说来，贴增一小旦，外增一小外，末增一小末，丑增一小丑，此即"十三门"之谓。如全班九人，外加一个杂色，则是"十门脚色"。后世昆班的演员行当愈分愈细，但基本特点仍保存下来了。

一个意图。戏剧的兴趣应当集中在主要人物身上，戏剧的基本思想就是在这个主要人物的命运中表现出来的”（别林斯基《诗的分类》）。

作为开放式戏剧结构古典范例的莎士比亚，仍然极其重视结构的凝缩性。如《麦克佩斯》所据的历史事件，据史载有十六年之久，但在剧中只有几个月时间。我国传奇剧虽长达数十出，并因多取材史实而忠于历史的时间，但其优秀者仍然极其重视情节的集中。如果说《浣纱记》和《鸣凤记》还有人物过多，头绪太繁的缺陷，那么，《桃花扇》则在深刻、宽广地反映历史的同时，表现出高度的艺术概括才能，以侯方域、李香君的悲欢离合，展现了南明的兴亡，全剧人物集中，脉络清晰，针线细密，转换灵活。所以吴梅在标举戏剧结构“线索清澈，脉络分明，虽机趣横生，而事实始终整洁”（《立主脑》条）的标准时，称《桃花扇》“全部记明季时事，头绪虽多，而系年记月，通本无一折可删，且所记皆是实录，尤可作南部信史观，所谓六辔在手，一尘不惊也①”（《立主脑》条）。由此可以看到，吴梅在倡导“一人一事”的同时，亦有一般与特殊相结合的思想，肯定了《桃花扇》这样的“曲中异军”。

由于吴梅重在谈戏剧结构，因此对“总以脉络分明，事实离奇为要”的“事实离奇”未作详述，但他所说的“传奇者，以奇事可传也，事若不奇，势必不传”（《脱窠臼》条），“有奇事方有奇文”（《结构宜谨严》），及倡导取材于历史事实中的“可惊可愕”者，则可见首先注重创作素材是“一段令人惊奇的历史”，然后在加工创作时，注重结构布局的“总以脉络分明”。

从以上所论可见，吴梅的戏曲结构思想虽源于李渔，但他所论较之李渔更为深入细致，似更重视剧场性。可以说，他的理论在李渔的基础上又有所发展。

曲之胜场在于本色——论语言

吴梅在《顾曲麈谈·原曲》（以下此节引用吴梅语未注明出处者，均引自吴梅《顾曲麈谈》。作者注。）中说：“曲之胜场在于本色。”这就是他论戏曲语言的纲。

李渔《闲情偶寄·词曲部》将戏曲语言分成词采、宾白，分置于第二、第四部分。吴梅《顾曲麈谈》也承其体例，在《论作剧法》中，于《结构宜谨严》后，分列二节：《词采宜超妙》、《宾白宜优美》。

李渔对于曲文词采的要求是：贵显浅，重机趣，戒浮泛，忌填塞。吴梅则调整为三：显浅，机趣，贴切。从二人对词采的分析和要求看，吴梅对李渔之说既有继承，又有发展。

戏剧以语言为主要艺术手段，戏剧语言的最根本点在于真实。诚如普希金所说：

---

① 六辔在手，一尘不惊：意为善于驾驭题材。“六辔在手”出自《诗·秦风·小戎》：“四牡孔阜，六辔在手。”古代四马之车，每匹马各有两辔，共有八辔，因两旁两马之内辔系在车轼前，御车者只握六辔。辔：缰绳。

“境遇的逼真和对话的真实，这是悲剧的真正的原则……请读读莎士比亚吧，他从不提心吊胆唯恐损害自己的人物，他任凭人物毫无拘束地随意讲话，就像生活里一样，因为他确信在必要的时刻和必要的场合他准能给他找到合乎他的性格的语言。”（1825年7月下旬致尼·拉叶夫斯基的信，引自《戏剧理论译文集》第八辑）

戏剧就是用真实的对话，合乎生活逻辑和人物性格的语言来表现人物的逼真境遇，用人物语言的“感性形象化的方式把真实呈现于意识”（黑格尔《美学》第一卷第125页）。所以，作为代言体的戏剧的语言应该既有深远的含义，又应高度个性化，富有表现力，考虑到剧场效果，对演员应是容易上口，对观众应是容易入耳。

作为同样都注意到戏曲的剧场性艺术家，李渔和吴梅都认识到戏曲的语言应该“显浅”的特点。

李渔说：“诗文之词采贵典雅而贱粗俗，宜蕴藉而忌分明；词曲不然，话则本之街谈巷议，事则取其直说明言。”道出了诗文语言雅而含蓄，戏曲语言俗而显露的特点。吴梅则强调戏曲语言应该是雅、俗结合的：“试阅五季两宋之词，虽有工拙之殊，一言以蔽之曰：雅而已矣。曲则不然，有雅有俗，雅非若诗余之雅也……以曲中所长，在乎超脱，正不必以情韵含蓄胜人也。至于俗，则非一味俚俗已也，俗中尤须带雅。”所以，二人虽都说词采贵显浅，但李渔侧重在“深而出之以浅”，即作剧者深意出以浅言，观剧者由浅入深，谓“元人非不深心”，批评“后人之词，则心口皆深矣”，主要从剧场效果肯定元剧。吴梅却重在“代言”的剧本与场上效果结合起来考虑，故在“显浅”的前提下，强调俗中带雅，他说：“盖净丑口吻，最难摹写，非若生旦之可以文言见长，身不读书，何必以才语相向乎？惟出语十分粗鄙，又不登大雅之堂，若《西厢》中之《游殿》、《闹斋》，若《红梨》之《皂隶》、《请宴》，但顾座客之哄堂，不顾雅人之唾弃，则又不然也。”看来，吴梅的看法更为全面，“俗中带雅”的语言标准划清了“显浅”与庸俗、低级、粗丑的界限，符合其倡导的“感动人心，改易社会”的作剧宗旨。莱辛说过：“没有什么比简单的自然更纯真、更雅致的了。粗鲁和紊乱距离自然之远，亦如夸大其词和虚张声势之距离崇高很远一样。”（《汉堡剧评》第五十九辑）。吴梅所倡的语言标准和莱辛所论有很大的一致性。

戏曲既有教育作用，又有娱乐作用，其语言除以浅显求形象直接可感、鲜明外，还要追求趣味性，所以，吴梅与李渔一样，都重“机趣”。吴梅重复李渔所说的“机者，传奇之精神；趣者，传奇之风致”。机为“局机”，实属结构问题，所以，“机趣”二字对语言来说，只是一“趣”字。这个“趣”，李渔和吴梅都释为“不带道学气，不呆板”，吴梅还说：“要使其人须眉如生，而又风趣悠然，方是出色当行之作”，“故填词者，须有跌宕风流之致，虽存扶持名教之旨，切不可为迂腐可鄙之词”。以为“《桃花扇》《沉江》一折，谱史可法死节事，何等可惨”，但是，“读之令人慷慨泣下，无一憔悴可怜之语，如见阁部从容就死之状”。可见，吴梅虽也讲“趣”，但更不忘“教”，在“寓教于乐”之中，更为重视“教”为目的，“乐”

只是手段。因而，对戏曲中最能见“趣”的科诨，吴梅认为“虽不可雅，雅则令人难解，然亦不可俗，俗则令人欲呕”，“故科诨中能避去淫亵语最妙”。

戏剧既是代言体，其语言必然要求具有个性特点，由于我国戏曲的行当程式化，如欲使剧作有艺术生命，就尤应使其语言符合人物身份，具有鲜明的历史性和性格特征，否则，各个剧本中的生旦净丑都可移易其言，面目难分。所以，李渔提出“戒浮泛”，吴梅则正面提出“重贴切”，明确指出：“赋风不宜说月，赏花不宜赋草，使所填词曲宾白，确为此人此事，为他人他事所不能移动，方为切实妙文……张三之冠，李四万万戴不上去，此即贴切之谓也。”他还从人物的身份、性格与戏曲角色的行当程式相结合的原则出发，提出“故作生旦之曲白，务求其雅，作净丑之曲白，务求其俗”的原则，并说：“谚云：‘做那等人说那等话’，此语竟似专为传奇而设。”明白无误地表明了对戏曲语言高度个性化的见解。

由于昆曲是用固定的曲牌来填词的，在遇到拗句时则有腔格固定与文词自然的矛盾。对此，吴梅主张：“更宜加倍烹炼，而复出之以自然……盖烹炼者笔意，自然者、笔机意机交美，斯为妙句。若只顾烹炼，乃至语意晦塞，是违填词贵浅显之道矣，又安足取哉?”可见，他还是以自然显浅为第一标准，要求一种“极炼如不炼”的本色美。

中国戏曲不同于西方戏剧，不服从三一律，有虚拟化的特点。西方戏剧是客观地反映事物，是完全的代言体；中国戏曲侧重在主观，是不完全的代言体，戏曲人物常是半叙半演，间入叙述者的语言，向观众作情节、人物交代。所以，历来的戏曲家往往不从生活本身出发，而是用李渔所说的“多用古事，叠用人名，直书成句”来“借典核以明博雅，假脂粉以见风姿，取现成以免思索”，以致带有填塞浮泛之病，因而，元明清三代的戏曲作品虽然数量很多，但真正创造出个性鲜明的人物形象的却为数甚少。清朝康雍之后，戏曲日衰，戊戌维新运动以后，作者渐起，作品愈多，却未免有叫嚣之嫌，缺乏艺术力量，且剧中人物的语言不中不西，不文不白，甚至让人疑为作者跃至前台，当众演说，剧中人常有违于生活真实和人物性格。在这样的情况下，吴梅从真实性出发，注重民族传统和艺术性，强调戏曲语言“曰浅显，曰机趣，曰贴切，词家所首重者”，可看做是一种补偏救弊的意见。为什么要强调这三点呢?他说：“而要其指归，在于入情入理而已。情发一人之思，理穷万事之变，人伦日用之简，至多可记者在，正不必索诸闻见之外，以荒唐文其浅陋也。”入于情理，合乎生活，不出于见闻以至堕入荒唐，这是艺术家忠实于生活，忠实于观众，尊重艺术创作规律，尽量摒除庸俗的趣味性，反对只顾一时的宣传性，反对苍白无力的抄袭、剽窃、拼凑风气的正确态度，是值得肯定的。

我国戏曲是载歌载舞，唱、念、做、打俱重的，剧中的人物对话，除曲词外，更多用宾白。

许多剧作家对宾白都不够重视，李渔说：“自来作传奇者，止重填词，视宾白为末着。常有《白雪》、《阳春》其调而巴人下里其言者”，指出了曲白不称的现象。

为什么会这样呢？他认为根子在元人重曲而轻白。吴梅从前人论著中考察了元剧的演出情况，指出“元人杂剧中，以宾白叙事，以词曲写情”的特点，“歌者自歌，白者自白，一人居中，司歌，其余宾白诸人，环侍左右，先令司宾白者出场，两旁分立，待此一折中人齐集以后，然后正末登场，引吭而歌，众人或和歌，或介白……非若今日演戏之状也”。[①] 所以他说：“是故宾白在元剧，确乎为点清眉目而设，诚不必求工。即每折抹去宾白，单读曲词，亦皆一气呵成，虽不用宾白，亦无不可。”那么，传奇的宾白为什么却显得重要呢？吴梅着重从演出看问题，认为宾白的重要性有三个原因：

第一，“传奇一折，唱者多人，白曲既不分司，步立亦无定位，主戏固属费力，搭头亦要传神……若宾白不工，则唱时可听，演时难看，且场面一冷，亦引不起曲情。此宾白不可不工者一也”。吴梅此说，已将传奇从红氍毹搬到剧场，从少数人听曲，到多数人看戏，故此是重在从剧场性上考虑演出效果的。

第二，“元词用弦索，字多腔简，一人司唱，虽曲文甚长，亦可一泄而尽。昆腔悠扬，一字可数转，虽数人分唱，而仍苦其劳。故曲中宾白，万不可少。一则节唱者之劳，二则宣曲文之意，非若元剧，止供和声介曲之用也。此宾白之不可不工者二也”。这是从演出本身来谈，肯定了昆腔流行之后，传奇演出中宾白的重要性在于对演员是“节唱者之劳”，对观众，则明于“曲文之意”。

第三，元曲简炼，“元人各曲，善用腾挪之法，每一套中，其开手数曲，辄尽力装点饱满，而于本事上，入手时不即擒题，须四五曲后，方才说到。是一套之曲，不啻一篇文字，不必换一曲牌，更另换一意思也，故视宾白为无足轻重”。这是因为元曲系一人唱，在简炼的曲词中已能将事情表述清楚，所以宾白无足轻重。而“南词则一套之中，唱者既系多人，意境势难合一，不独生丑同场，必须分清口角，即同是一生，同是一旦，措词亦各有分寸，名为一套，实则一曲一意，而于关捩转折之际，能显其优美之趣者，则全在乎宾白”。可见，宾白在繁复的传奇中，已起举足轻重的作用。非但如此，吴梅还从观众角度比较了对唱、白领会的程度：“且曲中词句，歌时丝竹嗷嘈，一时未必即能领会，十分佳妙，只显七分，宾白则一字一语，人人皆知。”

可见，李渔与吴梅虽都重视宾白，但如何论述其重要性却不同。李渔用了博喻，吴梅则从历史和演出角度作了理论的阐发。

至于如何做到宾白优美呢？李渔分别从音韵角度提出声务铿锵、字分南北、少用方言三款，从语言角度提出语求肖似（个性化）、词别繁减、文贵洁净（精炼性）、意取尖新（趣味性）、时防漏孔（知识性）五款。吴梅不像李渔那样条分缕析，而是再次强调“歌舞之佳与不佳，为伶人之责，文字之合用不合用，是文人之

---

① 吴梅此说源于毛大可《西河词话》，元剧的实际演出情况并非如此，周贻白辩之甚详，可参阅《中国戏曲发展史纲要》，上海古籍出版社 1979 年版，第 189—191 页。

责，不能全委诸优人也”。

吴梅继承了李渔关于戏曲宾白的理论，并强调和发展了其中主要之处。此时，在西方文化影响下，中国戏曲渐失民族特性，吴梅的看法实是一种值得重视的针对性意见。

方圆必资于规矩——论宫调、音韵、度曲和南北曲作法

在“如箭穿着雁口，没个人敢咳嗽”的元代社会，出现了中国古典戏曲的第一个高峰，大剧作家，如关汉卿，在创作上走的是“当行”的道路：“躬践排场，面傅粉墨，以为我家生活，偶倡优而不辞。”（臧晋叔《元曲选序》）因而剧本创作与舞台演出是紧密结合的。从演出情况来看，元杂剧的程式是比较简单的。但南戏兴起之后，尤其是魏良辅创昆腔（水磨调），使戏曲音乐愈趋复杂，工于文辞者未必精通乐律（如汤显祖），精于乐律者往往文辞欠佳（如沈璟），作家与演员脱节，使得许多剧作仅仅只是案头之本，难以付诸演出，甚至连《牡丹亭》、《桃花扇》这样的名剧，都有舛律之处。

明清二代的戏曲理论家，如徐渭、沈宠绥、魏良辅、王骥德、吕天成、祁彪佳、李渔、徐大椿、焦循、梁廷枬、刘熙载、杨恩寿等人，都分别以自己的著作来总结创作经验和戏曲唱法。其中，有关音乐、声律等方面的论著，以徐渭《南词叙录》、何良俊《曲论》、王骥德《曲律》、魏良辅《曲律》、李渔《闲情偶寄》、徐大椿《乐府传声》、杨恩寿《词余丛话》较为重要。

由于清代在学术上重经学考据，在文学上重诗文词赋，小说戏曲仍被看成小道，多数作家都是以余力写剧，即使写剧也不重视演出，“于分宫配调、位置角目、安顿排场诸法，悉委诸伶工，而其道益以不彰。虽有《中原音韵》及《九宫曲谱》二书，亦止供案头之用，不足为场上之资。暗室无灯，何怪乎此道之日衰也”（《顾曲麈谈·原曲》）。面对清末以来传奇、杂剧创作为配合政治运动而又趋繁荣，但多数人并不精研曲律的局面，吴梅在《顾曲麈谈》中吸收了前代理论家的研究成果，总结自己的实践经验和研究心得，“遂将生平所得，倾筐倒箧而出之，使人知有规矩准绳，而不为诵读所误”，努力使戏曲创作做到文与律能有较好的结合。他分别从宫调、音韵和度曲三方面来论戏曲的声律、音乐。下面，逐次作一评析。

论宫调 戏曲家历来都讲宫调，但到底什么是宫调呢？“宫调之理，词家往往仅守旧谱中分类之体，固未尝不是。但宫调究竟是何物件，举世且莫名其妙，岂非一绝大难解之事？”吴梅从音乐角度出发，对宫调下了定义：“余以一言定之曰：宫调者，所以限定乐器管色之高低也。”传奇用昆腔，以笛伴奏，所以他又说：“即以笛论，笛共六孔，计有七音，今人按第一孔作工，第二孔作尺，第三孔作上，第四孔作一，第五孔作四，第六孔作合，而别将第二第三两孔按住作凡，此世所通行者，曲家谓之小工调。笛色之调有七：曰小工调，曰凡字调，曰六字调，曰正工调，曰乙字调，曰尺字调，曰上字调。此七调之分别，以小工调作准；所谓凡字调者，以

小工调之凡字作工字也，凡作工字，工作尺字，尺作上字，上作一字，一作四字，四作合字，合作凡字是也……”他从笛音角度谈轮流作宫的道理，道出了宫调的本质，确是深造有得之言。

历来曲家都讲宫调，而尤以王骥德讲得详尽。他把论宫调的乐书作了详细开列，并以相旋为宫的原理，说明八十四调及四十八调的来历，定宫调的定义为：“凡以宫声乘律，皆呼为宫，以商、角、羽三声乘律，皆呼曰调。”（《曲律》卷二《论宫调》）

王骥德和吴梅都从音乐角度解释宫调，但王骥德是将宫和调分开释名，吴梅则从乐器定调的高低和轮流作宫的道理来解释宫调，所以，吴梅的说法是有独到之处且符合科学的音乐原理的。

我们知道，宫调以七音十二律构成，分别相当于西乐的七音阶和十二调，其对应关系为：

宫	商	角	变徵	徵	羽	变宫
1	2	3	4	5	6	7

黄钟	大吕	太簇	夹钟	姑洗	中吕	蕤宾	林钟	夷则	南吕	无射	应钟
C	$_bD$	D	$_bE$	E	F	$_bG$	G	$_bA$	A	$_bB$	B

因为音阶只有相对音高，无绝对音高，随调转移。古人即以十二个长度不同的律管定出十二个标准音（十二律），以定乐音的高低。若以宫音作为第一级音阶，就可以有十二种不同音高的宫调式，其余六音亦可类推，共可得八十四调。但实际情况并非如此。隋唐燕乐用琵琶定律，琵琶四弦，共可得二十八调，南宋列有七宫十二调（见《词源》），元代北曲只用六宫十一调，明清南曲只用五宫八调（常用者仅五宫四调）。

由于宫调在历代屡变其数，以致遮蔽了原来面目，随嘉道以来戏曲的衰落，多数人更不明宫调之理，正如吴梅所说“词家往往仅守旧谱中分类之体，固未尝不是。但宫调究竟是何物件，举世且莫名其妙”，他将宫调的实质概括为“所以限定乐器管色之高低”，可谓一语破的，使纷繁复杂的宫调还其本来面目。昆曲以笛为主要伴奏乐器，吴梅以笛音论此，则更为具体可感。

另外，对于北曲的“借宫”和南曲的“集曲”，吴梅也从音调的高低作了解释，他说：“所谓借宫者，就本调联络数牌后，不用古人旧套，别就他宫剪取数曲（但必须管色相同者）接续成套是也。”“所谓集曲者，其法亦相似，取一宫中数牌，各截数句而别立一新名是也”。“总之，借宫集曲，统名犯调，若用别宫别调，总须用管色相同者。”

综观吴梅所论宫调、借宫、集曲，都可见一个一以贯之的思想，那就是：由于戏曲音乐的程式所定，为考虑演出时的音乐效果，所以在作剧的分宫配调之时，必须注意“管色相同”（即现代西洋音乐理论的“调”）的问题，否则，就会出宫犯调，无法演奏，或音乐不和谐。对戏曲这种集合了文学、音乐、舞蹈等艺术形式在内的综合艺术说来，吴梅的这种见解注意了音乐唱腔的程式规定性，注意了创作和演出的统一性，无疑是正确的。他对于各专用名词的解释之科学性，是值得重视的。

论音韵 戏曲家历来都重音韵，如元代周德清就从变化了的语言中进行研究，不走其他音韵学家探求古代音韵的路子，开了今韵学一派，写成《中原音韵》一书。明代万历年间，临川派与吴江派对立，在形式上，前者重文，后者重律。吴江派代表人物沈璟很讲究音韵，徐渭的学生王骥德与沈璟、吕天成等人过从甚密，其《曲律》列了专条论音韵。李渔在《闲情偶寄》中，对音韵的论述更为详尽。

王骥德说：“倘宜揭也而或用阴字，则声必欺字；宜抑也而或用阳字，则字必欺声。阴阳一欺，则调必不和。”“使律吕相宜……作词第一吃紧义也。”（《曲律》）将字的音韵与曲调的关系分析得很明确。李渔则结合自己的创作实践，提出了“分鱼摸”、“避廉监”的可取意见，其“慎用上声”、“少填入韵”也确是言之成理的经验之谈。

吴梅对音韵很重视，他明确地说：“曲中之要，在于音韵。”并说明音分清浊、韵分阴阳的道理，他从人声的发音部位对五音作了说明：“天下之字，不出五音，五音为宫、商、角、徵、羽，分属人口，为喉、腭、舌、齿、唇；凡喉音皆属宫，腭音皆属商，舌音皆属角，齿音皆属徵，唇音皆属羽，此其大较也。宫音最浊，羽音最清，苟一分析，异同立见。”他又说，分辨韵的阴阳较难：“惟韵之阴阳，在平声入声至易辨别，所难者，上去二声耳。上声之阳，类乎去声，而去声之阴，又类乎上声，此周挺斋《中原音韵》但分平声阴阳、不及上去者，盖亦畏其难也。迨后明范善溱撰《中州全韵》，清初王鵕撰《音韵辑要》，始将上去二声，分别阴阳，而度曲家乃有所准绳矣。”

因为曲韵是据清浊阴阳而定的，所以，与诗韵、词韵都不相同。至于曲韵的分合，亦各家相异，吴梅比较了他们的优劣：“取各家之说，汇集考订，以王鵕《音韵辑要》为主，分别部居，勒成一种曲韵。”“为部共廿一，为韵合平上去共百有二十，其分合悉据《集韵》，与周德清《中原音韵》略有分合处……其中分阴分阳，又悉依周高安、范昆白之旧，而补入者亦多。”所以，吴梅所作的这一番整理归纳工作，对于作剧者是很重要的，故其自称“为南北曲家，必不可少之作”，“填词者就此韵用之，依谱以填句，守部以选韵，庶不致偭规越矩者矣”。可谓实事求是之词。

综观吴梅对戏曲音韵的见解，确有前人所未发之见，其重订曲韵，“为文人暗室之灯”，也是功不可没的。但是，在语言不断变化，戏曲不断发展的情况下，吴梅过于强调恪守曲韵，也说明其看法偏于保守，对戏曲创作有较大束缚。

论度曲 吴梅是既善作曲，又擅度曲的戏曲家。他关于度曲的理论主要是建筑在音韵、曲谱、曲情、板式基础上的。

关于度曲，他共列了五音、四呼、四声、出字、收声、归韵、曲情七项。他还提出了注意南曲正、赠板式的区别，及曲中的四声的阴阳问题，还列出了唱曲中应注意的其他问题。

值得提出的，是他关于出字的头腹尾法。明代沈宠绥在《度曲须知》中就有《收音问答》一项，他说："凡字音始出，各有几微之端，似有如无，俄呈忽隐，于萧字则似西音，于江字则似几音，于尤字则似奚音；此一点锋芒，乃字头也。由字头轻轻吐出，渐转字腹，徐归字尾，其间从微达著，鹤膝蜂腰，颠落摆宕，真如明珠走盘，晶莹圆转，绝无颓浊偏歪之疵点。"吴梅根据实际唱曲中的发字方式，发展了这一说法，更明确了头腹尾之说，他说："出字之法，分为头腹尾三种。世间有一字，即有一字之音，其音初出口时谓之头，音既延长，而不走其声者，谓之腹，及后收整本音，归入原韵之音，谓之尾。例如萧萧二字，本音为萧……字头为何？西字是也，字尾为何！夭字是也，字腹为何？兮字是也。合西、兮、夭三字，而萧字之音出矣。字字皆然，不胜枚举。"并指出其实质："其实即是反切之法，而多一腹音而已。"至于在唱曲过程中，则是"头腹尾三音，皆须隐而不露，使听者闻之，但有其音，并无其字，方为上乘。若一有痕迹，反钩辀格磔矣[①]"。

关于唱曲中的曲情问题，吴梅尤为注意。他说："唱曲之法，不但声之宜讲，而得曲之情为尤重。盖声者，众曲之所尽同，而情者，一曲之所独异……事各不同，使词虽工妙，而唱者不得其情，则邪正不分，悲喜无别，即声音绝妙，而与曲文相背，不但不能动人，反令听者索然无味矣……若世之止能寻腔依调者，虽极工亦不过乐工之末技，而不足语以感人动神之微义也。"吴梅此说道出了"唱曲必须唱情"的道理，实际上也就是要求演员了解剧情，深入角色。在此，吴梅提出了创造形象的要求，比之前辈，自是见解较高。

因为我国戏曲不仅在剧本、角色、表演等方面存在程式性，而且在音乐唱腔上也是有程式的，所以，关于制谱，吴梅提出了"与其词去就谱，何如谱去就词"的看法。他的《湘真阁》就是自己作谱的，关于曲谱，他提出了板式的分别正、赠板，及曲中的字声阴阳问题，这些，都很重要，且有见地。

王世贞对南北曲的区别曾有体会至深之论，他说：

凡曲：北字多而调促，促处见筋；南字少而调缓，缓处见眼。北则辞情多而声情少，南则辞情少而声情多。北力在弦，南力在板。北宜和歌，南宜独奏。北气易粗，南气易弱。此吾论曲三昧语。（《曲藻》）

因为北曲字多调促，所以在演唱时一字一腔，死腔活板，板式较自由，南曲字

① 钩辀格磔：鹧鸪鸣声。唐李群玉《九子坡闻鹧鸪曰》："正穿诘曲崎岖路，更听钩辀格磔声。"

少调缓，演唱时一字多腔。据此，吴梅指出“南曲之板，有正有赠”的特点，“正板”即“每一牌中一定不易之板”，“赠板”即“曲中句上，本可不用板，歌声欲其和缓美听，而加赠板式，使其声之在缓弛者是也”。

板眼是戏曲节奏化的主要构成部分，如果剧本创作立足于舞台，就必须考虑节奏，“南力在板”，吴梅就度曲提出“别正赠”的板式问题，是不可忽视的。

度曲中另一个重要问题是字音，对此，吴梅提出“分阴阳”问题。昆曲腔多字少，对字音尤应注意。吴梅指出，曲中字音，无论南北曲，都“大抵阴声宜先高后低，阳声宜先低后高”，他并以实践中得来的切身体会，指出：

> 四声之中，读时以上声为最高，唱时以上声为最低，阴上尤宜遏抑，而唱时又须向上一挑，故谱阴上字为尤难。去声之阴声，宜斟酌，要上不类阳上，下不类阳去，方为得当。至若平入二声，最易辨析，入声宜断，平声宜和，此其大较也。

我们知道，被认为可与梅兰芳比肩的著名昆曲正旦韩世昌，曾就教于吴梅，由吴梅为他审订字音，即此，可见吴梅于此道的造诣之深，其所论亦非空谈了。

关于唱曲，他提出了初学者“先引发其声响，次辨别其字面，又次理正其腔调”的循序渐进原则。此外，“长腔要圆活流动，不可太长，短腔要简径找绝，不可太短，至如过腔接字，乃关锁之地，有迟速不同，要稳重严肃”；“拍乃曲之余，全在板眼分明，如迎头板随字而下，彻板（即腰板）随腔而下，绝板腔尽而下”等，都是重要的经验之谈。

从声律音乐角度看南北词创作论　关于指导作传奇的词谱，历来已有不少，但吴梅认为：“余谓诸谱论词句之格式虽详，而于填词时按谱寻声之道，尚未深论。”他关于作南词的体式宜别、卑亢宜调、板式宜检、套数宜酌四条，实际上就是他在“按谱寻声之道”上的心得。

关于体式，吴梅指出应据每牌所定之声来填曲，不得随意增删，另外，还得视传奇情节的悲喜缓急而选用曲牌，不能不辨剧情而任意填曲，所以，对作者来说，一直要分别体式，不能任取曲牌，以致文情声情错讹。

曲音是字在曲调中的发音，关于这，吴梅提出了“卑亢宜调”的原则。他体会到：“大抵字音与曲调，鳌然相反，四声中字音，以上声为最高，而在曲调中，则上声诸字，反处极低之度。又去声之音，读之似觉最低，不知在曲调中，则去声最易发调，最易动听。”所以，他认为：“逢去上两字连用之处（谓一句中相连处），用去上者必佳，用上去者次之，所谓卑亢之间，最难联贯也……”关于在创作过程中处理字音与曲调的关系，他提出了这样一个原则：“就曲调之高低，以律字音之卑亢，调之低者，宜用上声字，调之高者，宜用去声字。而总要一语：必须文字优美，能上声字少用，则所填词无不可被弦管矣。”这是李渔《闲情偶寄》谈音律的

《慎用上声》一则的进一步发展。另外，由于传奇每一出由多个曲牌联缀而成，“前曲与后曲联缀之处，不独与别宫曲联络，有卑亢不相入之理，即同宫同调，亦有高低不同者”，“故填词家谨守宫谱而外，第二须明曲调之高卑，庶免扣槃扪烛之诮”。对于明朝最伟大的戏曲家汤显祖，吴梅指出了“《牡丹亭》《冥誓》折，所用诸曲，有仙吕者，有黄钟宫者，强联一处，杂出无序。《纳书楹》节去数曲，始合管弦”，他为此感叹道：“以若士之才，而疏于音律如是，甚矣，填词之难也!”

吴梅指出，板拍是曲中的节奏，所以“板式宜检”。北曲是“死腔活板”，无定式，南曲则立有定式，下板处，不可移易。但因为“文人善歌者少，往往不明板式之理，或任意多加衬字，以至上一板与下一板相隔太远，遂令唱者赶板不及，甚则落腔出调者”。因此他指出：“未填词之先，先将欲填之曲检出，细察此曲之板式，其疏密何如。若板式至简，或上句之末一板与下句之第一板，中间间隔多字者，则下句之首，万不可再加衬字矣。”“总之，板式紧密处，皆可加衬字，板式疏宕处，则万万不可。”节奏是中国戏曲与西洋戏剧的重要区别点，吴梅关于“板式宜检”的提法，是处理程式与节奏的关系的一个重要问题，是很值得重视的。

吴梅还指出曲牌套数宜酌的问题。他说：“南曲套数，至无一定，然自梁伯龙《江东白苎》词后[①]，其联络贯串处，又似有一定不可更改之处。大抵小出可以不拘，大出则全套曲牌，各有定次，前后联串，不能倒置，作者顺其次序，按谱填之，不可自作聪明，致有冠履倒易之诮”。他还说：“故填词家若欲套数得宜，牌名匀称者，宜取元明以来传奇、散曲效法之。所谓效法者，当择传奇、散曲中之佳者，如《琵琶》、《幽闺》、《浣纱》诸记，皆可效法。”至于填曲的过程，则是：“先将所填曲中情节悲欢喜怒之异，辨析清楚，然后择定用某宫某套，再将《南词定律》检出，所用各曲，依谱填之，则自无位置舛错之病矣。”至于自立新套，吴梅又提出“尾声不可不注意”的意见。

人们作曲，常依前制，为此，吴梅指出：“套式之最不可遵守者，莫如李日华之《南西厢》及汤若士之玉茗四梦。”因为前者以北词改为南曲，“套式前后，高亢不伦”，“若如玉茗四梦，其文字之佳，直是赵璧隋珠，一语一字，皆耐人寻味，惟其宫调舛错，音韵乖方，动辄皆是，一折之中，出宫犯调，至少终有一二处，学者若照此填词，未有不声律怪异者……故读‘四梦’者，但当学其文，不可效其法”。

至于北词，吴梅论其在音乐上的最大区别在于：“南词重板眼，北词重弦索”，“北词调促而辞繁，下词至难稳惬，且衬字无定法，板式无定律。”所以，对作北曲，吴梅提出了三要：要识曲谱，要明务头，要联套数。

吴梅列举了前人的北曲谱，指出了学者若无《大成谱》，可以李玄玉《北词广正谱》为范本，但因北词谱中难明板式，难分正衬，所以他说：“惟识谱之法，顾

---

① 《江东白苎》：散曲集，明梁辰鱼（字伯龙）作。

亦甚难，于无可遵守之中，而思一法：则取近来时伶所熟悉诸套用之，切忌生套”，并指出了“其间有数便”：“腔格既熟，滞齿棘喉之音，自然可免，一便也；若者为衬，若者为正，谱中所聚讼之处，可就脚本中工尺旁谱中决之，二便也；板之疏密处，既可检得，而于填词用衬字时，何处可增，何处可减，亦可以自行去取，三便也；工尺旁谱，既有成例，将来脱稿填谱，即可将此作对本子，而依字配声，其出入变动处，得所依傍，四便也。”

关于“务头”，周德清《中原音韵》和李渔《闲情偶寄》都有解释。周德清说：“要知某调某句某字是务头，可施俊语于其上。”李渔则说：“一曲中得此一句即使全曲皆灵，一句中得此一二字即使全句皆健者，‘务头’也。”到底什么是务头，却没有讲清楚。吴梅说：“盖为此务头二字，正不知绞尽多少才人心血，而迄无有涣然冰释之一日，可谓奇矣。”他又说：“余寻绎再三，竭十余年之功，始有豁然之境，乃为之说曰：务头者，曲中平上去三音联串之处也。如七字句，则第三第四第五之三字，不可用同一之音，大抵阳去与阴上相连，阴上与阳平相连，或阴去与阳上相连，阳上与阴平相连亦可。每一曲中必须有三音相连之一二语，或二音（或去上，或去平，或上平，看牌名以定之）相连之一二语，此则为务头处。”他以《啸余谱》中所列定格四十首的前三首作证，已十分明晰，并说：“以下三十七首，学者可用我说求之，则无所不合也”。接着，他又“复为之细说”：“《啸余谱》谓要知某调某句某字是务头者，盖填词家宜知某调某句某字是务头也。换言之，谓当先自定以某句某字为务头，而为之定去上、析阴阳也。又谱中谓可施俊语于其上，盖务头上须用俊语实之，不可拘牵四声阴阳之故，遂至文理不顺也，非谓务头上可用俊语，此外可不必用俊语也。”吴梅的这一关于“务头”的解释，确是发人所未发，解决了一个长期以来存而未决的问题。

至于北曲的套数，吴梅指出其特点是：“须有依据。所谓依据，不外元人之词，大抵排场之繁简冷热，悉依曲牌之多寡以为差。元剧中每一种剧，大半以一角色任之，盖北词一套，须以一人独唱，非如南词之不拘何人，皆可分唱也。且元剧率以四折为断，而此四折之曲，不可使他角色分劳……故牌名之联贯，总宜布置停匀，不致太多太少，否则少则谓之闪撒，多则谓之絮叨。一则唱不够，座客不及细听，而已毕曲矣；一则唱不动，所谓铁喉钢舌，才能蒇事是也。二者交讥，则套数要宜留意矣。”他据元曲中长短的套式立下一个定式：“每宫各列二套，第一为最多最长者，第二为至少至短者”，并说：“学者即就此二套中择用之，而依其句法，顺其四声，自无畸重畸轻之病矣。”

吴梅根据南北曲“北字多而调促，促处见筋，南字少而调缓，缓处见眼”的板眼不同的特点，以及其联套规律的区别，在南北曲受制于声韵、声乐的创作理论上，提纲挈领地提出了南曲的“四宜”和北词的“三要”，是善于抓住主要点，也是自己多年来研究与创作、理论结合实践的重要心得，这绝非那些案头之剧的作者能道之一二，确是弥足珍贵。

关于《南北词简谱》 吴梅对于“文人才士，高拟乐府，操翰伸纸，睥睨一世，而字不协声，声不协律”（《童伯章中乐寻源序》）的现象是很不满意的。他说：

> 文章之道，以南北词为最难，其间有定程焉，就其程而驰驱之，则律音谐而口齿合，否则钩辀格磔，读且不可，何有于歌？（《南北词简谱序》）

他认为《南词定律》、《九宫大成谱》等虽“辉煌巨帙，矜重一时，实则仅可为歌者定字谱，不足以作家立正鹄也”（《南北词简谱序》）。他指出了北曲衬字、借宫、增句之难，南曲集曲、新旧板式之难，所以，为了“欲立一定则，为学子导先路”（《南北词简谱序》），他以十年时间写成《南北词简谱》，并以此作为自己毕生最重要的著作。

本书共十卷，前四卷为北词谱，后六卷为南词谱。《南北词简谱》是“杂采《太和正音谱》，宗北归音啸余旧谱、词隐旧谱、伯明新谱诸书成之”。卢前在跋语中说：“曲之有谱，盖自明始。元钟嗣成、贾仲明正续《灵鬼簿》，但著录书目作者，不及牌调。周德清《中原音韵·作词十法》且附小令定格，仅四十首，牌调未全，亦不详套式。自宁献王朱权《太和正音谱》作，而后言北词始有准绳。然借宫之法，增句之体，顾又未能备且明也……南词初有蒋孝《九宫谱》，后有沈璟《南曲谱》，沈自晋《南词新谱》，板式参差，莫衷一是……世所推重之吕士雄《南词定律》，庄亲王《九宫大成谱》，虽裨益歌唇，无关于作者。先生竭毕生之力，梳爬搜剔，独下论断，旧谱凝滞，悉为扫除，不独树歌场之规范，亦立示文苑以楷则，功远迈于万树《词律》，宜先生之自矜，重其书如此……”

卢前之说，比较了历代曲谱，指出《南北词简谱》使“旧谱凝滞，悉为扫除”，是符合实际的，因为它堪称最精密简明的一部曲谱著作了。

吴梅写成《南北词简谱》，非但可见他对曲律研究之精，对此学贡献之大，亦可见其研究所采用归纳法，较之李玉《北词广正谱》之详列“又一体”让人目迷五色，要科学得多。

《北词简谱》计列：

北黄钟宫二十四牌，北正宫二十五牌，北大石调十九牌，北小石调五牌，北仙吕宫四十一牌，北中吕宫三十二牌，北南吕宫二十一牌，北双调一百牌。共计二百六十七牌。

《南词简谱》计列：

南黄钟宫五十二牌，南正宫七十八牌，南仙吕宫八十四牌，南中吕宫九十八牌，南南吕宫一百三十三牌，南道宫十七牌，南大石调十八牌，南双调一百六十牌，南商调九十二牌，南般涉调十一牌，南羽调三十牌，南越调六十八牌，共计八百四十一牌。

二谱共列南北曲各曲调式计一千一百零八种，虽未及收四千多曲牌的《九宫大成谱》，但较之精当。

《南北词简谱》的成书，不仅订正了前人的错讹，且将元明清三代以来的南北曲曲谱的长处加以吸收，短处则以弃之，成为最精确、简明的曲谱。使学者研究前人之作有谱可循，作者写剧有式可依，亦可为创新谱作参照。因此，卢前所说的“不独树歌场之规范，亦立示文苑以楷则，功远迈于万树《词律》”，确非溢美之辞。即使南北曲的盛时已过，但作为对元明清三代戏曲创作所用曲调的全面清理总结，给戏曲工作者、文学研究者提供重要的衡曲依据，《南北词简谱》的历史地位也是显见的。

三　吴梅的戏曲史观与戏曲批评

作为一个曲论家，吴梅的戏曲史观不容忽视，他的戏曲批评影响更大。下面分论之。

（一）戏曲史观

论吴梅的戏曲史观，当先论戏曲史研究的奠基人王国维。

王国维研究过西方哲学、社会学、逻辑学、文艺学，受过自然科学方法论的训练，同时又有深厚的国学基础。他的思想虽浸染了尼采的唯心主义、叔本华的悲观主义，但他的方法论却部分突破了世界观的局限，从而对中国历史研究和文艺研究作出贡献，著名的《宋元戏曲考》就是其中之一。郭沫若曾说："王国维的《宋元戏曲史》和鲁迅的《中国小说史略》，毫无疑问，是中国文艺史研究上的双璧，不仅是拓荒的工作，前无古人，而且是权威的成就，一直领导着百万的后学。"（《历史人物·鲁迅与王国维》）

王国维虽是一个唯心论者，但他对学术问题却有实事求是的精神和严谨的治学态度，他运用了乾嘉考据学的长处，目的明确地进行了简明而不烦琐的考证，探索了戏曲的源流和发展变化，根据戏曲艺术的特点，搜罗、剔抉、整理出重要的戏曲史料，为中国古代歌舞、戏剧形式的发展，勾划出鲜明的轮廓，为戏剧史的研究，奠定了科学基础。

《宋元戏曲考》的美学文学观和史学观不乏真理的光彩。

对"为时既近，托体稍卑，故两朝史志与《四库》集部，均不著于录；后世儒硕，皆鄙弃不复道"（《宋元戏曲考·序》）的元曲，王国维却从艺术上肯定了它"能道人情，状物态，词采俊拔，而出乎自然，盖古所未有，而后人所不能仿佛也"，并将它作为"一代之文学"的代表，与楚骚、汉赋、六代骈语、唐诗、宋词并列。这种不以文体分尊卑，而以艺术价值肯定其地位的观点，无疑是以文学进化论突破了前人的传统观念（焦循也有"一代有一代之所胜"的观点，但影响不大）。

王国维认为："古今之大文学，无不以自然胜，而莫著于元曲。""彼但摹写其胸中之感想，与时代之情状，而真挚之理，与秀杰之气，时流露于其间。故谓元曲为中国最自然之文学，无不可也。""其文章之妙，亦一言以蔽之，曰：有意境而已矣。何以谓之有意境？曰：写情则沁人心脾，写景则在人耳目，述事则如其口出是也。""元剧自文章上言之，优足以当一代之文学。又以其自然故，故能写当时政治及社会之情状，足以供史家论世之资者不少。"（以上均见《宋元戏曲考·元剧之文章》，以下凡引《宋元戏曲考》者，只列章节名）从“自然”、“有意境”肯定文学抒发性灵、表达情感，使鉴赏者因“有意境”而受熏陶的美感作用，以及“故能写当时政治及社会之情状”的认识作用上，肯定了元剧的美感功能、社会功能，这也是发前人所未发之处。

在体式上，元剧“每剧皆用四折，每折易一宫调，每调中之曲，必有十曲以上；其视大曲为自由，而较诸宫调为雄肆”。“宋人大曲，就其现存者观之，皆为叙事体。金之诸宫调，虽有代言之处，而其大体只可谓之叙事。独元杂剧于科白中叙事，而曲文全为代言。虽宋金时或当已有代言体之戏曲，而就现存者言之，则断自元剧始，不可谓非戏曲上之一大进步也。”（《元杂剧之渊源》）这种文体进化论，无疑是文学进化观的一部分。

王国维之高于他人之处，还在于人们认为“北曲虽起金元，似出塞外，颇疑血统，或杂异姓”（姚华《曲海一勺》）之时，他能从中外文化交往史上着眼，看到了乐曲、戏剧所受到的外来影响，看到汉族与少数民族文化互相汲取、补充和融合的过程，且又坚持中国戏剧为汉民族所创的观点。他说：“至于戏剧，则除《拨头》一戏，自西域入中国外，别无所闻。辽金之杂剧院本，与唐宋之杂剧，结构全同。吾辈宁谓辽金之剧，皆自宋往，而宋之杂剧，不自辽金来，较可信也。至元剧之结构，诚为创见；然创之者，实为汉人；而亦大用古剧之材料，与古典之形式，不能谓之自外国输入也。”（《杂论》三）这观点既别于“纯为中国”说，又别于“外来”说，应说是持平公允之论。

然而，《宋元戏曲考》亦有较大缺陷，这些不足和错误，则由吴梅有意无意地、部分或全部地加以弥补、纠正。

与王国维的学者作风相比，吴梅论著中的传统文人风气颇多，叶德钧说：“吴氏决非一个现代的戏曲史家，而是致力于作曲、订谱的传统文人。我常觉得以吴氏的学识倘专致力于戏曲史的研究，其成就当较现在所遗留的为大，但他以毕生精力虚耗在无用的作曲、度曲方面，以至在戏曲史方面所得有限，这是颇可惋惜的。”（《戏曲小说丛考》）吴梅之在作曲、度曲方面用力是否“虚耗”、“无用”足可商榷，但他确实不是如王国维那样专致力于戏曲的考证和戏曲史研究，所以，确实“在戏曲史方面所得有限”。吴梅没有写出系统的戏曲史，也没有像王国维那样对众多的古籍作了搜罗、抉择，整理出从曲牌来源、诸曲配置到表演方法、剧目沿革等方面的重要戏曲史料。但是，他在论述各代戏曲的源流嬗递和兴衰状况时，表达了自己的独到戏曲史观，这却是不容忽视的。

总的说来，吴梅在用严格的科学态度和方法作戏曲史资料建设方面的功绩不如王国维。但是，与王国维从纵的历史方面进行考察的特点相比，吴梅的戏曲史观更具有联系社会生活、政治、文化情况，联系其他文艺形式的横的特点；他在论述史的过程中，更注意对作家作品作艺术上的深入探讨，注重戏曲本身的特征，不是纯以文字作为艺术衡量标准；此外，更注意从文学艺术的内部发展、变化和艺术风尚的消长来作纵深的探讨，其戏曲发展的观点基本上是贯穿始终的。

较深广地论述戏曲历史

王国维能突破封建文人的偏见，从艺术价值上肯定戏曲（尤其是元曲），开拓了古典文学研究和艺术史研究的一个新领域，是有很大贡献的。但是，由于他认为戏曲起源于“巫以乐神”、“优以乐人”，对戏曲发展取决于宫廷，取决于帝王作了过多的强调，而对社会的政治、经济及其他方面原因认识不充分，因而带有很大的局限性。而吴梅，则对于戏曲发展与整个社会政治、经济、人民生活情况的联系，同作家的为人、思想的联系，较王国维看得全面、深入。

王国维尽管是我国第一个资产阶级史学理论和方法的实践者，是西方哲学、美学的介绍者，但是，他在政治上却是很保守的。他不甚赞成戊戌维新，反对旧民主主义革命，他虽主讲清华研究院，却一直做清朝的官，他对时局失望，又厌倦斗争。他受叔本华影响很深，浸染了浓厚的悲观颓废思想，他赞赏老子“人之大患，在我有身”，要借艺术来“超然于利害之外，而忘物我之关系”（《红楼梦评论》），故而认为“文学者，游戏的事业也。人之势力，用于生存竞争而有余，于是发而为游戏”（《文学小言》），这就成了他对戏曲发展原因认识之根源。

吴梅尽管受的是旧式教育，未接触过西方的理论和方法论，但是，他在青年时代十分关心国家命运，与朋友谈及时事，“时而笑骂，时而痛哭”，以致使人“佥目为狂”，他以戏曲为武器，“英雄肝胆，儿女心肠，往往流露于文字间”（见前所引王文濡《中国戏曲概论序》）。他参加了南社，是南社前身神交社的十一个成员之一，更可见他不同于王国维政治上的守旧①。所以，他的戏曲创作实践能突破他的某些理论局限，也使他的戏曲史观在某些地方比王国维高明。

戏曲作为文艺，是社会意识形态之一，而“思想、观念、意识的生产最初是直接与人们的物质活动，与人们的物质交往，与现实生活的语言交织在一起的”（《德意志意识形态》，《马克思恩格斯全集》第三卷）。马克思主义者认为，文学艺术的发展是随着社会物质生产的发展，随社会生活的发展而发展的。社会生活的发展首先给文艺提供了新内容的基础，同时也促使了新形式的产生。

元杂剧之所以能成为“一代之文学”，是同元朝的政治、经济状况，及戏曲艺术本身的发展分不开的。元代社会政治的黑暗，民族、阶级压迫的惨酷，知识分子政治地位的低下，城市商业经济的发展，以及宋官本杂剧、金院本、诸宫调的成熟，分别成为杂剧发展的内外原因，为其兴盛发达准备了内容、物质、作家和艺术的条件。

王国维说：“余则谓元初之废科目，却为杂剧发达之因。盖自唐宋以来，士之

---

① 据上海市艺术研究所邵曾祺先生说，他在1934年曾往上海拜访吴梅先生，吴先生对他说：罗振玉想把吴拉入自己的圈子，但吴识破了罗的用意，没有上当。

竟于科目者，已非一朝一夕之事，一旦废之，彼其才力无所用，而一于词曲发之。”（《元剧之时地》）他看到元代之废科举为杂剧的兴盛准备了作家队伍，这是有识力的，但是，“彼其力无所用，而一于词曲发之”则带有“游戏说”的味道，甚至说元杂剧的创作是“彼以意兴之所至为之，以自娱娱人”（《元剧之文章》），联系他一再称道的“纯文学”，及《人间词话》中所说的“不为美刺投赠”，则可见他是反对“穷而怨”、“怨而作”的。所以，他就看不到剧作家在戏曲作品中反映现实生活、表达政治理想的寄托之意和现实主义斗争精神。

言为心声，“曲也者，达其心而为言者也”（张琦《衡曲麈谭》）。吴梅看到的不仅是意兴所至的抒发性灵，而且认识到“士大夫伏处蓬庐，送穷无术，惟此一种文字，足泄其抑塞磊落不平之气”（见前），不仅是他自己作《风洞山》“摭拾遗事，衍为院本”来“长歌当哭”，而且“往余所编诸院本，率有所寓托”（《绿窗怨叙》），因此他常能推己及人，发现作者的言外之意。

即以对同一个宫天挺的评价，王国维和吴梅的着眼点就不同。王国维对宫天挺很欣赏，称其“瘦硬通神，独树一帜”（《元剧之文章》），出关、白、马、郑四家之外。而吴梅则通过对其《范张鸡黍》的分析，指出了他影射时政的创作意图：“词中痛论选举之弊，与汉制无涉，当是影射时政。按元时科举，惟太宗九年一行之后，废而不举者七十八年，至仁宗延祐元年，始复以科举取士，遂为应制。此七十余年中，其取士之法为何，无从考见。大用生卒时代虽不可考，大抵在中叶以后，则其时初复科举，倖进必多，宜其言之愤激也。”（《范张鸡黍跋》）宫天挺深恨元社会之弊，《范张鸡黍》确是借古人酒杯，浇自己块垒，剧中人所说的“有那等刀笔吏入省登台，屠沽子封侯建节”（《南吕一枝花》），难道不是元代社会“工匠皆人班资”，“而刀笔下吏，遂致窃权势，舞文法”（《元史·选举志》）的真实写照吗？

“以意兴之所至为之，以自娱娱人”的看法是不能发现戏曲与社会生活联系的。元杂剧中，非但是《范张鸡黍》实是影射时政，即关汉卿《鲁斋郎》，虽写北宋事，但鲁斋郎所为实是元代蒙古、色目贵族权豪的恶霸行径。其《单刀会》则突出了汉族正统思想，充溢着反抗元蒙的情绪。马致远的《汉宫秋》也是抒发民族之恨的，他的神仙道化剧则无疑是社会生活的曲折反映。

非但是元朝，明清二代也不乏这种有所寄寓的作品。吴梅在评汤显祖《邯郸记》时就指出：“记中备述人世险诈之情，是明季宦途习气，足以考万历年间仕宦况味”（《中国戏曲概论·明人传奇》，以下凡引《中国戏曲概论》语，只注章节名）。即以吴梅的同乡，清初的尤侗来说，其传奇《钧天乐》写科场私弊，寄托了自己一生落第的牢骚。而吴伟业的杂剧《通天台》则借古人之口，表明了自己作为一个被迫仕清的“贰臣”的忏悔。

吴梅所说的“论隐逸则岩栖谷汲，俨然巢许之风；言神仙则霞佩云裾，如骖鸾鹤之驾”（《金元总论》）虽也带有“游戏说”的色彩，但他之肯定元杂剧，却是着重指出其与社会生活的联系：

宋人大曲，为内廷赓歌扬拜之言[1]，不足见民风之交。虽《武林旧事》所记官本杂剧段数，多市井琐屑，非尽庙堂雅奏，然其辞尽亡，无从校理，今所存者，仅乐府致语[2]，散见诸家文集而已。苏轼王珪诸作，敷扬华藻，岂可征民情风俗哉？（《金元总论》）

只有杂剧出来后，“有十二科，而作者称心发言”，“万事万物，一一可上氍毹”，因而“天下文字，惟曲最真”，能真实反映社会生活，表达喜怒哀乐。因为元杂剧表现了民情风俗，曲折反映了现实社会生活，所以，吴梅分析其作者，说：

一代才彦[3]，绝少达官，斯更足见人民之宗尚，迥非台阁文章以颂扬藻绘者可比也。（《元人杂剧》）

王国维强调元曲的“自然”、“有意境”，说“又以其自然故，故能写当时政治及社会情状”，未免倒果为因。吴梅则说：

我们读到《朱砂担》和那《燕青博鱼》等剧，觉得有一种感想，见得元人何以描写社会上龌龊情形，竟是禹鼎铸奸，无微不至。我们设身处地着想，觉得照这样做法，完全是一句做不出来。因为填词的人，都是念书的学者，所以摹写雅人口气，十分周到。至于龌龊情形，不是不能写出，实是他没有知道。但是元人何以能够知道呢？其中也有一个缘故。原来元剧的科目，有十二科[4]，一切剧中情节，都要消纳在里头。做戏剧的人，如认定一科，细细的研究，俗话说得好：“思之思之，鬼神通之”，果能逐事细究，处处留心，哪有不登峰造极的？元人的剧本，就为这个理由，才能够出神入化地到了个极自然、极紧凑、极真实的地步。（《元剧略说》，载《小说月报》十七卷号外《中国文学研究》下）

固然，吴梅此说仍有唯心主义的印痕，且将生活也视为程式化了，但是，他认为自然、真实之文是出于对生活（十二科模式）“逐事细究，处处留心”的体验，则曲折地阐明了戏曲与社会生活的联系，和戏曲作家深入生活、体验生活与剧作真实自然的关系，比之王国维似是进一步。

---

① 赓歌扬拜之言：皆谓连续而歌言也。

② 致语：宋时艺人献技之前，先作祝颂之辞，曰“致语”。

③ 彦：旧时士之美称。

④ 十二科：据朱权《太和正音谱》，一曰神仙道化，二曰隐居乐道，三曰披袍秉笏，四曰忠臣烈士，五曰孝义廉节，六曰叱奸骂谗，七曰逐臣孤子，八曰钹刀赶棒，九曰风花雪月，十曰悲欢离合，十一曰烟花粉黛，十二曰神头鬼面。

吴梅曾说："由小令而散套而杂剧而传奇，递推递进，历一境自有一境之程。"（《辽金元文学史》133 页）在论述明代戏曲时，提出了"盖与社会之风尚性情绝不相入，不合于天然之乐，即不能为乐府之代表也"的著名论点。我们且看他是怎样用这两个论断分析明代戏曲的。

元代前期杂剧兴盛的一个重要原因是知识分子的"九儒"地位，使其易于接近人民，熟悉底层生活，像关汉卿这样的剧作家，更以作剧为毕生事业，在艺术上刻意求精，遂造成大批优秀作品纷纷问世的局面。

但元仁宗于 1315 年重开科举后，"试艺以经术为先"，知识分子为追求仕进，又踏上埋头读经的道路。加以异族统治年代已久，亡国之痛淡忘，民族矛盾和缓，杂剧作品就逐渐丧失了现实主义的战斗精神。

此外，后期杂剧南移，元中叶以后，则剧家悉为杭州人，其中如宫天挺、郑光祖、曾瑞、乔吉、秦简夫、钟嗣成等，虽为北籍，亦均久居浙江。产生于北方的杂剧，一旦离其故土，生命力自然受到影响，相反，土生土长的南戏因与当地社会的"风尚性情"相系，有深厚的群众基础，"合于天然之乐"，虽无宫调，但有四声，且不限折数，诸角都唱，加以又吸收了杂剧的某些长处，所以最终能取代杂剧的优势。

从统治阶级方面讲，南戏、传奇之从附庸蔚为大国，亦有其原因。吴梅说：

> 有明承金元之余波，而寻常文字，尤易触忌讳，故有心之士，寓志于曲。则诚《琵琶》，曾见赏于太祖，亦足为风气之先导。虽南北异宜，时有凿枘，而久则同化，遂能成欧、晏、秦、柳之佳作，与关、马、乔、郑之雄奇相调剂，扩而充之，乃成一代特殊之乐章，即为一代特殊之文学。（《明总论》）

元蒙统治者以荒原大漠的游牧民族而统治天下，其从低级社会发展形态带来的道德和习俗远不如汉族伦理纲常的封建色彩浓，忠君、孝悌、节烈观都较淡，因而元初杂剧能带着反封建思想倾向从缝隙中倔强生长。明则不然，统治者从农民起义中看到了"犯上作乱"的力量，于是力图重新建立和巩固封建秩序。朱元璋规定四书五经为士子必修科，以时文取士。而《琵琶记》中蔡伯喈的"全忠全孝"正是教人的榜样，所以朱元璋说："五经四书如五谷，家家不可缺，高明《琵琶记》如珍馐百味，富贵家岂可缺耶？"（明黄溥言《闲中今古录》）在人民方面，这故事原来就很熟悉，人民认可的是赵五娘，而不是蔡伯喈的"孝"和牛氏的"贤"，所以，此剧原来是有群众基础的。除了这一"风气先导"之外，南戏原来的音乐多以零散的只曲杂凑成，后来采用杂剧的套曲联缀，使始于"蛮子汉卿"沈和甫的"南北合套"从"时有凿枘"到"久则同化"，"世换声换，风气所变，北化为南"（王德晖、徐沅澂《顾误录》）又终于由南戏而发展至传奇。

明朝对"搬做杂剧戏文"限制极严，远比元朝的禁止"妄撰词曲"执行得酷烈。除规定“不许妆扮历代帝王后妃、忠臣烈士、先圣先贤神像。违者杖一百”（明洪武三十年《御制大明律》）以外，还明令“但有亵渎帝王圣贤之词曲、驾头杂剧，非律所该载者，敢有收藏、传诵、印卖，一时送法司究治”，甚至“敢有收藏的，全家杀了”（明顾起元《客坐赘语》所载《国初榜文》）。所以吴梅说“寻常文字，尤易触忌讳，故有心之士，寓志于曲”。因为“统治阶级的思想在每一时代都是占统治地位的思想”（《德意志意识形态》，《马克思恩格斯选集》第一卷52页），因而这“志”就难出于专事宣传礼教，直至中叶嘉靖年间才转到描摹人情世态上。因此，吴梅对明传奇没有详言，而从艺术上肯定其“遂能以欧、晏、秦、柳之俊雅，与关、马、乔、郑之雄奇相调剂，扩而充之，乃成一代特殊之乐章，即为一代特殊之文学”。

传奇在明中叶以后大盛，作家蜂起，作品迭出，而清代的昆腔戏则逊于明代，其根由仍在于政治、思想、学术和艺术风尚的转移。

康熙、雍正、乾隆三朝，为巩固中央政权，加强满汉地主阶级的封建统治，在意识形态领域推行的是恩威兼施的两手政策。康熙开设博学鸿儒科，乾隆改为博学宏词科，外加经济科、孝廉方正科，作为正式科考外为名士专设的“特科”考试，为不愿科举或科举不中的名士另开仕进之途，所考科目又有文章诗赋。所以吴梅说：“开国之初，沿明季余习，雅尚词章，其时人士，皆用力于诗文，而曲非所习。”（《清代总论》）在开设博学宏词科同时，统治者还大倡汉学，以致清代思潮“以‘复古’为职志”，尤其是以惠栋为首的吴派汉学“为考证而考证，为经学而治经学”（均见梁启超《清代学术概论》），成为一时旗帜，人们埋首治经，不及他求，所以吴梅说“乾嘉以还，经术昌明，名物训诂，研钻深造，曲家末艺，等诸自郐①”（《清代总论》）。

明代万历以来，上层社会对昆腔戏曲的爱好几达狂热程度，“迩年以来（指万历末年），燕赵之歌童舞女，咸弃其杆拨②，尽效南声，而北词几废”（王骥德《曲律》卷一）。至清，尚是“康熙间，神京丰稔，笙歌清宴，达旦不息，真所谓车如流水马如龙也。是时养优班者极多，每班约二十余人”（缪荃孙《云自在龛随笔》卷一《论史》），但至康雍之际，这种狂热已大减。乾隆六次下江南，酒宴游乐之余，还搜罗艺人伶工，以充实内廷戏班，与此同时，以“恐其花费多金，废弛公务，甚至汇缘生事”为由，于乾隆三十四年禁令官员蓄养歌童（见王利器《元明清三代禁毁小说戏曲史料》），以致私人戏班衰落。此外，孔尚任、洪升之后，创作甚不景气，人们将旧有的熟悉剧目撷取加工成折子戏，并出现了折子戏演出兴盛的乾嘉时代，但其创作却是“昆剧的余势时代”（青木正儿《中国近世戏曲史》第十一

① 自郐：据《左传·襄公二十九年》载，吴公子季札请观周乐，对各诸侯国的音乐均有所赞美、评论，但“自《郐》以下无讥焉”。郐虽为《诗经》十五国风之一，但过去有“曹郐不成邦”之说。

② 杆拨：古代奏琵琶时的拨弦之具。

章)。吴梅所说的“又自康雍后,家伶日少,台阁巨公,不喜声乐,歌场奏艺,仅习旧词,间及新著,辄谢不敏,文人操翰,宁复为此”(《清代总论》),是大体正确的。

此外,《桃花扇》和《长生殿》以其思想性和艺术性轰动一时,传入内廷,亦使昆腔家弦户诵。但因“吴音繁缛,其音虽极谐于律,而听者使未睹其文,无不茫然不知所措”(焦循《花部农谭》),阳春白雪之曲,难入下里巴人之耳,词深腔婉,难于普及,而各地的地方声腔已成系统,乾隆年间的内廷大戏中虽生旦唱做戏还用昆山腔,但热闹场面的武打戏已用弋阳腔,乾隆末年徽班进京后,进入了花雅二部的竞争期。此后,花部的京腔、秦腔、弋阳腔、梆子腔、二黄腔等“乱弹”大盛,经嘉、道、咸、同,对昆剧,“歌者不知律,文人不知音,作家不知谱”(《曲学通论叙》),以致“光宣之季,黄冈俗讴,风靡天下,内廷法曲,弃若土苴,民间声歌,亦尚乱弹,上下成风,如饮狂药,才士按词,几成绝响”,在崇尚昆腔的吴梅看来,这是“风会所趋,安论正始”(《曲学通论叙》),成了戏曲逊于明代的另一原因。

吴梅能从科举、学术、艺术风尚趣味等政治、社会原因的“四端”分析清代昆腔戏曲的衰落,是较为全面的看法。

当然,由于吴梅受到时代和世界观的限制,他的许多看法也是失当或不足的。

对于元剧发达之原因,他的所论也仅重复王国维的话,如:“至蒙古灭金,而科目之废垂八十年,为自有科目来未有之事,故文章之士,非刀笔吏无以进身,则杂剧家之多为掾史,固自不足怪也……余则谓元初之废科目,却为杂剧发达之因。”(《辽金元文学史》)未能分析其更为复杂的政治、社会、经济等原因。同样,论明代传奇兴盛的原因亦语焉不详。

对于清代戏曲衰落的重要原因——文字狱,吴梅也未提及。且不言“明史狱”、“南山集狱”以及查嗣庭、吕留良、贺世盛等涉及政治、历史的著名文字狱,或胡中藻、沈德潜等诗文引起的文字狱,即以戏曲言,孔尚任之被罢官,《长生殿》因忌日动乐,洪升被押回原籍看管,刚中进士的赵执信“断送功名到白头”,不也可看作文字狱吗?据梁绍壬《两般秋雨盦随笔》卷四载:黄六鸿以国丧演《长生殿》一事据实弹劾后,“仁庙取《长生殿》院本阅之,以为有心讽刺,大怒,遂罢赵职;而洪升编管山西”。章培恒同志指出:“时人颇有视此剧为抒写兴亡之恨者”,其《骂贼》、《收京》二折的唱词“更易被误会为指斥朝廷。康熙帝之恶《长生殿》,当以此故”(《洪升年谱》)。是分析很正确的。

据《大清高宗纯皇帝实录》卷一千一百一十八所载:

乾隆四十五年十一月乙酉,上谕军机大臣等:

前令各省将违碍字句书籍,实力查缴,解京销毁。现据各督抚等陆续解到京者甚多。因思演戏曲本内,亦未必无违碍之处,如明季国初之事,有关涉本朝字句,当一体饬查。至南宋与金朝关涉词曲,外间剧本,往往有扮演过当,以致失实者,流传久远,无识之徒,或至转以剧本为真,殊有关系,亦当一体饬查。此等剧本，大约聚于苏、扬等处，著传谕伊龄阿、全德留心查察，有应删改及抽彻者，务为斟酌妥办。(见《元明清三代禁毁小说戏曲史料》)

于此，足可见文字狱波及戏曲领域。此次于扬州设局修改，事峻之后，词曲总校黄文旸《曲海目》中，竟无《桃花扇》，可见涉及明季事实的戏当在禁列。

此外，吴梅虽认为与社会风尚相入，合于天然之乐者可称乐府代表，但又因门户之见而鄙薄花部戏曲，认为“光宣之际，则巴人下里，和者千人，益无与于文学之事矣”(《清总论》)。表明了他的文学发展观亦有局限。

较全面地评价戏曲遗产

王国维仅从文学语言自然、有意境上肯定元曲，而认为“其中之文字虽有佳者，然其理想及结构，虽欲不谓之至幼稚，至拙劣，不可得也”(《三十自序》)，甚至说其“关目之拙劣，所不问也；思想之卑陋，所不讳也；人物之矛盾，所不顾也”(《元剧之文章》)，否定了元杂剧在情节、结构、人物设置上的艺术性，可见他的艺术见解是很片面的。他只将戏曲作为纯粹的案头文字欣赏，“仅爱读曲，不爱观剧，于音律更无所顾”(青木正儿《中国近世戏曲史·原序》)，对于作为综合艺术、舞台艺术的戏曲之欣赏，他就难有深知此道的灼见。而吴梅，则不但从文学语言的“自然”、“有意境”着眼，而且对戏剧文学作了更深入的探讨，对作家风格流派作了更为全面的艺术分析，又由于他兼擅作曲、度曲，具有艺术实践经验，所以，能更好地结合舞台演出来评价戏曲剧本的优劣，能以较公允的态度和全面的目光对戏曲遗产作出适当的评价。

先从文学角度谈谈王、吴二家对元明杂剧的看法。

对元曲四大家的评价，王国维认为是“关汉卿一空依傍，自铸伟词，而其言曲尽人情，字字本色，故当为元人第一。白仁甫、马东篱，高华雄浑，情深文明。郑德辉清丽芊绵，自成馨逸，均不失为第一流。其余曲家，均在四家范围内，唯宫大用瘦硬通神，独树一帜”(《元剧之文章》)。

吴梅则说：

自实甫继解元之后，创为研炼艳冶之词。而关汉卿以雄肆易其赤帜，所作《救风尘》、《玉镜台》、《谢天香》诸剧(见《元曲选》)，类皆雄奇排奡[①]，无搔首弄姿之态。东篱则以清俊开宗，“汉宫秋雁”，臧晋叔以为元剧之冠，论其风格，卓尔大家。自是三家鼎盛，矜式群英[②]……尝谓元人剧词，约分三类，喜豪放者学关卿，工锻炼者宗实甫，尚清俊者号东篱……(《元人杂剧》)

---

① 排奡：矫健貌。

② 矜式：敬重和取法。

吴梅能不囿于“关白马郑”之说，将王实甫作为一派之祖，确是颇有识见的，且以“冶艳”概括其语言风格，以“雄肆”、“清俊”分别概括关、马的语言特色，又由于《西厢记》的卓立群英，因此以三家来立派，是比“四大家”之说更符合实际的。其实，有识见的曲论家早就因《西厢》的杰出成就，而肯定王实甫的地位，如王骥德说过：“世称曲本，必曰关、郑、白、马，顾不及王，要非定论”，首肯《西厢》之法，喻其“如正旦，声色俱绝，不可思议”（《曲律》卷三）。吴梅之说所见略同，可谓三百年后的知音。

至于其他曲家，吴梅分别列举了王仲文、杨显之、石子章、白朴、李文蔚、尚仲贤、戴善甫、高文秀、张时起、顾仲清、张寿卿、宫天挺、郑光祖、沈和、金志甫、范子安、陈存甫、鲍天佑、王日华、乔吉、曾瑞卿等人。其中，尤称王仲文、杨显之的《救孝子》、《临江驿》、《酷寒亭》“足使巳斋叛首，实甫服膺”，白朴“秋雨梧桐，实驾碧云黄花之上”，高文秀“力追汉卿，毕生绝艺，雕绘梁山，享年不永，悼惜尤深，锲而不舍，并轡王关矣”，宫天挺、郑光祖“名播省台，声振闺闼，或以豪迈相高，或以俳谐玩世”，“蛮子关卿开后代传奇之先，结金元剧曲之局，可谓不随风气，自辟蹊径者矣”（《曲律》卷三）。这些，都甚具艺术鉴赏眼力。当然，吴梅未提及康进之、纪君祥等重要作家，亦是他的疏漏之处。

对于明人杂剧，王国维几乎是全盘否定的。如说：“徐文长渭之《四声猿》，虽有佳处，然不逮元人远甚。至明季以来杂剧，如汪伯玉道昆、陈玉阳与郊、梁伯龙辰鱼、梅禹金鼎祚、卓珂月人月所作，蒐于《盛明杂剧》中者，既无定折，又多用南曲，其词亦无足观。”（《余论》）他虽然也说：“一剧无一定之折数，一折（南戏中谓之一出）无一定之宫调，且不独以数色合唱一折，并有以数色合唱一曲，而各色皆有白有唱者，此则南戏之一大进步，而不得不大书特书以表之者也。”（《南戏之渊源及时代》）但却认为杂剧、南戏应该各守藩篱，杂剧不应取南戏之长，看法却颇保守。

吴梅则认为：“徐文长《四声猿》中《女状元》剧，独以南词作剧，破杂剧定格，自是以后，南剧孳乳矣①。其词初出，汤临川目为词坛飞将……今读之，犹自光芒万丈，顾与临川之研丽工巧不同，宜其并擅千古也……文长词精警豪迈，如词中之稼轩、龙洲。”非但对王国维“既无定折，又多用南曲”的守定成式之见表示异议，且又肯定了徐渭的革新精神和剧作的高水平。

其次，王国维之评戏曲，不惟对元杂剧仅从文词、意境着眼，评南戏亦曰：“元南戏之佳处，亦一言以蔽之，曰自然而已矣。申言之，则亦不过一言，曰有意境而已矣。故元代南北二戏，佳处略同；唯北剧悲壮沈雄，南戏清柔曲折，此外殆无区别。”（《元南戏之文章》）吴梅则能从戏剧文学的特点出发，分析戏曲作品的情

① 孳乳：引申为生生不已。

节结构和人物设置，指出其艺术价值之所在。

吴梅对戏曲结构极重视，认为好剧“必须规矩局度，整齐不紊，则一部大文，始终洁净，读之者虽觉山重水复，而冈峦起伏，自有回顾纡徐之致”，并从加饶折、设关目、分角色、剂冷热等方面衡量（见前），我们不妨看他是如何以之应用到评析作品中的。

王国维曾赞《梧桐雨》为元剧三大杰作之一，称道其“可谓千古绝品”（其余二剧为《汉宫秋》、《倩女离魂》，见《录曲余谈》），然亦仅言其风格“悲壮”而已。吴梅则曰：“此剧结构之妙，较他种更胜，不袭通常团圆套俗，而以夜雨听铃作结，高出常手万倍。”（《梧桐雨跋》）对马致远《黄粱梦》，吴梅称其“剧中以吕岩历尽妻女家庭之苦，引起出世之心，其结想已妙”，并进一步从演出角度指出“且以钟离公幻化多人，使演者可以节力，尤非他家所能企及”（《黄粱梦跋》）。

对局度较小的元杂剧如此，对明清传奇则更见其洞察结构艺术之处。如梅鼎祚的《玉合记》，吴梅指出“此记文情秾丽，科白安雅，较《浣纱》为纯粹，其结构紧严，除本传外，绝鲜妆点增加处”（《霜厓曲跋》卷一）。吴炳的《情邮记》，吴梅评曰：“刻意经营，文心之细，丝丝入扣，有意与阮圆海争胜也。”（《霜厓曲跋》卷三）并赞赏阮大铖《双金榜》“通本情节诙诡”，“明人传奇，多喁喁儿女语，独圆海诸作，皆合歌舞为一”，“皆耳目一新，使观场者迷离惝恍”（《霜厓曲跋》卷三）。

对某些名剧，吴梅更能指出其结构的艺术特色。如《牡丹亭》的“肯綮在生死之际”；《桃花扇》的“通体布局，无懈可击。至《修真》[①]、《入道》诸折，又破除生旦团圆之成例，而以中元建醮收科[②]，排场复不冷落，此等设想，更为周匝，故论《桃花扇》之品格，直是前无古人，后无来者”（《清人传奇》）。这“破除生旦团圆之成例”可说是最大的“脱窠臼”，王国维对此也很欣赏，虽然他主要是赞其“厌世解脱之精神”，至于《长生殿》，吴梅对叶堂所说的“比记上本杂采开天旧事，每多佳构，下半多出稗畦自运，遂难出色”不表同意，认为“托神仙以便绾合，略觉幻诞而已”（《清人传奇》），又说“后人以《冥追》、《神诉》、《怂合》诸折，谓凿空附事”，“是未知传奇结构之法”，故“无足深辨”（《长生殿跋》），肯定了它从“实”到“虚”的颇具匠心的情节结构。

此外，戏曲的优劣不能纯以文字定，作曲“大抵先要明腔，后要识谱，审其音而作之”（周德清《中原音韵》），吴梅始终将戏曲当作综合艺术来看，作为场上之曲来研究，并以此定高下。他说：

> 夫词家正轨，亦有三长。文人作词，名工制谱，伶家度声。苟失其一，即

---

① 王季思注本为《栖真》出。

② 中元建醮：见《桃花扇》第四十八出《入道》。僧道设坛替亡魂祈祷叫做醮。

非雅奏。(《南北戏曲概言》，载《国学丛刊》第一卷第三期)

声歌之道，律学、音学、辞章三者而已。(《童伯章中乐寻源序》)

因而，仅赏文字是只能评出案头之曲，可见音律对于戏曲是极为重要的。

正由于这样，对于王国维所全盘否定的明清传奇，吴梅却能从文与律的谐协这一角度加以分析，并作出适当的肯定。

明传奇在隆万后大盛，以沈璟、汤显祖为巨擘。王国维对二人的评价是：“沈氏之词，以合律称；而其文则庸俗不足道。汤氏才思，诚一时之隽；然较之元人，显有人工与自然之别。”(《余论》)而吴梅则认为沈璟之作有“持法至严”之长，又有“拙直”、“措词凡下”之短；汤显祖因富于才情，首言曲意，所以“异葩耀采，争巧天孙”，但因不甚注重音律，以致“诘屈聱牙，歌者咋舌”，并说“世所谓临川近狂，吴江近狷，自是定论。惟宁庵定法，可以力学求之，若士修词，不可勉强企及。大匠能与人规矩，不能使人巧，此之谓也”(《明人传奇》)。

王国维对沈璟评价自然不高，对汤显祖亦谓之有“人工”之痕。相比之下，吴梅对“法”、“意”俱倡，并首肯汤显祖本色中带文采的语言风格，且认为才情难求，律法可学，又因为形式内容都不可偏废，所以他赞赏的是“以临川之笔协吴江之律”。这样的评价是着眼于两派可取的积极面，是持论公允的。

吴梅力主剧作的文律相称，可见于对“四梦”之评。他认为《牡丹亭》“能雄踞词坛，历劫不磨”，对沈璟的“笔削”，汤显祖不满，吴梅也不满，可见，他首先赏的是“文”。相比之下，他对《紫钗记》的点拍、订律是较为满意的，他说：“临川《紫钗记》……‘四梦’中最称秾丽……通本未经点拍，遂有清真音律未谐之病。吴兴臧晋叔，删节泰半，虽文逊义仍，而配置角目、点窜词句，颇合户工之嘌唱。乾隆中，长洲叶怀庭取原本重加厘订，就文律曲，酌定旁谱，而《紫钗》始成完璧矣。”(《紫钗记跋》)可见，吴梅以“文”为主，以“律”为辅，且力求文与律的协谐，对剧本是否适合舞台演出十分重视。

清代传奇中，吴梅特别赞赏《桃花扇》、《长生殿》，从演出之本言，更推崇《长生殿》，因为它是“赵秋谷为之制谱，吴舒凫为之论文，徐灵胎为之订律①，尽善尽美，传奇家可谓集大成者矣”，“仅论文字，似孔胜于洪，不知排场布置，宫调分配，昉思远驾东塘之上。余尝谓《桃花扇》有佳词而无佳调，深惜云亭不谙度声，二百年来，词场不祧者，独有稗畦而已”(《清人传奇》)。为了对《长生殿》曲律作进一步研究，他在检订南北词谱时，写成《长生殿传奇斠律》一书。又为《桃花扇》作《哭主》中《胜如花》二曲之谱，有“音调悲壮，尽善尽美”之评。

① 据《长生殿·例言》：“姑苏徐灵昭氏，为今之周郎，尝论撰《九宫新谱》，予与之审音协律，无一字不慎也。”按：灵昭名徐麟。徐灵胎为徐大椿(《乐府传声》作者，徐釚之子)，恐系吴梅误记。

"夫词曲之道，填词为首，订谱次之，歌演又次之。"（《王古鲁译中国近世戏曲史序》）。吴梅于此三者皆长，手眼俱高，他善于将戏曲作为活的舞台艺术来看待，这是王国维所不及的。

较彻底的戏曲发展观

王国维看到元杂剧"乐曲上之进步"和"由叙事体而变为代言体"，"此二者之进步，一属形式，一属材质，二者兼备，而后我中国之真戏曲出焉"（《元杂剧之渊源》），是颇有识见的。而吴梅则更善于从文学、艺术、音乐互相联系上，从艺术风格、风尚的变化来探讨戏曲的发展规律；并能从戏曲发展过程中文学与音乐、舞蹈结合的渐臻完善，戏曲选材的进步，曲韵、曲谱的完备及戏曲研究和创作理论的发展上肯定明清戏曲的进步，从而表明了较彻底的戏曲发展观。

吴梅首先从文学上看到戏曲发展与韵文发展的密切联系。他说：

> ……惟文章一道，不出骈散二途，历代风会虽殊，而体格不甚相远。至于有韵之作，则体格每随声律而转变，乐府古诗变而为唐之五七律诗，自五代至宋，诗又变而为词，自宋至元，词又变而为曲……（《辽金元文学史》86页）

从整个文学的韵文史发展上看戏曲，首先肯定其受文学决定和制约，这是有独到见解的。

他还说："洵乎声音之道，随时势为变迁。"（《张怡庵六也曲谱叙》）而"一代之文，每与一代之乐相表里"，从戏曲史上来看，这种"相表里"的关系具体是怎样的呢？他说：

> 曲也者，为宋金词调之别体，当南宋词家慢近盛行之时，即为北调榛莽胚胎之日。王元美《艺苑卮言》云："金源入主中原，旧词之格，往往于嘈杂缓急之间，不能尽按，乃别创一调以媚之。"观此即为北调之滥觞。沿至末年，世人嫌其粗卤，江左词人，遂以缠绵顿宕之声以易之，而南词以起（如《拜月》、《琵琶》之类是也），此南北曲之原始也。（《顾曲麈谈·原曲》）

他在《曲学通论》第一章中进一步说：

> 是曲体虽成于解元，而其因固造端于赵宋。迨胡元入主中华，所用胡乐，嘈杂缓急之间，旧词至不能按，乃更造新声，而北曲大备。天意若悯文明禹甸①，

① 禹甸：出自《诗·小雅·信南山》："信彼南山，维禹甸之。"郑玄笺曰："禹治而丘甸之"，谓分为丘、甸，四丘为甸。后人因称中国疆域为"禹甸"。

拘文牵义者之无所措其手足，别辟一新文界以处之，至不惜破华夏之防，放此异彩。以吹笳鸣角之雄风，汰金粉靡丽之末习，此亦文学上至奇之局也。南人好事者，又推演两宋之旧制，力求雅正，而南曲以兴。由是南北两家，各树旗鼓。

他沿用前人所论，言简意赅地将南北曲之起源与音乐的关系作了大体的勾划，所论甚是。

在吴梅看来，音乐在发展，文学也在发展，所以明传奇之出“遂能成欧、晏、秦、柳之佳作，与关、马、乔、郑之雄奇相调剂，扩而充之，乃成一代特殊之乐章，即为一代特殊之文学”，这是继元剧后的另一高峰。他又说：“终明之世，南词盛行，流传诵习，卷帙至多。实则南北之面目虽殊，而精神终一”，同样肯定杂剧传奇的价值。

王国维虽也具有文学进化论思想，但他并未将这一思想坚持始终，他把“一代之文学”的下限定到“元之曲”，认为“北剧南戏，皆至元而大成，其发达，亦至元代而止”（《余论》）。且说“明以后无足取，元曲为活文学，明清之曲，死文学也”（青木正儿《中国近世戏曲史·原序》），殊不知“今歌场中，元曲既灭，明清之曲尚行，则元曲为死剧，而明清为活剧也”（青木正儿《中国近世戏曲史·原序》）。吴梅将杂剧、传奇两种形式置于统一的发展观下，承认形式、风格多样化，而不是出于个人喜好而随心抑扬，任意轩轾，所以他的观点是比较公允的，他的看法把王国维砍断了的“一代有一代之文学”之线又接了起来。

元杂剧尽管是一代之文学，但其一角独唱的形式未免单调，在演出上还有待发展；从文学角度言，一剧四折的体制亦难以展开矛盾冲突，“至第四折往往强弩之末”（臧晋叔《元曲选序》），难以塑造鲜明生动的人物形象，表现复杂的社会生活，因此杂剧形式的突破已势在必行。

明初的南戏，首先是其不限折数，诸角都唱，比元杂剧较有科学性，而表现出生命力。《琵琶记》有弦索腔谱后，“南曲北调，可于筝琶被之，然终柔缓散戾，不若北之铿锵入耳”（徐渭《南词叙录》），因而这种腔谱并未能影响全国，《琵琶记》与荆、刘、拜、杀则一直在舞台上流行至明中叶。明代戏曲的取材之能从宣传礼教的窠臼中脱离出来，与戏曲声腔的发展，由形式而影响内容不无关系。吴梅指出了海盐腔出后，“西江两京间，翕然和之”（《明总论》）为一个阶段，明戏曲另一发展阶段，则为昆腔水磨调的出现。魏良辅得张野塘相助，“始变弋阳、海盐故调为昆腔”①（朱彝尊《静志居诗话》），昆腔以其“清丽悠远，出乎三腔（按：指弋阳、余姚、海盐）之上，听之最足荡人”（徐渭《南词叙录》），很快占据主流，《浣纱

① 钱南扬、赵景深、叶德钧诸先生认为在魏良辅之前已流行昆腔。

记》一出现，终使其由清唱而成为戏曲声腔，并渐出吴地，以至北极幽燕，西被三巴。吴梅说昆腔“流丽稳协，远出弋阳、海盐旧调之上，历世三百，莫不俯首倾耳，奉为雅乐”，认为“此犹宋代嘌唱家就旧声而加以泛艳者也”（《明总论》），很恰当地从音乐声腔角度肯定了昆腔对戏曲发展的贡献。

吴梅文艺进化观之较为彻底，还表现在他对每一代戏曲的优于前代之处的分析归纳上。以杂剧言，本是元代所长，但明杂剧亦有较元代进步之处。首先，是它突破了元代四折一楔子的刻板体例，视内容容量而定折数，“如徐渭《四声猿》，沈自晋《秋风三叠》，则每种一折者，王衡《郁轮袍》，孟称舜《桃花人面》，多至七折五折者，是折数不定也”；其次，从演出言，“元剧多一人独唱，明则不守此例，如《花舫缘》第三折是旦唱，《春波影》第二折杨夫人唱，第四折老尼唱，是唱角亦不定也”；而且“元剧排场至劣，明则有次第矣”，“元剧多用北词，明人尽多南曲”，“南北词亦可通用”。可见，明杂剧吸取了南戏体制的长处，是一种进步。然而，“苍莽雄宕之气，则明人远不及元”（以上均见《明人杂剧》一节）。这些分析，是很正确的。

至于清代戏曲，吴梅指出其“一代人文，远逊前明”，“作者无多，未免见绌”（《清总论》）的总貌，如实承认其创作不如明代繁盛的事实。但他却同时阐明了这一代在创作上取材严肃、形式得体，适于演出，以及曲谱、曲韵、曲律的渐臻完善，戏曲整理研究的进步与成就，较全面地肯定了其高于前代之处。

从永乐九年起，明王朝规定“今后人民、倡优装扮杂剧”限于“神仙道扮，义夫节妇，孝子顺孙，劝人为善及欢乐太平者”（见明顾起元《客座赘语》载《国初榜文》）。因而明初杂剧颇多神仙道化内容，如《马丹阳度脱刘行首》（杨景贤）、《吕洞宾三度城南柳》（谷子敬）、《刘晨阮肇误入桃源》（王子一）都是，朱有燉的作品亦不乏此种。至于明传奇，初期作品一直为谈忠说孝所牢笼，其中后期作品，则又形成从唐人传奇中取材的风气，这在作者，一则因故事有所本，能免影射攻讦之嫌，二则情节离奇曲折，可资挥洒，但是，亦易带来荒谬冗长之病，甚至形成生造胡编，强加扭合的以团圆为结局的“家法”。吴梅既认为戏曲应反映生活，就必然视此为病，他说：“明代传奇，率以四十出为度，少者亦三十出，拖沓泛滥，颇多疵病，即玉茗《还魂》，且多可议。又事实离奇，至山穷水尽处，辄假神仙鬼怪，以为生旦团圆之地。”（《清总论》）清代则不然，顺治时因慑于汉族的起义反抗不断，采取的是保守措施，全按明代规制行事，文字狱之兴，尚在康熙后，因而清初剧作多取材古事，另有寄托，如《清忠谱》甚至以明末真事入戏。至南洪北孔以历史入剧，则异于明代而另辟创作取材之径，与生活联系紧了，也避去了形式上的缺陷，吴梅对此十分赞赏。他说：“清人则取裁说部，不事臆造，详略繁简，动合机宜，长剧无冗费之辞，短剧乏局促之弊。”从演出看，“又如《拈花笑》、《浮西施》等，以一折尽一事，俾便观场，不生厌倦。杨笠湖之《吟风阁》，荆石山民之《红楼梦》，分演固佳，合唱亦善”（《清总论》），改变了明人“搜神志怪，幽渺无稽”

（《双泪碑自序》）的状况。这些看法，可谓每发中的。

清人严于治学，在曲学领域亦然，在众人努力下，曲谱、曲韵、曲律等的整理渐臻完善。正如吴梅说："明人作词，实无佳谱，《太和正音》，正衬未明，宁庵《南谱》，搜集未遍。清则《南词定律》出，板式可遵矣，庄邸《大成谱》出，订谱亦有依据矣……比较明人为优者一也。曲韵之作，始于挺斋，《中原》一书，所分阴阳，仅及平韵，上去二声，未遑分配，操觚选声①，辄多龃龉。清则履清《辑要》，已及去声，周氏《中州》，又分两上，凡宫商高下之宜，有随调选字之妙，染翰填词，无劳调舌，比较明人为优者一也。论律之书，明代仅有王、魏，魏则注重度声，王则粗陈条例，其言虽工，未能备也。清则西河《乐录》，已启山林，东塾《通考》，详述本末，凌氏之《燕乐考原》，戴氏之《长庚律话》，凡所论撰，皆足名家，不仅笠翁《偶寄》，可示法程，里堂《剧说》，足资多识也，比较明代为优者由一也。况乎记载目录，如黄文旸《曲海》，无名氏《汇考》，已轶《录鬼》、《曲品》之前。订定歌谱，如叶怀庭之《纳书楹》，冯玄章之《吟香堂》，又驾临川、吴江而上。总核名实，可迈前贤……"（《清总论》）

吴梅具有较全面的眼光，既着眼于作为文学的戏剧的发展，又着眼于戏剧这种综合艺术的演出情况的演变，因而不但看到每一代戏剧、每一种戏剧形式的长处，而且看到下一代较之上一代的进步，所以他的文学艺术进化观点是基本上坚持始终的，他说"参军代面，大曲小令，弋调昆讴，随时代递变，而各呈伟观"（《王古鲁译中国近世戏曲史序》），就是这种观点的简略表述式。如果说王国维对整部戏曲史作了"腰斩"，判明清戏曲为"死文学"，那么，吴梅仅作了"截尾"，只摒弃了光宣之后的黄冈俗讴，这无疑又是比王国维高明之处。

颇有意思的是，王国维和吴梅都曾用最简洁的语言，勾划出戏曲史的轮廓。

王说："如我国戏剧，汉魏以来，与百戏合，至唐而分为歌舞戏及滑稽戏二种；宋时滑稽戏尤盛，又渐藉歌舞以缘饰故事；于是向之歌舞戏，不以歌舞为主，而以故事为主，至元杂剧出而体制遂定。南戏出而变化更多，于是我国始有纯粹之戏曲，然其与百戏及滑稽戏之关系，亦非全绝。"（《余论》）

吴说："乐府亡而词兴，词亡而曲作。金元之间，上自台阁，下及氓庶，无有不娴习者。顾其体亦数变矣：始也承两宋诗余之格，而移易其声调，出辞渊雅，有类秦柳，是曰小令……继则沿宋人大曲之制，择同调各曲，联缀成篇，写怀赋物，各称其才，是曰散曲……此皆有辞而无科白者也。董解元《西厢》，为诸宫调体，有白语矣，而科介则阙矣。科介具者有二：作北曲者为杂剧，作南曲者为传奇，至是戏剧之用始备矣。"（《奢摩他室曲丛叙》）

王国维言"戏"的联系，吴梅谈"曲"的发展，"曲者，歌之变，乐声也；戏

---

① 操觚：觚为木简，持木简，指作文。

者，舞之变，乐容也”（笠阁渔翁《笠阁批评旧戏目》）。江出滥觞，河出昆仑，波推浪涌，自有其源。这两位大师为戏曲史所写的擘窠书是不容忽视的。

总之，王国维与吴梅所受教育和经历不同，其治学方法、途径迥异，在戏曲史上的成就，当然是王国维大于吴梅，但在戏曲史观上，吴梅却有不少高于王国维之处，他的许多见识，都是值得我们学习体味的。

（二）戏曲批评

我国的戏曲批评有悠久的历史，元代周德清作《中原音韵》已有戏曲批评的内容。其后，较著名的戏曲批评论著有朱权的《太和正音谱》，徐渭的《南词叙录》，王世贞的《艺苑卮言》，徐复祚的《三家村老委谈》，祁彪佳《远山堂曲品》、《剧品》，吕天成《曲品》，李调元《雨村曲话》、《剧话》，焦循《剧说》六卷，梁廷枏《曲话》等。其他论著，如王骥德《曲律》、李渔《闲情偶寄》，亦有戏曲批评的内容。但是，诚如传统诗词、词话一样，清代以前的戏曲批评往往失之过简，令人“点”而难“悟”，尽管有些评论十分精到，但总的说来是不成系统、不全面的。

清代姚燮（1805—1864）曾作《今乐考证》十二卷，将宋代以来的四朝戏曲作品作了详尽胪列，且对每一作家作品均征引各家谈曲、论曲的评语，较之半个多世纪之后王国维的《曲录》更为详尽。但是，由于批评系出于他人，其价值在于集中保存了历代的批评资料，却无从见到姚燮本人的见解。

王国维对元曲作了大量研究，然而所作主要为考证工作，重在为建史的奠基，对作品虽间有批评，但不够全面。与吴梅同时或稍前的戏曲理论家还有童斐、王季烈、刘富梁、姚华等人，但他们在戏曲批评上都用力不甚多。这一时期戏曲批评的成就主要是吴梅所作出的。

吴梅藏曲既富，读曲又勤，且眼读手写，对各种戏曲均有批评在录，任中敏的《新曲苑》将其戏曲批评辑为《霜厓曲跋》，徐益藩又将任辑未全部分另辑为《霜厓叙跋》。在《顾曲麈谈》、《中国戏曲概论》等著作中，也有戏曲批评的内容。

详尽、客观、思想性、全局性——吴梅曲评的特点

第一，由于吴梅广泛读曲，且又生活在本世纪，面对较前人尤为丰富的戏曲遗产，他所作的内容详尽的曲评是涉及作品面最广的。

《霜厓曲跋》按作品时代先后，辑成三卷。第一卷为《董西厢》以下三十五种，第二卷为《琵琶记》以下共二十九种，第三卷为《绿牡丹》以下三十一种。徐益藩《霜厓叙跋》收入曲跋十六种。仅此二著的曲评，已涉及剧作百余种，是吴梅戏曲理论中不可忽略的部分。由于前人对元杂剧所作研究较多，且王国维又有较广泛的曲评，所以，吴梅关于元曲部分的批评多是对较为生疏的剧目而作的。除徐辑《曲跋》中的《梧桐雨》、《岳阳楼》、《望江亭》、《东堂老》、《范张鸡黍》、《货郎旦》

等剧以外，任辑《曲跋》中的元曲剧目多是前人较少道及的。吴梅戏曲批评的主要部分是明清杂剧、传奇，这两代的代表作基本都论及了。由于跋文一般都大大长于前人的曲评，所以，从对剧目所作批评言，吴梅的曲跋所涉及的剧作面是较大的。

第二，吴梅受到中国衡文的人品定文品、论文结合论人的传统影响，但又不以人定文或因人废言，而是从作品本身出发，客观地进行评述。

“知人论世”可谓我国文学批评的一个固有原则，吴梅也不例外，他为人很重名声气节，但又能跟上时代潮流，分辨是非。他曾针对前清遗老的“自甘隐弃，克全臣节”发表过自己的见解：“余谓凡曾仕前清者，固不必出而用世，贻北山之诮，至于寻常士民，或出或处，两无所碍。必欲高蹈避世，殊觉无谓，盖一时之激烈易至日常之孤寂难堪也。‘西山薇蕨吃精光，一阵夷齐下首阳’，昔人已有嗤之者……”（《蠡言》卷一，载《小说月报》第十号）但是，对于元代作家，他却以是否有汉民族的气节来要求的。例如，他在《梧桐雨跋》中大段引述白朴的身世材料，首肯其“编缀声篇，亦用以自晦”和“视荣利蔑如”的气节、品格。在《王粲登楼跋》中肯定作者郑德辉的“为人正直，不妄与人交”。他在《四梦总论》中说：“明之中叶，士大夫好谈性理，而多矫饰，科第利禄之见，深入骨髓。若士一切鄙弃，故假曼倩诙谐[①]，东坡笑骂，为色庄中热者，下一针砭……世人持买椟之见者，徒赏其节目之奇，词藻之丽，顾非知音。而鼠目寸光者，至诃为绮语，诅以泥犁[②]，尤为可笑。”充分肯定了汤显祖蔑视利禄，反对性理的叛逆精神，道出了他剧作最值得肯定的思想光辉。而对临川派的大将阮大铖，吴梅则鄙薄“其人品固不足道”。对于前人所多吹捧的《荆钗记》，吴梅能不守定见，指出不能以人之尊贵定文之高低，他说：“此记曲本不佳，惟以藩邸之尊，而能洞明音吕，故一时传唱，遍于旗亭[③]，实则明曲中，尚属中下乘也。”

吴梅深知作者的为人、品质和艺术趣味对创作的影响，但是，艺术审美并不同于理念活动，作品毕竟是作品，所以，他的戏曲批评虽常结合人品来论，但更是从作品本身来评价，定其高低。他对李渔的“为人善逢迎，龌龊可笑”是十分鄙嗤的，但他评李渔的剧作时说：“翁作取便梨园，本非案头清供，后人就文字上寻瘢索垢，虽亦言之有理，而翁心不服也。科白之清脆，排场之变幻，人情世态，摹写无遗，此则翁独有千古耳。”（《中国戏曲概论·清人传奇》）肯定了他的作品在艺术上的特色和高于他人之处。对于阮大铖，他说：“圆海诸作，自以《燕子笺》为曲折，《牟尼合》为薄丽，自叶怀庭讥其尖刻，世遂屏不与作者之林。实则圆海固深

---

① 曼倩：东方朔，字曼倩，汉武帝时待诏金马门，官至太中大夫，以诙谐滑稽著名，为武帝弄臣，长于俳辞。

② 绮语：佛家将涉及爱情或闺门的艳丽辞藻及杂秽语称为“绮语”，后亦称描摹记叙男女私情的诗文为绮语。泥犁：梵语，意为地狱，十界之最恶境界。有笔记说王实甫、汤显祖因作“淫词”而被罚于地狱中受苦。

③ 旗亭：酒楼。

得玉茗之神也……自来大奸慝必有文才：严介溪之诗，阮圆海之曲，不以人废言，可谓三百年一作手矣。”他又在《双金榜》跋语中，对阮大铖作品内容作了具体分析：“……山阴张宗子云：‘阮圆海大有才华……其所编诸剧，骂世十七，解嘲十三，多诋毁东林，辩宥魏党[①]……然则圆海诸作，果各有所隐射欤？今读诸剧，惟《双金榜》一种，略见寄托之迹，顾亦非诋毁东林也。”（《双金榜跋》）这种实事求是的分析评价，是十分合情合理的。

第三，吴梅的评价作品，间或能联系时代、社会背景，来分析其思想意义，不同于前人的纯粹文或律的赏析。

除前面所引的对《范张鸡黍》的一例以外，还可以找到其他例证。

如他在《南柯记跋》中指出此剧“言外示幻，局中点迷，直与内典相吻合[②]，此为见道之作，亦即玉茗度世之文。”他据王定柱序桂未谷《后四声猿》所据史实，结合徐渭的身世、思想、经历，肯定了“故《翠乡梦》，忏僧冤也；《雌木兰》，吊翠翘也；《女状元》，悼张也；惟《狂鼓吏》为自己写生耳”之说为“前人所未发，谅非凿空之谈”（见《四声猿跋》）。他曾嘲笑“腐儒必欲为中郎辨诬，或为仲宣解嘲，皆不知曲也”（《王粲登楼跋》）。他的“知曲”正是与剧作反映社会现实，抨击黑暗政治相联系的。这种看法，与欧洲进步文学家对必要时戏剧情节可以超出生活真实、细节真实的见解是十分相似的，如普希金就说过：“如果我们认为逼真就在于严格准守服装、色彩、时间和地点，那么这里我们也会看到伟大的戏剧作家并不遵守这条规则。在莎士比亚的作品里，罗马的执钺吏保存着伦敦缙绅的习俗。在卡尔岱隆的作品里，大胆的科利奥兰竟然向执政官挑起决斗，并且向他掷出手套。拉辛作品里的半开化的伊波里特讲出话来活像是有着良好教养的年轻的侯爵。而高乃依作品里的罗马人要么就是西班牙的骑士，要么就是加斯科龙的民族，他的克里登奈斯特还有瑞士的卫队担任护卫。然而尽管如此，卡尔岱隆、莎士比亚和拉辛却屹立在高不可攀的峰顶，他们的作品成为我们研究和赞赏的永久的对象。”（《论民间戏剧和剧本〈女郡守马尔法〉》，见《戏剧理论译文集》第八辑）

无论是称道“元人家法”还是发现“寄托”之意，其实质还是在于揭示“任何文学作品都是它的时代的表现”（普列汉诺夫《论西欧文学》）。这当然是很可贵的。

对汤显祖的剧作，吴梅能联系明代理学流行后窒息人性的社会状况，来探讨剧本的思想意义。他说：“其（指汤显祖）言曰：理之所必无，安知情之所必有？又曰：人间何处说相思？我辈钟情似此。盖惟有至情，可以超生死忘物我，而永无消灭，否则形骸且虚，何论勋业，仙佛皆妄，况在富贵？”（见《四梦总论》）指出了

---

① 张岱（字宗子，山阴人）《陶庵梦忆》卷八《阮圆海戏》条说：“阮圆海家优讲关目，讲情理，讲筋节，与他班孟浪不同……故所扮演，本本出色，脚脚出色，出出出色，句句出色，字字出色。”下即为跋语中所引。

② 内典：佛教徒对佛经的称呼。因佛教称内教，佛学称内学，故佛经称内典。佛教徒将佛书以外的典籍称为外典。

汤显祖以“情”抗“理”的创作意图。但是，由于汤显祖也有思想局限，他找不到解决社会矛盾的出路，也有“勘破世幻”的思想，因此吴梅指出了他的《南柯记》“有慨于不及情之人，而借至微至细之蚁，为一切有情物说法。又有慨于溺情之人，而托喻于沉醉落魄的淳于生，以寄其感喟”，所以，“《紫钗》之梦怨”，“《邯郸》之梦逸”，“而《南柯》之梦，则梦入于幻”。他在《四梦总论》中说：“故就表面言之，则‘四梦’中主人，为杜女也，霍郡主也，卢生也，淳于芬也。即在深知文义者言之，亦不过曰：《还魂》鬼也，《紫钗》侠也，《邯郸》仙也，《南柯》佛也……所谓鬼侠仙佛，是曲中之主，非作者意中之主。盖前四人为场中之傀儡，后四人则提掇线索者也；前四人为梦中之人，后四人为梦外之人也。”看到了汤显祖虽反抗“理”的世界，却无法找到出路，无法掌握自己的命运的思想局限：在情理斗争之外，将人生视为梦幻，而人们的命运又是掌握在鬼、侠、仙、佛手中。吴梅的这些看法，确是深发作者文心的，对其积极思想与消极思想的分析是很透辟的。

第四，吴梅的戏曲批评并不像前辈文人那样，对众多的剧作孤立地评价，而是具有全局的目光，对风格流派的划归，艺术风尚的消长，作了合乎史实的归纳分析。

除了对元剧三派的分析已见前引以外，此处想重点谈谈他对明代戏曲的有关分析。

吴梅认为，明初作者“虽多以实甫、则诚二家为宗，而制腔尚留本色，不尽藻饰词华；立意能关身世，不独铺张故实”（《中国戏曲概论·明总论》）。实际情况确实如此。“荆、刘、拜、杀”四大传奇（其实此四剧系元末南戏到明初传奇的过渡作品）都是不假词藻，很见本色，不铺张故实，极见生活真实的。

转变这种风气的，大约是始于邵璨的《香囊记》，此剧宗旨本承丘濬《五伦记》“若于伦理无关系，纵是新奇不足传”（该剧开场的《鹧鸪天》词）而来，在语言上，以时文为曲，且“丽语藻句，刺眼夺魄”（徐复祚《三家村老委谈》）。此外，王济以吕布、貂蝉事衍为《连环记》，亦以典雅藻丽为特色。至嘉靖年间，李开先《宝剑记》出，与宣扬名教的作品已渐见不同。昆腔既盛，新作渐出，其中如《浣纱记》、《玉盒记》及衍王魁、敫桂英事的《焚香记》等，均有较大影响，但可曰均未出《琵琶》、《香囊》范围。在传奇创作上取得较大突破，形成繁盛局面的，当为万历年间的汤显祖和沈璟。汤、沈二人之作，多取材唐人传奇、元剧故事。汤显祖作剧，虽有人谓其以词为曲，但李渔在指出《牡丹亭》的《惊梦》出首句诸语“字字俱费经营，字字皆欠明爽”的同时，亦称道其他曲子“纯乎元人”，“置之百种前后，几不能辨。以其意深词浅，全无一毫书本气也”（见《闲情偶寄》），确实是“语虽崭新，源实出于关、马、郑、白”（朱彝尊《静志居诗话》）。沈璟之作，与汤显祖的以才情见长不同，他是以“法”争胜的，但除《红蕖》一记以外，多庸率之作，然而，“其于曲学，法律甚精”，“《双鱼》而后，专尚本色。盖词林之哲匠，后学之师模”（王骥德《曲律》）。自此，形成逞才的临川派和守律的吴江派。临川派中，吴炳、孟称舜努力于守律，琢词，吴江派中，王骥德“法”、“意”俱倡。此时可谓达于传奇创作的极盛时期。

吴梅据此总结了明传奇作家流别的“四端”：“自《琵琶》、《拜月》出，而作者多喜拙素。自《香囊》、《连环》出，而作者乃尚词藻。自玉茗四梦以北词之法作南词，而偭越规矩者多。自词隐诸传，以俚俗之语求合律，而打油钉铰者众①。于是矫拙素之弊者用骈语，革辞采之繁者尚本色，正玉茗之律，而复工于琢词者：吴石渠、孟子塞是也。守吴江之法，而复出以都雅者，王伯良、范香令是也。”（《中国戏曲概论·明人传奇》）

其实，从剧本撰作角度言，或见才情而入临川派，或精音律而入吴江派，或求典雅而入昆山派。故此，吴梅又有“有明曲家，作者至多，而条列家数，实不出吴江、临川、昆山三家”（《中国戏曲概论·明人传奇》）之说，此说是完全合于戏曲史事实的。

由上可见，吴梅的戏曲批评确有综观全局、洞见始末的特点。

当然，由于吴梅所接受的新理论有限，他的评曲与传统的赏文析律并无本质的不同，未作根本性的变革。但却并不乏高于前人之处，这就是：他能详明精细地对作品进行全面的艺术分析，且不乏精到的见解。

征实性、广泛性、真实性、剧场性——评情节结构

吴梅很注意戏曲取材的征实性。

吴梅不仅作剧倡导“用故事不可蹈虚”，评曲时也极其注重历史题材的征实性。他认可“元剧之胜，正在荒唐”，称道谬于历史的“元人家法”。但明、清之剧均有出处，因而他在评论传奇作品时常有索求本事的特点。

以《琵琶记》言，前人多有“雪伯喈之耻”一说，吴梅却认为：“《琵琶》论著颇多，惟《艺苑卮言》所引《说郛》中唐人小说，最为可据。”则：“牛相国僧孺之子繁，与同郡蔡生，邂逅文字交，寻同举进士，才蔡生，欲以女弟适之，蔡已有妻赵矣，力辞不得。后牛氏与赵处，能卑顺自将，蔡仕至节度副使。记中情节本此。”② 发表了自己的独特见解。此外，他在辨明阮大铖之作并无影射时，就《双金榜》一剧索求了它的素材出处：“按圆海曾列籍东林，为高攀龙弟子，后附魏珰，为刘蕺山所劾，魏败，坐逆案削职，此词当是坐监时作。”他又为之具体分析：“记中皇甫敦又名量，辅登，攀附登龙，义取暗射，即指高攀龙。孝标为刘，皇甫孝标，即指蕺山。孝绪为阮，盖即自指。以东洛喻东林，以东奥喻东厂，入粤后屡言番鬼，鬼者魏也”（《双金榜跋》），经过这样一番分析，才谨慎地言其“略见寄托之迹”。

---

① 打油钉铰：谓所作语言俚俗浅陋。宋人钱易《南部新书》载：“有胡钉铰、张打油，二人皆能为诗。”二人皆为唐人。张打油《雪诗》：“江上一笼统，井上黑窟窿。黄狗身上白，白狗身上肿。”（见《升庵外集》）胡钉铰，即胡令能。《唐诗纪事》二八《胡令能》条：“令能圃田隐者，少为负局锼钉之业……遂能吟咏，禅学尤邃，世谓胡钉铰者也。”按：钉铰原为一种金属零件。

② 叶德钧不同意吴梅这一看法，可参看《戏曲小说丛考》490页。

此外，就《荆钗记》出处，他屡征《瓯江逸志》、《剧说》、《听雨笔记》、《南窗闲笔》等著，见其“为梅溪辨白”之意。他又谓《金印记》“通本皆依《战国策》”。此等探求，可谓比比皆是。

文艺缘于生活，对作品进行分析，要找到它的生活原型，尤其对历史剧要根源于历史，这是严肃的艺术创作观，因之用于评论，也是应该的。但是，这种未脱前人批评习气的“原事”式批评亦有其保守处，因为这样未免忽视文艺创作的虚构原则和典型化规律。与吴梅同时的刘师培能认识到“贵真者近于真实，贵美者近于饰观”，“则以词章之文，不以凭虚为戒”（《论美术与征实之学不同》）。吴梅缺乏这样的认识，有时唯以“征实性”衡量作品，导致了对某些较好作品的评价过低。固然，他高度肯定了《牡丹亭》的“蹈虚性”，但像《长生殿》的“托神仙以便绾合”，他就认为“略觉幻诞”。至于像《浣纱记》这样的开《桃花扇》先声，将个人悲欢离合结合国家兴亡的作品，只因它不是在创作方法上运用浪漫主义的“蹈虚”，却在情节上进行了虚构，吴梅就不予首肯，他说：“鸱夷一事①，本属传疑，今书谓二人先订婚约，后因国难。以聘妻为女戎②，功成仍偕遁，殊觉可笑。”（《中国戏曲概论·明人传奇》）这种视文艺为历史的观点，不能不说是有很大的局限性。

吴梅评剧，在分析其取材的源流时，常能注意到它们的广泛性。

《水浒》故事，施耐庵小说可谓包罗极全，但在元剧中却常有小说未到之处。吴梅指出《仗义疏财》一剧“以李逵、燕青为主，摹写都巡淫滥，实堪发指。李、燕二人以游侠身手，救护撇古，足为义士生色”。又说：“余尝谓梁山遗事，传述繁多，耐庵一传，未尽搜集，即如元剧中《燕青博鱼》、《双献功》等事，皆出耐庵《水浒》之外。”（《仗义疏财跋》）他还指出：“《豹子和尚》四折，演鲁智深出家事，此事不见耐庵《水浒传》，元剧中尽有赋梁山事为《水浒》所未载者，不独此剧然也。”（《豹子和尚跋》）吴梅在论剧作取材时，注意到它们的广泛性，常常着眼于另一种俗文学形式——小说，除上列二例外，还可看到他之注意到另一部小说《聊斋志异》。他评《文星榜》时说：“此记情节颇似《聊斋志异》中胭脂事，卞芳芝酷似胭脂，固不必论。他如杨仲春即《胭脂传》中之宿介也，薛鸾姐即王氏也，王又恭即鄂秋隼也，王六讧即毛大也，方鲁山即施愚山也。《迎觐》、《戏泄》、《拒冒》、《失帕》、《误戕》诸出，即《胭脂传》中事实也。惟甘、向二家事，为作者增益，得甘碧云、向采苹二女子，点缀其间，遂生下卷文章。”（《文星榜跋》）

由于吴梅博览群书，且又留意于俗文学，遂能就戏曲题材的征实性和广泛性谈出未经人道之言。

---

① 鸱夷：指春秋时越国大夫范蠡。范蠡佐勾践灭吴，知其不可以共安乐，浮海出齐，变姓名，自谓鸱夷子皮，省称为鸱夷子。事见《史记·越王勾践世家》。

② 女戎：犹言女祸。《国语·晋》：“史苏告大夫曰：‘有男戎必有女戎。’”注：“戎，兵也。女兵，言其祸犹兵也。”

吴梅还注重以生活真实来权衡艺术，用“真实性”来评判剧作。

关汉卿的《望江亭》，吴梅颇赏其语言风格，但认为“剧中谭记儿事，情理欠圆，岂有一夕江亭，并符牌盗去之理？在作者之意，盖欲深显衙内之恶，不复顾及夫人之失尊矣”（《望江亭跋》）。所论确是不无道理。

杂糅神怪，荒诞无稽，必求生旦团圆等传奇“家法”固然是吴梅一贯反对的，与生活的常理常情相悖谬亦是他不赞同的。《玉簪记》可谓流传很广的一剧，但吴梅略加剖析，指出了“其中情节颇有可议者”的“三不合”之处：“潘陈自幼结姻，陈投女贞观，虽未通名籍，顾既遇潘生，讵知河南籍贯，岂有不探夫家之理？乃竟用青衿佻达之话，淫词相构，殊失雅道，一不合也。王公子慕耿衙小姐，百计钻求，顾以门客一言，遂移爱于妙常，属凝春庵主说合，直至篇终，耿衙小姐毫无归着，二不合也。张于湖先见妙常，止为日后判决王尼张本，却不该围棋挑思，先作轻薄语，况于湖为外色乎？三不合也。”（《玉簪记跋》）除“淫词”、“轻薄语”之谓未必恰当外，对这情节失实失误的分析，指出其有违于生活真实的“三不合”，是很恰当的。

吴梅在《顾曲麈谈》中表明了他对明传奇公式化、千人一面的情况的不满。因而，在曲评中，很注意那些突破个人悲欢离合传统，扩大了内容包孕，寓有时代兴亡的剧作，并给以较高的评价。

徐复祚的《红梨记》在戏曲史上本来地位并不太高，吴梅言其“颇为奇艳”，把作者这一“平生杰作”断为“明曲中上乘之作”。其原因就在于“传奇诸作，大抵言一家离合之情，独此记家国兴衰，备陈始末，洵为词家异军”。此剧“中记南渡遗事，及汴京残破情形，大有故园沧桑之感”，尤其是“记中《错认》、《路叙》、《托寄》诸折，凄迷哀感，虽‘狡童’、‘禾黍’之歌，亦无以过此。”正是因为着眼于此剧将个人离合与家国兴衰结合一起，所以吴梅力排众议，且云叶怀庭断此剧“才弱”之语为“亦觉太过”，虽谓“通本用《琵琶》格式至多，不免蹈袭旧格”，却又为之辩护：“但明人多有此病，不可专责徐氏也。”

吴梅论曲，历来注重结构，注重是否宜于演出。汤显祖《牡丹亭》之出，许多人都想把这一“不妨拗折天下人嗓子”的名剧搬上舞台，沈璟、冯梦龙、吕玉绳等竞相作改本，但又自知才力不及，对其中《悔梦》、《寻梦》等出，不敢改易，因而，钮少雅、叶怀堂之前确是难成完璧。临川派的剧作家既不能同能，却力争独胜，于是吴炳、阮大铖等人奉临川才情，正玉茗之律，翻新出奇，亦出现不少佳作。吴梅对这些作品很重视，在评论时给予较高的估价。

阮大铖作有“石巢四种”，吴炳有“粲花五种”。吴梅的总的评价是：“圆海诸作，自以《燕子笺》最为曲折，《牟尼合》最为薄丽”，“圆海固深得玉茗之神也”（《中国戏曲概论·明人传奇》）。又云：“粲花五种”中“虽《疗妒羹》最负盛名，而文心之细，独让《情邮》”（《中国戏曲概论·明人传奇》）。此外，他还作了具体的分析，指出《燕子笺》“弘光时，曾以此曲供奉内廷，一时朱门绮席，奏演无虚日，足以脍炙人口也”。他借用韦佩居士为此剧所写序言“即游戏三昧，实寓以左国龙门家法”，“介处、白处、有字处，无字处，皆有情有文，有声有态”，说“此数语足赅括本书，且可为普天下作传奇之诀”（均见《燕子笺跋》）。他论《春灯谜》“情节离奇，尤四记中最诡异者”（《春灯谜跋》）。《双金榜》“通本情节诙诡，梵典图经，恣意渔猎，非胸罗书卷、笔具镳铲，不能道只字也”（《双金榜跋》）。他尤其肯定了“明人传奇，多喁喁儿女语，独圆海诸作，皆合歌舞为一”的特点：“如《春灯谜》之龙灯，《牟尼合》之走解[①]，《燕子笺》之走象、波斯进宝，及此记之煎珠踏歌，皆耳目一新，使现场者迷离惝恍。”（《双金榜跋》）从情节曲折离奇诙诡，情文声态并茂，及载歌载舞，充分调动各样艺术手段，增强剧场效果等方面，肯定了阮大铖对前人的发展。吴梅评吴炳之作，比较了《画中人》和《西园记》二剧，谓前者“意欲与临川《还魂》争胜”，“局度虽狭小，而结构颇谨严”（《画中人跋》），后者“与《画中人》故别蹊径”，具体说来，“《画中人》摹写离魂光景，自死之生，在一人上着想。此则玉真、玉英，一生一死，就两人上分写，各极生动”（《西园记跋》）。可见，吴梅虽倡作传奇“立主脑”，要剧情围绕一生一旦而设，但并不反对《西园记》的一生一旦，纠二线为一线，一生一死，使剧情更为曲折动宕，引人入胜。他称道《情邮记》“刻意经营，文心之细，丝丝入扣”，并谓“此记为石渠之冠，亦为明代各传奇之冠”，“曲中有石渠，吾叹观止矣”（《情邮记跋》）。当然，此说是否确论足可商榷，但他所说《画中人》“记中以华阳真人为一部主脑，而以幻术点缀其间，盖因戏场冷淡，借此妆点热闹，此正深悉剧情甘苦处”，进而指出“明季作家，皆用此法，如《牟尼合》之《赛马》，《秣陵春》之《庙市》，《慎鸾交》之《花榜》，皆冷热调剂法也”（《画中人跋》）。则可谓深刻指出了明季传奇注重剧场性，以玉茗之才就吴江之律后，在戏曲作品整体性结构上的发展。

清代剧作，虽逊于明代，但在情节结构上亦不乏值得肯定之处。吴梅除对《钧天乐》、李渔十五种，李玉“一、人、永、占”等剧不乏赞语以外，还指出《才人福》“其事虽臆造，而文心如剥蕉抽茧，愈转愈奇，总不出一平笔”（《才人福跋》），《文星榜》“生、旦、净、丑、外、末诸色，皆分配劳逸，不使偏颇，而用意之深，如入武夷九曲”（《文星榜跋》），《扬州梦》“结构匀称，静喧得宜”（《扬州梦跋》）等特点，所论多中肯綮，实非泛泛之谈。至于他论《长生殿》、《桃花扇》等名剧结构特色的见解已见前面，此处不赘述了。

今天，尽管昆腔戏曲演出较少，观众有限，颇难将前代戏曲变为场上之曲加以验证，但仅以《西园记》的改编演出，获得成功，受到欢迎，亦可见吴梅所论是深得其理。

---

① 走解：马上献技。一人执旗前引，二人驰马继出，于马上或上或下、或左或右腾跃。原为军中骑兵习武之术，后成为江湖杂技。

从蒜酪到工丽——评戏曲语言

自元代杂剧一体出现后，代言体的戏剧终于与类似后世评话的诸宫调划清了界限。作为元朝的“一代之文学”，从广义的诗歌角度言，杂剧的语言既不同于诗之“庄”，亦不同于词之“媚”，它以“俗”见长。吴梅说：“至论文字，则止有本色一家，无所谓词藻缤纷、纂组缜密也。”又说：“王实甫作《西厢》，以研炼浓丽为能，此是词中异军，非曲家出色当行之作。”“是故知元人以本色见长，方可追论流别也。”（《中国戏曲概论·元人杂剧》）因而，“本色”可谓元杂剧语言的基本特色。

应该说，元杂剧在结构艺术上还不够成熟，雷同化的东西不少，故此吴梅从结构上肯定元剧之处并不太多，他在《岳阳楼跋》中就指出：“元剧多演吕仙度世事，重见迭出，强半雷同。此剧与谷子敬之《城南柳》，不惟事迹相似，即其中关目线索，亦大同小异，彼此可以移换。”认为“至第四折《省悟》后作列仙出场，现身指点，因将群仙名籍数说一番”的“元剧常格”“皆元人滥套，实不足法”。然而，对于元剧的语言，他却常常推崇备至。

吴梅在称道《黄粱梦》一剧的结构同时，又赞赏道：“末折《煞尾》，尤神来之笔，余尝谓元词之不可及，正在俚俗处。”并为之感叹：“自明人以冶丽之词作北曲，而蒜酪遗风，渺不可得。”（《黄粱梦跋》）在《岳阳楼跋》中进一步称赞马致远的语言风格：“余独爱此剧之文，如首折《寄生草》、《金盏儿》诸曲，吐属名隽，胜《铁拐李》、《竹叶舟》数倍，益见东篱之不可及也。”元代最伟大的戏曲家关汉卿，一生写了众多的闪耀着现实主义光辉，充满人民性的作品，吴梅在指出其剧作语言风格可总体概括为“雄肆”以外，还看到了另一面。他在《望江亭跋》中指出：“此剧俊语颇多，与他作如出两手”，并说其中有些曲子“字字芳逸，非肠肥脑满辈所能办也”。这种注重大作家语言风格的多样性、丰富性的分析，确可谓发人所未发。郑德辉虽历来与关、马、白并称，但实际上的艺术成就当逊于三人，吴梅在《王粲登楼跋》中非但指出了他“所作贪于俳谐，未免多于斧凿”的情节结构的缺点，而且还批评了此剧《登楼》一折中“杂砌俚鄙诗词”的语言的不足。

吴梅在《兰桂仙跋》中曾引用万树“非烂熟元词，无从下笔”一语，并云“余深叹为至言”，因而，他常用元人的语言风格来衡量后代的杂剧作品。

他在论明初杂剧《义勇辞金》时，谈到此剧价值不独是“宾白科介，无一遗漏”，在结构上“变元剧格”，而且指出此剧“词语古拙，雅有元剧风格”（《义勇辞金跋》）。又《萧淑兰》一剧“语如铁铸，不觉选韵之苦”（《萧淑兰跋》）。直至稍后的徐渭《四声猿》，吴梅仍极赞赏其“字字本色，直守关马之席”，并发出“明人北词，似此者少矣”（《四声猿跋》）的如慕如叹之评。

由于骈俪文风的影响，在明初杂剧中亦出现了讲究秾词丽句的一派，如王子一的《误入桃源》，吴梅就评道：“通本词藻浓丽，与元词以本色见长者不同”，且进而从文风转变的大局着眼，说此剧“文气稍薄”，“此亦气运使然，非古今人之智慧不齐也”（《误入桃源跋》）。

承元代南戏发展而来的明代传奇，它们的语言风格有一个相当复杂的发展、变化、承继的过程，自“传奇之祖”《琵琶记》之后，长期行世的是“荆刘拜杀”四大传奇。吴梅未详言《琵琶记》的语言，只说“前人推许已极，无俟赘言”（《琵琶记跋》），作了简单的首肯。对“四大传奇”，他则各有断语。他说的《荆钗记》“《赴试》、《闺念》、《忆母》诸折，全摹则诚旧套，而出词平实，远逊《琵琶》”（《中国戏曲概论·明人传奇》）。他分析了《幽闺记》，云：“本关汉卿《拜月亭》而作，记中《拜月》一折，全袭原文，故为全书最胜处”，仅以拾关汉卿牙慧者为好，而非袭关处，如“《旅婚》、《请医》诸出，科白鄙俚，闻之喷饭”，进而指出“而嗜痂者反以为美，于是剧场恶诨，日多一日”（《中国戏曲概论·明人传奇》）。吴梅尤其痛诋《白兔》、《杀狗》“俚鄙庸俗，读者至不能终卷”（《中国戏曲概论·明人传奇》），可见他以四剧是一蟹不如一蟹，因此进而指出传奇语言的因、革源流：在“学则诚易失之腐，学君美易失之粗”之后，经丘濬“迂叟之谰言”，到“邵氏《香囊》、雨舟《连环》，工于涂泽”，但是，这些都“非作者之极则也”，至嘉隆间，“梅禹金、梁少白辈作剧，所以用骈句入科白”，皆为欲革明初“俚鄙”之“陋习”（均见《中国戏曲概论·明人传奇》）。以吴梅所见，直至万历间汤显祖出来后，才使明代传奇的语言臻于完美，这种语言的特点应是“语虽斩新，源亦出于关马郑白”，他在比较《紫钗记》及其底本《紫箫记》时，更为详尽地道出了看法。他说：《紫箫记》“词藻秾丽，几字字呕心镂肾以出之，故颇多晦涩语及费解语”（《紫箫记跋》）。亦不以此记为高，只是在将此稿改易成《紫钗记》后，才达到“词藻精警，远出《香囊》、《玉块》之上”，虽“‘四梦’中以此为最艳”但“此记秾丽处实合玉溪诗、梦窗词为一手，疏隽处又似贯酸斋，乔梦符诸公”（《中国戏曲概论·明人传奇》）。可见，吴梅以传奇语言是本色基础上求工丽为极则，他也确对万历后作品评价为高。

应该说，吴梅所论是大体正确的。《琵琶记》及“四大传奇”原来都是元代南戏，同以北曲为基础的杂剧各有方圆，元代后期南曲固然已自成系统，但较之北曲仍未免稚拙，如此数剧的底本均源于民间，比之杂剧的文人手笔当然显得难免庸陋，入明之后，虽经作家改作、润饰，亦难脱尽底色，因而吴梅所评亦未可谓苛求，而且毕竟也还有肯定之处。对明传奇第二阶段的作品，吴梅均论之较简，如《金印记》仅“剧中文字古朴，确为明初人手笔”（《中国戏曲概论·明人传奇》），《香囊记》“未见工丽，惟白文时有俪语，已开《浣纱》、《玉合》之先矣”（《中国戏曲概论·明人传奇》）。昆山派的奠基之作《浣纱记》，吴梅尽管评其杜撰范蠡、西施爱情故事为“殊觉可笑”，但亦称赞“曲白研炼雅洁，无《杀狗》、《白兔》恶习。在明曲中，除‘四梦’外，此种亦在佳构之列”（《中国戏曲概论·明人传奇》）。

吴梅认为，自汤、沈之争以后，“以临川之笔协吴江之律”，非但作品繁富，且

"协律修辞，并臻美善"，"斯又非前人所及矣"（《中国戏曲概论·明人传奇》）。就作品语言来说，他高度评价了吴炳的"粲花五种"："至以填词之法施诸南北曲，亦惟粲花为工。明初作曲，专尚本色，自《香囊》以妍雅为宗，而中叶后，如《昙花》、《玉块》、《水浒》等曲，专尚涂泽，去元人愈远，粲花则雅而不巧，腴而不艳，字字从性灵中发，遂能于研炼中别开生面，此真剥肤存液之境。"（《画中人跋》）"达难达之意，言难言之情，使读者莫知其用笔所在。自是君身有仙骨，非后人所能奏效矣。"（《情邮记跋》）他尤其指出吴炳剧作中人物语言的个性化和生动性，他说："又《画中人》之胡图，与此记中之王伯宁，同一俗物，而写胡图处，语语绝倒，写伯宁处，则语语爽快，《冥拒》一折，尤为千古奇文，自有净丑以来，无此妙人妙语……且明人传奇，凡净丑诸色，皆不从身后着笔，此作直是创格，当与《绿牡丹》《帘试》出同为破天荒之作。"（《西园记跋》）当然，以上所说，难免有过誉之处，但大体还是恰当的。

至于清代传奇，《桃花扇》、《长生殿》确是达到前所未有的高度，吴梅由衷地说道："二家既出，于是词人各以征实为尚，不复为凿空之谈，所谓陋巷言衷，人人青紫，闲闺寄怨，字字桑濮者，此风几乎革尽。曲家中兴，断推洪孔焉。"（《中国戏曲概论·清人传奇》）清代著名曲论家梁廷曾枬说过："《桃花扇》以《余韵》作结，曲终人杳，江上峰青，留有余不尽之意于烟波飘渺间，脱尽团圆俗套。"（《曲话》卷三）"钱唐洪昉思升撰《长生殿》，为千百年来曲中巨擘。以绝好题目，作绝大文章，学人、才人，一齐俯首。"（《曲话》卷三）虽甚具眼力，褒扬得当，但终不如吴梅能道出根本，不如吴梅的识见为高，因前面已有评述，在兹从略了。

此外，吴梅论曲很注重析律。叶德钧曾指出，《霜厓曲跋》的每则跋文"多半以曲文合谱合律为主，几乎三分之二以上是专注意此点的"（《小说戏曲丛考》487页）。所说虽不够准确，但吴梅戏曲跋文中涉及律、谱的，却实在是篇幅较多，且在这些评析中，最见其于曲律研究方面的根底。

吴梅说："尝谓传奇之道，首论事实，次论文字，次论音律。"（《长生殿跋》）他屡屡指出剧作中用韵不妥和声律舛误之处，他虽服膺汤显祖、徐文长剧中的语言，但同时指出他们未谐音律的缺点。对一些并不太知名的剧作家，吴梅却能从音律角度予以高度肯定，如评清代陈栋（字浦云），说："清代北曲，西堂后要推昉思，昉思后便是浦云，虽藏园且不及也。余诣力北词垂二十年，读浦云作，方知关、王、宫、乔遗法，未坠于地，阴阳务头，动合自然，布局联套，繁简得宜。"（《中国戏曲概论·清人杂剧》）对明清二代传奇，他最称道其合律的，大约就算《长生殿》了。他曾说："余少读此记，辄复按拍，第喜词藻之工，歌谱之谐，未察其持律之严也。近岁检订南北词诸谱，粗有成书，意有阂滞，取此记证之，辄迎刃而解，始服昉思守法之细，非云亭山人所可及矣。"（《长生殿传奇斠律叙》）《长生殿》的结构固不待言，"文字之美，远胜有明诸家，《弹词》之《货郎儿》，《觅魂》之《混江龙》，虽若士、海浮，犹且敛手焉"。"至于音律，更无遗憾，平仄务头，无一不合律，集曲犯调，无一不合格，此又非寻常科诨家可能企及者。”他指出有些曲子“皆出昉思自运，铢黍列刌，穷尽工妙，其律度之精又如此”。由于结构、文字、音律三者都佳，所以“宜其独有千秋也”。

以前的评论家，论曲首论文字或仅论文字，是并未将戏曲作为一种特殊的文体看待，至金圣叹之评《西厢》、李渔《闲情偶寄》出来后，遂将结构置于最重要地位，突出了戏曲文学的特点。吴梅将取材与结构合为“事实”，并“首论事实，次论文字，次论音律”，则较清初的理论家又进了一层，明确树立了全面进行戏曲批评的艺术标准，吴梅虽无系统的戏曲批评著作，但他以跋文或简论形式写成的批评，也是一份不可忽略的遗产，且像这样剧目较为全面的批评，在近代戏曲批评史上，确是少见的。

唐代现实主义诗人白居易说过：“感人心者，莫先乎情，莫始于言，莫切乎声，莫深乎义。诗者，根情、言苗、华声、实义。”（《与元九书》）其实，岂但是诗，戏曲更应是情、言、声、义的高度统一体。吴梅的戏曲批评，基本上就是从这四方面来衡量作品的，他虽不懂现代文艺理论，但所作戏曲批评的正确合理之处，确实是很多的。

当然，吴梅戏曲批评的缺憾也是显见的。

第一，他虽认识到戏曲作品中有“舒其磊落不平之气”者，看到在戏曲作品中饱含着作者的爱憎，寄托了他们的感情、理想和对生活的理解。但由于接受新理论有限，因而在他的戏曲批评中，联系时代背景来分析作家作品的思想倾向，显得较少。他虽服膺于关汉卿“雄肆”的笔力、风格，但他的《古今名剧选》三册十五种中，仅选了关作一种（《望江亭》），对关汉卿闪耀着现实主义斗争精神，富有人民性的剧作未入选，亦不见批评，仅谓“余考汉卿词，多至六十三种，可谓竭毕生力为之，而醇疵亦不能相掩”，并只从艺术性角度看，认为“万里黄河，泥沙俱下，汉卿之谓也”（《望江亭跋》）。对关汉卿所作也仅欣赏《救风尘》、《玉镜台》、《谢天香》等剧（见《中国戏曲概论·金元总论》）。马致远的神仙道化剧无疑是社会生活的曲折反映，在“刺世”同时，更可见消极虚无的思想，并从中可窥见元代全真教流行的社会基础之底蕴，但吴梅对这样“仙佛之词”并未作分析。明代王子一的杂剧《误入桃源》写汉末刘晨、阮肇采药天台山遇仙之事，思想内容并无值得特别称道处，但吴梅竟认为“神仙儿女，兼备一身，今古情场，无此美满，在剧曲中最为荒唐可乐矣”（《误入桃源跋》）。

总之，吴梅的《曲跋》重在情节结构分析和文、律欣赏，讲的是艺术性，而不是思想性。

第二，《霜厓曲跋》除评析作品外，尚有属于考证的文字。吴梅于此常有疏忽和错误之处。叶德钧《小说戏曲丛考》中《吴梅的霜厓曲跋》一文，就指出其《曲江池跋》中不顾实有证据，单凭臆测，为朱有燉袭石君宝之作辩护，以及跋《琵琶记》、《紫箫记》、《红梅记》中误信前人谬说，考订不足而发生的错误。此外，叶文中对吴梅曲跋的失考、错误指出不少。这些，都可看出吴梅将曲评与考证混同一起的曲跋，于批评不乏卓见，于考证则失于随意、粗疏。

总之，吴梅的戏曲批评虽有缺点，但仍是超越前人，并能启迪后学的。

四　吴梅的剧作

吴梅一生有关戏曲研究的论著虽然不少，但他更是一位努力于剧作的作家，他的戏曲创作成就是人所公认的，他是“这时代里作古剧的文士的中坚”（郑振铎《文学大纲》）。

吴梅的剧作，据《辞海》称，计十一种。而据徐调孚《霜厓先生著述考略》（增补稿）则为十四种，除名同实异者，实为十种，即：《血花飞》（或《血花霏》，又名《苌弘血》）（传奇）、《风洞山》（传奇）、《轩亭秋》（杂剧）、《落茵记》（杂剧）、《绿窗怨记》（传奇）、《湘真阁》（杂剧，原名《暖香楼》）、《无价宝》（杂剧）、《惆怅爨》（杂剧）、《东海记》（传奇）〉、《双泪碑》（传奇）。此外，《白团扇》（传奇）仅见广告，剧本未行世，《义士记》（即《西台恸哭记》）原为《霜厓四剧》之一，后存而复删，亦未见流传。

吴梅剧作虽富，但自选甚严，他从自己所作中，仅挑选出《湘真阁》、《无价宝》、《惆怅爨》，合为《霜厓三剧》，有1933年的木刻本行世。

因《血花飞》不见刊本（被吴梅祖父所焚），《轩亭秋》仅出一楔子，故二剧不论。《绿窗怨记》凡四十出，但载《游戏》杂志中仅见五出（《辞亲访舅》、《谢堂遇艳》、《豪门访艳》、《晚妆倦绣》、《小苑题花》），未见全载，故难作评论。《东海记》七出，叙孝女殉姑被诛事，无多大价值。本章仅论《风洞山》、《落茵记》、《双泪碑》、《湘真阁》、《无价宝》、《惆怅爨》六剧。

（一）反清的民族主义之歌
——评《风洞山》

《风洞山》是吴梅十八岁时的作品，创作历时十二月之久，署名呆道人，是吴梅早期作品中唯一行世者。

此剧故事情节大体如下：

文渊阁大学士兼吏部兵部尚书瞿式耜自请留守桂林，其部下滇营三将王永祚、赵印选、胡一清不和，致被清定南王孔有德杀下榕江，直逼桂林。在此之前，永历帝在广州破后，先至全州，又至象州，后至桂林，又弃桂林西走。瞿式耜的学生张同敞闻桂林危急，特来省师，二人立下“城存与存，城亡与亡”的必死之志。孤城桂林破后，孔有德劝降瞿式耜，二人严加拒绝，被囚。本在瞿阁部幕中的杨艺（硕父）闻阁部师生志在尽节，故备下酒饭去看望二人，瞿式耜作书，烦杨艺带给开国公、参将焦琏，命其攻打桂林，不料檄文被清兵所获，瞿、张遂被杀。焦琏亦被刺客刺死。永历帝因瞿、焦俱死，乘船去国至缅甸。瞿、张死后，杨艺在风洞山造墓营葬，与瞿的旧部下胡一清同拜。

滇营三将之一的王永祚之子王开宇与于元烨之女于绀珠自幼定亲，因战事频仍，未作婚娶。于元烨克扣军饷被解职后，又靠巴结而得官，为结好另一滇将赵印选，醉后应了赵子之聘，决计赖婚，遂开王、赵、于三家之怨，不肯守疆，入桂林分饷，被清兵闯入空关，造成桂林之失和瞿式耜、张同敞之死。桂林失守后，于绀珠与王开宇均流落他乡。王开宇母亲死于病，灵柩寄于风洞山华严寺后，自己在寺中出家。于绀珠父被杀，自己落入孔有德之手，孔知于为降将赵印选之媳，差部下将其送至北京，绀珠心知不妙，写下遗书，自缢而死，看守人将尸抛于风洞山华严寺后逃去。王开宇认出绀珠尸后，强忍悲痛，将其埋于寺后空地。

全部情节正如《宣意》所概括的：

> 于绀珠殉烈湘清阁，瞿式耜尽节仙鹤岩，
> 王开宇祝发华严寺，杨硕父修墓风洞山。

揭示永历政权灭亡原因

吴梅在《风洞山·自序》中说：

> 思宗殉国，王业偏安，东南人士，痛雪国耻，竭忠尽智，碎骨捐躯，阁部而外，莫如临桂。

在“风雨如晦，倏焉寡欢”之时，怅想“荒土一抔，夕阳千古”，他“摭拾遗事，衍为院本”来“长歌当哭”，借瞿式耜的死节来抒发凭吊故明、借古喻今的感情，召唤古人，是为了今人，“请出亡灵来给他们以帮助，借用他们的名字、战争口号和衣服”，“演出世界历史的新场面”（《马克思恩格斯全集》第八卷第121页）。顾炎武想匡复明室，曾四谒孝陵，六谒思陵。1910年，南社成员曾赴南京吊孝陵，事后将谒孝陵诗词刊成《白门悲秋集》。青年吴梅是爱国的热血青年，庚子年，他仅十七岁，在《咏史》一诗中就有“满堂走魑魅，孤注掷江山”和“隐忧非旦夕，管蔡本殷顽”之叹①。正是在爱国热忱推动下，他创作了《风洞山》，揭示了明末永历政权最终亡于异族的历史原因。

明季历史是十分令人感慨的。

---

① 管蔡：指周朝管叔鲜、蔡叔度，皆武王之弟。武王崩，周公摄政。管、蔡流言于国曰：“公将不利于孺子。”周公乃避居东部。其后，王迎周公归，管、蔡惧，挟纣子武庚叛。王命周公讨之，杀武庚，诛管叔，囚蔡叔，乱平。此处借管、蔡指秉权误国的大臣，指出他们与外国侵略者的“殷顽”是一丘之貉。

清兵入关之时，仅十数万军队，南京弘光政权的兵力远过清人，且又据有富庶的江淮之地，然而，这一政权仅支持一年，就兵败城破，土崩瓦解。对此，清人自称是天命所归，取明而代“乃天地之定数”，“顺天归人”。明末清初有不少人探讨南明迅速覆灭的历史原因，孔尚任的杰构《桃花扇》，就是用舞台艺术形象展现了这一王朝必然没落的缘由，令人“知三百年之基业，隳于何人？败于何事？消于何年？歇于何地？”（孔尚任《桃花扇小引》）吴梅对《桃花扇》是十分心折的，他称之为“直是前无古人，后无来者”，因《桃花扇》之出，“传奇之尊，遂得与诗文同其声价矣”（《中国戏曲概论·清人传奇》）。他虽无意与之争胜，却有意用艺术形象来续写南明历史。他说：“本朝词曲，可谓大备。如赵、蒋诸公，曾不一思瞿起田（按：瞿式耜字起田），此亦词场一恨事。岂当时有所忌讳，故不敢出之欤？”（《风洞山·例言》）因而将南明支持最久的永历政权写入剧中，展现这一段历史。

顺治五年（1648），即弘光破国三年，唐、鲁政权覆灭二年之后，桂王朱由榔的永历小朝廷曾取得军事斗争的重大胜利，形成南明时期第一次抗清高潮。

1647年11月，何腾蛟与大顺农民军郝摇旗为主力，组织了“五将合御”反击战，大败清军于全州，“斩级无数，获名马、骆驼而还”（徐鼒《小腆纪年·附考》卷一四）迫使清军退回湖南。次年，农民军郝摇旗、李过与抗清将领何腾蛟、瞿式耜部，连续大败清兵，收复衡阳、长沙等地，前军直逼汉水北岸。此时，降清的明军将领纷纷“反正”，金声桓、李成栋、姜瓖先后在南昌、广州、大同叛清归明。在清兵后方，吕梁山义军和关中农民军发动广泛攻势，曾参加过农民起义的陕甘回民也举行反清起义，形成南北呼应的抗清高潮。辗转奔逃的朱由榔回到桂林。

永历政权本应乘有利时机挥军北进，徐图恢复的。但是，统治者又重犯弘光政权的错误。

弘光朝党争不息，四镇不和，左良玉东下“清君侧”，马士英调黄得功部与之大战，河淮一带，江防空虚，史可法孤军不支，扬州失守，南京被陷。永历政权在数败清兵后，“群臣复出”，以致“地少官多，朝小官大”（计六奇《明季南略·群臣复出仕》卷一三），一片混乱，以李成栋为首的“反正功臣”结成楚党，与“扈驾元勋”的吴党彼此攻讦，形同水火，各拉外镇武力控制政府，抗清一事，早束高阁。待清军喘息过来，重占湘桂，何腾蛟、瞿式耜先后在湘潭、桂林战役中被俘，不屈而死。金声桓、李成栋亦兵败而死。朝中尚党争不已，愈形混乱，种下了彻底覆灭的种子。

《风洞山》因以瞿式耜军事斗争为主线，未正面展示永历小朝廷的党争，而是通过永历帝自己的口说：“庸臣误国多花样，争权树党乱朝纲”（《入海》出之《醉扶归》），并艺术地表现了滇营三将的同床异梦、离心离德。

剧中，先是于元烨失官后赖了女儿许予王永祚儿子的婚约，巴结赵印选，改聘赵家，以至王、于二家失和，大起争端，置国事不问（《鸩媒》出）。焦琏派人送书，以“当此之时，正臣下竭忠尽智之秋，岂可以私愤而废国家大事”为由，请胡一清释二人之怨，胡一清认为“一人做得甚来”“不管尘寰闲是非”（《书规》出）。由于滇营三将心怀私怨，不肯共守封疆，俱入桂林分饷，关中空无一人，被清将孔有德闯入空关，杀下榕江，桂林失去屏障，最终城破（《入关》出）。明末少年民族英雄夏完淳曾鞭辟入里地说过：“朝堂与外镇不和，朝堂与朝堂不和，外镇与外镇不和，朋党势成，门户大起，虏寇之事，置之蔑闻。”（《续幸存录》）这种情况，不仅是弘光朝，唐、鲁以至永历政权也概莫能外，可以说，这是南明一系列小朝廷迅速灭亡的主要原因。南明政权的头子和很多朝臣，都极端腐朽昏庸，临阵畏敌如虎。永历朱由榔虽不像弘光朱由崧那样“深居禁中，惟渔幼女，饮火酒，伶官演戏为乐”（计六奇《明季南略·朝政浊乱昏淫》卷五），但他十分贪生怕死，闻警即逃，清兵由广州攻肇庆时，他逃梧州，又逃桂林、全州，再奔湖南武岗，又奔靖州，再至柳州。清兵数败后，他回到桂林，又被迎至肇庆，后又逃至韶州、梧州、南宁、濑湍，又被孙可望接至贵州安隆，李定国败后出逃缅甸，终被缅王献出，死于吴三桂之手。

在《风洞山》中，作者改动了历史，以《留驾》、《入海》二出专写朱由榔。在《留驾》出中，写朱由榔“一至全州，两幸象州，上年以大臣力争，只得又还桂林”，当清兵击败明兵时，他又以桂林不可居，即夕西走，瞿式耜谏诤留驾，谓：“舆图控上游，形势山川秀，东南险要区，本来容易守，底事仓皇，车驾蒙尘又！为甚来由？子细思量，何苦风尘走！”他却说：“只恐守不住来，反贻误朕躬。”瞿式耜以“雪涕登坛报国仇，拼死更何忧”明志，他则道：“卿不过欲朕死社稷耳。古来天子蒙尘，也是有的。君不见走马岐山犹避寇。咳！帝王末路，何事苦淹留？”终推之以“东南大事，卿自当之，朕今去也”，落荒而逃。在瞿式耜、焦琏牺牲后，“风卷波涛半江凉，南朝事业都抛漾”，朱由榔终于走上逃亡缅甸的路，“波光阔，川路长，领三千子弟向南方”（《入海》出之《排歌》）。

“天子”如此，朝臣更甚，他们的所为正如瞿式耜所说的“南朝人忒煞乖”（《潜师》出）。瞿式耜尽管“忍死艰难，为国效力”，但滇营三将惧不出兵，“如今城中官吏纷纷奔窜，禁之不住”。作者通过瞿式耜之口说道：“朝廷以高爵饵此辈，百姓以膏血养此辈，今日如此散场，真是意外之事”，表明了对永历臣属的愤慨。而这贪生怕死，可谓永历政权覆亡的又一原因。

南明官僚将领的贪婪刻酷实是惊人。朱由崧自己固因追求声色，大兴宫室，以至“国用匮乏”，“利之所在，搜括殆尽”（计六奇《明季南略·朝政浊乱昏淫》卷五）。马士英、阮大铖亦不厌搜求，卖官鬻爵，灭亡前夕，尚不忘“一队娇娆，十车细软”。唐王隆武政权的郑芝龙“田园遍闽广，秉政以来增置庄仓五百余所”（计六奇《明季南略·郑芝龙降大清》卷一）。鲁王政权在“抗清”旗号下，大搞“义饷”，使阶级矛盾激化，在农村，“主佃相争”，在城镇，“小民白日抢米”，“近畿劫掠助银”，“杀官夺饷”，“地方苦兵，尤甚于贼”（佚名《思文大纪》）。

《风洞山》通过管粮台的于元烨侵吞军饷，来表现桂王政权的官吏贪污现象。

尽管瞿式耜认为“但这等世界，就是铜山筑起，有何好处呢”，却仍是“臭名远播，这般人而今最多”，且“满朝官儿那个不像他来”！于元烨在桂林城破逃走时，尚“载行装万余，酒壶烟袋，匆匆就此随身带”。正如瞿式耜愤怒指出的“做官本来声威大，黄金暮夜重包裹，怎怪他每偏好货”，可见官吏贪污已是屡见不鲜了。官吏贪污，兵无斗志，民失所业，成了南明迅速灭亡的第三个原因。

正是由于内部的争斗，消耗了力量，给敌人造成可乘之机，由于皇帝、朝臣的贪生怕死，望风而逃，由于贪官的克扣军饷，致使兵无斗志，尽管瞿式耜一腔孤忠，但“独立难支大厦倾”。“竭忠尽智，碎骨捐躯，阁部而外，莫如临桂”（《风洞山·自序》），只剩一座孤城的瞿式耜与仅拥兵三千的史可法处境太相似了。

吴梅通过《风洞山》传奇艺术地再现了永历政权覆灭的原因，意欲使人们在悼念南明最后一个政权的痛史时，勾起记忆，培植民族主义感情。诚如此剧初稿《先导》的老僧所说：“……讲前明轶事，教他们知得我辈是中国人，便不至被满清蒙过了”，“在老衲的意思，总要使他们晓得中国已亡，俺们都在他人的手下，这等说法，自然要想起祖国来了”。

褒扬正气 渲泄仇恨

充溢《风洞山》中的民族正气是通过剧中人物来表现的。

鲁迅先生说过：“我们从古以来，就有埋头苦干的人，有拼命硬干的人，有为民请命的人，有舍身求法的人……虽是等于为帝王将相作家谱的所谓‘正史’，也往往掩不住他们的光耀，这就是中国的脊梁。”（《且介亭杂文·中国人失掉自信力了吗》）

《风洞山》用了鲜明的笔触歌颂瞿式耜、张同敞这样的“民族的脊梁”。

作为文渊阁大学士兼吏部兵部尚书，瞿式耜自请留守桂林，在焦琏辅助下，同御清兵，在平乐、浔州已被清兵攻破，桂林朝不保夕之时，面对险恶的环境，他深知自己的责任，在第三出《阅兵》中，他唱道：

> 峰烟恶，烽烟恶，到今奈何？战和守，谁人担荷？肝肠断，肝肠断，到今怎么？家和国，谁人辅佐？桂林一隅今虽可，浔州平乐都残破，生死存亡一刹那！（《归朝欢》）

在《留驾》出中，朱由榔执意西行，瞿式耜知“盛衰递换，山河已休，问中兴事业谁能够”？但还是立下“江山愿为王孙守”之志，“死生有命，头颅尚留”，准备尽忠死节。

在十三出《省师》中，因大势已去，“众军官但保身家”，纷纷逃窜之时，张同敞却泗水过江，独人危城，找老师瞿式耜以求对策，瞿以“天命已去，人事徒劳”为对，并劝其离城出走，自己拼之一死。此时，张同敞答以“孔曰成仁，孟曰取义，文天祥就是榜样”，愿与老师一起尽忠。师生二人以气节相勉，很是感人。瞿式耜唱：

> 生留守一世波查，死元戎万古荣华。也算是英雄的佳话，好名声本来无价。（《红芍药》）

张同敞唱：

> 取义成仁，本来最佳，光明磊落报王家。丈夫埋骨山丘，何须害怕！……汉兵不破清兵诈，汉人偏伏胡人下！（《念河阳》）

十四出《拒诱》更见瞿张二人品质的光华熠熠，凛然难犯。面对孔有德的功降，瞿式耜痛加拒绝：

> 送江山骂名怎逃，问天地罪名非小。却要我辞故国，拜新朝。那知我守志坚牢，劝伊行不烦开导。壮心已消，苦心暗焦，坚贞自守，不许君家再动摇。（《沉醉东风》）

孔有德无耻地以“甲申闯贼之变，大清为先帝发丧，祭葬成礼，固人人所当感谢者”，来为侵略行径辩解，并以“今而后我掌钱粮，阁部掌兵马”为诱饵时，瞿予以痛斥，并将孔有德比为安禄山、朱泚。孔有德自称先圣后裔，张同敞怒斥道：“门第高，毛家父子堪依靠”，“况尼山风雨，久已萧条”，“便是你考宗支，把谱牒推敲，怎比得依声势，将身家荣耀”？以致孔有德无言以对，恼羞成怒。

瞿式耜的“坚持贞操，莽男儿忠心自宝”，张同敞的“做一个他乡鬼，也只为大明朝，把纲常名教一肩挑”，实是令人钦敬。

尤其在十六出《囚吟》中，瞿式耜自知“吾生已矣”，但仍存恢复之念：“还望你同朝将士皆忠义，为再把乾坤扶起。滇中臣宰，江东父老，可知吾意?”师生二人在狱中绝粒四天，还赋诗明志。在十八出《完忠》中，瞿式耜因檄文被截获，感叹“孤城一座，支持十四年”，在囹圄之内，临死之际，尚不忘中兴之念，亦是十分感人的。

《风洞山》还塑造了一个爱国的布衣之士杨硕父的形象。杨硕父正直、爱国，本在瞿式耜幕中，见朝中浑浊，遂佯狂诈癫，落拓江湖，但知桂林已失，阁部被俘不降，他到瞿式耜、张同敞处探监、送饭，并为之送出密信，二人被杀后，又为之营葬修墓。他在二十三出《辞墓》中的一段唱，确是道出了不愿当亡国奴的志士的满腔愤慨：“乾坤残缺，东南王气竭。家亡国破，老尽豪杰。”“怅望家山，烽火明灭。乡愁万种，旅思千叠，咳！而今一去从此别。”可以说，他是明末坚持民族气节的汉族人民中的优秀典型，是很有代表意义的人物形象。

吴梅不仅据史实再现了抗清尽节的瞿式耜，而且“绀珠、茀怀，子虚乌有”，虚构了爱情一线的男女主人公王开宇（字茀怀）和于绀珠。这两个人物及环绕其情节的设置固然是因为传奇难出生旦敷演的传统，但更是通过这一爱情悲剧，以美好事物的毁灭，来引起人们对毁灭者的憎厌，从而激起民族的仇恨。

王开宇是一个深忧国事的青年，在第一出《游湖》，他就唱道：“瓦砾荒寒，月满朝阳；禾黍高低，秋深江上。”“大好河山，破碎成何样！”他从此地的西湖想到南宋“直把杭州作汴州”的西湖，不忘亡国教训，在感慨中有无穷的忧虑：“叹南朝事业，血溅平原，骨掩沙场；鬼啸燐飞，鸟啼花放；不是中兴象。”在十五出《旅吟》中，他从旅店壁上看到于绀珠题词，作了和词，感叹“身世为伤怀，青衫贮愁，红粉多灾。一对夫妻，偏是两地分开，悲哀”。然而，他又清楚地知道个人命运与国家命运紧密相联：“旧城郭，早已是冰消瓦解；好世界，都变了尸林血海。似这般苦雨凄风惨时代，还不定那人何在！”由于他性格软弱，在河山易主，母亲病故后，就遁入空门，削发为僧。面对爱人惨死，他固然“咱这里凄凄惨惨，孤孤零零，一样断魂行径”，但是，又将于绀珠之死归结为“红颜自古多薄命”，甚至认为“盛衰之理，气数使然，莫说一个人儿跳不出生死的圈套，就是国家之事，也不免盛衰的罗网”，无端地感慨“战场空，情场散，下场头好梦初醒，止不过石火电光留幻影。婚姻事，兴亡事，只剩得夕阳古树凄凉景，归根儿哀乐总无凭”。所以，王开宇纵是个关心国事的正直书生，但其思想和行动都是消极的。

剧中女主角于绀珠是个值得同情的悲剧人物。作者在第六出《惊梦》中已预示了她的命运。在十二出《愁语》中，于绀珠知道自己许嫁赵氏的原委，转恨父亲，起了出家之念，但又念乱世之中，出家亦非易事，心中极是矛盾愁烦。在十七出《野死》中，于绀珠感叹自己“薄命女裙钗，风情更谁解”，父死之后，她落入孔有德之手，当她知道自己将被送到降将赵印选那儿当儿媳时，就下决心一死了。一个弱女子，在临死前，也只能怨“料天公教我做了薄命人，折罚得我没来因”，把一切都归之于命。当然，她为之不失身于降将之子而自杀，确也是不失民族气节，因而这一人物是值得同情、钦敬的。

吴梅塑造王开宇、于绀珠的形象，设置了这一爱情悲剧，在对主人公表示同情之时，亦昭示了“无国亦无家”这一真理，在这“旧城郭，早已是冰消瓦解；好世界，都变了尸林血海”之时，只能是“才子佳人一样哀”。

对王开宇这样的人物，吴梅是既有同情亦寓批判的，其爱情悲剧固然值得同情，但其消极遁世却不足取。因而告诫自己的同时代人：明季知识分子的消极未能形成足够的抗清力量，造成了国亡家破的悲剧，在今天，就再不能“也不想从前的祖国儿怎抛，也不想后来的劫数儿怎逃，一例昏昏，直恁到老”（《先导·山花子》），在这“偌大的头颅不须保，偌大的乾坤再来造”（《先导·缕缕金》）之时，应该投身于战斗，像曾经英勇抗清的复社文人那样，“执干戈以卫社稷者，皆坛坫之雄也，事虽不成，义闻昭于天壤，孰谓悲歌慷慨之流，无裨于人家国也”（柳亚子《神交社雅集图记》），让民族正气见诸行动！

强烈鼓吹民族主义思想

因为历史和现实的阶级压迫集中凝聚为民族压迫和歧视，所以《风洞山》以强烈的民族主义表现出鲜明的思想倾向。

清朝自定都北京后，“定内外文武官制……兼用满汉人”（《清文献通考·职官一》卷七七），努力完备和巩固封建专制主义的国家机器，但是，在满汉地主合流的同时，又充满民族歧视和阶级压迫色彩。清朝政府保留了由满洲贵族诸王、总理旗务大臣组成的议政王大臣会议，并力图保持满蒙王公贵族的世代婚姻，却不许汉人与某些少数民族通婚。另外，《大清律》规定奴婢犯罪受罚重于“良人”，但旗人犯罪可以“换刑”，“有犯徒、流等罪，直以枷号代刑”（《清史稿·刑法二》卷一四三），可以不“离远”发配。

到十九、二十世纪之交，清廷愈形腐朽。戊戌维新的失败已证明当政者连君主立宪的改良道路都不能允许。1900年，八国联军侵略中国，次年签订了《辛丑条约》，清政府进一步出卖中国主权，宣称要“量中华之物力，结与国之欢心”。对内则继续实行民族压迫。清政府在“预备立宪”的幌子下，于1907年以“改官制”为名，削减地方督抚权力，将政权集中于满洲贵族之手，1911年的“责任内阁”十三名大臣中，满蒙贵族竟占九人，其中皇族五人。面对清王朝“驱策我，屠杀我，奸淫我，笼络我，虐待我”（邹容《革命军》）之肆虐，出于对清朝贵族“清歌漏舟之中，痛饮焚屋之内”的愤慨，爱国主义的思想首先表现为高涨的民族意识。

青年诗人柳亚子说：“西风残照，汉家之陵阙已非；东海扬尘，唐代之冠裳莫问。黄帝子孙，受建虏之荼毒久矣。中原士庶，愤愤于腥膻异种者，何地蔑有！”（《二十世纪大舞台发刊词》）《风洞山》就是这一民族主义思潮催生出的花果。

《风洞山》不仅通过故事情节和舞台艺术形象表现出民族意识和爱国主义精神，实践了“或编《明季稗史》而演《汉族灭亡记》”，“潜以尚武精神、民族主义，一一振起而发挥之”（陈去病《论戏剧之有益》），而且通过此剧的《先导》（存初稿中）作了直接、激烈的反清宣传。

清朝的文字狱本是极其惨烈的，最高统治者对任何反满思想、论著都进行严酷镇压。康熙朝的明史狱和南山集狱，均因著作中流露了作者怀明反清的情绪，致使大批案犯、亲戚株连致死。著名诗人、礼部尚书沈德潜因《吟黑牡丹》诗有“夺朱非正色，异种也称王”之句，被认为讥刺清朝，虽早死，亦被乾隆皇帝下令剖棺剉尸。非但如此，雍正皇帝还亲自著书驳斥异己思想，他作《驳封建论》，驳斥陆生柟《封建论》的反对清朝专制，说：“中国之一统治于秦，塞外之一统治于元，而极盛于我朝，而皆天时人事之自然，岂人力所能强乎？”（《清世宗实录》卷八三，雍正七年七月）针对明末遗民、思想家吕留良力倡华夷之别，雍正撰辑了《大义觉迷录》，颁行天下，宣称满族人如同“东夷”的舜、“西夷”的文王，作中国皇帝是完全合法的。他下诏谕说：“天无二日，民无二主，乃天经地义。”（《清世宗实录》卷四四，雍正四年五月）通过恩威兼施的两手，清朝的思想统治进入相对稳定阶段，道光之后，文禁才略有弛缓。

20世纪初，一场民族民主革命的宣传运动蓬勃兴起。1902年，章炳麟在东京留学生中倡议举行“支那亡国二百四十二年纪念会”，进行反清宣传。次年，留日学生创办的《江苏》杂志第三期就改用黄帝纪元，取消光绪年号。吴梅的《风洞山》是应革命之运而生的，因而，此剧初稿的《先导》就是针对“忘上国之衣冠，而奉豚尾为国粹”而发，“华夷之辨既明，报复之谋斯起”（柳亚子《二十世纪大舞台发刊词》），为革命反满而勇敢地跳踉高呼。

且录《先导》的几段文字：

自清兵入广，永历帝入海之后，那平南王到处杀戮，鸡犬不宁。还有一桩可恨的事，却教官民人等一律薙发。咳，豺狼当道，麋鹿上台，这种凄惨，好不触目伤心，天哪！你为甚把中国归异族之手？难道俺汉族应该有此劫数么！

你想我堂堂中国，不能够扫除异族，却还向他争宠献媚，中国人岂不羞死！如今是□□的康熙年间了，那投诚满清的吴三桂、耿精忠、尚可喜一辈儿，都被满清逼死，可见异族的人，原是靠不住的。

（副本）永历帝已去，明朝已亡，中国已死，外边人说的新皇帝，就是我们仇敌，喏，满清康熙了。（杂怒介）这是狼鹿遗种，怎的也做中国皇帝起来！

其唱词更是激昂慷慨，读之令人奋袂：

因此上椒酒桂醑，向西风把祖国魂招。论夙恨苍天知道，哭神州凄凉凭吊。再焚香，暗祷告，愿万岁千秋，汉家长好。（《驮环著》）

胡儿大哭，汉儿大笑，卷起大风潮。依仗着回天手段，驰铁马，舞金刀。髑髅乱掷东华道，把旧日的腥羶尽扫！中原，你从此是风光好。中原，你从此是文明了。（《越恁好》）

可以想象，写出此等文字，要何等热忱，何等胆识！吴梅的“英雄肝胆，儿女心肠”流露在剧中，与陈天华、邹容的反满宣传相比，毫不逊色。

在《先导》中，吴梅不仅通过遗民老僧之口回忆了明亡痛史，并高声发问：“几时节这黑暗的天儿晓？几时节这沉睡的狮儿觉？”盼望反清革命高潮的到来；而且充满信心地瞻念“果能够报仇雪恨投鞭掉，那异族儿免不得瓦解冰消”，“山河理合归还了，便万苦千辛不肯饶”。而且，作者还能越过狭隘的民族观念，从感叹印度的亡于帝国主义侵略，告诫人们，列强的觊觎中国，正使中国步着印度的后尘。

作者通过哭佛之举，借老僧之口说道：

> 你们有所不知，这佛是西天竺国来的，天竺是印度地方，那佛子生存的时候，印度是世界上的强国，所以释迦如来作了许多的悟世话儿。其时印度的哲学，又为世界独一无二的。后来佛教渐衰，哲学亦渐渐不盛，国势亦渐渐的弱了，那法兰西国便侵略他土地。其后英吉利通商互市，竟把全国的财产利权归于英人掌下，印度从此亡却了。你想佛子岂不是个伤心人吗？俺老衲的身世，也眼见中国衰败，异族称雄，却是与佛子同一感慨。残山无色，古水不波，教俺怎不悲痛他呢！

这段文字并非无的放矢，而是针砭时局之词。

《辛丑条约》规定永远禁止中国人民成立或参加“与诸国仇敌”的各种组织，违者处死；各省官员对所属境内发生的“伤害诸国人民”事件，必须立刻镇压，否则立即革职，永不叙用；清政府承认“纵信”义和团的错误，向列强各国“道歉”，“得罪外国”的官员受刑，为帝国主义效劳的予以提升。此外，条约还规定赔银四亿五千万两，分三十九年偿还，本利合计近十亿两；关税盐税均由帝国主义控制，作偿付赔款之用；北京东交民巷使馆区及北京至大沽和山海关的铁路允许外国军队驻守，大沽炮台完全拆毁。这无疑是欲亡中国，变中国为殖民地的条约，而清廷之卑躬屈膝，已使其完全沦为帝国主义统治中国的工具。

吴梅写《风洞山》时，《辛丑条约》墨迹未干。所以，老僧哭佛，引起关于印度的这段议论，完全是有感而发的。真是“想当初祇园人静，天竺花香。那知到今日呵！只剩得尖楞楞的灵鹫峰高，急澌澌的恒河沙涨，倒像俺朱明的荒寒景象”（《折桂令》）了。

“中国人所以要革清朝的命，是因为清朝是帝国主义的走狗。”（毛泽东《唯心历史观的破产》）反清与反帝有必然的联系，吴梅能不囿于狭隘的民族观念，在反满宣传中蕴含反帝意识，在当时亦是难能可贵的。

清末剧作虽多，但或顾一时宣传，缺少矛盾冲突，情节不足以吸引人；或不明作剧之道，仅能供案头欣赏，难以在场上搬演，艺术上多无足称。《风洞山》是吴梅青年时期的作品，此时作者尚未谙度曲之理，然而其艺术水平在当时剧作中亦堪称一流。

吴梅摒弃了明人传奇的俗套，继承了清初李玉创作《清忠谱》，嗣后孔尚任写《桃花扇》的好传统，“取裁说部，不事臆造”，乘时而作，在辛亥革命前“山雨欲来风满楼”之时，呼唤着暴风雨。他不满于瞿菊亭《鹤归来》一剧，认为“此君宗旨，以填词当立传，昭示子孙，故通本家事咸备，反不足以衬忠宣之忠荩”，谓其“以自己登场，以赐谥结穴”，是“为此狡狯伎俩”而“适成俗籁”（均见《例言》）。他以《拒诱》、《囚吟》、《完忠》三出重头戏，使瞿式耜、张同敞二人与孔有德正面交锋，借二人之口，伸张民族正气。无关此旨的材料，则裁而删之，使历史真实服从戏剧的艺术真实。

《风洞山》二十四出，故事情节较紧凑得体，瞿张抗敌尽节一线与王于爱情离合一线，使国难家仇不可分割，冷热相剂，虚实相间，颇见裁剪布局的匠心。戏剧的冲突合理，节奏张弛结合、曲折起伏。生（王开宇）、旦（于绀珠）、外（瞿式耜）并重，有二线交替而服从同一主题的特点，其关目处理极见转换穿插灵活。第一、二出分别通过生旦出场的抒情唱段，烘托渲染了永历小朝廷风雨飘摇的形势，第三出埋下尖锐冲突的伏线。第四出《潜师》，通过清兵败北，使人心稍振。第五出《鸩媒》却扬而又抑，使人在担心于元烨赖婚之举后产生悬念。下面不接着表现军事斗争一线，却通过于绀珠的“惊梦”，插入神人、歌舞，但又与悲凉气氛一致。第七出《书规》承《鸩媒》一出，见滇营三将不和的明朗化。第八出《留驾》在展现永历帝和瞿式耜精神面貌同时，使人再次为国事加重悬念。下面《庆祝》一出，闻捷而喜，张而稍弛。第十出《入关》，风云突变，形势急转直下。在隔以王开宇闻笳感慨的《独叹》和于绀珠忧恨煎心的《愁语》后，十三出《省师》、十四出《拒诱》正面展现瞿、张二人愤而斥敌，戏剧冲突呈现高潮。十六出《囚吟》进而表现二人的气节品格。十七、十八出由奸（于元烨）、忠（瞿、张）之死，各寓褒贬。十九、二十出，焦琏被刺，永历出逃。至此，再通过《埋忠》、《哭母》、《拜墓》、《殉烈》四出，再扬正气，并交代青年男女主人公的悲剧结局。全剧极见格局之奇，结构之变，

此剧的曲词很见性格化，与人物声口相类，与环境、情、事协调。

如第一出《游湖》王开宇所唱：

凭阑凝望，天风满袖凉。算湖山风月，兀自无恙，日丽天气爽。念西泠景物，念西泠景物：桂子荷花，锦绣钱塘；玉笛琼箫，勾栏门巷；写不了风流帐。嗏，蟋蟀半闲堂。南渡江山，一例都抛漾。

即景抒情，浮想联翩，由南宋而南明，悼古伤今，很符合这一青年书生明于国事、多愁善感的性格。

又如第六出《惊梦》于绀珠所唱：

倦眼羞着归雁，回头笑指牵牛。水浅风凉，天高露冷，正是新寒时候。月映纱窗愁多少，人卧璇闺梦逗留，风光变了秋。

将这一待字闺中、富有文才的小姐在国运多艰、帐触无端时的愁怀缱绻、感慨悲秋的心理作了很好的传递。

但是，身为重臣的瞿式耜则很不一样。形势的严峻险恶，使他深为忧虑，《阅兵》出他所唱的《归朝欢》，在短促、重沓的字句之后出以问句，最后又点明形势，准确地表现了他的远虑近忧。可当他身陷囹圄，立志殉国之时，反而心中坦然，其《沉醉东风》等唱词慷慨、激越，声声字字，血泪交迸。

然而，《风洞山》在情节结构上也有较大的缺陷。其以文场、武场并重，瞿、张和于、王的戏齐头发展，不像《桃花扇》那样“借离合之情，写兴亡之感”。政治军事斗争与爱情二线是平行的，所以主题显得不够集中。此外，第二出的《祭花》，第六出的《惊梦》充满宿命色彩，冲淡了剧本主题。第十七出《囚吟》师生二人的诗歌对答虽写得慷慨淋漓，动人肺腑，但只能作案头之本来读，于场上演出，过于呆滞，颇不合适。

《风洞山》虽还带着狭隘的民族复仇观念，不无光复旧朝的理想。但是，“雨夜开编鼻准酸，桂林山色逼人寒。汉官仪制归优孟，日醉梨园未忍看”（竹泉生《题风洞山传奇》）。它激起人们对“窄袖蛮靴时世装”（《自题风洞山八绝句》）的愤懑，在“亡国恨，永难灭”的故明之思中，“正此际重看劫灰燃”（金一《金缕曲·风洞山传奇题词和慧珠韵》），可称是迎接辛亥革命到来的强烈呐喊。足当此评而无愧：“激昂慷慨，血泪交流，为民族文学之伟著，亦政治剧曲之丰碑。”（郑振铎序阿英《晚清戏曲小说目》语）

（二）女权及其基础的探索

——论《落茵记》、《双泪碑》

随着“辛亥”至“五四”前新思潮的兴起，封建主义受到初步冲击，女权问题渐得到人们的重视，文学家们也把很大的关注给予了这一题材，吴梅就是其中较早的一个。他的杂剧《落茵记》、传奇《双泪碑》都是涉及女权问题，反映现实中妇女恋爱婚姻的剧作，前者作于1912年，载1913年《小说月报》第四卷第一号，后者于1911年始作，完成于1913年，载1916年《小说月报》第七卷第四、第五号。

《落茵记》情节很简单：

周旦约朋友吴兴同访妓女刘素素，吴兴原以为：“庸脂俗粉之中，岂有出类超群之辈?”但见面后，却叹其妙龄绝色。二人谓各怀惆怅，引出了刘素素的自道身世：自己出身名门，自幼许配王家，但入学后，心醉自由，与一曾姓男子相恋，竟至失身。因王家迎娶，只得避处申江三年，被王家访实，邀致回杭。曾挟刘东游日本，刘却不知曾原已有妻，曾妻赶至日本，对刘嘲讪羞辱，将曾强押回国，刘被弃异邦。此事传遍东京，幸亏同乡送回国。回国见爷娘面后，被赶出家门，无奈，只得寄身乳母，乳母生了恶念，将刘卖入烟花。吴兴知周旦一向爱刘素素，劝其援手相救，周亦有此念，刘素素才被“惜花人扶上青天”。

关于此剧的创作动机，可从吴梅的《落茵记叙》看到：

> 吾草此剧，吾重有所喟焉。方今女权沦溺，有识者议张大之，是矣！顾植基不固，往往有脱羁覂驾，而身陷于邪慝。愚者又从为之辞曰：“不得已也！”呜呼，守身未定，他何足道！一失千古，谁共恕之？

对于“女权沦溺”，除满脑封建思想的卫道者外，已为顺应历史潮流者所共知，因而“有识者议张大之”是不足为怪的。但由于我国顽固的封建传统一时难以打破，因此，争女权是“植基不固”的，弄不好，就“脱羁覂驾”而翻车，“身陷于邪慝”虽是“不得已”之事，但因“守身未定”以至“一失千古”，却难以得到他人的同情，到头来不幸的只能是女子本人。为此，早在一千多年前，白居易就在《井底引银瓶》一诗中写道：“寄言痴小人家女，慎勿将身轻许人！”

从表面看来，《落茵记》之作与“止淫奔”的《井底引银瓶》并无不同，但事隔千余年，我们自不能等而视之。此时，欧洲妇女解放运动已为国人所知，争取婚姻自主在青年学生中已渐成潮流，固然，其中不乏挣脱封建礼教羁绊而结成美满姻缘的，但也有一些女子因心醉自由，却因择人不当，陷入尴尬境地，甚至见弃于家庭社会。

吴梅的创作态度是严肃的，他看到这种不幸的现象，不是给青年女子和读者观众昭示廉价的自由婚姻的道路，他正视“植基不固”而产生的问题，继而进一步探索。剧中未出场的曾某固不必是造成刘素素不幸的必然原因，但即便是青年男女能取得自由结合的权利，可由于女子对男子的依附关系的无法改变，女子总难以取得与男子平等的地位，这却是吴梅所清醒认识到的，所以他对青年女子强调“守身”的重要。

剧中女主角刘素素因向往自由而被“自由”所害，因而反怨“自由”二字，这亦似是吴梅写作此剧的本意，可见，吴梅并不是通过剧作昭示如何使女权的“植基不固”变成“植基坚固”。这种思想固然显得陈旧、保守、消极，但他奉劝女青年不要“一失千古”，要谨慎守身，亦是可取的。尤其是，他通过艺术形象生动地告诉人们：如果一旦失足于靠不住的男子，而女子又无法独立生活，就会既见弃于父母，亦难容于社会。所以说，此剧在表现出作者评判生活的态度不够积极的同时，亦有其积极的意义。

在吴梅之后，鲁迅在写农村题材和知识分子题材的同时，也相当关注妇女问题，他写于1925年的《伤逝》，就是与《落茵记》近似的写青年男女自由恋爱、婚姻的小说。《伤逝》中的涓生、子君都是倡导个性解放、追求婚姻自主的易卜生主义信奉者，他们恋爱悲剧的成因并不是涓生已娶妻于前和第三者的介入，这种“觉醒了之后无路可走”的悲剧的造成，除了封建势力仍有足够强大的阵地这一原因以外，还在于女子没有经济权，所以只得依附于男子。1923年，鲁迅在《娜拉走后怎样》中提出了这一问题，后来又说过："一切女子，倘不得到和男子同等的经济权，我以为所有的好名目，就都是空话。"(《南腔北调集·关于妇女解放》)这一点，吴梅虽未自觉地认识到，但似已在《落茵记》中从反面提出来了。因此可以说，吴梅反映现实生活的批判现实主义精神，和"飘茵落溷，为名花解惜"(《落茵记后叙》)的对失足女子的同情态度，都是可以肯定的。

《落茵记》的结构很简单，但语言秾挚缠绵。如刘素素所唱的《南北双角仙吕合套·北新水令》：

俺本是名门画阁小婵娟，倚新妆颦轻笑浅。添香圆好梦，听雨怯春眠，回首从前，早扑簌簌双袖泪痕茜。

又如《北沽美酒带过太平令》：

别家园，两泪涟，别家园，两泪涟。误情缘一世蹇，空教我锦瑟无端五十弦，独自里数华年。从头想，各凄然，愿人间金闺俊秀，莫轻把前盟更变，但得个荆钗贫贱，便胜过如花美眷。俺呵，情牵，恨绵，为自由颠连万千，哎呀，只这两字儿害人不浅。

此外，此剧唱词很善用比兴，贴切而生动，用排比句式组织了极美的形象，表达了低回掩抑的悲伤情感。如刘素素所唱的：

哪只道他誓鹣鲽三生美眷，哪晓得碎鸳鸯一镜秋烟。可怜俺堕落了恨海三年，还阻隔了瀛海三千，不提防闹江楼狮吼扶桑，俺只得掩珠奁凤泣蓝田。

《南江儿水》：你错认多情面，空登离恨天，断头香媒合上湘妃管，妬花风言正折做班妃扇，曲房诗衡入了明妃怨，难怪你啼珠红泫，寄语婵娟，莫浪用缠绵缱绻。

剧末的二首集唐七绝极其自然，不见斧凿痕，显示了吴梅深厚的诗词功力。

《双泪碑》传奇之成作，从吴梅的《自序》中可知其经过：

……辛亥之秋，偶读秋心子《双泪碑》，心窃喜之，以为事奇而情合乎正，为之填词，寻又辍业。而一时好事者，争相传唱，旗亭赌胜，不让黄河白云焉。今岁冬仲，索居寡欢，漫续成之……

可见它是辍而又作，前后历三年之久，而取材是有所本的。

《双泪碑》所反映的，也是现实中的男女恋爱婚姻问题，剧共四出：初婚、哭墓、得书、殉情。大致情节如下：

青年王岸是日本留学生，近在吴市教书，父亲在时，曾联姻李碧娘。后识汪柳侬，汪才德深沉，丰姿秀丽，二人未免有情，王禀过母亲，寄书李氏，消除婚约，遂与汪柳侬结婚。李碧娘得王岸信后气成一病，李母陈氏意在兴讼，但碧娘不从，弟劝其重新攀亲。时值清明，碧娘在父亲墓前哭拜，深怨儿郎薄倖，此时，正值湘潭人高义走过，闻哭而相劝，建议碧娘致书柳侬，让王岸悔悟，并效法英、皇故事。汪柳侬得李碧娘书，大为感动，伤心痛哭，先怨王岸，后怪"自由"二字，左思右想，因致晕倒吐血，并准备保存王郎，拼将一死。王岸课后回家，见书架上尽陈弃妇诗，心中生疑，柳侬请王先睡，推说信债多，须借夜裁答。王熟睡，汪含泪复书碧娘，边哭边吐血，并给王岸留下遗书，嘱其与李再联姻，吐血而死。王岸醒后，见状大惊，唤醒众人，读信知情，众责王岸，王欲自缢，被劝住，剧在汪母痛惜女儿的哭声中作结。

此剧素材确可谓"事奇"，但吴梅不仅对此感兴趣，且认为"情合乎正"，对此，确有分析的必要。

从表面看来，这是个二女一男的三角恋爱，但实质上，它却牵涉两个问题：对自由婚姻和旧式婚姻孰为可取的评价，对两种婚姻斗争中受害女子的同情，兼而还可看到作者对恋爱婚姻中当事者行为道德的伦理规范的看法。

吴梅对两个女子都是充满同情的。

剧中的李碧娘父亲已亡，老母弱弟，相依为命，希望全系于王岸一身，旧日的婚约是关系一生的大事，所以，王岸一旦毁约，她就只有痛苦。她对王岸的负心是恨，对自己的软弱地位是痛，作为受旧式教育的女子，她对王岸的背弃，是告状登报两皆不从，因为一个待字闺中的弱女，毫无社交可言，负荷着"被弃"的羞辱，她对重新攀亲是没有勇气的。所以就只能采取致书汪柳侬的举动，以感动柳侬，感化王岸。

汪柳侬不是《落茵记》中曾妻一类人，她受过新式教育，贤淑端庄，走了自由结婚的道路，她富于同情心，能推己及人。一旦知道真情，她就被李碧娘"寄下庚帖聘物，即使涉讼，亦佐证全无，不致伤二家和气"的举动深深感动，但此时木已成舟，就立志作出自我牺牲之举。

如果说汪李二女子都是值得同情的不幸人物，王岸是否应该谴责呢？固然他的毁约是从一己的私利出发，对李碧娘的处境未作考虑，可是他与碧娘毕竟没有感情基础，面对汪柳侬却是情笃且专一的，所以他本人也是这幕悲剧的受害者。造就了悲剧又受害于悲剧，这是因为这种悲剧是一种历史现象造成的。

吴梅对两种婚姻是怎样看的呢？他在自序中说：

尝谓饮食男女，出于至性。乃饮食可薄，而男女之际，独缠绵固结而不自止。王生之过，虽不可逭，而我国婚礼，可议者正多。

可见，吴梅对传统婚姻制度的合理性是持怀疑以至否定态度的。

固然，吴梅认为“王生以一念之误，几为名教罪人”，“妇人能捐躯，以全所眷顾之人，不使陷于不义，其用心之苦，有什伯倍于孤嫠守节者”，本着他一贯倡导的作剧要有裨风化的宗旨，“宠之以声，以惕薄俗也”（引文均见任光济的序言），但是，他强调的是伦理道德，而不是婚姻制度的合理性。吴梅在主观上虽未认识到造成《双泪碑》悲剧的根源在于封建主义的婚姻制度，甚至还让汪柳侬谴责“自由”二字，但是，他不把戏写成二贤妇共事一夫、互推为尊的庸俗喜剧，而从客观效果上昭示人们：悲剧的产生虽由于王生的“一念之误”，但封建婚姻制度的责任是无可推诿的。

恩格斯说过：

在整个古代，婚姻的缔结都是由父母包办，当事人则安心顺从。古代所仅有的那一点夫妇之爱，并不是主观的爱好，而是客观的义务；不是婚姻的基础，而是婚姻的附加物。（《家庭、私有制和国家的起源》）

20世纪的中国，她的青年正向这种古代的婚姻制度发起攻击了，但是，在这样一个历史交接期，新旧潮流所激起的漩涡吞噬了不少年轻人的幸福以至生命，这是一种很不幸的历史现象。作为剧作家的吴梅，虽只认识到“我国婚礼，可议者正多”，不能看到封建婚姻制度的反动性和必然死亡的命运，但是，他以艺术形式记录了这一历史时期的特殊现象，塑造了有血有肉的感人艺术形象，摒弃了明人院本“托兴闺襜，寄情兰芍”、“托体不尊”的弊病陋习，而甘愿冒野孤之诮，严肃地涉足到青年切身的、社会所关注的恋爱婚姻的现实题材，这种精神，是十分可贵的。

《双泪碑》仅四折，情节上并无甚曲折之处，其唱词颇有意境美，且文律俱佳。第二折老旦所唱的《中吕引子满庭芳》：

鸾镜春残，犀帷风冷，吴山一望青青。棠梨寒食，客里过清明。怕听娇儿诉怨，恹恹病，花气凋零，房栊静，香桃瘦骨，泪雨态忪惺。

鸾镜、犀帷、吴山、棠梨，凄艳迷离的景色同惆怅无着的心情融浑相织。“怕听娇儿诉怨，恹恹病”，这是写情；“花气凋零，房栊静”，这是写景；“香桃瘦骨，泪雨态忪惺”，这是写态。有景有情有态，人物形象呼之欲出。

又如第四折王岸所唱的《小措大》：

鳣堂课罢，一天明灭残霞，花影半庭，春色无涯。渐日落晴窗纱，待房栊下，和你水天闲话。你今在何方闲嗑牙，敢忘了咱？呆打孩独坐空房数暮鸦，尽消停一时半霎，却缘何望眼巴巴？

将王岸从学校归来，期待着与汪柳侬见面，并设想汪候已归来的神情动作，都摹写得十分得体，语言也力求本色。“花影半庭，春色无涯”的良辰美景，却预伏着悲剧，真令人感慨。

第二折中汪柳侬所唱的《孤雁啼秋月·孤飞雁首至三》“我只道情天共守温柔老，擎一朵自由花百年欢笑，那知他两字儿坑害了人多少?”和《莺啼序三至老》“尽伊家大度容包，倒是咱受尽虚嚣，活世界无门悬告，泼残生除天知道”真是一拍一顿足，一字一流泪，将汪柳侬的满腹痛苦表达得十分感人。

任光济的序言说：“今瞿安以若士之笔，协宁庵之律，为之不懈，其将执牛耳于骚坛也必矣。”《双泪碑》传奇恪守曲律，文字优美，加以动人的剧情，故“一时好事者，争相传唱”，绝不是偶然的。

《落茵记》和《双泪碑》都把笔触伸到了敏感而现实的女权问题，面对“有识者议张大之”的历史潮流，吴梅不是跟着一味追随，而是冷静地指出了在当时历史条件下自由婚姻“植基不固”的问题。确实，无论《落茵记》还是《双泪碑》，在自由婚姻的背后，始终存在着“父母之命，媒妁之言”的巨大阴影。在刘素素，且不说曾姓男子的欺骗，更有曾的发妻的河东狮吼，和被自己父母赶出家门的硬性压迫；在汪柳侬，是出于对李碧娘的同情，是传统道德观念的软性杀戕。所以，三个不幸女性的悲剧原因是共同的。如果说，鲁迅笔下敢于冲击旧礼教的子君尚不免于死，勇敢的爱姑也无法挣脱别人给她指定的命运（况且这些小说尚成于吴梅所作的十几年之后），那么再回过头来看吴梅对女权及其植基不固的探索，就可以看出切中时弊的《落茵记》、《双泪碑》的思想深度是传统的才子佳人戏所不能达到的。“妇女所处的地位是测量民族的文明最好的尺度。”（倍倍尔《妇女与社会主义》）反映出时代风貌的这些剧作可谓是对民族文明进展的忠实、形象的记录。

（三）前朝逸史，故事新编

——析《霜厓三剧》

吴梅从十八岁开始戏曲创作，但早期所作实为案头之剧。后来，他从理论和实践上努力钻研，终能深于此道。他一生作剧十余种，然而自选极严，尤其因长期从事戏曲研究与教学，近晚年时，对剧作艺术性要求很高。他回忆青年时的作品，说：“初取戊戌政变事，成《苌弘血》十二折，后取瞿忠宣事，成《风洞山》二十四出，其实无所得也。”他自认精于戏曲还是游梁返吴多年后的事：“归吴后，节衣食以购图书，力所能举，皆置箧衍，词曲诸籍，亦粲然粗具，于是益肆力于南北词，春秋佳日，引吭长吟，世或以知音称之，居士谦让未遑也。”（《霜厓三剧自序》）五十岁时，他从所作剧中选定四种，又因《义士记》“卒以排场近熟，未脱古人范围，既存复删之”，以《湘真阁》、《无价宝》、《惆怅爨》三种折子戏成《霜厓三剧》，作为自己的代表作出版。

《霜厓三剧》从主题、思想上讲，已消失了早年鼓吹革命、关注社会现实生活的光芒，它是吴梅戏曲理论定型后向历史取材的创作思想的体现，其价值主要表现在艺术上，结构的曲折、严谨，语言的优美清新，熔本色与冶艳于一炉，格律的精工富艳，都堪示旧剧作者以范本。王易《词曲史》称《霜厓三剧》“排场采词均擅，合讲歌作为一人，匪易觏也”。可见其推重。

三剧中，《湘真阁》系“润色少作”，《无价宝》“宋廛觞咏，不过陈藏家故实，所谓案头之书而已”，“《惆怅》五折，用力稍勤”（均见《霜厓三剧自序》），前后历时十六年，可见，三剧之中，吴梅以《惆怅爨》为得意之作。

《湘真阁》由吴梅自己在1927年作谱，曾付新乐府昆班演出，《无价宝》有刘凤叔作谱，《惆怅爨》中的《杨枝伎》、《钗凤词》有刘凤叔作谱，《风月司》系吴粹伦作谱，《国香曲》系徐镜清作谱。

《霜厓三剧》不仅是案头的成功之作，而且是立足于演出的。1933年，上海曲社社员曾清唱《霜厓三剧》，吴梅《霜厓曲录》中有《南吕懒画眉》二曲，就是写的此事。曲中写道：“艺海孤舟几风波，此夕双星恰渡河，愿大千分得巧缘多，整顿的词场妥，重把乾嘉韵事摩。”吴梅为何对“乾嘉韵事”如此称道呢？从创作言，洪升、孔尚任之后，清代戏曲已渐见衰象，但从演出言，却是“昆曲一道，盛于逊清乾嘉时代”（俞粟庐《度曲一偶跋》，见《俞粟庐曲谱》下册），其演出风气为折子戏所笼罩。此时，由于艺人们的努力，昆剧艺术有很大提高，表演手法愈来愈丰富，随之带来了流派师承的讲究和观众重艺不重色的风气，不仅使大量的前代保留剧目又有新的艺术生命，而且能使这一剧种一直保持着舞台上的优势。

吴梅对于昆剧的全盛时代十分神往，在慨叹“不堪弹泪对山川，待胜事，续吴天”（见《霜厓曲录·南吕七弦琴》）的同时，他是努力于昆剧复兴的。他不仅热心于研究、教学，而且热心于曲社的活动。昆剧传习所学生毕业后，组成了新乐府昆班，这些“传字辈”的年轻演员不仅演出传统剧目，也演出过吴梅的《湘真阁》。所以，盼望曲学昌明新时代重新到来的吴梅，极其希望“重把乾嘉韵事摹”，他的《三剧》都是折子戏并均谱乐曲，就是将这一愿望变为行动的努力。

在梁魏遗音嗣响寥落之时，新乐府昆班在上海的演出尽管使人耳目一新，但风会已变，难于再振，不久就陷入窘况，即使是传统的优秀剧目亦难于卖座，吴梅的新作未见很大影响也是必然的了。虽如此，仍不乏知音有人，《湘真阁》、《无价宝》二剧出后，张采田、张茂炯、朱锡梁、朱祖谋、邵瑞彭、叶德辉等文人名士纷纷为之题诗题词。

下面，依次将三剧作一分析。

先看《湘真阁》。

《湘真阁》之作本于余怀（淡心）的《板桥杂记》。故事梗概是：

明末名士姜垓（如须）有感于“功名似纸，朝局如棋”，辞去京师任职，回到故里山东莱阳。后来，到了金陵，与妓女李十娘相遇，住其湘真阁下，自此两下有情，遂闭门谢客，对酒看花，以洗涤胸中闲愁。此日，姜垓与十娘梳头，赏花、饮酒，竟以申时为早起，天色渐黑，回房中闲话。孙临、方以智来南京数月，不见同社中人，昨日遇余淡心，知姜如须寓湘真阁，二人商议，倘骤然相访，定难相见，故装成强盗，“安排假金蝉”，“小警野鸳鸯”，将姜垓吓了出来，与十娘起身置酒，然后告辞。

吴梅为什么要选择这一题材呢？高祖同在《湘真阁序》中说：“夫明季以来，世丁末造，而秦淮金粉，尤盛于往时，故学士文人，缠头争掷，岂真借温柔乡以终老耶？抑亦士大夫不得已之所为也。《湘真阁》之作，盖悲其才，哀其遇，而独艳其情，情之所钟，儿女为甚，语曰：英雄气短，儿女情长。其明季诸子之谓乎？”在他看来，《湘真阁》的主题是对明季才士“悲其才，哀其遇，而独艳其情”，所以，称《湘真阁》“以冶艳为主”。还猜测此剧可能有“殆以愧夫当世士大夫”的寓意，因为“以彼攀附权门，熏天之势，窃恐盗蹠之不若”，认为吴梅对时局有所慨叹。

吴梅在《自序》中说：

……呜乎，胜国末年，秦淮歌舞，甲于天下，不可谓不盛矣。乃江上师溃，喋血广陵，而金陵旧院，鞠为茂草，南朝士夫，争以崖岸相高，究于天下事何补也？夫溺声色而谈气节，君子羞之，顾北里遗闻，较多南朝野史，此邦人士，不其恧而，然则青溪一水，正足为故家兴废之由，况荡子狎客，又皆为文人学士之所寄迹，不得已乃托诸儿女以自晦耶？果尔则《湘真阁》之作，非特寄艳情，亦且状故国丧乱之状，虽谓之逸史可也。

吴梅作此剧初稿时，正当清末，与他当时思想上的反满情绪是一致的，正是怀着痛惜“胜国末年”的历史，对“溺声色而谈气节”的文人学士不满，指出“青溪一水”的秦淮，“足为故家兴废之由”。他正是通过《湘真阁》从一个侧面反映明末的社会生活，表现知识分子的面貌，并寓有一定政治寄托。

吴梅说：“时喜蒐集明季事作院本，实不脱云亭山人窠臼。”（《湘真阁自序》）他不走摹仿《桃花扇》的路子作长篇的传奇，仅截取一个侧面，写了这一短短的杂剧。《湘真阁》仅一折，结构很紧凑，孙临、方以智装盗和姜垓惊怖的情节很有戏，且抒情味很浓。它的文辞也很不错，抒情处颇有感染力，熔铸旧诗词了无痕迹，语言颇见性格化。

副末登场的《西江月》写道：“昔日长桥旧院，而今衰草斜曛。东南王气了无痕，何况残金剩粉。　　吹皱一池春水，干卿底事销魂？红牙按曲杜司勋，且把文章寄恨。”短短几句，将一种凭吊以往、惆怅无着的心情表达得恰到好处。姜垓替李十娘梳头时所唱的“新翻宫样，今朝梳裹名姬。但把蛾眉淡扫，蝉翼勾梳，出落得人姝丽。淡妆浓抹处，总相宜，不枉的本色人儿脂粉稀”。不仅是一幅美人梳妆图，而且将一个风流才子沉溺柔情、忘却家国的心理、神态都烘托出来了。而孙临、方以智出场时所唱的：“恰才的放棹秦淮两桨飞，又到的长桥外、旧院西，猛抬头风月冷凄凄，故人稀（以上孙临）。南朝自古伤心地，向歌舞丛中凭吊伊（方以智）。”则将二人惆怅的心情恰如其分地表达了出来。孙、方装盗，姜垓惊怖的唱词，则更见功夫，其神态真是呼之欲出。前者：“打扮齐、首幞腰刀利，窄袖轻衫刚称体，飞檐走壁神乎技，是一场游戏，是文人狡计。”后者：“瘦书生命本低微，用不着牛刀杀鸡，阿呀十娘呵，谁知此番，风波平地，阿呀大王爷吓，欺负俺穷酸何意？”剧末的合唱《尾声》：“旧朝逸事重提起，问金粉南都余几？俺且咏一个逝水繁华的吊古题。”及点题的二首七绝，易使观众的感情与剧本吊古之意融合无间。

《湘真阁》所反映的明末时势，是并不新鲜的题材，但将人们带回二百多年前，很容易唤起人们的兴亡之感，张采田（孟劬）的题词《八声甘州》的上片，就写出了这种心情：

怪隔江犹唱后庭花，飘零客悲秋。话南朝钩党，乌衣香草，全粉荒邱。谁谱《春灯》、《燕子》，斜月十三楼？终古青溪水，呜咽东流。

邹福保的题诗也很好地表达了这种情绪：“一曲新灯《燕子笺》，江山如梦化秋烟。板桥衰柳青溪雨，留与诗人妙笔传。”正因为《湘真阁》与《桃花扇》有异曲同工之妙，所以，邹诗称其“《桃花扇》后新词出，不许香君独擅场”。而对吴梅则极为推许，称道：“江总持兼杜牧之，屯田、玉茗继填词，六朝以后才人语，都作君家五色丝。”

再看《无价宝》。

吴梅对作剧，历来强调剧场性，但《无价宝》之作，却是“所谓案头之书而已”。此剧取材于为晚唐女诗人鱼玄机的诗思图题咏。从《自叙》中知道，吴梅因鱼玄机杀侍婢绿翘事，“意其人悍戾不情，无足费为笔墨”，但因受表叔祝心渊（秉纲）之嘱，又感到鱼玄机诗思图系黄荛翁（丕烈）所作，黄是嗜好藏宋版书的收藏家，吴梅自己也爱藏书，可谓所好正同，他说：“夫荛翁佞宋者也，余不能佞宋，乃至佞黄，不更荒唐可乐乎？”所以，用游戏之笔以逞文才，“乃就图中题咏诸作，排比成套”，其题曰《无价宝》，亦取自鱼诗“易求无价宝，难得有心郎”之意。

《无价宝》大致情节如下：

清人黄丕烈嗜宋刊，往往不惜以巨金购置，自嘉庆壬戌，构精室以贮书，题额“百宋一廛”。癸亥春，购得南宋陈道人书棚本鱼玄机集。得书二十三载，子寿凤亦廿三岁，寿凤设诗社，黄丕烈托周云岩画成玄机诗图一幅。时逢七夕，黄寿凤主课，父子商酌以图征题，黄丕烈给儿讲介鱼玄机事迹，为其多才薄命而感叹。不时，同社人来，推黄寿凤主课命题，黄丕烈说明原委，出示鱼集、图卷，众观看，称道此书此图为无价宝。各人感叹前朝，一一构思，呈稿。荛翁称：向日每得秘籍，一定绘图征咏，有得书图十余幅。“此次玄机诗思图，亦得书一乐耳。”遂邀众人到宋廛小酌，在合唱声中剧终。

此剧并无剧情，但文辞甚美，尤其集鱼诗如同己出，引起曹君直、朱古微以集鱼诗为之题脉的兴趣。

下面着重分析《惆怅爨》。

《惆怅爨》共四剧五折。

首末二种的《放杨枝》、《题园壁》系不满桂馥《后四声猿》的《放杨枝》、《题园壁》而重作，《湖洲守》作得较晚，《国香曲》完成在最后，收入《惆怅爨》时，以故事发生时间为序。

关于《惆怅爨》的剧名来历，吴梅说：“《武林旧事》云：‘宋徽宗见爨国人来朝，衣冠鞋履，裹巾傅粉墨，因使优人效之以为戏，当时官本杂剧，以爨名者有四十余种，余书之名本此出。”爨本是宋杂剧、金院本中某些简短表演的名称，此四剧取材于唐宋著名诗人白居易、杜牧、黄庭坚、陆游的故事，均是一、二折的小戏，多涉爱情，且俱贯串着统一的惆怅情绪，故命名为《惆怅爨》。

《香山老出放杨枝妓》写白居易行年六十八岁时，因觉朝中党争方盛，宦兴索然，且又得风痹之疾，准备作下场头行径，欲将善唱《杨枝》的歌姬樊素遣出，将裴度所赠骆马卖掉，樊素不愿出，骆马亦不愿走，老诗人只得感叹“骆马卖不成，杨枝放不去，俺且做诗消遣波”。

《湖州守乾作风月司》计二折，写杜牧事：

崔元亮出任湖州刺史，同年杜牧佐幕宣州，便道见访。杜牧慕苕霅间水嬉盛名，崔准备竭力铺张一番。此日，龙船分扮故事，杜牧大为赞叹。老妪卜氏，领十二岁女儿绿叶登舟行乐，被杜牧看见，以为绝色，托崔元亮作主撮合，约下日后乞守此郡，成就好事，并留下信物，以十年为期迎娶，遂分手。杜牧走后，卜氏母女得崔元亮周济，崔升任后，娘儿仍以养蚕度日。十年已过，杜牧仍无讯息，卜氏将绿叶嫁与本地大户，不到三年，连生二子。此时，得知杜牧任此地刺史，将上任，卜氏拟定对策，候杜前来。杜牧一心以为可以迎娶，找来卜氏，才知绿叶已属他人，只得收回信物，无限惆怅。

《高子勉题情国香曲》情节如下：

高子勉曾承黄庭坚奖掖而得诗名，知黄于崇宁四年九月作古宜阳，故为之设奠遥祭，且玄服玄冠，躬持心丧。一日，高子勉应黄庭坚旧友田子平约，与表弟王性之同至田家叙旧。二人至田家，索听后堂丝竹，田子平传新得侍儿出，二人见新姬面带愁容，不免动问，田答曰：姬为可怜人。田动问黄庭坚消息，高答曰：涪翁已故，消息来自涪翁兄元明处。众泣，新姬亦泣。王性之见其泣，动问原由，田子平告知二人：涪翁水仙花诗即为此邻女作。新姬告以黄庭坚为之题诗原委，及自己嫁人后被卖作歌姬，二子不知去向的悲惨遭遇。

高子勉提出以酒遥祭涪翁，并请新姬同祭，且从涪翁水仙诗“可惜国香天不管，随风流落小民家”中取“国香”二字为新姬命名。田子平请高子勉将国香本事编成一曲，着国香当场演唱，以当神弦之歌。高子勉作成《国香曲》，王性之亦做一首。众人三上香奠酒三揖，奏送神曲，国香首唱众和，唱毕，田子平命国香及众姬退，对涪翁、国香事感叹一番，并曰：“世间惆怅之事，无过于此矣。”

《陆务观寄怨钗凤词》写著名的陆游、唐琬《钗头凤》题词事：

陆游妻唐琬，失欢姑氏，被逼令大归。名士赵士程，前年丧偶，续娶唐氏。赵思忖唐琬性格温柔，举止端正，知其系被冤迫，但认为此中苦况，丈夫应格外体恤，两下调停，然而实不如是，故有责备陆游之意。时值天气晴和，百花齐放，赵士程吩咐苍头往禹迹寺、沈家园一带，请夫人同消遣，饮酒散闷。适逢陆游亦来此散心，于园中相遇，赵士程意欲邀来同坐，但唐琬认为旁观不雅，就让家人将酒食遣送陆游。陆游十分伤感，填《钗头凤》词，哭而醉睡。士程见词，让唐琬和作，唐琬伤心过度，离园而回。赵、唐走后，陆游酒醒，见唐和词，无限伤感惆怅。

《惆怅爨》四剧中，陆游、唐琬的恋爱悲剧是能牵动人心，博得同情的，而其余三剧，格调并不很高，《惆怅爨》的价值，主要体现在艺术上。

吴梅认为，短剧之难作，“有非人所尽知者”：“一剧之作，必有所寄，传奇反复详审，可逐折求其言外之意。短剧止千言左右耳，作者之旨，辄郁而未宣，其难一也；王宰之作画也，纳千里于尺幅，短剧虽短，而波澜曲折，尤必盘旋起伏，动人心目，十日画山、五日画石之说，可为短剧喻也，其难二也；若夫分宫配调，较长剧为尤难，长剧可以调冷热，前折热闹，后必静穆，刚柔相济，神观飞越，短剧止用一套……而以剧情配曲情，未必尽合分际。而声调之美恶，尚不与也……”（《郑西谛辑清人杂剧二集叙》）

吴梅十日一水、五日一石地历多年才成的《惆怅爨》，是如何难中见巧，体现出艺术性的呢？

生动、鲜明的人物形象

戏剧不是人物传记，它是“把已经完成的事件当作好像目前正在发生的事件表演在读者或观众面前”（别林斯基《诗的分类》），以舞台表演的形式给观众制造对生活和人物的幻觉。因此，如果说戏剧是立足于对生活的凝缩提炼，折子戏则更甚，以反映生活言，它应截取最富有戏剧性的生活截面；以塑造人物言，它应抓住人物特定思想阶段的主要性格特征。

《杨枝妓》写白居易晚年事。此时的白居易已不是早年充满积极的民本思想的谏官，他每天念佛、赏花、饮酒、作诗，佛家的慈悲、寂灭，道家的知足不辱是他思想的主流，他自道："冷淡生涯，繁华公案，早悟彻了画禅诠次。"（《醉春风》）早年"有阙必规，有违必谏，朝廷得失无不察，天下利病无不言"（《上疏言事》）的精神已一去不复返，他"栖心释梵，浪迹老庄"（《新唐书》本传），过着"醉复醒，醒复吟，吟复饮，饮复醉"（《醉吟先生传》）的生活，他针砭时弊的"讽喻诗"早已不作，甚至"忆妓诗多于忆民诗"（袁枚《随园诗话》），因厌于党争，又不屑攀缘，更无力斗争，故此宦兴索然，加以老年患病，萌生了"做个下场头的行径"的消极退隐思想，所以剧中开场的那段"夫子自道"确是如实地写出了白居易的晚年。

剧中白居易所唱的《石榴花》：

想当日笙歌裙屐少年时，身是护花司，畅好的白练裙题遍合欢辞。谁不识香山学士？谁不唱乐府新诗？便你俊红妆也偎热的多回次。现如今蚕老无丝，怕誓盟香到底难终始，下场头也要检点一遭儿。

把对年轻时诗人、才子偎红倚翠生活的凭吊心情，表达得恰如其分。

《满庭芳》则写道：

一向的据雕鞍雄心未死，也受用过桃花叱拨，帽影也那鞭丝，到大来文章马鞘成何事？不觉的日薄崦嵫，抚髀肉颓唐如此，卧槽头老病难支……

时而马、时而人，将老年的颓唐心情和对少年的感慨，也写得丝丝入扣。

《风月司》写的是杜牧的风流韵事。杜牧素有大志，"平生五色线，愿补舜衣裳"（《郡斋独酌》），他继承祖父杜佑着力于经世致用之学的传统，主张削平藩镇，收复河湟，曾注《孙子十三篇》，作《战论》、《守论》等，注重研究"治乱兴亡之迹，财赋兵甲之事，地形之险易远近，古人之长短得失"（《上李中丞书》）。他忧国忧民，以气节抱负自厉，但由于生活在晚唐多事之秋，经邦济世之才难展，财赋兵甲之论难行，只得寄情于诗酒名姬："落魄江湖载酒行，楚腰纤细掌中轻。十年一觉扬州梦，赢得青楼薄倖名。"（《遣怀》）《风月司》就是展现杜牧风流才子这一面性格的。

剧中杜牧所唱的《黄钟·醉花阴》：

俺是个花月丛中旧亭长，没来由戴一顶乌纱头上，空卖弄好词章。对着这没主春光，动了俺俊游想，俺待向冷湖山留下个热排场，挂出座小试温柔的金字榜。

将其不向名利场中赌胜，只愿"但得个三生佳偶，不枉他百戏开场"，面子放倒、骨子认真、蔑视礼教、谐中见庄的性格表现无遗。

《国香曲》一剧，黄庭坚并未出场，吴梅从侧面写了这一段惆怅故事。

黄庭坚其人，青年时写过不少关于儿女艳情之作，法秀禅师就说他“以笔墨诲淫，应堕犁舌地狱”，虽自此他笔锋少涉艳事，但剧中新姬（国香）所说“那时黄太史从黔州归来，就在沙市居住，临流小阁，便是他家，妾家也逼近东邻，所以时常相见，多承太史殷勤，时加青盼”，以至作“淤泥白莲”一诗，也确是自有根源。同为苏门学士的秦观之寄情歌姬，亦写艳词，也是这种欲以柔情填补政治失意的一个佐证。

剧中黄庭坚虽未出场，但对剧中人都有影响，与剧中人都有关系。在田子平，是黄庭坚当年从黔中北还，曾居此地；在高子勉，是曾受过黄庭坚的奖掖；王性之历来仰慕黄。所以，作为黄庭坚生前好友的田子平，愿以曾被黄所赏识的新姬成全其雅兴；作为黄的知音和仰慕者的高子勉、王性之的祭奠故人，作诗长歌；以及曾被黄庭坚所赏识，但身世不幸的国香的缅怀诗人，都是合乎人物性格逻辑的。

《钗凤词》本事，周密《齐东野语》、陈鹄《耆旧续闻》均有记载，据周密言，此事系陆游三十一岁时之事。此剧将陆游《钗头凤》词中“东风恶，欢情薄”的主题作了较好的阐发，临结尾陆游所唱的《青哥儿》：

> 真个是冷落了银床银床瑶簟，盼不上锦前程苏卿苏卿双渐，空教俺碧海青天泣翠蟾！有多少绣阁湘帘、锦轴牙签，手挽纤纤，眉画尖尖，宝镜同瞻、彩笔同拈，玉软香甜，好一似仙鲽灵鹣。偏俺把簿上姻缘自撕挦，可不是酸风欠！

将陆游对自己美满姻缘被破坏的怨愤和怀念唐琬的心情，忠实地传达了出来，并且符合人物“孝义兼挚”（毛晋语，张宗橚《词林纪事》引）的既不失孝道，又痛惜爱情的矛盾性格。剧中的陆游，确是写《钗头凤》词的青年陆游，而不是壮年时“匹马戍梁州”时的英雄，也不是垂暮之年时悲叹“沈园柳老不吹绵”的诗人。

作者选定了此四人在或老病或失意时的共同境遇，依据他们或见于史传、或见于书载的爱情故事，写出了既有共性的失意才子的爱情，又有个人性格特点的不同之处，而作为“惆怅”的一线，则是贯串和统帅四剧，是统一的。吴梅以画四条屏的手法展现了这四个令人惆怅的爱情故事，其艺术手法是十分高明的。

抒情与剧情的紧密结合

《惆怅爨》自非喜剧，亦非真正的悲剧，它主要表现惆怅的感情，可谓抒情重于剧情。但作者善于在情节中展现主题，使抒情与剧情有完满结合，在结构上下了功夫。

亚里士多德早就说过：“整个悲剧艺术包括‘形象’、‘性格’、情节、言词、歌曲与‘思想’。”而“六个成分里，最重要的是情节，即事件的安排”。“它们不是为了表现‘性格’而行动，而是在行动的时候附带表现‘性格’。”（《诗学》第六章）最具有戏剧性、最能构成戏剧情节的不外乎是“冲突”，但戏剧的实质并不是冲突，尤其是抒情味浓厚的剧作，更不是立足于“冲突”，从情节角度而言，戏剧的实质是表现生活中的“激变”。英国戏剧理论家威廉·亚却本着这一看法，进而给“戏剧性”下了这样一个定义：“任何能够使聚集在剧场中的普通观众感到兴趣的虚构人物的表演。”（《剧作法》第一篇第三章）为此，情节除要有戏剧性之外，其开端与结局要距离适当，距离太近无法通过行动展现揭示人物性格，距离过远则会因松弛、缓慢而削弱戏剧性。在戏剧作品中，不可能借“渐变”表现事物的全过程，作为事件、情节出现在作品中时，它的过去已经成了结果，然而却表现为剧中的原因，所以，戏剧不应过分注重前因，而要表现出生活中一系列因果矛盾运动的激变部分。这对长达数十出的传奇来说未必就是其戏剧结构的不二法门，然而，对于折子戏则可谓不易之论。

如果说，《放杨枝》中，白居易决定遣走樊素，卖掉骆马的情节还只是渐进式生活中的一个小波澜，那么，《风月司》、《国香曲》、《钗凤词》则都是表现了激变的。

先说《钗凤词》。据周密《齐东野语》卷一云：“陆务观初娶唐氏，闳之女也，于其母夫人为姑侄。伉俪相得而弗获于其姑，既出而未忍绝之，则为别馆，时时往焉。姑知而掩之，虽先知挈去，然事不得隐，竟绝之，亦人伦之变也。唐后改适同郡宗子士程，尝以春日出游，相遇于禹迹寺南之沈氏园。唐以语赵，遣致酒肴，翁怅然久之，为赋《钗头凤》一词，题园壁间。”吴梅作《钗凤词》并不从陆、唐二人的婚而别、别而绝着手，却就沈园之会的激变下笔。剧中，将唐琬“割爱遣归”的陆游，心中十分痛苦，“闻他近日，改适宗人，又听得伉俪十分相得”，则感几分宽慰。乍遇于沈园，“他那里悄窥觇，俺这里忙遮掩，可不道瓜李生嫌”，当赵士程、唐琬赠其酒食时，他食不知味，无限痛苦，题罢《钗头凤》，大哭一场，感叹“算人间糟糠伴侣，琼瑶眷属，俺还说不到苦和甜”。而唐琬，则“忧从中来，不可断绝，妾恐不能久侍巾栉了嗜”。沈园邂逅的激变，给相互思念中的男女主人公以相见之机，但是，碍于礼教，欲见不成，欲叙不得，却又欲罢不能，留下的题词，更增添了痛苦，天涯咫尺，竟如路人。至此，读者观众是极易受其感染，为剧中主人公洒下同情之泪的。

《国香曲》中未出场的不幸诗人黄庭坚与剧中人都有关系，或是有感于知遇，或是有感于承顾，所以，当激变——诗人的死讯传来，自然牵动了他们的心。旧友的追怀往事自不待言，新姬的悲泣则又使剧情峰回路转，因而在寻常祭奠之外，又引起《国香曲》之作和新姬的领唱。在怀念之中，感喟黄庭坚对少女“仙子凌波赋”之作，及国香失子、被卖后的遭遇，而今，关顾者已矣，被顾者难于再顾，惆怅之情，也就自然而生了。

《风月司》不同于其他三剧，它分二折，前折是因，后折是果。

杜牧其人，虽自谓“赢得青楼薄倖名”，但并非真正的轻薄，李商隐极为知人地写道：“刻意伤春复伤别，人间唯有杜司勋。”《风月司》就是表现杜牧用情精诚温厚这一面的。

此剧故事情节的素材可见于《太平广记》卷二七二《杜牧》条，此条所引又出于《唐阙文》，其中所记情事与史事并不全合，但历代文人对此很有兴趣，屡见于剧作，而吴梅此作能翻新出奇当在其情节结构。

《风月司》的激变体现在第二折。十四年前的定亲将要践约，几经宦海浮沉之后，“乞守外郡”之愿得偿，“虽是官职左迁，却喜婚姻如愿”，杜牧喜孜孜而来，设想着：“他诉春怨应拥髻，整新妆改垂髻，数纤葱把佳期盼到。”但听到的却是少女已嫁，从欢喜的巅峰直跌落下来，“往时芳梦如过客，此后相思属路人”，使他自叹“空有才名，竟无艳福，便一个青衣婢子，也消受不起，这情怀好难排遣也”。历史上的杜牧曾写过《叹花》诗：“自是寻春去较迟，不须惆怅怨芳时。狂风落尽深红色，绿叶成阴子满枝。”《风月司》就是这样形象地表现了这种“绿叶成阴子满枝”的惆怅的。

《惆怅爨》正如上而所说，通过生活的激变，组织了情节，展现了人物性格，激动了人们的情绪。

前面说过，《惆怅爨》是抒情重于剧情的，但并不是说它剧情不足，恰恰相反，此剧的故事性和抒情性达到了较完满的结合，在情节结构上很有值得称道之处。

戏剧既是“能够使聚集在剧场中的普通观众感到兴趣的虚构人物的表演”（见前），因而，它就要给观众造成一种为剧中人命运担心的急切或盼望的心理，并要努力维持这种心理，这就是悬念。

我国戏曲在元杂剧时代，尽管戏剧情节结构尚未全脱稚拙，但已很懂得制造悬念，而这种制造悬念的主要方法即是早作预示：作为观众是全知或半知，或可预知事情的结果，而剧中人却全然不知。吴梅在《惆怅爨》中就是学习并发展了这种方法。

以《风月司》为例，在第二折中，观众早知绿叶已适他人，并连生二子，但剧中的杜牧却全然不知，一再向卜氏发出种种询问，却始终未问到绿叶是否已嫁这一根本，这样，就使读者和观众满怀着同情关注人物的命运，与其同呼吸，共忧乐。

在西洋戏剧里，常有用突转或使人难以预料的情节让人惊讶，但狄德罗曾作过这样的比较：“不知和困惑会散发并维持观众的好奇心；但却是那些已经知道而永远在期待着发生的事物，才使观众激动而兴奋。”“由于守秘，戏剧作家为我安排一个片时的惊讶；可是，由于把内情透露给我，他却引起我长时间的悬念。”（《论戏剧艺术·关于兴趣》）因而，他明确告诫剧作家：“对观众来说，一切应当了若指掌。让他们作为剧中人的心腹，让他们知道发生了什么事情，正在发生什么事情，而在更多的时候，最好把将要发生的事情也向他们明白交代。”（《论戏剧艺术·关于兴趣》）我国戏曲结构的民族传统与西方理论家所说并不相悖，吴梅坚持和发展了这一点，所以，在《风月司》中颇以制造、延宕悬念见长。

性格语言与情节语言

《惆怅爨》的戏曲语言很值得称道，有很高的技巧。

戏剧语言不外是作者的语言和剧中人的语言。“落笔务在得情，择词必须合意”（清黄图珌《看山阁集闲笔》），就戏剧本身言，作者的语言应该善于表现情节，剧中人的语言，应是能准确表现人物性格，而作为富于抒情性的折子戏，又必须造成足够的抒情气氛。《惆怅爨》中，无论是外国剧论常说的情势语言、性格语言，或与中国传统诗词密切相关的抒情语言，都是较成功的。

白居易所唱的《红绣鞋》：

> 俺病维摩拼得个只身独自，消不起你妙人儿郑旦、西施，不合俺先折了东风第一枝。你看蜡渣也似黄脸面，雪片也似白胡髭，怎做得醉红乡莺燕使！

将白居易垂暮之年叹惜青春已逝，无心于歌舞女色的颓唐性格很好地表现了出来，而通俗的语汇、惯见的比喻、又带有白居易诗歌特有的浅显，真似出于白本人之口。

杜牧观看水嬉时所唱的：“但看那绛雪丹、安期枣，神仙虚妄，那里有排云叫九阊，也亏他扮出荒唐。”“今日里湖山未改，风流罢想，便灵岩山殿馆都荒，只留得响屧廊。”将一个失意才子感时伤世、讽谏时弊的一贯性格凸现出来。但是，《风月司》第一折末尾的《水仙子》，一反杜牧素日的豪爽，连连叠用单字，将一个求亲者略带羞涩的心情恰如其分地表现出来。十四年后，杜牧兴冲冲来完婚时，却得到绿叶已适他人的消息，他所唱的《双鸳鸯》“手握着锦环绦，止不住清泪抛，还记得苕上嬉春隔水邀，忽变做断线风筝没收梢”，则将“赢得青楼薄倖名”性格的另一面——笃情，真实地反映了出来。说它是真实的，是因为此时的杜牧，已不是青年时的浪漫诗人，而是经历了宦海浮沉，“丹心无处诉，青鬓暗中凋，历尽了名场潦倒”，需要得到真正爱情的慰藉了。

至于陆游所唱的《挂金索》：

> 则这金谷名园，好改做临邛店，咫尺银潢，隔断的如天堑，虽是你别抱琵琶，也看得两字夫妻厌，多谢你分赐杯盘，把俺这陌路萧郎念。

《后庭花》：

> 你长是星星似病痁，一谜的昏昏带梦魇，你弱骨比香桃瘦，俺痴魂要药石砭，你笔锋铦，犹古自才华丰赡。但愿你双栖定比目鳒，把鸳鸯小印钤，俺便

即世里孤眠梦亦恬。

前者将陆游相见不得相认，得酒食而追念旧情；后者将他祝愿唐琬能再嫁幸福和矛盾的心理表现得很充分。

至于表现情节的语言，当以《风月司》为高。

其第二折开头杜牧连唱的《端正好》等曲，将他设想绿叶“把春日花枝到秋日瞧”的翘首以待，自己“谢苍天将钗盟圆好”，为即将完婚而充满喜悦的心情，借情节推向“捅纸即破”的刹那。此时，剧中人是不知就里而高兴，观众是知其底里而惋惜、担心，自然为杜牧的命运及剧情的发展产生悬念，但作者并不急于说穿，却插入了绿叶母亲反问杜牧当年所约年限一笔，杜牧唱《芙蓉花》表示了种种猜测：

莫不是笑温郎太年老？莫不是疑我别打个鸳鸯笤？莫不是他一病蹊跷，待拜乞青囊药？莫不是怕花月招摇，竟领受莲台教？莫不是薄命夭桃，只好向崔护门前吊？

在故作摇曳，盘马弯弓，引而不发之时，观众心中的悬念被进一步悬置起来，直至卜氏道破真相，杜牧从欢乐的巅峰跌入苦痛的沟壑，通过所唱的《伴读书》、《笑和尚》、《双鸳鸯》三曲，使观众在突转中消除了悬念，也贴近了戏中人物，与杜牧一起为其“空筑起翡翠巢，偏成就他凤鸦交”，“为甚的石上三生轻留笑，孤负她玲珑剔透的玉双条”而感到怅惘无着。

我国诗词，历来注重创造情景交融的意境，戏曲亦然。《惆怅爨》很注意在唱词中表现出抒情性，造成惆怅的氛围。

《杨枝妓》中，《醉春风》的“韦曲艳阳天，城南花月史，俺横枝儿叉手看多时，写不迭半张儿纸”形象地表现了老年白居易在“冷淡生涯”中的百无聊赖和文思枯竭。《一煞》的“少年艳梦消，欢场老泪滋，醉乡中风味从头试。俺此后冷吟闲醉直恁的无聊赖，你他日落溷飘茵也只得任所之”，则将他无力奋争，随波逐流，消磨岁月，对樊素的无可奈何和惘然无着作了恰到好处的表达。

《风月司》中，杜牧在看水嬉时，见扮演南郭吹竽而唱《节节高》：“可笑他乔扮做内家形状，那里有行家伎俩，甚来由班门搬弄，没出息侯门倚仗。想那结交游的拜弟兄，走功名的联科第，夸门户的说谢王。还不似你先生掉谎。”情景相契地抒发了他讽刺时世的心情。

《国香曲》中，高子勉所唱的《牧羊关》：“他病骨风霜紧，边州岁月孤，好一似老重瞳渴葬苍梧”，“他荷戈御魑魅，脱屣上蓬壶，四海诗名有，千钟禄运无”，在想象之中，将他为黄庭坚的遭遇痛感不平的心情作了很好的传达。

《钗凤词》的抒情性语言最为出色。陆游所唱第一曲《集贤宾》的写景：“恰才的望东园万花迎笑脸，却原来春色十分添，压重阑梨云罨画，扑轻衫柳絮飞粘，暖溶溶绮陌青郊，谷碌碌绣幰朱襜。”第二曲《逍遥乐》的抒情：“鉴湖晴滟，贺监风流，高名独占，俺如今乡国迟淹，倒变做醉东篱乞食陶潜，那里似骑马知章福慧兼，只落到卧沧江飘零书剑。”这二曲虽是险韵，却用得十分自如，见春光而引起新愁，为后来禹迹寺与唐琬重逢的惆怅作了很好的感情铺垫。而结尾的《浪里来煞》《浪里来》“俺高筑起画眉台，让与你新人占，则俺老温郎愁鬓而鬑鬑”，《随调煞》“算平生这一端心自歉，叹年华荏苒，俺只分破庐中风雨伴齑盐”，则更将陆游见而又别后的痛惜爱情已失、自怜形孤影单的惆怅心情推至顶点。

另外一点要特别指出的是《惆怅爨》的语言风格很见学习元人的功力。

吴梅在该剧《自序》中说：“昔人工南词者，辄不工北曲，宁庵先生其尤著者。青藤《四声猿》，非北词正声，而《辞凰》一种，易作南词，体制乖矣。余致力北词，垂二十年，及作此曲，自谓可追元贤，脱稿读之，能妍丽而不能粗丑，能整炼而不能疏放，去元人蒜酪之风，尚瞠乎后也，乃叹古今人不相及如此。”其实，这是作者自谦之辞，《惆怅爨》比起元曲的本色语言并不逊色，下面试析之。

首先，是通俗显浅的用语。

徐渭说：“填词如作唐诗，文既不可，俗又不可，自有一种神妙处。”（《南词叙录》）何良俊则更直接指出“填词须用本色语，方是作家”，“既谓之曲，须要有蒜酪”（《曲论》）。这种“神妙”、“本色”就是不要丽而晦，不以涂泽为工，不以藻绘为能，而是以通俗易懂、直捷明快、透彻显豁为长，如徐大椿所说：“取直而不取曲，取俚而不取文，取显而不取隐。”（《乐府传声》）《惆怅爨》是向这方向努力的。

“春老京师，则这占场儿谁识得老夫心事？枉自的显官阶太傅分司，似这等病身躯，穷生活，知他捱得过几多日子？再休说品竹调丝，那丽春园红牙金字。”（《粉蝶儿》）用显浅易懂的语言表达了白居易自己的心事。“你是个烟花佐使，再莫这推三阻四”，“非是俺逞挡查胡乱施，作弄的老太傅没参差”，“俺在兹，细思，为多情折尽平生志”，用的是俗语方言，毫不见隔。“他十年多信息稀，一霎里怨恨销，头直上喜蛛儿高吊，甚风儿把个旧郎君吹下云霄”；“称心人未逢，伤心事正巧”，“量这些入骨的愁根如何去得了？”一则是杜牧设想中的喜，一则是知情后的悲，都写得直接而生动。“现放着花秾酒酽，倒辨不出滋味酸甜，想情场离合难凭验，如今是花辞树，镜封奁，实丕丕水米无沾。”写的都是见惯听懂的东西，尤其是“实丕丕水米无沾”一句，使陆游伤感而无心饮食的情态呼之欲出。

通俗显浅的用语还见于用常见事物作比喻，以加深叙事、抒情的效果。

若说《杨枝妓》中的“莺辞乔木甘幽谷，蝶恋残花傍故枝”尚不脱诗词之雅，那么，“现如今蚕老无丝”，和《风月司》中“天鹅硬作虾蟆料”、“断线风筝没收梢”，《国香曲》中“一管笔纵横如虎，却怎生五旬人飘荡如凫”、“你看顺风船难驶入小川湖，独轮车也走得长途路”，《钗凤词》中“问断头香还是几时拈，只得把泪珠儿偿他前世欠”等句，则是以通俗显浅的比喻，形象地表现了感情。

其次，学习元人之风还见于尖新出奇的修辞手法。

李渔说：“尖新二字，即文之尤物也。”（《闲情偶寄》）《惆怅爨》中，白居易说：“俺不是薄倖青楼杜牧之”，“诗人老去莺莺在”；杜牧说“再休提好文才的李梦阳”，“似这等五花爨弄，不强似竞渡端阳”等，都以生于已后之人、出于已后之事出于已口，这是故意不顾历史真实的“元人家法”的尖新之处。

“似这等好花枝，好杨枝，怕不媒合上风流才士，敢忙杀他东风燕子。”不仅语言明白如话，而且以樊素的“杨枝”别号与东风燕子联上作比，设想甚奇。“武陵源用不着渔郎棹，锦香亭紧接着袄神庙，孙汝权先纳了扶头钞，董秀英甘上辞婚表。”则借元明戏曲的故事连作铺排，颇见尖新的博喻之义。

此外，像“俺奋天衢早剪了腾骧翅，几曾有麟文锦幛黄金勒，空自的虎背连钱赤玉姿”，“俺捱尽了马头日月，雁底关河，你倒有领头凤史，接脚牛星，使这般脱壳金蝉计儿高，方信道情场多缺陷，香国有风潮”，“说甚么银灯梦影回双照，玉树歌尘记六么，便云想衣裳，花留颜色，早风剪芙蓉，雪打芭蕉，都是他招蜂惹蝶，作怪装妖”等，都用排比、复迭、奇喻等，起到耸人观听的效果，表达了愤懑惆怅的心情。

像上面这些语言特色，是与受骈丽文风和典雅诗词影响的传奇语言很不相同的。吴梅曾说：“是故知元人以本色见长，方可追论流别也。”（《中国戏曲概论·元人杂剧》）《惆怅爨》之“可追元贤”，就是在语言的本色之上。但是，“本色之弊，易流俚腐，文词之病，每苦太文”（王骥德《曲律》），吴梅也认为曲应该“有雅有俗”，所以，《惆怅爨》也有妍丽、整炼之处，但并不同于明清许多作品的骈俪风和书卷气，更不同于清末、民初的尚未入戏曲之门的作品。“叹古今人之不相及”主要倒不是在艺术技巧上相去太远，吴梅虽能写出当行与典雅参间的作品，但是古典戏曲全盛的时代毕竟过去了，像吴梅这样的作家只能是“吁嗟孰令吾生迟”了。（《吴骚行》，见《霜厓诗录》）

在《湖州守》第一折和《国香曲》，还可以看到一个不可忽视的特点。

吴梅在《霜厓曲跋》中指出了阮大铖诸作“皆合歌舞为一”的特点。他自己在剧中也正是学习了这种艺术手段的。

湖州的水嬉，青龙船扮东方朔偷桃，红龙船扮南郭吹竽，黄龙船扮中山狼，白龙船扮西施采莲，黑龙船扮北海赌酒，都很开人眼界，载歌载舞，颇能吸引观众。另外，东方偷桃、南郭吹竽的唱词中穿插了“呀一个孩哈，孩打哈，哈打孩”，“行哩溜连行溜连”，中山狼的渔鼓词，西施采莲的棹歌，北海赌酒的步虚词，都可看出吴梅向民间艺术学习的努力，且雅俗共赏，能增加观众的兴趣。

《国香曲》中，有众姬合唱，国香领唱的场面。《国香曲》是檃栝原诗的南词集调形式，真是“沉博绝丽，胜长庆体多多”，而这种一唱众和的形式，确是别开生面。

张振镛认为：吴梅的《霜厓三剧》“付之梨园爨弄，词律俱佳”，而林纾所作的《天妃庙传奇》、《合浦珠传奇》、《蜀鹃啼传奇》“其曲白非不典雅，然付之歌坛，红牙拍去，青眼收来，终不敌吴梅所作之娓娓动人也”（《中国文学史分论》第四册第六编《叙戏剧》），以《霜厓三剧》为当时剧作的最高水平是不为过的。

由于不可抗拒的新陈代谢规律，“整顿的词场妥，重把乾嘉韵事摩”已不可能，“四方歌者皆宗吴门”（徐树丕《识小录》）的时代过去了，但是，齐放的百花中亦有昆剧这一兰花，作为一生都在培植幽兰的“花匠”，吴梅是值得后人怀念的。

五　吴梅的词论

吴梅不但是曲学大师，也是词学专家。他主讲南北各大学多年，其中也讲授词学。这方面的著作，有三十年代初商务印书馆出版的《词学通论》行世。1933 年 8 月出版的《词学季刊》第一卷第二号《词籍介绍》对该书曾这样评价：

> 吴瞿安先生，为当代词曲学大师，兼精度曲；尝谓："以南北曲之理论词，可领悟者不少；若以南北曲之法歌词，则谬以千里。"（详本刊创刊号通讯）以是海内言词乐者，亦必求教于先生。本书先论平仄四声，次论韵，次论音律，次论作法。于《论音律》章内，又附《八十四宫调正俗名对照表》、《管色杀声表》、《古今雅俗乐谱字对照表》、《中西律音对照表》，最为本书特色。自第六章以下，论列唐五代以迄清季词学之源流正变，与诸大家之利病得失。虽所征引，类多不标出处，令人无所据依；而上下千年间之重要作家，罔不备举；诚足津逮来学，而为有功词苑之著作云。

认为此书论音律部分最有特色。其实，除声、韵、音律之外，书中论作法部分，虽多为综合前人所论，然亦出于自已创作实践的见解，条分缕析，示人以从入之径，并综言各家利弊，树立正则，是较为全面可取的创作论。书中论列自唐迄清的词之兴衰变化，表明了作者较为正确的词史观。历数列代大家所作的名篇，分析其艺术手法、风格特点，虽出于《白雨斋词话》者颇多，但可见作者一以贯之的观点，不乏独得之见。全书议论纵横而体例完整。

《词学通论》共九章。第一章为绪论，第二章论平仄四声，第三章论韵，第四章论音律，第五章论作法，第六至第九章分论唐五代、两宋、金元、明清词。其实，二至四章为音律论，第五章为创作论，六至九章为词评（可分为词史观和作家作品论）。下面依次分析之。

（一）声律论

词为倚声，论词首论音律，而《词学通论》的声律论尤为精到（此处权将平仄四声、韵及音律统称为"声律"）。

声律的实质是节奏。艺术作品中的节奏既是心理和生理的统一，又是人们思想感情的传达媒界，它"传"之于作者的内心，意欲"达"之于读者的心灵，所以，由节奏能产生美感作用，并因之能辅成兴发感动及认识作用，其重要性是不难体会的。

关于声律造成的节奏感，在原始的《弹歌》中即可见到，“断竹，续竹，飞土，逐肉”，在今天读来，仍可明显地感知它的节奏韵律。在《诗经》、《楚辞》等古代诗歌瓌宝中，更可见其繁复变化。自《尚书·尧典》的“诗言志，歌永言，声依永，律和声”最早论述了诗作与韵律的关系后，文论家们对声情与文情关系的认识亦逐渐深化。韵学之兴，肇端建安（阎若璩说），经曹丕、陆机至南朝，终于出现了系统的理论总结。如刘勰就很懂得应该将字音的轻重疾徐作节奏优美的安排搭配，他说：

凡声有飞沈……沈则响发而断，飞则声扬不还：并辘轳交往，逆鳞相比；迂其际会，则往蹇来连，其为疾病，亦文家之吃也。（《文心雕龙·声律》）

在他看来，字音有扬（飞）有抑（沈），仄浊者响发而断，平清者声扬不还，声韵应像井辘轳一样圆转，声律应像龙的逆鳞一样靡密。如果错失其际会，则往来皆难，而声律谬误；失其节奏，则喉唇纠纷，犹人之口吃。

沈约更具体地提出了诗歌创作中的声律要求：

欲使宫羽相变，低昂舛节，若前有浮声，则后须切响。一简之内，音韵尽殊；两句之中，轻重互异。妙达此旨，始可言文。（《宋书·谢灵运传论》）

其实，无论是沈约的“浮声”、“切响”，还是刘勰的“飞沈”，均是指平仄而言。诗歌平仄律的运用，经齐、梁、陈、隋，直至唐代沈（佺期）、宋（之问）之手，终臻成熟。从唐人律诗到词，词又由小令而慢近，声律与句式的变化和搭配应用更繁富复杂，更能深刻、曲折、细致地表达人生意绪。应该说，诗、词、曲的发展，一代新声的更迭，关键之一就在声律，声律是长期艺术审美实践中的产物，不是形式主义，而是必不可少的形式的进步。

词既称倚声，可见声律之重。词调既繁，体式尤多，调有定格，字有定声，可谓规行矩步，限制极严。张炎《词源》曰：“先人晓畅音律……每作一词，必使歌者按之，稍有不协，随即改正。曾赋《瑞鹤仙》一词云：……此词按之歌谱，声字皆协，惟‘扑’字稍不协，遂改为‘守’字乃协。始知雅词协音，虽一字亦不放过，信乎协音之不易也。又作《惜花春起早》云：‘琐窗深’，‘深’字不协，改为‘幽’字，又不协，改为‘明’字，歌之始协。”守声之严，可窥一斑。观姜夔词小序，每见涉及音乐之语，可见守声与协乐的关系。

词乐失传之后，词的音乐性渐被人忽视，至清代，万树《词律》等书出来后，人们一纠明词之粗滥，无论是浙派的尊姜张，还是常派的崇周吴，原因之一，正是由于周吴姜张都是精于音律的词家。

吴梅由于对曲律、音乐都有精深的研究，所以他始终不忘词是“倚声”之学，对于词的声律，他有独到的见解，“以是海内言词乐者，亦必求教于先生”，绝非偶然。

吴梅说：

> 词为声律之文，其要在可歌，顾自元曲代兴，词之能歌者少，非不可歌也，谱亡也……尝叩余词谱之所以亡与曲谱之所以不亡者。余曰：无他，词谱有定律，作者就声以入文（白石词凡旧牌皆无谱即此理）；曲谱无定声，谱者就文以入拍，惟其有定声也，文士伶伦辈以为习见也，故未及辑录，而日久渐亡，惟其无定声也。文士伶伦辈知定谱之不可忽也，故龂龂撰述，而南北千余曲，俨然具备。夫律吕管色诸法，词曲所同也，至歌法则大异也…………（《蔡嵩云词源疏证叙》）

由此可见，他认为词虽因谱亡而不可歌，但律吕管色之法则词曲相同，故作词亦如作曲，应依其律吕管色。

关于“声”的见解

第一，“一切平仄，宜各依本调成式”。

吴梅说：

> 词之为道，本合长短句而成，一切平仄，宜各依本调成式。五季两宋，创造各调，定具深心。盖宫调管色之高下，虽立定程，而字音之开齐撮合，别有妙用。倘宜平而仄，或宜仄而平，非特不协于歌喉，抑且不成为句读。昔人制腔造谱，八音克谐，今虽音理失传，而字格具在。学者但宜依仿旧作，字字恪遵，庶不失此中矩矱。（《词学通论》，以下凡不注明者，均出此书）

这段话，似显得保守，但“五季两宋，创造各调，定具深心”。这些词调是前人历数百年、上千年之久才得以创造出来的，其平仄四声的刚柔相济、奇偶相生，是在和谐与拗怒这一矛盾统一的原则指导下，经过千百人的实践检验，丰富发展至此。所以，“倘宜平而仄，或宜仄而平，非特不协于歌喉，抑且不成为句读”，可见这一观点是基本正确的。

第二，关于上声、去声、入声的特点。

吴梅自己作词，其拗调涩体之作，不仅调平仄，而且细分四声，这是因为他充分认识到所谓“仄”声中的上、去、入三声，有很大的不同。他说：

> 盖上声舒徐和软，其腔低，去声激厉劲进，其腔高，相配用之，方能抑扬

有致。大抵两上两去，法所当避，阴阳间用，最易动听……盖三仄之中，入可作平，上界平仄之间，去则独异……入声字重浊而断，词中与上去间用，有止如槁木之致……

四声各有特点。唐代《元和韵谱》中指出“平声哀而安，上声厉而举，去声清而远，入声直而促”，清人黄周星更有“三仄应须分上去，两平还要辨阴阳”（《制曲枝语十条》）之说。三仄声之中，吴梅指出各自的特点，这就是：“入可作平，上界平仄之间，去则独异。”“入可作平”，语音发展的实践早已证明这点，且《中原音韵》系统亦早已如此，这点自不待言。“上界平仄之间”，是颇有体会的，段玉裁就曾指出“平稍扬之则为上”（《与江有诰书》），可见上声的“稳定性”确实较小，吴梅此说是对的。尤其值得指出的是“去则独异”，及吴梅对此“独异”的理解。吴梅由于长期治曲，对去声字的运用极有体会，他说：“且其声由低而高，最宜缓唱，凡牌名中应用高音者，皆宜用此。”

因去声的调子是从低到高，有“分明”（明释真空《玉钥匙歌诀》：“去声分明哀远道”）和“重言”（清张成孙《说文谐声谱》：“去声重言”）的特点，且持续时间长，故宜于缓唱，词中凡应用高亢之音的，都应该用去声。夏承焘就说：“去声最为拗怒，取介在两平之间，有击撞戛捺之妙。”（《唐宋词论丛》）吴梅以姜夔所作《扬州慢》为例，指出“过春风十里”，“自胡马窥江去后”，“渐黄昏清角吹寒”等句，“凡协韵后转折处皆用去声，此首最为明显。他如《长亭怨慢》‘树若有情时’，‘望高城不见’，‘第一是早早归来’，‘算空有并刀’；《淡黄柳》之‘看尽鹅黄嫩绿’，‘怕梨花落尽成秋色’，其领头处，无一不用去声者，无他，以发调故也”。在协韵后转折处用去声，能振起后面字句；在领头处用去声，逆入而挽，便于“发调”。这样，借助声情，才能充分表达文情，并使词章结构有开有阖，变化卷舒，故此吴梅所论是深得个中三昧。

因为上、去、入三声有这样的特点，所以，他指出在某些词调的某处必须恪守某声，不能移易，才能美听。

他说：“如《齐天乐》有三处必须用去上声……又《梦芙蓉》亦有五处必须去上声……又《眉妩》亦有三处用去上声……至于《兰陵王》之多仄声字，《寿楼春》之多平声字①，又当一一遵守，不得混用上、去、入三声也。”又说：“词有必须用入之处，不得易用上、去者。”他所举例词，多为清真、白石、梦窗、玉田诸家，因这数家深通乐律，持律最严，虽斤斤于此，未免有过细之嫌，但此诸家之作，

① 据王灼《碧鸡漫志》卷四可知，《兰陵王》系北齐《兰陵王入阵曲》的遗声，此曲原用以表现激烈的战斗，音节高亢激厉，故多“厉而举”的上声，“清而远”的去声，和“直而促”的入声（此三声特点为《元和韵谱》所说），观周邦彦《兰陵王·咏柳》，可见吴梅所说的此调多“仄声字”的特点。《寿楼春》多用作悼亡，因平声字“哀而安”（见《元和韵谱》），故多用平声字，在谐婉中见低沉，掩抑低回地表达哀伤之情，观史达祖《寿楼春·寻春服感念》可知。

虽不能歌之，然在诵读之中，自觉抑扬有致，抗坠有变，极尽音律的顿挫之妙，因而吴梅所援引亦不无道理。

第三，“凡古人成作，读之格格不上口、拗涩不顺者，皆音律最妙处”。

所用拗涩不顺，指拗怒多于平和之作。作为精通乐律的词论家，吴梅深明艺术辩证法。宋词中的拗调涩体，多见于周邦彦、姜夔、吴文英三家，周、姜、吴三人都精于音乐，有足够的文学修养，他们的拗调涩体之作，都有将去声字安排在句头或句腰的特点，或尤喜押入声韵。去声字用于领头，有振起全句的“提调”作用；用于句腰，则可激起邻近字音，使音节显现抑扬抗坠之致。入声作韵，“重浊而断”，有掩抑低回或凄厉激越的声情。而这种拗怒与舒缓相间，在跌宕中求平衡的作品，自有美听、耐听的特点。吴梅以他们的作品作具体分析，所论极有心得。

早在宋代，李清照就已指出：“诗文分平侧，而歌词分五音，又分六律，又分清浊轻重。本押仄声韵，如押上声则协，如押入声，则不可歌矣。”（见《苕溪渔隐丛话》后集卷之十三）后来，虽词乐不传，但多数词论家仍一如李清照所说，主张严于守声，尤以清人为甚。

如万树曾说：“平仄固有定律矣，然平止一途，仄兼上、去、入三种，不可遇仄而以三声概填。”（《词律·发凡》）指出仄之三声不可移易。焦循进而以七音调四声来说明声字不得相讹之理，他释《词源》所举“扑”易为“守”，“深”易为“明”，歌之始协之理，曰：“‘扑’、‘深’二字，何以不协？‘守’、‘明’二字，何以协？盖‘粉’为羽音，‘蝶’为徵音，‘儿’为变徵，由外而入；若用‘扑’字羽音，突然而出，则不协矣，故用‘守’字，仍从内转接，直至‘不’字乃出为羽音。‘琐窗’二字皆商音，又用‘深’字商音，则专壹矣。故用‘明’字羽音。自商而出乃协。”（《雕菰楼词话》）更有发展至兼究阴阳清浊，辨明哑、紧、口法说。

这种严守四声之论，未免过于苛严，以致以声害文，以声害义。但是，倘如那种“拊几击缶，同声附和，如梵呗[①]，如步虚[②]，不知宫调为何物”的，又“岂足与言词哉！”（仇远：《词源疏证原跋》）吴梅承继了前人关于声律论的合理部分，辨明了四声特点，倡导“一切平仄，宜各依本调成式”，与个别词调须在某处明辨四声的守声论，注重声与情的关系，所论剀切而合理。

关于“韵”的见解

第一，词韵的作用。

---

① 梵呗：佛教作法事时赞叹歌咏之声。《楞严经》：“梵呗咏歌，自然敷奏。”南朝梁时释慧皎《高僧传》十三《经师论》：“然天竺方俗凡是歌咏法言，皆称为呗，至于此土咏经，则称为转读，歌赞则号为梵呗。”

② 步虚：即步虚词。《乐府诗集》引《乐府解题》：“步虚词，道家曲也，备言众仙缥缈轻举之美。”后引伸为道家唱曲、诵经之声。唐王建诗《赠王处士》：“道士写将行气法，家童授与步虚词。”唐张籍诗《送吴炼师归王屋》：“却到瑶坛上头宿，应闻空里步虚声。”僧道所唱，不知宫调声韵，故仇远有此说。

吴梅说："词之有韵，所以谐节奏、调起毕也。是以多取同音，弗畔宫律，吐字开闭，畛域綦严。"光四声的高低交错，尚难充分见节奏，凡诗总要协韵。沈约说："若以文章之音韵，同弦管之声曲，则美恶妍媸，不得顿相乖反"（《答陆厥书》，见《南齐书·陆厥传》）。刘勰说："异音相从谓之和，同声相应谓之韵。韵气一定，故余声易遣；和体抑扬，故遗响难契。"（《文心雕龙·声律》）沈约之说，以弦管声曲来比音韵，指出其"不得顿相乖反"，应合乎规律。刘勰则指出：每句之内要有不同调的字连用，而整篇之内要有一定的韵位安排，才能造成和谐；择韵既定，余韵相从，同韵字就易于遣用；一句之中，音要调顺，整篇之内，也要和适。这种调声之术，是不可忽略的。

作为长短句的词，是我国诗歌发展到中后期的产物，较之诗歌更善于表情。它的用韵形式，从声调角度讲，有平仄互叶、平仄转韵、平仄错叶等，从韵位角度讲，有密韵、疏韵或疏密相间等。所以，词韵在词中的作用，是为求得和谐节奏，是用以协调句子的起毕。吴梅特地指出了多取同音，分清开闭二点，并说，古代作者，是寻声按谱，严于律度的。

当然，谐节奏、调起毕仅是词韵的一种功用，至于它与词的表情达意有密切的关系这点，吴梅没有论及，则未免有遗珠之憾。

第二，指出"韵学四弊"。

他说："韵学之弊有四：浅学之士，妄选韵书，重误古人，贻误来学，其弊一也。次则蹇于牙吻，囿于偏方，虽稍窥古法，而吐咳不明，音注之间，毫厘千里，其弊二也。又有妄作之徒，不知稽古，孟浪押韵，其弊三也。才劣而口给者，操觚之际，利趁口而畏引绳，故乐就三弊，且为之张帜，其弊四也。"

他所说的这四弊，实际上是两种：一是不用标准韵书而"妄选"；二是不用韵书，或因方言而搞错韵部，或孟浪押韵，或趁口而押。自然，语音在变化，用韵应适合于实际语音，但是，因方言的错讹或随口而押都是不严谨的，而标准的韵书为押韵之准绳，所以吴梅指出的"四弊"，是基本上切中用韵之弊病，是值得注意的。

关于"音律"，吴梅从七音十二律相乘得八十四音的原理，对"宫调"作了解释，并指出各宫调各有管色、各宫调各有杀声的道理，且解释了管色即西乐中的七调，杀声即每牌隶属于一宫或一调的起声和结声。并列了四个详细的表格，排比详尽，说明清晰。这些，都可称为当时论音律之确论。

（二）创作论

吴梅关于词的创作论，约之有四点。

《指迷》"四则"为词学指南

清代自张惠言创常州词派后，词坛几为该派所牢笼，尤其是周济提出"问涂碧山，历梦窗、稼轩，以还清真之浑化”（《宋四家词选目录序论》）后，晚清词人多走“由吴希周”的道路，而其创作理论的根源，实又出于南宋沈义父，所以吴梅说：“……近半唐、强村辈，揭橥正鹄，历梦窗以达清真，实胎原于沈氏。”（《蔡嵩云乐府指迷笺释序》）

沈义父的《乐府指迷》产生于南宋后期，是数百年创作经验的总结，是宋代最具体详细的词体创作理论，与张炎的《词源》可谓交相辉映。

论词必然称宋，在吴梅看来，总结了宋代婉约派（尤其是周吴一派）创作理论的《乐府指迷》是应该被作词者奉为正则的，因而，他在《词学通论·绪论》中说：

> 沈伯时《乐府指迷》云：音律欲其协，不协，则成长短之诗；下字欲其雅，不雅，则近乎缠令之体；用字不可太露，露则直突而无深长之味；发意不可太高，高则狂怪而失柔婉之意，此四语为词学之指南，各宜深思也。

将《指迷》“四则”作为词学指南，表明了吴梅认定这是词创作的不二法门。

对此应怎样看呢?

早在北宋末，李清照就在批评晏殊、欧阳修、苏轼作词“皆句读不葺之诗尔，又往往不协音律者”，“王介甫、曾子固，文章似西汉，若作小歌词，则人必绝倒，不可读也”。在首倡音律的同时，又以高雅、浑成、典重、铺叙、故实相标榜（参看《苕溪渔隐丛话》后集卷三十三），实际上是打出了雅词的旗帜，申明了婉约派的纲领。

靖康难后，激烈的民族矛盾和统治阶级内部的主战、主和斗争，促使了爱国主义词作的创作繁荣，使词的题材形成前所未有的广阔程度，尤其是辛弃疾之作，“大声鞺鞳，小声铿鍧，横绝六合，扫空万古”（刘克庄《辛稼轩集序》），使词的思想、艺术达到前所未有的高度。

词为倚声，就要可歌，婉约派词人自不必言其主此，即以私淑稼轩的刘克庄来说，亦有“长短句当使雪儿、啭春莺辈可歌[①]，方是本色”（见《后村先生大全集》卷九七）之说。再者，“诗言志”的传统已屹立数千年，使“缘情”的词向言志抒怀方向靠拢固无不可，然而，“词之为体，要眇宜修。能言诗之所不能言，而不能尽诗之所能言。”（王国维《人间词话》）既然体式各有所胜，那么，长枪大戟和红牙拍板各有其驰骋的园地亦不足为怪了。所以，对“以诗为词”而“要非本色”的看法，亦不必视其为划江自守，划淮自困。

在李清照论词语中，一方面称道柳永“大得声称于世”，但另一面则说“虽协音律，而词语尘下”（《苕溪渔隐丛话》后集卷三十三），可见，她是以“雅”为宗

① 雪儿，李密爱姬。啭春莺，王晋卿歌姬。二人皆善歌。

尚的。其实，雅是由来已久的正统审美趣味，以“雅”衡词，当不忘“《风》《雅》之规，典则居要，《离骚》之致，深永为宗”（胡应麟《诗薮·内编卷一》）。具体说来，则是“情欲其缠绵，其失也，靡；韵欲其飘逸，其失也，轻；气欲其功宕，其失也，放”（沈祥龙《论词随笔》）。可见，“雅”既有别于淫靡、俚俗，又有别于空疏、无物，复有别于伉直、狂放。从宋人的词选本来看，曾慥《乐府雅词》始于欧阳修，终于李清照，柳永因其“靡”，苏轼因其“放”，均未入选。黄升辑《唐宋诸贤绝妙词选》和《中兴以来绝妙词选》，已改变了曾慥的标准，他并不贬抑豪放之作，苏轼和辛弃疾的入选篇数，均占前选、后选的第一、二位。宋亡后，周密的《绝妙好词》可谓真正以雅为尚，辛词仅取三首，而姜夔有十三首，吴文英多至十六首。经过这样一个曲线变化，至沈义父和周密这一时代，当民族矛盾的风暴退至地平线之时，“气和而不促，辞稳而不浇”（谢章铤语，见《赌棋山庄词话》）的雅词已取代豪放派而成为主流，且成为创作之极则。

词上不似诗，下不似曲。诗庄，词雅，曲俗，可谓这三种体式的基本风格。而词欲其雅，在“本于立意”当不忘雅正的同时，“归于用笔”时更要“下字欲其雅”，否则就会近于缠令。缠令是北宋说唱艺术的一种，语言通俗，近于后来金元之曲，倘下字不雅，带有蒜酪，则非但出辞俚鄙，体格亦卑。

曲显豁直露，诗尚含蓄，词更甚。所谓“含蓄”，当是言之未尽，有待补充引申才能足其意。“诗之境阔，词之言长”（王国维《人间词话》），“境阔”自是句少意多，有待于言外申足其意，“言长”亦非一泄无余，而是欲吐又吞，当于句外求其意旨，俾能圆足。因而，用字太露，则陷入浅俗粗疏，诵读一过，即觉句无余味，篇无遗义，少深长隽永之致，有味同嚼蜡之感。所以沈祥龙深有体会地说：“词贵意藏于内，而迷离其言以出之，令读者郁伊怆快，于言外有所感触。”（《论词随笔》）这“迷离”二字正是“不可太露”的注脚。

词既要雅正，而雅的本义是“言天下之事，形四方之风”（《诗大序》），所以立意当不能低，然而，立意与发意并不相同，立意重在“立”，发意重在“发”，在“彼”之“意”与在“此”之“言”之间的桥梁就是“发”。词起于民间，与风谣甚近，欲其雅，当就《离骚》芳草美人、虬龙鸾凤之途，学习其象征、比兴的手法，称文小而取义大，这样，就能做到文意虽高但发意却不高，不见狂怪，不失柔婉之意。即如张惠言所说：“其缘情造端，兴于微言，以相感动。极命风谣里巷男女哀乐，以道贤人君子幽约怨悱不能自言之情。”（《词选序》）

在词史上，尽管出现过苏辛及其后劲的豪放派，甚至到清代及近代尚其势不竭，但就词的作品来说，却不能不说是婉约派为主流，即以苏轼本人来说，他的婉约之作亦多于豪放。这一事实就足以说明，所谓婉约的柔婉隐约是词的“性格”特征，所以，亦不必责备词从其初起的广而深走到后来的狭而深，尤其在苏辛之后仍沿此途就是“逆流”。承认诗、词、曲的这种区别，正如同正视昆腔擅长生旦戏、弋腔擅长武打戏一样。

张惠言倡“意内言外”之说以来，清代词论家多奉为圭臬，然而，今人论词却多不以为然。其实，“意内言外”之说与词的艺术特征是紧密联系的。训诂学家段玉裁解释道：“有是意于内，因有是言于外，谓之词詈……詈与辛部之辞，其义迥别。辞（繁体字为辭）者，说也，从𤔔辛。𤔔辛犹理辜，谓文辞足以排难解纷也。然则辞谓篇章也。詈者，意内而言外，从司者。此谓摹绘物状及发声助语之文字也……司者，主也。意主于内而言发于外，故从司言。陆机《文赋》曰：‘辞呈材以效技，意司契而为匠。’此字上司下言者，内外之意也。”段玉裁如此释“词”，可谓甚足本意。张惠言释“词”，不同于文字学家的段玉裁，却是源于经学家的眼光，他一生治虞翻《易》说，有《周易虞氏义》的成书，“《易》之象，《诗》之兴也。”（章学诚《文史通义·易教下》）由于《易》中之“象”具有隐喻特点，张惠言以治《易》方法治词，发现“象”的特点通于比兴寄托，故有词“意内言外”之说。把“意内言外”联系段说的“摹绘物状”、“司言”，和张说的立足于比兴寄托，那么，对“词”的这一解释是可取的。

因为词具有与比兴寄托、象征隐喻紧密联系的特点，所以其命意虽不能低，以蹈庸陋鄙靡，但其发意却不能太高，否则易入狂怪叫嚣一路。

综上所言，《指迷》四则在今天看来，似与新中国成立以来重豪放、轻婉约的观点相悖，但揆之古人，正视全部词史，却具有很大的合理性。

吴梅对张惠言关于词的定义十分心折，《绪论》伊始，就有“词之为学，意内言外”之语，基于此，他奉《指迷》四则为词学指南就是必然的了。此外，吴梅对《指迷》所述又有发挥：

> 至用字发意，要归蕴藉，露则意不称辞，高则辞不达意，二者交讥，非词家之极轨也。

“露则意不称辞，高则辞不达意”，此话非但符合正宗的婉约原则，而且与蕴籍隽永、意义深长相关联，这一见解是基本正确的。

除遵奉“四则”以外，吴梅又为之告诫：

> 大抵空疏者作词易近于曲，博雅者填词不离于诗。浅者深之，高者下之，处于才不才之间，斯词三昧得矣。（《绪论》）

空疏者少故实而多直露之辞，作词易“流”而不“留”，故近于曲；博雅者喜用典使事，不易见“情”，因此“浅者深之，高者下之”的看法是很有道理的。郑文焯亦说过：“务为典博，则苦质多；多着才语，又近昌狂。”（《论词书》）出语虽异，所见略同。

总之，吴梅将《指迷》四则奉为作词指南，虽缺少新看法，但作为婉约派（尤其是周吴一派）词的基本创作原则，却是抓住了纲的。

立意与达意

吴梅虽将《指迷》四则奉为作词指南，但对沈义父所论，并非全部首肯。沈说："如咏物，须时时提调。觉不分晓，须用一两件事印证方可。"吴梅对其不言寄托是不满的，他说："案伯时之说，仅就运曲言之，尚非赋物之极则，且其弊必至探索隐僻，满纸谰言，岂词家之正法哉？惟有寄托，则词无泛设，而作者之意，自见诸言外，朝市身世之荣枯，且于是乎觇之焉。"（《绪论》）

因沈义父所谈只是技法，不言寄托，所以，"非赋物之极则"，吴梅认为，有寄托后，词就不是流于一般的泛泛之辞，而作者所要表达的意思，从言外可以得知。吴梅认为"赋物"的极则是寄托：

> 咏物之作，最要在寄托。所谓寄托者，盖借物言志，以抒其忠爱绸缪之旨，三百篇之比兴，《离骚》之香草美人，皆此意也。（《绪论》）

所谓"寄托"，就是不要流于空泛的咏物，而要有社会内容，"借物言志，以抒其忠爱绸缪之旨"，所以，咏物之作中，"物"（此）是传情言志（彼）的中介。

谢章铤说："宋人咏物，高者摹神，次者赋形，而题中有寄托，题外有感慨，虽词实无愧于六义焉。"（《赌棋山庄词话》）将词之有寄托感慨视之与诗之六义同尊。

立意有寄托固然可提高词的意格，但由于"其寄托在可言不可言之间，其指归在可解不可解之会，言在此而意在彼"（叶燮《原诗》）。因此，在"立意"之后还有一个如何"达意"的问题。吴梅对"达意"是这样理解的：

> 意之曲者词贵直，事之顺者语宜逆，此诗家一定之理。千古佳词，要在使人可解。尝有意极精深，词涉隐晦，翻绎数过，而不得其意之所在者。此等词在作者固有深意，然不能日叩玄亭，问此盈篇奇字也。（《绪论》）

作者固应有深意，但在读者应是可探可测可解，因而不能"意极精深，词涉隐晦"。那么，怎样才能达意呢？那就是"意之曲者词贵直，事之顺者语宜逆"。

"意之曲者词贵直，事之顺者语宜逆"二语极是精到，且又体现出辩证思想。而吴梅所服膺的实例，则是王沂孙的《齐天乐·蝉》，他用端木埰之说，对此作了分析。端木所说，虽有割裂整体形象、字比句附之弊，但其寄托之意却是完全可以求索的。如"一襟余恨宫魂断"，使"齐王后怨王而死，尸变为蝉"（见《古今注》）之事，既寓有朝廷覆亡之哀，又可使人联想到南宋后妃陵墓被发、尸骨被弃之惨，因而这首句之使事，确有"事之顺者语宜逆"的特点。次句"年年翠阴庭树"，则言魂魄所化之蝉栖于翠阴庭树，但"乍咽凉柯，还移暗叶，重把离愁深诉”。无论是呜咽于寒冷的枝柯，还是潜身于浓阴的树叶，都余恨难已，离愁不断，虽不必是“慨播迁”，但发陵弃尸，魂无安所之意却是可见的。由此，又可见其“意之曲者词贵直”。为省篇幅，以下分析略而不谈了。

沈祥龙说：“咏物之作，在借物以寓性情。凡身世之感，君国之忧，隐然蕴于其内，斯寄托遥深，非沾沾焉咏一物矣。”（《论词随笔》）这“非沾沾焉咏一物”就是谢章铤所说的“高者摹神，次者赋形”以外的“题中有寄托，题外有感慨”。但是，诚如况周颐所说，咏物“未易言佳”，而“先勿涉呆”，这“呆”，就是：“一呆典故，二呆寄托，三呆刻画、呆衬托。”（《蕙风词话》卷五）而“三呆”之说，倘专言有寄托之咏物词，实是“二呆”：呆典故和呆刻画、呆衬托。要救此“二呆”，吴梅所倡的“事之顺者语宜逆，意之曲者词贵直”可谓一剂良药，因而，对此可作充分肯定。

择调与作法

内容决定形式，这是吴梅论择调的一个原则。

他说：

> 凡题意宽大，宜抒写胸襟者，当用长调，而长调中就以苏辛雄放之作为宜；若题意纤仄，模山范水者，当用小令或中调。

文情顾及声情，这是择调的又一原则：

> 惟境有悲欢，词有哀乐。大抵商调、南吕诸词，皆近悲怨①；正宫、高宫之词，皆宜雄大②；越调冷隽③，小石风流④，各视题旨之若何，以为择调张本。

他还指出，择调不能从词调名望文生义：

> 若送别用《南浦》，祝嘏用《寿楼春》，皆毫厘千里之谬。

吴梅论择调的这两个原则是正确的。

词虽是以“缘情”为主流，但并不乏抒写胸襟之作。咏怀言志，难得数言可

---

① 元周德清《中原音韵》：“大凡声音各应于律吕，分于六宫十一调……商调凄怆怨慕。”“南吕宫感叹伤悲。”故曰“商调、南吕诸词，皆近悲怨”。

② 《中原音韵》称：“正宫惆怅雄壮。”又：宫调中有“高宫”之名，接近于“雄大”的，除正宫外，还有双调的“健栖（捷）激袅”。

③ 《中原音韵》称：“越调陶写冷笑。”

④ 《中原音韵》称：“小石旖旎妩媚。”

尽，用长调来写，有驰骋回旋余地。而以长调抒怀，当学苏辛，“东坡词颇似老杜诗，以其无意不可入，无事不可言也”（刘熙载《艺概》）。“稼轩率多抚时感事之作，磊落英多，绝不作妮子态。”（毛晋《稼轩词跋》）因而“以苏辛雄放之作为宜”是不必多论的。模山范水之作，胎原六朝陶、鲍、二谢和唐代王、孟、韦、柳，原以清丽含蓄见长，当然以小令、中调为宜。

关于宫调各有声情之说，周德清在《中原音韵》中早有道及。后来虽徒有其名，但亦可从分隶各宫各调的词调结合具体作品，揣摩体会出不同的声情。

吴梅论词的作法，分列结构、字义、句法、结声字、杂述五项，分析示例详明齐备，此处，择其要者略作评述。

关于小令作法，他说：

> 短令宜蕴藉含蓄，令人得言外之意，方为合格。如李后主词，“别有一般滋味在心头”①，不说出苦字；温飞卿“杨柳又如丝，驿桥春雨时”②，不说出别字，皆小令作法。

关于长调作法，他说：

> 长调则布置须周密，有先将题面说过，至下叠方发议论者：如王介甫《桂枝香》（金陵怀古）。有直赋一物，寄寓感喟者，如东坡《水龙吟》（杨花）。而凭高念旧，枨触无端；又复用意明晰，措词娴雅者，莫如草窗《长亭怨》怀旧词……此等词结构布局，最是匀称，可以为法。

其实，“别有一般滋味在心头”，是不直言；“杨柳又如丝，驿桥春雨时”，是藉景现情。归根结底，其风格在于蕴藉含蓄，其途径在于从言外求言内意。贺裳说：“凡写迷离之况者，止须述景。如‘小窗斜日到芭蕉’，‘半床斜月疏钟后’，不言愁而愁自见。”（《皱水轩词筌》）亦是借景见情，此语自可为吴梅所言进一步作注。

至于吴梅所说长调作法，亦甚得其旨。他谈了三种类型：先还足题面，然后发议论者；在赋物中寄寓感喟者；登临感慨，深有枨触而又用意娴雅者。并分别以王安石《桂枝香》、苏轼《水龙吟》、周密《长亭怨》为典范。

我们知道，王安石作词虽受李清照讥评，但据知者云：“金陵怀古，诸公寄调《桂枝香》者三十余家，惟王介甫为绝唱”，甚至连苏轼都有“此老乃野狐精”之叹（见杨湜《景定建康志》引《古今词话》）。此词先景后情，立意既高，感慨复深，描述风景兼备形神，吴梅以其为怀古之作的典范，可谓具眼。苏轼《水龙吟》是著

---

① 出于李煜《乌夜啼》（无言独上西楼），为此词语句，一般作：“别是一般滋味在心头”。

② 出于温庭筠《菩萨蛮》（宝函钿雀金鸂鶒）。

名的咏物之作，全篇“似花还似非花”，不惟摹形写神，而且在不即不离之中，“幽怨缠绵，直是言情，非复赋物”（沈谦《填词杂说》），可谓咏物词的无上乘之作，吴梅以之为咏物词典范，亦非偶然。周密《长亭怨》既凭高念旧，枨触无端，但又用意娴雅，不是慷慨发越，亦可让后人步武。

关于小令、中长调作法，前人所论颇多，吴梅所说，言简意赅，并示人以从入之径，是颇能抓住关键的。

他还引用了吴衡照《莲子居词话》所说的“词患堆积，堆积近缛，缛则伤意。词患雕琢，雕琢近涩，涩则伤气”，指出了写词患堆积、忌雕琢的戒律，无疑是有益于作词者，此外，词以言情为主，他仍引吴衡照语：“言情以雅为宗，语艳则意尚巧，意亵则语贵曲”，可谓为作词者昭示言情之正途。词中不乏咏物之作，他说“咏物词须别有寄托，不可直赋，自诉飘零……纵工摹绘，已落言诠……夸多竞富，味同嚼蜡……顾奈何以侔色揣声为能事乎？”可谓总结了咏物极则。这些都是不可忽视的。

从追琢求自然

关于词的语言，吴梅取彭孙遹之见，即从追琢中求自然。也就是既要炼字，又要自然；使事用典要取新僻者，去其陈旧者；用古人语，取清隽者，去平实者；用古人字，取轻丽者，去浅俗者。

追琢中求自然，既区别于曲的本色，又不伤于雕琢；用新僻之典，避免了语言的相因蹈袭；取古人用语用字中清隽轻丽，而去其平实浅俗者，符合词的质地轻灵、语言媚雅的特点，因而这些意见都较可取。

李渔曾说：“词之最忌者：有道学气，有书本气，有炎禅和子气。”（《窥词管见》）因为这“三气”都不合于词的特征。早在宋代，张先就说：“词中一个生僻字用不得，须是深加锻炼，字字敲打得响，歌诵妥溜，方为本色语。如贺方回、吴梦窗皆善于炼字面，多于温庭筠、李长吉诗中来。”（《词源》）沈义父《乐府指迷》亦有相同之见：“要求字面，当看温飞卿、李长吉、李商隐及唐人诸家诗句中字面好而不俗者，采摘用之。”实质上都体现了从追琢中求自然的特点。

吴梅还指出晚清词的缺点，即“近人好用僻典，颇觉晦涩”。此语真可谓切中时弊，因为晚清词多学吴文英，未得其正则，却正学其弊病。因而吴梅在另一文中指出：“近世学梦窗者，几半天下，往往未撷精华，先蹈晦涩。”（《蔡嵩云乐府指迷笺释叙》）为此，他在《通论·作法》中强调：

> 学稼轩，要于豪迈中见精致，学梦窗，要于缜密中求清空。

固然，此言虽不专指词的语言风格，但与语言亦有关系。吴梅此论，从立意、遣辞二端都可理解，既循常州派之径，又纠粗疏、晦涩之弊，实为公允之论。

（三）词史论

《词学通论》六至九章是八代词评。在这四章的每一章的开头部分，吴梅多能就社会政治、文艺发展嬗递、科举状况、学术思想、民俗喜好等方面去探讨并阐明各代词学兴衰变化的内外原因，表达了自己的词史观。

论词的起源

吴梅论词，一仍“一代之文，每与一代之乐相表里”之说，回顾了词产生以前的历史是从诗与乐合到诗与乐分的历史，而词之产生，回到“倚声”之途，复合于乐，表明了独到而简洁的见解。

他先言词以前的诗乐关系史：

> 诗莫古于三百篇，皆可以合乐。周衰，诗亡，乐废。屈宋代兴，虽《九歌》侑乐，而已与诗异途矣。经秦之乱，古乐胥亡。汉武立乐府，作《郊祀》十九章，《铙歌》二十二章。历魏晋六朝，皆仍其节奏（其名历代不同，其歌法仍袭旧），于是诗与乐分矣。自魏武借乐府以写时事，《薤露歌》、《蒿里行》皆为董卓之乱而作，与原义不同。陈思王植作《鞞舞新歌》五章，谓古曲谬误至多，异代之文，不必相袭，爰依前曲，别作新歌。此说一开，后人乃有依乐府之题，而直抒胸臆者，于是乐府之真又失矣。（《词学通论·概论一·唐五代》，以下仅注章节名）

尽管吴梅未能论述到诗经、乐府皆是先有诗、后有乐，但他就诗、骚、乐府这三个阶段中所论诗、乐关系，即：诗经阶段诗与乐合，楚辞阶段诗与乐异途，乐府后期诗与乐分，及曹氏父子开了借乐府名直抒胸臆之风后失去乐府之本义，却是很有识见的。

接着，他就两晋以下，文士作诗不专取古乐府名，而向民间歌谣学习，使之在句式上成为长短句，在音乐上亦有定格，遂成词之源头，谈了自己的看法：

> 两晋以下，诸家所作，不尽仿古。一时君臣，尤喜别翻新调，而民间哀乐缠绵之情，托诸长谣短咏以自见者，亦往往而有。如东晋无名氏作《女儿子》、《休洗红》二曲，梁武帝之《江南弄》，沈约之《六忆诗》，其字句音节，率有定格，此即词之滥觞矣。（《词学通论》）

他进而概括道：

> 盖诗亡而乐府兴，乐府亡而词作。变迁递接，皆出自然也。（《词学通论》）

应该说，从文乐互为表里的原理看，这一说法是对的。从声、文结合的角度言，词滥觞于六朝亦有其合理性。

以前的词论家，论词之源，约有四说，即：源于《诗经》，源于乐府，源于六朝，源于唐代近体。

主源于《诗经》说的，如丁澎《药园闲话》从诗经中摘取三、五言句，二、四言句，六、七言句，和叠句体、换韵体、换头体，与之同词的形式比附，并说："凡此烦促相宜，短长互用，以启后人协律之原，岂非三百篇实祖祢哉?"

主源于乐府说的，如王灼《碧鸡漫志》："古歌变为古乐府，古乐府变为今曲子，其本一也。"

主源于六朝的，如王世贞《艺苑卮言》："词者，乐府之变也……盖六朝诸君臣颂洒赓色，务裁艳语，默启词端，实为滥觞之始。"

主源于唐代近代诗的，如宋翔风《乐府余论》："谓之诗余者，以词起于唐人绝句。"

虽所论甚多，然而，却多未得其要。"古者诗与乐合，而后世诗与乐分；古人缘诗而作乐，后人倚调以填词。"（方成培《香研居词麈》）论词之起于何时，当首先把住文与乐的关系，吴梅正是着眼于此，指出六朝长短句之作"其字句音节，率有定格"，以致成"倚调以填词"之始，是较之仅着眼长短句的体式高明多了。

今人论词的起源，虽多主出于唐代近体诗（如陆侃如、冯沅君的《中国诗史》有详明的论证，且人多从之），但吴梅认为词的"声"之源头是两晋以下的长谣短叹，而《女儿子》等四作，声、义齐备，且又以文从声，因而如果定词的概念着眼于文、声结合，且又主文，那么，视六朝为词的源头亦未尝不可①。另有一点，吴梅虽未言及，但亦可作为"词源于六朝"之佐证的，则是世运风俗。除前引王世贞所说"六朝诸君臣颂洒赓色，务裁艳语，默启词端"以外，沈雄《古今词话》复指出："六朝风华靡靡之语，后来词家之所本也。"这种"风华靡靡"的"艳语"，确实是"默启词端"。且不管词究竟始于何时，但始盛于唐末却是公认的事实。唐末之世，国力衰微，渐见黄昏，上好烦声，下习游荡，其世俗风尚，极近齐梁。可以说，齐、梁、陈、隋之世正是词应运而生之时。因而，吴梅所说的"诗亡而乐府兴，乐府亡而词作，变迁递接，皆出自然"，是有很大合理性的。

论各代兴衰

吴梅虽以词滥觞于六朝，但又从多数论者所说，以为始于唐代，且赞同张惠言以李白列为首位的看法。他并说：

---

① 但据任半塘（中敏）先生的观点，词曲发展的三个阶段应是"曲——词——曲"，曲应是词之源、词之母。他批评了"唐词意识"，认为这一派"把唐五代曲子死死地套进词的彀中来，以巩固词的领导权，让词做长臂猿，自北宋向上伸，越过三四百年，一直伸进六朝乐府去抓源"。其根据是：作为歌词，词应是主声的。可参看《关于唐曲子问题商榷》，载《文学遗产》1980 年第 2 期。

大抵初唐诸作，不过破五七言诗为之。中盛以后，词式始定。迨温庭筠出，而体格大备。（《唐人词略》）

论述虽简，却是符合词史实际的。

我们知道文乐互为表里这一原理，在唐代，绝句与音乐关系最近，乐调中声多辞少的那部分，渐变为词。诚如沈括《梦溪笔谈》所说："古乐府皆有声有词，连属书之，如曰'贺贺贺'、'何何何'之类，皆和声也……唐人乃以词填入曲中，不复用和声。"朱熹《语类》也说："古乐府只是诗中间添却许多泛声，后来人怕失了那泛声，逐一添个实字，遂成长短句。"刘毓盘《词史》就认为唐玄宗的《好时光》二首五绝，加上散声（偏、莲、张敞、个）成了长短句："宝髻偏宜宫样，莲脸嫩体红香。眉黛不须张敞画，天教入鬓长。　莫倚倾国貌，嫁取个有情郎。彼此当年少，莫负好时光。"由此可见，吴梅所说"大抵初唐诸作，不过破五七言诗为之"的说法是对的（声少辞多的乐调，亦用减字来适应，成为长短句，原理相同，此处略）。

安史之乱给唐朝的社会、经济带来很大破坏，但至贞元、元和时，逐渐恢复，城市经济甚至相当繁华，对娱乐的要求促进了歌词的发展，张志和、韦应物、刘禹锡、白居易都学习民歌以写词，以致"中盛以后，词式始定"。晚唐时，上下均好声伎，《全唐诗话》称宣宗好唱《菩萨蛮》，令狐绹假温庭筠撰词以进，可见风尚之一斑。温庭筠以颖悟之才，艳丽之思，却因"薄于行，无检幅"而数举进士不第，遂流连声伎，纵情酒色，以寄抑郁之情，成为第一个专业词人，"迨温庭筠出，而体格大备"之说，是完全符合词史实际的。这也正是陆游所说的："盖天宝以后，诗人常恨文不逮，大中以后，诗衰而倚声作。"（《花间集跋》）

吴梅论五代十国词说道："夫五代之际，政令文物，殊无足观。惟兹长短之言，实为古今之冠。"而其原因是"其时君唱于上，臣和于下，极声色之供奉，蔚文章之大观，风会所趋，朝野一致。"（《五代十国人词略》）就对词的发展来讲，确实道出了主要的原因。

对宋、金、元、明、清的评论，吴梅更不乏简洁准确的断语。

吴梅论述北宋词，说道：

论词至赵宋，可云家怀隋珠，人抱和璧，盛极难继者矣。然合两宋计之，其源流递嬗，可得而言焉。

大抵开国之初，沿五季之旧，才力所诣，组织较工。晏欧为一大宗，二主一冯，实资取法，顾未能脱其范围也。汴京繁庶，竞赌新声，柳永失意无憀，专事绮语；张先流连歌酒，不乏艳辞。惟托体之高，柳不如张，盖子野为古今一大转移也……迨苏轼则得其大，贺铸则取其精，秦观则极其秀，邦彦则集其成。（《两宋》）

依吴梅所论，北宋词实为三个阶段。第一阶段为晏、欧，第二阶段为柳、张，第三阶段为苏、贺、秦、周。

晏、欧、柳、张实是同时代人，而吴梅以之分成两阶段，是很有见地的。

晏殊少年出仕，历任高职，欧阳修虽几度被贬，但一生仍多为高官。晏殊之作，多未出台阁亭园，欧阳修虽有田园自然、儿女风情之作，但二人所作可谓题材均偏于狭窄。人评晏作“风流蕴藉”、“温润秀洁”（王灼《碧鸡漫志》）。“去五代未远，馨烈所扇，得之最先，故左宫右徵，和婉而明丽”（冯煦《六十一家词选例言》），揆之五代，“亦不减延巳乐府”（刘攽《贡父诗话》）。而欧阳修，亦有“无愧唐人《花间集》”（罗大经《鹤林玉露》）之评。而且二人虽为词作重镇，但所作仍在小令为多。故此吴梅所云“沿五季之旧，才力所诣，组织较工”，“体段虽具，声色未开”。以之为第一阶段的代表，是完全正确的。

此时的汴京，“太平日久，人物繁阜，垂髫之童，但习鼓舞，斑白之老，不识干戈。时节相次，各有观赏。灯宵月夜，雪际花时，乞巧登高，教池游苑，举目则青楼画阁，绣户珠帘……新声巧笑于柳陌花衢，按管调弦于茶坊酒肆。”（孟元老《东京梦华录序》）这就是吴梅所说的“汴京繁庶，竞赌新声”，柳永留连坊曲，“忍把浮名，换了浅斟低唱”，但一生坎坷，故在纵情酒色之外，又以羁旅之愁和行役之苦入词，多用俗语，善于铺叙，大大发展了慢词体式。而张先之作，亦突破南唐范围，导周邦彦之先。所以吴梅以柳永、张先为第二阶段亦为具眼。苏轼“以文章余事作诗，溢而作词曲，高处出神入天，平处尚临镜笑春，不顾侪辈”。“指出向上一路，新天下耳目”（王灼《碧鸡漫志》），集豪放、婉约于一身。贺铸词“善于炼字面”（张炎语），“长调便有美成意，殊胜晏、张”（《词洁》）。秦观词“清丽中不断意脉，咀嚼无滓，久而知味”（张炎《词源》）。“如红梅作花，能以韵胜”（《词林纪事》引楼敬思语）。周邦彦“思力独绝千古，如颜平原书，虽未臻两晋，而唐初之法，至此大备。后有作者，莫能出其范围”（周济《介存斋论词杂著》）。“词中老杜，非先生不可”（王国维《清真先生遗事》）。吴梅从北宋词人中，特地拈出这四家，曰：“苏轼则得其大，贺铸则取其精，秦观则极其秀，邦彦则集其成。”以之作为第三阶段的代表，亦自有道理。

至于南宋词，吴梅未对其发展阶段、风格流派作总的论述，但却指出南宋词的一个主要特点：

> 南渡以还，作者愈盛，而抚时感事，动有微言。稼轩之“烟柳斜阳”幸免种豆之祸①，玉田之“贞芳清影”，独余故国之思。至若碧山咏物，梅溪题情，

---

① 罗大经《鹤林玉露》卷一：“辛幼安《晚春》词云：（略）。词意殊怨，斜阳烟柳之句，其与‘未须愁日暮，天际乍轻阴’者异矣。使在汉、唐时，宁不贾种豆、种桃之祸哉？愚闻寿皇见此调颇不悦，然终不加罪，可谓盛德也已。”

梦窗之“丰乐楼头”，草窗之“禁烟湖上”。词翰所寄，并有微意，又岂常人所易及哉。（《两宋》）

正是由于北方沦陷，南渡宴安，朝歌暮嬉，酣玩岁月，所以词人们尽管有风格之别，襟怀抱负不同，但“抚时感事，动有微言”则是相同的，这也是南宋词思想和艺术的特色和价值。吴梅能注目于此，亦表明了他的识力。

南宋覆亡以后，词进入衰落期，而这种衰落，实始于与南宋并存的金政权。金在灭辽、北宋之后，在文化上颇有发展，统治者搜罗辽、宋文人，金主亮本人亦爱写词，前后也出现过吴激、蔡松年、党怀英、元好问等词人。但是，由于诸宫调流行，故事性之强，音乐的变化，都较宋的官本杂剧为优，至于词，则更难自振。此外，由于夹在宋、元之间，金朝难以有可与宋词、元曲抗衡的独特文体，则更是金词之衰了。因而吴梅论道：

完颜一朝，立国浅陋……一时文物，亦未谓无人。惟前为宋所掩，后为元所压，遂使豪俊无闻，学术未显……至论词学，北方较衰。杂剧、㨃弹盛行，而雅词几废，间有操翰倚声，亦目为习诗余技，远非两宋可比也。（《金人词略》）

取代宋朝“一代之文学”的地位的是“元之曲”，除风会之变以外，吴梅指出了一个不可忽略的重要原因，那就是词乐失传。词在失去作为“倚声”的地位之后，必然被可歌的元曲所取代了。他说：

元人以北词登场，而歌词之法遂废。其时作者，如许鲁斋之《满江红》，张弘范之《临江仙》，不过余技及之，非专家之业。即如刘太保之《干荷叶》，冯子振之《鹦鹉曲》①，亦为北词小令，非真两宋人之词也。盖入元以来，词曲混而为一。（《元人词略》）

这种“词曲混而为一”的情况，使“词之谱法，存者无多，且有词名仍旧，而歌法全非者。”（《元人词略》）这样，词衰于元可谓是势之必然了。

尤其值得一提的是，吴梅对明词“中衰”和清词“中兴”的分析阐述很有特色。

明代随着城市经济的繁荣，享乐之风渐盛，淫逸堕落的社会风气，直接影响着文艺，词莫能其外。马洪以《花影集》名满东南，其实是“陈言秽语，俗气熏入骨

① 刘太保即刘秉忠，所作以《干荷叶》著名，此调原是以“干荷叶”起兴的民间小曲，刘秉忠借作抒发感慨。《鹦鹉曲》以白贲（无咎）所作著名，冯子振以白作无续之者。自己共作四十二首，均为即景抒怀之作。

髓”（朱彝尊《词综·发凡》）。宋代以雅为尚的词集，如曾慥《乐府雅词》、周密《绝妙好词》，此时均不传，“惟《花间》、《草堂》诸集盛行”（王昶《明词综序》）。我们知道，《花间》多写享乐冶游，《草堂诗余》以春景、夏景、天文、地理等排列，宗法“花”、“草”，必难言词品。因而吴梅指出：

> 于是才士模情，辄寄言于闺阁；艺苑定论，亦揭橥于香奁。托体不尊，难言大雅，其蔽一也。（《明人词略》）

明代以八股取士，此道之兴，使“有明二百七十年，镂心刻骨于八股。可与楚骚、汉赋、唐诗、宋词、元曲并立于门户”（焦循《易余籥录》）。文士不明词律，“周白川、夏公瑾诸老，间有硬语，杨用修、王元美则强作解事，均与乐章未谐”（朱彝尊《词综·发凡》）。而且，又仅以词作赠答、献谀、酬应之用。吴梅正确地论道：

> 明人科第，视若登瀛……声律之学，大率扣槃。迨夫通籍以还，稍事研讨，而艺非素习，等诸面墙。花鸟托其精神，赠答不出台阁。庚寅揽揆，或献以谀词；俳优登场，亦宠以华藻。连章累篇，不外酬应，其蔽二也。（《明人词略》）

明朝中叶，以王守仁为代表的主观唯心主义“王学”流行，反对明初的程朱学派。其后，王学左派已越出“致良知”这一唯心主义新的理论根据，尤其是李贽，公然反传统束缚，反封建礼教。哲学盛行之后，对词更不愿探索。吴梅又指出：

> 又自中叶，王李之学盛行……谀闻下士，狂易成风，守升庵《词品》一编，读弇州《卮言》半册，未悉正变，动肆诋諆，学寿陵邯郸之步，拾温韦牙后之慧……句摭字捃，神明不属，其蔽三也。（《明人词略》）

尤其是明代由于戏曲盛行，词自然衰落，正是：“南北九宫既盛，而绮袖红牙不复按度，其用既少，作者自稀。”（陈子龙《幽兰草词序》）因而，吴衡照就说：“论词，于明并不逮金、元，遑言两宋哉。盖明词无专门名家，一二才人，如杨用修、王元美、汤义仍辈，皆以传奇手为之，宜乎词之不振也。”（《莲子居词话》）为此，吴梅进而论道：

> 况南词歌讴，遍于海内；白苎新奏，盛推昆山①；宁庵吴歈，蚤传白下②。一时才士，竞尚侧艳……以优孟缠达之言，作乐府风雅之什……好行小慧，无

---

① 梁辰鱼作有散曲集《江东白苎》，又创作了以昆腔演唱的《浣纱记》，对昆腔的发展与传播很有影响。

② 沈璟号宁庵。吴歈，吴地的歌曲，此指昆曲。白下，今江苏省南京市。

当雅言，其蔽四也。（《明人词略》）

应该说，吴梅以“四蔽”论明词之衰，是极中肯綮的。在评陈子龙时，他又指出：“制举盛而风雅衰，理学炽而词意熄”，特别从科举的社会原因，和理学盛行影响词的形象思维二端，指出明词衰落的根本原因在于文艺之外，亦是确论。

清朝号称词的中兴期，无论是词人、作品之多，研究著作之广，都远过前代。对此，吴梅未注力于原因的探讨，而是循清代词史的轨迹，描述了发展轮廓，总结为“四时”：

> 清初辇毂诸公，尊前酒边，借长短句以吐胸中之气。始而微有寄托，久则务为谐畅。而吴越操觚家，闻风竞起，选者作者，妍媸糅杂。渔洋数载广陵，实为此道总持。迨纳兰容若，才华门第直欲牢笼一世，享年不永，同声悲惋，此一时也。竹垞以出类之才，平生宗尚，独在乐笑，《江湖载酒》，尽扫陈言，而一时裙屐，亦知趋武姜、张。叫嚣奔放之风，变而为敦厚温柔之致……而东坡词诗，稼轩词论，肮脏激扬之调，遂为世所诟病，此一时也……武进张氏，别具论古之怀，大汰言情之作。词非寄托不入，皋文已揭橥于前；言非宛转不工，予远又联骖于后……又有介存周子，接武毗陵……其壮气毅力，有非同时哲匠可并者，此一时也……《水云》一卷，颇多伤乱之语。以南宋之规模，写江东之兵革……复堂雅制，品骨高骞……《箧中词》品题所及，亦具巨眼。开此兴之端，结浙中之局……此又一时也。（《清人词略》）

除“四时”之外，关于清末，吴梅又有如下之评：

> 幼霞之与小坡，南北不相谋也……一代才彦，迥出朱明之上。迨及季世，彊村、夔笙，并称瑜亮。（《清人词略》）

吴梅对清词流派的兴衰及重要词人的贡献，确可谓论述精当。下面，试以浙西派、常州派简论之。

朱彝尊创浙西派，以尊南宋、尚醇雅、崇姜张，上纠明词的粗滥庸陋，下正陈其年的豪放伉直（他在《陈纬云〈红盐词〉序》中虽赞陈其年“诗余妙绝天下”，但词风与之大相径庭）。总的说来，无论是朱彝尊，还是厉鹗，浙派的旗帜实是“醇雅”二字。因而吴梅所说的“叫嚣奔放之风，变而为敦厚温柔之致”，“东坡词诗，稼轩词论，肮脏激扬之调，遂为世所诟病”，是对浙派笼罩词坛后词风变化的正确总结。

浙派虽以雅正清空相标榜，但其末流挹流忘源，难求意格，以涂泽掩其浮浅，以雕琢饰其空疏，张惠言起而“崇比兴，匡正变，而后倚声者人知尊体”（张尔田

《彊村遗书序》），创立常州词派。常派以“寄托”论词，周济更倡“非寄托不入，专寄托不出”，编《宋四家词选》，示以“问涂碧山，历梦窗、稼轩，以还清真之浑化”。常派自此主盟词坛，流风余烈，延至近代。吴梅称之“壮气毅力，有非同时哲匠可并者”，并以之为“一时”，是符合实际的。

（四）作家作品论

《词学通论》共论列八代词人一百三十九家，作家作品论是此书重心所在。吴梅对其中的重要词人，多举其代表作，结合历代论家之见，综合而言，或在取舍中另出所见，表明了自己的见解。

评词确立三标准

吴梅在评论作家、作品时，以风骚、沉郁、比兴为标准。

言词探义，接祖风骚，可谓浙、常二派皆同。

朱彝尊说：“善言词者，假闺房儿女之言，通之于《离骚》、变雅之义，此尤不得志于时者所宜寄情焉耳……”（《陈纬云〈红盐词〉序》）张惠言推尊词体，明确论道：“盖《诗》之比兴，变风之义，骚人之歌，则近之矣。”（《词选序》）二人都强调词之寓意，要以《诗经》的比兴，《离骚》的“香草美人”来表达忠爱之旨和讽诵美刺作用。到清末同治、光绪年间的陈廷焯，在国势日下之时，论词更是屡言“风”、“骚”。其《白雨斋词话·自序》云：“而要皆发源于《风》、《雅》，推本于《骚》、《辩》，故其情长，其味永，其为言也哀以思，其感人也深以婉。”清人论词，虽门户有别，但“风”、“骚”一脉，可谓薪火长存。其实质在于对词的内容、立意的重视。

吴梅评词，常以“风骚”相揆、相论。如评温庭筠，称“其词全祖风骚，不仅在瑰丽见长。”评论秦观被放后所作，姜夔、张炎、王沂孙的咏物篇什，亦分别有“恋恋故国，不胜热中”，“发二帝之幽愤，伤在位之无人”，“别具忠爱之旨”，“小雅怨悱不乱之旨，诸词有焉”诸评。

论明词，独称陈子龙，原因在于“其能上接风骚，得倚声之正则”。论清词，指出了张惠言《水调歌头》五章“热肠郁思，全自风骚中来”。蒋春霖“独以风雅为宗，盖托体更较皋文、保绪高雅矣”。以“风骚”标准评词，所重在内容、立意，固是其长，但因受制于“中道”，为“诗教”延伸之一脉，不以极致为高，必贬抑真情发露之作。吴梅以之评词，断辛弃疾某些淋漓慷慨之作为“剑拔弩张”，亦可见不足。

“沉郁”之说，在锺嵘《诗品序》中已见，杜甫《进雕赋表》自评“沉郁顿挫”四字，更为人所熟知。以“沉郁”广泛运用于评词，应推陈廷焯。《白雨斋词话》卷一云：“作词之法，首贵沉郁”，甚至说：“若词则舍沉郁之外，更无以为词。”陈氏所言“沉郁”，远过于风格范畴。除“风骚”是其思想内容的“根柢”外，又以深情、含蓄、寄托为特征，是从内容到艺术、风格的全面要求。

吴梅评词，亦常以“沉郁”相衡。如谓周邦彦“自有词人以来，为万世不祧之宗祖。究其实亦不外沉郁顿挫四字而已”。在评辛弃疾时，从反面论证、对照：“余谓学稼轩词，须多读书，不用书卷，徒事叫嚣，便是蒋心余、郑板桥，去沉郁二字远矣。”论姜夔时说：“盖词中感喟，只可用比兴体，即比兴中亦须含蓄不露，斯为沉郁。”论张炎词，亦有“沉郁以清超出之”语。评清人如王士祯：“渔洋小令，能以风韵胜，仍是做七绝惯技耳，然自是大雅，但少沉郁顿挫之致。”评顾贞观：“惟不悟沉郁之致，终非上乘。”吴梅所说的“沉郁”，主要是指含蓄，并辅以深厚，强调“辞”如何“达”，而非“立”与“达”并重。如评王士祯时所说：“词固以含蓄为主，惟能含蓄，而不能深厚，亦是无益。”故其内涵不及陈廷焯所说者广，系偏重在风格、技巧。

“比兴”作为《诗经》“六义”之二，在我国文学批评史上有不同寻常的地位，历代从经学家到诗论家均诠释不已。论词倡比兴寄托是常州词派的一贯主张，张惠言从汉人虞翻治“易”方法，其比兴之说实是将文学作品中意蕴丰富而生动的形象，纳入“触类条鬯，各有所归”（《词选序》）的比附中。周济由比兴而寄托，其寄托说见于《介存斋论词杂著》和《宋四家词选目录序论》，前著云“初学词求有寄托”，“既成格调求无寄托”，后者曰“非寄托不入，专寄托不出”。以周济所见，寄托之“入”，一要感情，二要观察、体验细，三要酝酿久；寄托之“出”，一是将感情化为平淡浅近的文字形象，使托意自然含于其中，二是读者会因这样的作品受到强烈感染，同作者产生共鸣。周济所论抹去了张惠言的经学色彩，接触到形象思维规律，道出了意境创造过程，也涉及创作的感情动力和鉴赏的心理机制等重要文学原理，较张惠言有很大发展。但是，周济所说、所评有两大缺陷：一是评价作品常袭张说，二是长于立论而短于实践。

吴梅对张、周所论并不怎么首肯。他在《读近人词集》一诗中写道：

> 皋文尊词体，上欲追国风。介存重寄托，所作信益工。抑知才士笔，直与造化通。登临多感喟，安在讽谏中？一一求故实，谁测前人胸！毅然树别论，无怪潘四农。

“一一求故实，谁测前人胸”，这就是指出了寄托说的弊病。潘德舆《与叶生书》对张氏亦颇多不满之论，吴梅赞之为“毅然树别论”，可见对潘说的赞同。他甚至直接指出周济的词“亦有寄旨，惟能入而不能出耳。如《夜飞鹊》之海棠，《金明池》之荷花，虽各有寓意，而词涉隐晦，如索枯谜，亦是一蔽”。并谓：“余谓词本于诗，当知比兴，固已”，“必欲深求，殆将穿凿”，“故二家之说，可信而不可泥也”。这样，既可免求义而害文之病，又尊重了形象思维规律，为通达之见。

吴梅对常州词派的比兴寄托理论持以上看法，故此他所倡比兴仅是文学作品的艺术手法，而非政治教化的比兴寄托，这从他对众多词人的评判中可见，因大体相同，兹不例列了。他虽反对激烈之作，提倡比兴，但对于真正抒发性灵、直抒胸臆的“赋体”作品，也持肯定态度。如评李煜，指出前后期作品虽悲欢不同，“而自写襟抱，不事寄托，则一也”，肯定其“直抒胸臆，而复宛转缠绵”。他虽对顾贞观评价不太高，却首肯其《金缕曲》“纯以性情语结撰而成”。对蒋春霖，除肯定律度细、文笔佳、雍容大雅外，还在于“不专尚比兴”，甚至“直言本事”。

以上评析了吴梅论词的三标准。以下就其对历代作家作品所论，从三方面作综合归纳。

全面评价苏辛派

苏轼词在宋时已是毁誉参半，在后世亦然，吴梅评苏轼，同意《四库全书提要·东坡词提要》所说“不能不谓之别格，然谓之不工则不可”，他认为，苏轼兼有豪放和婉约的风格，所以，是“得其大”者。他说：

> 余谓公词豪放缜密，两擅其长。世人第就豪放处论，遂有铁板铜琵之诮，不知公婉约处，何让温韦？

且吴梅之论苏轼，又是将论词同论人结合起来的：

> 要之公天性豁达，襟抱开朗，虽境遇迍邅，而处之坦然，即去国离乡，初无羁客迁人之感，惟胸怀坦荡，词亦超凡入圣。后之学者，无公之胸襟，强为摹仿，多见其不知量耳！

苏轼的词，确是兼有豪放与婉约的特点，而他的豪放的气魄在于他的胸襟怀抱，所以难于强作摹仿。联系刘熙载在《艺概》中所说的“词以‘元分人物’为最上”，且视苏轼词为“元分人物”，那么，吴梅的论苏词先论苏轼其人，指出其天性襟抱之不可学，确是很有眼光的。

吴梅论辛弃疾，从反面突出了“沉郁”二字，虽未分析其沉郁之处，但指出其“着力太重处”“不免剑拔弩张”的直露之作，及“读之不觉衰飒”的感喟低回之作，可见，他是以沉郁为稼轩的基本风格的。他指出稼轩有“婉雅芊丽，孰谓不工致语”之作，又有“盖言荣辱不定，遭谪无常，言外有多少疑惧哀怨，而仍是含蓄不尽”的深藏不露之作。吴梅列举了辛弃疾豪放的总体风格，“沉郁”的基调，纤婉、含蓄的多种风貌，这些见解，比之以“豪放”来总言稼轩，自然是全面而深刻。

陆游常被列入豪放一派，但吴梅说“余谓务观与稼轩不可并论，放翁豪放处不多，今传诵最著者，如《双头莲》、《鹊桥仙》、《真珠帘》等，字字馨逸，与稼轩大不相同”。陆游的词，确是有别于诗，《四库全书提要·放翁词提要》说：“平心而论，游之本意盖欲择骑于两家（按：指苏、秦之间），故奄有其胜而皆不能造其极。”刘熙载也称他“安雅清澹，其尤佳者，在苏、秦间”。所以，如果苏轼的基调是飘逸，辛弃疾的基调是沉郁，那么，“馨逸”的陆游词，确是不能目为豪放派的。

刘过，是重要的辛派词人，吴梅认为他“词学幼安，而横放杰出，尤较幼安过之。叫嚣之风，于此开矣”。横放杰出，固是作为豪放派的长处，但“学幼安不从沉郁二字着力，终无是处也”。所以，豪放词应该深挚雄厚、沉郁顿挫，如杜诗般的风貌才是胜品，吴梅所见，不是没有道理的。

深入分析疏与密

张惠言的《词选》共选唐宋四十四家，一百十六首，目的在于纠浙派末流所作词空虚、狭窄之流弊。他认为唐代“温庭筠最高，其言深美闳约”，宋代“张先、苏轼、秦观、周邦彦、辛弃疾、姜夔、王沂孙、张炎，渊渊乎文其有质焉”，而柳永、黄庭坚、刘过、吴文英等，则属“荡而不反，傲而不理，枝而不物”（《词选序》）。可见，他尚未划分疏、密派的疆域，对浙西派所崇奉的姜夔、张炎，他亦评价很高。至周济，则以周邦彦、辛弃疾、吴文英、王沂孙四家分领一代，并称：“清真，集大成者也。稼轩敛雄心，抗高调，变温婉，成悲凉。碧山餍心切理，言近指远，声容调度，一一可据。梦窗奇思壮采，腾天潜渊，返南宋之清泚，为北宋之秾挚。”（《宋四家词选目录序论》）明显贬抑姜张（后面再论）。至晚清陈洵，更明确提出“师周吴”的主张，“梦窗可谓大，清真则几乎化矣，由大而几化，故当由吴以希周”（《海绡说词》）。由此可见，常州派后期是明确推崇周吴。

能够越出浙、常二派的藩篱，自树评词标准的，前有刘熙载、后有王国维。

刘熙载在《艺概》中奉以人品定词品的原则，提出了词的“三品说”，对周邦彦、史达祖，他称之为“未得君子之词者，周旨荡而史意贪也”，对姜夔与辛弃疾，他比较曰“白石才子之词，稼轩豪杰之词”，他称苏、辛“皆至情至性人，故其词潇洒卓荦，悉出于温柔敦厚”，对二人评价最高。

王国维论词，倡“境界”说，他说：“词以境界为最上。有境界则自成高格，自有名句。五代、北宋之词所以独绝者在此。”他最推崇李煜词，亦服膺苏、辛，称姜夔“隔”，“梦窗、梅溪、玉田、草窗、西麓辈，面目不同，同归于乡愿而已”（均见《人间词话》）。

吴梅的评词标准已如前述，他基本上承袭的是常州派理论，但浙派所倡的“醇雅”，亦屡见于他的词评，在对历代词人的评价中，他能不囿于门户之见，对婉约派中质实和清空二种风格的作品，有公允的评价和精辟的分析。

质实一派词，以吴文英为代表。自张炎谓其“如七宝楼台，眩人眼目，碎拆下来，不成片段”以后，世人多袭其说，但宋人尹焕、沈义父都称赞他，清代自周济以来，对他则誉多于毁。吴梅评梦窗词，沿用戈载之说，指出他“以绵丽为尚，运意深远，用笔幽邃，炼字炼句，迥不犹人。貌观之雕绘满眼，而实有灵气行乎其间”（《词学通论》），并说：“吴词潜气内转，上下映带，有天梯石栈之巧。”（《蔡嵩云乐府指迷笺释序》）又说：“梦窗长处，正在超逸之中，见沈郁之思，乌得转以沈郁为晦耶”？以“潜气”而得沈郁，用“沈郁”来破“晦涩”之说，是颇具识力的。当然，梦窗词因使事用典太僻，炼字琢句太过，确是有晦涩之处，但以“晦”来概言，则未免失之偏颇了。吴梅还认为梦窗词“合观通篇，固多警策，即分摘数语，亦自入妙，何尝不成片段耶?”批驳了张炎的“七宝楼台”之喻。可见，他是始终把住“潜气内转”的纲来欣赏吴词，故能深发其文心。他指出了张惠言不收梦窗词入《词选》，是“门户之见”：“以梦窗与耆卿、山谷、改之辈同列，此真不知梦窗也”。吴梅固指出了吴文英词独特的艺术性，但也认为对他不能评价过高：“即如尹惟晓以梦窗并清真，不知置东坡、少游、方回、白石等于何地？誉之未免溢量。”以为吴文英当在苏轼、秦观、贺铸、姜夔之下，这一评价是大体恰当的。

对于姜夔，除沈义父评其“未免有生硬处”（《乐府指迷》），周济评他“词如明七子诗，看是高格响调，不耐人细思”，“以诗法人词，门径浅狭，如孙过庭书，但使后人模仿”以外，历来各家所评，都多在赞誉。吴梅评白石，指出了他在词中感喟含蓄不露的“沉郁”特点，且在赞赏白石沉郁的同时，批评了别人“慷慨发越，终病浅显”的缺点。

对于张炎词，周济称之“终觉积谷作米，把缆放船，无开阔手段”，“叔夏所以不及前人处，只在字句上着功夫，不肯换意”（《介存斋论词杂著》）。此说有一定道理，但未免责之太过。吴梅评其词曰“皆雅正，故集中无俚鄙语，且别具忠爱之致”，“皆空灵，故集中无浊滞语，且多婉丽之态”，“玉田用笔，各极其致，而琢句之工，尤能使笔意俱显”。指出了张炎用语雅正、笔意空灵、工于琢句的优点，而无出辞俚鄙、用笔拙滞的缺点，但是，也指出他“用韵至杂”的毛病，吴梅这样评价姜、张，确是准确指出了他们的长处和特色，而不失之苛求。

正确论列主要词人

柳永是北宋前期的重要词人，他的词不仅开拓了题材，写了妇女的痛苦生活，表现了都市的繁华，出现了前人笔下较少有的“工于羁旅行役”之作。而且，由于他大量写慢词，使慢词成为与小令并立的成熟的新体式，这是他的一个很大的贡献。由于此时的慢词仅在音乐上渐见成熟，在文学上还未脱初创阶段，在艺术上也有缺陷。对于其长处，吴梅指出“工铺叙”，“每首中事实必清，点景必工，而又有一二警策语，为全词生色，其工处在此也”。而其短处，除“以俗为病”外，还在于“柳词皆是直写，无比兴，亦无寄托。见眼中景色，即说意中人物，便觉直率无味”。可见，柳永写词所走的是“就景述情”的路，多直而少曲，无比兴寄托，难以耐人寻思、咀嚼，这些确是缺陷，而且“通本皆摹写艳情，追述别恨，见一斑已具全豹”，这种题材雷同化的缺点也确是存在的。

秦观是北宋重要词人，常与苏轼并称，对此，吴梅指出：“二家不能相合”，原因在于“子瞻胸襟大，故随笔所之，如怒澜飞空，不可狎视；少游格律细，故运思所及，如幽花媚春，自成馨逸”。秦观有“思路沉着，极刻画之工”，“以缜密之思，得遒炼之致”的特点，不同于苏轼的“纵笔直书”，这些分析，确是很有心得。

周邦彦是北宋集大成的重要词人，吴梅称他“前收苏秦之终，后开姜史之始。自有词人以来，为万世不祧之祖”，可谓是“最佳”词人，当然，这些都是从艺术上着眼的。王国维早年不十分赞赏周邦彦，但晚年竟称“词中老杜，非先生不可”，看法大转。吴梅对周邦彦的评价，用了“沉郁顿挫”四字，这正是评杜甫诗风的话，可见吴梅与王国维看法颇同。当然，杜甫的沉郁是由于世上疮痍、民间疾苦在内心产生的深刻、广阔的忧愤所凝聚而成，在这点上，周邦彦与之殊途，但是，从运思深沉、波澜老成来说，又确有同工之妙。至于章法、语言的摇曳多姿，音韵的履险如夷，意境的深长隽永，周词也堪称“顿挫”。所以，“沉郁顿挫”四字安到周邦彦头上，在艺术上并不过于失当。

清代的陈维崧是重要的词人，吴梅说：“清初词家，断以迦陵为巨擘”，“后人每好扬朱而抑陈，以为竹垞独得南宋真脉，盖亦偏激之论”，指出了“迦陵不独工于壮语”，也有“婉丽娴雅”之作，“即以壮语论之，其气魄之壮，古今殆无敌手。《满江红》、《金缕曲》多至百余首，自来词家有此雄伟否？虽其间不无粗率处，而波澜壮阔，气象万千，即苏辛复生，犹将视为畏友也”。在艺术上，迦陵词“平叙中峰峦叠起，力量最雄，非余子所能及也”，“极苍凉，又极雄丽，而老辣处几驾稼轩而上之，其年真人杰哉……情词兼胜，骨韵都高，几合苏、辛、周、姜一手矣”。这种极高的评价否定了“宋以后无词”或清初仅纳兰容若一家等看法，无疑极有识力。

清代词人中，吴梅尤其强调了蒋春霖的地位。他说：“嘉庆以来，词家大抵为其年、竹垞所牢笼。皋文、保绪，标寄托为帜，不仅仅摹南宋之垒，隐隐与樊榭相敌，此清朝词派之大概也。至鹿潭而尽扫葛藤，不傍门户，独以风雅为宗，盖托体更较皋文、保绪高雅矣。”并称“词中有鹿潭，可谓止境”。蒋春霖固然以伤乱之作反对太平天国革命，但无可否认，他的词极有艺术特色，谭献将他与纳兰容若、项鸿祚并列，而吴梅认为蒋甚至高于此二家，确是有道理的。“律度之细，既无与伦，文笔之佳，更为出类。而又雍容大雅，无搔头弄姿之态”，堪称“精警雄秀”，这些评语，都不过誉。

对于其他重要词人，吴梅也有很精辟的评论。如李煜的“自写襟抱，不事寄托”；王沂孙的“时时寄托，却无一笔犯复，字字贴切”；史达祖的亦擅周邦彦“善运化唐人诗句，最为词中神妙之境”；周密的“尽洗靡曼，独标清丽，有葱蒨之色，有绵渺之思”；曹贞吉的“风华掩映，寄托遥深”；纳兰容若小令的“意境之深厚，措词之显豁”；朱彝尊既有《静志居琴趣》的“尽扫陈言，独出机杼”，又有“托体之不能高”之病；厉鹗的“窈曲幽深”，“声调清越”，“练字练句，归于醇雅”；

项鸿祚的“天资聪俊，故出语能沁人心脾，且律度谐合，涩体诸词，一经炉炼，无不谐妥”；谭献的“取径甚高，源委深达，窥其胸中眼中，非独不屑为陈朱，抑且上溯唐五代，此浙词之变也”。这些评论，都能准确抓住各家艺术特色，出以简略的语言。

当然，由于吴梅对词的内容偏重于“缘情”，较忽视反映社会现实，难以突破“词别是一家”，“诗言志，词言情”的传统观念，所以在分析词的艺术性时，也有失当之处，对重要词人在词史上地位的评价，也不尽恰当。

首先，吴梅不把婉约与豪放这两种不同风格作为对立的两大派进行考察，而通过对苏、辛等大词人的分析，指出他们兼有豪放、婉约两面，两种风格可以融合，并以沉郁来论稼轩，以区别于苏轼的飘逸，这都是他识见过人之处。但是，由于他承袭了谭献的“柔厚”说、陈廷焯的“沉郁”说，而对直率、发露之作加以否定；又由于他主“忠爱”说，反对指摘时弊、讥讽朝政的作品，所以，必然导致对豪放派中与现实政治联系最紧密的那部分作品评价过低。如称辛弃疾《破阵子》（为陈同甫赋壮词以寄之)、《瑞鹤仙》(南涧双溪楼）“着力太重”，“不免剑拔弩张”，称名作《摸鱼儿》“但启讥讽之端”。对刘过，谓其“学幼安而不从沉郁二字着力，终无是处也”，称《沁园春》（“斗酒彘肩”）“亦谰言耳”。对豪放派后劲的刘克庄和接近豪放词风的蒋捷，吴梅都不称许，说：“大抵后村、竹山未尝无笔力，而风骨气度，全不讲究，是心余、板桥辈所祖，乃词中左道。”他大概对周济“问涂碧山”的看法很首肯，曰“有志复古者，当从梅溪、碧山用力也”。

其次，吴梅对词、曲的语言各应具有不同色彩的看法，固是很值得重视，但词以追琢求自然、曲以本色为好，并无绝对的界线，且词、曲在其各自发展的历史中也有互相渗透融合的特点。吴梅精于鉴赏前人作品，自己在诗、词、曲的创作上也很有造诣，学力厚、才气大，对俗语入词很不以为然，所以，也对柳永、李清照甚至秦观，都在这方面下了贬词。如认为柳词中的俚俗语“皆率笔无咀嚼”；李清照某些用语“皆太质率”，著名的《声声慢》“收二语，颇有伧气”等。

再次，吴梅对词人及其作品的评价，并不重于与其经历、为人联系起来考察，所以，对某些词人评价太高，很不恰当。如他承袭张惠言、陈廷焯等人对温庭筠的评价，竟称温词“全祖风骚，不仅在瑰丽见长”，《菩萨蛮》十四首“自抒性灵，旨归忠爱”，这是不恰当的。自然，温庭筠是词史上的重要词人，以其创调之多，才使词蔚为大国，以其艺术之精，才成为《花间》鼻祖，但作为一个潦倒失意的文人，联系他的为人而考察他的作品，可以说他的词是谈不上有多少“忠爱”之旨的，所以，从思想上如此评定温词，是不恰当的。又如张先，固然在慢词发展上起过推动作用，但其人八十余岁尚娶妾，声伎之好，一生不衰，其词与柳永并无泾渭之分，但吴梅说他“规模既正，气格亦古，非诸家所及也”，也不恰当。

以上对吴梅词学理论的四个方面作了分析。除词乐的理论建树为显见、公认的成就外，对其他方面的理论，应怎样评价其在词论史上的地位呢？对此，当结合清末、民初后，词学观念的急剧变化来看。

此时，常州派流风尚炽，况周颐等人袭旧而间出以新。而王国维1908年的《人间词话》却令人耳目一新。《词话》第一次引进了西方审美静观、移情作用等概念，借鉴叔本华的“理念说”而提出了境界说，研究了创作活动中境界的产生、构成，以及“有我之境”、“无我之境”的区分；此外，王国维从“人”与“文”的联系，倡导对宇宙人生“须入乎其内，又须出乎其外”，强调诗人修养。这一切，无疑很有理论高度，有鲜明的特点，且远高于同时代人之上，至于对词本身的研究，《人间词话》亦不乏有得之见。

在王国维之后，能以新观点来研究词的，还有胡适。胡适是一代全新的资产阶级学者的代表，他虽未对词作过深入系统的研究，但他论过词，出过词的选本，他的观点，影响了许多研究者。胡适的词论，主要表现在他所选《词选》的序言中，归结起来，胡适观点中有三点很有革新精神，很有见解：

第一，肯定了苏轼扩大词的题材，把词从“歌者的词”变成“诗人的词”，指出苏轼提高了词的风格意境，较正确地评价苏轼在词史上的功绩。

第二，对以苏、辛为代表的豪放派词人给以很高的评价。

第三，从民间文学与文人文学融合变化观和词曲更替观着眼，指出了词的三个大时期（晚唐至元初，为自然演变期，即词的“本身”历史；元到明清之际，为曲子时期，即词的“替身”历史；清初到20世纪初为模仿填词时期，即词的“鬼”的历史），除对第三期指斥过于尖刻、失之妥当外，论前面两期可谓有一定道理。

王国维对词的语言只求显豁明白，对词的写法只重直抒胸臆，对词的意境只求鲜明，贬斥南宋词，不重长调，所以，对历代词人词作均否定太多。

胡适将姜夔以下统称“词匠”，全盘否定南宋词，更不必说清代词了（王国维尚肯定纳兰性德等少数人）。而这种对待词的遗产的态度，是与胡适对待祖国文化遗产的一贯态度相合的。应该说，胡适以这种态度统率其研究法，则必然不能真入词学之门，其影响也是很坏的。另外，胡适在文学上是以“白话”起家的，他的评词标准之一就是白话，以浅言直说为上品，其所以抹杀南宋词，这也是原因之一，这种重白话而全然不顾音律的看法有很大影响，流风所及，直见于新中国成立后的许多研究者。

如前所述，吴梅的词论有其保守处和显见的缺憾，但是，他能对张惠言的倡比兴、周济的重寄托、谭献的贵柔厚、陈廷焯的主沉郁以及浙派的讲醇雅，都加以积极继承，在沿袭传统词论的基础上，吸收了前人论述中的合理部分，摒弃了其中不合理的因素，历史地看待遗产，提出了较为全面的评词艺术标准，总结了历代词人在艺术上的得失。在对词本身的艺术评析上，较王国维全面而深入，较少由个人的好恶而留下明显印记，对历代词人及其在历史上的地位，对词史本身的发展，他的看法都较为公允正确，不似胡适那样激烈偏颇。所以，《词学通论》中的许多见解虽本于前人或出于前人，但仍不失为一部重要的词学著作。

六　吴梅的诗、词、散曲

吴梅兼擅诗、词、曲，并分别有《霜厓诗录》、《词录》、《曲录》行世。他作为曲家泰斗，自以曲名最高，一般人也认为他诗不如词、词不如曲。由于吴梅大力作剧曲，以散曲为余事，故首论其词，次论其曲，再论其诗。

（一）吴梅的词

吴梅年轻时，正值晚清词学大师朱祖谋、郑文焯客居吴下，吴梅与之过从甚密，所获良多。据《霜厓三剧自序》可知，吴梅"年近弱冠，读姜尧章、辛幼安词"，"心笃好之，操翰倚声，就有道而正，辄誉多而规少"。他一生作词甚多，柳亚子主编的《南社词集》收其三十六首。晚年避兵湘潭时，手定旧词，三易寒暑，得一百三十七首，并在《自序》中诫人"惠而好我，慎勿补遗"，可见编外之作尚多。

吴梅的词可分为咏怀、登临、追忆、题咏等类。

言志抒情之作

吴梅是南社早期成员之一，他早年的词，与南社重气节的宗旨一致，颇多言志咏怀之作。载于《南社词集》中的《蝶恋花》四首，激扬蹈厉，真挚动人，其第一首云："蚍虱浮生同一梦，横海功名，才大难为用"，"和泪送穷穷不动，白杨风里铭文冢。"抑塞之气，磊落不平，颇有李贺诗的气概。第二首"拍案悲歌中夜起，生小吴侬，却带幽并气"，将作者愤时忧国、慷慨悲歌的形象突凸纸上。第四首的"悔向名场标赤帜，一霎天风，折了南鹏翅。三十光阴如激矢，观河面皱而今是"，对自己北游汴中，作幕僚数月复南归的一段经历深表后悔，这首词结尾所写的"咄咄书空真怪事，侏儒饱死臣饥死"，则对黑暗的现实表示了极大的不满。

吴梅在北大任教期间，正是民国徒有虚名、"城头变幻大王旗"的时代，他在这阶段所作的词，常表现出对国事的关切和心中的隐忧。其中，《洞仙歌》（出居庸关，登八达岭）是一首幽愤扼抑、感慨苍凉、豪放中见沉郁的抒怀之作。词写道：

> 万山环守，一线中原走。茸帽冲寒仗尊酒。正长城饮马，大漠盘雕，羌笛里，吹老边庭杨柳。　雄关霄汉倚，俯瞰神京，紫气飞来太行秀。天末隐悲笳，残霸山川，容易到夕阳时候。甚辇路荆榛戍楼空，对眼底旌旗，几回搔首？

首两句，写出了八达岭上看长城所见的雄姿，一个"走"字，写出了动态，很有气势。“正长城饮马，大漠盘雕”，并不一定是实写，这是“赋而比”的手法，隐喻觊觎政权、正准备搏杀的各派力量。接下的上片二结句，又以羌笛杨柳的熟典，用淡语表达了深愁，前面所见的是空间，后面却是时间，时空融浑，感慨苍茫。换头以居庸关倚霄汉、俯神京、接太行的雄伟气势来振起全词，但对此雄丽江山，侧耳闻悲笳隐隐，低头见山川破碎，又未免引起“容易到夕阳时候”的慨叹。一动一静，一见一思，心绪荡开，感触无端。此后，用一“甚”字提起下句，“甚辇路荆榛戍楼空”，对着这历史陈迹，又从实见中产生怀古遐想，然后又由古到今，“对眼底旌旗，几回搔首”，点明了在军阀割据、混战的形势下，小民只能搔首踌躇，怅然无着的情怀。这首词写得跌宕起伏，情景相生，开阖变化，很见功力。

吴梅由于对军阀政府的失望，拒绝了徐树铮的礼聘，不愿就秘书长的高职，表达了“懒向王门再曳裾”的对权贵的蔑视。在北京执教五年之后，应东南大学聘，回到南方。他在《兰陵王·南归别京华故人，次清真韵》一词中，有“饥躯低首嗟来食”之叹，对他这样一个不愿从政的知识分子，在“多事南北”的时候，只有“算百岁如梦，万人如海，摇鞭归去乘快驿”的“归去来兮”之愿了。

1922年秋后，吴梅回到故乡，远离了政治中心，心情似应较在京时平静，但不然，他在《解连环·独游怡园感赋》下片中写道：“吴天鹧鸪正恶，念巾车去国，休问哀乐。对四壁沉陆河山，指杯酒中原，镇苦漂泊。”将个人为生计漂泊的遭际同国家的命运联系了起来。所以，他的《洞仙歌·癸亥除夕》一词，在除夕团圆的理应欢乐之际，表达了深深的惆怅。词写道：

> 南归苏季，叹貂裘都敝。重认家山浣花里。对小窗儿女，鸡黍团圞，浑未改、年少承平身世。　明朝过四十，愁水愁风，何物才能令公喜？更鼓丽谯空，红烛题椒，算荆楚岁时还记。待斟酌天寒守梅仙，看生意婆娑，树犹如此。

作者自比苏秦南归，虽貂裘敝尽，但“重认家山浣花里”，回到姑苏。在此与亲人团聚之时，自己又即将进入四十岁的“不惑”之年，竟是“愁水愁风”，甚至自问“何物才能令公喜”，颇感惶惑。下面，在写过去守岁的旧俗时，他看到梅花的生意婆娑，就“树犹如此”而感慨“人何以堪”！在平常的喟叹年华老大、岁月消逝中，与上片结句的“年少承平身世”相应，一片感怀时势、抑郁难消的情绪，自见诸词外。

吴梅到南京执教之后，课余以诗酒消遣，在“殢酒情怀，酿春天气，不似京华”的南国，过的是“丝竹消年，江湖听雨”的悠闲生活（见《临江仙》“上国莺花”），除了在《多丽·秦淮秋集》表现了“白头孤旅，犹近欢场”的淡淡哀愁，在《石州慢·登燕子矶遍游十二洞》流露了“眼尽南朝，几许春江风月”的兴亡之感外，他所作词中反映出来的生活和情绪，是平淡的，“新词琢就付双鬟，紫箫声里，看遍六朝山”（《临江仙》），就是这种恬淡心情的写照。然而，军阀战争的风云毕竟对人们的生活发生了巨大的影响，吴梅作为早年勇敢反清的南社成员，在清廷灭亡以后，对国内频繁变幻的军阀政权，他是感到失望和迷惘的。他在《翠楼吟·得京华故人书》一词中，有“黄粱炊未熟，变楼阁仙山云气”之句，大概就是指曹锟贿选政府垮台和段祺瑞的出任北京政府执政。张作霖、段祺瑞取代了曹锟、吴佩孚，皖奉二系军阀官僚共同瓜分了北京政权，孙中山所倡议的国民会议成了泡影，于是，中国的上空又充满了火药味。吴梅在《翠楼吟·金陵秋感寄张仲清茂炯》一词中写道：

月杵秋高，霜钟晓急，今宵梦回天际。湖山沧幻劫，正风鹤长淮兵气。停云惊起，怕万一阴寒，千花弹泪。情难寄，庾楼凭处，自伤憔悴。　忍记金粉江城，也建牙吹角，羽林千骑。玉京芳信渺，便南浦归帆慵理。人间何世？待冷系珊瑚，西台如意。雄心碎，板挢衰柳，莫愁愁未？

“湖山沧幻劫，正风鹤长淮兵气”，战争的阴影正笼罩在人们头上，“停云惊起，怕万一阴寒，千花弹泪”，用比喻的手法，表现了自己的疑惧和对人们遭劫的担忧。所以，结句的“莫愁愁未”是含义深长的。可见，在“丝竹消年”的同时，吴梅也表现了对国事的关心，他的“自伤憔悴”，并不仅是自伤，一片愁怀，也不是无病呻吟。

1927年，吴梅有《寿楼春·观演〈湘真阁〉南剧，仲清九珠叔（曾源）各赋此解，余亦继声》一词，在“此际南州留滞，怨歌重听”之时，表达了“身未老，心先惊，动乱愁梅花江城。纵茂苑人归，青溪梦好，枯树伴兰成”的情怀。因为《湘真阁》所写的是明季风雨飘摇时，温柔乡中的一出短梦，而此时的中国，正是政治上风狂雨骤的时候，吴梅没有明言形势，但“身未老，心先惊”和“枯树伴兰成”，则可看到心灵的震撼和自比庾信及其《枯树赋》，流露了对离乱动荡的憎厌。词下片的“淮水碧，钟山青，隔江无多商声。剩词客哀时，萧萧鬓星，弹广陵”，点明了“哀时”的主题。

从1927年到1937年，除1932年的“一·二八”战役使吴梅一度避兵上海外，他基本上一直在南京中央大学、金陵女大任教，生活是平静的，他的词，多为潜社、续潜社、六一社的题咏，在艺术上力学南宋诸家，技巧更为纯熟，但在思想内容上，却较为狭窄。

1937年卢沟桥事变后，“八一三”战事继起，吴梅辗转避兵，他的《采桑子·闻歌有赠》，大约就成于此时：

舞衣初试惊鸿影，身是青娥，心是霜娥，每对清商唤奈何。　情场哀乐都尝遍，艳梦无多，热泪偏多，如此江山合放歌。

他因闻歌而生感，寄托了自己的“艳梦无多，热泪偏多”的感情。面对日寇大举侵略，国民党政府节节败退，河山沦于铁蹄，“如此江山合放歌”，一切感慨都不必再明言了。

吴梅论词，常举寄托之旨，对温庭筠的《菩萨蛮》，他也奉张惠言、陈廷焯之说，认为是以微言写大义的。翻遍他自己的《霜厓词录》，仅有此调五首，这就是转徙湖湘时的《菩萨蛮·五都咏》，他以怀古的形式，写历史上的兴亡之感，寄托了对时局的隐忧：

奉春定策关中壮，终南瑞气开千丈。走马杜樊乡，雄图冷汉唐。　出门西笑懒，日近长安远[①]。天下几英雄？灞桥衰柳风。(长安)

灵台宝鼎今安在？秋风伊洛繁华改。我读两京篇，又思班孟坚[②]。　名园兴废几？更惜《伽蓝记》[③]。金谷野花红，铜驼荆棘中[④]。(洛阳)

玉津园里花如雪[⑤]，金梁桥外霜欺月。遗事恨宣和，两宫宵渡河。　龙亭寻旧迹，难觅花纲石。风雨过夷门，此中应有人。(汴梁)

巍巍南北高峰踞，出门便是西泠路。十里锦钱塘，四时宫草香。　湖山留旧物，天意还吴越。痛哭小朝廷，杭州作汴京。(临安)

凤凰台畔王侯籍，秦淮渡口莺花墨。弹指六朝安，只余明故宫。　江南风月丽，齐筑长干第。此地惯偏安，黄旗北伐难。(建业)

《五都咏》写的都是没落：晚唐长安的灞桥衰柳，东汉洛阳的金谷铜驼，北宋汴梁的宣和恨事，南宋临安的钱塘宫草。接着，不可遏止的怀古之心直导入今朝之叹：如果说“弹指六朝安，只余明故宫”还是写历史，那么，“此地惯偏安，黄旗北伐难”，则是夹杂着对国民党政府的谴责，对日军步步进逼，古都将相继沦陷而深感担忧，将一腔悲愤溢于言表，扼腕而歌！

---

① 日近长安远：晋明帝司马绍幼时，父问曰：“汝谓日与长安孰远？”对曰：“日近。举目见日，不见长安。”《晋书·明帝纪》记此。

② 班固，字孟坚，东汉史学家、文学家，作有《两都赋》。

③ 北魏杨衒之作《洛阳伽蓝记》，该书自序中说，他于武定五年（547）重经洛阳，见“城郭崩毁，宫室倾覆，寺观灰烬，庙塔丘墟”，有感而撰此书。

④ 金谷园在洛阳西北，石崇营建的别馆。古代洛阳宫门南四会道口，有二铜驼夹道相对，后称铜驼陌。古人题咏洛阳，多并举金谷、铜驼。

⑤ 玉津园在开封南门外，五代后周显德（柴世宗年号）中置。夹道为两园，引闵河水贯其中。

《霜厓词录》压卷的《高山流水·自题霜厓填词图》很值得注意。遥望着炮火连天的江南故乡，“花月地，换了山川”，以垂暮之年辗转避兵，“衰鬓倚西风，水国饱听啼鹃”，在“不如归去”的杜鹃声中，想到故乡已不可归，“抱灵修，几误婵娟。白门便、重问乌衣影事，巷陌凄然。算春愁酒病，哀乐付枯禅”，真是凄怆幽折，萧飒沉痛，读之催人泪下。

登临怀古之作

吴梅词中，登临怀古之篇较多。他在北大任教期间所写的《瑞龙吟·过颐和园》和《水龙吟·昌平州谒明陵》就是这一时期的代表作。

《瑞龙吟》：

> 城西去，依旧照眼晴岚，障空高树。东风还识天家，酿花酝柳，吹香弄絮。启朱户，休道建章宫里①，物华如故。行吟小立长廊，垂虹万丈，凌霄噀雨。　　应悟承平难再，几番昏晓，河山无主。留此旧灰昆明，闲勘愁素。罗衣对雪，重问凭阑处。知何事、沧江沸鼎，铜盘倾露？泪洒蘅芜路。仗堂散尽，霓裳妙部，鸾影惊鸿睹。空认取，瑶台朱颜仙姥。绛云殿阁，不堪回顾。

这首词的第一、第二阕，都是就所见而实写。第三阕，则从颐和园这一用海军款项建起的名园，回忆了记忆犹新的历史：在“承平”早已过去之时，统治者竟在颐和园内不知昏晓地宴游，以至“河山无主”。当政者不知外患内忧，却是“罗衣对雪”，四季悠游。结果慈禧等人落得个逃离首都、生灵涂炭的结局，大清帝国的“铜盘倾露”，自然走向末路了。现在，时间过去十几年了，纵然还留有“老佛爷”“瑶台朱颜仙姥”的御容，但其人已死，清廷已矣。“绛云殿阁，不堪回顾”，这段历史是不能忘怀的。

如果说，《瑞龙吟》的讥刺多于凭吊，那么，《水龙吟》是与吴梅青年时所作的《风洞山》同一感慨，表达了对明朝的深切悼念。词写道：

> 玉京西去多山，山花红到云深处。疲驴紧跨，停鞭遥指，十三陵路。我亦亭林，麻鞋拜泣，黯然怀古。看祾恩门外，丰碑突兀，留宸翰、伤高句。偏遇清明风雨，问春郊、棠梨谁主？薰天珰焰，沉渊诏狱，都归黄土。大似前朝，靖康北狩，永嘉南渡。喜寝园无恙，漫劳义士，种冬青树。

到京西谒明陵，作者是怀着极为虔诚的凭吊之意的，所以，他自比顾炎武：

① 建章宫：汉武帝太初元年建，位于未央宫西。后用以泛指宫阙。

"我亦亭林，麻鞋拜泣，黯然怀古"，胸中充满了悲伤。紧接着，插入了"看祾恩门外，丰碑突兀，留宸翰、伤高句"，经顺治、康熙、雍正三朝，至乾隆时已达盛世，清帝亲自写起哀明陵诗，因此时反清的烈焰早就熄灭，明朝的复国早已是不可能的了。作者横插入这一笔，从清帝吊明陵，想到如今清朝亦亡，这是历史的嘲弄，此中又有多少感慨！下片首二句："偏遇清明风雨，问春郊、棠梨谁主"，颇有双关意味，尤其是"清明"二字，风雨、棠梨，兴而比，宕开思绪，令人感触无端。然后，又绕回到故明历史："薰天珰焰，沉渊诏狱，都归黄土"，珰为汉代宦官充武职者的冠饰，此处指明末宦官的气焰熏天，奉帝令而拘犯人的监狱却似沉渊一般，然而，无论是阉党的气焰熏天，还是东林的冤狱沉底，时间流逝了，一切都归于黄土。明季政权，"大似前朝"，就像宋钦宗时二帝被掳的靖康之耻，也像西晋末永嘉五年的洛阳城破，晋怀帝被匈奴刘渊所掳。词最后，"喜寝园无恙，漫劳义士，种冬青树"，回到谒陵主题。这首词，对阉党误国，东林死难，都作了历史的评判，对三百年前明亡于异族，表达了深切的悼念。

吴梅在二十年代初所作的几首怀古词，是赞美前人的作品，有《霜花腴·岁寒堂拜范文正公遗像》、《望海潮·吊戚南塘》、《高阳台·石霸街访媚香楼》等。

《霜花腴》写道：

卧龙巷陌，对五松、虬枝万古青青。人老穷边，鹤归何世？重来细雨吴城。画檐两层，羡故家乔木修龄。记胭脂赠别题红，绣帏添写美人名。 还记盛时佳话，赋银灯白发，共醉刘伶。南郭齑盐，西凉车骑，先忧后乐平生。乱烽未经，绕旧廊犹认棠铭。纵登临拜识衣冠，履霜何处听？

范仲淹是北宋抗拒西夏的名臣，他以江南人长居西北边塞，作词被称为"穷塞主"，"人老穷边，鹤归何世"，这两句流露了对这位前辈的敬仰之情。范仲淹虽然德高望重，但也有儿女私情，"残灯明灭枕头攲，谙尽孤眠滋味"（《御街行》）即是一例，此处，吴梅以"记胭脂赠别题红，绣帏添写美人名"二句，将《西溪丛话》中所载的范仲淹给歌女寄诗赠胭脂的逸事重提，但这一点正如"银灯白发，共醉刘伶"（事见《中吴记闻》：范仲淹与欧阳修共赋《剔银灯》词，有"争如共刘伶一醉，问白发如何回避"语）一样，醇酒美人都不是他生活的主要面。"南郭齑盐，西凉车骑，先忧后乐平生"，从少年贫困时的以齑盐佐粥，到戍边时"西凉车骑"的生活，贯串在范仲淹一生中的一条红线是"先天下之忧而忧，后天下之乐而乐"。词以"履霜何处听"作结，既结在范仲淹喜琴，尤爱《履霜操》之上，又以"履霜"一词突出了他操守的玉洁冰清。这首词，写得情词俱胜。

《南阳台·石霸街坊媚香楼》一词是凭吊南明名妓李香君的。词写道：

乱石荒街，寒冷古渡，美人庭院寻常。灯火笙箫，都归雪苑文章。丛兰画壁知难问，问莺花可识兴亡？镇无言，武定桥边，立尽斜阳。　南朝气节东京并，但当年厨顾，未遇红妆。桃叶离歌，琵琶肯怨中郎？王侯第宅皆荆棘，甚青楼寸土犹香！费沉吟，纨扇新词，点缀欢场。

南明小朝廷的历史，是很令人感叹的，作者来到媚香楼，凭吊秦淮名妓李香君，自然勾起对这段历史的回忆，对景抒怀，“问莺花可识兴亡”，奔涌而至的思绪就油然而生了。这首词重点是在下片，“南朝气节东京并”，南明的历史与宣和、靖康颇像，而东京有坚持气节的李师师，南明则是李香君，“王侯第宅皆荆棘，甚青楼寸土犹香”二句，表明了吴梅对历史人物的评价，“名姝亦附东林传，却胜关家燕子楼”（《李香君像为刘葱石世珩作》，见《霜厓诗录》），确实，许多以气节自许的七尺须眉在李香君前是应该感到汗颜的。紧接着，用了“费沉吟”三字，表示了对“纨扇新词，点缀欢场”的不满，因为寄托兴亡之感的《桃花扇》是凝聚着血泪的，用以“点缀欢场”该是对李香君的多大亵渎啊！

《望海潮·吊戚南塘》一词很值得重视，此词成于1932年，看来是有深意的。1931年的“九一八”和1932年的“一·二八”事变，日寇点燃了进攻中国的烽火，而国民党政府采取不抵抗政策，使日寇得以占领整个东北。吴梅以此词来凭吊抗倭名将戚继光，发历史的幽思就绝非偶然了。先录全词：

旌旗严阵，楼船飞渡，平生万战争先。南国罢兵，东藩卸甲，知君破虏多年。云气暗樱川。看将星夕陨，烽靖甘泉。斗大沧溟，挂弓鳌阙报凌烟。
高名父老犹传，有新书纪实，谈笑安边。筤筅健儿，钩镰妙手，如今胜算难全。霜骑走朱鸢，问广宁直北，谁换星躔？空念梅林，绣衣横海拜婵娟。

首三句，写了“戚家军”的阵势声威和戚继光抗战身先士卒的形象。戚继光先后用十二年时间解除东南倭患，然后被张居正调守蓟州，故曰“南国罢兵，东藩卸甲，知君破虏多年”。“云气暗樱川”，三句写日本，丰臣秀吉不断发动战争，在国内战胜割据诸侯后，又发动对外侵略战争，秀吉死后，东患始平，甘泉宫不见烽火，所以，戚继光之功是能上凌烟阁的。下片的《新书》、《纪实》指戚继光所著的《纪效新书》、《练兵纪实》，这几句赞扬他作战有术，带兵有方，他用筤筅和钩镰枪杀敌，大为奏效。戚继光于隆庆元年（1167）被张居正调守蓟州，明时广宁守卫属奉先，故曰“广宁直北”。最后，又从戚继光写到另一平倭将领胡宗宪，胡曾诱杀通倭的徐海、王直、陈东等，平徐海得力于海妾翠翘，故有“绣衣横海拜婵娟”之句。吴梅这首词名为吊戚继光，实际上借歌颂戚继光平倭之功，以讥刺现代倭寇大举侵略之时，竟是将帅无人，所以，这实际上是“讥时”之作。

追忆悼念之作

吴梅所作追忆之词甚多，主要有自北京初回南京后所作的《玉簟凉》、《多丽》及《琐窗寒·重过寒山寺》、《倾杯》等。

吴梅1912年曾应第四师范聘，在南京一年，事隔十年，重返此地，《玉簟凉》就作于此时。此词小序曰："重至金陵，寓斋寥寂，闲庭对月，凄然其为秋也"，因为寓斋寥寂，对月而生愁，产生了"关山前度浪迹，旧巷陌可奈重经"的感慨，甚至满怀愁绪，"对露桐枯坐，凄数长更"。作者的这种悲抑情绪是怎样产生的呢？原来作者年轻时在此地的生活是"征歌贳酒，年少俊怀，还负白下狂名"，十年已过，昔日朋友已如飙流云散，辛亥革命后，是不断的军阀战争，所以有"重游如化鹤"之感，尤其值"江表劫后寄旅，标影事客梦零星"之时，这个"化鹤"就更有"正九秋愁展霜翎"之感了。

《多丽·秦淮秋集》表达了作者重返南京，再游秦淮的感慨。词的起句，劈头自问："水云乡，不知何事凄凉？"因为"看长川明灯子夜，依然旧日秋光"，正是桨声灯影，幽花媚客，但十年前自己正当年少，如今却已是"白头孤旅"了，但"犹近欢场"，他感叹的是秦淮依旧，时光似水，羁愁难消，所以，"十年不理秦淮棹，打桨还疑梦里游。绝少艳情试歌酒，强将欢笑慰羁愁"（此系与陈去病联句之作，见陈去病《浩歌堂诗钞》），可为"何事凄凉"作注脚。至于下片的"氾人归早捐汉佩，词仙老还办吴航"，则可见作者正凭吊自己过去的隐情，因而词中流露的愁思，就是事出有因了。

《琐窗寒·重过寒山寺》作于1929年，系回忆二十一年前与俞粟庐、李季扬自虎丘至枫桥醉歌达旦的一段经历，想到"家乡信美，荡子经年如此"，而产生了"但孤篷梦醒霜天，恨逐回潮尾"的惆怅之感。

吴梅所作悼念之词不少，特别值得一提的是《念奴娇·追题郑叔问文焯冷红簃填词图》、《水龙吟·古微丈挽词》和《凄凉犯·题庞檗子遗词》，前二者悼师，后者悼友。

《念奴娇》作于郑文焯死后十年。郑曾号冷红词客，吴梅青年时曾从郑学词，此词系为郑文焯的《冷红簃填词图》所追题，用郑词语集成，词中"丝竹凋年，湖山送老，孤鹤生凄唳"数句，可谓将这位前清举人、内阁中书，又作过巡抚幕客四十余年，在苏州旅食而终的著名词人的晚年，概括得十分贴切，"孤鹤生凄唳"一句，既道出了郑文焯所号的"大鹤山人"，又道出了其似姜夔为人的特点。

《水龙吟·古微丈挽词》，据吴梅1939年元夕给龙榆生的信可知，曾八易其稿，文字与《霜厓词录》所载不同，此处，据《词录》所载援引于下：

暮年萧瑟江关，举头惟见河山异。抗声殿角，回槎岭表，乱云如戏。海峤莺花，吴门鲑菜，忽忽弹指。记听枫旧馆，隐囊挥麈，知珍重、林泉意。

还是悲歌无地，结沤盟、沧江鼎沸。白头吟望，十年栖息，一瞑不视。我自惊心，中仙去后，素弦慵理。算平生孤愤，秋词半箧，付人间世。

朱祖谋（孝臧）是晚清最著名词人，对词学贡献极大，王国维曾称道他“学人之词，斯为极则”（《人间词话》下）。吴梅青年时曾从郑、朱学词，并以己词得之于朱，所以他对朱是十分仰慕的。

挽词起句曰“暮年萧瑟江关”，以杜甫吟庾信诗化入，“举头惟见河山异”，这是因为朱曾是清礼部侍郎，入民国以后，以遗老自居，故此句甚切。以下，系朱祖谋一生事迹的略写：“抗声殿角”，将其中进士、授编修、擢至侍讲学士、礼部侍郎的经历均概括了，“回楂岭表”，写其出任广东学政事，而清末政坛与朱的仕途则以“乱云如戏”四字点出了。“海峤莺花”三句，系回忆朱的漫游江海及自己与朱的交往，而这些都成历史了。“记听枫旧馆”三句，特别强调了自己在听枫园听朱讲词及对其“归隐林泉”的印象。词换头曰“还是悲歌无地，结沤盟、沧江鼎沸”，将1910年的听枫园之会直接入以后的政局变动，从此，朱过的是“白头吟望”，直至“十年栖息”的生活，如今，“一瞑不视”，故人已矣。在“我自惊心”之后，作者以王沂孙（中仙）比朱孝臧，表达了对整理这位一代学人成果的担忧和无限的悼念。朱孝臧是前清遗老，吴梅是反清的南社成员，但在吴梅心目中，朱是词学大家，是老师，而不是侍郎，所以，对这位前辈的悼念，是建筑在历史地看待人的基础之上。

《凄凉犯·题庞檗子遗词，依石帚四声》是为悼念同里、同窗的南社诗人庞檗子而作的。其词如下：

玉田赋笔。经年懒，中仙一去萧瑟。可园试酒，横塘闻韵，俊游空忆。零星醉墨。更谁指、红楼信息。想当时、秋风旧国，两载入瑶席。　弹尽西州泪，几许骚魂，古藤阴侧。[1] 桂娥照影，也依依、故人颜色。漫谱吴丝，怕吹破、山阳夜笛。问吟踪、独有燕子尚记得。

庞树柏也是南社早期成员，在南社1909年11月的虎丘张公祠会上，曾被选为词选编辑员，在论词主张上，是传统的宗南宋派。他在辛亥革命后不久，即为地方恶势力所忌，积忧成疾，于1916年去世，是年，柳亚子、王莼农为他出版《庞檗子词集》，吴梅这首词即刊于卷首，后又收入《南社词集》。词上片的“可园试酒，

① 此句借秦观事以拟庞树柏。秦观曾作《好事近》一词：“山路雨添花，花动一山春色。行到小溪深处，有黄鹂千百。　飞云当面化龙蛇，夭矫转空碧。醉卧古藤阴下，了不知南北。”《诗话总龟》卷四十引《冷斋夜话》云：“秦少游在处州，梦中作长短句（词如上，略），后南迁北归，终于光华亭。时方醉起，以玉盂汲泉欲饮，笑视而化。”黄庭坚曾仿杜甫《存殁绝句》写过《荆江亭即事》：“闭门觅句陈无己，对客挥毫秦少游。正字不知温饱未？西风吹泪古藤州。”以陈师道在而秦少游死，写一存一殁，并悼秦。

横塘闻韵”，“零星醉墨。更谁指、红楼信息”，“想当时、秋风旧国，两载入瑶席”，回忆了自己与庞读书在沧浪亭畔，同席二年，及在可园、横塘等处的游踪吟屐。下片的“几许骚魂”四句，以冷色的笔触描绘了一个净洁的灵魂，结句的“问吟踪、独有燕子尚记得”，则以己作《双飞燕》词，庞有和作之事，表达了出自胸臆的真挚之情，在回忆中加深了悼念。

吴梅词中咏物之作不少，题画词也不少，分见于《词录》和《霜厓读画录》中。这些作品并没有很高的思想价值，但在艺术上有一定特色，下面将另作分析。

吴梅词的艺术

王、郑、朱、况被称为清季四大家，标志着词的最后一峰，是与他们身经清季的风雨飘摇息息相关的。叶恭绰说：“彊村翁词，集清季词学之大成，公论翕然，无待扬榷。余意词之境界，前此已开拓殆尽，今兹欲求声家特开领域，非别寻涂径不可，故彊村翁或且为词学之一大结穴。”（《广箧中词》二）

吴梅精研词学多年，且又受教于郑、朱二家，他的词作和词论是实践与理论相统一的，他又精于词律，深通词乐，且所作词，“长调涩体，如耆卿、清真、白石、梦窗诸家创调，概依四声”（《霜厓词录自叙》），约束至深，出之自然。对于前人积累的大量艺术手法，都能运用得驾轻就熟，颇见功夫。

但是，因为词的时代毕竟过去了，在前贤巨匠面前，吴梅的词终难以见到独到的创作个性和艺本特色。分析吴梅词的艺术性，主要谈两方面：技巧的精能圆熟和风格的多样化。

被龙榆生选入《近三百年名家词选》的《临江仙》，是一首艺术性很高的词：

> 短衣羸马边尘紧，五年三渡桑干，漫天晴雪扑雕鞍。旗亭呼酒，黄月大如盘。　　苦对南云思旧雨，杏花消息阑珊。新词琢就付双鬟。紫箫声里，看遍六朝山。

这首词，大约作于从北京南归后的1923年，虽短短十句，但工于言情体物，在离合、虚实、疏密、点染等手段运用上，都很有可称道之处。

吴梅于1917年秋，应北大之聘北上，1922年秋受聘于东南大学，在北京前后五年。在这首词中，对在北方的五年生活，他显出倦游和思归之意，回忆这段生活，总体上呈“动”态，而南归后，则显得悠闲，明显地见“静”态。

“短衣羸马边尘紧，五年三渡桑干”，在北京五年，政局不稳，战事频仍，“边尘紧”点出了形势，“短衣羸马”，则见自己的来去匆匆，难以安定，“五年三渡桑干”，指1918年秋的迎眷北上，1920年的回苏州消夏和1922年的举室南归。这两句，写出了政治中心的动荡和自己的羁旅生活，可谓以疏疏的染笔，浓缩时间和经历，造出了国势苍黄变幻，个人难以安居的氛围。“漫天晴雪扑雕鞍。旗亭呼酒，黄月大如盘”，这三句可谓点笔，在五年北国生活中，截取了一个最有特色的画面：“漫天晴雪扑雕鞍”，既漫天大雪，又是天晴，这是北中国特有的雪，一个“扑”字，足见“燕山雪花大如席”虽是夸张，却不失其态。“黄月大如盘”，这不是南国可见的临于亭阁花树之上的冰轮玉镜，而是广漠旷野之上的月亮。北方的雪，是晴雪，雪过之后，即可见月，不是南方那样的阴霾芊绵。这三句足现了北方自然景物的特色，又表现了富有浪漫气息的生活，更可见吴梅“体物”的功夫。纳兰性德有“夜深千帐灯”（《长相思》）之句，这“黄月大如盘”可谓异曲同工，写北国之夜，真是二百年一敌手，如果说“漫天晴雪”三句是实写的点笔，那么，换头二句，则济以疏荡的虚写：从前面写实之景，入于实中见虚之情。“苦对南云思旧雨，杏花消息阑珊”，这二句将虞伯生著名的《风入松》“杏花、春雨、江南”句，熔铸得如同己出，表达了自己在北京时眷念江南的感情。下面，以时空的大飞跃，突接入“新词琢就付双鬟。紫箫声里，看遍六朝山”，将南归后闲适之意、满足之情，通过琢新词、听紫箫，看山看水的“实”写，宛转轻倩地表达了出来。

又如《六丑·虎阜秋眺偕仲清作》，全词悲秋怀古，游踪羁怨，酝酿交融，写得声情宛转，神完气足。词如下：

> 又秋光照眼，遍七里、飘花坊陌。万峰笑人，窥窗抛黛色，独步烟驿。暗念吴宫怨，鹧鸪声老，送锦帆如墨。前朝恨事沙沉戟。破楚门边，红心草碧。颓垣断桥休惜。待邀他客燕，闲话今昔。　江东裙屐，怕山灵未识。路转招提渺，天地窄。当年翠辇无迹。问南巡旧梦，牧童横笛。留宸藻、忍看题壁。嗟十岁，客里单衣瘦马，故乡轻掷。西风外、一望京国。想暮鸦、换了长洲树，空成泪忆。

此词起句以“又”字领起，声宏气壮，足能压住下句，提起全篇，且使一年一度的节序更变及人所常有的登高眺远之举凸现出来。“秋光照眼”四字，界于情景之间，下句在似应接入情时却不接入，只在景中摇漾：“遍七里、飘花坊陌。万峰笑人，窥窗抛黛色。”一个“遍”字，使“秋光照眼”之后，语义即刻逆转，明媚的秋光竟连着“七里飘花坊陌”的衰谢秋色。但是，此处并不顺道以言愁情，却又紧接一“逆”：“万峰笑人，窥窗抛黛色”，展现在读者眼前的空间从“飘花坊陌”立变为“万峰笑人”，视野为之一宽。一“笑”字，紧接一“窥”字、一“抛”字，无生命者立有生命，山成动态，境界全出。在展现了这幅秋色图后，“独步烟驿”以下八句，时空融混，景物交替，织出一片苍茫的情意，上语的“待邀他客燕，闲话今昔”即总收上片缓缓道来的怀古之意，换头的“江东裙屐，怕山灵未识”，以时序已换，世变方殷，诘之于仍滞留古代的山灵，以虚设之问来实证时光之逝。“路转”以下六句，写出了边游边想、边想边看的情景，姑苏虎阜的数千年兴亡，只以“前朝恨事沙沉戟”七字概括了尽，但“当年翠辇无迹”四句，却突出了清代康乾极盛之世，皇帝南巡江南之举为“旧梦”，而皇帝御笔题词的“宸藻”，竟用了“忍看”二字，所以上片的怀古见“疏”，下片的怀古见“密”。在这由景见情、动静相佐的几句之后，接入“嗟十岁，客里单衣瘦马，故乡轻掷”，从怀古之思转到自身之想，从动的感喟转入静的遐想，从又见秋光，一年将过，感叹自己的十年客游，轻别故乡，辜负了故家山水风物，是多么可嗟可叹。然后，又凭高凝眸，“西风外一望京国”，此时，作者仍在南京任教，所以又展开想象，神思驰至“京国”：如果那儿的暮鸦栖息的是故乡的长洲树，那么自己就不是“故乡轻掷”，但由于那儿还是钟阜石城，所以，只能“空成泪忆”了。

这首词并无值得特别称道的内容和惊人的构思，但是，它的精于炼字（如写山的“笑”、“窥”、“抛”，写自己心理活动的“暗念”、“轻掷”），它的工于琢句（如“飘花坊陌”、“独步烟驿”、“空成泪忆”），它对于离合、顺逆、疏密的应用，它的开阖变化，转接钩连，都很见运斤之功。可见吴梅写词，既得前人规矩，又有其巧。尤其是依清真、白石、梦窗自创之调，恪守四声，却又流利宛转，不是佶屈艰难，更其见举重若轻的本领。

吴梅的词不仅显现了精能圆熟的技巧，而且体现了多样化的风格。

他的《洞仙歌·出居庸关登八达岭》、《水龙吟·昌平州谒明陵》等作，都是很见豪气的作品。但他的《眉妩·长安秋感》、《寿楼春》（吹琼箫商声）、《清平乐·和张孟劬》、《湘江春月》（伫楸阴）、《雨霖铃·秋夕蕉庭独步》、《倾杯》（落叶江城）等作，则是典型的婉约之作。

他的题画词，如《清平乐·次玉田韵，又题所南兰卷》的“骚魂呼起，招得灵均鬼。千古伤心留一纸，认取南朝山水”；题龚半千画册《生查子》的“突兀矗晴空，留此真山面。不似望匡庐，隐隐云中见”，“湿雾束山腰，荡漾成云海。古寺踞山巅，更在层云外”，“烟树湿云封，十丈如虹带。大地雨声中，顷刻山容改”等，均大气磅礴，压纸欲飞，确有“豪宕透辟，气力可举千钧”（夏敬观《忍古楼词话》）之概。但是，《蕙兰芳·湖帆得马守真辟素兰画卷，合装成卷，属赋此解》中的“梦回听雨，正恨销玉楼弦索。染风绡热泪，写出空山荒萼”，《虞美人·潘生景郑承弼属题先德兰石卷》的“卷帘凉思入疏襟，谈墨无多凄绝少年心”，则很见凄怆幽折，深沉抑郁。

他的咏物之作，体现出的是婉约的风格，但所作又各有面目。“漫恋小扇轻罗，已临风惊散。认疏囊照彻清华馆。三更后伴着霜蟾叹。尽悟到宿草前身，忆隋宫月断”（《拜星月·咏萤次清真韵》），“冰壶乍洗凉魄，怕绛阙高寒，来去无翼。试问殿秋芳蕊，好景谁惜”（《露华·咏桂倚碧山体》），除了没有那种哀恸至极的情怀和寄托之意外，在词句和意境上，都很有王沂孙的面貌。“晚寒急，放下彤帏，消领浓芳。年光，已残腊，节候惊心，旧圃都荒”（《雪梅香·腊梅》），“应念江空岁晚，对金缕旧歌，不堪重展。路入阳关，有谁高处吹芦管？红楼几度催刀剪”（《垂杨·秋柳倚陈西麓体》），这种以物寄意，从物候叹年光的风格，颇似吴文英。“最难排遣，四山烟雾，半宵歌酒，那是怕问苹洲信息。难猜梅子阴晴，乱愁凝，琼壶又添漏声”（《八六子·白莲次淮海韵》），“绿萼红葩晓雾轻，时已清明。满街吹起饧箫醉，正玉人、薄饮初醉。故乡烟水阔，开到神京”（《看花回·杏花》），则颇得周邦彦神髓。至于其“背西风行吟低首，一枝懒插乌纱。笑惊霜蓬鬓，对佳节惜年涯。尽静铢衣娇舞，更招携仙凤，乱落晴霞。寄相思杜曲，客子独伤高，忍再问两京好花”（《紫萸香·壬申重九怡园对菊》），却颇有苏轼、黄庭坚的气度。

吴梅作词，虽多接步婉约派，尤以清真为极则，但亦未尝不转益多师。如《水调歌头·过沧浪亭》就大有苏轼的气概：

> 禾黍故侯第，水竹谪仙居。此时携杖闲步，但少醉翁俱。红树青山如画，明月清风无价，俯仰足欢娱。结伴更消夏，十万拥红蕖。　耽泉石，争名利，总轩渠。谁云子美高旷？一序恋区区。未必溺人仕宦，安有忘忧池馆？人境足华胥。我醉欲眠矣，却笑子非鱼。

他的《鹧鸪天·答徐又铮》、《望海潮·吊戚南塘》等作，则颇见辛弃疾的面貌。

在语言上，他既有着意学清真、梦窗、淮海、碧山处，也有学苏辛处，还有如《醉翁操》这样的骚体之作。

总之，“瞿庵为曲学专家，海内推挹。词其余事，亦高逸不凡”（叶恭绰《广箧中词》三）。虽语焉不详，但作为总体评价，也还是适当的。

（二）吴梅的散曲

吴梅作为曲界泰斗，首先是世所公认的剧曲创作的成就，其次则是散曲。人们多以其散曲在词之上。当然，当时作词者众，作曲者寡，也是形成这一看法的原因。而与其他散曲作者相比，吴梅确也是凌驾众上。

吴梅的散曲，有卢前编的《霜厓曲录》行世。据吴梅自称：“余少嗜声歌，杂剧、传奇，闲尝命笔，小令、套曲，实不多作。”所作“大氐应友人之请，题赠酬应，殊无足观”（《霜厓曲录·自序》）。可见，他是以散曲为余事，以作剧曲之余力为之。

继元、明两代的繁盛之后，清人对散曲创作已很不重视，如果说明人多以作传奇手作词，那么清人则多以作诗词之手作曲，于此道多未入门。吴梅生当散曲创作之末世，所作非但谐律合谱，在内容、形式上亦多可称道，实也堪称为散曲创作的结穴者。

吴梅一生治曲，其散曲中也常涉及戏曲的内容。

《南吕七弦琴》（客有询南词盛衰者，赋此示之）是简述南曲盛衰史之作，用最精炼的语言对著名的曲律专家作了评述：

霓裳集众仙，迢迢俪年。中州正声留管弦，梁魏有心传。《白雪》谁能继？多亏词隐贤（谓吴沈璟）。细缠绵吴歈才显，留得新书廿卷（《南九宫谱》）。花雨洒芳筵，西楼嗣法盛推袁（谓袁凫公西楼）。南邻订律重逢院（沈璟侄自晋重订《九宫》，作《南词新谱》，最为善本，清代《南词定律》即本此）。珠歌翠舞，稗畦字妍（谓洪昉思）。花吟玉笑，怀庭调鲜（谓叶广明）。旧词场特地开生面，法部人间遍，沧桑亦可怜。如今是想当然，不堪弹泪对山川，待胜事，续吴天。

短短一曲，肯定了梁辰鱼、魏良辅、沈璟、袁于令、沈自晋、洪升、叶堂等戏曲家的贡献，而对今日的词场萧飒，有"不堪弹泪对山川"之感，且盼着曲学昌明的新时代，"待胜事，续吴天"，尤其将希望寄于昆曲发祥的吴地，而所列七个曲家中，除洪升为钱塘人外，其余六人都为吴人或在吴地生活多年者。此时的戏曲大家俞粟庐、吴梅、王季烈都是苏州人（或寓苏州），所以，大有南词复兴，舍我其谁之概。

《南吕懒画眉·海上观新乐府》表达了吴梅对新乐府表现出的生命力的赞赏和喜悦："延俄一笑呵，看五花爨弄，身在宣和。风前字字生珠唾，锦中拂拂散香螺。绰约仙姿，招得素娥。"（《大迓鼓》）而且，还表明了作为一个新乐府的作家期待看到演出自己剧作的心情："书生惯作闲功课，自掐檀痕字不讹，可演出旧阁湘真留侍我？"

从吴梅散曲中，可见他同著名戏曲家的交往，如《正宫刷子三太师·寄俞粟庐宗海吴门》、《北越调斗鹌鹑·寿粟庐七十》和《南吕懒画眉》的赠刘富梁等。他在寄俞粟庐曲中，有"问谁是怀庭伯仲？朝阳凤，有吴门数公"之语，颇见自负和自豪。他在祝俞粟庐七十寿的曲中写道：

事业屠龙，功名射虎。跌荡词坛，逍遥艺圃。白发青尊，红牙画鼓。老先生，兴不孤。桑海重轻，年华细数。（《北越调斗鹌鹑》）

通灵素，清心腑，仙家正路。探药鼎，守丹炉，道家旁户。养生旧方多野狐。惟君正宗人所无。导引精神，黄庭内府。（《三台印》）

俞粟庐以治曲为事业功名，立下吴中曲学的筚路蓝缕之功，以保持魏良辅正统的水磨腔，坚持昆曲正路。吴梅在曲中对此给予极高评价。

刘富梁曾选曲订谱，悉心订正曲文曲牌，详载宾白，注明锣鼓笛色，成《集成曲谱》一书，示学者以指南，亦是曲学功臣。所以吴梅的赠曲写道：

韵缠绵谱出《桃花扇》，倍工夫是石巢《燕笺》。更低按、粲花俊语，展湘筠、细写红鸳。把从来法曲都检遍，甫能够新声活现。周邦彦和尧章、玉田，一齐儿奔来腕下翩翩。

对刘富梁取孔尚任、阮大铖、吴炳所作诸曲一一订谱的工作给以很高评价，并拟之于宋词中的周、姜、张三家。

吴梅还有《南吕香遍满·题五伶六扇为陈万里鹏作》的套曲，对著名演员姜妙香、时慧宝、王瑶卿、贾璧云、王凤卿的演技和字画都作了赞颂。

凭吊古迹，抒发襟怀，是散曲的传统题材，吴梅集中亦有此类作品。值得一提的是《仙吕桂桂香·过明故宫》：

东城宫市，西清图史，现如今剩水残山，问什么王孙帝子！赋长干旧行，赋长干旧行，有多少青溪花事，白门秋思？只留得柳丝丝。金粉萦前梦，湖山想盛时。

［前调］　南都经始，北兵飞至。问当初祝发皇孙，有多少传闻遗事？更弘光半年，更弘光半年，春灯燕子，金盆狗矢。不多时，野草迷丹阙，秋槐发别枝。

［前调］　江山如纸，宫门如市。小朝廷病入膏肓，经不起群雌狂噬。剩荒沟一条，剩荒沟一条，石桥犹是，兴亡几次。更何之？旧国无遗迹，觚棱入梦思。

这三支曲子，发怀古之思，深刻谴责了南明弘光朝的君臣欢宴，竞演阮大铖《春灯谜》、《燕子笺》，不思北国大兵压境的腐朽情景，其中“金盆狗矢”一句，可谓将弘光帝及其亲信都骂尽了。在“江山如纸，宫门如市。小朝廷病入膏肓”之时，阉党余孽的马阮之流，把持朝政，“群雌狂噬”，他们卖官鬻爵，排斥异己，江北四镇不以国事为重，争权夺利，互相结怨，以至史可法只剩一支受掣于朝廷的孤军，使福王政府之败成为必然，真是：“甲申之变，留都立君，国是未定，顾乃先朋党，后朝廷，而东南之祸亦至”（吴伟业《清忠谱序》）。所以，过明故宫，怅想前朝，还止不住满腔悲愤。

《黄钟狮子序·登陶然亭》套曲也是值得注意的作品，其第三曲《赏宫花》中的“云飞帝畿，排空雉堞低，蒹葭秋水远，杨柳晓风微”四句，真可谓写生妙笔，写秋景不见衰颓萧飒，且景中显情，有很高的艺术性。

吴梅十九、二十岁时，两度应江南乡试，近二十年后，他在南京写了《商调山坡羊·过旧贡院》，在怀旧中表达了一种沧桑之感：

明远楼更筹都废，至公堂风霜未圮。二十年乡科早停，想当时、短尽书生气。秋草肥，秦淮花月非。便几间短屋，历遍沧桑矣。身外浮名，人间何世？东西，文场改旧基。高低，层楼接大堤。

他少年时的同窗好友潘养纯，就是因为在1897年下第后，抑郁不乐，于1901年仅二十二岁时就离开人世，“短尽书生气”，确有很深的感慨。

吴梅散曲中，为数最多的是题咏之作，其中，最值得注意的是《越调小桃红·题徐寄尘自华西泠悲秋图》。

这套曲子是为悼念女革命家秋瑾而作。1907年7月6日，光复会会员徐锡麟在安庆匆促行事，刺杀安徽巡抚恩铭，被捕牺牲，一星期后，准备响应徐的秋瑾被捕，两天后在绍兴轩亭口就义。她的盟姊徐自华兼擅诗词文章，曾积极赞助秋瑾的革命活动，秋瑾牺牲后，她万分悲痛，深夜打着火把入山寻找秋瑾遗柩。陈去病与徐自华相识，与之共立“秋社”，门上对联写道：“秋菊有佳色，社会惜此人”，将激愤和悼念深寓平淡蕴藉之中。1908年2月，陈去病与徐自华等人于杭州西泠桥畔会葬秋瑾，并作《鉴湖女侠传》，但1908年11月，秋瑾墓就被清政府挖掘，只得被迫移棺，暂埋文种山。《西泠悲秋图》即是徐自华请人绘于此时。辛亥革命胜利后，秋瑾墓重筑在西泠桥畔。吴梅的这套散曲即作于徐自华征人为《西泠悲秋图》题咏之时。套曲写道：

一湖烟水六条桥，是绝妙的寻诗料也。怎生的秋风秋雨，半天寒色叫鸱鸮。叹尘世上恨难浇，对着这草断肠，树弯腰，只办得寻佳梦，向黄泉告也！寸心儿有恨难消，便做成堕泪好碑文，问后世几人瞧！

［下山虎］ 半林夕照，红上峰腰，孤冢无人扫，柳丝几条？记麦饭香醪，清明曾到，怎三尺荒茔也守不牢，此情那处告！墓中人恨尔曹。满地红心草，杂花乱飘，你敢也侠气英风在这遭！

［五韵美］ 这边厢邻苏小，那壁厢风波亭下岳少保。似这等青山埋骨应含笑。天荒地老，写秋怀有几多凭吊！心还热，魄已消，忍重读姊妹年时，断魂旧稿。

［忆岁娇］ 你看秋月高，秋梦遥，再莫向秋原恸市朝，把闲愁都付浙江潮。秋影迢迢，秋影迢迢，才折证十年故交。

［尾声］ 西泠风景天然好，添这一抔土与后人悲悼，兀那冷悉飒的秋魂还须纸上招。

这套曲子，以悲秋起兴，在风雨寒鸦声中，紧扣“秋”字，以秋瑾临终绝笔的“秋风秋雨愁煞人”，点染出凭吊英烈的深沉意境，表明“有恨难消”的满腔激愤，寄望于后人莫忘先烈。又以“忍读姊妹年时，断魂旧稿”，突出了为秋瑾盟姊、工于诗词的徐自华题图之意。通过“怎三尺荒茔也守不牢，此情那处告！墓中人恨尔曹”表达了对清统治者将秋瑾坟发棺平墓的愤慨。曲中以秋瑾坟茔与岳飞墓为邻，青山埋骨，给后人凭吊，赞扬了秋瑾烈士的精神不死，其思想性是很高的。这一套曲情怀悲壮而又幽折沉郁，既无衰颓萧飒之姿，亦无矜气作色之态，也不同于元曲中涉及时势时常有的“抑圣为狂，寓哭于笑”的风格，显得感情真挚，出辞自然而工炼。尤其是《下山虎》一曲，其中第一字、第四句、第八句、第十一句，均四声不得移易一字，是从来曲家公认难于下笔的，但吴梅却显得游刃有余，写得尽善尽美。

绘图题咏，是古已有之的风气，南社成立后，成员极多，这种以图画广征题咏，以文会友之风又兴盛起来，《霜厓曲录》中题咏之作甚多，还有写宴游和怀人赋物之作，但在思想意义上价值并不太大，故论述从略了。

散曲异于诗庄词媚，以俗、趣见长。在清末诗风形成同光体，词风耽于吴文英，文学语言变得诘曲晦涩，幽峭难明之时，吴梅的散曲却散发出自然质朴的气息。如《仙吕步步娇·题金菽缘鹤翀慈乌村图》：

四面青山都如画，随处堪潇洒。这是寻常百姓家。掩上篷门，不求闻达。一带竹篱笆，淡疏疏好个村庄也。

［醉扶归］　这一答纸窗竹屋春风乍，那一答板桥流水夕阳斜。弄机妇女少奢华，读书子弟多风雅。只要得闲中岁月冷生涯，煞强如齐家治国平天下。

［皂罗袍］　再莫向名场丢搭，做一个清闲自在老实庄家。柴门倚杖数归鸦，瓦盆试火烹新鲊。春初剪韭，雨前冲茶。中秋桂子，重阳菊花。指桑林、说几句田园话。

（下二曲略）

清代黄九烟说过：“愚尝谓：曲之体无他，不过八字尽之，曰：‘雅俗共赏’而已。论曲之妙无他，不过三字尽之，曰：‘能感人’而已……制曲之妙，虽尽于‘雅俗共赏’四字，仍可以一字括之，曰：‘趣’。”（《制曲技语十条》）

吴梅的这套曲子，就写得清新通俗，出于天然，充满生活气息，确能做到雅俗共赏。

至于“趣”，则可读他的游戏之笔《商调黄莺儿·题虫天图》：

俗语破天荒，鹭鹚壳做道场。丹青妙手，画出荒唐相。蝼蛄打梆，蜣螂点香，苍蝇说法，更有青蛙唱。紧提防，戒坛高处，怒臂起螳螂。

以拟人之笔，为昆虫画像，充满生气，很是有趣。

曲不同于词的含蓄蕴藉，要的是尖新显豁，跳踉飞动，“词静而曲动，词敛而曲放，词纵而曲横，词深而曲广，词内旋而曲外旋，词阴柔而曲阳刚”（任讷《散曲概论》)，至其语言，则是“意常则造语贵新，语常则倒换须奇”（王骥德《曲律》)。吴梅的散曲也常用叠字、博喻等法求尖新奇幻之语，以排比句式，造成奔腾豪放之势。叠字句如：“暖溶溶条风薰处春如酿，淡濛濛花雨飞时土亦香”，“正闹茸茸万家竞赏，俺静悠悠独自徜徉”（《仙吕解三醒·都城春游》)；排比句如：“花色清扬，花气芬芳，花态端庄，花意微茫，花梦翱翔，花度安详”（《北仙吕青哥儿·壬戌南归，至海上龙华观桃花》)，“一个江文通赋红蕉词传金缕，一个谭元春吐青莲禅悟金篦，一个愤唐衢撑白眼黄陵痛哭，一个俊韦娘歌红豆翠袖偎依”（《北南吕一枝花·题祝心渊望岳图》中《梁州第七》)。都很见特色。

尤其值得指出的是，吴梅由于才大，所以在很受约束的曲中，常能称心而言，而不落斧凿痕。上面所举的题西泠悲秋图中的《下山虎》是一例，《北仙吕青哥儿·壬戌南归，至海上龙华观桃花》中增句二十余又是一例，而《北双调折桂令·题谢平原读书图，戏效虞伯生短柱韵》更见其才。此曲如下：

> 横塘一望空凉，梦向苓乡，无恙渔庄。画舫琴堂，文窗书幌，俯仰羲皇。话沧浪龙冈门巷，卧沧江元亮柴桑。绛帐笙簧，金榜文章，怎样思量，一饷都忘。

虞集《折桂令》短柱体见于陶宗仪《辍耕录》所载，二字一韵，极为难作，吴梅此曲却作得流利自然，声情相称，这是很不容易的。

吴梅的散曲语言受传奇影响颇大，所以近于明清作品，如与元代散曲相比，则其俗、趣、尖、巧等方面，还相去一截，这大概也是时代之使然吧！

（三）吴梅的诗

吴梅以词曲家为世所称，在南社中，其诗名被柳亚子、陈去病、黄节、苏曼殊等人所掩。但他自编的《霜厓诗录》非仅数量超过《词录》、《曲录》总和（诗三百八十一首，词一百三十七首，曲计小令六十八，套数二十合一百另三，共一百七十一)，就内容而言，也远较词与散曲丰富，且编年较早（起于1898年)。其一生经历、过从交往、政治观、文学观，均可从《诗录》中见之大概。就艺术而言，也不在著名诗人之下，实不容忽视。

吴梅的一生，是爱国主义者的一生，他的诗中充溢着爱国精神，这种精神是通过对时事的关切，对历史人物的褒贬，和对历史事件的回忆、评判表现出来的。

青年吴梅悲歌慷慨，为纪念谭嗣同等人的惨遭杀害，他于1905年写了《草苌弘血传十二章，为戊戌政变死事六君作》：

宣室虚前席①，公车动万乘②。圣心原至孝，天意靳中兴。四海容张俭③，倾朝逐李膺④。史家论党狱，功罪总难凭。

三字风波急，爰书未易宣。碑传元祐籍⑤，箭发本初弦⑥。举目空牛李⑦，伤时托管弦。菰庐闻见隘，于赋帝京篇。

此时，六君子已死难七年，八国联军的入侵，庚子的议和赔款，俄军的占奉天，日俄战争在我国国土的进行，使中国愈形积弱，因此，吴梅对被禁于瀛台的光绪帝十分同情（吴梅曾为赵祥瑗的《枯井泪杂剧》润辞，表达了对光绪、珍妃的同情），回忆戊戌维新之举，发出了"圣心原至孝"之喊，并感叹维新未成，是"天意靳中兴"，他以张俭、李膺等历史人物比拟六君子，则明显地斥责西太后、荣禄辈，以"史家论党狱，功罪总难凭"之语，预示着后人将正确评价历史，判明维新志士和顽固派的功罪，这在慈禧仍掌权之时，不能不说是极为大胆的呼声。在第二首中，吴梅用"碑传元祐籍，箭发本初弦"二句，以历史比附，谴责了现实中的高太后临朝——慈禧执政，和叛卖告密的袁世凯。在党争正罢、国难未休之时，"伤时托管弦"，用戏曲表达自己的痛惜维新失败、中兴难期的心情，在当时资产阶级革命即将掀起之前，吴梅虽未有推翻帝制的要求，但这种在列强侵略下痛惜国家江河日下，从而凭吊"中兴"之机的戊戌变法的爱国主义精神，仍是很可贵的。

除直接寓论于诗以表达对时事的关切外，吴梅诗中还有以古刺今的篇章。

1900年，正当"庚子之乱"，少年吴梅写了《咏史》一诗：

当宁雄心敛，中宫暮景孱。满堂走魑魅，孤注掷江山。豆粥思元后⑧，旌旗动百蛮。隐忧非旦夕，管蔡本殷顽。

① 李商隐《贾生》："宣室求贤访逐臣，贾生才调更无伦。可怜夜半虚前席，不问苍生问鬼神。"宣室，汉未央宫正殿。这句借汉文帝求访贾谊，喻光绪皇帝重用维新派人物。

② 1895年，康有为以举人应试，发动公车上书（第二次上书），都察院拒不收，但折稿被散发，影响颇大。榜发后，康成进士，授工部主事，又上书陈策，分富国、养民、教士、练兵四项，得光绪帝赞许。

③ 张俭：后汉高平人，字元节，曾劾中常侍侯览，览怒，诬以党事，遁去。望门投止，莫不重其名行，破家相容。

④ 李膺：后汉襄城人，字元礼，桓帝时为司隶校尉，以事杀张让弟，宦官畏之。后宦者坐以党事免官，灵帝时复列于朝。与窦武杀宦官，未成，被杀。

⑤ 元祐：宋哲宗年号，时高太后临朝，相司马光，罢王安石新法，世称元祐之政。

⑥ 本初：后汉袁绍，字本初。此处指袁世凯投靠荣禄，出卖维新派。

⑦ 牛李：唐牛僧孺与李宗闵，《新唐书》一七四《李逢吉传赞》："僧孺、宗闵以方正敢言进，既当国，反奋私昵党，排擎所憎，是时权震天下，人指曰'牛李'非盗谓何？"

⑧ 豆粥：《后汉书·冯异传》："光武自蓟东南驰……至饶阳无蒌亭，天寒，众皆饥疲，异上豆粥。明旦，光武谓诸将曰：'昨得公孙豆粥，饥寒俱解。'"元后，指君主。

这首诗，名曰咏史，实际上是对现实政治生活的针砭。在帝国主义联军虎视中国，“旌旗动百蛮”之时，竟是“满堂走魑魅，孤注掷江山”，此时，作者怀念着变法失败而被囚的光绪帝，故曰“豆粥思元后”，并指出国事之不堪言，已不是旦夕之事了，因为现实生活中的管蔡之流与“殷顽”是一丘之貉。

1915年7月，袁世凯授意美国顾问古德诺写出《共和与君主论》，说中国“率行共和制，断无善果”，而“如用君主制，较共和制为宜”，于是，杨度等人即以为据发起“筹安会”鼓吹帝制，此时，北京和各地的官僚军阀策动的各种请愿团体，上书要求袁世凯称帝。于是，同年12月12日，经参政院据“民意”劝进，在这一片“美新已见扬雄颂，劝进还传阮籍词”（柳亚子《孤愤》）的鼓噪声中，袁世凯宣布接受“推戴”，预定自翌年（民国五年）起改元“洪宪”，准备举行“登极”大典。但是，由于内外压力，袁世凯不得不在1916年3月宣布撤销帝制，并在众叛亲离、举国声讨的窘况中于六月死去。吴梅写于这一年的《读汉书王莽传》就是以古刺今之作。诗开头就说：“巨君创新室，得诸寡妇手”，以王莽（字巨君）立“新”朝，实出于太皇太后王氏之手，来比附袁世凯的“帝基”实际上来自慈禧，而“历代劝进文，言之不知丑，狐媚取天下，笑破石勒口”之后，则直指现实：“天地何不仁，我生丁阳九，举世陈符瑞，山川亦蒙诟，苟非大命倾，陆沉恐已久。”对袁世凯复辟帝制的丑剧进行了无情的讥刺。

无论是清政府还是军阀政府，或困于内患外交，或忙于争权夺利，对于文化学术是不关心的。1900年，著名的敦煌莫高窟发现了“藏经洞”，但愚昧的清政府不肯出运费将文物运出，竟下令封存，以至造成斯坦因和伯希和的三次大规模劫掠，使敦煌宝物流失国外。对此，吴梅在《读陈万里鹏安西游记》一诗中写道：

> 海内骚然日，长歌出玉关。阮生携屐去，霞客记游还。五岳起方寸，三边识羽纶。最怜古图籍，槖载入西蛮。

表达了对文物被劫的深深愤慨。

1931年，日本帝国主义发动“九一八”事变，吴梅写了《闻辽沈警讯》，有“城郭人民夜哭高”和“严疆万里等鸿毛”之句，对东北人民的苦难和国民党政府的腐败，一哀一怒，态度鲜明。不久后，又写了《闻海上警讯》一诗：

> 行路皆知司马心，侧身东望隐忧深。可怜壮士空投袂，未与元戎决纵擒。

指出了日本大举侵华，正是“司马昭之心，路人皆知”，但面对这种形势，尽管壮士投袂，准备意气风发地投入抗日的战斗，可是“元戎”却不示孰纵孰擒之决策，其弦外之音自然是清楚不过了，因为从东三省之失就可以知道，“元戎”是奉行不抵抗政策的。

吴梅的爱国主义精神，还通过诗歌中对历史人物的褒贬表现出来。

1905 年，他曾写了《昆山拜刘改之墓》二首七绝：

> 毳肩斗酒渡江干，绝世知音得幼安。故国空余天水碧，玉山佳处认衣冠。

> 老去相如仍作客，天生李广不封侯。铁崖残志今重读，半壁江山万古愁。

诗中，对南宋著名文学家，以布衣而关怀国事，力主北伐，成为辛弃疾战友的刘过，表示了崇敬之情。刘过力主抗金，而吴梅反满，从这点看来，在凭吊之中似有寄托之意，而当时的爱国主义，正是通过种族主义表现出来的。

吴梅还在《永历玉玺歌》中写道："大明数尽周亦亡，当年何苦为虎伥？南游倘读鸡山勅，流涕应思李晋王。"表达了对坚持抗清的李定国的敬仰和怀念。

一方面是对民族英雄的敬仰，另一面则是对奸佞的鞭挞，《碧云寺见魏阉墓》则是代表作：

> 谁将狗矢贮金盆，层塔巍峨对夕曛。漳水已迷曹氏冢，梵宫犹有大珰坟。从知天下无忠佞，留与人间广见闻。莫笑须眉如妾妇，巨魁遗蜕至今存。

吴梅不仅是个爱国主义者，而且又是一个民主主义者。辛亥革命前，他为推翻清政府而呐喊，辛亥革命后不久，中华民国临时政府在南京成立，但南京临时政府的九名部长中竟有立宪派和旧官僚六人，以至"政府号令，不出百里"（《太炎先生自定年谱》，载《近代史资料》1957 年第 1 期）。袁世凯看准了革命派的妥协性，取得了让与政权的保证，同时，策动军队、官吏胁迫清帝退位，于是，孙中山辞职，由袁世凯任临时大总统。对此，吴梅写了《一夜》："一夜传军檄，九州移版图。朝廷崇禅让，南北罢师徒"，既有欢呼，但对袁世凯当政，又有所担忧。在 1912 年的《元旦书怀》中，有"来日阴晴事大难"之叹，表明了对国事的隐忧。他又在《悲哉行》诗中，为人民遭受的战争苦难发出沉痛的叹息和呼号，表现出对民生问题的关心。以后，他与政治关系疏远了，过的是书斋讲坛的生活，但是，对人民生活的关心还是时有流露，1936 年，他写了《出郭观刈麦有感》：

> 湖田量遍贯长头，绕郭新塍一网收。两岸好山青脉脉，万畦新麦绿油油。催科豪似跳踉虎，留命难于觳觫牛。漫对良苗添喜色，未清官赋要徒流。

对地主的催租逼债，农民的难于度日，作了形象的描写，指出了农民贫困的根源在于"官赋"的剥削。

吴梅还有一部分诗用以表达自己的文学观点，这也是不容忽视的。其中《读近人词集》四首，《吴骚行》、《读盛明杂剧诗》三十首，集中表达了自己对词曲的见解。

《读近人词集》用诗歌的形式探索了词作为“诗余”的涵义，推崇了南唐后主后期的作品，表明了对张惠言、周济的比兴寄托说的看法，并从音律角度追述词史，是吴梅早期词论观点的重要纪录。

《吴骚行》实际是以歌行形式来写简明戏曲史，在四十二句共二百九十八字中，既道明了戏曲的起源，又评价了历代曲家，他还通过“近日文坛不知乐，即言度曲亦儿嬉。怀庭制谱遵古律，俗工不解群讥嗤。阳春雅奏咸同绝，吁嗟孰令吾生迟”表示了对戏曲不遵谱式的不满和自己出生太晚的遗憾。

《读盛明杂剧诗》对三十种明杂剧作了评价，其中有些见解不容忽视。

吴梅诗中，也有糟粕，最显著的是《太平玉玺歌》中对太平天国革命的不正确看法（《悲哉行》中亦有），和对孝道、孝女的过多歌颂。

《霜厓诗录》中怀古和赠答之篇均较多，因其内容与《词录》、《曲录》中相差无几，故论述从略了。

吴梅自己称“诗得散原老人”（见《遗嘱》），可见清末宋诗派主将陈三立对他的诗歌创作发生过很大影响。陈三立在戊戌变法时曾起过进步作用，但反对民主革命，所以激进的南社成员在“诗以人传”、“言以人废”的思想指导下，提出了“立身一败，万事瓦裂……虽有文采，其何足称述”（柳亚子《青箱集序》，《南社》二十集）的观点。吴梅虽也是南社成员，但却能区分政治与文学，他从陈三立学诗，与陈的交往也一直持续始终。吴梅虽受陈三立影响，但又不专走宋诗途径，从其全部作品来看，艺术风格是多样的，他自称：“不开风气，不傍门户，独往独来，匪今匪古”（见《诗录》卷首），事实确如所言。

吴梅诗的总体风格不像柳亚子那样激昂慷慨、热情喷涌和充满鼓动力，他早年的剧作趋于“外向”，诗却是较为“内向”的，而且，较少浪漫主义气息，较多现实的叙事和感叹。

他的七言古体，用厚力横铺，遒劲而有筋骨，不失盛唐之风。如《旧院行》的“一自中原催战鼓，十里朱楼罢歌舞。南渡衣冠异昔时，西昆弦管翻新谱。我今重上凤凰台，古意苍茫付酒杯。画舫晴波齐打桨，可怜故国埋蒿莱。”颇有受李白影响的高启风貌。

吴梅的歌行，能写得一气流转，如《康山草堂歌》，以“扬州城北森高冈”破空而来，很有气势，下接：“半空突兀十丈强，尽道对山张乐地，至今此山犹姓康”，进入“康山草堂”主题，接着，六转其韵，概括了康对山一生的事迹及为人，对其浪漫性格极表赞赏，结尾以“龟年遗谱渺江南，指点名山付麈谈。更有行春花髻客，滇中谁念杨升庵”四句宕开，从康海这个状元转到另一状元杨慎，表达了对这二位兼工诗文词曲的先辈的敬仰。全诗层次井井，推进自然，很见伏应转接，开阖变化之工。

吴梅的七言长于五言，他的七绝能写得轻倩流利，七律工于对仗，长于此兴。

七绝如《仓桥记游诗》中的：

吴歈夙著水云乡，记曲红红却姓张。曾向万荷花里卧，月明天淡听霓裳。

淡扫娥眉试薄妆，盈盈一水展吴航。行人两岸都回首，争看西楼白凤凰。

《扬州杂诗示任生中敏讷》中的：

玉钩衰柳换栖鸦，迟我行吟薄笨车。十里珠帘罢歌舞，此游何处问琼花?

晴空灵塔耸崔嵬，高下楼台水面开。五载京华时入梦，错疑北海荡舟回。

都写得流功自然，清新有致而又安恬妍婉。

吴梅的五七言律都工于对仗，如七律《大梁怀古》第二首：

吹台遗迹渺难知，水天珍闻系我思。开国已抛燕赵地，传家差胜汉唐时。秋风禁苑花纲石，明月樊楼乐府词。若向宣和谈气节，廷臣还逊李师师。

非但在怀古中对古人寓褒贬，而且诗中对仗可谓文义、音律俱佳。

又如五律《山峡避兵图为林山腴思进作》：

微尚寄寥廓，古城多鼠狐。陆游甘去蜀，张翰老思吴。旧雨酬佳节，名山想霸图。频年警风鹤，隐患未全无。

其中三四句典故、对仗俱胜。

他1937年避寇汉口时写的《中秋汉上对月》曰：

人世波澜孰定踪，携家破浪出江东。惊弦弱鸟难高举，照海新蟾又满空。骨肉羁栖千里隔，楚吴迢递一轮同。堆盘菱芡欢儿女，正学铙歌唱大风。

不仅对仗工整，而且以“惊弦弱鸟”比自己这一类难民，确是十分贴切。

刘熙载说：“五言质，七言文。”“长篇以叙事，短篇以写意，七言以浩歌，五言以穆诵。”（《艺概·诗概》）吴梅所作，大体是相合的。

由于受宋诗影响，吴梅诗用典使事较多，读来未免费力，其五古之作常有瘦硬磊抉之感。

比起他的戏曲、词和散曲，能显出个人艺术特色处不多，所以，他的诗名在词曲之下，也是很自然的。

吴梅自己说过："诗文词曲，颇难兼擅。"（《蠡言》）他论经论史之作，在辗转避兵时，未及相携，犹留故里，因此，他的文集未遑厘订行世。但从诗词曲来说，吴梅可谓兼擅，这在晚清文人或南社作家中都是罕见的。只是在旧文学正被新潮流冲击荡涤之时，对这样一位大家，只能有"吁嗟孰令吾生迟"之叹了！

七 结 语

我国的近现代是激烈动荡、变革频仍的时代。

面对着世纪之交变幻的政治风云，面临着亡国保种的巨大矛盾，思想家们将最大的努力倾注到社会政治思想的探索上。上层建筑随时代发生着剧变，但封建主义、资本主义等东西却几乎呈后先不分的状态而存在。以文学言，从配合君主立宪的“诗界革命”，到倡导排满的“南社”，直至“五四”文学革命及其后无产阶级新文学的诞生，其间仅三四十年，以至令人有瞬息万变之感，也出现了形形色色的代表人物。

“中国的文学，在新世纪是一个大变动的时代，一方面是旧式的作家在并不衰颓地写作着，一方面，新的作家，努力于西洋文艺的介绍，努力于新的作品的创造，这些崭新的著作与介绍引起了古旧文坛的全盘的扰乱。”（郑振铎《文学大纲》第四册第709页）新作家如鲁迅、郭沫若、茅盾等人的成就已为今人所熟悉。在旧式作家中，“以革命先辈而以古文出色并且风靡全国的，是章炳麟……同时古文作得很好的有严复与林纾……梁启超的文章，‘笔锋常带感情’，在社会上亦很占势力……至于诗家，则有罗惇融、陈衍、黄节等为黄庭坚、陈师道的一派诗。词家则有朱祖谋、况周颐等为姜夔、吴文英的一派词。而王国维词力追李后主，为一成功的作者。吴梅先生作旧曲亦是一个成功者。”（容肇祖《中国文学史大纲》第269页）所列古典文学各领域的代表者是大体正确的。

吴梅既不同于思想家、社会活动家、学者而兼文学家的章炳麟、梁启超，也不同于西方思想和文艺的介绍者、翻译家、古文家的严复、林纾，也不像王国维那样是把乾嘉学派的治史方法与西方资产阶级哲学、美学思想结合成新体系的学者。他与罗、陈、黄、朱、况等人一样，被分别目为诗、词、曲领域的代表作家、研究家，被看作旧式文人。

吴梅早年以剧作投入了反清斗争，青年时期的政治思想主要表现为民族主义。辛亥革命后，在反对袁世凯复辟帝制时，他的态度也是积极的。此后，他厌恶军阀混战，拒绝了军阀徐树铮聘为秘书长的拉拢。但他并不像南社领袖柳亚子那样，是激进的民主主义者和宣传活动家。他的后半生是纯粹学人的半生。所以，评定吴梅的地位和影响，仅限于文学艺术领域。

吴梅以戏曲为武器投入反清的民主主义革命，以后又以现实的题材表现了社会问题，反映了时代风貌，可见，他是重视文学的思想性，努力发挥文学的社会作用。但是，吴梅的文学思想同整个南社的基本倾向一样，一方面进行的是革命和开创的工作，另一方面又具有保守性和复古性。在辛亥革命至“五四”运动时期，他能取材于现实生活，关注妇女问题，借助传统的杂剧、传奇形式，表明对生活的评判和干预，但在后来的剧作中，就缺少现实主义题材。在他毕生从事的曲学和词学研究中，既有极见识力的新见解，又重复着历代递相沿习的陈旧说法。在研究方法上，吴梅表现出系统性和创造性，但对传统的继承似是更多。纵然“诗界革命”已历多年，以京剧兴盛为标志的戏剧改革也成不可逆转之势，话剧由萌芽而渐成大树，但吴梅如同其他多数南社作家一样，始终固守在旧文学形式的阵地上。

鲁迅说：“旧形式是采取，必有所删除，既有删除，必有所增益，这结果是新形式的出现，也就是变革。”（《且介亭杂文·论“旧形式的采用”》）吴梅看待历史上的文学形式的兴衰嬗递是有足够的进化眼光的，他的“甘冒野狐之诮”的作品亦已接近改良的边缘。但他既折服于旧形式的完美，就对现实生活中发生巨变的戏剧状况不满。于是，他一生中所做的许多工作都是为使昆曲沿传统的正则得以复兴，而不知道倘若不作改革，这种全盛的“复兴”已是不可能的了。可以说，吴梅的文学史观和文艺发展观终于在昆曲上搁浅了。

然而，在“五四”前后，新旧文学都在争夺阵地，不同思想内容和体裁的作品并存。活动在这一时代的吴梅，并不是一个以尊崇国粹来反对新文化运动的人。而在一部分人中泛滥起民族虚无主义之时，他以全部精力从事古典文学研究、创作和教学，所留下的遗产是十分宝贵的。作为一个爱国主义者和民主主义者，一个毕生从事古典文学研究，且在戏曲这个前人颇少涉足的园地中的辛勤耕耘者，吴梅的劳绩是应该充分肯定的。

由于吴梅的后半生基本上与政治活动无涉，且又处于新旧文学运动的交接时期，在以新文学为对象的《现代文学史》上，当然不可能有他的名字，在新中国成立后出版的《中国文学史》中，或只有极简略的一笔带过，或根本不提。而且，又因为吴梅不像王国维那样学习过西方哲学、美学，其论著尚不能成为新的体系，因而也未能得到研究者的重视。此外，由于昆剧的衰落，话剧的兴起，京剧的取得霸主地位，吴梅立足于复兴昆剧的戏曲理论研究，曲律、曲谱的整理考订，以及剧本的创作，也难于引人注目，并得到正确的估价。

今天，两个文明建设逐渐发展，文学研究的领域亦随之逐渐扩大和深入。不少有识之士都认为应当加强对近代文学的研究，而这一研究的覆盖面，当然应该包括20世纪范围。如果认为“五四”新文学运动之后，古典文学的传统形式及作者队伍就不复存在，其研究、整理工作也不值得一提，这毫无疑义是有悖于常识的。因此，对拥有近二百人的前期南社（1911年初编定的南社通讯录计有一百九十三名社员）来说，如果研究、论述对象只限于柳亚子、陈去病、高旭、马君武、苏曼殊等数人，当然是很不够的。除诗、词、文、小说等诸方面的代表人物外，对南社戏曲创作和研究的最高水平的代表者吴梅，自然不能忽视。

至此，我们应对吴梅的贡献得失下一断语了。

吴梅在1924年曾语及，自己平生有三大愿：一集《奢摩他室曲丛》以比《元曲选》与《六十种曲》，二定《曲韵》以比《中原音韵》，三正曲律以比《太和正音谱》（见陆维钊悼念吴梅所作《满江红》词之说明，载《吴霜厓先生三周年祭特辑》）。这“三大愿”是曲学研究领域中具有划时代意义的工作，同时也是在总结前人研究成果基础上，具有更新性质的大工程。

我们知道，明人臧懋循所编《元曲选》，共收杂剧一百种，除少数为明初人所作外，均为元人作品，是旧选中收罗最全、影响最大的一部；同样，明人毛晋所编《六十种曲》，除《西厢记》外，《琵琶记》以下皆为南戏、传奇剧本，亦是明传奇中收录精详、流传最广的剧本集。吴梅在《奢摩他室曲丛》中说：“计余旧藏剧曲，几及六百种，遍刊则值必巨，寒酸之士，或且敛手矣。乃徇友人张君菊生之意，先印一百五十有二种。”如果这一工作不是由于日本侵华战争导致夭折，即使不是刊行六百种，数量必也远过于《元曲选》与《六十种曲》总和。

从曲韵韵书角度言，周德清《中原音韵》是第一部北曲韵书，而朱权所编的《琼林雅韵》则是第一部南曲曲韵专书。从《中原音韵》到“十三辙”，是北曲韵书的发展。从作南曲用以参考的《洪武正韵》，经南曲专用韵书《琼林雅韵》，直到乾隆年间王鵕《音韵辑要》，则体现出南曲韵书的发展。吴梅在《顾曲麈谈》中单列《论音韵》一节，并指出周昂《新订中州全韵》虽比王鵕《音韵辑要》多一“知如”韵，但“知音为展辅，如音为撮唇”，故“今取各家之说，汇集考订”，将《中原音韵》以来的曲韵专书都作了考订，最后以王鵕《音韵辑要》为主，“分别部居，勒成一种曲韵”，“与周德清氏《中原音韵》略有分合处，为南北曲家必不可少之作”。由于《中原音韵》“但分平音阴阳，不及上去”，而吴梅所整理者全分阴阳，且不似沈乘麐《韵学骊珠》的将入声独立分成八部，而是附入三声，这是由于深知演唱中入声字会随乐音延长而暂变调，故唱时附入，作时抽出，是很科学的。吴梅的时代虽已曲学衰微，但作为一种总结性的整理、考订工作，“二定《曲韵》以比《中原音韵》”，也是应该得到承认的。

至于曲谱工作，朱权辑的《太和正音谱》是现存的最早的北曲谱，收北曲曲牌三百余。明末清初李玉编《北词广正谱》收北曲曲牌四百四十七个，例举每个曲牌的不同格式，分别正、衬，注明板式，由于较精审详备，多为戏曲家所依。南曲谱首先有明人蒋孝所编《南九宫谱》，后又有沈璟编的《南九宫十三调曲谱》，共收南曲曲牌七百十九个，详列每牌不同格式，分别正衬，注明板眼。沈璟侄沈自晋据以补充修订成《广辑词隐先生增定南九宫词谱》，简称《南词新谱》。乾隆年间，《九宫大成谱》编成，共计八十二卷，共收南北曲牌近二千一百个，连同变体共四千四百余，收录最详。吴梅用十年时间写成《南北词简谱》，收北曲曲牌二百六十七，南曲曲牌八百四十一。虽所收北曲曲牌未及《北词广正谱》多，总数更远逊于《九宫大成谱》，但较之明、清人所作来，有明显的进步：借宫法和增句体较《太和正音谱》详备，区分正衬较《北词广正谱》为优，确定板式较二沈所编为好，《九宫大成谱》虽收录详备，但未能观其会通，仅益于歌者而无益于作者。总之，《南北词简谱》以归纳法研究曲谱，其精详缜密，确是超过明清之作，吴梅以比《太和正音谱》之愿可信不诬。

浦江清《悼吴瞿安先生》一文，对吴梅作了恰如其分的评价。文中说：

近世对于戏曲一门学问，最有研究者推王静安先生与吴先生两人。静安先生在历史考证方面，开戏曲史研究之先路，但在戏曲本身之研究，还当推瞿安先生独步……先生贡献之大，最易窥见者，在校订古剧本及整理曲律之工作。惜《奢摩他室曲丛》仅出两集而止，未尽其所藏也，不然，规模之宏伟足与汲古阁之《六十种曲》及《暖红室之汇刻传奇》相颉颃，而校订之精善过之。至于曲律研究，则在曲学中最为难治，先生实集以前学者之大成，其所著书，较之李玄玉、沈璟辈精密数倍……

以作曲名家而兼曲律专家，求之于古人，有沈璟、王伯良、李玄玉数辈。先生持论最严，于宁庵尤近。此数子者，生于三百年前，而先生生于三百年后……处三百年后，欲振拾坠绪，钩稽玄微，不但尽古人之所长，且有以胜之者，则非大学者不办，此所以先生之地位尤高也。

……海内固不乏专家，但求如吴先生之于制曲、谱曲、度曲、校订曲本、审定曲律均臻绝顶之一位大师，则难有其人，此天下之公论也。

……凡学问有为潮流所趋者，有为时代所弃者，有赖书本文献足以传后者，有非接近其人，得其指点，不能妙悟者。故如戏曲史、目录、考订之学则考据家之事，今方兴未艾，如材料增多，方法加密，后者可胜于前。至于南北曲之本身，原为一有生命之艺术，由词章家作曲，音乐家谱唱，艺术家搬演，合此数事以构成一整个之生命。一旦风会转移，此艺术亡，此门之学问亦随之而亡，今从先生游者尚不能尽其所学，况后世但读其书者乎！其卒也，必有绝学不传于世者，后之人莫能问津焉，此最可悲悼者！（载《吴霜厓先生三周年祭特辑》）

确实，吴梅不但以自己所作为同代剧作者示以津逮，实践了自己的戏曲理论；以曲学著作论列历代剧作，为建立完整的中国戏曲史奠定了基础，为戏曲批评作了全面的准备工作；而且以“制曲、谱曲、度曲、校订曲本、审定曲律均臻绝顶之一位大师”，在自具艺术生命的戏曲本身，有其独到的贡献。他以五十六岁的壮年早逝，确是“必有绝学不传于世”，使人悼惜尤深。

伟大的革命导师列宁说过：马克思主义不但不“抛弃资产阶级时代最宝贵的成就，相反地却吸收和改造了两千多年来人类思想和文化发展中一切有价值的东西”（《论无产阶级文化》）。吴梅当然不是马克思主义者，但他深知戏曲“模写物态，雕绘人理”的认识价值和艺术价值，感慨于“自诸史艺文《四库存目》以为爨弄戏墨，不足言文，摈而弗录，于是谀闻下士，熟视无睹，日佚日亡”（《董绶经校订曲海叙》),“深惜元明时作者辈出,而明示条例,成一家之言,为学子导先路者,卒不多见”(《曲学通论·自序》),出于历史责任感和使命感,以毕生努力,在曲学研究中作出了巨大贡献。对这一切,马列主义者是不应以迷恋旧文学残骸为由而加以鄙嗤的。

近现代戏曲研究虽以王国维为开山,但由于他一生涉猎极多,戏曲研究的成就仅限于戏曲史,部分涉及戏曲美学。在戏曲的全面研究上,当以吴梅的成就为大。“特是曲学之兴,国维治之三年,未若吴梅之劬以毕生;国维限于元曲,未若吴梅之集其大成;国维详其历史,未若吴梅之发其条例;国维赏其文学,未若吴梅之析其声律。而论曲学者,并世要推吴梅为大师云!”(钱基博《现代中国文学史》)这全面而简短、准确的断语,可谓公允持平之论。

然而,诚如浦江清所指出的:“三百年前是南北曲之全盛时代,三百年后则为整个古文学艺术衰微之时代,一般人之趣味殊不在此。故虽学问才情皆高出于数子(按:指前所列沈璟等人)之上,又讲学于南北著名之大学,登高而呼,列桃李门墙者甚众,亦不能挽曲学之厄运,则时代限之已。”(《悼吴瞿安先生》)吴梅并非不知风会潮流之变,但他知其不可为而为,一生勤奋工作,讲学、著述不辍。曲学昌明的新时代虽不可再,但他的孜孜以求,他的矻矻辛劳,都不会是无用的劳动。

吴梅非仅在自己的一生中,留下了词曲研究的诸多著述,而且在二十多年的教学生涯中培养了大批人才,诚如他自己在散曲中所写:“待培养出文章气节少年人”(《正宫锦缠道·示北雍诸生》),“还是种桃李遍江城”(《仙吕解三酲·示南雍诸生》)。他们在某些方面固然“不能尽其所学”,但另一些方面,则可谓青出于蓝而胜于蓝。

他的学生中,在曲学研究上成名最早、成就最高的当推任中敏(名讷,号二北,晚号半塘)。任中敏先在吴梅开始着力的散曲园地上继续耕耘,编出《散曲丛刊》十五种,对此,吴梅拟之于王鹏运、朱祖谋对宋元词集的搜辑亡佚,称“今曲苑蹊径,茅塞已久,中敏一为芟薙,得成康庄”。任又编有《新曲苑》三十四种,为曲学研究作了资料建设。他的《曲海扬波》、《散曲概论》、《词学研究法》、《词曲通义》都是有影响的著作。尤其是专著《唐戏弄》、《教坊记笺订》、《优语集》,在资料极为丰富、完备的基础上,持论精严,对中国戏曲的发生、发展之探索、研究,有较大的贡献。此外,他在敦煌学的研究上也取得了很大的成果,《敦煌曲校录》和《敦煌歌辞集》都是收罗最完备的集子。继《唐声诗》(三稿)出版后,他正从事的唐代音乐文艺系列研究,已取得极为可观的成果,目前他以九十高龄而著作不辍,我们也盼望着他的新成果陆续问世。

吴梅的另一高足卢前(冀野)是与吴本人风格最似的学生。他作有《饮虹五种曲》,吴梅在为其写序时称:“君五折皆俊语,不拾南人余唾,高者几与元人抗行,即论文章,亦足寿世矣。”1935年,卢前辑成《元人杂剧全集》,共收一百三十多种,此时《脉望馆古今杂剧》尚未发现,为当时收录最全者。卢前又辑元明散曲,编成《饮虹簃所刻曲》，丰富了任讷所辑。此外，又著有《明清戏曲史》、《广中原音韵小令定格》等，辑《关汉卿杂剧》、《明杂剧选》、《元曲别裁集》等。由于卢前的著作和辑本都很有影响，使之生前与任中敏齐名。

吴梅在北大时的学生钱南扬以研究南戏为主。主要论著有《宋元南戏百一录》、《宋元戏文辑佚》、《继史》、《梁祝戏剧辑存》、《汤显祖戏曲集校订》、《汉上宧文存》、《琵琶记校注》、《永乐大典戏文三种校注》、《戏文概论》等。钱南扬对宋元南戏的研究，从资料到理论，都是有显见贡献的。

吴梅主讲东南大学、中央大学时的学生王起（季思），是国内外著名的戏曲专家。他治曲从考查作家生平、研究故事流变、札记戏曲用语入手，先后完成了《西厢记》的校注和元人百种曲的笔记。新中国成立后，校注的《西厢记》出版，又出版了与苏寰中、杨德平合注的《桃花扇》，论著《从莺莺传到西厢记》、《玉轮轩曲论》、《玉轮轩古典文学论集》、《玉轮轩曲论新编》等相继出版。此外，参加了《中国文学史》和《评注聊斋志异选》的编写，近除主编的《中国十大古典喜剧集》和《中国十大古典悲剧集》已出版外，还有新著陆续问世。

吴梅在东南大学授课时，他的学生以治曲而常有一二之得。如蔡振华著有《元剧联套述例》，吴梅在序言中说："余往作《南北词简谱》，为词家树一正鹄，顾于套数，亦未详论，振华此作，可弥吾缺矣。"又如王玉章著有《元词斠律》，此书历时八年余，吴梅为之序，感叹自作《南北词简谱》之成已逾十岁，"尘事杂沓，迄未付刊。玉章后吾从事而先吾问世，比又事所未及料者矣"。

吴梅的学生中，对词学研究成果最著的是唐圭璋。他从1931年起着手编纂《全宋词》，1940年出版，1965年重新增补出版，这是一项重要的资料建设。此外，又编有《全金元词》、《词话丛编》，著有《宋词三百首笺注》、《南唐二主汇笺》、《宋词四考》、《宋词纪事》、《校注词苑丛谈》、《元人小令格律》等。近年来，《唐宋词简释》、《词学论丛》等相继问世。主编的《唐宋词鉴赏辞典》及收罗完备的标点本《词话丛编》出版，成了引人注目的最新成果，前者尤以其雅俗共赏而畅销全国。唐圭璋以其毕生治词，著作等身，而成为当今最有名望的词学专家。

吴梅的及门弟子万云骏得其亲授词学，青年时所作词已辑入《广箧中词》。积数十年教学经验，以治词而兼及诗、曲，近年出版了他所主编的《古典诗词曲选析》及专著《诗词曲欣赏论稿》，论文集及其他选注、论著也即将相继出版。

吴梅的其他学生中，后来并非专诣力于词曲，但也很有成就。如常任侠，由戏曲而兼及音乐、舞蹈，以至原始艺术，尤以治中国美术史著称，成为这一领域的权威。如徐震堮、陆维钊、胡士莹，均以作词知名于东南大学，以后，陆维钊除古典文学外，又以书法著名，胡士莹则以研究弹词、宝卷著称。徐震堮除研究唐宋诗词外，兼精七门外语，多有著译，又以研究《世说新语》知名，在辞书编纂及主持标校《新唐书》、《新五代史》等古籍中，均得好评。潘景郑以学生而兼同乡与吴梅过从甚密，除以藏书家知名外，又是版本目录学专家。吴梅执教二十多年，学生甚众，其中不乏成就很高的学人，难以一一论列了。

吴梅首以金元明清戏曲搬上大学讲坛，培养了大批人才。经“文革”动乱之后，其中好几位都成为我国第一批博士生导师，成为我国曲学与词学的代表人物。自吴梅而经他们，直至中年一代，虽不能说形成了严格意义的学派，但吴梅筚路蓝缕的开拓之功，后来人发扬光大的繁盛之状，说明了本世纪才真正全面奠基、开拓的曲学学科，是有生命力的，是会兴盛不已的。在国外的著述中，可以看到称引他的论述，在台港学人的著作中，可以看到对他的成就的评价。他的影响可见一斑。

吴梅先生早已逝去近半个世纪了，但他的未竟的事业正在继续着，先生如果泉下有知，是一定会感到欣慰的。

毛泽东同志说过：

> 我们是马克思主义的历史主义者，我们不应当割断历史。从孔夫子到孙中山，我们应当给以总结，承继这一份珍贵的遗产。（《中国共产党在民族战争中的地位》）

我们应当努力实践这一思想，在总结和承继遗产的系统工程中，也应尽早填补近现代文学研究中的诸多空白。

我们期待着文学工作者的研究成果！

1981 年 3 月初稿
1987 年 7 月定稿

后 记

我第一次知道吴梅先生的名字，是1978年初在甘肃永登备考研究生时。当时我以母校的词曲专业作为第一志愿，王力教授主编的《古代汉语》是考试指定的教材，涉目该书《曲律》、《曲谱》部分，首见"吴梅《南北词简谱》"等字样。是年秋，我以三十五岁之年重新开始了学生生活，就读之时，才知道任二北、卢冀野、唐圭璋、钱南扬、王季思及业师万云骏等先生都出于吴梅先生门下，而遍翻新中国成立后的文学史与有关著作，却鲜见吴先生的名字。

一代学人的身后竟然如此萧条！然而，不但见于书籍者令人惶惑，见于现实者更令人鼻酸：1980年初，当我与马兴荣先生及几位同学走进吴先生在苏州蒲林巷的旧居时，见先生的四媳韩洁贞同志仅居一小厢房，旧居则外人多户杂处，百嘉室已不闻任何书香，先生的尚在读小学的曾孙女对我们说及她无钱买书。

其实，被冷落的又岂是吴先生一人？主要活动于"五四"前后的文学代表，又有几人见之于书？五四运动固然是近现代文学的分界线，但这一界限难道真能将两个时代和众多人物截然分开？此时，报刊上已时见加强近代文学研究的呼吁，我愈加感到，完整的近代文学研究应该包括"五四"之后的旧文体及其作者的研究，故更加坚定了将《吴梅研究》作为词曲专业硕士论文的决心。

资料的准备工作自1979年就开始了，其后，曾拜访了李一平先生、任二北先生、唐圭璋先生、钱南扬先生等，所知更为具体、亲切。万云骏先生更多方给我设法借阅，商定观点、提纲。1981年初，16万字的草稿初成，万先生不顾目力不济，认真披览，细加批点，甚至句斟字酌，并详谈修改意见。是年10月，我以其中四万字作为硕士论文，答辩获得通过，后又经专家推荐、评审，收入江苏人民出版社的《研究生论文选》。然而，当我将《吴梅研究》全稿改成，先后投寄两家出版社，却都因选题冷僻而未能出版。其间，连径寄王季思先生，得先生亲自修改、推荐的论《惆怅爨》的单篇论文，亦因刊物停办而未能刊出。

在商品经济的冲击下，学术著作出版更形困难，当此时，华东师大出版社以中青年学术著作出版基金资助本校教师出版著作，使我极受鼓舞。先后经系学术委员会及出版社评审，拙作终于得以问世，对此，我确实怀有莫大的欣慰与感激之情。在此，对曾审阅拙稿的刘凌同志、种明章同志以及诸多关心过此书的同志，表示诚挚的谢意！业师万云骏先生不顾年高，欣然作序，多所勖勉，更使我深志难忘！书中对中国社科院文学所王卫民同志和其他同志所编资料及论著有所援引，在此一并说明及致谢。

由于江苏省有关部门的关怀和学界前辈的呼吁、推动，吴梅先生的旧居得以归还其后人，先生的百年诞辰纪念及迁葬仪式也举行得颇为隆重，先生的旧著得以重新刊行，这些，都当可告慰先生的泉下之灵！而由于笔者的学识浅陋，对先生论著的光华或未能有识，则是有愧于心的，在此，敬希方家不吝赐教！

邓乔彬

1990 年 3 月 15 日于华东师大

学者闻一多

小引

1946年7月15日，闻一多先生在昆明遭国民党特务暗杀，激起了全国乃至全世界的抗议、声讨。在新中国成立前夕，毛泽东同志在《别了，司徒雷登》一文中写道："我们中国人民是有骨气的。许多曾经是自由主义者或个人民主主义者的人们，在帝国主义者及其走狗国民党反动派面前站了起来。闻一多拍案而起，横眉怒对国民党的手枪，宁可倒下去，不愿屈服。"他热烈称赞闻一多"表现了我们民族的英雄气概"，号召"我们应当写闻一多颂"。

毛泽东同志这篇文章已发表半个世纪多了，斗转星移，中华人民共和国迎来了建国五十周年的大庆。澳门即将回归。而1999年的11月24日，恰是闻一多先生的百年诞辰。

闻一多先生为了反对国统区的法西斯统治，毅然离开书桌，为争取和平民主而英勇献身。黄土碧血，五十三载，"知天命"的共和国不会忘记他！1925年，青年闻一多深切感慨："吾国自尼布楚条约迄旅大之租让，先后丧失之土地，失养于祖国，受虐于异类，臆其悲哀之情，盖有甚于《凯风》之七子。"写下"抒其孤苦亡告，眷怀祖国之哀忱，亦以励国人之奋兴"的《七子之歌》。如今，当澳门的小学生手捧红烛唱着：

> 你可知"妈港"不是我的真名姓？……/我离开你的襁褓太久了，母亲！/但是他们掳去的是我的肉体，/你依然保管着我内心的灵魂。/三百年来梦寐不忘的生母啊！/请叫儿的乳名，/叫我一声"澳门"！/母亲！我要回来，母亲！

在迎接澳门回归之时，共和国的公民也不会忘记诗歌的作者——祖国的赤子闻一多！

在这特殊的时刻，为了不应忘却的纪念，我们从特殊角度写下这本小书，献给读者。

1999年8月

序

（一）

早先就知道邓乔彬教授和他的高足赵晓岚在研究闻一多，对此研究课题我觉得很该支持。我们的国家是一个伟大的国家，中华民族是一个伟大的民族。她历史悠久，文化灿烂，伴随着绵延不断的优秀传统，历代多有令人钦敬的杰出之士。以学术文化领域而言，情况也是如此。在一篇短文里，笔者曾经说："一个人如果有学问，当然会受到人们的尊重；有学问而且人品又好，自然备受尊敬；学问好、品行高，其德业又足以泽及后世，那就更让人永远敬慕了。"（《从梁启超敬慕顾炎武说起》）在我心目中，闻一多就正是这样一位令人永远敬仰的人物。就中国现代学术文化史来说，我们不能说对鲁迅、对胡适的研究已经太多了，好的著述是永远不会嫌多的；但我想说，相对而言，对闻一多和他遗下的学术文化遗产的研究，我们虽亦已有不少著述，但对它的开掘和阐释显得不够，很该再多作一些研究。这个话题我曾经跟乔彬同志他们谈过。现在他们合著的《学者闻一多》就要出版了，所以我由衷地感到高兴。

闻一多不仅是一位杰出的学者，他的英名是跟他作为一位不屈的民主斗士，为国家前途和人民利益而牺牲的英雄事迹分不开的。在经过流血牺牲、艰苦卓绝的八年抗战之后，我们终于赢得了这场伟大抗日战争的胜利，但紧接着在我们多难的国家，人民被迫又必须起来为反内战、争和平、反独裁、争民主进行艰苦的斗争。1946 年在昆明，反动派暗杀了民主运动领袖李公朴，并且扬言第二个要除掉的就是闻一多。但是，闻一多就像 1933 年鲁迅不惧恐吓、毅然前往参加被反动派暗杀的杨铨的入殓仪式那样，把生死置之度外，前去参加李公朴殉难经过的报告会，并且在会上直斥反动派，发表了义正词严、震撼人心的《最后一次讲演》。就在同一天下午，他回家时被埋伏在住宅附近的特务们开枪攒射，罪恶的子弹夺去了他宝贵的生命，时年仅四十七岁。

当然，闻一多不仅仅是杰出的民主斗士，他在中国现代文学史、学术史上又是一位著名的诗人、一位在学术研究上作出卓越贡献的大学问家。《学者闻一多》研述的并不是闻一多作为民主运动领袖的奋斗史，它主要研讨的是闻一多在学术文化研究方面的奋斗史。全书内容涉及闻一多学术研究的内容，学术研究的贡献，学术研究的思想和方法，以及闻一多的历史地位和影响。而这些课题内容，恰恰是属于闻一多研究中我以为是比较薄弱而应该着重研究的部分。所以我认为这个选题很有意义。

（二）

读《学者闻一多》这部专著，有三点较深的感受。

首先，本书内容丰富，章节安排合理，比较成功地勾勒出闻一多学术研究的风貌。

本书内容之所以丰富，根本原因当然是由于闻一多学术研究的领域宽广、丰实，但也跟本书著者对史料的精心组织，对论题的充分展开和细致分析很有关系。闻一多学贯中西，具有多种学科广博的知识，对我国文史古籍涉猎甚广，他的研究领域以中国古代文学为中心但又不以此为限，在中国古代文学研究中以唐诗研究为重点，而又涉及其他大量的作家作品和文学史诸多问题。如何使全书切实地反映出闻一多学术研究复杂丰富的全貌，突出闻一多学术研究的本质和精神，这是颇有难度的问题。

著者在全书结构形式方面很花过一番功夫。经过反复思考和琢磨，现在全书除引言和结语外，共设置八章。首章《闻一多的古典文学研究概况》，叙述闻一多从诗人到学者的研究道路，探讨闻一多学术文化研究的旨趣在于求美、求真、求善，论述闻一多研究古典文学是有破有立，赞叹闻一多是千古文章未尽才，此章虽说是概述，但能提纲挈领，写得颇有深度。第二、三、四、五章分别是《以图腾学说研究神话》、《〈诗经〉的文化发现》、《〈楚辞〉研究的独创性》、《〈周易〉、庄子、乐府诗研究及其他》；唐诗是闻一多研究的重点，故以《唐诗研究的新贡献》为题特设六、七两章。末了一章是《文学史观与独到的文学史研究》，专门探讨闻一多作为一位文学史家的独特贡献。

评述闻一多的学术研究，可以有两种做法，一种是以闻一多先研究什么后研究什么为序来展开；另一种做法是以中国文学的逻辑发展为序来组织有关内容。本书著者基本上采用后一种思路而又有所变通，书末复又加上一篇《闻一多古典文学学术活动年表》，现在这样的安排我看是比较合适的。

（三）

其次，本书在研述闻一多学术研究时，注意突出其创造性的特点，探讨其所以能获得新见的原因，并重视探讨其学术思路和研究方法。

学术研究贵在创造。闻一多不但学术研究范围广阔，更难得的是他在研究中始终保持着一种创造性的追求。一般说来，一个学者能在学术探讨中提出几点独特的创见就不容易了，令人惊异的是，闻一多研究学术问题，要么不上手，只要一上手，他就会有新的发现和提出新的见解。本书著者对闻一多这个特点很重视，用足够的篇幅予以评介，这对读者会有启发和帮助。这里先举一个例子，在唐诗的阅读和研究中，“王（勃）、杨（炯）、卢（照邻）、骆（宾王）”，即所谓“初唐四杰”，人们历来是作为一个整体加以看待的，但闻一多经过深入考察和比较研究，提出一系列新的看法。他认为，谈诗而称“四杰”有嫌笼统，并不切实，“因为诗中的四杰，并非一个单纯的、统一的宗派，而是一个大宗中包孕着两个小宗，而两小宗之间，同点恐怕还不如异点多”，“四杰无论在人的方面，或诗的方面，都天然形成两组或两派”。王、杨是一组，卢、骆是一组。闻一多不但从年龄经历上指出王、杨和卢、骆有距离，更指出其性格上有差异：卢、骆是较浮躁的市井博徒兼英雄，这两人生而薄亨、死而不凡；王、杨则是较沉静的文人兼学者，这两人尤其是王勃寿命虽短而著述颇丰。再看他们的诗歌创作：体裁有不同，“卢、骆擅长七言歌行，王、杨专工五律”；来源有不同，卢、骆是《风》、《骚》余响，王、杨则为晋宋遗音；使命有不同，卢、骆是“破坏者”，他们的使命是“摧毁了旧式的‘江左余风’的宫体诗”而给歌行开出坦途，王、杨是“建设者”，他们的使命是将五律从台阁应制体中解放出来而推广到江山塞漠，从而有了真正唐音的抒情特色。闻一多还进一步提出一个重组方案，建议以“前二杰”和“后二杰”来取代原有“四杰”这个徽号，重组两个“四杰”：一组是王、杨与沈（佺期）、宋（之问），一组是卢、骆与刘（希夷）、张（若虚）。因为王、杨、沈、宋共同奠定了五律的基础，而卢、骆、刘、张共同改良了宫体诗。传统“四杰”异点多于同点，而重组后的两组“四杰”同点多于异点。闻一多的主张人们或许未必完全同意，但应当说他的分析无论是质疑旧说，还是提出新见，可谓言之成理，持之有据。

为什么闻一多在“四杰”徽号问题上能够非议旧说、提出新见呢？著者并不只是介绍闻一多的若干有关的结论，还进一步探讨得出这些结论的原因。就这个学术个案，著者提出并分析了闻一多唐诗研究的视角和方法有三个特点。其一是，“从唐诗发展的宏观角度对作家作品作具体分析”，这就较易看出“初唐四杰”在唐诗史上处于承上启下的地位，但这个承上启下的功用却是由两组不同的人承担不同的使命来实现的。其二是，“注重人品和诗品的关系”，闻一多在《孟浩然》一文中提出著名的“诗如其人”、“人就是诗”的观点，他也用这个观点和方法来研究“初唐四杰”的为人性格和诗歌创作的关系，所以能够发觉“四杰”应具体地分为两组。其三，“敢于对传统观念提出质疑，挑战，敢发独创之见”。著者接着说“在闻一多的唐诗研究乃至整个古代文学研究中，处处表现出敢于创新的精神，这固然与其天生的狂狷气质有关，但更多得力于其学者的睿智与诗人的敏感，是其宏通的历史文化视野与会心独到的艺术感悟相结合的必然结果”。这对闻一多学术研究之所以能够独多创见，作出了很好的解释和评论。

（四）

第三，本书充分地多方面地展示出闻一多学术研究的成果，对之有述有评，述评结合，并能融进自己的体会和见解，时有精彩之论。

在学术史上，像闻一多那样富有创造精神、独多建树的学者是罕见的。展阅全书，人们就可以窥见闻一多独创的学术个性和他学术研究的丰硕成果。以图腾学说研究神话，对龙图腾作全面的考察，龙图腾崇拜三阶段说的提出，由神话入古史的富有创意的科学探讨，对伏羲与女娲的研究，使“兄妹配偶兼洪水遗民型的人类推源故事”得以整体形成，均是神话研究新的突破。对《诗经》的研究有重要的发覆，从对生殖崇拜到鸟兽草木之名的研究，由于采取新的视角而有许多文化发现，在以往《诗经》研究三种“旧的读法”即“经学的”、“历史的”、“文学的”之外，又提出一种新的读法，即“社会学的”读法，从而扩大、丰富了人们对《诗经》的意义和价值的认识。在《楚辞》研究中更是表现出闻一多学术研究的独创性，对巫文化与《楚辞》的关系以及《楚辞》中神仙思想的研究，对《离骚》、《九辩》的比较分析，均有创见。在端午节的研究中详细考论端午起源与龙的密切关系，一方面对那种将它和纪念屈原相联系的观点予以理解，另一方面又以学者的求真态度指出：“端午是古代吴越民族举行图腾祭的节日”，它与屈原其实并无关系。在《周易》研究中，不主象数，不涉义理，“构建以钩稽古代社会史料为目的的新易学”，辑集《易林琼枝》，慧眼独具地将《焦氏易林》视为汉诗中与汉乐府并列的最重要成果而予以高度评价。

唐诗是闻一多重点研究的领域。正如著者所言，闻一多研究唐诗的道路是一条“由求美、求真，终于求善的道路”。他采用的是“历史——文化的综合研究法”，认为“文学史为整个文化史之一环”，“庶使文学得成为一种有机体的历史”，为此他大胆地将“诗的黄金时代”的结束点定在唐玄宗天宝十四载（755 年），将唐诗分成两截，前一截与汉魏六朝相连，后一截与宋诗相接，李白和杜甫分属两个不同时期。他正是从“唐诗之特标的风格”与“唐代文化”的角度，来对唐诗作两段之分期的。闻一多对唐代一些诗派、诗人都有新的研究、新的见解，如对唐诗风范提出了“贵族、平民、胡风”三类型说，除上面已经提及的对初唐“四杰”新的排列组合以外，还有论宫体诗的“自赎”，论孟浩然人品诗品的高度统一是“淡到看不见诗了”，论王昌龄诗的绘画美是“点的颤动”与“线的串连”，分析李白、杜甫交游的文化内涵是“太阳和月亮走碰了头”，如此等等，真可谓新见迭出，使人目不暇接，留下难忘的印象。应当说本书著者对这些研究所作的串连和叙述是相当成功的。

本书写法上的特点之一是有述有评，述评结合，有结合具体的个案研究的述评，亦有综合性的评述。如第一章对闻一多研究方法的独特性，认为大体上可以概括为“四个结合”：一是“传统考据与近代科学的结合”，二是“文学史与文化史的结合”，三是“文献学与文艺学的结合”，四是“经世意识与现实思考的结合”。“四结合”之说，可谓高屋建瓴，是有关闻一多学术研究方法的重要论述。著者对他的研究方法常有称赞，在评论闻一多《楚辞》研究方面时，说他“博采众长，兼出己意”，其方法是“考释并进”，“史论结合”。在评述闻一多唐诗研究时，认为他许多唐诗的文章可称之为“学术美文”，说“闻一多亦史亦论亦诗的学术美文，充满了史家的睿智和胆识，哲人的深思和敏锐，诗人的激情和细腻，至于表述之优美，描绘之形象，比喻之生动，笔调之诙谐，覃思浅语，隽词妙笔，可谓比比皆是”。这些概括和评述，并非对闻一多凭空的赞美，确实出诸著者对闻一多学术研究的理性思考和深切体认。

一般说来，本书对闻一多的学术研究，是用明晰的文字作客观的描述，著者无意将不相干的东西强加给闻一多。但我们也可以看到，著者有时走笔之间，也不回避投入自已的认识和感情，这对闻一多的评析形成了一种并非多余的“补充”。如评述闻一多论及初唐诗歌，即将进入论析张若虚的时候，著者写道：

> 经过晶莹宁静的黄昏的徜徉，我们来到了“风雨后更宁静更爽朗的月夜”和张若虚会面了，张若虚给我们展开了《春江花月夜》的美丽画卷：这里有“江流宛转绕芳甸，月照花林皆似霰”的美丽和谐的大自然；有“不知江月待何人，但见长江送流水”的神秘渺远的宇宙；有“此时相望不相闻，愿逐月华流照君”的铭心刻骨的相思。既有寥廓万里的空间展示，也有绵延千载的时间追溯，更有在时空纵横交错坐标中人间的离情描绘。

接着引述闻一多对张若虚《春江花月夜》的热情赞叹，说它是“诗中之诗”，说它蕴藏着一种“强烈的宇宙意识”。著者在对之进行评述时，运用了王国维《人间词话》有关“诗人对宇宙人生，须入乎其内，又须出乎其外”的“出入”说来分析诸人诗作之后，著者写道：

> 只有张若虚既能“入而感之”，又能“出而观之”，既有深情郁勃的诗人的生气，又具有清醒睿智的哲人高致，出入相当，正好将感情和理智处理得适度。这也正是《春江花月夜》为什么怅惘而不悲伤，叹息却不沉重的原因。宇宙意识也只有在去掉或冷酷或沉迷的偏执后，才能达到冲融和易的纯正状态，也只有经过张若虚这一冲融和易的宇宙意识阶段后，才能进入到陈子昂的更寥廓更高绝的宇宙意识阶段。

上引著者两段文字写得好，很有点“学术美文”的味道。由于评析文字中涉及大自然、生命、宇宙意识以及人们的感悟和思考，哲理、诗情的融入，使文学评论引发并洋溢着一种浓烈的审美情趣，可谓文情并茂。

本书著者对闻一多是非常敬仰的，但对其学术研究能坚持实事求是的分析态度，认为闻一多有些研究或看法也存在着不足的地方，有时“所论或有欠全面、持平、深刻”，甚至还有过于探求而造成“看朱成碧”之处。这当然不是对于闻一多先生的失敬，而是学术研究应有的科学态度，闻一多本人就是主张学者应当具有学术批判精神的。以屈原研究为例，我们可以看到，著者对闻一多有关评论总的说是充分肯定的，但也注意具体问题具体分析。如对闻一多有关《离骚》、《九辩》的对比分析就极口赞叹，说这“是闻先生诗心的感悟与理性的归纳，是千锤百炼之所得，是千言万语的浓缩，足见宏观识力，值得我们好好体会”。胡适论《楚辞》提出一个观点：“屈原的传说不推翻，则《楚辞》只是一部忠君教科书，但不是文学。”本书著者就明确肯定和支持闻一多对此类错误看法“毫不含糊地予以驳斥、辨正”。至于论及屈原思想的构成，则既说“闻先生特别强调屈原的法家思想是完全正确的”，但也提出“屈原的思想并非单一”，也要充分认识屈原有儒家思想。闻一多论《天问》，本书认为他“能以时代精神看待文学现象，将其置于思想发展的背景下审视，显示出极高的视界和视角，为当代研究《天问》打开了新的‘视窗’”；但也认为：“倘非苛求，还可以放到世界文学的背景上，与希伯来、印度、伊朗等民族的作品相较；就《天问》本身而言，不仅是问天，神话、历史、地理的内容也极丰富，其‘究天人之际’的精神应比闻先生所言更广。”这些都是求实之言，显示本书评述问题力求避免简单片面。

（五）

如上所述，本书有不少优点，我的几点感受既说明了著者的努力，同时也说明从这本书里我颇受益。当然，本书也有些不足或可以考虑改进的地方。

本书的内容是相当丰富的，但也有些地方稍嫌简略。譬如，对闻一多有关《焦氏易林》的研究似乎重视不够，介绍嫌少。书中曾经提及闻一多辑集《易林琼枝》，但没有引录闻一多接着写下的一段话：

> 如果我说汉代文学不在赋而在乐府与古诗，想来是不会有多少人反对的。如果我又说除乐府、古诗外，汉代还有着两部分非文学的文学杰作，一部分在《史记》里，另一部分在《易林》里；关于《史记》你当然同意，听到《易林》这名目，你定愕然了。《易林》是诗，它的四言韵语的形式是诗；它的“知周乎万物”的内容尤其是诗。——这意见在我心里远在十年以前就已确定了。①

① 《闻一多全集》第十卷《文学史编》，湖北人民出版社1993年版。

这段文字充分显示了闻一多对《焦氏易林》的价值及其在中国文学史上极其重要的地位的确认，考虑到我们至今尚没有一部文学史评介《焦氏易林》，而闻一多先生几十年前早就为之作了编选工作，发表了独到之见，并且正如有人所言“现代学者中以《焦氏易林》为诗并准备写入中国文学史的，是闻一多先生。”① 那么闻一多先生有关《焦氏易林》的研究及其慧眼卓识就更显示出它的可贵。当代《焦氏易林》研究专家陈良运先生在其力著《〈焦氏易林〉诗学阐释》中说：“在撰写此书时不时引用闻先生精辟之言，深感我不过是在接续他未竟的研究。”② 由此亦可见出闻一多有关《焦氏易林》的研究不但非常重要，而且还对当代的学术研究产生影响和作用。

此外，本书各章内容的安排总的说是比较合适的，但个别章节内容的组织还可再作斟酌，如第五章《〈周易〉、庄子、乐府诗研究及其他》研述的范围和对象就有点芜杂。倘若将本章以及第八章《文学史观与独到的文学史研究》中有关文献学、文字学、训诂学等方面的内容合在一起，使之独立成章，似可稍减第五章芜杂之感而有益于全书结构的改善。又如，闻一多学术研究所体现的精神追求、优良学风，他学术研究的丰富经验，本书不少章节分别有所介绍，这方面的内容鄙意还可再强化一些，特别是他追求真、善、美的结合，以及提倡深入钻研、力避平庸肤浅的优良学风对我们今天的学术界、著作界很有教益，研究、阐发闻一多学术文化遗产中这个方面的内容，对我们很具现实意义。

《学者闻一多》这部书的写成，著者为之倾注了心血，同时也反映了他们严肃认真的写作态度。此书对闻一多先生的学术生涯，对他学术研究的道路及其卓越贡献，作了比较全面系统的梳理和总结，论述也颇有深度和力度，兼有学术价值和思想价值，我以为是闻一多研究中一部值得重视的新著。闻一多是我们大家敬仰的杰出的爱国主义者和民主斗士，作者努力描绘出了他作为一位学术大师不可磨灭的学术贡献和精神面貌，是会受到读者欢迎的。

郭豫适

二〇〇一年三月十八日写于半砖园寓所

---

① 《〈焦氏易林〉诗选·前言》8页，见陈良运著《〈焦氏易林〉诗学阐释》，百花洲文艺出版社2000年版。

② 陈良运：《〈焦氏易林〉诗学阐释》，百花洲文艺出版社2000年版，587页。

一　闻一多的古典文学研究概况

朱自清先生在为开明版《闻一多全集》所写的序言中说："闻一多先生为民主运动贡献了他的生命，他是一个斗士。但是他又是一个诗人和学者。这三重人格集合在他身上，因时期的不同而或隐或现。大概从民国十四年参加《北平晨报》的诗刊到十八年任教青岛大学，可以说是他的诗人时期，这以后直到三十三年参加昆明西南联合大学的五四历史晚会，可以说是他的学者时期，再以后这两年多，是他的斗士时期。学者的时期最长，斗士的时期最短，然而他始终不失为一个诗人；而在诗人和学者的时期，他也始终不失为一个斗士。"①

这是非常符合实际的说法。闻一多先生只活了短短的四十七年，而产生最大社会影响的，却是为时最短的两年多的斗士时期，他的为民主运动而献身，使千万善良的人们看清了国民党反动派的真面目，毛泽东同志的褒扬，使多数人只是从人民英烈的角度知道闻一多。闻一多先生是"五四"以来新诗运动的代表之一，人们即使不知道"新月派"，也知道《红烛》、《死水》的作者是爱国主义诗人。相比之下，闻一多的学者时期虽然最长，但听他授课的，只限于他任教大学的学生，读得懂他的专著的，只是为数很少的读者。所以，作为学者闻一多的受众，远较作为斗士和诗人的少，相应地，从学者的角度研究闻一多的人，也远较从斗士、诗人的角度进行研究的人少。

正如郭沫若先生在开明版《闻一多全集》序中所说："在这里面关于文化遗产的部分要占四分之三，关于近代学识，特别是参加民主运动以来的著述，仅占极少数。""一多对于文化遗产的整理工作，内容很广泛，但他所致力的对象是秦以前和唐代的诗与诗人。关于秦以前的东西除掉一部分的神话传说的再建之外，他对于《周易》、《诗经》、《庄子》、《楚辞》这四种古籍，实实在在下了惊人的很大的功夫。就他所已取得的成就而言，我自己是这样感觉着，他那眼光的犀利，考索的赅博，立说的新颖而翔实，不仅是前无古人，恐怕还要后无来者的。"②

如果说，在郭沫若还是并非溢美的"感觉"，在我们就有义务和责任对闻先生作为学者的成就，作一全面的"研究的研究"。

---

① 《闻一多全集》12卷，湖北人民出版社1993年版442页。以下所引简称《全集》，凡不注明者，均出此版。

② 《全集》12卷431—432页。

（一）向内发展
——从诗人到学者

闻一多先生出生于世代耕读之家，先世业儒，祖父尤嗜书。先生六岁入塾，读《三字经》、《幼学琼林》、《尔雅》、《四书》之类，七岁延师来家课读，学国文、历史、博物、修身等课本，开始接触新思潮。十四岁考取清华学校后，每年暑假回家读书二月，名书房为“二月庐”。喜读梁启超文章，圈点过《史记》、《汉书》，又喜读诗词，却不好读经。从小爱好美术，喜剪纸，武昌起义时，画过成套的革命故事。[①] 其早年自传《闻多》云：“好文学及美术，独拙于科学，亦未尝强求之……闲为古文辞，喜敷陈奇义，不屑屑于浅显。暇则歌啸或奏箫笛以自娱，多宫商之音。”[②] 可见，他原本具有多向性的发展潜质。

青年闻一多在读诗上用力最多，17 岁时已发表旧体诗，1919 年 2 月日记有云：“近决志学诗。读诗自清明以上，溯魏汉先秦。读《别裁》毕，读《明诗综》，次《元诗选》，次《宋诗钞》，次《全唐诗》，次《八代诗选》，期于二年内读毕。”同年 5 月、7 月，分别发表五言古诗《提灯会》和七言古诗《清华体育馆》、《清华图书馆》，1921 年 7 月，先生自已将前此所作古文诗词收为一集，名曰《古瓦集》。[③] 1920 年，开始发表新诗及新诗评论，从此所发诗文皆为新诗。

闻一多在清华学校九年，毕业出洋，拟入芝加哥美术学院，后因反对毕业考试后再加特别考试而罢考，自动留级，推迟一年出洋，直到 1922 年 7 月才乘船赴美，开始他的留学生活。他学的是美术，却又志在文学，在致父母的信中，流露出两难心态：“既不肯在美弃美术而习文学；又决意归国必教文学，于是遂成莫决之问题焉。”[④] 在美期间，他出于至性至情，作了不少爱国思乡的诗，到纽约后，又在诗兴、画兴之外，多了一样戏兴。熊佛西先生曾回忆道：“记得一九二四年我们在美国求学的时候，你对于国事是那样的关切，你对于当时的军阀当道是那样的痛恨，你当时所学的是绘画，你觉得专凭颜色和线条是不足表现你的思想和感情——不能传达你对于祖国与人民火一般的热爱！于是你改习了文学。特别致力于诗的研究和诗的创作……你和我合编过一个独幕剧，你曾以英文写过《杨贵妃》，你也曾为上演这戏设计舞台画面，监制布景和服装……不久你仍回到研究诗的岗位上。自此你写下了许多动人的诗篇。”[⑤]

1925 年 5 月，闻一多自美回国，返湖北浠水老家。暑假过后，去北京主持艺术

---

① 以上见季镇淮《闻一多先生年谱》，《全集》12 卷 465—467 页。
② 《全集》2 卷 295 页。
③ 以上分见《全集》12 卷 469 页、470 页、472 页。
④ 《全集》12 卷 49 页。
⑤ 《悼闻一多先生》，转引自《全集》12 卷 481 页。

专科学校，任教务长。次年4月1日，北京《晨报副刊·诗镌》创刊，徐志摩任主编，闻一多是该刊的重要作家，他的寓所成为一群新诗人批评作品、讨论学理的“乐窝”。短短几年中，他转教吴淞国立政治大学、国立第四中山大学（后易名为中央大学）、国立武汉大学，但由于创办《新月》，印行诗集《死水》，发表译诗，故诚如朱自清所说，这是他的诗人时期。

闻一多先生在1928年秋任武汉大学文学院长时，已有唐诗研究的成果发表，但由于他当时是外文系教授，所以朱自清将其此期仍划在诗人时期内。直到两年后任青岛大学文学院长兼国文系主任，他讲授名著选读、文学史和唐诗，才真正转为学者。尽管有谈诗的雅兴，“马上从一个学者变成一个诗人”，但正像臧克家先生所回忆：“当（陈）梦家同我大量生产的时候，闻先生很少动笔了。”①

1922年初，闻一多新婚之时，就写成论文《律诗底研究》，脱稿后感赋七律一首，有人认为此文“可能是五四运动以后，较早用新的方法，系统研究中国诗歌的民族传统的长篇著作”。② 在大学任教并在国文系讲授古代文学课程，必然使这种学者的潜质得以充分发掘；任教清华之后，一种负气的心理，更使他钻研古典文学的决心大增。吴组缃先生曾回忆道：“那时，清华同学与老师年龄相差不太多，有的已在刊物上发表过文章，因此认为自己不比老师差。再说当时文学史上占统治地位的是古代文学……同学们中间确实有人存有闻先生是新月派，教不了古代文学的想法。”③

闻一多之从诗人转为学者，固然缘于他所具备的多种潜质，但是，最根本的原因，当出于对祖国传统文化的挚爱。闻一多在评论郭沫若的《女神》时说：现在的新诗有的是洋名词，“但是，我们的中国在哪里？我们四千年的华胄在哪里？哪里是我们的大江、黄河、昆仑、泰山、洞庭、西子？又哪里是我们的《三百篇》、《楚辞》、李、杜、苏、陆？”又说：“《女神》底作者对于中国，只看见他的坏处，看不见他的好处。他并不是不爱中国，而他确是不爱中国的文化。我个人同《女神》底作者底态度不同之处是在：我爱中国固因他是我的祖国，而尤因他是有他那种可敬爱的文化的国家……爱祖国是情绪底事，爱文化是理智底事。”④ 他在美国留学时，深为种族歧视所刺激，他在给父母的信中说：“一个有思想之中国青年留居美国之滋味，非笔墨所能形容”，“我乃有国之民，我有五千年之历史与文化，我有何不若彼美人者？将谓吾国人不能制杀人之枪炮遂不若彼之光明磊落乎？”⑤ 所以，他写诗是表现爱国主义感情，转而研究古典文学，同样有一酬爱国夙愿之原因在，由“情绪底事”向“理智底事”的“爱文化”发展，是必然的逻辑。

---

① 《我的先生闻一多》，转引自《全集》12卷489页。

② 见闻黎明、侯菊坤编《闻一多年谱长编》，湖北人民出版社1994年版156页，以下引用此书时，简称《长编》，不注版本。

③ 《长编》441—442页。

④ 《长编》204页。

⑤ 《全集》12卷138页。

闻一多先生将自己从事的学术研究称为“向内走”，他在1933年致饶孟侃的信中，谈到自己思想上的痛苦：“总括的讲，我近来最痛苦的是发现了自己的缺陷，一种最根本的缺憾——不能适应环境。因为这样，向外发展的路既走不通，我就不能不转向内走。”① 六年前，他同样是在致饶孟侃的信中，以轻松幽默的笔调为自己的诗、画、篆刻自负：“绘画本是我的元配夫人，海外归来，逡巡两载，发妻背世，诗升正室。最近又置了一个妙龄的姬人——篆刻是也。”② 六年后却凝重地道出了心中的痛苦和人生道路的转变。熊佛西《悼闻一多先生——诗人、学者、民主的鼓手》也记录着闻先生的自省：“当时朋友们都引以为异：为什么像你这样一位才情纵横奔放的诗人不写诗而来研究中国的死文学……你莞尔笑曰：‘我已发现我在创作方面无天才。诗，只好留给那些有天才的人们去写。过去，我觉得我搞的玩艺儿太多，太杂，结果毫无成就，今后我愿意集中精力来研究中国文学。”③

时至今日，闻一多的新诗创作在现代文学史上的地位已人所共知，经历了时间的考验，“无天才”、“毫无成就”只能被看作先生的自谦。我们只有从“不能适应环境”这点上去探究闻一多转向的原因。

我们认为，闻一多所说的“不能适应环境”，是深感自己原来所倡的艺术救国（即向外走）的主张行不通，在经过痛苦的反思后，转为从事学术研究（向内走）。早在清华就读期间，闻一多就认为必须以艺术来救国：“人类从前依赖物质的文明，所得的结果，不过是一场空前的触目惊心的血战，他们于是大失所望了，知道单科学是靠不住的，所以现在都倾向于艺术，要庇托于她的保护之下。中国虽没有遭战事的惨劫，但我们的生活底枯涩，精神底堕落，比欧洲只有过之无不及，所以我们所需要的当然也是艺术。”“利用人类内部的、自动的势力来促进人类底友谊，抬高社会底程度——这才是艺术底真价值。”“我们如果不愿把中国变成一个疯人院，再蹈欧洲底覆辙，演成世界第二次军事惨剧，我们就应当注意艺术，赶急注重艺术！”“艺术科学本当并重；当今中国，科学已有萌蘖了，艺术却毫无消息。艺术的人才既是有限，有艺术的天能的自当急起负责。他们还当拿全副精神，专攻艺术。因为我们希望于他们一种新艺术底实现，这种事业决不是一知半解的艺术家所能胜任的。”④ 以上无疑是他立志以艺术改造社会的宣言书。尽管对中国的国情还缺乏深入的了解和科学的分析，这种提倡精神文明之举，却仍具有思想启蒙时期的进步意义。

怀着艺术救国的满腔热忱，闻一多以诗和画投入开拓新艺术的事业中。然而，时局的变化使他失望，北洋军阀的残暴统治，“三一八”惨案，“四一二”政变，国共两党斗争的复杂，不绝的“凶年兵燹”……1927年6月，他发表了《一个观念》

① 《全集》12卷265页。
② 《全集》12卷238页。
③ 《长编》442页。
④ 《征求艺术专门的同业者底呼声》，《全集》2卷14—19页。

与《发现》二诗，朱自清评前者曰："他爱的是一个理想的完整的中国，也是一个理想的完美的中国……可是理想上虽然完美，事实上不免破烂；所以作者彷徨自问，怎样爱它呢?"① 至于后者，开头几句就直白地表达出强烈的失望："我来了，我喊一声，迸着血泪，'这不是我的中华，不对，不对!'"任教武汉大学时，受到学潮的攻击，"九一八"事变后，他虽积极支持所在的青岛大学学生成立反日救国会，却在次年的该校学潮中受到攻击，非常学生自治会甚至发表《驱闻宣言》，可见闻氏的自称"不能适应环境"，又确有自身特定遭遇的体验在。

想以文艺改造社会的道路走不通，又没有适应环境的能力，内心的痛苦是深刻而持久的，以至在应聘为清华大学中文系教授年余之后，还在给饶孟侃的信中说："一看见亲人，他不免就伤痛起来流着泪。我之不愿给你写信，一面是怕勾引起数年来痛苦的记忆。"② 热烈如火的诗人闻一多沉默了，在痛苦的反思后，他选择了从事学术研究的道路。除了闻一多自陈的"不能适应环境"这一原因外，对新诗创作现状的失望，希冀从古典文学中汲取营养，似也是"向内走"的一个动机。对于他在南京第四中山大学任教时的学生、颇有诗才的方玮德的早逝，他曾写下《悼玮德》一文，文中就透露出上述信息。文中说："国家的躯体残毁到这样，国家的灵魂又在悠久的文化的末路中喘息着……玮德的标格，我无以名之，最好借用一个时髦的话语来称它为'中国本位文化'的风度。时贤所提出的'本位文化'这名词，我不知道能否应用到物质建设上，但谈到文学艺术，则无论新到什么程度，总不能没有一个民族的本位精神存在于其中。可惜在目前这西化的狂热中，大家正为着摹仿某国或某派的作风而忙得不可开交，文艺作家似乎还没有对这问题深切的注意过。即令注意到了，恐怕因为素养的限制一时也无从解决它。因为我所指的不是掇拾一两个旧诗词的语句来装点门面便可了事的……要的是对本国历史与文化的普遍而深刻的认识，与由这种认识而生的一种热烈的追怀，拿前人的语句来说，便是'发思古之幽情'。一个作家非有这种情怀，决不足为他的文化的代言者，而一个人除非是他的文化的代言者，又不足称为一个作家……我这主张也许有人要说便是'中学为体，西学为用'。对了，我承认我对新诗的主张是归到和张之洞一般。惟其如此，我才能爱玮德的标格，才极其重视他的前途。"文章的最后，从方玮德的研究明史生发出这样一段议论："那是偶尔的兴趣的转移吗？但那转移是太巧了。和玮德一起作诗的朋友，如大纲原是治本国史的，毓棠是治西洋史的，近来兼致力于本国史，梦家现在也在从古文字中追求古史。何以大家都不约而同的走上一个方向？我期待着早晚新诗定要展开一个新局面，玮德和他这几位朋友便是这局面的开拓者。"

在深切地感受到国家躯体的残败，民族灵魂的呻吟时，新诗创作走入了"西化的狂热"之途，闻一多提出了"中学为体，西学为用"的创作原则，强调要立足于

---

① 《爱国诗》，转引自《长编》345—346页。
② 《全集》12卷265页。

民族的本位文化，也是他由向外转为向内，由诗人转为学者的一个重要原因。《悼玮德》一文，明确无误地表明了背靠民族本位文化、以开创新诗创作新局面的企盼。

对于从诗人到学者的人生转轨，闻一多流露出初尝成功滋味的欣喜，还是在前引的致饶孟侃的信中，他说："在这向内走的路上，我却得着一个大安慰，因为我实证了自己在这向内的路上，很有发展的希望。因为不能向外走而逼得我把向内的路走通了，这也可说是塞翁失马，是福而非祸。"① 事实证明，闻一多转换人生角色后，非但"很有发展的希望"，"把向内的路走通了"，即使当不得郭沫若"前无古人，恐怕还要后无来者"之评，其成就也是毋庸置疑的。冯友兰在《回念朱佩弦先生与闻一多先生》中说：闻一多"到清华以后，先七八年，拿定主意，专心致力研究工作。他的学问也就在这个时期，达到成熟阶段。在战前，有一次叶公超先生与我谈起当代文人，我们都同意，由西洋文学而转入中国文学，一多是当时的唯一底成功者。"② 在抗战之前既已如此，抗战以后，闻一多的学术研究领域继续拓宽，成果更为昭著。虽然他牺牲在国民党反动派特务的枪下时，尚未及四十七周岁，但是他的学术成就已是世所公认。

（二）求　美

闻一多刊于《学文月刊》第一卷第一、三期（1934 年）的《匡斋尺牍》，是《诗经》研究的专论。在此之前，已有论文《杜甫》、《庄子》及唐诗人年谱《杜少陵年谱会笺》、《岑嘉州系年考证》、《岑嘉州交游事迹》等作发表，但由于此著作成于任教清华时，不少论者都认为闻一多真正开始学术研究始于 1932 年秋回到母校清华之后，所以，《匡斋尺牍》不仅标志着闻一多的研究由唐诗上溯至《诗经》，自此构成了他研究古典文学较完整的格局（先秦至唐），而且带有研究方法意义上的"宣言"性质，其重要性不容忽视。

闻先生在《匡斋尺牍》中深刻指出：

> 在今天要看到《诗经》的真面目，是颇不容易的，尤其那圣人或"圣人们"赐给它的点化，最是我们的障碍。当儒家道统面前的香火正盛时，自然《诗经》的面目正因其不是真的，才更庄严，更神圣。但在今天，我们要的恐怕是真，不是神圣……读诗时，我们要了解的是诗人，不是圣人。③

在此著论及《狼跋》时又说：

---

① 《全集》12 卷 265 页。
② 转引自《长编》，464 页。
③ 《全集》3 卷 199 页。

在某种心理状态之下，人们每喜从一个对象中——例如一部古书——发现一点意义来灌溉自己的良心，甚至曲解了对象，也顾不得……我，也有我的良心，而灌溉的方法也不见得只限于一种。如果与那求善的古人相对照，你便说我这希求用“《诗经》时代”的眼光读《诗经》，其用“诗”的眼光读《诗经》，是求真求美，亦无不可。①

他对《诗经》研究史作了简明的归纳、判断：“汉人功利观念太深，把《三百篇》做了政治的课本；宋人稍好点，又拉着道学不放手——一股头巾气；清人较为客观，但训诂学不是诗；近人囊中满是科学方法，真厉害。无奈历史——唯物史观的与非唯物史观的，离诗还是很远。明明一部歌谣集，为什么没人认真地把它当文艺看呢?”②

第一段引文，是宣告自己的研究目的，是要将“圣人”“点化”而成的“经”，还原为诗人所作之“诗”。第二段引文，是明确无误地表示，自己要用“《诗经》时代”的眼光读《诗经》，以求其“真”；用“诗”的眼光读《诗经》，以求其“美”。第三段指出，“功利”、“政治”、“道学”只能是“求善”的曲解，“训诂”与“历史”虽渐近求真，却距“求美”甚远。

闻一多明确宣称，自己的研究“是求真求美，亦无不可”。这“真”，是文化的、历史的还原；这“美”，是“诗”的感悟与研究，而非“经”的“圣人”之“点化”。而求真求美，又确是闻先生古典文学研究一以贯之的原则，既是目标追求，又是方法准则。

表面看来，闻先生似将自己的求真求美，置于古人的求善之对立面，二者水火难容，实际上并非如此。相较而言，美与善的关系应比美与真的关系更为直接和紧密。美应以善为前提，人们最初所认识到的美离不开善，随着历史发展，二者才逐渐分离，由于阶级社会中，作为伦理范畴内的善应符合某阶级的最高利益，才能被这一阶级普遍接受，所以善的主观色彩和历史特点，必然强于美。而作为主观认识的善，其主观色彩愈浓，历史局限愈大，必然会削弱真与美。随着对真与美的着意追求，既符合了事物本身的规律和特性，又将事物的美好方面作了能动的表现，这样，克服了主观的障蔽和历史的局限，求得了真与美，也就合于善。这似三棱镜的三面，其间的关系应是互相依存和共生，当其中一面正对我们时，却屏蔽了另两面，即使同时看到两面，仍难见另外一面。闻一多所说的“儒家道统面前香火正盛时”，“求善的古人”从《诗经》中看到的是“善”的“庄严”和“神圣”，而他所做的求真求美，是要将三棱镜调过向来。这样的对真与美的追求，并不遗弃善，这可称之为“片面的全面”，所以闻一多所做的古典文学研究，应是求真、求美、求善，

① 《全集》3卷214—215页。
② 《全集》3卷214页。

三者合一，是他毕生的追求。

我们可以用求真、求美、求善来概言闻一多的研究，这是对他的学术追求而言，但又何尝不是对他的人生而言？而且，由于他的一生又可分为诗人、学者、斗士三阶段，这三阶段的人生追求又分别偏重在美、真、善。这样，我们即使不从美学思想演变的角度，而从闻一多个人学术思想发展的角度，也可以看到这样的特点：与他的人生追求和角色转换相对应，他的学术研究也有前期偏于美，中期偏于真，后期偏于善的特点。当然，对“偏于”的认定不能变为偏颇，事实上，他的研究往往是真善美的有机融合。基于以上认识，下面在以美、真、善分论他的研究时，必然要兼顾到这两方面。

先看“求美”。

按照朱自清对闻一多作为诗人的时期划定，闻氏从事学术研究甚至在此之前。1922年，他在新婚蜜月之时，就作了《律诗底研究》。此著侧重于形式的研究，仅从第二章“溯源”中的诗句组织、平仄，第三章“组织”的队仗、边帧、局势，第四章“音节”的逗、平仄、韵，第五章“作用”的论短练、紧凑、整齐、精严，第六章“辨质”的论均齐、浑括、蕴藉、圆满、兼有等，都可见这些基本都属于形式美的研究。

闻一多之研究民族形式的律诗，与他重视本位文化，并希冀以此给新诗创作供给营养不无关系，何况他早期的美学思想中，是颇具唯美主义色彩的。李广田先生在《闻一多选集·序》中说过：“闻先生的道路是从诗开始的，而且又是一个‘极端的唯美主义者’（原注为：见《全集·年谱》页三九）。”并列举了造成他作为唯美主义者的社会根源。尽管在新时期的闻一多研究中，不少论者对这一看法表示质疑，但是，毕竟闻一多自己就说过：“我的宗旨不仅与国内文坛交换意见，径直要领袖一种之文学潮流或派别。”何种潮流或派别呢？从他后面所说的排他性意见可知：“《小说月报》与《诗》必不欢迎也；《创造》颇有希望，但迩来复读《三叶集》，而知郭沫若与吾人之眼光终有分别，谓彼为主张极端唯美论者终不妥也。”[①]1923年3月22日致梁实秋信，又说：“我的诗若能有所补益于人类，那是我的无心的动作（因为我主张的是纯艺术的艺术）。”[②]由上可见，极端唯美论和主张纯艺术的艺术，至少是闻一多美学思想的一个重要方面。

本着这种精神和趣味，闻一多在新诗批评中提倡格律，认为：“格律可从两方面讲：（一）属于视觉方面的，（二）属于听觉方面的。”“诗的实力不独包括音乐的美（音节）、绘画的美（词藻），并且还有建筑的美（节的匀称和句的均齐）。”[③]在此文（《诗的格律》）发表前三年半，他在《〈冬夜〉评话》中，批评新诗人多有

① 1922年9月29日致梁实秋、吴景超信，《全集》12卷80—81页。

② 《全集》12卷159—160页。

③ 分见《全集》2卷140、141页。

“弱于或竟完全缺乏幻想力”的通病，“因此他们诗中很少浓丽繁密而且具体的意象”，提倡古人所说的“如蓝田日暖，良玉生烟”，“作诗该当怎样雍容冲雅，‘温柔敦厚’”，而不应“叫嚣粗俗”。① 重视艺术性，重视诗的美，使他在注目古人之时，也必定注重于美。

1922年11月，闻一多在芝加哥致信梁实秋。信中说：“我想我们主张以美为艺术之核心者定不能不崇拜东方之义山，西方之济慈了。我想那一天得着感兴了，定要替这两位诗人作篇比较的论文呢。”② 信中明言“主张以美为艺术之核心”，这既见于他的新诗创作之重视艺术性，又见于他的新诗批评，还见于他的古诗研究旨趣。他后来编《唐诗大系》，选李商隐诗24首，基本不选元白新乐府，就是这种旨趣的体现。

由唐诗上溯先秦，闻一多推崇庄子，主要原因正在于《庄子》多美文。他的论文《庄子》发表在《新月》第2卷第9期（1929.11.10），此文很可以让我们看到他的学者生涯真正开始时的研究择向。文中先概述庄子的生平、行踪，与惠施的关系，以及生前与身后名声的反差，然后谈庄子的哲学思想。但显见，闻一多更以文学相揆，更以“美”相取。他充分肯定了庄子思致、趣味、姿态的美，还说：“读《庄子》，本分不出那是思想的美，那是文字的美。那思想与文字，外型与本质的极端的调和，那种不可捉摸的浑圆的机体，便是文章家的极致；只那一点，便足注定庄子在文学中的地位。”③ “如果你要的是纯粹的文学，在庄子那素净的说理文的背景上，也有着你看不完的花团锦簇的点缀——断素，零纨，珠光，剑气，鸟语，花香——诗，赋，传奇，小说，种种的原料，尽够你欣赏的，采撷的。”④ “讨论庄子的文学，真不好从那里讲起，头绪太多了，最紧要的例如他的谐趣，他的想象；而想象中，又有怪诞的，幽渺的，新奇的，秾丽的各种方向，有所谓‘建设的想象’，有幻想；就谐趣讲，也有幽默，诙谐，讽刺，谑弄等等类别。”⑤ 如同自己《死水》的化丑为美，闻一多引龚自珍《书金伶》语“清丑入图画，视之如古铜古玉”，称赞这种“中国艺术中极高古、极纯粹的境界”，特别强调“而文学中这种境界的开创者，则推庄子。”⑥ 诚如郭沫若所说：“你看他那陶醉于庄子的‘乐不可支’的神情！他在迷恋着‘超人’，迷恋着‘高古’，‘神圣’，‘古铜古玉’，‘以丑为美’……”⑦ 闻一多的《庄子》确实是以“求美”为主要倾向。

任教清华以后，闻一多的学术研究渐转到求真一侧。1934年发表《类书与

---

① 分见《全集》2卷69页、84页。
② 《全集》12卷128—129页。
③ 《全集》9卷11页。
④ 《全集》9卷12页。
⑤ 《全集》9卷14—15页。
⑥ 《全集》9卷16页。
⑦ 开明版《全集》序，新《全集》12卷437—438页。

诗——唐诗杂论之一》，已指出初唐诗追求文藻的浮华之弊，到上官仪的“六对”、“八对”，便严重到极点，故肯定了“四杰”的施以针砭。但是，求真并不排斥求美，《匡斋尺牍》在分析《诗·芣苡》的真义后，又以诗的语言描绘诗的画面，设身处地地表现初民的生活，传递少妇的心理、感情。闻一多还把他的研究心得施之于课堂教学，将学生导入如醉如痴的意境，有极好的审美的效果。《清华暑期周刊》1934 年第 8—9 期合刊，曾刊登过一位学生所写的《教授印象记》，文中写道：“闻先生讲《诗经》、《楚辞》是决和那些腐儒不一样的。《诗经》虽老，一经闻先生讲说，就会肥白粉嫩地跳舞了；《楚辞》虽旧，一经闻先生解过，就会五色斑烂地鲜明了。”[①] 很可见出求真与求美相结合的研究与教学结果。

1940 年，闻一多在《国文学刊》上发表《怎样读九歌》一文，他在此文前序中强调“兮”字的作用，其中的《九歌兮字代释略说》将《九歌》250 多个“兮”字作了详细分析，分释为数十个字、词，所作的是“求真”，但又何尝不是“求美”？他自己也说：“《九歌》的文艺价值所以超越《离骚》，意象之美，固是主要原因，但那‘兮’字也在暗中出过大力，也是不能否认的。”[②] 次年，又在北京大学文科研究所举办的学术讲演会上讲《什么是九歌》，今存其提纲草稿，其中有“说明艺术的功能——艺术便活了——有血有肉”，“旧日只读文字闪避生活以便欺骗”诸语，最后又有“戏剧的九歌：巫术与巫音”，“乐与舞”，“剧本的结构”，“舞台艺术——布景导具（面具）效果”等语，可让人窥见力求探究《九歌》之美的用心。当时听讲的学生回忆道：“他讲‘山鬼’是一个美丽的山林女鬼，身上披着碧绿的树叶，骑着豹子，走出林间。我不懂得《九歌》，但听了闻先生用生动奇妙的想象把这篇古文辞讲活了，这些神话人物就像出现在眼前一样。”[③]

汉代的《易林》，旧题焦延寿撰，共十六卷，书中以每一卦演为六十四卦，凡四千零九十六卦，卦下有占吉凶的韵文繇辞，后来以术数谈《周易》者，均以此著为宗。闻一多先生研究《易林》，却从文学角度着眼，作《易林琼枝》，他说：“《易林》是诗，它的四言韵语的形式是诗；它的‘知周乎万物’的内容尤其是诗”[④]，显然，这是“求美”的研究，故此季镇淮先生说：“从《易林》这部书里，发现‘诗’似的东西，是一个新的发现。”[⑤]

唐诗是闻一多先生研究时间最长、涉猎最广的领域，仅《唐诗杂论》所收的论文，就可看出他对美的探求和发现有着多么敏锐的眼光。因为后面还要专论唐诗，此处不赘了。

---

① 《长编》460—461 页。
② 《全集》5 卷 381 页。
③ 徐知免《回忆闻一多先生》，《解放日报》1979 年 11 月 22 日。
④ 《全集》10 卷 61 页。
⑤ 《闻一多先生年谱》，《全集》12 卷 502 页。

（三）求　真

在闻一多先生的古典文学研究中，求真是其核心，也是重心之所在。下面不从他从事研究的先后，而从不同的研究对象作一论述。

关于神话。闻一多的神话研究成果，最著名的当推《伏羲考》，此著以文化人类学为主要研究方法，自始至终贯注着求真精神，因第二章将对此作专论，这里不拟详说。尽管由于他的早逝，使许多项目的研究未及展开，但从他现存手稿中的一份无标题的提纲草稿，已可见他有一个全局性的想法，其中就颇见求真意识。提纲一开头即“科学与神话”五字，下面言及“历史的立场”，而“古史的新资料”，“顾颉刚累层式的古史说及古史作伪说”，以及“从邻族借来的古史”等等，都可见以历史研究神话的立场和方法，显然，这是求真的研究。①

朱自清在《中国学术的大损失——悼闻一多先生》中指出：“闻先生研究伏羲的故事或神话，是将这神话跟人们的生活打成一片，神话不是空想，不是娱乐，而是人民的生命欲和生活力的表现。这是死活存亡的消息，是人与自然斗争的记录，非同小可。他研究《楚辞》的神话，也是一样的态度。”② 这一评论很正确地指出了闻一多研究神话的要旨在于求真，而非侧重于想象、幻想之类的文学性的求美。

闻一多对于上古文学研究的总体构想，可见于1940年11月致清华大学校长梅贻琦的信中。在此信的研究报告中确定了两项研究旨趣：了解文学作品和考察时代背景。对前一项，他说：“今拟遵清人旧法，佐以晚近新出材料（如敦煌残卷，及殷墟卜辞，商周铜器等），对于先秦两汉诸古籍之奇文滞义，作更进一步的探索，冀于昔贤传注，清儒考订之外，有所补充焉。”这是将乾嘉以来校勘、训诂等“旧法”，结合新出材料，以求真正读懂作品，这显然是对文本自身的求真。对后一项，他说：“文学史为整个文化史中之一环，故研究某时期之文学史，同时必需顾及此期中其他诸文化部门之种种现象。今拟以若干问题为中心，就其社会背景，或思想潮流等方面，详加分析，求其相互的关系，庶使文学得成为一种有机体的历史，而非复一串账簿式的记载而已。”③ 显然，这是对与文本密切相关的“有机体”擘肌分理的求真。与这两项研究旨趣相关，既有专书研究，又有专题研究，闻先生所期许的“非复一串账簿式的记载”，而是将“有机体的历史”中的古代文学作出正确的文化还原，故其求真之学海翱翔，须凭借两种旨趣和专书、专题之两“专”，这如鸟之双翼，缺损其一，就无法飞达真理的彼岸。

对于《诗经》，闻一多的《风诗类钞甲》曾以《序例提纲》归纳其研究法，即

① 详见《长编》651—652页。

② 转引自《长编》652页。

③ 以上所引见《全集》12卷367—368页。

“经学的”、“历史的”、“文学的”“三种旧的读法”。之所以是“旧”，是因为“经学的”近于求善，“文学的”近于求美。“历史的”虽与求真距离不算遥远，终未及“本书的读法——社会学的”来得真且切，所以后者是他的倡导与追求。要首先解决求真，才能进而求美，而“求得真（科学精神），自与善合”[①]，所以将求真作为核心和首要，并不偏废求美和求善。作社会学的研究，就要“依社会组织的纲目将国风重行编次”，拟为婚姻、家庭、社会这“三大类目”。尽管提纲中“注意古歌诗特有的技巧”之类属于文学的求美，然而作为主体的订误，以及用考古学、民俗学、语言学等方法“带读者到《诗经》的时代”等，都主于求真。[②]

由于《诗经》被历代经生儒士阐释得走了样，求真的实质是文化还原，闻一多所倡与所行，都是这样做的。他在1935年发于天津《大公报》“文艺”副刊第九期的《卷耳》一文，表达了这样的看法：“我一壁想多多恢复诗经中的诗，使它名实相副，一壁又常常担心把《诗经》解得太像我们的诗了。一个人会不会有时让自己过度的热心，将《诗经》以外，《诗经》以后的诗给我私运进诗经里去了，连自己还不知道呢?”[③] 所以，从文字学的角度，他建议清华中文系研究生张清常用西周金文写《诗经》，因为该生志在研究古汉语，鉴于汉熹平石经、唐开成石经是刻于石上，而四家诗是后代抄本转木刻本，“文字都已去古甚远，不是《诗经》时代的面貌”，倘用金文写，“也就是使《诗经》恢复西周东周当时的文字面貌”。[④] 闻一多自己对《诗经》所作的字义训诂，同样体现出文化还原的精神。王瑶《念闻一多先生》说：

> 譬如他讲《诗经》中的风诗是爱情诗，就从“风”字的古义讲起……它本来就是指异性相接，所以《左传》上说“风马牛不相及”，意思是说马牛不同类，故不能“风”；后世训“风”为“远”，实误。由此发展下来的词汇，如风流、风韵、风情、风月、风骚等，皆与异性相慕之情有关。[⑤]

又如《〈诗·新台〉“鸿”字说》，一纠过去所释的“鸿”为鸿鹄之鸿，而以充分的证据证其为蟾蜍，才将两千多年来这一以不通为通者真正讲通了。[⑥] 正因为他能以确凿的证据将“饥”、“食”等字解释为男女交合，所以才能得出“《诗经》中不但有伤雅之作，并且有许多简直就是淫诗”的结论。[⑦]

---

① 提纲草稿《什么是九歌》，引自《长编》623页。
② 以上参见《全集》4卷456—458页。
③ 转引自《长编》472页。
④ 以上见《长编》465页。
⑤ 转引自《长编》473页。
⑥ 详见《全集》3卷191—197页。
⑦ 详见《长编》483—484页。

闻一多先生的《楚辞》研究，同样以求真为要旨。他在《楚辞校补》的引言中说，较古的文学作品所以难读，大概不出三种原因，即时代背景与作者个人意识形态的难于了解，“假借字”易陷读者于多歧亡羊的苦境，以及传本的讹误。由于《楚辞》兼有这三难，所以他有针对性地为自己定下三项课题：说明背景，诠释词义，校正文字。[①] 郭沫若在开明版《闻一多全集·序》中说：“汉儒的研究是在第二、第三阶段上盘旋，宋儒越躐了第三阶段，只是在第二阶段的影子上跳跃。清儒又回到第二、第三阶段上来，然而也只在这里盘旋，陶醉于训诂名物的糟粕而不能有所超越……不能超越那个时代和意识，那便无从客观地认识那个时代和那个意识，不用说是更不能够批判那个时代和那个意识。”[②] 对文化还原的困难和意义，阐发得很全面。

闻一多尽管是将自己的《楚辞》研究看成是第二、第三项工作，他的“腾出时间来多作点别的事”，以及中年的壮烈牺牲，使其研究止于自称“权变的办法”，未及将“说明背景”一项全部完成。即便如此，求真的文化还原，仍提供了方法的范例和可贵的成果。

仅从诠释词义而言，闻一多的许多新见就很值得肯定、推崇。如《天问·释天》，是针对东汉王逸作注之后，“踵逸而起，注者相望”，“然而不可晓者犹十有四五焉”而作，他认为王逸“割裂全篇，概以二句为一段落……读者披卷之顷，目光所触，第一印象，已受错误之暗示。成见一入，永为锢蔽……大都王逸以后诸家之说有违于事实，滞于义理者，咸坐此弊”，为此，自己所作的是“爰揭出之，以谂学者。此惑既祛，乃可与读《天问》”。[③] 所释共十一行四十四句，却是考证精严，难怪郭沫若例举其释“顾菟”一条，谓“闻先生举十一例以证其成说……我敢于相信，他的发现实在是确凿不易的”，进而又说：“像这样细密新颖发前人所未发的胜义，在全稿中触目皆是，真是到了可以使人瞠惑的地步。”[④] 其实又何止此稿，他的《离骚解诂》、《九歌解诂》、《天问疏证》、《九章解诂》等著，皆系“发前人所未发的胜义”之作。

闻一多的诠释词义之超越了清儒训诂文物，主要体现在“客观地认识那个时代和那个意识”，是真正的文化还原。如今存手稿中尚有未能全部完成的《九歌杂记》一文，就很可见出以上特点。文中的《东君·云中君》说：“旧本《九歌》的次第，《东君》、《云中君》，二篇当排在一起……这里简单取日与云相配，是偶然的，还是别有意义的，颇值得注意一下。”他接着陈述了自己的理解：“在原始社会里，一切都是实用，宗教亦然。云是雨所从出的，日与云，是草木生长的两个必要条件，在

---

① 详见《全集》5卷113页。

② 《全集》12卷434页。

③ 以上见《全集》5卷498—499页。

④ 开明版《全集》序言，《全集》12卷433页。

农业社会里应是最被重视的。它们又代表两个相反的自然现象，很便于配成一对，因此这里以东君、云中君二神排列在一起，乃是极合逻辑的一种观念。”非仅止于此，闻一多进一步追问二神并祀的来源：“……云中君我们又已经证明确乎是晋地北边秦时云中郡地方的神。东君的来历虽不见记载，但不是东方神话中的羲和则甚明显。因为羲和是女性……而东君称君，明是男神。很可能，东君是一位客籍的神。云中地近胡，东君、云中君恐怕都是从胡地传入晋国的。”他举《史记·赵世家》索隐引语及《大戴礼记·曾子天圆篇》以证之。最后得出了二神并祀“恐怕也是胡俗”的结论。而补充的现代例证是印度支那北部土人，称日神为日爷爷，月神为月奶奶，“同样传说亦流传于安南州与东京州边境”。这样的考证，“那个时代”已很充分，“那个意识”是清儒所不备的，还有现代土人的传说的活标本，如此“求真”，还能置疑？

关于《湘君》与《湘夫人》，历来都认为是二位女神，闻一多却认为前者男、后者女，且为夫妻关系，原因是在多种古籍“神名称君者皆是男神”。所以“湘君湘夫人一男一女对举与叶君宝夫人（《汉书·郊祀志》臣瓒注）对举正是同例。”倘谓以上是外证，断二篇为对话体，前者女望男之词居多，后者男答女之词居多，则可视为内证。内外相证，极是有理，“时代”与“意识”兼顾，不由人不服。[①] 关于《九歌》的其他研究成果，我们将在下面再论，此处先打住。

通过文化还原以求真，存在许多困难。正如闻先生在其早年的《读骚杂记》所说：“一个历史人物的偶像化的程度，往往是与时间成正比的，时间愈久，偶像化的程度愈深，而去事实也愈远。”[②] 人物如此，作品也如此，更何况《楚辞》有着与处于主流地位的中原文化不同的文化背景。尽管闻一多认为自己的《楚辞》研究并未完成，但即使是被郭沫若认为“说明背景”、“属于文化史的范围”的“最高的阶段”，仍代表了当时研究的最高成就，即在今日，仍然是坐标和方向。

闻一多先生 1934 年 9 月在清华大学增设唐诗与乐府研究两门课。关于乐府研究课，他针对汉魏与晋宋的不同，“本事有因而失解，声音有因而舛乱”，提出“本课程在钩求史事，证据古音，以资研究”的教学宗旨。唐诗课则是“分唐诗为两大时期，取其间主要诗作，参以时代背景及作家生活，依次讲授，以期说明唐诗之特标的风格，并其间所浮映之唐代文化。”[③] 他的乐府诗与唐诗研究，也分从“钩求史事”、“时代背景及作家生活”、“并其间所浮映之唐代文化”诸方面，表现出求真之旨趣。

前人的研究乐府诗，确有“本事有因而失解”的现象。如《平陵东》，《古今注·音乐篇》认为是汉翟义门人所作，《乐府古题要解》据《汉书·翟方进传》作

---

① 以上见《长编》596—598 页。

② 《全集》5 卷 4 页。

③ 见《长编》460 页。

进一步发挥而衍其说。闻一多在《乐府诗笺》中认为："然玩诗意，全不类。诗但言盗劫人为质，令其家输财物以赎，如今'绑票'者所为，疑崔、吴说妄也。"之所以认为是翟义事，缘于诗中"劫义公"，他又以音韵学知识论道："义疑本作我，我、以声近，误为义"，[①] 所说可信。事之失解与音之舛乱造成所释不确，闻一多拨乱、决疑而反于正，其求真之所得可见。后面因还要专论其乐府研究，此处仅举一例，何谓"还原"已可知。

在唐诗研究中，闻一多一如在《诗经》研究中宣称要把读者带回那个时代一样，也竭力要使读者回到那个被他称为"诗唐"的诗歌王国，从容涵泳，体验他们的诗化人生。他运用了历史与文化综合研究的方法：从纵的方面而言，他站在历史学家的高度，把整个唐代文学放到几千年的文学发展史中，考察其来龙去脉，将唐代文学与此前、此后的文学发展看成一个整体，环环相扣，首尾相接；从横的方面而言，又将每一时段的文学现象与当时的文化大背景相联系，从历史的横断面对文学现象作全方位的文化综合考察。这样，在历史、文化的纵横坐标系中，闻一多立体地把握住整个唐代诗歌的发展过程，在内能总结其发展趋势和发展规律，在外又能指出唐诗在整个中国文学、乃至中国文化发展史上的地位和价值，从而也就还原出了唐诗最本质的真。

这种历史、文化综合研究的方法，贯串在闻一多整个唐诗研究范围和过程中。早在1933年，朱湘写《闻一多与〈死水〉》，已有如此评价："杜甫，在唐代的文学中，是他的兴趣的中心点。不过，这六年以来，由杜甫而推广到全个唐代的诗，全个唐代的文，唐代文化的整体。唐代文学的来龙，去脉，就我在谈话中所听到的，他在这一方面也有许多精辟的议论。"[②] 在后来的研究中，成果不断出现，除对"特标的风格"之"求美"别有会心外，在"时代背景"、"作家生活"和"其间所浮映之唐代文化"等"求真"上，创获甚多。这些，将详见于后面的论述。

（四）求　善

我们曾引闻一多"求得真（科学精神），自与善合"一语，看来，求善应是求真的必然结果。但是，前引《匡斋尺牍》，又有"求善的古人"与"求真求美"的"我"的对举，说明三者的难以等同，不能替代。从闻一多学术研究的贡献看，自是"求得真，自与善合"，因为他的贡献符合民族的根本利益，推动了学术史的发展、前进。而从他诗人、学者、斗士的人生历程看，又有着相对应的前期求美、中期求真、后期求善的不同，当然，这不是绝对化，而是主要倾向的表现。且不论他以斗士的姿态参加争取民主运动，是善对于恶的斗争，即从其后期的学术研究看，

① 以上见《全集》5卷740页。
② 转引自《长编》436页。

也明显表现出特殊的“求善”择向。

闻一多较早进行的神话研究课题，如《高唐神女传说之分析》、《朝云考》等，皆主于求真，是将神话人物还原为历史人物。但是，40年代以后，因从抗日战争所感受到的民族存亡危机，他的神话研究起了变化。1942年5月，闻一多为云南省地方行政干部训练团讲《神话及中国文化》，今存手稿中，有一份题为《神话与古代文化》的提纲，可能与此次讲课有关。提纲的导言的第一项是“历史教育与民族意识”，其中有“民族意识——知有共同来源”，“知来源愈悉，则民族意识愈坚固”等观点。第二项是“过去历史教育的缺点”，其中有“民族主义的历史教育——启发民族感情”观点。第三项是“今后的危机”，其中的后三个观点是：“民族意识有降低危险”，“希特勒式的侵略主义——拆散内部”，“根本消灭‘汉奸’——历史家的任务”。关于“近代史学的新发展”，有“文艺式的讲述——手段”，“民族情绪的激发——目的”等提法。如果说后面的“两种新方法——以发现事实”（即考古学、民俗学），是属于研究的求真，前面的以历史、文艺提高民族意识，培养民族感情，以抗击“希特勒式的侵略主义”，“根本消灭‘汉奸’”，则明显是以求真的手段服务于求善的目的了。

1943年7月，闻一多的《端午节的历史教育》一文发表，文中援引古籍证明：“端午本是吴越民族举行图腾祭的节日，而赛龙舟便是这祭仪中半宗教，半社会性的娱乐节目。至于将粽子投到水中，本意是给蛟龙享受的，那就不用讲了。总之，端午是个龙的节日，它的起源远在屈原以前——不知道多远呢！”但是，闻先生又认为，将端午与屈原联系在一起，虽然是个“谎”，为了“装进一个我们时代所需要的意义”，“说端午节起于纪念屈原，我佩服他那无上的智慧！端午，以求生始，以争取生得光荣的死终，这谎中有无限的真！”① 显然，他的以“谎”为“真”，所取却在于“善”。

我们不妨接着上面这一问题，考察一下闻先生对屈原及其死的评价之改变，而这一改变正是循着求善轨迹的运行。由于闻一多关于社会形态发展的理论近于郭沫若，也持中国经历了奴隶社会的观点，他在《屈原问题》中说：“全人类的历史便是一部奴隶解放史”，并认为农业奴隶最先解放，次为工商业奴隶，解放得最晚的是“在内廷帮闲的奴隶集团”。他承认孙次舟关于屈原是文学弄臣的身份这一看法，但决不同意先是文人、后变为弄臣的结论。尽管闻一多“奴隶”、“弄臣”的看法也值得商榷，但是，“对奴隶，我们只当同情，对有反抗性的奴隶，尤当尊敬”② 的看法，表现出正确的求善之价值取向，是值得肯定的。若谓闻先生早先以屈原之死是“忿怼不容，沉江而死”的“泄忿”③，八年后的《屈原问题》却以高尔基的理论，

---

① 以上引文见《全集》5卷11、14页。
② 以上见《全集》5卷19—20页、26页。
③ 见《读骚杂记》，《全集》5卷4页。

肯定了屈原是“一个为争取人类解放而具有全世界历史意义的斗争的参加者”，对怀沙自沉作了“他的时代不允许他除了个人搏斗的形式外任何斗争的形式”这一解释[①]，无疑，这是超越、高出于性格、道德的既真而善的评价。

1945年6月，闻一多在《人民的诗人——屈原》中，更从四方面论证屈原是人民的诗人，他以《离骚》“用人民的形式，喊出了人民的愤怒”，认为屈原得到人民的热爱、崇敬，“是他的‘行义’，不是他的‘文采’”，特指的“善”的择向显然压倒了“美”。文中最后说：“尽管陶渊明歌颂过农村，农民不要他，李太白歌颂过酒肆，小市民不要他，因为他们既不属于人民，也不是为着人民的。杜甫是真心为着人民的，然而人民听不懂他的话。屈原虽没写人民的生活，诉人民的痛苦，然而实质的等于领导了一次人民革命，替人民报了一次仇。屈原是中国历史上唯一有充分条件称为人民诗人的人。”[②] 由于此文原系一次青年讲座上的讲演稿，并非学术研究文章，其中的一些看法或不无可商之处，但联系前面来看，闻一多对屈原的前后评价之不同，是明显地结合现实，有感而发，由十多年的《楚辞》研究而至于此，难道不是昭示了由求真向求善的转变吗？

闻一多先生对庄子的前后评价之不同，较之屈原更为显著，由于这种转变主要体现出其学术研究的批判精神，因此我们将置于下一节论述。我们不妨以时间先后为序，考察其学术研究由求真转为求善的变化轨迹。

据朱自清的看法，闻一多作为斗士，应始于1944年参加西南联大“五四”历史晚会之时。因为这次晚会上，闻一多号召第二次打倒孔家店，认为“五四”做得不彻底，他的发言被看成是向民主进军的宣誓词。其实，在学术研究中的转变，当早于此时。

1941年2月，闻一多在昆明《中央日报》“文艺”副刊第十八期发表《贾岛》一文，已昭示了变化之迹。文中写道：“老年人中年人忙着挽救人心，改良社会，青年人反不闻不问，只顾躲在幽静的角落里做诗，这现象现在看来不免新奇，其实正是旧中国传统社会制度下的正常状态。”他认为贾岛以文艺态度发现了“休息”这一政治思想中的老方案，而“几乎每个朝代的末叶都有回向贾岛的趋势”，对贾岛的接受，正缘于“休息”。[③] 文中谈贾岛诗的艺术，又从思想根源上分析“作”与“受”，前引一段话更似是对现实而发，这确实不同于闻一多以前的研究宗旨和风格。

大约在同年11月，闻一多为北京大学文科研究所举办的学术讲演会讲演，题目是《什么是九歌》，今存其提纲草稿，其《序》以“剔除封建思想的旧注，恢复人民艺术的本来面目”开头，就可见同一提纲中所说的“求得真（科学精神）自与善

---

① 《全集》5卷27页。

② 《全集》5卷28—30页。

③ 以上见《全集》6卷56—61页。

合”之旨。《序》中还有“忠君思想汉人所加（强奸）”、“忠君则为主人生存”、“骗局”、“旧注不仅是愚而且是坏”诸语，亦是上述精神、宗旨的体现。若谓以上是重在“破”以求善，正式内容中的“说明艺术的功能”“艺术便活了”“有血有肉”，“旧日只读文字闪避生活以便欺骗”等，则转为重在“立”以求善了。①

1943年下半年，闻一多为西南联大学生讲唐诗，以“时代人民底声音”作古代诗人的评判、取舍标准，认为“《诗经》、《楚辞》、《乐府》才是人民底歌曲”，还说：“南朝的宫体诗和中唐以后的贵族诗都是堕落的，衰退的。要诗歌健康，进步，只有把她从统治者手里解放出来，还给劳动人民。”② 着眼现实，他称道“诗人就是鼓手，艾青与田间已成为中国现阶段底鼓手”。③ 着眼古人，他评价王维、李白、杜甫，提出了“以三人最重要的生活年代作比较”的标准，并以“对社会的义务关系”相求，认为李白“只重自我权利之享受，尽量发展个性”，王维“不知生活而享受生活”。他以真善美分喻李杜王，结合上述所评，高下自明，祈向亦显。④ 他对贾岛评价不高，却称道孟郊“显示了时代的阴影，更加强了写实艺术的批判力量”，还说：“从中国诗的整个发展过程来看，我认为最能结合自己生活实践继承发扬杜甫写实精神，为写实诗歌继续向前发展开出一条新路的，似乎应该是终生苦吟的孟东野，而不是知足保和的白乐天。”⑤ 据郑临川先生说，这些是1940年秋唐诗课的笔记，可见，闻一多先生研究的转变还要开始得早一些。尽管他的一些观点不无商榷之处，但从特定时期、特定思想的角度看，偏激或偏颇是可以理解的，为求善而过于求真，也是不应求全责备的。

1944年，闻一多的《诗与批评》发表在《火之源文艺丛刊》2、3辑合刊，文中提出了兼顾价值论（按：指重在宣传效果）和效率论（按：指重在文字、技巧）的批评标准。论及古人，他不满陶之闲逸、谢之愉悦，不无偏激地说：“当我们想到那时别人的苦难，想着那幅流民图，我们实实在在觉得陶渊明与谢灵运之流是多么无心肝，多么该死——这是个人主义发展到极端了，到了极端，即是宣布了个人主义的崩溃，灭亡。杜甫出来了，他的笔触到广大的社会与人群，他为了这个社会与人群而同其欢乐，同其悲苦，他为社会与人群而振呼。杜甫之后有了白居易……”⑥ 他认为诗人有等级，杜甫应是一等，“陶渊明的诗是美的，我以为他诗里的资源是类乎珍宝一样的东西，美丽而不有用，是则陶渊明应在杜甫之下。”⑦ 此文

---

① 以上见《长编》623—624页。

② 《长编》671页。

③ 《长编》671页。

④ 参见郑临川《闻一多论古典文学》，重庆出版社1984年版135—137页，以下引此书不另注作者和版本。

⑤ 参见郑临川《闻一多论古典文学》，155—156页。

⑥ 《全集》2卷221页。

⑦ 《全集》2卷，222—223页。

针对当时“一般都只讲效率”，而“大声疾呼请大家留心价值”，有很强的现实意义。以此相衡古人，自是不够全面、公允，然而，以求善高于求美，无论于古于今，就社会性和社会意义而言，都值得肯定。

我们知道，闻一多以其《伏羲考》之研究龙图腾知名于学界，但在1944年7月发在昆明《中央日报》“星期增刊”第2期的《龙凤》一文，却将前者的求真之旨移作求善。文中说：在封建大一统的帝国中，图腾生物变成了最高统治者一姓的祖先，龙凤“只是帝王与后妃的符瑞”，“只是‘帝德’与‘天威’的标记”，“一姓的尊荣，便天然的决定了百姓的苦难”。出于对封建帝王及其帮凶的憎恶，和对人民的同情，闻一多以历史见证人的身份写道：“你记得复辟与龙旗的不可分离性，你便会原谅我看见‘龙凤’二字而不禁触目惊心的苦衷了。”此文的最后，表明了自己的取舍：“万一非给这民族选定一个象征性的生物不可，那就还是狮子罢，我说还是那能够怒吼的狮子罢，如其他不再太贪睡的话。”① 学术性的求真变成杂感式的求善，是期待着人民的觉醒、奋起。而作为斗士的闻一多，其学术研究之充满批判性，则是必然的发展结果。

（五）鱼雷与芸香

郭沫若在开明版《闻一多全集》序言中说：

> 闻先生……虽然在古代文献里游泳，但他不是作为鱼而游泳，而是作为鱼雷而游泳的。他是为了要批判历史而研究历史，为了要扬弃古代而钻进古代里去刳它的肠肚的。他有目的地钻了进去，没有忘失目的地又钻了出来，这是那些古籍中的鱼们所根本不能想望的事。②

这是以鱼雷相拟，肯定了闻一多学术研究的批判精神。

闻一多自己在1943年11月致臧克家的信中，作了重要的表白，使我们可以看到他的学术研究的目的和意义。信中说：

> 在你所常诅咒的那故纸堆内讨生活的人原不止一种，正如故纸堆中可讨的生活也不限于一种。你不知道我在故纸堆中所做的工作是什么，它的目的何在……近年来我在联大的圈子里声音喊得很大，慢慢我要向圈子外喊去，因为经过十余年故纸堆中的生活，我有了把握，看清了我们这民族，这文化的病症，我敢于开方了。单方的形式是什么——一部文学史（诗的史），或一首诗（史

---

① 以上见《全集》3卷160、162页。

② 《全集》12卷435页。

的诗）……你想不到我比任何人还恨那故纸堆，正因恨它，更不能不弄个明白。你诬枉了我，当我是一个蠹鱼，不晓得我是杀蠹的芸香。虽然二者都藏在书里，它们作用并不一样。

他在辩解自己作为诗人并不长于技巧，而只觉得自己是座没有爆发的火山之后，又说：

我始终没有忘记除了我们的今天外，还有那二三千年的昨天，除了我们这角落外还有整个世界。我的历史课题甚至伸到历史以前，所以我研究了神话，我的文化课题超出了文化圈外，所以我又在研究以原始社会为对象的文化人类学。①

尽管由于闻一多先生因“向圈子外喊去”，在争取民主的运动中过早地牺牲了生命，我们未能看到他为这民族和这文化的病症所开的完整的单方，然而，在他留下的宝贵的学术财富中，还能让我们体会到强烈的批判性。鱼雷的游泳，芸香的杀蠹，应是这种批判精神的妙喻。

前面说过，《匡斋尺牍》在闻一多的学术研究史上具有重要的意义，而恰在此著之宣称以求真求美的眼光读《诗经》，其实已表明了对经学传统的“研究”之批判。纵然对研究的批判并非是研究对象的批判，这种批判精神一经树立、凸现，就明显表现出闻一多独特的学术个性，而这又恰是最难得、最可宝贵的。当他的学术研究范围在逐渐拓展、延伸，在各领域都取得显见成就时，他的批判精神由学术研究史而渐入于研究对象本身。

一个显见的例子是对庄子的评价，确是有着前后期的显著不同。郭沫若注意到这种不同，所以在开明版《闻一多全集》的序里，将闻一多与鲁迅并提，说：“鲁迅是从庄子思想中蜕变了出来，闻一多也同样把庄子思想扬弃了。”他还说：闻一多的这种扬弃，是“表现在他日后一转而痛骂道家了”。②

实际上，闻一多研究庄子，有一个渐变的过程。1942 年，是他在清华文科研究所的第二年，开始重新研究《庄子》，准备用五年功夫，期以完成。现存手稿中，有一未定稿的研究道家思想的提纲，其观点显然不同于 1929 年的论庄子。提纲内，凡道家哲学思想的要点多已列出，如无为、静、虚、无所为、无所有等，肯定其独立性，追求自由、平等，发展个性，讲人的尊严。值得注意的是，提纲中写道：

忠顺亦被弃（丧家之犬，挥之不去）
反叛亦投降（终南捷径）招之即来 } 皆奴性

① 以上见《全集》12 卷 380—381 页。
② 以上见《全集》12 卷 438 页。

批判精神已见。提纲的最后，更是结合现实来评判道家：

> 艺术宣布独立——为自己——资产阶级向封建革命——民主革命
> 中国文艺出道家——杨朱为我，不合作
> 个人主义
> 过时
> 进一步为人民，否则停留在个人主义即是反动，革命对象

比起1929年的论庄子来，这份提纲显然已从美的赞赏，变为善的相求，从而开始了对道家的批判。

1944年7月，闻一多在昆明《中央日报》发表《关于儒、道、土匪》一文，对道家作了激烈的批判。文中深入浅出地论述儒、墨、道三家的由来和演化，继而说：

> 捣乱分子墨家被打下去了，上面只剩下了儒与道，他们本来不是绝对不相容的，现在更可以合作了。合作的方案很简单。这里恕我曲解一句古书，《易经》说"肥遁，无不利"，我们不妨读肥为本字，而把"肥遁"解为肥了之后再遁，那便是说一个儒家做了几任"官"，捞得肥肥的，然后撒开腿就跑，跑到一所别墅或山庄里，变成一个什么居士，便是道家了……在这种合作中，权利来了，他以儒的名分来承受，义务来了，他又以道的资格说，本来我是什么也不管的。儒道交融的妙用，真不是笔墨所能形容的……①

严格说来，这是一篇结合时局、讥刺现实的杂文，借历史上的三家思想之争而影射当前，并非学术论文，亦非对庄子的直接批判。但是，历史上的庄子毕竟经历代的阐释、接受，在思想界、知识界产生了极大影响，确又不自觉地参与儒道互补的思想构建，甚至造就了闻先生所讥刺的儒道交融的立身、处世方法，倘这样看，庄子也确实难辞其咎。何况闻先生在课堂讲授《庄子》时，虽知人论世而同情庄子，但毕竟批判了庄子的厌生欲死，认为"这完全是自欺，是逃避"。② 闻先生称"要明白儒墨道之所以成为中国文化的病"③，又说"为医生们下诊断，今天才是最成熟的时机"④，也确实体现出他以"诗的史"或"史的诗"作为单方以外的医国之举，可见他给臧克家信中所说的"看清我们这民族，这文化的病症，我敢于开方

① 《全集》2卷380—381页。
② 《长编》749页。
③ 《长编》378页。
④ 《长编》377页。

了”，并非空言。

1945 年 6 月，闻一多应邀到西南联大附中做“道家的人生观”演讲，介绍了中国哲学思想上的儒、道、墨、法四大派，严厉批判法家“坏极了，得宠之后，就帮助帝王作恶，剥削人民”，又说：“儒家着重一个‘爱’字，从前的教育也偏向‘爱’这方面。但这所谓‘爱’，乃是片面的，‘忠孝仁爱’那一套，都是对帝王说的。今后的新教育应是‘爱’与‘憎’并重的。我们不要做傻子，我们得认清黑暗。”如果说这只是对儒家思想的反省，那么“采取不合作主义”的道家，于“认清黑暗”无助，其人生观当然也不可取。①

相较而言，在“中国文化的病”中，闻一多对儒家的批判更为着力。1945 年初发表的《什么是儒家》一文，一开始就引用列宁《国家论》的社会形态发展学说，认为“从盘庚到孔子，是我们历史上的奴隶社会期”，在分析了历史背景后，又说：“儒家是一个居于矛盾的两极之间的缓冲阶层的后备军”，“所谓‘君子和而不同’，便是要使上下在势均力敌的局面中和平相处”，“儒家之所以不能不讲中庸之道，正因他是站在中间的一种人。中庸之道，对上说，爱惜奴隶，便是爱惜自己的生产工具，也便是爱惜自己，所以是有利的；对下说，反正奴隶是做定了，苦也就吃定了，只要能吃少点苦就是幸福，所以也是有利的。”闻一多甚至将批判的矛头直指孔子：

> 孔子之所以宪章文武，尤其梦想周公，无非是初期统治阶级的奴隶管理政策，符合了缓冲阶层的利益，所谓道统者，还是有其社会经济意义的。

他认为，“是非问题是和儒家的社会地位根本相抵触的”，所以劝两面息事宁人，马马虎虎。于是，批判中庸之道就顺理成章了：

> 我疑心‘中庸’之庸字也就是‘附庸’之庸字，换言之，‘中庸’便是中层或中间之佣。自身既也是一种佣役（奴隶），天下哪有奴隶支配主人的道理？所以缓冲阶层的真正任务，也不过是恳求主子刀下留情，劝令奴才忍重负辱，“执中无权，犹执一也”，天秤上的码子老是向重的一头移动着，其结果，“中庸”恰恰是“不中庸”。

文章的最后说：

> 二千年来士大夫没有不读儒家经典的，在思想上，他们多多少少都是儒家，因此，我们了解了儒家，便了解了中国士大夫的意识观念。如上文所说，儒家

---

① 引文皆见《长编》858—859 页。

思想是奴隶社会的产物，然则中国士大夫的意识观念是什么，也就值得深长思之了！①

今天，对于诸如亚细亚生产方式，及中国是否经历过奴隶社会等问题，在学术界都有探讨，结论并非定于一尊；至于儒家思想、孔子学说，更成为世界性的话题，是重要的文化遗产，是不能全盘否定的。我们很感谢《闻一多全集》新版的编纂者，他们将此文编入《散文·杂文》一类，这样确可消除人们的误解，不会视之为极讲科学性的学术论文。我们之所以不厌其烦地引用闻一多的论述，是深感他的思想转变是缘于立场的转变，作为民主斗士的闻一多，确实是站在人民一边说话，才会有对儒家思想如此激烈的批判，才会有对于与自己渊源甚深的"中国士大夫意识观念"的清算。

闻一多的批判精神，既表现在对自己的批判，又表现在对古人和他人的批判，而恰是对于自己有深刻的批判，才成为批判后者的基础，才能为人所服膺。1944 年 10 月，昆明举行鲁迅逝世八周年纪念会，闻一多在会上作了讲话。如果说，在八年前的清华大学文学会追悼鲁迅病逝时，闻一多只是将鲁迅与韩愈相拟，以历史的眼光力图客观地评价鲁迅，此次会上的讲话，却关系现实、关合自己，表达了对鲁迅的忏悔，两者相比，立场、思想、感情显见不同。1936 年 10 月，闻一多说："唐朝的韩愈跟现代的鲁迅都是除了文章以外还要顾及国家民族永久的前途；他们不劝人作好事，而是骂人叫人家不敢作坏事。"② 1944 年 10 月，闻一多所说要深刻得多，他说："鲁迅是经受得住时间考验的一位光辉伟大的人物。因为他对中华民族的文化事业留下了宝贵的遗产。他是中国历史上最伟大的文学家。"他赞扬了鲁迅的高尚人格，继而批判自己以前的自命清高，以"京派"学者自居而看不起"海派"的鲁迅，并郑重表示："现在我向鲁迅忏悔：鲁迅对，我们错了！"在深刻反省"我们自命清高，实际上是做了帮闲帮凶！如今，把国家弄到这步田地，实在感到痛心"后，更表达了自己不为压力所屈服，继续"搞政治"的决心。③ 这样的勇于自我解剖，正是鲁迅的精神。而他也一如鲁迅之从旧营垒杀出，成为封建社会的逆子贰臣，向他青年时所挚爱的中国文化杀回马枪了。

闻一多向他青年时代所顶礼膜拜的"四千年的华胄"，"五千年之历史与文化"，也举起了投枪。他在 1944 年的五四座谈时，回忆了自己的思想变化历程，明确表示："从小我就受诗云子曰的影响。但是愈读中国的书就愈觉得他是要不得的，我的读中国书是要戳破他的疮疤，揭穿他的黑暗，而不是去捧他。"谈到五四运动时，他又说："当时要打倒孔家店，现在更要打倒，不过当时大家讲不出理由来，今天

① 以上引文均见《全集》2 卷 397—401 页。

② 《长编》488 页。

③ 以上均见《全集》2 卷 391、392 页。

你们可以来请教我，我念过了几十年的《经》书，愈念愈知道孔子的要不得，因为那是封建社会底下的，封建社会是病态的社会，儒学就是用来维持封建社会的假秩序的。"[①] 五天之后，他又在联大文艺晚会上发言："五四的任务没有完成，我们还要干！我们还要科学，要民主，要打倒孔家店和封建势力……现在是借了文学遗产的幌子来复古，来反对新文艺，现在我就是要来审判它。"他认为，这所谓的文学遗产，"就是国粹，就是桐城妖孽，就是骸骨，就是山林文学"，为此，"现在感到破坏的工作不能停止，讲到破坏，第一当然仍旧要打倒孔家店，第二要摧毁山林文学"。[②]

闻一多在上面这个发言中，又列举儒、法、墨、道这中国的封建社会里的"四种家臣"，尽管他认为"第四种人中的道家则劣处较少"，但还是结合现实批判了道家："他们拼命搬旧塔的砖瓦来造新塔，就如有人在提倡晚明小品，表面上是新文艺，其实是旧的。"[③] 若谓对庄子尚留有情面，对老子的批判，则与孔子并举。他在《龙凤》一文中，针对以龙比老子、以凤比孔子的旧说，发其新见。他说：在封建大一统的帝国中，龙凤只是"帝德"与"天威"的标记，"现在从这角度来打量孔老，恕我只能看见一位'申申如也，夭夭如也'而谄上骄下的司寇，和一位以'大巧若拙'的手段'助纣为虐'的柱下史（五千言本也是'君人南面之术'），有时两个身影叠成一个，便又幻出忽而'内老外儒'，忽而'外老内儒'，种种的奇形怪状。"[④]

闻一多的批判，既涉封建宗法制度[⑤]，以期为争取民主而扫荡深厚的反民主历史根源，又在《从宗教论中西风格》一文[⑥]，作了类于鲁迅的"国民性"批判。本着"诗是社会的产物"的认识，他不但在评判古人的诗中以此为标准，作了正确的分等[⑦]，还在现实的新诗评论中，一改自己青年时代所树立的求美标准，赞赏"要把诗做得不像诗"，热烈称道田间和艾青。尽管闻一多对传统的文化、学术的批判，并不只限于他成为斗士后的两年多时间，但毕竟由于他的早逝，使我们能看到的他的批判性学术成果，还是远没有他的学术建设那么多。诚如郭沫若在1947年为其全集写的序言所说：

假如在一多获得了人民意识之后，再多活得十年，让他在事业上，在学问上，更多多地为人民服务，人民的收获想来也不会是微末的吧？在他把文化史

---

① 《全集》2卷367页。

② 以上见《全集》2卷215—216页。

③ 《全集》2卷216页。

④ 《全集》3卷162页。

⑤ 可参见《长编》829—831页。

⑥ 见《全集》2卷360—365页。

⑦ 参见《诗与批评》，《全集》2卷220—223页。

的批判工作的准备刚好完成，正有充分的资格来担当批判过去、创造将来的时候，却没有让他用笔来完成他的使命，而是用血来完成了，不能过分矫情的说，这不是重大的损失。

今天，我们仍因无法看到闻一多为我们这民族、这文化所开方单而遗憾，“诗的史”、“史的诗”因他早逝而未成，也确是民族与文化的重大损失。我们不仅要认识、记取他作为鱼雷与芸香的批判精神，更应努力去继承和发扬。

（六）千古文章未尽才

郭沫若在上述序言中，两引民族英雄夏完淳的一句诗“千古文章未尽才”，来称颂闻一多，表其痛惜之情。我们在此也接过这句诗，以概述闻先生的学术成就。

闻一多作为学者的时间或逾于朱自清所说的十五年，但以他四十七年的生命历程计，确实并不长，或者可以说是很短，而他留下的研究成果，所跨越的研究领域，较之于20世纪的许多著名学者，是毫不相让，甚至是更为超越、卓绝的。

郭沫若为开明版的闻氏全集写序时说，全稿一百多万字中，关于文化遗产的部分要占四分之三。而1993年湖北人民出版社的全集，除第1卷（诗）、第11卷（美术）、第12卷（书信、日记、附录），以及第2卷（文艺评论、散文杂文）的部分涉及文化遗产外，其余各卷，均为古代典籍研究，换言之，研究古代的学术成果仍占近四分之三。

这些研究成果若参全集编次，包括以下各方面：

1. 神话研究。全集第3卷收长短论文共7篇，其中《伏羲考》、《高唐神女传说之分析》、《姜嫄履大人迹考》、《神仙考》最为重要。

2. 《诗经》研究。全集第3卷收论文、著作6种，第4卷收5种，共计11种，其中《匡斋尺牍》、《说鱼》、《诗经通义》（甲、乙）、《风诗类钞》（甲、乙）最为重要。

3. 《楚辞》研究。成果皆收入全集第5卷，其中总论性及与屈原有关的论文6篇，楚辞总体研究者4种（包括甲乙编），关于《离骚》者3种（包括分甲、乙编），关于《九歌》者9种，关于《天问》者2种，《九章》者2种，共计26种。其中论文《屈原问题——敬质孙次舟先生》、《端午考》、《什么是九歌》、《天问释天》、《论九章》，著作《楚辞斠补》、《楚辞校补》、《离骚解诂》、《九歌解诂》、《天问疏证》、《九章解诂》最为重要。

4. 《庄子》研究。全集第9卷皆为《庄子》研究成果。包括论文《庄子》、《道教的精神》，著作《庄子内篇校释》、《庄子章句》、《庄子校补》、《庄子义疏》，共6种。后三种为未刊稿。著作可顾名思义，多属训诂、整理范畴，表其观点者，在二论文。

5.《周易》研究。共5种，皆收入全集第10卷，其中论文有《周易新论》，著作有《周易义证类纂》、《周易杂记》、《周易字谱》、《周易分韵引得》。另收入《文学史编》的《易林琼枝》，实亦为《周易》研究之延续。闻一多的《周易》研究，自成一家，前三种及《易林琼枝》最为重要。

6. 乐府诗研究。有《乐府诗笺》，收入全集第5卷。

7. 唐诗研究。唐诗是闻一多研究时间持续最长、成果最丰的领域，收入全集第6、7、8卷，共有成果27项。包括年谱、诗选、校刊、诗人小传、论文等。其中的主要论文及部分年谱（杜甫、岑参）曾以《唐诗杂论》之名行世，最为著名，《唐诗大系》是重要选本，诗人传记亦系重要著作。由于闻氏关于唐诗的著作较其他领域尤多，下面再作详细评述。

8. 文学史研究。闻一多以文学史家自居，并有以一部文学史作为医国药方之志，虽未酬愿，其文学史观及所拟大纲的重要性却不容置疑。全集第10卷收入他的9项成果，编成《文学史编》，不尽允洽，但有的也确是难以划类，只能如此。其中论文《歌与诗》、《文学的历史动向》，及文学史大纲类的、年表类的4种著作均很重要。

9. 其他。严格地讲，以上八类之中，有属文化史、哲学史的研究，划入古典文学范畴并不很恰当，但仍可或勉强可以划入。而他的其他学术著作，则难以算是古典文学研究。全集第10卷收入的管子编、璞堂杂业编、语言文字编，即属此类。由于部分语言文字研究与文学关系密切，尤其与艺术起源论相关，故此我们在下面的论述中将涉及，而《管子》、《璞堂杂业》则不论了。

以上系据《全集》而言，另有《闻一多论古典文学》，虽篇幅不大，内容却很充实。上面未列入统计，后面分章论述时再论。

钱穆在《现代中国学术论衡》一书的序言中说："文化异，斯学术亦异。中国重和合，西方重分别。民国以来，中国学术界分门别类，务为专家，与中国传统通人通儒之学大相违异。"对20世纪以来的现代学术同传统学术的主要差异，作了精当的概括。综观近百年来的重要学者，固然有梁启超、王国维这样的开创新风的"通儒"人物，"务为专家"在一定研究范围内独领风骚者，更应有十数人以上，但是，既是专家、又是通人，沟通以乾嘉学派为代表的传统学术与西方现代的新观点、新方法，有鲜明个性、独创精神的大学者，在古典文学研究界，当首先让人想到闻一多。他的知己朱自清为他全集所写的序言，很精当地概括了他的学术道路：

> 他在"故纸堆内讨生活"，第一步还得走正统的道路，就是语史学和历史学的道路，也就是还得从训诂和史料的考据下手。在青岛大学任教的时候，他已经开始研究唐诗；他本是个诗人，从诗到诗是很近便的路。那时工作的重心在历史的考据。后来又从唐诗扩展到《诗经》《楚辞》，也还是从诗到诗。然而他得弄语史学了。他于是读卜辞，读铜器铭文，在这些里找训诂的源头……抗战以后他又从《诗经》《楚辞》跨到了《周易》和《庄子》；他要探求原始社

> 会的生活，他研究神话……他不但研究文化人类学，还研究佛罗依德的心理分析学来照明原始社会这个对象。从集体到人民，从男女到饮食，只要再跨上一步；所以他终于要研究起唯物史观来了，要在这基础上建筑起中国文学史。[①]

在这样的研究道路上，在这样的学术范围内，取得了前述九个方面的卓著成果，由“分别”而“和合”，成为一代通才，闻一多确实是现代学术史上的一座高山，令人难抑仰止之情。

闻一多先生的学术研究可归纳为九个方面，其中先秦部分多属于专书整理，而内中的《诗经》、《楚辞》研究与汉代以后的乐府诗、唐诗研究，又交叉成为诗歌研究的较完备格局。从他自己有意于写成“诗的史”、“史的诗”之愿看，他以诗人转而为学者，兴趣最大的还是在诗，最为重视的也是在诗，诚如朱自清序言所说：“闻先生对于诗的贡献真太多了！”[②] 他的研究下限止于唐诗（虽然论述之时往往联系宋诗或其他），但从他的不少论著看，他既肯定了诗歌对于外来影响、他种形式之接受，更正面阐述戏剧、小说的积极作用，认为诗歌应以之为择向。他对中国文学发展大势所写下的提纲，其第七大期以“故事兴趣的醒觉”为题，时限是元朝至民初[③]，这说明他若能实施他的文学史写作计划，唐以后的文学之研究，尤其是戏曲、小说，很可能进入他的研究视野。在他过去的研究中，既然能“上伸”至神话和史前文化，在他未行的研究中，也完全可能要“下探”至戏曲、小说。可惜而又可恨，罪恶的子弹夺去了他的生命，大才未尽，也就难以见到本可期待的这些方面的“千古文章”了。

从闻一多先生已进行的研究范畴和已取得的成果看，造就他的“千古文章”，除了天分、勤勉、对事业的挚爱等一般原因外，其独特的研究方法当然是重要原因。

前面已论闻先生学术研究的求真、求善、求美和强烈的批判精神，后面各章还将从各个领域论其研究特点、方法，所以我们在此处如求取“最小公倍数”地简论其研究方法的独特性。

闻一多研究方法的独特性表现在什么地方呢？似可大体概括为以下的几个“结合”。

第一，传统考据与近代科学的结合。

从郭、朱二序中，可以概括出这种结合。郭云：“闻先生治理古代文献的态度，他是承继了清代朴学大师们的考据方法，而益之以近代人的科学的致密。”虽然他在下面所说的多系证实闻氏所行“正是朴学所强调的实事求是的精神”[④]，“科学的致密”毕竟已提到了科学。朱序则将闻氏的研究道路分成第一步的“语史学和历史

---

① 《全集》12卷445—446页。
② 《全集》12卷450页。
③ 可参见《四千年文学大势鸟瞰》，《全集》10卷31页。
④ 以上见《全集》12卷433页。

学”，“从训诂和史料的考据下手”，然后发展为研究文化人类学、弗洛伊德的心理分析学，直到唯物史观。合郭、朱之说，可得出较完整的结论。

郭沫若很正确地指出，闻一多是将考据作为手段，而不是目的。要达到研究的目的，光凭考据还不一定读得懂古书，能校正文字、诠释词义也不一定能说明背景。所以，闻一多进而去掌握近代科学，包括社会学、心理学、民俗学、语义学、文化人类学、精神分析学，直到他曾不以为然的辩证唯物论。

只有将考据与近代科学紧密结合，才能如闻一多自己在《风诗类钞甲·序例提纲》中所说，通过订正《毛诗》错误和笺注，作社会学的读法，用考古学、民俗学、语言学方法，就能“缩短时间距离——用语体文将《诗经》移至读者的时代”，“带读者到《诗经》的时代”。①

第二，文学史与文化史的结合。

郭序以闻氏《楚辞校补》的“引言”为例，认为“先作品而存在的时代背景与作者个人的意识形态”，是“属于文化史的范围”，汉儒、宋儒、清儒只能在“诠释词义”和“校正文字”上进退盘旋。② 朱序则是颇为强调闻一多的文学史意识，和写作这一“诗的史”的志向。尽管郭、朱二氏皆分别叹惜闻一多未能在“文化史的范围”完成“最高的阶段”之研究③，和“他为民主运动献出了生命，再也来不及打下这个中国文学史的基础了”④，然而闻一多的研究确实已体现出文学史与文化史相结合的特点。

闻先生在给臧克家的信中感喟：“我不能想象一个人不能在历史（现代也在内，因为它是历史的延长）里看出诗来，而还能懂诗。”又说：“我始终没有忘记除了我们的今天外，还有那二三千年的昨天，除了我们这角落外还有整个世界。”⑤ 他的历史意识是非常强烈的。本着这种意识，他始终将文学作品置于文学史的流程中加以研究，既看到作品之间的联系，与同时代作家的横向联系，又注重与前朝、后代的纵向联系。他显著不同于他人的文学史意识，是突破据朝代论文学的观念，建立起自己特殊的文学断代体系。他不但将文学现象置于史的动态流程中加以研究，所撰年表、年谱、文学史提纲，都非孤立、静止的人物、事件“账簿式记载”，而是在全局观下的动态发展；同时，他又将文学史置于文化史的大系统之中，如他1940年致清华大学校长梅贻琦的信所说：“研究某时期之文学史，同时必需顾及此期中其他诸文化部门之种种现象”，这样才能使文学成为“一种有机体的历史”。⑥ 上述著作既是动态的史，又是在种种文化背景、文化形态系统中的文学历史。他重视儒、

---

① 以上见《全集》4卷456—457页。

② 原话见《全集》12卷433—434页。

③ 《全集》12卷434页。

④ 《全集》12卷446页。

⑤ 分别参见《全集》12卷380—381页。

⑥ 《全集》12卷368页。

墨、道、法等家的思想史，读《诗经》、《周易》强调的是社会史，对音乐、舞蹈、美术等与文学为近邻的艺术史颇多研究，到西南后更将民俗史与民间文学及历史结合起来研究，他所擅长的语言、文字学更是结合考古新发现的语史学，他所重视的“民间影响”与“外来影响”是历时性的史的流变……

总之，闻一多以传统的考据方法之重内证作为手段，求得文本之真，又以近代科学的不同学科的综合应用，由外而内地对文本作出求真的阐释；积个案而为文学史的断面，又以动态的观点把握文学发展，视之为历史运动，纳于文化史的大系统中，作全局性的观照。这样，既有坚实的微观研究，又有正确的宏观视野，由内而外，以大观小，克服了旧式研究的封闭性、狭隘性，也因正确的文化还原真正做到高层次的“求真”，从而使自己的研究在学术史上达到了前所未有的高度。

第三，文献学与文艺学的结合。

闻一多先生所做的工作，许多是属文献学内容，郭沫若对他的承继清代朴学大师的考据法深表推许。对朴学的正统派学风，梁启超归纳为十个特征（见《清代学术概论》），以此相揆，闻一多所合者颇多。但是，闻氏既非“喜专治一业，为‘窄而深’的研究”①，又非停留在朴学之仅重方法的层次上。仅得方法，是难以成其为文献学的。郭沫若序言中，将汉儒、宋儒、清儒作了比较，我们认为，即使不论汉、宋，闻一多对清儒的继承，绝非乾嘉朴学一种。全祖望称引黄宗羲语：“读书不多，无以证理之变化。多而不求于心，则为俗学。”② 闻一多之治文献，是兼顾二者的。王夫之说：“天下之物理无穷，已精而又有其精者，随时以变，而皆不失于正。但信诸己而即执之，云何得当？”③ 梁启超认为“其治学方法，已渐开科学研究的精神”④，闻一多既深求以得，又非固执己见，而是汲取新说，随时以变。尤其顾炎武“建设研究之方法”的“贵创”、“博证”、“致用”⑤，皆被闻一多所用，且这三点又并非方法可限。

闻一多治学，尚古而不泥古，博证而有己立，读书多而求于心，有所见而又有所变，所以他的校正文字、诠释词义是创造性的文献学工作。如果说仅此尚不足以突破旧学，那么他将文献学与文艺学结合起来以治学，就非旧学可比了。

如果将传统的诗文评作为文艺学，齐梁以来就作手甚多，《四库全书总目提要》归纳为五类：“究文体之源流，而评其工拙”，“第作者之甲乙，而溯厥师承”，“备陈法律”，“旁采故实”，“体兼说部”。宋明两代，撰著尤多，但是，“宋人务求深解，多穿凿之词。明人喜作高谈，多虚憍之论”⑥，才导致清人改变学风，重视实

---

① 梁氏所论“朴学”的第九个特征，见《清代学术概论》，上海古籍出版社 1998 年版 47 页。

② 《清代学术概论》16—17 页。

③ 《俟解》，转引自《清代学术概论》19 页。

④ 《清代学术概论》19 页。

⑤ 《清代学术概论》11—12 页。

⑥ 均见《四库全书总目》，中华书局 1965 年版 1779 页。

证。闻一多对究源流、评工拙、第甲乙、溯师承、陈法律等，是有积极继承的，但又非止于此，他青年时代已接触了不少西方的美学、文艺学著作，又谙熟中国古代文艺理论的精华，他在“本位文化”的基础上汲取西方理论精髓，使之“内化”，旧学与新知融合，造就出自己的文艺学观点、方法。他注重审美心理体验，并善于以自己的体验来诱发别人；他极富想象力，对于“死文学”善作情景设想，饶生动之趣；他善于片言明百要，立一篇之警策，一语中的地分析艺术性，陈述源流变化；他将传统的赏文析义，经验式的直观把握，变为情理兼胜的现代阐释；他尤其擅长将繁冗枯燥的学术文章写成引人入胜的美文；哲思与文才结合，化艰深为平易。

这种文献学与文艺学相结合的研究，非但使闻一多形成鲜明的学术个性，而且达到了前所未有的学术境界。由字义训诂的个别读懂，到文艺美学的揣摩理解，整体把握，如果说这还只是宋、明、清三代治学的翻新，那么诸如以声求文而得其情（如论《楚辞》中的“兮”字），由“诗言志”的训诂而从功能论看诗史发展之类的“诠释词义”，则是旧学无法达到之境。至于结合文学史、文化史与文献学、文艺学的综合研究，更使考伏羲、神女之类，得以浅中见深，小中见大，显得举轻若重；而《诗经》、《周易》以社会学来研究，《九歌》之演为歌舞剧，《离骚》之看作“仙真人诗”，则是深而见浅，艰而转易，显得举重若轻。总之，“求美”之目的，非文献学与文艺学相结合的方法难以达到。闻一多曾建议“将大学的中国文学系跟外国语文学系改为文学系跟语言学系，打破‘中西对立，文语不分’的局面”①，虽未得果行，他自己的研究却是中西结合、文语相分；在中外比较之中又加以融会贯通，其特殊意义则是中国传统的治文献与借鉴西方的文艺阐释结合在一起；“语”用于正文字、释词义，“文”用于明背景、析艺术，二者既有区别，用时又密不可分，避免仅以实证为目的或穿凿、虚憍之弊。这样，才能在求真的基础上求美。

第四，经世意识与现实思考的结合。

经世观念是明末清初思想家对清谈误国深刻反省的结果，讲“致用”的并非顾炎武一人，倡实学也大有人在。闻一多从丰厚的传统文化背景中走来，又走向了世界，目击时艰，忧国忧民。传统的经世观与新兴的爱国情，体现在青年闻一多的身上，就化成了以艺术改造社会的理论。后来虽然一度有唯美主义倾向，但对文艺的社会功利性，他是一直坚持的。在他生活后期，投入民主运动，学术思想因结合现实而颇多批判色彩，这也是不争的事实。在他开始研究《诗经》不久，还将自己的求真求美与古人的求善对立，而当他在书斋中放眼现实，甚至奋身走上民主讲坛之时，他的研究就渗入了经世意识，结合对现实的思考，常使研究的目的转到求善一侧。在民族生死存亡之际，希望人民的“善”战胜法西斯的“恶”，也必然会引起

① 见《全集》朱序，《全集》12卷447页。

对传统文化中的封建主义、宗法制度的深刻反思和批判。

我们在前面已论及闻一多评庄子和道家、论屈原和端午的前后变化，亦已道及他对陶、谢、李、杜、王维的评价，对孟郊和贾岛的轩轾。朱自清还认为："他研究神话，如《高唐神女传说》和《伏羲考》等等，也是为了探求'这民族，这文化'的源头，而这原始的文化是集体的力，也是集体的诗，他也许要借这原始的集体的力给后代的散漫和萎靡来个对症下药罢。"① 由神话研究而论及汉族、苗族之间的关系，也实有利于消除偏见，加强民族团结。

闻一多对于研究古典文学，倡导"回到那个时代"，如果说这是今人读古人的正确方法，能得其"真"，那么经世意识与现实思考的结合，则是以古人说今人，以批判精神达求"善"目的。当然，严格说来，经世意识与现实思考的结合并不属方法论范畴，难与前三者相等，之所以并列，是因为前三个"结合"分别于求真、求美形成目的与手段的关系，而求善之以手段、方法相揆，当是恩格斯所不取的道德批评，故只能以此求得形式上的均衡，而且这也是出于闻一多学术研究的实际，而非出于概念。

闻一多为民主而牺牲，是他的经世精神的最好注脚，"千古文章未尽才"，学术界的巨大损失却又留下了千古遗憾！

---

① 《全集》12卷446页。

二　以图腾学说研究神话

神话是文学的源头，无产阶级革命导师马克思在《〈政治经济学批判〉导言》中说："希腊神话不只是希腊艺术的武库，而且是它的土壤。""希腊人是正常的儿童。他们的艺术对我们所产生的魅力，同它在其中生长的那个不发达的社会阶段并不矛盾。"① 中国神话也同样是先于文字出现的口头文学创作。由于中国先民们较之"正常的儿童"的古希腊人显得更为早熟，"绌于玄想"，更富理性，神话的产生并不丰富。古籍散佚已多，整理者又多奉孔子"不语怪力乱神"之说，远古的神话、巫术多被理性化。所以，尽管今天的神话研究专家可以有把握地宣称，自己手头掌握着除俄罗斯、塔塔尔以外的五十三个民族的六百多篇见诸文字记录的神话②，但是，见诸古籍记载的汉民族远古神话，的确不算丰富，不算系统（袁珂《中国神话通论·概论之部》有《零散的中国神话》立目）。

古代神话凭借有限的古籍得以留传下来了，而对神话的真正研究却是始于"五四"之后。鲁迅的《中国小说史略》肇其端，茅盾的《中国神话研究ABC》更是重要的研究专著。闻一多的古典文学研究起于唐诗，继而《诗经》、《楚辞》、乐府诗，1935年10月，在《清华学报》发表《高唐神女传说之分析》，次年下半年，开始在清华讲授《中国古代神话研究》。他研究古代神话在鲁迅、茅盾之后，却在他们的研究基础上前进了一大步。

闻一多在《中国上古文学》中的《史诗问题》中写道："神话不只是一个文化力量，它显然也是一个记述。是记述便有它文学一方面。它往往包含以后成为史诗、传奇、悲剧等等的根苗，而在文明社会的自觉的艺术以内，被各民族的创作天才利用到这种方面去。"③ 基于这样的认识，他必然重视神话研究。在上文中，他接着对神话做了是否有文学价值的主要区分："有的神话只是干燥的陈述，几乎没有任何起转与戏情，另外一些则显然是戏剧性的故事。例如社会的优先权，法律的证书，系统与当地权利的保障，都不会在感情领域进行多远的，所以没有文学价值的要素。信仰，在另一方面，不管是巫术信仰或宗教信仰，则与人类深切的欲求，恐惧与希望，热情与情操等等关系密切。爱与死的神话，失掉了'黄金时代'一类故事，以及乱伦与黑巫术的神话，则与悲剧、抒情诗、言情小说等历史形式所需要的质素相合。"④ 他的这些分类，或系借助于外国的神话理论，他并未以此揆之于中国神话。

---

① 分见《马克思恩格斯选集》，人民出版社1972年版113—114页，下面所引版本同，不另注明。

② 见袁珂《中国神话通论》，巴蜀书社1993年版52页。

③ 《全集》10卷43页。

④ 《全集》10卷43页。

而他之所以用“史诗问题”四字标目，可以见于这一认识：“上述的故事，独具曲折的情节，想必因其本身的传奇性与戏剧性，被人爱好而不断的讲述。它是具备了文学题材的资格的，究竟曾否被制成文学作品呢？那是很可能的。那作品又采取着什么形式呢？我们以为最可能的是诗。”[①] 在论述社会形态是产生史诗的条件后，列举了两个与神话相关的故事。

我们现在无法了解闻一多研究神话的全盘计划，他在1936年下半年在清华始讲神话研究，第二年就爆发了“七七”事变，秋天，他来到设在南岳的临时大学文学院，1938年2月，他参加“湘黔滇旅行团”，步行入滇，4月底抵昆明，不久，西南联大诞生。在日机的空袭下，闻一多在这里开始了艰苦条件下的教学、研究。在讲授“尔雅”、“楚辞”、“诗经”之后，换讲“古代神话”和“中国文学史分期研究（一）”，重点讲上古文学史，上引的“史诗问题”应是他讲课的内容之一，已涉神话，“古代神话”的课程，所讲必然更多。或许由于西南联大的图书资料有限，或许是闻一多手稿的散失，现在我们能见到的他的神话研究成果并不很多。[②] 即使如此，他的成就已超越了以往的研究，可谓开创了一个新的时代。

过去，闻一多很注重《山海经》中保存的神话资料，研究《诗经》，尤其是《楚辞》，也很有所得，在先秦诸子及《吕氏春秋》等著作中，亦有所搜集。到了昆明，对多民族聚居的云南，他很注意民间传说，搜集了活的材料，在研究领域上开始了由书本向口头文学的拓展。与之相关，研究方法也发生了改变。“他勇于吸收各个学科的见解，如弗洛伊德的精神心理分析以及图腾、禁忌之类的学说……他超越了一般考据学家和文学史家涉猎的范围，读到了一些正直学者的著作，打开了眼界。有一次，他在一位搞体质人类学的教授那儿，看到美国摩尔根的《古代社会》（1877年出版）等书，觉得很有启发。因为不仅给他提供了丰富的原始社会的知识，还引导他开始接触马克思主义的经典著作——恩格斯的《家庭、私有制和国家的起源》等。”[③] 活的材料，新的方法，使闻一多的神话研究在西南联大时期达到了新的高度。

（一）人类推源故事
——龙图腾的全面考索

闻一多先生最重要的神话研究著作是《伏羲考》。

《伏羲考》作于1940年。据华罗庚先生回忆：当时为躲避日机的轰炸，闻一多

① 《全集》10卷43页。

② 开明版《全集》的《神话与诗》选刊计21种，而湖北新版收入第3卷《神话编》补入2种，抉出16种，仅得7种。

③ 王康《闻一多传》，湖北人民出版社1979年版215页。

先生举家移居到昆明北郊的陈家营。华罗庚一家走投无路，也来到这里。闻先生热情地让出一间房，自家八口挤在两间房中，两家隔帘而居。“我伏首搞数学，他埋头搞‘槃瓠’……‘槃瓠’的结果，是写了一大篇‘伏羲考’……一多先生从研究神话故事入手，探求祖先的生活情况，探求‘这民族，这文化’的源头，确实取得了举世公认的成就。”①

《伏羲考》是闻先生将古代典籍记载与考古新发掘所得，以及少数民族流传的民间传说综合研究的结果，是他运用文化人类学、民俗学中关于图腾崇拜与发展、转化理论，同传统考据相结合的研究成果，是我国创世、洪水和人类起源神话研究的里程碑式论著。

伏羲之名始见于战国时代，又作宓羲、伏戏、庖牺或包牺。伏羲主要是作为一位文化神话创造者的形象出现于先秦典籍中。如：

> 包羲氏始作八卦，以通神明之道，以类万物之情。(《易·系辞》)
> 伏牺作九九之数。(《管子》)
> 伏羲始作琴瑟。(《楚辞·大招》注)
> 宓羲氏之世，天下多兽，故教民以猎。(《尸子·君治》)

后来又益之以：

> 伏羲禅于伯牛，钻木作火。(《绎史》引《河图挺辅佐》)
> 伏戏服牛乘马。(《太平寰宇记》引《帝王世纪》)
> 结绳为网以渔。(《潜夫论·五德志》)

女娲之名曾见于《楚辞·天问》：

> 登立为帝，孰道尚之？女娲有体，孰制匠之？

但其故事则见于汉代之后：

> 往古之时，四极废，九州裂，天不兼覆，地不周载。火爁焱而不灭，水浩洋而不息。猛兽食颛民，鸷鸟攫老弱。于是女娲炼五色石以补苍天，断鳌足以立四极（按：此二句亦见于《列子·汤问》)，杀黑龙以济冀州，积芦灰以止淫水。苍天补，四极正，淫水涸，冀州平，狡虫死，颛民生。(《淮南子·览

① 《长编》607页。

冥训》)

俗说天地开辟，未有人民。女娲抟黄土作人，剧务，力不暇供，乃引绳絙于泥中，举以为人。(《太平御览》引《风俗通义》)

应劭《风俗通义》又谓女娲为人类建立了婚姻制度，《世本》则有女娲作笙簧之说。这样，女娲除创世女神的身份外，又有了文化女神的色彩。

伏羲、女娲有何种关系呢？无外乎夫妇说与兄妹说两种说法。夫妇说最早见于《淮南子》高诱注："女娲，阴帝，佐伏羲治者也。"兄妹说则最早见于《风俗通义》："女娲，伏希（羲）之妹。"[①] 然而，唐人李冗《独异志》却将历来流传的二说合为兄妹为夫妻之说：

昔宇宙初辟之时，只有女娲兄妹二人，在昆仑山中。而天下未有人民，议以为夫妻。又自羞耻，乃结草为扇，以障其面。今娶妇执扇，象其事也。

闻一多先生的研究就是从这一矛盾引发的。他说："所以二人究竟是兄妹，或是夫妇，在旧式学者的观念里，还是一个可以争辩的问题。直至最近，人类学报告了一个惊人的消息，说在许多边疆和邻近民族的传说中，伏羲、女娲原是以兄妹为夫妇的一对人类的始祖，于是上面所谓可以争辩的问题，才因根本失却争辩价值而告解决了。总之，'兄妹配偶'是伏羲、女娲传说的最基本的轮廓，而这轮廓在文献中早被拆毁，它的复原是靠新兴的考古学，尤其是人类学的努力才得完成的。"[②] 其中关于考古学的努力，这里主要指常任侠先生对汉代石棺的研究。据常先生说："1939 年初我到重庆时，曾任中英庚款协助的考古艺术研究员，作过一些四川民俗艺术考古的工作。在重庆沙坪坝松林坡中大所在地，发现了两具汉代石棺，以及随葬的陶俑铜镜等物，我写了一篇考古论文《重庆沙坪坝出土之石棺画像研究》，刊登在《时事新报》的《学灯》上，我把这寄给了西南联大的旧友考古学者陈梦家教授，陈复转赠闻一多教授，引起他很大的兴趣，驰书研讨。"[③] 芮逸夫《苗族的洪水故事与伏羲女娲的传说》和常任侠《沙坪坝出土之石棺画像研究》都对伏羲、女娲的研究作出了贡献：前者以洪水遗民故事为重心，而旁及人首蛇身画像；后者以人首蛇身画像为主题，而附论洪水遗民故事。因而闻一多得以合芮、常二文所记二十五则洪水故事，依地理分布，作了由近而远的排列，最后得出了"兄妹配偶兼洪水遗民型的人类推源故事"的结论。

闻一多承认了这样一个"人类推源故事"的结论，说明他自己就具有人类学、

① 见罗泌《路史后记》二注引。

② 《伏羲考》，以下凡不注出处，均出此，《全集》第 3 卷。

③ 《长编》608 页。

考古学结合的学术眼光。摩尔根的名著《古代社会》曾通过对波利尼西亚部落的调查，证明了血缘婚的存在。美国传教士在1820年登上夏威夷群岛创设教区时，就曾为岛上包括兄妹的多夫多妻婚俗而深感吃惊。瓦格纳据兄妹做夫妻的北欧古老传说，在歌剧《尼贝龙根戒指》中慨然发问："谁曾听说哥哥抱着妹妹做新娘?"马克思在1882年的一封信中写道："在原始时代，妹妹曾经是妻子，而这是合乎道德的。"恩格斯也说过："尼奥德尔本不是亚萨神，而是瓦那神，所以他在《英格林加传说》中说，兄弟和姊妹结婚，在瓦那国是很普通的，但在亚萨神中间并不如此。这大概是表明，瓦那神是比亚萨神更古的神……在挪威的关于诸神的传说产生的时代，至少诸神之间的兄弟和姊妹结婚尚未引起任何憎恶。"① 虽然在《伏羲考》中所列洪水故事从湘西、黔、桂、滇，涉及域外的越南、北婆罗洲和印度中部，但世界上的古老民族中，在更广的地域，都不乏洪水故事及相关的兄妹为婚说。无论是美索不达米亚平原上的苏美尔人、巴比伦人，还是希伯来人，都有相似的神话。被写进《旧约·创世纪》的诺亚方舟故事，实际上也昭示了人类躲过洪水灾难后的唯一繁衍之路：从兄妹婚姻开始。

闻一多的《伏羲考》并非止于承认了"人类推源故事"这一结论，在以芮逸夫、常任侠的文章解决了长期以来的伏羲、女娲分别为夫妇说、兄妹说的矛盾，合之为兄妹配偶说后，他本着"于神话有癖好，而对于广义的语言学与历史兴味也浓"的精神，继而在人首蛇身与龙图腾，战争与洪水，汉苗两族关系，伏羲与葫芦的关系等问题上，阐发了自己的独到见解，并产生了深远的影响。

伏羲和女娲尽管作为文化神的形象，给人类带来了文明和进步，伏羲"继天而生，首德于木，为百王先"②，女娲"古之神圣女，化万物者也"③，"女娲，阴帝，佐宓牺治者也"④，但二者的形象却均为蛇身人首。闻一多引述了汉代以来文献中关于伏羲、女娲形象的记载，及石刻、绢类的交尾像共七件，为之发问并道出研究宗旨："但那人首蛇身式的超自然的形体，究竟代表着一种什么意义？它的起源与流变又如何？这些似乎从未被探讨过的问题，正是本文所要试求解答的。"闻一多的探讨和解答，以逆推而溯源的方式，在严格论证的过程中进行。他先从东汉王延寿《鲁灵光殿赋》"虽是东汉的作品，所描写的则确乎是西汉的遗物"入手，认为"从恭王馀到王延寿约三百年间，殿宇可以几经修葺，壁外层的影色可以几经刷新，但那基本部分的石刻是不会有变动的"。既然"人首蛇身的伏羲女娲像⑤，在西汉初期既已成为建筑装饰的题材，则其传说渊源之古，可想而知"。闻一多从"稍早的文献"《山海经·海内经》中摘出了南方苗民之神"延维"："人首蛇身，长如猿，左

① 《家庭、私有制和国家的起源》原注，与上引马克思语均见《马克思恩格斯选集》第4卷32页。
② 皇甫谧《帝王世纪》。
③ 许慎《说文解字》。
④ 《淮南子·览冥训》高诱注。
⑤ 引者按，《鲁灵光殿赋》云："伏羲鳞身，女娲蛇躯。"

右有首，衣紫衣，冠旃冠”，又引郭璞注，说“延维”即《庄子·达生》中的“委蛇”：“其大如毂，其长如猿，紫衣而朱冠。其为物也恶雷，闻雷车之声，则捧其首而立。”这样一来，画像与《山海经》、《庄子》文字所载的人首蛇身、左右有首、紫衣旃冠完全相合了。非止此，闻一多又从芮逸夫所搜辑的洪水故事中雷神发动洪水，证以“委蛇”、“恶雷”与伏羲怕雷相合；而且以伏羲、女娲为中心的洪水遗民故事盛传于苗族，而《山海经》又谓“延维”是苗民之神，此又一相合。经过从古代文献、画像与民间传说的三方论证，终于为伏羲、女娲论题的展开准备了空间与时间条件，以此为契机，闻一多进行了深入的研究。

在进入图腾演变问题研究之前，闻一多非但以宏观的学术眼光指出：“人首蛇身神的图像与文字记载，考其年代，大致上起战国末叶，下至魏晋之间。”论定“三国时徐整的《三五历记》，盘古传说开始出现，伏羲的地位便开始低落了”。为伏羲、女娲神话流传划定了时间之下限，而且往上推断，以真正的科学态度来寻源。他说：“揣想起来，在半人半兽型的人首蛇身神以前，必有一个全兽型的蛇神阶段。”为此，爬梳古籍，作了“二龙传说”的四种归类。闻一多就《郑语》载史伯引《训语》“夏之衰也，褒人之神化为二龙，以同于王庭”的故事，指出此雌雄二龙以夫妇而共为“人君”，实在太像伏羲、女娲了。他又指出，像这样完好地保存着二龙传说的原型，虽不易另外找到，但零星的“一鳞半爪”，却几乎到处都是。他列举了四类：交龙、螣蛇、两头蛇、一般的二龙。交龙分见于《周礼·司常》、《风俗通·声音篇》、《邺中记》等，他本于郑玄注，释为“二龙相交的图像”。螣蛇分见于《荀子·劝学》、《韩非子》的《难势》、《十过》、《淮南子·说林》等，他援众例而训“螣”为“交”，认为“交龙与螣蛇之名，即取交合与縢缠之义”，证明螣蛇与交龙为同义语。两头蛇屡见记载，闻一多认为是“两蛇交尾状态的误解或曲解”，“所谓两头蛇者莫非就是螣蛇罢：这不是不可能的，如果我们明了由交龙到螣蛇，由螣蛇到两头蛇，是传说演变过程中三个必然的步骤”。当然，由于两头蛇的传说“讹变最甚”，闻一多得出的结论尚乏坚证，但由两头蛇而推及两头鸟、两头兽，指出“那些都是关于鸟兽的性行为的一种歪曲记录”，则无疑是正确的。关于一般的二龙，古书中记载甚多，闻一多在此列举了十五例，他说：“在传说里，五灵中凤麟虎龟四灵，差不多从不听见成双出现过，惟独龙则不然。除非承认这里有着某种悠久的神话背景，这现象恐怕是难以解释的。”他还认为，古器物中双龙相交型的平面花纹，或龙型的、立体的提梁、耳环、纽足等，“其渊源于某种神话的‘母题’，也是相当明显的”。至此，闻一多终于以深刻的原型理论意识宣告：“以上这些见于文字记载和造型艺术的二龙，在应用的实际意义上，诚然多半已与原始的二龙神话失去联系，但其应用范围之普遍与夫时间之长久，则适足以反应那神话在我们文化中所占势力之雄厚。这神话不但是褒之二龙以及散见于古籍中的交龙、螣蛇、两头蛇等传说的共同来源，同时它也是那人首蛇身的二皇——伏羲女娲，和他们的化身——延维或委蛇的来源。”《伏羲考》的真正“推源”为之揭开：“神话本身又是怎样来的呢？我们确信，它是荒古时代的图腾主义的遗迹。”

“图腾”研究虽起于18世纪末的英国人朗格，而图腾标志最早是发现在北美印第安人中，但作为一种原始信仰，其合自然崇拜与祖先崇拜为一体，曾广泛存在于各民族的文明历史进程之初期。由于西方文化学术之传入中国，中国的学术界亦能以图腾制研究的成果来观照古代社会，闻一多由伏羲、女娲人首蛇身像引发的龙图腾研究，则是最为全面、深刻的成果。

在《伏羲考·图腾的演变》中，闻一多先援引古籍中关于龙与马、狗相像的记载，说到“还有一种有鳞的龙像鱼，一种有翼的又像鸟，一种有角的又像鹿。至于与龙最容易相混的各种爬虫类的生物，更不必列举了”。终于得出了龙“是只存在于图腾中而不存在于生物界中的一种虚拟的生物”的结论，并认为“它是由许多不同的图腾糅合成的一种综合体”。其最终形象正如罗愿《尔雅翼·释龙》所说：“角似鹿，头似驼，眼似鬼，项似蛇，腹似蜃，鳞似鱼，爪似鹰，掌似虎，耳似牛。”在这样糅合、演进过程中，“龙”保持了蛇的主干部分和基本形态，“这表明在当初那众图腾单位林立的时代，内中以蛇图腾为最强大，众图腾的合并与融化，便是这蛇图腾兼并与同化了许多弱小单位的结果”。闻一多简述了这一过程：“大概图腾未合并以前，所谓龙者只是一种大蛇，这种蛇的名字便叫做‘龙’。后来有一个以这种大蛇为图腾的团族兼并了，吸收了许多别的形形色色的图腾团族，大蛇这才接受了兽类的四脚，马的头，鬣的尾，鹿的角，狗的爪，鱼的鳞和须……于是便成为我们现在所知道的龙了。”对金文素有研究的闻一多还作了文字学的旁证：“金文龙字（邵钟，王孙钟）和巽字（颂鼎，颂簋，禾簋，秦公簋，陈侯因资镎的偏旁皆从巳，而巳即蛇，可见龙的基调还是蛇。”

时至今日，关于龙的研究已是林林总总，持说各异，但为什么《伏羲考》对龙图腾的论证仍具有权威性，具有经典意义呢？大概可从以下两方面去认识。

（二）由神话入于古史

其一，闻一多以开阔的学术视野，突破了孤立的研究，以文化人类学的方法，从神话与造型艺术的角度，切入古代史领域，给人提供了多学科结合以研究史前历史的范例。

“五四”以来，在胡适的影响下，以顾颉刚为代表的“古史辨派”认为：古籍所载古代史和传说，由于后代不断的添加、附会，故越古而越不可靠，这就是“层累的历史造成说”。因此，应以考古学、民俗学的方法，去确立真正科学的古代史。闻一多并不是历史学家，他指出芮逸夫和常任侠对伏羲、女娲的研究分别是人类学和考古学的，作为二文的继续研究，自然也沿用了人类学、考古学的方法，而且，“作者于神话有癖好，而对于广义的语言学与历史兴味也浓，故本文若有立场，其立场显与二家不同。”可以认为，闻一多是以文化人类学为基本方法，辅以考古手段，以史料辨析、考证和文字学训诂，完成了由神话到历史的推源过程，使之文艺家亦取得古史研究的突出成果。

文化人类学在20世纪初就传入中国了，到30—40年代曾形成了几个研究中心：即以中央研究院、清华大学、燕京大学、南开大学等为主的北方中心，以中山大学、岭南大学为代表的南方中心，以中央大学、金陵大学、厦门大学、复旦大学为主的东南中心，和以四川大学、云南大学为代表的西南中心。闻一多在任教清华之时，给自己安排了“向内发展”的道路，他对于《诗经》、《楚辞》和唐诗等领域的研究固然是沿着传统的训诂、校勘、辑佚、考证等方法，但正如《风诗类钞》的《序例提纲·关于编次》所说：他将“经学的”、“历史的”、“文学的”作为“三种旧的读法”，而将“社会学的”作为“本书的读法”，依社会组织的纲目对国风作婚姻、家庭、社会的重行编次。而且提出以考古学、民俗学、语言学的方法“带读者到《诗经》的时代”。至如对《周易》的研究，更是从传统的考据进入社会史研究领域，他的《周易义证类纂》之所以被认为是“独辟蹊径”之作，他当年的讲课被维护传统者视作“非常怪异之论”，是与他运用文化人类学的观点相关的。在抗战爆发之后，他南下而由湘西入黔滇，亲炙了西南少数民族所保留的神话传说、民风民俗，对人类社会较为原始、质朴的文化形态有了深切的理解，就更能自觉地运用人类学、社会学、民俗学等领域的知识研究学问。（据载，闻一多与西南联大社会学系教授、人类学家陶云逵有交往，“先生研究古代文学，运用社会学、人类学诸方法，其中不少观点与陶云逵磋商过，两人情谊真挚”。①）《伏羲考》就是多学科综合研究的成果。

对于与龙相关的民俗，《汉书·地理志》曾有这样的记载：“粤（越）地……其君禹后，帝少康之庶子云，封于会稽。文身断发，以避蛟龙之害。”对此，顾颉刚先生曾解释为：“楚、越一带，因林木繁茂，土地的卑湿，人类与龙蛇同居，饱受了损害……当时吴越人之所以断发文身，乃是起于保护生命的要求，其效用与动物的保护色相等。”② 文身出于保护生命之需，其说不谬，但“保护色”云云，则失之肤浅。闻一多在《伏羲考》中举陆次云《峒溪纤志》所说猺民“岁首祭盘瓠，揉鱼肉于木槽，扣槽群号以为礼”和刘锡蕃《岭表纪蛮》所载“狗王惟狗猺祀之。每值正朔，家人负狗环行炉灶三匝，然后举家男女向狗膜拜。是日就餐，必扣槽蹲地而食，以为尽礼”，他论定：“这种风俗与现代世界各处的图腾团族举行舞会，装扮并摹仿其图腾的特性与动作，是同样性质的。”以图腾崇拜的观点分析民俗，同样，也可以用这一观点观照历史。他通俗而风趣地写道：“另一种保证老祖宗注意的方法，是经常的在装饰上表现着本图腾的特殊形相，以便老祖宗随时随地见面就认

① 《长编》697页。
② 《古史辨》第一册。

识。”在引述胡愈之译《图腾主义》，说明阿玛巴人的“龟”部族和小鸟部族分别将头发剪成龟甲、以六条小辫代龟之四足与头尾，以头发梳成鸟喙和尾、翼后，他明确指出：断发文身是在于摹拟龙的形状。

闻一多引述了下列材料：

文身，刻画其体，内墨其中，为蛟龙之状。以入水，蛟龙不害也，故曰以像鳞虫也。①

诸发曰：“彼越……处海垂之际，屏外蕃以为居，而蛟龙又与我争焉。是以剪发文身，灿然成章，以像龙子者，将避水神也。”②

他认为：“断发文身似乎还当有一层更曲折，更深远的意义。龙之不加害于越人，恐怕不是受了越人化装的蒙蔽，而是它甘心情愿如此。越人之化装，也不是存心欺骗，而是一种虔诚心情的表现。换言之，‘断发文身’是一种图腾主义的原始宗教行为。”“他们断发文身以象龙，是因为龙是他们的图腾。”他还以图腾崇拜的观点肯定了许慎注《淮南子·泰族篇》所说的刺皮为龙文“所以为尊荣”之论：“图腾既是祖宗又是神，人哪有比像祖宗、像神更值得骄傲的事呢！”

图腾崇拜既然普遍存在于原始氏族时期，中国人作为“龙的传人”，龙图腾的优势地位是如何逐渐确立，兼并并使其他图腾为之同化呢？《伏羲考》对此也作出了令人信服的研究。

根据摩尔根《古代社会》一书所提供的材料，北美洲易洛魁人塞奈卡部落分别以熊、狼、鹿、龟、海狸、鹰、鹬、鹭等八种动物为图腾，而澳大利亚卡米拉部落的六个氏族则分别以袋鼠、鬣蜥、袋狸、鸸鹋、负鼠、黑蛇为图腾。同样，今日的中国在新石器时代也是多图腾崇拜的。如西安半坡和临潼姜寨出土的彩陶盆有人面鱼纹，庙底沟彩陶有鸟纹、蛙纹，不少研究者都认为他们分别属于以鱼、鸟、蛙为图腾的部落。浙江河姆渡出土物件多以鸟的形象为饰，亦可见鸟图腾信仰。至于文字记载，《帝王世纪》谓华胥履巨人迹于雷泽，生伏羲于成纪；有娇氏女登游华阳，有神龙首，感生炎帝；附宝见大电绕北斗枢星，感生黄帝；修己见流星贯昴，梦接意感，又吞神珠薏苡而生禹于石坳。若谓以上所说图腾色彩尚淡，那么《竹书纪年》的高辛氏妃简狄吞玄鸟卵而生商之始祖契，和《史记·殷本纪》有娀氏之女简狄吞玄鸟卵而生契，以及《诗·商颂》中“天命玄鸟，降而生商”，其以玄鸟为祖先图腾之意甚明。

《伏羲考》说：“现在所谓龙便是因原始的龙（一种蛇）图腾兼并了许多旁的图腾，而形成的一种综合式的虚构的生物。这综合式的龙图腾团族所包括的单位，大

① 《淮南子·原道篇》高诱注。
② 《说苑·奉使篇》。

概就是古代所谓‘诸夏’和至少与他们同姓的若干夷狄。他们起初都在黄河流域的上游，即古代中原的西部，后来也许因受东方一个以鸟为图腾的商民族的压迫，一部分向北迁徙的，即后来的匈奴，一部分向南迁移的，即周初南方荆楚吴越各蛮族，现在的苗族即其一部分的后裔。”虽然现在已难推知随着部落兼并而进行的龙图腾团族的扩大，但闻一多详细考证的几个龙图腾大团族，是令人信服的。他证夏为龙族；除以《山海经》、《淮南子》、《神异经》所描绘形象外，又以三旁证证共工为龙族；以祝融之后八姓归并为五姓，其中巳、芈二姓均为龙族，而祝融为火龙，又粘合火山为火山之神；除古籍所描写黄帝的形象之外，又举黄帝之后十二姓中的僖巳二姓，证黄帝的别姓亦为龙族；以六点证匈奴为龙族。

闻一多关于龙族的考证，多引自经、史古籍，自不待言。此外，更得之于他精深的古文字基础。朱自清先生曾说：闻一多“在古书通读上有许多惊人而确切的发明，对于甲骨文和金文，也往往有独到之见”。[①] 在考证龙族时，他以精湛的甲骨、金文功底，从容论证，如夏人之姓与禹之名，祝融即倏蛹等，均令人信服。他还从造型艺术角度，钩稽古籍中所载夏人以龙为饰的记录，论定这些装潢“往往是实用的图腾标记，并无纯粹的审美意义”。这种多学科知识的运用，既与传统的朴学考据不同，亦与搬用、套用西方理论有异。因而他关于龙图腾优势地位的论述具有相当的权威性。尽管当代学者中有人提出新的说法，认为神话创造具有从对自然界作功能性解释的需要出发，而后才被人格化为实体，故论龙并非图腾，而是表记，是从自然现象到生物化；并以目前所知龙形器并非发现于南方，而是发现于产蛇较少的东北部地区。[②] 但是，闻一多所说的“黄河流域的上游，即古代中原的西部”与玉龙发现地近；以今日的物候变化也难以论断古代北方少蛇（即使今日，著名的蛇岛亦在大连附近），且龙形器之修长弯曲，除蛇以外与其他动物不合。因此，龙图腾的论断很难否定。

闻一多由于侧重于论述龙图腾，仅简单捎带说及东方以鸟为图腾的商民族，若辅以他人对东方民族鸟图腾崇拜的研究[③]，确可以大体作出东西方两大族团在兼并过程中，最终形成以龙、凤为图腾的结论。历史学家说：“黄帝战胜了九黎，蚩尤被杀。黄河下游一带有太昊氏和少昊氏，太昊氏活动中心在陈（今河南淮阳），少昊氏在奄（今山东曲阜）。据说太昊氏是蛇身人首，以龙名官，少昊氏则以鸟名官，看来太昊氏当属蛇图腾，少昊氏应为鸟图腾。”[④] 而美学家更接受了闻一多的说法，注意到《伏羲考》所列表，其列《山海经》中人面蛇（龙）身神北、西、南皆多，

---

① 《闻一多先生与中国文学》。

② 1971 年发现于内蒙古三星他拉地区的玉龙，证龙之实体绝非蛇，头如猪，无鳞，与蛇类并无关系。详见何新《诸神的起源·龙凤新说》，三联书店 1986 年版。

③ 如郭沫若以《左传·昭公十七年》中少皞以鸟为官，计二十四种，是二十四族的图腾标记；孙作云《周先祖以熊为图腾考》更详论东南沿海各部落多鸟图腾崇拜。

④ 翦伯赞主编《中国史纲要》第一章，人民出版社 1979 年版 9—10 页。

唯东较少，故以中国西部、北部、南部的图腾为龙蛇，东方集团的图腾则为凤鸟。李泽厚《美的历程》写道：“龙飞凤舞——也许这就是文明时代来临之前，从旧石器渔猎阶段通过新石器时代的农耕阶段，从母系社会通过父系家长制，直到夏商早期奴隶制门槛前，在中国大地上高高飞扬着的史前期的两面光辉的、具有悠久历史传统的图腾旗帜?”① 即此，《伏羲考》的影响可见。当然，《美的历程》的“龙飞凤舞”说，可能更直接源于闻一多的《龙凤》一文，文中说：

就最早的意义说，龙与凤代表着我们古代民族中最基本的两个单元——夏民族和殷民族，因为在“鲧死……化为黄龙，是用出禹”和“天命玄鸟（即凤），降而生商”两个神话中，我们依稀看出，龙是原始夏人的图腾，凤是原始殷人的图腾，因之把龙凤当作我们民族发祥和文化肇端的象征，可说是再恰当没有了。②

总之，《美的历程》首章之受益于闻一多的研究，是毋庸置疑的；闻一多以图腾理论入之于古代史研究，较之“古史辨派”取得更显著的成果，也是显见的。

（三）图腾崇拜的三阶段说

其二，闻一多极有创见地归纳出图腾崇拜的三个发展阶段，为图腾学说、尤其是中国古代社会图腾史总结了科学的规律。

西方学者对图腾曾作过详尽、系统的研究。英国人朗格在1791年就将北美印第安人那里的图腾介绍给文明社会。弗雷泽的《图腾与外婚制》（1910年出版），弗洛伊德的《图腾与禁忌》（1913年出版），安德鲁·兰的《图腾的秘密》（1915年出版）等，都是关于图腾研究的代表性著作。这些著作对图腾的分类、起源、信仰特点、内在机制、崇拜内涵等，都作过详尽、精细的研究。尤其是作为著名的心理学家，弗洛伊德的研究能不止于唯名论的辨析和社会学的探讨，而就心理学机制对图腾崇拜作了深入分析，加以《图腾与禁忌》一书有很多篇幅用于介绍其他学者对图腾与禁忌的观点和研究成果，所以显得更为重要。中国学者，如作为陈钟凡学生的岑家梧，在1936年已写成《图腾艺术史》一书，李则纲亦有《始祖的诞生与图腾》，前者兼涉中外，后者专论中国古史，都是系统精详的著作。

闻一多曾留学美国，原已对西方文化学术浸染甚深，摩尔根的《古代社会》、弗洛伊德的《图腾与禁忌》等著作，他后来又都作过研读。对于中国古籍，他钻研更深，又由于精湛的甲骨文、金文知识，富于创造性思维的能力，使之真正能成为

---

① 《美的历程》，文物出版社1981年版11页。
② 《全集》3卷159页。

学贯中西，合理论分析与传统考据为一体的一流学者。他的《伏羲考》不仅可见难以辩驳的严格考证，而且对图腾研究作出重要的理论建设，这就是图腾发展的三阶段说。

第一个阶段，他称之为“人的拟兽化”。

> 先假定龙是自己的祖宗，自己便是“龙子”，是“龙子”便赋有“龙性”，等装扮成“龙形”，愈看愈像龙，愈想愈是龙，于是自己果然是龙了。这样一步步的推论下来，可称为“人的拟兽化”，正是典型的图腾主义心理。

“人的拟兽化”在现存的原始部落中并不罕见。摩尔根就曾描述过易洛魁氏族世袭酋长的就职仪式：“在他的头上‘戴上角’以作为酋长的象征”，在被罢免退位时，则“将角摘下”。他说：“在分布很广的人类部落间，常常把角当作职位及权能的象征，这样的事例或许是泰勒所暗示的那样，有角的反刍动物的雄兽特别显得威风凛凛，所以人们也模仿起来。”① 这一情况甚至在中国文字中亦可找到例证，如“美”字，《说文》释为“甘也，从羊从大”，朱狄曾据陈炜湛《古文字趣谈》所说“美”字的甲骨文写法：“字的下半部分是正立的人形，也就是‘大’；字的上半部分有点像羊，但不是羊，而是人头顶上戴的四只羊角的装饰品。由此看来，早期的美字也是一个象形字。本是一个人戴着两双羊角而正立的形象。”作了一个“根本性的补充”，即这一羊角装饰“是一种图腾标志”。② 这种“人的拟兽化”，正是马克思所说的人类“在野蛮时期的低级阶段”中“对自然力量的崇拜”所致。③

第二个阶段，闻一多称之为“兽的拟人化”。

他先以图腾学说结合人首蛇身神，继续深入“人的拟兽化”讨论：

> 从第一阶段到第二阶段，便是从图腾变为始祖。杜尔干说“始祖之名仍然是一种图腾”，（宗教生活的初级形式）是对的。上文所讨论的人首蛇身神，正代表图腾开始蜕变为始祖的一种形态。我们疑心创造人首蛇身型的始祖的蓝本，便是断发文身的野蛮人自身。当初人要据图腾的模样来改造自己，那是我们所谓“人的拟兽化”。

然后从知识与心理机制的进步，阐释“兽的拟人化”：

> 但在那拟兽化的企图中，实际上他只能做到人首蛇身的半人半兽的地步。

---

① 《古代社会》，三联书店版77页。

② 《原始文化研究》，三联书店1988年版100页。

③ 《马克思恩格斯论艺术》第二卷，中国社会科学出版社1983年版4页。

因为身上可以加文饰，尽量的使其像龙，头上的发剪短了，也多少有点帮助，面部却无法改变，这样结果不正是人首蛇身了吗？如今智识进步，根据“同类产生同类”的原则，与自身同型的始祖观念产生了，便按自己的模样来拟想始祖，自己的模样既是半人半兽，当然始祖也是半人半兽了。这样由全的兽型图腾蜕变为半人半兽型的始祖，可称为“兽的拟人化”。这是第二个阶段。

西方学者曾对图腾信仰与祖宗崇拜的关系作过探讨。如进化学派的英国人类学家泰勒，其《原始文化》虽侧重于讨论万物有灵论，但也注意到图腾信仰。在他看来，图腾信仰是从祖先崇拜中派生而出的，由于原始人在某些动物身上看到一些人的特征，所以对图腾动物的崇拜，是作为祖先在动物身上重生来理解的。而法国人类学家雷纳克，则对图腾崇拜的内涵作了全面归纳，他的《图腾崇拜的规则》共十二项，其中之一认为：图腾氏族的成员坚信自己与图腾动物之间的关系受到他们共同祖先的束缚。英国最著名的人类学家弗雷泽以其巨著《金枝》侧重于巫术研究，他认为原始人先以巫术企图让自然遵从自己的意志，难偿其愿后则转为恐惧自然，集中体现为图腾崇拜，再进一步则转为宗教信仰。在《图腾与外婚制》中，他认为图腾部族成员都将图腾动物视作祖先，出于共同的血缘感，图腾既是宗教信仰，又是一种社会结构。

闻一多立足于中国龙图腾的研究，并非如同西方人类学家那样纷繁复杂，其科学性却是毋庸置疑的。由于龙是“虚拟的生物”，在断发文身的“刺皮为龙文，所以为尊荣之也”[①] 的“图腾主义心理”行动过程中，终于找不到实际的参照，“在那拟兽化的企图中，实际上他只能做到人首蛇身的半人半兽的地步”，于是，就只能据“同类产生同类”的原则，“便按自己的模样来拟想始祖”，“兽的拟人化”是“兽形图腾蜕变为半人半兽型的始祖”的第二阶段之完成。由于近代所发现的原始部落的图腾崇拜有着并不相同的多种形式，古代社会更是茫昧难详，要寻求图腾信仰与祖宗崇拜的必然关系和共同规律，是十分困难的。闻一多从中国史前社会的实际出发，就龙图腾的虚拟性特点，分言“先假定龙是自己的祖宗”，完成“拟兽化”的第一阶段，和“按自己的模样来拟想始祖”，完成“兽的拟人化”的第二阶段，实际上也总结出了从图腾信仰发展为祖宗崇拜的规律。当然，史料难征，二者的孰前孰后仍难以截然划分，故“拟兽化”的前提是“先假定龙是自己的祖宗”，人类学家对原始部落的研究表明，图腾信仰中其实就包含有认同于祖宗的心理，闻一多所得出结论的科学性在于：由图腾信仰的“人的拟兽化”，发展为始祖崇拜的“兽的拟人化”，更接近人类历史发展的主流，更符合中国的实际。

据研究，近代发现的各大洲图腾标记各有不同。如美洲印第安人氏族部落多树

---

① 许慎注《淮南子·泰族篇》语。

立图腾柱，澳洲的五百至七百多个图腾标记中，以动物为绝大多数，而非洲除供奉图腾动物外，又往往制作护符。如果说北美印第安部族分别以头发的形状，来表示其分属于野牛、海龟、鸟图腾，是“人的拟兽化”①，那么澳洲最典型的图腾却是“祖先图腾”——“德马—神”，既是人，又是动物②，分明在祖先崇拜中透露出“兽的拟人化”消息。在我国，越人的断发文身，哀牢人的“刻画其身，象龙文，衣著尾”③，琉球的“妇人以墨黥手，为虫蛇之文”，都可看成处于图腾崇拜的“人的拟兽化”阶段。而仰韶文化中与图绘陶器的蛙、鸟等动物纹饰同时，又出现了人首蛇身的陶器器盖，和被误断为蜥蜴的人首蛇身的陶器图饰，这又隐约可见“兽的拟人化”之先兆了。待到祖先崇拜压倒了图腾信仰，后者仍然影响着前者。试看那些始祖诞生的神话，无论是伏羲、神农、黄帝、少昊、颛顼、帝喾、大禹等，都体现出“圣人皆无父，感天而生”④ 的特点，这就既是母系社会的观念反映，且又带有图腾信仰的色彩，因为原始的图腾信仰认为：图腾入于母体或感应母体，才能使人生育，而死亡则是再返回图腾。如果说风、大人迹、大电、大星、瑶光、流星、月精、薏苡、桑、玄鸟卵等作为“处女生殖”的“感生”之由⑤，其图腾色彩还显得玄虚，那么“同类产生同类”的伏羲“蛇身人首”，神农“人身牛首”，黄帝“人面蛇身”，颛顼“有文如龙”等，“半兽型的始祖”的图腾蜕变痕迹就很清晰了。至于诸如《山海经》中陈陈相因的“人首蛇身”，则更是“同类产生同类”的体现了。

第三个阶段，是“全人型”。

闻一多认为，在第二阶段中，“大概文身的习俗还存在，否则也离那习俗被废弃时不久”。其进一步发展则是：

> 等到文身的习俗完全绝迹，甚至连记忆也淡薄了，始祖的模样便也变作全人型的了。这是第三个阶段。

在《端午节的历史教育》中说得更详细：“一二千年的时间过去了，由于不断的暗中摸索，人们稍稍学会些控制自然的有效方法，自己也渐渐有点自信心，于是对他们的图腾神，态度渐渐由献媚的、拉拢的，变为恫吓的、抗拒的，（人究竟是个狡猾的东西！）最后他居然从幼稚的、草昧的图腾文化挣扎出来了，以至几乎忘掉有过那么回事。”这一说法颇近于马克思在《政治经济学批判·导言》中所说：“任何神话都是用想象和借助想象以征服自然力，支配自然力，把自然力加以形象

---

① 胡愈之译《图腾主义》。

② 参见赫尔穆特·皮特里《澳洲的祭礼图腾》。

③ 《后汉书·西南夷传》。

④ 许慎《五经异义》引《春秋公羊传》。

⑤ 参见李则纲《始祖的诞生与图腾·结论》。

化；因而，随着这些自然力之实际上被支配，神话也就消失了。”① 如果说以三皇五帝为代表的上古历史是出自神话，夏朝以后就渐入真正的历史了，始祖当然就是“全人型”的了。闻一多在另一处曾深刻地论道：

> 我们疑心古代奉龙为图腾的团族之下有支族，每支族又各为一龙，共有五龙……五龙用五个色彩来区分，所以龙是五色的名目。由图腾崇拜演化为祖宗崇拜，于是五色龙也就是五色帝。宗教信仰到了祖宗崇拜的阶段，社会组织也由图腾变为国家……②

我们可以看到，古史辨派将上古的三皇还原为神话，这是一个很大的进步，但由于缺乏神话学的理论，对于神话演为历史就难以作出科学的解释。闻一多由伏羲神话与龙图腾研究引发的图腾崇拜三阶段论的归纳，确为文史工作者提供了一把打开古代秘密的钥匙。而且闻一多所论很富有辩证精神，避免了西方学者机械区分的弊病，我们应注意到他所作的重要补充：

> 当然每一新阶段产生之后，前一阶段的观念并不完全死去。几个观念并存时，不免感觉矛盾，矛盾总是要设法调解的。调解的方式很多，这里只举一种较为巧妙的例。传说中禹本是龙。《天问》：“应龙何画？河海何历？”王注曰：“禹治洪水时，有神龙以尾画地，导水所注当决者，因而治之。”这里画地成河的龙实即禹自己，能画地成河就是禹疏凿江河。图腾的龙禹，与始祖的人禹并存而矛盾了，于是便派龙为禹的老师，说禹治水的方法是从龙学来的。

在古籍之中，确实留下不少调和图腾与始祖的印痕，闯一多的研究结论，当给予后人重要的启迪。对伏羲、女娲既是人首蛇身，又有开辟、创造之业绩，亦当如是看。

（四）洪水、葫芦与伏羲

《伏羲考》的主体是占全著篇幅一半多的第二节《从人首蛇身像谈到龙与图腾》，故曾单独刊载于《人文科学学报》。此节既是主体，又明言图腾，故此我们用上面三节作了评述。然而此著《引论》的二十多则洪水遗民故事，虽引出了闻一多以汉民族古籍为材料根据的龙图腾考证，但这么多的故事毕竟多出于西南苗、瑶民族，其中不少又与伏羲、女娲相关，所以三、四、五节虽文字较短，却是回应《引

① 《马克思恩格斯选集》2卷113页。
② 《端午考》，《全集》5卷38页。

论》，就故事的发生地展开三个问题的论证。这些与图腾问题关系不如第二节密切，却仍很重要，我们也相应评述之。

在《引论》中，闻一多将芮逸夫、常任侠二文所载的洪水故事，依地理分布，作了由近及远的排列举例。他用结构主义的方法，归纳出这二十五则故事的共同中心母题："总是洪水来时，只兄妹（或姊弟）二人得救，后结为夫妇，遂为人类的始祖。"在第三节《战争与洪水》中，又对洪水遗民故事作了概括，即："（一）兄妹之父与雷公斗争，（二）雷公发洪水，（三）全人类中惟兄妹二人得救，（四）二人结为夫妇，（五）遗传人类。"闻先生认为，"洪水不过是一种战略，或战祸的顶点，所以（一）（二）可归并为A战争。兄妹配婚与遗传人类是祖宗崇拜的推源故事，所以（四）（五）可归并为B宗教。（三）兄妹从洪水中得救，是A与B间的连锁。"由于B项的祖宗崇拜的宗教已在上节讨论，故本节讨论A项。

闻一多在汉籍中以洪水为线索，从《淮南子·览冥篇》找到女娲补天止水的记载，然后据《楚辞·天问》、《淮南子·原道篇》、《天文篇》、《书·尧典》、《周语》、《荀子·成相篇》等九种典籍证洪水与共工有关。流变之中，司马贞、罗泌更分别将共工争帝触山与女娲补天治水，及共工引发洪水与女娲故事合在一起。汉籍之中发动洪水的是共工，苗族传说中是雷公，二者是否有关系？闻一多从多种典籍中找出共工形状与雷神相似之证，又从共工又作康回、庸回，而古字回与雷通，进一步证实共工即雷神。在据各著列出共工的罪名、罪行后，闻一多以之同苗族洪水故事相较，得出这样的结论："总之，汉、苗两派的故事，作风虽不同，态度虽有理智的与感情的之别，但内中都埋藏着一个深沉的、辽远的仇恨，却没有分别。"

我们可以将闻先生关于战争、洪水的论证暂置不顾，由上面的汉、苗洪水故事的比较中，应是很合逻辑地引出另一论题，而他也确实以"汉苗的种族关系"作为第四节。闻一多说："上文我们已经证明了伏羲、女娲确是苗族的祖先，我们又疑心那称为伏羲氏的氏族或是西周褒国后裔之南迁者。褒是姒姓国，夏禹之后，然则伏羲氏的族属与夏后氏相近了。"他认为，既然伏羲与龙的关系无可置疑，夏与龙的关系又可以五事证之，所以"疑心二者最初同属于一个龙图腾的团族"。紧接论道：

> 在后图腾社会变为氏族社会，这团族才分为若干氏族，伏羲氏与夏后氏便是其中之二。既为两个分离的氏族，所以各自有姓，伏羲氏姓风，夏后氏姓姒。褒亦姒姓国，本是龙图腾的支裔，所以也有先君二龙的传说。

于是，又回到共工与雷神的比较："汉族所传的共工，相当于苗族所传的雷神，也是上文证明过的。共工既相当于雷神，则共工的对手可能也相当于雷神的对手了。"

尽管闻一多据籍载证明共工的对手有帝喾高辛氏、颛顼、帝尧陶唐氏、帝舜、禹，而雷神的对手只有伏羲，共工与雷神分别的对手多寡不均，可是由于苗族祖先确是伏羲、女娲，无论汉苗都有共工（或雷公）发洪水，而女娲（或伏羲及女娲）与之斗争的神话，“疑心那称为伏羲氏的民族或是西周褒国后裔之南迁者”，应是一种合乎逻辑的推测。我们曾在本章第二节引用过闻一多关于龙图腾团族的一段论述，在这段话中，他认为这一族团包括古代的“诸夏”及与之同姓的若干夷狄，起初居于黄河流域上游，后受商民族压迫，分别向北、向南迁徙，现在的苗族即南迁之后裔。而《汉苗的种族关系》的最后部分，却逐录了《墨子·非攻》下篇所说：“昔者三苗大乱，天命殛之……高阳乃命禹于玄宫……以征有苗。”他阐述了自己所见：“然则诛三苗是颛顼的命令，而禹执行之。此外诸书单说禹伐有苗很多，不具举。总之，对诛三苗这事，颛顼和禹都有份儿。”我们这里注意到商迫南迁和禹征有苗的矛盾，说明闻先生对此也实难作出确证。《史记·五帝本纪》云：“三苗在江淮、荆州数为乱。于是舜归而言于帝，请流共工于幽陵，以变北狄……迁三苗于三危，以变西戎……”而范文澜《中国通史》则谓“苗族被禹战败后，退出黄河流域”。①史家所言不一，古籍更是歧见纷出，时至今日，这类问题的矛盾还是难以解决。当时闻先生既乏资料，又难有考古发掘相证，就更难苛求了。

闻一多对以龙为图腾的族团分布考证极详，而对诛三苗仅仅简单带过，却对汉、苗的共同敌人和共斗洪水的神话论述甚多，这不由得要令我们猜测是否另具深心？他在下一节中说：“原始人类从不为故事而讲故事，在他们任何行为都是具有一种实用的目的。”文明人对“故事”的实用目的应诚如他在此段前所说：“我们在上文已经提到故事的社会功能和教育意义，是在加强民族团结意识”，他所说的应是指神话故事对于本民族的作用，但又何尝不能推至民族之间呢？他之所以将汉、苗相并，又论其共祖伏羲、女娲，提出了二者的种族关系问题，亦实有着加强民族间的团结意识存在。其时抗战方炽，作者身处西南，对少数民族有所了解，难道不会想到抗战是整个中华民族的事吗？朱自清认为他的神话研究是探求“‘这民族，这文化’的源头，而这原始的文化是集体的力”，倘结合现实，此举的意义就并非学术研究可限了。

《伏羲考》的第五节是《伏羲与葫芦》，论题从洪水故事中所涉及的葫芦起，仍然回到伏羲考这一主题。这一研究是就少数民族故事本身而展开，不凭汉籍相证，但仍然因闻一多先生在语音、文字学方面的深厚功底，解决了葫芦与伏羲、女娲的关系，使葫芦与造人故事、祖先崇拜的渊源得到明晰的解释。

在这一节的开头，闻一多回应《引论》所说，先指出：在中国西南部（包括湘西、贵州、广西、云南、西康）诸少数民族中，乃至东及台湾，西及越南与印度中部，都流传着一种兄妹配偶型的洪水遗民故事。然后归纳出这一母题的典型形式：

---

①《中国通史》，人民出版社1978年版117页。

"一个家长（父或兄），家中有一对童男童女（家长的子女或弟妹）。被家长拘禁的仇家（往往是家长的弟兄），因童男女的搭救而逃脱后，发动洪水来向家长报仇，但对童男女，则已预先教以特殊手段，使之免于灾难。洪水退后，人类灭绝，只剩童男女二人，他们便以兄妹（或姊弟）结为夫妇，再造人类。"对于这故事，闻一多深刻指出：

> 这是原始智慧的宝藏，原始生活经验的结晶，举凡与民族全体休戚相关，而足以加强他们团结意识的记忆，如人种来源，天灾经验，与夫民族仇恨等等，都被象征式地糅合在这里。

由于是多样性而错综的主题，闻一多选择了以人种来源的主题为研究对象，次之的天灾经验和再次的民族仇恨不予讨论。

闻一多认为，由于此类故事是旨在加强民族团结意识，所以"意在证实血族纽带的人种来源——即造人传说，实是故事最基本的主题"。又剥笋般地指出："正如造人是整个故事的核心，葫芦又是造人故事的核心。"他列表分析四十九个故事的内容，发现故事情节与葫芦发生关系的有两处：一是避水工具，一是造人素材。根据对传说的原始形态的推导，葫芦或其同类的瓜，在造人中有六种形式，这六种形式较之像物形（像鸡卵、磨石仔）或不成人形（肉球、肉块之类）者，应产生得更早，这是"愈合理、愈失真"原则的运用，所以闻一多断之为："最早的传说只是人种从葫芦中来，或由葫芦变成。""至于避水工具中的葫芦，也还是抄袭造人素材的葫芦的……我们疑心造人故事应产生在前，洪水部分是后来粘合上去的。"

在以"洪水造人故事中的葫芦"为题，作了此节的第一个问题的论述后，闻先生再论第二个论题："伏羲女娲与匏瓠的语音关系"。他认为："以上所论都是纯理论的假设，最后判断当然有待于更多更精密的民俗调查材料。这样的材料，可惜我们目前几乎一点也没有。"既然如此，是否难有作为呢？不！闻一多以他精深的文字、音韵学知识，解决了葫芦与伏羲、女娲之间的关系问题。

闻先生为之假设："总观以上各例，使我们想到伏羲、女娲莫不就是葫芦的化身。或仿民间故事的术语说，一对葫芦精。"而严密的考证终于证实了这一假设。他以《易·系辞传》下将"伏羲"作"包牺"，而古时"包"、"匏"二字音近而相通，作了连续的推导、论证：《说文》将匏、瓠二字互训，"古书亦或通用，今语谓之葫芦。""羲"字一作"戏"，而《广雅·释器》云："瓠、蠡、𧅯、𤬛，瓢也。"《一切经音义》十八引作"戏"，音"羲"。清代大音韵学家王念孙说，𤬛与䖒瓜同，即樿字，《庄子》三篇并管、荀、国策皆可证。总之，𤬛字音"牺"，训为"瓠，瓢也"，即今白话葫芦瓢之意。闻一多又举《方言》、《玉篇·木部》、《一切经音义》、《集韵·五支》、陆羽《茶经》引《神异记》及《说文·木部》诸籍继证之，可见前面结论之无可辩驳。他还认为，"包"、"戏"二字都是较古的写法。继云：

包戏若读为匏瓠（樝樣㭒），即今所谓葫芦瓢。但戲古读如乎，与匏音同。若读包戲为匏瓠，其义即为葫芦。即剖的葫芦谓之瓢，未剖的谓之葫芦，古人于二者恐不甚分，看瓠（葫芦）瓤（瓢）上古音全同便知。

转至女娲，则是：

女娲之娲，《大荒西经》注、《汉书古今人表》注、《列子·黄帝篇》释文、《广韵》、《集韵》皆音瓜。《路史后记》二注引《唐文集》称女娲为“炮娲”，以音求之，实即匏瓜。包戲与炮娲，匏瓠与匏瓜，皆一语之转。（包戲转为伏希，女娲转为女希，亦可见戲娲二音有可转之道。）

所以最后的结论由繁转简，十分明确：

然则伏羲与女娲，名虽有二，义实只一。二人本皆谓葫芦的化身，所不同者，仅性别而已。称其阴性的曰“女娲”，犹言“女匏瓤”、“女伏羲”也。

伏羲、女娲即葫芦化身这一问题已得到解决，但闻一多的论述却未结束。他继而又提出为什么以始祖为葫芦化身这一问题，表明了自己的见解：“我想是因为瓜类多子，是子孙繁殖的最妙象征，故取以相比拟。”这既有《黄帝占》、《星官制》等书可证，《诗·大雅·绵》作为周人史诗，以“绵绵瓜瓞”为“民之初生”之起兴，也是极好的证明。根据上面的结论，还解决了“女娲作笙”与“伏羲以木德王”的问题：由《白虎通·礼乐篇》可知“瓠曰笙”，而现实中苗人亦以葫芦为笙，女娲为葫芦化身，故相传女娲作笙；曹植《庖牺画赞》有“木德风姓”语，他籍亦有伏羲以木德王之说，既然葫芦为草木之属，伏羲是葫芦化身，故曰伏羲草木德。

此节最后，又应回到汉苗种族关系这一问题来了。就洪水而言，两族都曾遭遇，汉籍中发洪水者为共工，苗族所传为雷公，共工即雷神，前面已证。就葫芦而言，闻先生说：“苗族传说以南瓜为伏羲、女娲的第二代。汉族以葫芦（瓜）为伏羲、女娲本身，这类亲与子易位，是神话传说中常见的现象，并不足妨碍苗族的伏羲与伏羲妹即汉族的伏羲、女娲。”这一问题又可以解决了。剩下的就是伏羲与槃瓠的矛盾了。在第三节《战争与洪水》中，闻一多曾指出苗族奉祀伏羲，傜畲奉祀槃瓠，虽奉祀不同，却是同系的两个支族。又说：“而且‘槃瓠’、‘伏羲’一声之转，明系出于同源。”在本节最后，又回应此说：“据上文伏羲与槃瓠诚属二系，然细加分析，两者仍出同源。‘槃瓠’名字中有瓠字而《魏略》等述茧未化生时复有‘妇人盛瓠中，覆之以槃’之语，可见瓠亦为此故事母题之一部分。实则槃即剖匏为之，‘槃瓠’即匏瓠，仍是一语。是‘槃瓠’与‘包羲’字异而声义同。在初本系一人为二民族共同之祖，同祖故同姓。”这样，解决了“诚属二系”却“仍出同源”

的问题，在溯源之时，现在的苗族族源，在历史上得到了本应得到的扩大。

闻一多对汉苗种族关系的研究，既是属于神话研究的学术问题，又非此可限。他对人种来源、天灾经验、民族仇恨三者的排序，固然合于洪水神话本身，然而我们也应看到，他在研究目的上确与神话研究的先行者不同。晚清时期，刘光汉的《攘书》、黄节的《黄史》之研究神话，是以探明种族起源倡导排满反清，虽是旧民主主义革命之需，却因带有民族主义的狭隘，而导致学术性可疑。闻一多的研究非但具有极高的学术性，而且不对上古战争、民族仇恨多作探讨，却从伏羲考出了苗汉共祖，这种既求真又求善的精神，是极其难能可贵的。

洪水与葫芦，终又回归于伏羲考这一主题。神圣如龙，演绎出从图腾到始祖的演变，平凡如葫芦，绵绵瓜瓞系着民族的根，伏羲——中华民族的始祖联结起这一凡一圣，而闻一多先生以其力作，完成了一次不失为伟大的民族寻根。他虽然不是现代神话研究的第一人，却无疑在当时树起了图腾神话研究的第一高度，成为龙文化探讨的先导。他对兄妹洪水神话和南方葫芦文化的考索，虽然当时还不能被一般学者接受，却为西南民族神话研究另启山林，有筚路蓝缕之功，待到几十年后彝族、傣族及广西的葫芦文化研究成果纷纷问世时，人们才知河出昆仑，要回首仰望高峰。所以，本章虽名之为“以图腾学说研究神话”，洪水故事，汉苗种族关系，伏羲与葫芦诸问题，却不得不论。

《伏羲考》篇幅并不算长，容量却很大，闻一多研究的问题，已不限于神话学范围，而是涉及文化史、民族史、社会史、宗教史、民俗学、语言学等诸多领域。历史虽已过去了半个多世纪，新时期的神话研究取得了很多新成果，但谁都不能无视《伏羲考》这一里程碑的存在，它在我国现代神话学学术史上的地位，也将是永远难以动摇的。

（五）图腾舞、端午节与《诗》之鸠

新版《闻一多全集》的《神话编》收六种著作，其中的《姜嫄履大人迹考》，因姜嫄事出《诗·大雅·生民》，我们将置于下一章论述；《高唐神女传说之分析》由《诗·曹风·候人》而至《高唐赋》，虽神话人物而源出《诗经》，故亦置于下章；《朝云考》系据前者增补改写而未及完成，附于前者而论；《神仙考》并非神话研究，此文有助于论析《楚辞》，故将置于第四章再论；《龙凤》虽涉图腾问题，却非严格的学术论文，而近于带学术性的杂文，我们在第一章已论及。这样，除《伏羲考》外，仅余《两种图腾舞的遗留》一篇短文。考虑到本章宗旨与核心在于以图腾学说研究神话，故将闻一多涉此的《端午考》及论《诗经》中鸠鸟者，并图腾舞一并论之。

《两种图腾舞的遗留》系据闻先生手稿照相复印件整理而成，收入新版《全集》。文中引述《尚书大传·虞传》所载三代禅让改乐故事，认为“虽是秦汉间人所述，但所依据的材料，必然是很古的。”对于这一记载，闻一多是这样分析、判断的：

根据以上，我们知道：每一次易代，便要改一次乐。虞受唐禅后，曾经“定钟石，论人声，乃及鸟兽，咸变于前”，“询十有二变”，“乃浡然招兴于大鹿之野”，同样夏受虞禅后，在音乐上也是曾经“备十有二变”以“成禹之变”的。所变的，在乐容方面，尤其显著……从虞变到夏，则分明是由模拟羽族的跳舞变为模拟水族的跳舞。所谓“声成而约凤至”和“凤皇喈喈”，自然就是《皋陶谟》的“凤凰来仪”，所谓“咸变于前”的“鸟兽”就是那里的“鸟兽跄跄”和“百兽率舞”。①

他认为，虞乐的特征是凤凰为主而配以百鸟百兽跳舞，夏乐则是“蟠龙贲信于其鳖，蛟鱼踊跃于其渊，鱼鳖咸出于其穴”一类“鱼龙曼衍之戏”，两者有显见的不同。

对于这类具有神圣色彩的记载，应透过历史的迷雾，看到其外表之下的原始的底色。闻一多就是这样做的，他从图腾舞的角度论断：

以上这两种不同的跳舞，反映着这两个民族曾经是两个不同的图腾集团，前者是羽族的凤，后者是水族的龙。②

不是目迷五色，心中无主，而是截断众流，一语中的，又回到龙凤问题，抓住“羽族”、“水族”的关键，谜底自破。

对于《吕氏春秋·仲夏记》所载的“帝尧立，乃命质为乐。质乃效山林溪谷之音以歌……以致舞百兽”，《竹书纪年·帝喾》条的“……代高阳氏，王天下，使鼓人拊鞞鼓，击钟磬，凤凰鼓翼而舞”，《竹书纪年·帝舜元年》条的“即帝位……击石拊石，以歌九韶，百兽率舞”，《拾遗记·神农氏》条的“百兽率舞，八音克谐”等，古人常以“鸟兽化德而舞”注之，是缘于被尊古意识所左右，但不明古史所致。现代的研究者，有的从古希腊人蒙羊皮而舞得到启发，将此类舞蹈看成是人蒙兽皮的拟兽舞，虽较古人前进了一大步，却仍未发其底蕴。闻一多以图腾制的眼光看待此类舞蹈，且能从易代更乐之中，看到其中图腾崇拜的变化之迹，目光之犀利深刻，自是出于众上，而指出羽族与水族之异，归结为龙凤图腾之别，更应是不易之论。

我们再看闻一多对端午节之论，前虽言及，此再续之。

---

① 《全集》3卷165—166页。
② 《全集》3卷166页。

关于端午节的来历，以前主要有三种说法：一是以吴均《续齐谐记》和宗懔《荆楚岁时记》为代表的纪念屈原说，一是《风俗通义》、《论衡》等“不举五月子”的源于恶日说，一是端午源于夏至说。闻一多认为，纪念屈原之说虽影响很大，却并非事实，端午是龙的节日。他在《端午节的历史教育》中指出：

> 端午本是吴越民族举行图腾祭的节日，而赛龙舟便是这祭仪中半宗教、半社会性的娱乐节目。至于将粽子投到水中，本意是给蛟龙享受的，那就不用讲了。总之，端午是个龙的节日，它的起源远在屈原以前——不知道多远呢！①

在《端午考》中，遂就“龙的节日”作了详细考证。

他先就六方面论端午起源与龙的关系密切，即龙舟竞渡，吃粽子（投粽水中以免蛟龙之患），扬州以端午日铸盘龙镜，并州以“龙忌”日作寒食来纪念介子推，端午以守宫制保贞之秘药，端午还有鱼变为龙的传说。而后就吴越地区的端午风俗最久，保存色彩最浓，且吴越是古代龙图腾团族的分布区，推测出端午是古代吴越民族举行图腾祭的节日。此外，闻一多又从图腾演变的观点考察民俗。一是彩丝系臂。从臂钏、玉条脱等疑为文身之遗，衣襟文饰以存文身遗意，到彩丝系臂以五色象征五色龙，则既含文身以像龙鳞之图腾遗风之变，又含五色龙色彩象征的图腾崇拜之遗俗，其说是可信的。一是龙舟竞渡。船之图蛟和挂龙子幡，以及将船刻成龙形，本在于让蛟龙辨识，不致误伤“子孙”，文中说：

> 龙舟只是文身的范围从身体扩张到身体以外的用具，所以它是与文身的习惯同时存在的。图腾文化消逝以后，文身变相为衣服的文饰，龙舟也只剩下“图蛟”和龙子幡一类的痕迹。但遇到宗教仪式时，古旧形态中的许多花样往往会全般出现，于是我们便看到穿着模拟文身的彩衣的水手们划着龙舟——一幅古典图腾的“浮世绘”。②

这样的对民俗作历史透视，描述其图腾演变轨迹，再辅以端午与五行关系和守宫（一名龙子）涂体点臂作为图腾遗迹的猜测，端午为龙的节日确是获得多方面坚证。时至今日，学术界对端午的解释多沿用闻一多所说，其贡献与权威性可知。

《诗经》产生的时代，距图腾信仰已很远，故诗中所写到的鸟兽草木之名，多被看作实有之物或具比兴之义。孔子曾以“多识于鸟兽草木之名”，作为兴、观、群、怨、事父、事君的补充（见《论语·阳货》）；刘勰等人对比兴言之甚详。作为《诗·周南》的首篇，《关雎》历来为论者所注意，汉儒的《毛诗序》谓此篇言

---

① 《全集》5卷11页。

② 《全集》5卷45页。

“后妃之德”，“所以风天下而正夫妇也”。刘勰《文心雕龙·比兴》发扬此说，云：“观夫兴之托谕，婉而成章，称名也小，取类也大。关雎有别，故后妃方德；尸鸠专一，故夫人象义。义取其贞，无从于夷禽；德贵其别，不嫌于鸷鸟。”闻一多《古典新义》的《诗经通义》，却不止于在“道德批评”的认同中，而作艺术分析。他以“维鸠居之”（《召南·鹊巢》），“吁嗟鸠兮”（《卫风·氓》），“鸤鸠在桑”（《曹风·鸤鸠》），与“关关雎鸠”比照，并详细引录古籍，证以鸠之专一、笃情。他说：“鸠之为鸟，性至谨慤，而尤笃于伉俪之情，说者谓其一或死，其一亦即忧思不食，憔悴而死。封建社会所以加于妇女之道德责任，莫要于专贞，故《国风》四言鸠，皆以喻女子。”① 这种严格论证的科学态度，既非对《毛诗序》等说的简单师从，亦非如当今许多人的粗暴否定。闻一多又进而辨正：“雎鸠既称鸠，又为女子之象征，则必与鸤鸠、鹘鸠同类。乃自来说雎鸠者，咸以为鹰鸷鹏鹗之类，此盖因《左传·昭十七年》‘雎鸠氏司马也’而误。不知《诗》之雎鸠与《左传》之雎鸠，名虽同物而实则异指……《左传》五鸠之雎鸠司马，爽鸠司寇，皆神话中与鹰相化之鸠。《诗》之雎鸠，以兴女子，乃真生物界之鸠。学者不察，混为一谈，过矣。”② 神话相沿而入于历史，是应该还其真面目，闻一多在引述了《左传·昭公十七年》关于以鸟为官的一段话后，深刻地指出：

> 此上世图腾社会之遗迹也。三百篇中以鸟起兴者，不可胜计，其基本观点，疑亦导源于图腾。歌谣中称鸟者，在歌者之心理，最初本只自视为鸟，非假鸟以为喻也。假鸟为喻，但为一种修词术；自视为鸟，则图腾意识之残余。历时愈久，图腾意识愈淡，而修词意味愈浓，乃以各种鸟类不同的属性分别代表人类的各种属性，上揭诸诗以鸠为女性之象征，即其一例也。后人于此类及汉魏乐府“乌生八九子”，“飞来双白鹄”，“翩翩堂前燕”，“孔雀东南飞”等，胥以比兴目之，殊未窥其本源。③

如此地拂去历史尘埃，由理性愈浓的修辞术，透视而还原出深层积累的图腾意识，窥出上古社会之孑遗，真是如炬的目光！非凡的识力！这又不由得让我们想起他在《龙凤》这一短文中所说：

> 图腾式的民族社会早已变成了国家，而封建的王国又早已变成了大一统的帝国，在我们今天的记忆中，龙凤只是“帝德”与“天威”的标记而已。④

① 《全集》3卷292—293页。
② 《全集》3卷293页。
③ 《全集》3卷293页。
④ 《全集》3卷161—162页。

但龙、凤本来却是楚人和殷人的图腾。正如他在《龙凤》中又说到的："但寓言的产生也该有着一种素地，民俗学的素地。"① 他以民俗学的观点指出了由图腾意识向修辞学的转变，才能窥见本源。

可贵的是：闻一多并不是简单对待前人的研究成果。对《关雎》，他广引诸例：以鸠之笃情明"德"并非凿空之论，但在《风诗类钞》中，又简明地点出此诗主题："女子采荇于河滨，君子见而悦之。"② 对"后妃之德"作了扬弃。可惜的是：当今的研究者虽多从闻一多《风诗类钞》中关于主题的见解，却无视《诗经通义》中的上述卓见。这也说明，研究先秦文艺，如不具备闻先生的知识结构和能力、素养，是很难取得可经历史考验的成绩的。

以上我们对闻一多先生以图腾学说研究神话、传说作了评述。关于图腾主义的理论，在20年代末期已开始译介到中国，钟敬文先生1936年作于东京的《槃瓠神话的考察》，是用图腾说研究西南地区少数民族神话的先声。闻一多先生以图腾说为主要理论写出《伏羲考》，且及于艺术、民俗以至《诗经》等领域，其贡献并不主要体现在时间上的领先。他在图腾理论之外，更掌握了多种学科的知识，尤其是他能将这些理论、知识综合运用，形成多学科、多视角的理论优势，而这些现代学术又能与他深厚的国学修养达到完美的结合，宏观的思路与微观的论证相辅相成，贯彻始终。尽管他的设想太大胆，判断太新奇，却又终因使人瞠惑的多项证据，逻辑严密的推论过程，令人难以诘难，遑论驳倒？因此，他虽然不是研究神话的专家，在神话研究上的创造性成就却非许多专家可比。

闻一多关于图腾的研究，未刊手稿中还有《图腾杂考拟目》，"内有'图腾宴'，'阶级沓布（taboo）'、'性（乱伦）沓布'、'鲑蚩与玦'、'蛂蟥与璜'、'鱼龙曼衍'、'忌食鲰鱼'、'鲸鲵'、'同体化'、'支团'等小目"，很可惜，这些准备进行的研究项目都未及完成。即使是伏羲神话，也只完成了一部分。朱自清曾说："他的研究神话，实在给我们学术界开辟了一条新的大路。关于伏羲的故事，他曾将许多神话综合起来，头头是道，创见最多，关系极大。曾听他谈过大概，可惜写出来的还只是一小部分。" 倘非他的早逝，这些"人民的生命欲与生活力的表现"和"人与自然斗争的记录"③，一定会得到充分的、全新的研究。即使在神话学界，闻一多的去世，也如朱自清上文之命题，是"中国学界的大损失"。

---

① 《全集》3卷161页。

② 《全集》4卷503页。

③ 以上引见《长编》652页。

三 《诗经》的文化发现

《诗经》是我国最早的一部诗歌总集，自汉代被列为儒家经典后，一直得到从统治者到民间的高度重视。两千年来，有关《诗经》的著作很多，亡佚者难计，至清代编纂《四库全书》时，收著录书64种，存目书84种，盛况可见。“四库”编成后，直到现代，又产生了不少著作。“五四”以后，受新思潮、新方法影响，《诗经》研究翻开了新的一页。梁启超《中国之美文及其历史》之论《诗经》，对毛序“四诗说”质疑，提出新解。鲁迅《汉文学史纲要》的《书与诗》一章，批判了诗教说。胡适提倡以小心、精密的科学方法做新训诂，和用社会学、历史学、文学眼光大胆推翻两千年来的附会，引起许多学者的兴趣。顾颉刚编《古史辨》第三册收入的研究《诗经》的几十篇文章，让人看到了实绩。林义光的《诗经通解》，吴闿生的《诗义会通》，朱自清的《诗言志辨》等，虽研究角度、方法不同，但都是系统性的重要著作。王国维的《观堂集林》，研究亦涉《诗经》，郭沫若《中国古代社会研究》据《诗经》以研究古代社会形态，以及一些文字学家之作《诗经》的文字训诂，亦代表了不同角度研究《诗经》的创获。

闻一多先生是重要的《诗经》研究专家，自1927年发表第一篇《诗经》研究论文以来，持续十多年，成就卓著，影响很大。据新版《全集》，他的《诗经》研究成果共计11项，如果去掉甲、乙之分，则是9项，其中论文有：《诗经的性欲观》、《〈新·新台〉“鸿”字说》、《匡斋尺牍》、《说鱼》；专著有：《诗经新义》、《诗经通义》、《风诗类钞》；另有属于工具书性质的《诗经词类》与《诗风辨体》。

《诗经的性欲观》是闻一多研究《诗经》的牛刀初试。此时“五四”运动虽已过去了八年，勇于立论、大胆假设的影响还在。胡适认为《小星》是“写妓女生活的最古记载”，证以《老残游记》所写的黄河流域妓女送铺盖上店陪客，其说虽或源于方玉润《诗经原始》以“青楼移枕就人之意”驳斥“深宫进御于君”[①]，难说首创，但因胡适的影响，在《诗经》研究上，疑古之风骤起。闻一多以“性欲观”论《诗经》，当然比胡适更大胆，而求证就更为小心了。文中提出了很多证据，尤其在学理上，已远非前人的研究可比，闻氏自谓“‘离经叛道’到了这步田地，恐怕要算至矣，尽矣，蔑以加矣！”但由于他当时只是诗界闻人，而非学界权威，此文发表后并未引起人们重视。但是，由于这是新的学理（文化人类学）与旧的方法（训诂）相结合的研究，方向、路子合理，闻一多后来的研究其实都是这一初试的

① 方氏本不同意闱词之论，上面是退一步之说。

发展、深入。

《〈新·新台〉“鸿”字说》刊于1935年7月的《清华学报》第10卷第3期，这是对《邶风·新台》“鱼网之设，鸿则离之”的“鸿”字的考证，很得学界推崇，郭沫若后来在为闻氏《全集》作序时，就举以作“细密新颖地发前人所未发的胜义”的二例之一。这可看成是闻一多在考据上的头角初露，至一年半后载《清华学报》第12卷第1期的《诗经新义》，此类考据工作已做得非常纯熟了。

此后，闻一多陆续发表了《诗经通义》。[①]《诗经通义》（召南）的改定稿发表在1943年10月的《中山文化季刊》第1卷第3期。全稿收入开明版《全集》，又有《邶风》14篇。今湖北版《全集》以《诗经通义甲》命名。

闻一多以训诂为主而兼求篇义的大量未定、未刊稿，经整理，收入湖北版《全集》第4卷，其体例近于开明版《诗经通义》，故定名为《诗经通义乙》。原稿分四卷，今按《毛诗》编次加以合并，不分卷。《诗经通义乙》篇幅最大，共对171首作品择词施训，虽未及《诗经》全部，亦已逾泰半。这应是闻先生对《诗经》词义训诂的集成之作，不但引用字词工具书甚多，史传和集部亦援引诸多例证，胡承珙、马瑞辰等清人所著，以及近人林义光等人的见解，亦多参照，进而辨析、论证，以求字词真义，亦涉诗旨探求。可以认为，他的《诗经》研究，愈至后期就愈重考据，在这方面的成就也愈高。

据王瑶《念闻一多先生》所说，1934年闻先生授诗经课，有编一部《诗经字典》的打算，“并要求班上的学生各在《诗经》中选一个字，然后把所有各篇中有这个字的句子都集中起来，按照句法结构把它分为几类，然后再从声和形的两方面来求义，并注意古代廋辞的用法和含义。”[②]新版《全集》将其未完成的手稿《诗经词类》收入，从体例看近于上说而不相同。此著收入40个字，按所属韵部排序，每字按词性（如名词、形容词、连词、副词、内动词、外动词等）排列例句。倘能写成，是很好的《诗经》工具书，惜未完成。又《诗风辨体》系按四言、杂言编次的风诗，系清华大学讲义，今略去白文经文，仅余目录，收入新《全集》第4卷。

闻一多先生研究《诗经》，在字词训诂上着力最多，所著如前所述，既汲取历代研究成果，又经自己苦心研究，出以新见，颇见集成之势。但他认为，训诂只是研究的基础工作，要做到真正的文化还原，远非可以止步于此。1935年9月15日，他在天津《大公报》“文艺”副刊第9期，发表《卷耳》一文，认为《周南·卷耳》是一首平实的诗，可是毛、郑解释得一团糟，朱熹称是怀远子，杨慎竟认为是“后妃思文王之行役”，他为此提出“名实相副”“多懂点诗”的原则，他比较汉、宋、清人之别，肯定了宋人“经”而兼“诗”的较汉人进步之处，又说：“后来经

---

① 据《年谱长编》，其中的《召南》曾部分发于1937年1月《清华学报》第12卷第1期，见《长编》674页，应与《诗经新义》同时。

② 参见《长编》461页。

过明人，经过一部分清人，如姚际恒、崔述、方玉润等，以至于近人，《诗经》中诗的成素被发现的似乎愈来愈多。顾名思义，研究《诗经》说不定还当以这一流为正宗。”所以，他又努力于将《诗经》作为诗来研究。《匡斋尺牍》、《风诗类钞》、《说鱼》即属于这一类。

《匡斋尺牍》载1934年《学文月刊》第1卷第1、3期，后收入开明版《全集》，共10节。续作4节为梁实秋所藏，与前者一起编入新版《全集》第3卷。此著本着要“真”，不要“神圣”，了解“诗人”而非“圣人”之旨，论《芣苢》、《狼跋》、《兔罝》三诗，这是在训诂基础上的文学的研究，是对文学的文化学、社会学研究，体现出闻先生《诗经》研究的独创性。

《风诗类钞》在开明版《全集》中已有甲、乙之分，新版《全集》一仍其旧。此著写作年代不详，甲、乙二编共将199首诗抄录并释词，亦涉诗旨推求。从字词训诂角度看，远不及《诗经通义》精详，值得注意的是《序例提纲》及作品编排。在《序例提纲》中，闻一多将经学的、历史的、文学的批评视为“旧的读法”，明确提出“本书的读法——社会学的”，故将《国风》作婚姻、家庭、社会三大类目的重行编次。其“可当社会史料文化史料读”，“对于文学的欣赏只有帮助无损害”二语，实可摘出“社会”、“文化”、“文学”三个“关键词”，实即对《国风》进行社会学、文化学、文学的研究。关于“带读者到《诗经》的时代”的文化还原，除语言工具的“用语体文”外，还声明用考古学、民俗学、语言学的方法。因诗乐相表里，又提出歌体、诗体、综合体的读法区别；还强调对象征廋语、谐声廋语等古诗特有技巧的注重。这一《序例提纲》可以看作是闻一多对《诗经》进行综合研究的宣言，而《风诗类钞》则是研究的初绩，虽因后来的投身民主运动及早逝，使他的综合研究设想未得全部实现，但已昭示了方向，一些单篇论文更是上述方法实践的结果，有着独特的价值。

论文《说鱼》是18年前《诗经的性欲观》的继续，是个案研究，却发掘出深厚的文化积淀，辅以大量的民歌民谣，是对《诗经》中生殖崇拜的权威论证。而编入新版全集《神话编》的《姜嫄履大人迹考》、《高唐神女传说之分析》，实发端于《诗经》而兼及神话，或更及于《楚辞》，是对民族始祖和文学人物的重要的文化发秘。

下面，我们不准备对闻先生关于《诗经》的论著作逐一述评，而从他的研究所具备的独特的文化视角，阐发他的独到的贡献。

（一）好色而淫

——《诗经》研究的重要发覆

《诗》自成为《经》之后，就被政教观所左右，汉代虽有四家诗之别，清人程廷祚却通观四家而言之："汉儒言诗，不出美刺二端"①，这真是一语中的之论。这样，当然就不能真正把握作品的题旨。宋儒欲破汉学藩篱，多疑《诗序》，欧阳修作《诗本义》，最先攻《序》，郑樵、程大昌攻之尤力，朱熹《诗集传》、《诗序辩说》，动摇了《毛诗》传统。但是，朱熹的训诂不逮汉儒，在以情论《诗》同时仍然难以挣脱《毛诗》桎梏。清代考据学大兴，以汉学斥宋学，在文字训诂上，成就更逾于汉，反《毛诗》的姚际恒、方玉润、魏源、崔述等，对《诗经》作为文学的认识，远非古人可比。闻一多在《卷耳》一文中，肯定了姚际恒等人对《诗经》中"诗的成素"的发现，而前此八年，他对《诗经》已有重大的文化发现，这就是在《诗经的性欲观》这篇论文中，对"国风好色而不淫"作了重要的发覆。

闻一多在这篇论文的开头，就批评淮南王刘安将孔子说的"《关雎》乐而不淫，哀而不伤"不恰当地扩充为"国风好色而不淫，小雅怨诽而不乱"，举清人江永、崔适怀疑孔子未尝删《诗》之论，以证他们"大概看着国风淫得太不成话"。既然前辈尚未免传统束缚而不乏曲解，却已觉《诗经》言淫不可讳言，现在我们"用完全赤裸的眼光来查验《诗经》"，就应是看出其"好色而淫"了。

闻一多在文中说：

> 我们在什么时代？《诗经》的作者在什么时代？如果从我们眼睛里看不出《诗经》的淫，不是我们思想有毛病，便是《诗经》有毛病……《诗经》时代的生活，我们既知道，没有脱尽原始人的蜕壳……那么，用研究性欲的方法来研究《诗经》，自然最能了解《诗经》的真相。②

他认为，《诗经》表示性欲的方式，可分为五种：明言性交，隐喻性交，暗示性交，联想性交，象征性交。然后分文章为五部分而分别论之。

闻一多揭示《诗经》中之明言性交，先抓住了《召南》中的《草虫》。此诗三小节，每小节7句，其中第5句"亦既觏止"，三小节全有。这关键的"觏"字，一般作"遘"、"逅"解，即遇见之意；又通"构"，解作构成。然而《郑笺》引《易》曰："男女觏精，万物化生"，自有其特殊意义。闻一多在后成的《诗经通义乙》引用较详："《笺》：'既见谓已同牢而食也，既觏谓已昏也……《易》曰男女觏精，天地化生。'《系辞》下传作构。"又引张衡《灵宪》："动以行施，静以合化，堙郁构精，时育庶类。"③ 在此文中他如此分析："古代昏礼，主人（即新郎）和新妇先要用过'同牢之馔'，然后有人'御衽席于奥'，然后'主人入，亲脱妇缨，烛出……'这诗里'亦既见止'便指同牢时的相见。有人又释觏为见，同牢时

① 《诗论十三》，《金陵丛书》本《青溪集》卷二。

② 《全集》3卷169—170页。

③ 《全集》4卷31—32页。

既然见了，再讲见，岂不重复了吗？其实她的愿望，不是空空见一见，就够了；他必待‘亦既觏止’，然后她那像阜螽趯趯跳着的心，才‘则降’，‘则说’，‘则夷’了。”他又说：“《仪礼》乡饮酒，射燕诸礼都要奏二南的六诗，偏抽去《草虫》，理由何在？惠栋以“其言近亵”解释，而《诗序》偏说“能以礼自防”，故为之反问：“不知道那不能以礼自防的，还要亵到什么程度！”①

由于孔子有“郑声淫”之说，班固又从环境解释淫风成因，闻一多遂从“篇篇是讲恋爱”的郑诗中，找出了讲到性交的《野有蔓草》和《溱洧》二首。他以《周礼》所说的“仲春之月，令会男女之无夫家者”作为理解诗意的背景，在这种尽情娱乐，男女互相挑选而有属意之后，夜深之时，露珠缀满草地，笑声变成絮语，絮语入于寂默，“他们的灵魂也消灭了，这个的灵魂消灭在那个的灵魂里。停了半天，他才叹一声：‘适我愿兮！’‘与子皆臧’也许是她的回答。”闻一多以其诗人之笔作情景设想，写得非常生动。他转而批评：“毛亨偏偏不做美，硬派那‘零露漙兮’，‘零露瀼瀼’是反兴‘君子恩泽不流下’，真是‘匪夷所思’的怪话。”对关键的“邂逅相遇”四字，他认为陈奂依《绸缪》将“邂逅”作“解觏”是对的。而《淮南子·俶真》篇的“孰有解搆人间之事”，高诱注云：“解搆，犹合会也。搆与觏通。”至于“逅”，《五经文字》亦作“觏”。于是总结道：“再证之‘男女觏精’，则邂逅本有交媾的意义。《尔雅·释诂》：‘觏，遇也。’然则遇字也有同样的意义。这样看来，‘邂逅相遇’，不是邂逅，便是遇，总有一个是指性交那回事的。”② 后来他在《诗经通义乙》中将“邂逅”修正为“结合”③，释“遇”为“偶”，即配合之意，但所举《易》之四例，仍重在“交”、“感”二字。④

《溱洧》一诗，闻一多认为孔颖达发挥其义最为详尽。他引孔氏所说：“溱水与洧水春冰既泮，方欲涣涣然流盛兮。于此之时，有士与女，方适田野，执芳香之兰草；既感春气，托采香草，期于田野共为淫佚……维士与女，因即其相与戏谑，行夫妇之事……”对诗中的“谑”字，他以“性的心理中，有一种以虐待对方，同受虐待为愉快之倾向”来解释，援例甚丰，最后得出“谑字可见也有性欲的含义”的结论。⑤

闻一多又举《齐风·东方之日》是“实指性交”，谓诗中“履为发兮”是“偷偷地走来，和我举行夫妇之事”。⑥ 而“曹风的《候人》也是实指性变的。”诗中的“彼其之子，不遂其媾”，他认为“欧阳修主张‘媾’是婚媾之媾，离交媾之媾已经很近了。”然后以诗中的“朝隮”即虹，是性交的象征，水鸟不捕鱼，是男不找女

① 《全集》3卷171页。
② 《全集》3卷172页。
③ 《全集》4卷67、68页。
④ 《全集》4卷216页
⑤ 《全集》3卷173—174页。
⑥ 《全集》3卷174页。

行乐，“把‘媾’、‘朝隮’和水鸟在梁的涵义讲清楚了，《候人》的内容便解决了一大半”。他在驳斥《毛传》所说，和部分肯定魏源所析后，指出此诗应是表现青年男女的性饥渴。①《候人》一诗，他后来在《高唐神女传说之分析》，作了更详尽的研究，这里就不赘言了。

论文的第二部分，论《诗经》中的隐喻性交。

闻一多先就“虹”的话题，援古籍所载11例，虽其中或有夫妻正当交合，或系男女苟合，但是，虹都是象征性交的。由于古时虹、云、电的分不清楚，到宋玉《高唐赋》就有“旦为朝云，暮为行雨”，“于是雨又渐渐独立的成为性交的象征”。②

虹、雨之后，闻一多再论《齐风·东方未明》，指出“折柳樊圃，狂夫瞿瞿”二句，“陡然看起来，实在有点文气不接。”他如此解释道：“殊不知《诗经》里使用这种手段的时候极多。凡是诗人想到那种令人害羞的事体，想讲出来，而又不敢明讲，他就制造一种谜语填进去，让读者自己去猜——换言之，那就是隐喻的表现方法。”又举《谷风》的“毋逝我梁，毋发我笱”，《伯兮》的“其雨，其雨，杲杲日出”以证。在他看来，“折柳樊圃”之与性欲有关，可从《将仲子》的“无踰我墙，无折我树桑”、“无踰我园，无折我树檀”得到旁证，《将仲子》为淫奔之诗，《东方未明》也差不多。③

在这一节，闻先生详尽地分析了“笱”字的隐喻意义。他说：“诗人屡次讲到捕鱼的笱，实在不是指笱的本身，是隐喻女阴的。”他先从《说文》之释义及程大昌《演繁露》引《唐书·王君廓传》，归纳隐喻之神似。又从训诂上研究笱字，归纳出“笱”的“从竹句，句声”之“句”，有“曲折”、“富于弹性”、“能稽留他物”的三个特点。进而就《小雅·鱼丽》的“鱼丽于罶”之“罶”为“曲梁寡妇之笱”，及孙炎、欧阳修进一步解释，推断出“寡妇之笱”“乃是那一种‘其功易’的笱，像寡妇的性部一样，易入而难出”。然后“从笱句的声音，想到‘媾’‘覯’和许多从这些字引申出来的字”，他据丁以此《毛诗字分韵》列出在“侯部”的四组，认为第一类形似女阴，第二类指女阴作用及与性交相近的各种意义，第三类是从性交转变出来的意义，第四类仅一“枸”字，亦相关。用以上所释读《敝笱》一诗，闻一多就可以解释得非常准确了。④

此节最后，再论与情诗、淫诗相关的风和雨。闻一多举《谷风》、《北风》、《风雨》的风雨并提诸例，认为：“雨既含有性的意义，或许风间接的也和性发生关系了。”他从《终风》、《凯风》、《晨风》、《匪风》“都是从风讲到爱情或性欲”，努力去探索“风”字的秘密。就古人释《尚书·费誓》、《左传·僖四年》的“马牛其

---

① 《全集》3卷175、176页。

② 《全集》3卷179页。

③ 《全集》3卷180页。

④ 《全集》3卷180—182页。

风”，“风马牛不相及”，以“牝牡相诱谓之风”，再综合《释名·释天》之见，认为：“风便是性欲的冲动。由牝牡相诱之风，后来便引申为‘风流’、‘风骚’之风，也都含有性的意味。”①

虹、雨、风、笱的隐喻意义已如上述，有些观点，他在后来的研究中有进一步阐发，他对“风”的释义，曾给听课的学生留下深刻印象。②

关于暗示性交，闻一多认为《野有死麕》、《桑中》、《载驱》等皆是，他尤其敢对“东人欲留周公不得，心悲而作是诗以送之”（方玉润《诗经原始》语）的《九罭》质疑，声称“要污蔑圣人一下”。他用类似今日电影中的情侣相追镜头传达诗意，认为诗中是一位多情的小家碧玉欲留住一位达官贵人，至于是否为周公本无关系。当然，闻一多所说的调情的铁证或并非那样“铁”，疑古而勇作多向性理解，且又讲得通，对于盲从来说也应是有益的挑战。

第四类的联想性交，闻一多举情诗《小星》、《大车》、《葛生》的“说到同床共枕之事”，认为“难免不近于秽亵”。尤其详析《齐风·鸡鸣》、《卫风·芄兰》及著名的《桑中》、《东门之枌》，认为《鸡鸣》的赖床不起，《芄兰》的急色妇人想与童子狎玩，《桑中》的男性垂涎女性，想吃天鹅肉，《东门之枌》更公开讲到阳具③，认为都有那层联想。以现在的研究来看，此或太过，然而这些多为情诗，有此联想，亦非纯然外加。

最后一节论象征性交的诗。闻一多说：“我屡次的声明过我所谓象征的表现方法，是出于诗人的潜意识。那么，假如有人要认为这种作品太伤风化了，我可以替诗人辩护一句，一个人的潜意识要活动起来，他自已实在不能负责任。做诗的人不能负责，那么这责任就该轮到讲诗的人身上来了罢？那也未始不可。”④ 可见，他是准备负这个责任的。他引宋朝黎立武的话，说明少、长读诗体会不同，“一读之而生忠心，一读之而生淫心者，岂其诗有二乎，解之者之故也。”⑤ 既然象征出于诗人的潜意识，接受者的解读，也调动了潜意识，闻一多认为从前的人即使认出了淫诗，也因顾全身份、名誉而不敢讲，如今不同了，所以自己敢于讲了。他说，《大叔于田》可看作性交的写照，《鹊巢》、《谷风》、《叔于田》、《清人》、《猗嗟》、《小戎》诸诗，都可找出。而唐代韩愈《送李愿归盘谷序》篇末的四言诗，和鱼玄机的《打毬作》，更是象征性交的最好例子。

平心而论，对闻一多这些看法，我们很难赞同，《大叔于田》怎样看都是写猎者，韩愈、鱼玄机所作，实难与性交挂上钩。这或许是要完成论题而过于深求，遂造成“看朱成碧”的现象吧。

---

① 《全集》3卷183—184页。

② 见前引王瑶《念闻一多先生》文。

③ 注明系顾颉刚《古史辨》收罗典《说诗》一文的观点，后《诗经通义乙》未取此说。

④ 《全集》3卷188页。

⑤ 《全集》3卷188页。

即使有偏差，有太过之处，亦诚如闻先生所说：

……读者读完了这篇文章，不要忘了我的主意是要证明《诗经》的时代虽然出了几个圣人（了），却还不是什么黄金时代。前面讲了，《诗经》时代的生活，还没有脱尽原始的蜕壳。现在我还要肯定地说一句，真正《诗经》时代的人只知道杀、淫。一部《左传》简直充满了战争和奸案。《左传》里的人物，是有理智、讲体面的上层阶级，尚且如此，那《诗经》里的榛榛狉狉的平民，便可想而知了。不管十五国风里那大多数的诗，是淫诗，还是刺淫的诗，即使退一步来讲，承认都是刺淫的诗，也得有淫，然后才可刺。认清了《左传》是一部秽史，《诗经》是一部淫诗，我们才能看到春秋时代的真面目。

由于我国传统的尊古、尚古意识的主导、支配，历代的思想家、文学家即使在革新之时，亦树起复古的旗帜。正如德国社会学家恩斯特·卡西尔《人论》所说："中国是标准的祖先崇拜的国家，在那里我们可以研究祖先崇拜的一切基本特征和一切特殊意义。"①闻一多将经过"圣人""点化"的"经"，还原为诗，揭示其原始面目，由"善"而还原为"真"，的确是《诗经》研究的重要发覆。这不是简单的文学进化论可以包办的，而是本位文化与外来文化相结合，运用多种方法进行综合研究的结果。所论并非全部正确，展示的研究方向却是崭新的、正确的。

（二）寻找生殖崇拜之迹

闻一多先生"用'诗经时代'的眼光读《诗经》"，对其中生殖崇拜的揭示，是对以性欲观研究《诗经》的必然发展。二者虽常不可分，其理论基础却有着弗洛伊德的泛性论与恩格斯"种的蕃衍"说的不同。

根据人类学家的研究，生殖崇拜曾普遍存在于新石器时代的历史发展之中。恩格斯曾深刻指出："根据唯物主义观点，历史中的决定性因素，归根结蒂是直接生活的生产和再生产。但是，生产本身又有两种。一方面是生活资料即食物、衣服、住房以及为此所必需的工具的生产；另一方面是人类自身的生产，即种的蕃衍。"②无论是生活资料的生产，还是人类自身的生产，都与生殖崇拜有关。考古发现，在从法国南部到西伯利亚一带，欧洲相当广泛的地区，都曾在史前洞穴发掘出女性裸体雕像，亚洲亦然，学者们认为，这是"母神崇拜"的实证。"母神崇拜"主要是生殖崇拜的体现，即当时人们企求蕃衍、增加生育，以增进人类自身的再生产，与自然力相抗衡。再者，又与"母神"象征丰产，与求得增加粮食作物的巫术相关。

① 《人论》，上海译文出版社1985年版109页。

② 《家庭、私有制和国家的起源·第一版序言》，《马克思恩格斯选集》第4卷2页。

在我国，辽宁喀左东山嘴的红山文化遗址，也有此类塑像出土。两像发现于该遗址的椭圆形祭坛附近，右臂已残缺，腹部鼓出，臀部硕大，并有表现女阴的标记。这与1908年在奥地利的维伦多尔夫发现的女性雕像相似，该像亦鼓腹丰臀，属旧石器时代晚期，被称为“维伦多尔夫的维纳斯女神”。河北滦平出土八尊女性石雕像，被确认年代为距今6620余年。除其中一尊为人兽合一外，其余七尊均为裸体孕妇形象。最大者高32.7厘米，最小者高9.5厘米，均为辉绿岩和辉长岩精雕而成。此外，辽宁牛河梁、内蒙古林西县亦有类似的雕像发现。由上可知，“母神崇拜”确曾普遍存在过。

闻一多为准备讲授上古文学史，曾广泛阅读了中外关于社会学、人类学的专著，除摩尔根的《古代社会》以外，还研究过恩格斯的《家庭、私有制和国家的起源》①，这无疑为他的研究奠定了历史唯物主义的“求真”基础。闻一多曾深有感触地说过：

> 在今天要看到《诗经》的真面目，是颇不容易的，尤其那圣人或“圣人们”赐给它的点化，最是我们的障碍。当儒家道统面前的香火正盛时，自然《诗经》的面目正因其不是真的，才更庄严，更神圣。但在今天，我们要的恐怕是真，不是神圣。（真中自有着它的神圣在！）②

他还《诗经》真面目，揭示其生殖崇拜内涵的一个显例，就是对《周南·芣苢》的分析。

《芣苢》三章，每章4句，共12句，三章中除每章次句和第4句各更换一字外，余皆相同，很典型地体现出《诗经》重章叠句的特点。“……字句纵然都看懂了，你还是不明白那首诗的好处在那里。换言之，除了一种机械式的节奏之外，你并寻不出《芣苢》的‘诗’在那里——你只听见鼓板响，听不见歌声。在文字上，唯一的变化是那六个韵脚，此外，则讲来讲去，还是几句原话，几个原字，而话又是那样的简单，简单到幼稚，简单到麻木的地方。艺术在哪里？美在哪里？情感在哪里？诗在哪里？——你该问。”③ 闻一多从“芣苢”的释名入手，指出传说中的禹母吞薏苡而生禹的“薏苡”就是芣苢，而古籍中所说芣苢“宜子”的功能，是因这一故事而产生的一种观念。他以音韵学知识证“芣苢”的本意就是“胚胎”，“先从生物学的观点看出，芣苢既是生命的仁子，那么采芣苢的习俗，便是性本能的演出，而《芣苢》这首诗便是那种本能的呐喊了。”“结子的欲望，在原始女性，是强烈得非常，强到恐怕不是我们能想象的程度。不信，看《三百篇》便知道。例如《螽斯》、

① 见萧荻《我们应当写闻一多颂》，载《闻一多纪念文集》。
② 《匡斋尺牍》，《全集》3卷199页。
③ 《匡斋尺牍》，《全集》3卷202页。

《夭桃》、《椒聊》不都是这样欲望的暴露吗？这篇《芣苡》不尤其是母性本能的最赤裸最响亮的呼声吗？”“再借社会学的观点看。你知道，宗法社会里是没有‘个人’的，一个人的存在是为他的种族而存在的，一个女人是在为种族传递并繁衍生机的功能上而存在着的。如果她不能证实这功能，就得被她的侪类贱视，被她的男人诅咒以致驱逐，而尤其令人胆颤的是据说还得遭神——祖宗的谴责。”① “这样看来，前有本能的引诱，后有环境的鞭策，在某种社会状态之下，凡是女性，生子的欲望没有不强烈的。”② 这样解释《芣苡》，确实是找到了解开其深层涵义的文化密码。

前人释《芣苡》，《诗序》既言“后妃之美”，又说“和平，则妇人乐有子矣”；朱熹不为《诗序》左右，其《诗集传》释此诗是“化行俗美，家室和平，妇人无事，相与采此芣苡，而赋其事以相乐也。”而被后人广为引用的方玉润《诗经原始》论此诗之语：“……田家妇女，三三五五，于平原绣野，风和日丽中，群歌互答……”实是朱熹所见的发挥。现今的论者，亦多从此说。闻一多重溯源头，是要找到上古生殖崇拜的深层积淀：“本来芣苡有宜子的功用……说《诗》和鲁、韩、毛各家，共同承认，本草家亦无异议。只近人说《诗》才有放弃此说的。现在我把这观念的源头侦察到了，目的不定是要替古人当辩护，而是要救一首诗。”③ 他综广义语言学、生物学、社会学为一体的剖析，确使人深为信服。至如从继论薏苡与芣苡，由采芣苡的风俗出于禹母的传说，论证《周南》作者为夏禹之苗裔或近亲，辅以《吕氏春秋·音初篇》所言为旁证，也是研究《诗经》的一个值得注意的发现。但因与我们的论题无关，兹不赘言。

闻一多在释《芣苡》时，曾辨许慎在《说文》中释“咅”字“从言从中”之误，指出其字形当作从下二“○”，“”应专指蒂言，“○”是代表花子，两个“○”自然是表示子多。抓住这一关键，“咅”“音”都从“不”，就可证“蓍苡”或“菩苡”便是“芣苡”。“多子”不仅是芣苡，由这一植物中所透视出的信息，还可用以观照他物。他在《风诗类钞甲》中释《唐风·椒聊》时说：“椒即花椒。草木实聚生成丛，古语叫作聊，今语叫作嘟噜。‘椒聊之实，蕃衍盈升’，是说一嘟噜花椒子儿，蕃衍起来，可以满一升。椒类多子，所以古人常用来比女人。椒类中有一种结实聚生成房的，一房椒叫作椒房。汉朝人借‘椒房’这个名词来称呼他们皇后所住的房室，正取其多子的吉祥意义。”④ 释《陈风·东门之枌》亦谓“莍，椒结实成莍，与聊同义。”⑤“男对女说‘我看你像一个花椒嘟噜一样，你定能给我一把花椒子儿’，意思是说你将来定能替我生许多子息。”⑥ 应该说，这的确是

① 《匡斋尺牍》，《全集》3卷205页。
② 《匡斋尺牍》，《全集》3卷206页。
③ 《匡斋尺牍》，《全集》3卷204页。
④ 《全集》4卷477页。
⑤ 《全集》4卷477页。
⑥ 《全集》4卷478页。

对其中文化底蕴的正确探寻。他在《匡斋尺牍》中说："……'多识草木鸟兽之名'，未必能懂诗。如果孔子所谓'名'是'名实'之名，而他所谓识名，便是能拿'名'来和'实'相印证……识名的工夫，对于读诗的人，绝不是最重要的事。须知道在《诗经》里，'名'不仅是'实'的标签，还是'义'的符号……所以识名必须包括'课名责实'与'顾名思义'两种涵义，对于读诗的人，才有用处。"①闻一多在其《诗经》研究中，这种精神是一以贯之的，多学科的综合应用使之往往能探索出新义，以上数例，即可见之。

与生殖崇拜相关，最为密切的就是性本能。闻一多在剖析《芣苢》时，已指出"采芣苢的习俗，便是性本能的演出，而《芣苢》这首诗便是那种本能的呐喊了。"②长期以来，《诗》成为《经》，温柔敦厚，中正和平，甚至被看成道德教本，故后人心中之《诗》义，离其本意甚远，更遑论其蕴涵之原始意义。闻一多在研究《诗经》的过程中，常能辨析其中性本能的表现，还其原来面目。如《曹风·蜉蝣》，《诗序》谓为"刺奢"之作，闻一多《风诗类钞甲》却将此诗中的关键词"忧"不释为忧患之情，而释为"忧字本训心动，诗中的忧往往指性的冲动所引起的一种烦躁不安的心理状态，与现在忧字的涵义迥乎不同。"③因此，在解释三章的末句"于我归处"，"于我归息"，"于我归说"时，不取《诗序》"将无所依焉"之说，并不认为是曹大夫之流对行将没落的前途之悲叹，而认为"处，息，说，都有住宿之意。"并说："这三句等于说'来同我住宿罢!'这样坦直，粗率的态度，完全暴露了这等诗歌的原始性。"同样，对《卫风·有狐》中的"忧"，亦持此说。《诗序》认为《有狐》是"刺时"之作："卫之男女失时，丧其妃耦"，《郑笺》以其"欲与为室家"，基本都不错，但闻一多进而深发其意："眼看见心爱的人溏着水过来和自己相会，断无忧愁、忧伤的道理，这忧字也是该依照它的本义训为心动的。"④所说是可信的。

类似的见解还多处可见。《风诗类钞甲》释《王风·丘中有麻》的"其将来施"："古书说'天施地生'，又说'阳施阴化'，就是这施字的正解。"⑤在《诗经通义乙》中更益以自《易》至《论衡》六例，解为"交合"⑥，而此诗中"其将来食"的"食"，和《唐风·有杕之杜》"中心好之，曷饮食之"的"食"，闻一多都释为同一语义，即"饮食是性交的象征廋语"⑦，后者又证以"古人说牡曰棠，牝曰

---

① 《全集》3卷203—204页。
② 《全集》3卷205页。
③ 《全集》4卷461页。
④ 《风诗类钞甲》，《全集》4卷462页。
⑤ 《风诗类钞甲》，《全集》4卷462页。
⑥ 《全集》4卷90页。
⑦ 《全集》4卷473页。

杜，果然如是，杜又是象征女子自己的暗话。”[①] 《周南·汝坟》首章之“惄如调饥”，闻一多释“调”为“朝”，并谓“朝饥”是性的饥渴。鱼，象征廋语，此处喻男。[②] 后来所写的《说鱼》一文，再申此意。在《诗经通义甲》中，他排比《汝坟》的“惄如调饥”，《陈风·衡门》的“可以乐饥”，《曹风·候人》的“季女斯饥”，以及《笺》、《传》诸说，明确指出：“古谓性的行为曰食”，“性欲未满足时之生理状态曰饥，既满足后曰饱。”“且《诗》言鱼，多为性的象征，故男女每以鱼喻其对方。”并以后人诗中所言“饥”、“饱”与《诗》义互证，最后又指出：“要之，‘调饥’谓性欲之饥，‘鼌饱’谓性欲之饱，‘朝食’谓性欲之食。其单称饥若食者，乃‘调饥’‘朝食’之省。旧解皆失之。”[③]

闻一多的这些见解对不对呢？现今的《诗经》论者，在论述诸如《有杕之杜》时，多弃古人的求贤、求食说，而取闻一多的求爱说，但对“饮食是性交的象征廋语”却不敢苟同。我们认为，既然周代有过“仲春之月，令会男女；于是时也，奔者不禁”[④] 的事实，而“桑间濮上”之“桑”，又具有“桑山之林，能兴云作雨”[⑤] 之意，桑林为男女野合的场所，《丘中有麻》之在麻林中等候“其将来食”，释之为“性”，似较“将有意其来以就食而互相为礼”[⑥]，供情人“以饮食颐养之”[⑦] 的释之为“食”，更令人信服。既然近现代民歌中都不乏表现“性”的内容，甚至有露骨的色情描写[⑧]，作为民歌之祖的《诗》中《国风》，以廋语表现性欲，亦非奇怪之事。

对与性欲密不可分的性器问题，闻一多也给予了足够的重视。《诗经通义甲》释《野有死麕》的“无感我帨兮”时，已涉及此题。《野有死麕》明白无误地表现了“有女怀春，吉士诱之”的主题，《毛传》谓此诗之旨是“恶无礼也”，可谓不值一驳，《郑笺》所说的“疾时无礼，强暴之男相劫胁。奔走失节，动其佩饰”，也显与诗中“舒而脱脱兮”[⑨] 的口吻、情节不合。闻一多将注意力给予了“帨”字。他详引古籍，以明“帨”之为物，指出“是帨与市、韨、韠，亦总为一物。”又说：“《五经要义》曰‘太古之时，未有布帛，人食禽肉而衣其皮，但知蔽前，未知蔽后。’案近世社会人类学家咸谓加饰于前，所以吸引异性之注意，是衣服始于蔽前，名曰蔽之，实乃彰之。《太平御览》六四五引《慎子》曰‘有虞氏之诛，以幪巾当墨，以草缨当劓，以菲履当刖，以艾韠当宫。’韠可当宫者，以其为性器官之象征

① 《全集》4 卷 473 页。
② 《全集》4 卷 472 页。
③ 《全集》3 卷 311—313 页。
④ 《周礼·媒氏》。
⑤ 《淮南子》高诱注文。
⑥ 方玉润《诗经原始》。
⑦ 陈子展《诗经直解》卷六，复旦大学出版社 1983 年版 227 页。
⑧ 可参见郑振铎编《中国文学研究》中有关文章。
⑨ 余冠英《诗经选》译为“慢慢儿来啊，悄悄地来啊”，甚恰。

也。此最足代表蔽之即所以彰之之心理……《礼记·内则篇》曰‘女子生，设帨于门右。’盖帨所以象征女性，故设帨以纪念女子之生。《诗》言‘无感我帨兮’，亦以此物之具有象征意义，故视同神圣，而戒人之犯之也。虽然，诗人之义，微而隐，蔽之既即所以彰之，又焉知戒之非即所以劝之哉?”① 我们对“戒之”或“劝之”的心理可暂置不论，这里所道出的性器象征，却是一个难以回避的问题。

在《诗经通义甲》释《汝坟》时，更明确指出：“野蛮民族往往以鱼为性的象征，古代埃及、亚洲西部及希腊等民族亦然。亚洲西部尤多崇拜鱼神之俗，谓鱼与神之生殖功能有密切关系。至今闪族人犹视鱼为男性器官之象，所佩之厌胜物，有波伊欧式（Boeotian）尖底瓶，瓶上饰以神鱼，神鱼者彼之某神赫米斯（Hermes）之象征也……疑我国谣俗以鱼为情偶之代语，初亦出于性的象征。容续考之。”② 后来所成的《说鱼》一文，虽未进一步论证鱼为性之象征，但所论的系统性、科学性，所援例证之丰富，使由《诗经》引起且延续不已的男女性爱主题，得到了非常深刻的研究，由此涉及、引发的性别象征问题，亦给后人以启迪，催生出新的研究成果。

《说鱼》写成于1945年5月，原载《边疆人文》第2卷第3、4期。文中共论六个问题：什么是隐语，鱼，打鱼（渔）钓鱼，烹鱼吃鱼，吃鱼的鸟兽，探源。文章由隐语的定义和功用入手，引出中国以“鱼”来代替“匹偶”或“情侣”这一隐语，然后引《周易》、《左传》、《诗经》、《管子》、乐府诗，直到众多的民歌，证鱼作为情侣的隐语无虚，而打鱼（渔）、钓鱼则是求偶的隐语，烹鱼或吃鱼喻合欢或结配，至如吃鱼的鸟兽（鹈鹕、白鹭、雁、獭、野猫），则是主动方面，鱼为被动方面。在以丰富的例证说明以上看法之无可辩驳后，闻一多在此文最后的《探源》中，作出了文化意义的解释：

> 为什么用鱼来象征配偶呢？这除了它的蕃殖功能，似乎没有更好的解释，大家都知道，在原始人类的观念里，婚姻是人生第一大事，而传种是婚姻的唯一目的，这在我国古代的礼俗中，表现得非常清楚，不必赘述。种族的蕃殖既如此被重视，而鱼是蕃殖力最强的一种生物，所以在古代，把一个人比作鱼，在某一意义上，差不多就等于恭维他是最好的人，而在青年男女间，若称其对方为鱼，那就等于说：“你是我最理想的配偶！”③

虽然“文化发展的结果，是婚姻渐渐失去保存种族的社会意义，因此也就渐渐失去蕃殖种族的生物意义”，但是，“任何人都是生物，都有着生物的本能，也都摆不脱生物的意识，我们发现在世界的别处，这生物的意识，特别发达于各野蛮民族

① 《全集》3卷339—340页。
② 《全集》3卷315—316页。
③ 《全集》3卷248页。

和古代民族间，正如在中国，看前面所举各例，汉族中，古代的多于近代的，少数民族的又多于汉族的。这里揭露了在思想上，‘文化的人’和‘生物的人’的区别。”① 在这简明的论述中，挑开了历史的重重帷幕，由“文化的人”返视“生物的人”，由数十首民歌上溯先秦古籍，“鱼”这一“原始心象”的演变中，一直复现着远古祖先的“心理残迹”，闻一多对生殖崇拜的深层积淀之发掘，确实是重要的文化发现。而他这一研究方向和方法，也启发了后人如何去打开思路，去发掘传统艺术形象中所隐藏的深层意义。

闻先生以鱼“初亦出于性的象征”，但“容续考之”的愿望却终未能竟。当代的研究者继续了这一工作，作出了令人信服的考察结论。他们指出：闻先生《说鱼·二、鱼》一节征引诗歌凡五十二例，其中可确指为以鱼喻男的三十三例，以鱼喻女者十例，泛喻爱情或双方者九例，可见以鱼喻男者为绝大多数，闻先生《高唐神女传说之分析·一、候人诗释义》引例中亦趋此势。以当代陕西民歌言，所举六例均系以鱼喻男，可看作鱼主要是喻男。他们以陕西乡俗艺术为据，从五方面证明鱼是男之性器指代，而以鱼喻女者，其基本动机在于以摆子（排卵、回游）表喻女之性机能。他们的研究兼及鸟与莲，结论在前者为男阴，后者为女阴，并清楚地说明，这一研究是受到了闻先生的启发。兹录他们归纳出的四个表式：

鱼—男性情偶—男性器官—男性机能—男子—生命之祖
　（与雌鱼或花相对应时）（吐子、吐水、穿花）
鱼—女性情偶——女性机能——女子——生命之祖
　（与雄鱼或鸟相对应时）（仰浮或兼腹出莲花）（鱼变娃）

鸟—情偶—情偶中主动一方—男、男性器官—生命之祖
　（噬鱼、鸟花、穿花）（鸽变娃、吞卵生子）
鸟—情偶—情偶中主动一方—女（双鸟并出时）—母象

莲花—女性器官—女性下体—母象——生命之本
　（与子同在时）
女性下体—女子—女容—地阴—生命之本
　（宗教、祭奠时）

戏（采、打、登、探、穿、噬、卧、摆）莲—男女合欢—婚姻—爱情
　—生殖活动—种性繁衍—生机命运

（以上参见王宁宇、党荣华《陕西民间莲族艺术内涵初探》，刊于《中国美术史论》1985年第2期）他们的研究，证明了闻一多的惊世骇俗之见并非子虚乌有，也可见先行者所起的非凡作用。

前面说过，辽宁喀左东山嘴红山文化遗址出土的女性塑像，以其体态特征及女阴记号，作为了女性生殖崇拜的例证。而生殖崇拜的另一形式——男根崇拜，也同

① 《全集》3卷249页。

样存在过。这一崇拜是随着对男性生殖机能的认识而出现的，大概在新石器时代。如果说河姆渡遗址发掘的骨匕柄和象牙器的双鸟纹，及其他地区发掘的新石器时代的鸟形陶器纹饰，尚不足以说明是男根的象征，那么诸多遗址出土的陶祖和石祖，就争议不大了。“祖”字在甲骨文中写作“且”，郭沫若认为是男根的象征，若以现存的陶祖、石祖、铜祖相验，其形甚似，郭说并非无据。从远古萌生的生殖崇拜，不仅积淀在以鱼、鸟等为喻的文学作品、民歌谣谚中，而且神圣的儒家经典，也留下了生殖崇拜的清晰印痕：

天地之大德曰生。(《易·系辞下》)

天地絪缊，万物化醇；男女构精，万物化生。(《易·系辞下》)

天地不交，而万物不兴。(《易·归妹》)

乾坤，其易之门邪！乾，阳物也。坤，阴物也。阴阳合德，而刚柔有体，以体天地之撰，以通神明之德。(《易·系辞下》)

天地不合，万物不生。(《礼记·哀公问》)

天地合而后万物兴焉。(《礼记·郊特牲》)

君子之道，造端于夫妇，及其至也，察乎天地。(《中庸》)

至如《易·系辞上》所说：“夫乾，其静也专，其动也直，是以大生焉。夫坤，其静也翕，其动也辟，是以广生焉。”则更似是两性性器的特点描述。这就难怪周予同先生为之论道：“在这些文字里，我们一目了然地知道儒家是在用哲学而又文学的笔调，庄严地纯洁地描写本体的两性，歌颂本体的两性之性交，赞叹本体的两性之性交后的化育。”[①] 由此而看闻一多在《诗经》研究中，对生殖崇拜的印痕之发掘，实不应大惊小怪，或故意回避了。

（三）姜嫄与神女

闻一多对《诗经》生殖崇拜的揭示，特别表现在两篇探讨姜嫄和神女故事的专题研究论文上。

人类对于男性在生殖过程中所起作用知之较晚，因而在图腾信仰的背景下，神话中的祖先（英雄）多为处女所生，世界各国都不乏此类图腾生殖即“处女生殖”的故事。在前面论图腾问题时，我们已涉及古籍中所载的华胥履巨人迹生伏羲，少典妃感神龙首生神农，附宝见大雷绕北斗、枢星光照郊野而感孕生黄帝等传说。对此类生殖崇拜的特有表现，闻一多亦以求真的精神，择其典型以分析论证，还其真

① 《周予同经学史论著选集》第80页。

正面目。《姜嫄履大人迹考》就是研究成果之一。此文写于1940年初，原载昆明《中央日报·史学》第72期，现收入新版《全集》第3卷《神话编》。

周人关于自己始祖诞生的传说，见于《诗·大雅·生民》，其首章云："厥初生民，时维姜嫄。生民如何？克禋克祀，以弗无子。履帝武敏歆，攸介攸止，载震载夙，载生载育，时维后稷。"对于这一履迹感孕之说，郭沫若先生认为姜嫄之时，周人尚处于"野合的杂交时代或血族群婚的母系社会"。[①] 这一论断，当出于摩尔根的看法："当子女的父方尚无从确定而只有母方才能作为识别世系的标准时，这就是氏族的最古老形式。"[②] 但不少人类学家都认为，群婚制问题很复杂，解释知母而不知父的现象，除群婚制外，还有着缺乏科学知识，不了解男性在生殖中的作用的原因。闻一多的研究，就更令人信服。

在《姜嫄履大人迹考》一文中，闻一多抓住了"克禋克祀，以弗无子"这一关键，综毛、郑和《御览》一三五引《春秋元命苞》所说，指出"感生"之地是进行祀郊禖之祭的禖宫（闷宫）（按：禖是求子之神）。诗中"上云禋祀，下云履迹，是履迹乃祭祀仪式之一部分，疑即一种象征的舞蹈。"闻一多拂去其神圣色彩，进而说道："所谓'帝'实即代表上帝之神尸。神尸舞于前，姜嫄尾随其后，践神尸之迹而舞，其事可乐，故曰'履帝武敏歆'，犹言与尸伴舞而心甚悦喜也。'攸介攸止'，介林义光读为愒，息也，至确。盖舞毕而相携止息于幽闲之处，因而有孕也。"[③] 闻一多的这一解释，已道出了真相[④]，但他又作了进一步的探索。他注意到《尔雅释训》"履帝武敏"，《释文》所引舍人本的将"敏"作"亩"[⑤]，及注："古者姜嫄履天帝之迹于畎亩之中，而生后稷。"并从《史记·封禅书》语："自禹兴而修社祀，后稷稼穑，故有稷祠"，及诸多记载，证"履天帝之迹于畎亩之中""果不为无因"。这样，"与尸伴舞"的内容就可具体为："履帝迹于畎亩中，盖即象征畯田之舞，帝（神尸）导于前，姜嫄从后，相与践踏于畎亩之中，以象耕田也。"他最终得出了这样的结论：

> 诗所纪既为祭时所奏之象征舞，则其间情节，去其本事之真相已远，自不待言。以意逆之，当时实情，只是耕时与人野合而有身，后人讳言野合，则曰履人之迹，更欲神异其事，乃曰履帝迹耳。[⑥]

当然，我们也难以讳言，这一结论虽然拂去了神异色彩，道出了生殖崇拜中的

---

① 《中国古代社会研究·导论》。
② 《古代社会》66页。
③ 《全集》3卷50页。
④ 余冠英《诗经选》取此说以作附注。
⑤ 按：繁体为畝。
⑥ 《全集》3卷53页。

“处女生殖”的本来面目，却又令人遗憾地从禋祀仪式中的象征舞蹈，简单地退回到“野合而有身”。倘然闻一多再前进一步，从巫术上作解释，就更为科学可信了。

朱狄《原始文化研究》对这一论题也有涉及。书中引巴霍芬所说的：“并不是大地模仿母亲，而是母亲模仿大地……整个母系制所通行的专门术语实际上是从农耕那里借来的。”柏拉图说：“在多产和生殖中，并不是妇女为土地树立了榜样，而是土地为妇女树立了榜样。”从“地”与“母”的关系，作出了巫术论的解释：“所谓履大神之迹实际上是一种丰产巫术的遗迹，其中心内涵是‘地’与‘母’的直接接触，正因为这种接触是非常平常的，因此就需要一种特殊的‘郊禖’仪式去强化这种接触，以便使不娠的妇女像土地长出庄稼那样能生儿育女……经过祭祀仪式的强化，姜嫄则变成了一种丰产神……姜嫄之所以上升为丰产神就因为她是这种丰产巫术的先行者。”① 当然，如果这里汲取闻先生所释的与神尸伴舞而后合而有孕，就更完整了。总之，前修未逮，后出转精，但闻先生的开拓之功自不可没。

闻一多的另一研究成果《高唐神女传说之分析》② 尤其值得注意，这一研究不仅跨越从《诗经》到《楚辞》的时间跨度，而且在流变中探究原型，在社、桑和高禖祀典等礼俗中，找到了生殖崇拜与原始宗教关系的文化信息，给后来的研究者以很大的启示。

文中从《诗·曹风·候人》说起，认为此诗之旨并非《诗序》所说的“刺近小人”，而是“刺淫女”。理由是：诗中的“维鹈在梁，不濡其味”，是以鹈不得鱼喻女子未得着男子，故下文说“彼其之子，不遂其媾”。而诗中四章的“季女斯饥”，并非因女弱于男，故荒年禁不起挨饿而少女尤甚，在排比众例以明“饥”指性欲、“食”指性交之后，“意在证明《候人》的曹女是在青春的成熟期中，为一种迫切的要求所驱使，不能自禁，因而犯着伦教的严限，派人去迎候了她所不当迎候的人。”③ 再者，毛《序》谓《鄘风·蝃蝀》是“刺奔女”，其诗的“朝隮于西，崇朝其雨”，与《候人》的“芸兮蔚兮，南山朝隮”是一回事，《蝃蝀》明言“怀婚姻”，与“饥”字义合，《蝃蝀》的女子是奔女，《候人》的女子亦必同类。三者，《吕氏春秋·音初篇》述涂山女命其妾侍禹于涂山之阳，女作歌“候人兮猗”。屈原在《天问》中对此颇有微词，既然涂山氏为满足情欲而令其妾去候禹，招致物议，曹女派“三百赤芾”的“候人”去候其男子，其行为亦可知了。

在排比《候人》、《蝃蝀》和《古候人歌》的本事，以明性饥渴引发的三者之真义后，闻一多再引《高唐赋》，指出此赋与《候人》诗消息相通之处很多，其大者亦有五端。“《候人》的‘朝隮’与下文‘季女’，是一而二，二而一，犹之乎《高唐赋》的朝云便是帝之季女；南山朝隮与巫山朝云都是神话的人物，赋中‘须

---

① 《原始文化研究》，三联书店1988年版765页。

② 原载《清华学报》第10卷第4期，1935年。

③ 《全集》3卷6页。

臾之间变化无穷'的朝云是一个女子的化身，诗中'荟兮蔚兮'的朝隮也是一个女子的化身。因此《候人》末章四句全是用典，用一个古代神话的典故来咏那曹女。"① 在这里，闻一多道出了"古代神话的典故"这一关键，然后继续从"隮"、"虹"的训诂，寻找神话的原型。虹、云、气与隮原可互通，隮即霓，霓、云又可不分，诗中的"朝隮"即赋的"朝云"。闻一多广征古籍，从虹为阴阳二气交接之象，虹即淫邪之象，单说虹为阴性，或又以虹是阴淫于阳的象征四方面，归纳汉人之见，认为他们的见解"必是根据在他们以前早已存在着的一种观念而加以理论化"。他又说："由《蝃蝀》、《候人》二诗而《高唐赋》，而汉人的灾异论，而刘熙、郭璞、刘敬叔等所记的方俗语，而《穷怪录》中的故事，这显然是一脉相承的。虽然有的是较完整的故事，有的是些片段（虽零星而尚可补缀的片段），有的又只是投映在学说或俗语中的一些荡动的影子——虽然神话存在的证件有不同的方式，可是揣想起来，神话仍当是很久远的存在过，亘千有余年的而未曾间断的存在过。"② 在越过"亘千有余年"的历史后，他终于从生殖崇拜而导致的礼俗中，找到了神话的原型。

在闻先生辗转连属的考证中，所引《礼记·月令》一段话，实为关键：

> 仲春之月：是月也，玄鸟至。至之日，以太牢祠于高禖。天子亲往，后妃帅九嫔御，乃礼天子所御，带以弓韣，授以弓矢于高禖之前。

又《墨子·明鬼篇》曰：

> 燕之有祖，当齐之社稷，宋之桑林，楚之云梦也。此男女之所属而观也。

闻一多取郭沫若《释祖妣》③ 的解释，赞同其见解，即：这和祀高禖的情形相合，因而说祖、社稷、桑林和云梦即诸国的高禖。我们知道，高禖是媒神，帝王祀之是以求子，之所以授弓矢于高禖前，是因为原始风俗常以弓箭作为性交的象征。闻一多又引《春秋·庄公三十三年》"公如齐观社"，对此，"三传皆以为非礼"，而《谷梁》解释非礼之故曰："是以为尸女也。"他赞同郭沫若据《说文》"尸，陈也，象卧之形"，将"尸女"解释为"通淫"之意。他又说："社祭尸女，与祠高禖时天子御后妃九嫔的情事相合，故知社稷即齐的高禖。"鲁庄公不顾非礼而欲至齐国观社，"'如齐观社'，实为观女人。"④ 去观看社节中作出"象卧之形"，类于

---

① 《全集》3卷9页。
② 《全集》3卷16页。
③ 《甲骨文字研究》上。
④ 俞正燮《癸巳类稿·燕祖齐社义》。

性动作的舞女。而闻一多在本文结束处的第57则注释中写道："《鲁颂·閟宫》曰'（万舞）洋洋'，閟宫为高禖之宫，是祀高禖时用《万舞》……《周礼·大司乐》曰'舞《大濩》以享先妣。'……《左传·隐公五年》曰：'考仲子之宫，将《万》焉。'仲子者，公之祖母，考其庙，用《万舞》，可知《万舞》与妇人有特殊关系。然而《左传·庄公二十八年》又曰'楚令尹子元欲蛊文夫人，为馆于其宫侧而振《万》焉'，《注》'蛊惑以淫事'。《邶风·简兮》曰'方将《万舞》'，'公庭《万舞》'，又曰'云谁之思，西方美人'，似亦男女爱慕之诗。爱慕之情，生于观《万舞》，此则舞之富于诱惑性，可知。夫《万舞》为即高禖时所用之舞，而其舞富于诱惑性，则高禖之祀，颇涉邪淫，亦可想见矣。"[①] 至于民间，除齐之社祭有"尸女"之观外，在"仲春之月，令会男女。于是时也，奔者不禁"[②] 的背景下，如前面所引《墨子》，燕之祖[③]，齐之社稷，宋之桑林，楚之云梦，"此男女之所属而观"，确实在仲春之时，自上而下，都弥漫着相同的气氛。有了足够的理由后，闻一多遂在文章最后的《结论》中论道：

> ……齐国祀高禖有"尸女"的仪式，《月令》所载高禖的祀典也有"天子亲往，后妃率九嫔御"一节，而在民间，则《周礼·媒氏》"仲春之月，令会男女"，与夫《桑中》、《溱洧》等诗所昭示的风俗，也都是祀高禖的故事。这些事实可以证明高禖这祀典，确乎是十足的代表着那以生殖机能为宗教的原始时代的一种礼俗。[④]

将闻先生极为繁复而严格的考证归纳起来，就是这样一条线索："高禖"即"郊禖"，"郊社"音变而成"高唐"，楚人所祀的高禖为高唐神；楚的高唐（阳）以先妣而兼神媒，与夏民族的涂山氏关系密切。其原型的承传与变化，闻先生作了这样的归纳："在前面我们讲到《候人》诗的朝隮即《高唐赋》的朝云，那么朝隮便是高唐神女的前身了。我们又讲到古《候人歌》与曹《候人》诗有着很深的关系，那么朝隮又像就是古《候人歌》的中心人物涂山氏了……我们又讲到高唐神女与涂山氏的行为极相似。因为涂山氏迎候禹，是以女追求男……涂山氏的举止太像奔女了。与那'闻王来游，愿荐枕席'的神女生涯几乎没有区别了。"[⑤]

高禖这一祀典，是以生殖机能为宗教的原始时代的遗俗之变，闻一多的这一发现和论断，确实具有非凡的深刻目光。恩格斯在《家庭、私有制和国家的起源》中，曾指出过：还处于蒙昧时代高级阶段的西北部民族，特别是南美的各民族，群

---

① 按：着重号为引者所加。《全集》3卷31—32页。
② 《周礼·媒氏》。
③ 按：一云"燕之有祖泽"，倘此，当为祖泽。
④ 《全集》3卷26页。
⑤ 《全集》3卷20页。

婚制的遗迹还没有完全消失。他还据韦斯特马尔克在其所著的《人类婚姻史》所举的众多例子，指出这“表明在印度的霍人、桑塔尔人、潘札人和科塔尔人部落中，在某些非洲民族和其他民族中，都有这种定期的沙特恩节，即在一个短时期内重新恢复旧时的自由的性交关系。”① 沙特恩节是古罗马的节日，每年在农事结束后的冬至时期举行，以群众性的盛宴和狂欢纪念沙特恩神，允许奴隶与自由民同席，在此节日期间盛行性关系自由。墨子所说“男女之所属而观”的燕祖、齐社、桑林、云梦，以祀高禖为代表，都带着这种“沙特恩节”的色彩。闻一多在文中的《结论》说得极好：

文明的进步把羞耻心培植出来了，虔诚一变而为淫欲，惊畏一变而为玩狎，于是那以先妣而兼高禖的高唐，在宋玉的赋中，便不能不堕落成一个奔女了。②

虽然说，“原型也迫使知觉与领悟进入某些特定的人类范型”③，但闻一多先生却能从《诗经》到《楚辞》的“奔女”形象之变，通过对高唐神女传说的分析，找到了生殖崇拜的文化源头，这种“求真”的胆略和识力，当给时人及后人以极大的启发。

（四）丰产巫术与农业

马克思在读了摩尔根的《古代社会》一书后，对人类初年的原始宗教信仰予以艺术创造的影响，曾有过这样的论述：“在宗教领域里发生了对自然力量的崇拜以及对人格化的神灵和伟大的主宰的模糊观念。”④ 巫术的产生是很自然的事，古代中国也不例外。本着这一认识，闻一多先生在《诗经》研究中，还对文学现象的巫术背景，作了深刻的揭示和还原，成为他的“求真”精神的又一重要体现。

英国人类学家马林诺夫斯基在其《巫术科学宗教与神话》一书中，开宗明义地写道：“无论怎样原始的民族，都有宗教与巫术，科学态度与科学……一切原始社会，凡经可靠而胜任的观察者所研究过的，都很显然地具有两种领域：一种是神圣的领域或巫术与宗教的领域，一种是世俗的领域或科学的领域。”⑤ 中国的情况也不例外。先秦文学虽经“理性精神”的浸染、规范，但仍难消尽底色，《诗经》经过整理，却仍留有原始的印痕，生殖崇拜是其一，巫术观念亦其一。闻一多在《诗

---

① 《马克思恩格斯选集》第4卷45页。

② 《全集》3卷26页。

③ 荣格《心理学与文学》，三联版5页。

④ 《路易士·亨·摩尔根〈古代社会〉一书摘要》，引自《马克思恩格斯论艺术》第二卷，中国社会科学出版社1983年版4页。

⑤ 《巫术科学宗教与神话》，中国民间文艺出版社1986年版3页。

经》研究中，对他人未觉察或未明言的巫术观念、影响之所及，作了令人信服的剖析，表现出独到的眼光。

前面所论的生殖崇拜，实已涉巫术观念，闻一多已注意到，其所明言者，兹举二例。

一是《诗经通义甲》析《芣苢》。他说："……芣胚并'不'之孳乳字，苢胎并'以'之孳乳字，'芣苢'之音近'胚胎'，故古人根据类似律（声音类近）之魔术观念，以为食芣苢即能受胎而生子。"① 在这里，先解决了一个训诂学的问题，继而道出了根据类似律而产生的巫术观念，致使人们相信芣苢对生子的作用。根据弗雷泽的研究，巫术的思想基础、原则可以分为两种。"第一是'同类相生'或果必同因；第二是'物体一经互相接触，在中断实体接触后还会继续远距离的互相作用'。前者可称之为'相似律'，后者可称作'接触律'或'触染律'。""基于接触律或触染律的法术叫做'接触巫术'。"② 显然，闻一多所说的"类似律"即"相似律"，这种巫术属"顺势巫术"。但是，他并非简单借用，而注明"声音类近"是这种"相似"、"顺势"的基础，这就见出他的创见。这种情况恐怕是汉语所特有的，直到今日以谐声的语言祈福，亦当是巫术观念的残存和发酵。

二是《诗经通义》释《邶风·匏有苦叶》时，就"迨冰未泮"一句，引发出关于嫁娶之时的议论。闻一多指出："古者本以春秋为嫁娶之正时"。他引《夏小正》"二月，绥多女士"，某氏《传》"绥，安也，冠子娶妇之时也"，《周礼·媒氏》"中春之月，令会男女，于是时也，奔者不禁"，郑《注》曰"中春阴阳交，以成婚礼，顺天时也"，及《白虎通义·嫁娶篇》的"嫁娶必以春，何？春者，天地交通，万物始生，阴阳交接之时也"，然后指出："据此，疑自古婚姻本以春为正时，故《诗》中所见婚期，春日最多。"③ 他分举明著春日或春之物候者；指出以秋为婚期者仅两见，即除本篇（《匏有苦叶》）外，还有《卫风·氓》，谓以冬为婚期者仅见于《邶风·北风》④。为什么婚期以春为最多，秋次之、冬最少呢？他认为：

> 其所以如此，殆有故焉。尝试论之，初民根据其感应魔术原理，以为行夫妇之事，可以助五谷之蕃育，故嫁娶必于二月农事作始之时行之。郑注《周礼》所谓"顺天时"，《白虎通》所谓"天地交通，万物始生，阴阳交接之时"，皆其遗说也。次之，则初秋亦为一部分谷类下种之时，故嫁娶之事，亦或在秋日。然终不若春之盛，则以自农事观点言之，秋之重要本不若春也。⑤

---

① 《全集》3卷308页。
② 《金枝》，中国民间文艺出版社1987年版19页。
③ 《全集》3卷367页。
④ 按：现今学者多以此诗为偕友逃亡之作。
⑤ 《全集》3卷368页。

这样，对于儒家合天人感应与阴阳哲学为一体的见解，闻一多却从“古今社会之一大变”，返观“太古之遗风”，揭示出其交感巫术的背景，诚为一重要发现。

弗雷泽在《金枝》中，专立一章“两性关系对于植物的影响”，他说：“我们未开化的祖先把植物的能力拟人化为男性、女性，并且按照顺势的或模拟的巫术原则，企图通过以五朔之王和王后以及降灵节新娘新郎等等人身表现的树木精灵的婚嫁来促使树木花草的生长……它们都是魔法，旨在使树木葱郁，青草发芽，谷苗茁长，鲜花盛开……根据奉行这种仪式的人的意见，如果没有人的两性的真正结合，树木花草的婚姻是不可能生长繁殖的。”① 他还列举了中美洲帕帕尔人、中非巴干达人等“仍然有意识地采用两性交媾的手段来确保大地丰产”，甚至“有些仪式至今，或者直到不久以前还在欧洲保留”。② 闻一多能在农业文化的背景下，以上古交感巫术的原理来透视婚期多在春日这一民俗，既纠正了以往注家的注释错误，又为理解儒家经典提供了坚实的依据，非仅在当时，即使在今日，这样的研究方法和水平，都是难能可贵，使人难以望其项背的。

这里还顺便指出：在《高唐神女传说之分析》中，闻一多虽未明言传说流变与巫术观念的关系，但实际上已接触这一问题。此文中不仅详考虹、霓、云、气、隮的关系，还在文中的《云梦与桑林》以“云雨”的纽带联结起桑山与巫山，宋的桑林之神有娀氏简狄和楚的云梦之神高唐氏女禄之联系。文中的“结论”说：“在农业时代，神能赐与人类最大的恩惠莫过于雨——能长养百谷的雨。大概因为先妣是天神的配偶，要想神降雨，惟一的方法是走先妣的门路（汤祷雨于桑林不就是这么回事?），后来因先妣与雨常常连想起，渐渐便以为降雨的是先妣本人了。先妣能致雨，而虹与雨是有因果关系的，于是便以虹为先妣之灵，因而虹便成为一个女子。朝隮（霓）朝云以及美人虹一类的概念便是这样产生的。”③ 在这一“神女”—“奔女”的神话传说的转型、流变中，在性关系代语的“云雨”背后，竟然还有着农业文化的背景和巫术的原始意象。这一分析确是启人心智的。

说及祈雨，闻先生在解释《陈风·宛丘》一诗时，曾涉及与此相关的巫术问题。《宛丘》共12句，当中4句云：“坎其击鼓，宛丘之下，无冬无夏，值其鹭羽。”对于“无冬无夏”一句，他赞同马瑞辰所说：“《说文》雩或从羽。雩，羽舞也。鹭羽盖即羽舞，亦巫呼雩用羽舞之谓。”为何此说为是呢？他认为：“两（按：似应为“雨”）羽声同。请雨之舞，戴羽头上，以象雨降，亦感应巫术之例。冬非请雨之时，《诗》曰‘无冬无夏’，盖刺之也。”④ 这就较马瑞辰进一步地道出“感应巫术”之由，可谓知其然更知其所以然。

---

① 《金枝》，中国民间文艺出版社1987年版206页。

② 《金枝》，中国民间文艺出版社1987年版206页。

③ 《全集》3卷25—26页。

④ 《诗经通义乙》，《全集》4卷297页。

对《姜嫄履大人迹考》的研究，闻一多先生很注意其中的“履迹”与生产劳动的关系，倘再进一步，就可发其巫术之秘了。他对于周人的始祖诞生神话，能透过光环而论“履迹”：“余所疑履迹为祭礼中一种象征的舞蹈，其所象者殆亦即耕种之事矣。古耕以足踏耜，其更早无耜时，当直以足践土，所谓畯是也。”“履帝迹于畎亩中，盖即象征畯田之舞，帝（神尸）导于前，姜嫄从后，相与践踏于畎亩之中，以象耕田也。”① 对于这种“其间情节，去其本事之真相已远”的“以意逆之”，在前面已有探讨、判断。我们认为，这种象征性的舞蹈，实出于交感巫术的“顺势巫术”。前面已说，弗雷泽《金枝》曾以大量实例证明：未开化的祖先按顺势巫术或模拟巫术的原则促使树木花草生长。直到近现代，还有未开化的种族在使用两性交媾的手段来确保大地丰产。姜嫄与神尸的舞蹈“以象耕田”，然后“耕而野合”，正可用这种“顺势巫术”解释。随着历史发展，文明进步，祭祀形式改变，以致其原始形态茫昧难详。闻一多从周人郊天以后稷配享，而后稷为始教稼穑者，郊天以畤为坛，逆推出姜嫄履迹为象征耕种之事的舞蹈，表明了他从经济活动、农业生产角度考察艺术起源的正确目光，虽未明道出巫术背景，但耕而野合之说，实已触着。德国艺术史家格罗塞说过：“原始民族的大半艺术作品都不是纯粹从审美的动机出发，而是同时想使它在实际的目的上有用的，而且后者往往还是主要的动机”。② 由姜嫄履迹的神话，到祭祀舞蹈的艺术，其真谛之探寻，就是一个很好的例证。

闻一多先生以更为开阔的目光论道：

> 历史上曾有过三个大的思想体系：神话的，宗教的，科学的。其间第一个体系也许是最有统一性、最能包罗万象，也最能解释宇宙的整体。人类并非为纯粹的求知欲而创造这个思想体系。其主要的动机乃是出于支配宇宙的实际需要——人必须有对人、动物以及一切物体及其精灵的控制权。③

用这一思想来理解神话而兼及巫术，应是很恰当的。姜嫄履迹是祭礼中的耕种舞蹈，“耕而野合”则应是祈求丰产的顺势巫术，事虽二步，动机则一——支配宇宙、控制精灵（神祇）的实际需要。

（五）多识鸟兽草木之名

——名物训诂的新视角

孔子曾说：“小子何莫学夫诗？诗可以兴，可以观，可以群，可以怨。迩之事

---

① 《全集》3卷52页。

② 《艺术的起源》，商务印书馆版332页。

③ 《手稿》，见闻黎明编《闻一多萃语》，岳麓书社1996年版139页。

父，远之事君，多识于鸟兽草木之名。”（《论语·阳货》）两千多年来，作为《诗》之“用”，除了兴观群怨、事父事君的美感作用、教育作用和干政作用外，还有多识鸟兽草木之名的认知、增识作用。若谓汉儒论《诗》重在美刺，三国时的吴人陆玑已有《毛诗草木鸟兽虫鱼疏》，对这方面的研究也并不晚，宋人王应麟的《诗地理考》，清人洪亮吉的《诗天文考》，就更扩大了研究的范围。清人治《诗经》，颇重考据，字义和名物的训诂，都是重要内容。前面已说过，闻一多先生研究《诗经》，大部分精力都用在训诂上，较之前人的研究，他又推进了一大步，其中主要原因，在于他的新视角。

闻一多重视对《诗经》作社会学的研究，其名物训诂很注重从生产劳动、经济活动的角度来进行。

《周南·麟之趾》，古今解释不同，《诗序》及朱熹《诗集传》都认为是赞文王后妃及其宗族子孙秉性仁厚，近人高亨认为此即可能是孔子《获麟歌》，诗旨“意在以贵族打死麒麟比喻统治者迫害贤人”（《诗经今注》）。闻一多将此诗与《召南·野有死麕》排比而同观，他援古籍证麟、麕、麠、麐虽四名而实为一物。《野有死麕》意旨较显，虽古人所释多为道德说教而障眼，终又难掩其求爱之意，而闻一多则明确释为“纳徵之诗”。二者相通，《麟之趾》亦写“纳征”。对《麟之趾》可暂置不评（笔者亦以为诗中颂赞之意甚显，虽不必视作与文王后妃相关），《野有死麕》这样一首爱情诗，即使双方已是“有女怀春，吉士诱之”，而求婚之举尚不能缺乏聘礼，“纳征”之说是可信的。由于《诗序》谓《麟之趾》为“《关雎》之应”，“天下无犯非礼”，故《传》、《笺》亦从之而继言“礼”；《野有死麕》亦被释为女子守礼之作，朱熹《诗集传》甚至为其“凛然不可犯之意”而赞叹备至。闻一多将“礼”释为“纳征之礼”，真是推陈出新之见。他说：“夫鹿类之中，麐为最贵，故古礼庆贺所用，莫重于麐，因之麐遂孳乳为庆贺字。《说文》以‘吉礼以鹿皮为贽’解‘麐’字，可谓得制字之意矣。吉礼用贽，以麟为贵，故相承即以麟为礼之象征。”就婚礼而言，他引《仪礼·士婚礼》及郑注，崔骃《婚礼文》及《说文》诸说，最后得出结论：“以《野有死麕》证之，婚礼古盖以全鹿为贽，后世苟简，始易以鹿皮。”这不仅是可信的考证，而且不从前人之“善”说，求“真”求“美”，看到了爱情与经济的关系；在《麟之趾》是“婚礼纳征用麟为贽”，在《野有死麕》是“说男求女，以麕为贽”。①

在《诗经通义甲》释《召南·羔羊》时，闻一多以之与《鄘风·干旄》相并，特拈出“素丝”二字，详作考证，并深究其义。《毛传》云：“古者素丝以英裘，不失其制。”释《干旄》则又云：“愿以素丝纰组之法御四马也。”《郑笺》稍详，谓：“素丝者，以为缕，以缝纰旌旗之旒縿，或以维持之。”今人治《诗经》，对此常轻

① 参见《诗经通义甲·周南·麟之趾》，《全集》3卷317页。

轻放过。闻一多指出了古人的臆测之弊，在详作征引、考证之后，得出了这样一个结论：“以理势度之，赠遗，雠值，赎罪诸经济性的活动，用丝为中介，宜早于用帛与锦……疑赠遗用丝，乃西周末叶以前之风尚……二诗亦并用丝，然则其时代略可推矣。”① 这里，不仅以赠物风尚推知了诗之作期，而且道出了从“经济性的活动”考察古诗的原则。较之旧儒之牵合无据或臆测无凭，及今人之大而化之，其高下不啻天壤之别。

尤令人叹服的，是闻一多对《诗经》中数见的男女掷果交往之分析，在这富有浪漫情调之举中，窥见了经济活动的文化色彩，道出了生产劳动中男女分司其业的真实底蕴。他在《诗经新义·二南》第十五则释“摽”字时说道：“掷物以予人亦谓之摽，《诗》曰‘摽有梅’是也。《木瓜篇》曰‘投我以木瓜，报之以琼瑶，匪报也，永以为好也’，当是女之求士者，相投之以木瓜，示愿以身相许之意，士亦嘉纳其情，因报之以琼瑶以定情也。”他又举《丘中有麻》、《女曰鸡鸣》及后人之诗，证“凡以玉为赠者，莫非男赠予女”。继又言：“《摽有梅》篇亦女求士之诗，而摽与投字既同谊，梅与木瓜、木桃、木李又皆果属，则摽梅亦女以梅摽男，而以梅相摽，亦正所以求之之法耳。”② 那么，这种掷果求偶的古俗又渊源何自呢？他在《诗经通义甲·召南·摽有梅》中作了深刻的论述：

> 原始社会之求致食粮，每因两性体质之所宜，分工合作，男任狩猎，女任采集，故蔬果之属，相沿为女子所有。

他引《左传》“女贽不过榛栗枣修”，《礼记》“妇人之挚，椇榛脯修枣栗”，《古微书》“织女星主瓜果”，证“古俗果实属女子之证”。古俗既如此，则必然是：

> 夫果实为女所有，则女之求士，以果为贽，固宜。

出于生活资料的生产，是女子掷果求士的古俗成因，但闻一多又认为“然疑女以果实为求偶之媒界，亦兼取其蕃殖性能之象征意义”，“掷人果实，即寓贻人嗣胤之意，故女欲事人者，即以果实掷之其人以表诚也。”至于“梅”，他经严格训诂，得出结论：“梅也者，犹言为人妻为人母之果也。然则此果之得名，即昉于摽梅求士之俗。求士以梅为介，故某楳二形又孳乳为媒字，因之梅（楳）之含义，又为媒合二姓之果。要之，女之求士，以梅为贽，其渊源甚古，其含义甚多。”③ 如此论析，堪称传统考证与现代研究相结合的范例。反观《传》《笺》之说，确为皮相之

① 《全集》3卷322—326页。

② 《全集》3卷274页。

③ 《全集》3卷327—328页。

见；而对于以泛泛引录恩格斯“两种生产”说而自得的“研究”来说，闻先生所论实臻玲珑透彻之境。时至今日，在《诗经》研究中，多仍止于“比兴”之浅尝，对摽梅之举未作文化之深求，闻先生之论，其若未睹，惜哉！

《卫风·氓》有句：“乘彼垝垣，以望复关。不见复关，泣涕涟涟。既见复关，载笑载言。”其中“复关”凡三见。何谓复关？王先谦说“犹言重关”①，注家也一般都以地名释之。闻一多在《诗经通义乙》提出了自己的独特见解。他引《周礼·太宰》、《司关》说，注意到前者的“关市之赋”，后者的“关门之征”，又引《韩非子·外储说左上篇》“乘白马而过关，则顾白马之赋”，以《后汉书·桓帝纪》、《张让传》释“顾（与雇通）白马之赋”为酬白马之税。又说：“顾复义近，并训反训还”，最后的结论是：“复关谓酬其货贿之租税也。”② 既然“氓”是“抱布贸丝”的商贾，闻先生以租税释“复关”，应较“重关”或返往关卡的解释是更为恰当。柳诒徵《中国文化史》（上卷）第十九章“周之礼制”的第五节“市肆门关之政”对当时的商业、税敛、市肆门关诸制，皆据《周官》之载，论列甚详，书中说：“综观周代治商之政，足知其时王朝及各国商货交通，四方珍异，多萃于京师。而诈伪、饰行、漏税、犯禁者，亦往往而有。设官之多，为法之严，皆由于此。故虽农商未必尽分，而商贾阜通货贿，亦列于太宰九职。当时之商业，故未可遽目为幼稚矣。”③ 以此观之，闻先生所见确是眼光不凡。

《秦风·无衣》的“王于兴师，修我戈矛，与子同仇”，这“仇”字，一般都释为仇敌。闻一多在《诗经通义乙》中却认为：“仇借为畴。《说文》：‘耕治之田也。’襄三十年《左传》‘取我田畴而伍之’，《注》：‘并畔为畴。’《周语》‘田畴荒芜’，贾《注》：‘一井为畴，九夫一井。’《孟子》‘易其田畴’，《注》：‘一井也。’”这一字之借，涉及周之田制与兵制。“周代授田之法，一以均贫富，一以通兵制，所谓寓兵于农也。”《周官·小司徒》郑《注》引司马法曰：“……亩百为夫，夫三为屋，屋三为井，井十为通。通为匹马，三十家，士一人，徒二人，通十为成……”④ 深求才能得其真，浅尝未能识其制，同畴的农人一起当兵，“偕作”、“偕行”可谓必然，“同袍”、“同泽”亦很自然。闻先生于此诗独拈一字，实亦发千年之覆。

文学艺术源于生产劳动，又源于人类自身“种的蕃衍”，还源于丰富的社会生活。闻一多在《诗经》的名物训诂中，与社会生活联系甚多，总是力求作出正确的文化还原，在“回到《诗经》时代”的社会生活中，发现这些事物的真实涵义。

先说舞蹈。闻一多研究兴趣很广，他曾对孑遗的图腾舞蹈发生兴趣，为澳洲土

---

① 《诗三家义集疏》。

② 《全集》4卷157页。

③ 《中国文化史》上卷，东方出版中心1988年版146—147页。

④ 《中国文化史》上卷，东方出版中心1988年版142页。

著的科罗泼利舞（又译作哥罗波里）写过专文《说舞》。《说舞》原载1944年3月19日的《生活导报》第60期，现收入《全集》第2卷。根据摩尔根的研究，美洲土人的舞蹈是宗教仪式之一，那么澳洲土人的科罗泼利舞又是怎样呢？闻先生在文中作了生动的情景设想，感同身受地描写了跳舞的男子和击鼓的妇女，以及他们共同营造出的狂热场面、气氛，作为“生命情调最直接，最实质，最强烈，最尖锐，最单纯而又最充足的表现”，以科罗泼利为代表的原始舞，总不外乎四个目的：

> （一）以综合性的形态动员生命，（二）以律动性的本质表现生命，（三）以实用性的意义强调生命，（四）以社会性的功能保障生命。①

所论告诉我们：原始舞蹈是将个体生命的生物性，溶合于群体生命的社会性；“生命机能”、“生命情调”较之实用意义的模拟舞（如模拟劳动），更具有原始舞蹈的基本意义；而“群体的大和谐”，正是氏族社会中部落生活的生存形式和目的。因此，动员生命——表现生命——强调生命——保障生命，实是对原始舞蹈的最好描述与归纳。

由原始舞蹈发展而成模拟舞蹈，其源于生活的色彩渐显，其实用功利性也渐强。闻一多《风诗类钞甲·简兮》作了一个很好的分析。《简兮》描写了一个“公庭万舞”的场面，闻一多认为“万舞”“似是两种不同性质的模拟舞之总称”：即用干戚的武舞，模拟战术；用羽籥的文舞，模拟翟雉的春情。这本无争议，朱熹《诗集传》即有“武用干戚，文用羽籥”之语。但闻一多作了进一步的探讨：“想起武舞本是模拟战术的，而古用车战，我们不禁疑心那行列整齐，进退如一的舞人，莫非是模拟众马的行动，而这指挥舞仪的舞师，也未尝不可以想象为相当于那制驭众马的御者。”这不仅因“执辔如组”之写御者推见出御马，更推衍出车战，在言之未详的描写中，循生活之本来面目而还其真容。至于文舞，古书只有“文舞执旄羽”之说，而研究者多从狩猎着眼②，闻一多却认为是模拟翟雉的春情，并说“《左传》载楚令尹子元曾想用万舞来蛊惑新寡的夫人”，“足见这种舞对于女性们可能发生的力量”。若参以他在《高唐神女传说之分析》的注解中所说，祀高禖用万舞，“可知万舞与妇人有特殊关系”，他的理解是正确的。这里，不仅是“从本诗第三章里听到那热恋的呼声，完全是一二两章所叙的那场舞艺应有的效果”③ 可证，而且更具“模拟”性质，源于生活的色彩较浓。相比之下，“歌颂本朝文德”④ 当是后来的目的，对其初始意义的发掘，闻一多是所言在理的。当然，此时的文舞虽非如后代，

---

① 《全集》2卷209页。
② 《常任侠艺术考古论文选集》105、106页。
③ 《全集》4卷469—470页。
④ 《辞海》释《文舞》。

有显见的政治功利性，但较之原始舞蹈的生命情调，毕竟不同，尤其武舞，当如格罗塞所说："因为要它们能激动和鼓励战士，就成为社会人群抗战的城壁了。"①

《陈风·东门之枌》作为写舞蹈的诗，自无歧见。闻一多以其深邃的目光还看到了他人看不到的东西。诗中的"于差"、"于逝"二词，他赞同马瑞辰所奉董仲舒"求雨呼嗟之歌"之说，而"差逝一声之转"。这种"求雨"而舞的功利目的、巫术色彩，本已较视作娱乐性舞蹈来得深刻；闻先生还进一步训"市"、"越"、"迈"，更发他人之所未发。"市"字，人多释为市场，"子仲之子"，"不绩其麻，市也婆娑"，即"子仲家的姑娘"，"麻也不用绩，市上来舞一场"。② 闻一多却认为"市疑当为㳽……此本作㳽，即迣之省。《说文》：'迣，前顿也……"他在引录诸籍后总结道："㳽为舞蹈，故曰'㳽也婆娑'。婆娑即舞貌也。""越"字，人多以之同下"以"字连读，而"越以"作发语词。闻一多却认为"越"应读为"雩"，"越与粤通，粤雩古同字，故越可借为雩。雩必有舞。《论语·先进篇》：'风乎舞雩'……《公羊传·桓五年注》：'雩，旱请雨祭名，使童男女各八人舞而呼雩，故谓之雩。""迈"字，一般释为行、往、去。闻一多却认为"迈"应读为"万"，"金文万年或作迈年，是其比，万，万舞也。万舞一声之转，万即舞也……舞用足，故字或作迈……"③ 以上诸训，统一于求雨之舞，展现其巫术底蕴，又见陈国的特殊巫风，读之令人信服。

再看建筑。《邶风·静女》、《鄘风·桑中》、《郑风·子衿》都是爱情诗，这在今人恐怕很少有异议了，三首诗都写到男女幽会，闻一多通过对幽会地点作名物考证，实际上表现出艺术美源于生活真实的精神。在《诗经通义甲》释《邶风·静女》时，他详考"城隅"一词，就金文的象形起，考得"隅曲同义"，继就古代筑城必就隅为台，起屋其上，指出"经传言城隅，皆指此有屋之隅"，在广征典籍后，简言"城隅即楼"。而《桑中》的"上宫"，其实与"城隅"名异而实同，"宫隅城隅之屋，非人所常居，故行旅往来，或借以止宿，又以其地幽闲，而人所罕至，故亦为男女私会之所"。《子衿》有句："在城阙兮"，闻一多认为："城阙亦城隅、上宫之类"，在征引后更详言："城隅、上宫为城宫墙角之楼，城阙为城正面夹门两旁之楼，是城阙亦城隅、上宫之类，故亦为男女期会之处。"正因为这些所在"幽闲"，"人所罕至"，故是幽会的理想之地，所以他认为朱熹《诗集传》以《子衿》为"淫奔之诗"，是令人信服的。《诗序》以《静女》因"卫君无道，夫人无德"而"刺时"，《桑中》为"刺奔"，《子衿》刺"学校废"；郑《笺》谓《静女》中有"待礼而动，自防如城隅"意，而《子衿》的"城阙"则是"国乱人废学业，但好登高，见于城阙，以候望为乐"。闻一多考"城隅"、"上宫"、"城阙"三者近

---

① 《艺术的起源》338页。

② 余冠英《诗经选》，人民文学出版社1982年版138—139页。

③ 《诗经通义乙》，《全集》4卷298—230页。

义，“私会之所”、“期会之处”的结论使人心悦诚服。他还以近今推古，从李宗昉《黔记》所载未婚女与所欢悦者相聚之“马郎房”，到今夷寨中男女集聚之“公房”，言自己所得：“疑城隅、上宫、城阙即马郎房、公房之类”。[①] 这样的研究，并非纯是考证，其中对行为、心理之推测，完全出于生活，较之《诗序》及郑《笺》的迂腐，相去何其太远！

类似的还有《陈风》的《衡门》与《墓门》。“衡门”即横门，自无歧见，但横门又为何物、何用，闻一多认为：“衡门即横门，盖陈都城东西向之门……古者男女相会，多在城门外，其例不胜枚举。以诗言嬉游于泌水之中，偃息于衡门之下，与古俗情事吻合。若如旧说以为居室横木为门，言其浅陋，诗焉不曰‘衡门之内’，而曰‘衡门之下’乎？以是知其不然。”此说辅以对“泌之洋洋”的“泌”之解释：“案古祀高禖，为男女私会之所，其地必依山傍水，其名曰密，或分别山水言之，则山曰密，水曰泌，实则密泌音义并同。”则与“乐饥”、“食鱼”的廋辞相合。[②] 至于“墓门”之为墓道的门，亦无歧见。闻一多排比籍载因墓道幽僻而行淫、避乱、自杀诸例，认为此诗之意“盖妇人之夫尝于此墓道中与人肆情，故妇人过其地，不胜忿嫉，而为此诗焉”。[③] 倘不囿于《诗序》的刺陈文公之子陈陀之说，闻一多的理解也有一定道理。当然，相较而言，释《衡门》更令人信服。

再举《王风·君子于役》一例。此诗有“鸡栖于埘”、“鸡栖于桀”二句，对埘、桀应何解？《传》曰：“凿墙而栖曰埘。”“鸡栖于杙为桀。”闻一多对此并不盲从，他引诸籍，并从卜辞的象形字推考出“立橜于地，以栖鸡猴之属，其状如弋”的“弋”，而“桀”之古字“象两足立木上”，“与弋作竖立状者同意，故栖鸡之弋亦谓之桀。埘当作时。时弋古音近，时盖即弋。”又说：“自《传》训时为凿墙而栖，后人始加土作埘。时之本义与凿墙固无涉也。古诗‘鸡鸣桑树颠’，是古时之鸡好高栖，故畜鸡者亦顺其性而栖之于弋（时）。凿墙之制，则与今人累土四周者略同。其事当属后起，《诗经》时代恐不然也。”[④]

对于鸟兽草木之类，亦不妨举几例。闻一多的《〈新·新台〉“鸿”字说》解释《邶风·新台》“鱼网之设，鸿则离之”的“鸿”字，已因郭沫若为其全集所作序言之推举而闻名，此处不赘。《邶风·凯风》的“凯风自南，吹彼棘心”，《传》云：“棘（心）难长养者”，段玉裁进一步发挥：“棘心对下棘薪言，谓棘之初生萌蘖故云难长养者。”闻一多引十数种籍载相证，认为：“今以棘心为棘之异名（如松柏杨柳等），指棘之全体，则文从字顺，词意晓然矣。”[⑤] 又《邶风·匏有苦叶》之“苦叶”，闻一多排除诸解，独赏王先谦“苦”读为“枯”之见，因为“瓠叶枯时，

---

① 《全集》3卷375—377页。
② 《诗经通义乙》，《全集》4卷301页。
③ 《全集》4卷303—304页。
④ 《全集》4卷176—177页。
⑤ 《全集》4卷71—72页。

其实而坚强而中空，斯可取以备涉矣……《豳风》八月断壶，瓠以八月叶枯而可断，时秋水亦适至而渡处渐深，供与求应，如见天心。故诗人以‘匏有枯叶’与‘济有深涉’并言之。”① 此等训诂，皆合生活实际而言之，令人信服。

有些字义训诂，并非名物，诗中又无行动、情节可作推求，而闻一多仍能从生活真实、从审美原理中，发现其本义。《诗·周南·关雎》有“君子好逑”句，《周南·兔罝》有“公侯好仇”句，《卫风·木瓜》有“永以为好也”句。前者之“好”，《笺》释为“和好”，次者之“好”，《笺》亦作此意，后者之“好”，《笺》作“玩好”。闻一多认为：“好”字的本义，动词当为男女相爱，名词当为匹耦，至如形容词之美好，乃其引申义。“好本训匹耦，引申为美好，犹丽本训耦俪，引申为美丽也。匹耦之义，何因而得引申为美好乎？曰：称字本只作再，古作爯，从二手，故《说文》曰‘再，并举也。’今曰对称，配称，即用此义。”古代欧洲斯多葛派哲学家认为美在于比例对称，罗马作家西塞罗给美下的定义可作为代表：“美是物体各部分的适当比例，加上悦目的颜色。”② 闻一多亦取之以继释“好”字：

> 案对称为美学基本原则之一，原始装饰艺术应用对称原则，尤为普遍，故古人言“称”即等于言“好”，而好丽诸字之所以训美，实以其本义皆为匹耦也。

因之，他得出“上列各诗好字皆用本义”的结论。这样一来，“好逑”犹“匹耦”，“永以为好”即“永以为偶”。③ 这就是本来的面目！虽训诂，亦密切关合生活之本来面目和美学基本原理。“和好”、“玩好”之说，舍本逐末，欲得其“善”，却未得其“真”。

闻一多对《诗经》所作训诂，很注重事物与人的心理活动的关系。

观照艺术，联系心理活动，同样与生活密切相关。对《诗·周南·卷耳》中“我马玄黄”一句，毛《传》解作“玄马病则黄”，陈奂认为应作“马病则玄黄”，今本误倒。闻一多在《诗经通义甲》中，对陈奂之辨表示赞同，但认为“惟谓马之毛色，病则变为玄黄，则非是。”他说：“案玄黄者，诗人所拟想马视觉中之变态现象。凡人或因疲极，或由惊怖，每致瞑眩，后世谓之眼花……眼花者视物不审，但见玄黄纷错，五色交驰，此即所谓玄黄也。”他列举梁简文帝及杜甫诗中之“眼花”，《吕氏春秋》、《庄子》佚文中之“五色无主”，及“视舟如绿”、“看朱成碧”等诸多例子以证。这都是从生活经验中得来的真实生理——心理体验，当然较之仅言“病”之浅尝，或病而毛色变玄黄之别解，是深刻、正确得多。而且指出“诗人

---

① 《全集》4卷77—78页。
② 屠斯库伦《论文集》卷4第13篇。
③ 以上见《全集》3卷294页。

所拟想马视觉中之变态现象”，进而深入创作心理，说明字义的训诂不应当以单一的手段。无独有偶，《豳风·七月》中，亦有“载玄载黄，我朱孔阳，为公子裳”句，《传》云“祭服玄衣纁裳”（朱，深纁），《笺》云“凡染者，春暴练，夏纁玄，秋染夏”，都似有理，故今人解释亦将“玄”、“黄”作为所染之色。闻一多认为朱为裳色，正唯上所言仅一朱色，故下但言“为公子裳”，“若玄黄是染绘之色，则下不当不言衣，玄者衣之色也。”因此，他认为“光色夺目，亦谓之玄黄”，“载玄载黄”是“谓朱色鲜明，炫熿夺目。此自被视者言之”。故“玄黄”是“所以形容朱色之鲜明，非朱外别有玄黄二色也”。[①] 他的论证，排除二色者能令人信服，尤其结合生活体验，作“光色夺目”的解释，更为合理，也更具美感。

《诗经》中的比兴，往往不是一种简单的修辞，尤其表达妇女积怨之作，结合心理基础与生活体验而成的意象，更应以心相会，探其底蕴。《召南·江有汜》之首句“江有汜”，《邶风·谷风》的“湜湜其沚”，所称江汜云云，究竟何所取义？闻一多在《诗经新义》21则中，认为当与《卫风·氓》参互求之。《氓》有句：“淇则有岸，隰则有泮”，闻一多对郑《笺》所释作进一步深化：

> 案妇人盖以水喻其夫，以水道自喻（以佛洛德学说观之，此自为一种象征，而以水之旁流枝出不循正道者，喻夫之情爱别有所属）。诗意谓淇隰有崖岸以自拱持，故得循其正道，而不旁流枝出。人亦当以礼自拘制，勿使其情泛滥而不专一，今君子二三其德，情爱旁移，斯淇隰之不足喻耳。《江有汜》篇取兴与此略同。

《谷风》虽与二者造意微异，但“谓泾与渭同流则浊，及其溢为枝流，则湜湜然清，以喻夫与己居则异心，与新人居则和乐”，“此亦以水为喻”。[②] 闻一多注意到了弗洛伊德的心理学，西方所说的象征与我国的比兴不同，但都有赖以成立的心理基础。“情爱别有所属”，女子对男女之怨由是而生，河道依然，而水却泛滥旁溢，枝出而他向，从生活中得来的体验遂与适可相形的心理基础完满结合，就形成了“水喻其夫”和“水道自喻”的意象。以意逆之，深心忖度，同样离不开生活体验与心理体验的结合。

在《诗经通义甲》中，闻一多再释《江有汜》，更益之以民歌诸例：

> 好个堰塘又无水，好个姐儿又无郎。（川东《情歌》）

> 早早认得贪花路偌远，生死守着老花园，守着干沟等水放，守着死树等花

---

① 《全集》3卷299—230页。

② 《全集》3卷281—282页。

开。(云南《罗次情歌》)

我是河中大石头，过了多少水波浪。(《寻甸情歌》)

尤其川东《情歌》："送郎看见一条河，河边一个回水沱，江水也有回头意，情哥切莫丢了奴。"他认为"与本篇造意最近。"至如广东《梅县情歌》："河水大里（了）河岸崩，阿妹走里（了）那儿跟，妹子走里（了）无处问，朝看日头夜看星。"虽以水喻女，与传统习惯相反，"然设喻之基本母题，固犹未变"。[①] 在这原型流变之中，母题依然，更说明时虽有古今之异，审美心理与生活体验并非不同。

日月是中国文学中的常见意象，汉代阴阳五行说流行后，大概由于太阳与白天、光明、温暖相联系，而月亮与夜晚、黑暗、阴冷相联系，人们就以之分别代表阳与阴，又及于男与女。汉代的伏羲、女娲像就可以说明这点。倘言武梁祠伏羲、女娲的人首蛇身交尾像只关阴阳、未及日月的话，抗战期间重庆沙坪坝出土的汉代石棺，其人首蛇身像一捧日轮、一捧月轮，就充分说明日月、阴阳、男女的关系。汉人囿于阴阳之见，故在释《诗经》中的日、月时，就未免出错。如郑《笺》说："日月喻国君与夫人也"[②]，"日月之行，迭往迭来。今君子独久行役而不来，使我心悠悠然思之。女怨之辞"。[③] 闻一多认为："天象之著者莫著于日月，以天地比夫妇，言日月犹言天也。"他引《国风》中六例，雄辩地证明"《国风》中凡妇人之诗而言日月者，皆以喻其夫"。他继而指出："夫妻之道犹君臣也。是以夫之于妻亦曰照临，妻之于夫亦日仰望。"这样又与君臣关系相通。[④] 文学作品的意象，其美学意蕴具有时代性，受着时代哲学观念影响的研究者，且不能以今释古，不能无视时代的心理及联想，不能使源、流相淆，闻一多破汉儒之见，就是一个范例。

《诗经》中写及"薪"者甚多，郑《笺》虽看到薪以喻女，但诚如闻一多所说："所喻之女，时而贞絜，时而嫉妒，时而贤淑，不免凭肊附会。"他排比众例，析其喻义，明确断语："析薪束薪盖上世婚礼中实有之仪式，非泛泛举譬也。"又谓："《诗》中又有不明言薪，而意中仍以薪喻婚姻者。"他又举乐府《白头吟》"郭东亦有樵，郭西亦有樵，两樵相雅与，无亲为谁骄"，谓"樵即析薪之人，而析薪为取妻之象"，"此古诗兴义之仅存者，可与三百篇互证也"。[⑤] 虽后人解诗已很难将薪与婚姻联系起来，连汉代后亦仅余一例存古之兴义，但闻一多在援《诗经》中多例的论析中，赏文析字，比照推论，又举《汉广》、《车舝》、《东山》所实写之薪与婚姻之关系，结论足以服人。这不但是一个文化发现，而且说明艺术形象由于

① 《全集》3卷335—337页。
② 《邶风·日月》。
③ 《邶风·雄雉》。
④ 《全集》3卷346—347页，354页。
⑤ 《全集》3卷362—363页。

营造过程中的文化背景影响，其可能会由于文化形态的沿袭而形成意象的递相沿袭性，但也会由文化形态的转化、中断而随之变化。作为艺术形象的美，确如车尔尼雪夫斯基所说，“是为那一代而存在”，但能发现“那一代”特定的美，并非易事。

以上我们从几个不同而又相关的角度，论列了闻一多先生对《诗经》作名物训诂的特点和成就，而这，仅是他的著作中的一部分。郭沫若的序言在举他对“鸿”（《诗·邶风·新台》）和“顾菟”（《天问》）的二例考证后说：“像这样细密新颖地发前人所未发的胜义，在全稿中触目皆是，真是到了可以使人瞠惑的地步。”[①] 这也是我们的感受和赞叹。

至此，我们对闻一多先生的《诗经》研究作了一番论列，挂一漏万，成就之荦荦大者已可见一斑。当年胡适曾在《〈国学季刊〉发刊宣言》中说：“这三百年之中，几乎只有经师，而无思想家；只有校史者，而无史家；只有校注，而无著作。”揆诸此前的《诗经》研究，多的是校注，却较少史识与思想。而闻一多的《诗经》研究，在文字考释、训诂上能汲取众长，出己之见，推陈出新，与前人及同时代人相较，尤以史识、思想胜出，至于独到的文化发现，更是他人所莫及。梁实秋《谈闻一多》曾说：“他自己从来没有夸述过他对《诗经》研究的贡献，但是作品俱在，其价值是大家公认的。清儒解诗，王引之的贡献很大，他是得力于他的音韵训诂的知识之渊博，但是一多则更进一步，于音韵训诂之外再运用西洋近代社会科学的方法……平心而论，他相当重视佛洛伊德的学说，但并未使用这一个学说来解释所有的诗篇。”[②] 这是很公允的说法。他当年在清华讲授《诗经》，曾遭“是《水浒传》的讲法，江湖派！”的讥诋[③]，但历史是最公正的裁判，这已毋庸赘言。

闻一多在《匡斋尺牍》中说：“你该记得《诗经》的作者是生在起码二千五百年以前。用我们自己的眼光，我们自己的心理去读《诗经》，行吗？惟其如此，我们才要设法建立一个客观的标准，虽则客观依然是相对的。但是要建立客观的标准，最低限度恐怕也只有采用推论法一途。然而推论的根据又在那里？难题就在这一点上。”[④] 他又说：“我们的官觉灵敏了，情感细腻了，思想缜密了，一切都变好了。二千五百年的文化将我们一步一步地改良到这样，我们能够一下子退得回去吗？”[⑤] 因之，他借佛朗士“灵魂的探险”一语，来称呼自己对《诗经》的研究。然而，我们纵观他对《诗经》的研究，就可以发现：他的“灵魂的探险”是成功的！他不仅逾越了“辨伪”的难关，而且真正穿越了二千五百年的时间密雾，“去悟入那完全和你生疏的‘诗人’的心理”，终于做到了“我们要了解的是诗人，不是圣人”。[⑥]

---

① 《全集》12 卷 433 页。
② 转引自《长编》414 页。
③ 《长编》484 页。
④ 《全集》3 卷 200 页。
⑤ 《全集》3 卷 201 页。
⑥ 《全集》3 卷 199 页。

陈寅恪先生曾说过："……其真能于思想上自成系统，有所创获者，必须一方面吸收输入外来之学说，一方面不忘本来民族之地位。"① 这虽是对思想史、哲学史而言，同样也可以看成闻一多《诗经》研究取得成功的原因。

① 冯友兰《〈中国哲学史〉审查报告》，中华书局1961年版。

四 《楚辞》研究的独创性

《楚辞》是《诗经》之后我国文学史、文化史上的一座丰碑，刘勰《文心雕龙·辨骚》曾为之感叹："自《风》、《雅》寝声，莫或抽绪；奇文郁起，其《离骚》哉！固已轩翥诗人之后，奋飞辞家之前；岂去圣之未远，而楚人之多才乎?"《楚辞》虽未取得《诗》的"经"的地位，却也往往《诗》《骚》并称，问世以来，治之者众。虽《四库全书》仅收王逸《楚辞章句》等6部，存目17部，但据统计，自两汉以迄清代，计有研究《楚辞》的专著近400种，专论近200篇，札记千余题①，可见研究之兴盛。

"五四"以后，《楚辞》研究在辑集、注释、考订、评论这四项传统内容之外，翻开了现代化的一页。导夫先路的是王国维。王氏在1905年以前已写了《红楼梦评论》等文学论文，此后的论文中，有《屈子文学之精神》，提出了著名的观点："大诗歌之出，必须侯北方人之感情，与南方人之想象合而为一，即必通南北之骑驿而后可，斯即屈子其人也。"② 并从文学的角度概括了《楚辞》的特征及对《诗经》的发展。"五四"以后，疑古派主导了学术潮流，王国维却不为所动，"取地下之实物与纸上之遗文互相印证"③，以出土的甲骨文证《山海经》、《竹书纪年》、《史记》等典籍所载的真实性，并为读通《天问》扫除了障碍。但是，疑古派如顾颉刚先生，努力于将历史还原为神话传说，胡适则在1922年9月发表了《读楚辞》一文，列举了《史记·屈原列传》的五大疑点，认为屈原是"箭垛式"的人物。此前，"旧人物"阵营的廖平已否定了屈原的存在，新学者的代表胡适一发此论，应者颇多。梁启超不久即在东南大学文哲会上演讲，后成《屈原研究》一文（载《饮冰室文集》第14册），从哲学勃兴的背景，楚文化与中原文化融合，及屈原个人的独特遭遇三方面分析屈原及《楚辞》出现的必然性，既作纵向比较，又与西方文学相比，肯定其成就，赞美屈原的人格。文中虽有评论旧注的内容，但所用进化论和比较文学的方法，更具示范意义。梁氏所为，显是针对胡适的。

梁启超、王国维、胡适这三位学界代表人物，实际上揭开了20世纪《楚辞》学术史的帷幕。

1924年4月，陆侃如出版了《屈原评传》，1925年，游国恩出版了《楚辞概论》。前者评论屈原及作品，后者分6篇，约15万字，均是较早的重要著作。此后，

---

① 见姚汉荣《楚文化寻绎》216页，学林出版社1990年版。

② 世界文库本《晚清文选》，转引自《中国历代文论选》第4册384页，上海古籍出版社1980年版。

③ 陈寅恪语，见《王静安先生遗书序》。

《楚辞》研究大致沿着“疑古是我们的主张，考证是我们的方法”（《楚辞概论》陆侃如“序”中语）的路径前行。考订作品的真伪、作期，探讨篇名释义及作品篇次，考证屈原的生卒、事迹，评论屈原的思想，是此后20多年《楚辞》研究的主要课题。郭沫若、游国恩、陆侃如、刘永济、姜亮夫、刘盼遂、朱季海以及文字学家于省吾，当是此期成绩卓著的《楚辞》学家，再就是“以研究《楚辞》的影响最大，用力最多，成绩也最突出，研究方法更纯熟，可以说达到了当时的最高的学术水准。在‘五四’以后的《楚辞》研究史上具有开拓性的地位”的闻一多。①

闻一多先生研究《楚辞》始于1930年后。1929年，游国恩先生被聘为武大中国文学系讲师，讲授“楚辞”课程。游先生之受聘，是缘于闻先生读到游著《楚辞概论》，以文学院长的身份向武大当局推荐。游先生来后，亦建议闻先生研究《楚辞》。1930年6月，闻一多在武大的学潮中招致攻击，愤而辞职，秋天转至青岛大学。1932年春，游国恩也到青岛大学，与闻一多同住一楼，经常谈论《楚辞》。当年秋，闻一多回清华任教，次年7月致信游国恩，谓下年讲授“楚辞”课程，故近来颇致力于此书，而暑假过后即开讲此课，可见，他之研究《楚辞》是开始得较晚，且与游国恩大有关系的。游先生后来又在西南联大与闻先生同事，二人在《楚辞》研究上建立了深厚友谊，一位是“可以说达到了当时的最高的学术水准”，一位是“现代《楚辞》学的集大成者”②，可称现代学术史上的一段佳话。

闻一多治《楚辞》既重清人札记，又重新得材料。1933年致信游国恩，谓“清代大师札记宜多涉猎，以其披沙拣金，往往见宝也”。③ 1936年3月又致信游国恩，称“敦煌旧抄骞公《楚辞音》残卷，内有郭景纯《楚辞注》数则，并洪氏未引之释文一则，诚希世宝笈也。”④ 他在《敦煌旧钞本楚辞音残卷跋（附校勘记）》中说：“自殷墟之役以来，数十年间，惊人之事多矣。即以重民先生近所剔发于巴黎者言，此尺幅断轴，亦毫末之于马体而已。然而于《楚辞》之学已不啻启一新纪元。”⑤ 而游国恩在20多年后的北大中文系文献专业开设的专题课“楚辞讲录”讲稿中，还专就这一残卷在校勘、训释、音韵上的重要意义和价值，作了简要而精到的说明。

闻一多的《楚辞》研究，正如他在《楚辞校补·引言》中所说，是针对这组作品的三种困难而给自己定下了三项课题：说明背景，诠释词义，校正文字。亦如他所说，第三项先行结束，尽量将第二项容纳其中，一并提出。相较而言，因“情势迫我提早交卷”，“借此可以腾出时间来多作点别的事”⑥，第一项课题并未

---

① 见王瑶主编《中国文学研究现代化进程》，北京大学出版社1996年版468页。

② 王瑶语，《中国文学研究现代化进程》，北京大学出版社1996年版454页。

③ 《全集》12卷270页。

④ 《全集》12卷278页。

⑤ 《全集》5卷47页。

⑥ 《全集》5卷113页。

同时交卷。所以，现收入《全集》第5卷的全部《楚辞》研究成果中，除上述敦煌钞本《楚辞音》的校勘外，《楚辞斠补甲》①、《楚辞斠补乙》②、《离骚解诂甲》③、《离骚解诂乙》④、《楚郊祀东皇太一乐歌》、《九歌解诂》、《天问释天》⑤、《天问疏证》、《九章解诂》，以及《楚辞校补》⑥ 等，基本都属"诠释词义"、"校正文字"范畴。

《楚辞校补》引用古今旧校材料5家，新采校勘材料引书65种，采用古今诸家成说之涉及校正文字者计28家，此书获教育部学术审议会颁发的1943年度学术二等奖，是公认的力作。以上其他的诸作亦多有博采众长、断以己意的特点，如《离骚解诂乙》所征引者就有古今46家之多。尽管这些著作都被闻一多视作基础性的工作，目的在于为读者解决读书的困难，但已被郭沫若赞为"在文字训诂上极有价值的文字"，"当代的考据家们，假使能有得一篇，也就尽足以自豪的"。⑦ 而且他的训诂、考据，是与把握时代背景和意识形态紧密相连的，是与多门学科密切结合的，他在《楚辞》学的这方面成就，亦如前述的研究《诗经》成就，是有着前人所不具备的深厚文化内涵的。

闻一多的另一类著作，近于"说明背景"，对"时代"和"作者个人的意识形态"等，作了较深入的研究。它们同一些考证文章一起，大致从"论"与"考"两方面构成下面五个内容：屈原、《离骚》、端午节、《九歌》、《九章》的研究。此外，还有未收入《全集》而见于郑临川的《闻一多论古典文学》的文字，即闻先生1940—1941年在西南联大主讲"楚辞"课的记录，共分八个专题：《〈楚辞〉与神仙思想》、《〈离骚〉与"仙真人诗"》、《〈楚辞〉中的"兮"字说》、《论〈九章〉》、《论〈天问〉》、《论〈九辩〉》、《谈〈楚辞〉的分类》、《屈原论》。

正如郑临川先生在为这记录撰写的按语中所说，"在这里，我们可以看到先生一向坚持的纯学术观点在新的政治斗争形势下逐渐有所突破"，而"两三年后，先生积极参加反独裁争民主的政治运动"⑧，使他的全盘计划未能完成。但是以闻一多为代表的"所开辟的古典文学的人类学、民俗学研究在现代学术史上具有方法论上的典范意义，至今在学界仍有其余响"⑨。他的《楚辞》研究当然包括在内。

下面，拟从五方面评述闻先生的《楚辞》研究。

---

① 原载1935年武汉大学《文哲季刊》5卷1号，未收入开明版《全集》。

② 原无"乙"字，载1936年6月《清华学报》，未收入开明版《全集》。

③ 原无"甲"字，载1936年1月《清华学报》，收入开明版《全集》。

④ 原无"乙"字，据上海古籍出版社1985年单行本收入。

⑤ 原载1936年1月《清华学报》，收入开明版《全集》。

⑥ 1942年3月国民图书出版社出版，收入开明版《全集》。

⑦ 《全集》12卷435页。

⑧ 《闻一多论古典文学》，重庆出版社1984年版81页。

⑨ 叶舒宪、萧兵、王建辉《"中国文化的人类学破译系列"的说明》。

（一）巫文化与《楚辞》

楚国的祖先，据说是黄帝的后裔。鬻熊之子事文王，其后代熊绎在成王时代被封于楚地。西周的北方君主诸侯都将楚国看成蛮族，楚国人自己也承认自己是蛮夷。楚国独处南方，《史记·货殖列传》曾说到它的经济特点：“楚国之地，地广人稀。饭稻羹鱼，或火耕而水耨。果陏蠃蛤，不待贾而足。地势饶食，无饥馑之患。”《汉书·地理志》也有类似记载。《左传》、《国语》多次说到楚国的物产丰饶。这样的经济情况当然优于北方诸国，所以楚人较之北方，似较少忧患，不是那样少年老成，而是怀着童年的天真去娱神、乐神。的确，《楚辞》中没有《诗经》那种紧贴现实生活的“饥者歌其食，劳者歌其事”的任何作品，它呈现的文化风貌与《诗经》很不相同。

楚国在江淮流域，很早就接触殷商文化。殷商灭亡后，其文化分成两支：一支在北方与周文化融合并发展，另一支保存在宋、楚南方。王国维曾说：“夏商间政治文物的变革，不像商周间那样激烈，商周间大变革……是旧制度废而新制度兴，旧文化废而新文化兴。”① 这里不论制度，其文化之不同，仅取一点就可以见到，此即：“殷人尊神，率民以事神，先鬼而后礼……周人尊礼尚施，事鬼敬神而远之。”② 楚人之承殷商文化，其中也继承了尊神敬鬼的传统。故《汉书·地理志下》云：“楚地……信巫鬼，重淫祀。”这里还应指出，除文化传承关系外，楚国的自然地理特征，也助长了信巫重祀之风。王夫之《楚辞通释序例》说：“……楚，泽国也；其南沅、湘之交，抑山国也。叠波旷宇，以荡遥情，而迫之以崟嵚戌削之幽菀，故推宕无涯，而天采矗然，江山光怪之气，莫能揜抑。”宗白华先生在论钟鼎镜盘的境界时说：“当时人尚系在山泽原野中与天地的大气流衍及自然界奇禽异兽的活泼生命相接触，且对之有神魔的感觉。（楚辞中所表现的境界）他们从深心里感觉万物有神魔的生命与力量。所以他们雕绘的生物也琦玮诡谲，呈现异样的生气魔力。”③ 时至今日，神农架屡有野人出没之说，更何怪两千多年前了。

由上可见，《楚辞》时代虽较《诗经》晚，但《诗经》的文化背景是“尊礼尚施，事鬼敬神而远之”的周文化，而《楚辞》却仍在“尊神”、“事神”、“先鬼而后礼”的巫史文化阶段。

在《诗》成为“经”之后，汉代学者为推尊《楚辞》的地位，常将其与前者相拟，并入之于“诗教”范围。如淮南王刘安就说过：“《国风》好色而不淫，《小雅》怨诽而不乱，若《离骚》者，可谓兼之矣。”④ 为驳斥班固对屈原“露才扬己”

---

① 《观堂集林·殷周制度论》。

② 《礼记·表记》上。

③ 《美学散步》，上海人民出版社1981年版105页。

④ 班固《离骚序》引刘安《离骚传序》。

之责，首为《楚辞》作注的王逸，在《楚辞章句序》中，发“夫《离骚》之文，依托五经以立义”之论。刘勰《文心雕龙》专立《辨骚》一章，认为其典诰之体、规讽之旨、比兴之义、忠怨之辞，“观兹四事，同于风雅者也”，而谲怪之谈、诡异之辞、狷狭之志、荒淫之意，“摘此四事，异乎经典者也”。应该说，刘勰还是很有眼光的，因为他毕竟看到了“托云龙，说迂怪，丰隆求宓妃，鸩鸟媒娀女”的“诡异之辞”，和“康回倾地，夷羿彃日，木夫九首，土伯三目”的“谲怪之谈”，显与现实主义的《诗经》不同。很可惜，历来的研究者还多持《骚》自《诗》出的观点，即使现当代的不少学者也以《楚辞》是学习了《诗经》的刺政精神和比兴手法，却全然无视二者文化背景的不同。

闻一多先生研究《楚辞》，有自己独特的眼光。在《屈原问题——敬质孙次舟先生》[①] 一文中，他有一个总括性的说法：

> 中国文学有两个截然不同的传统，一个是《诗经》，一个是《楚辞》，历来总喜欢把它们连成一串，真是痴人说梦。《诗经》不属本文的范围，姑且不去管它。关于《楚辞》这传统的来源，从来没有人认真追究过，对于它的价值，也很少有正确的估计。我以为在传统来源问题的探究上，从前廖季平先生的《离骚》即秦博士的《仙真人诗》的说法，是真正著上了一点边儿……质言之，依孙先生的看法，只可以解释这里面男人为什么要说女人话，还不能解释人为什么要说鬼话（或神话）。

在这里，闻一多提出了一个“仙真人诗”的问题，并说“我每逢读到这篇奇文（按：指《离骚》），总仿佛看见一个粉墨登场的神采奕奕、潇洒出尘的美男子，扮演着一个什么名正则、字灵均的‘神仙中人’说话（毋宁说是唱歌）”。这里，已近乎接触到从表演形式（代言体的演出）到文化背景的揭示，但真正道出《楚辞》与巫文化关系的，则见于他的论《九歌》。

后汉王逸在《楚辞章句·九歌序》中，已说及《九歌》与巫觋的关系：“《九歌》者，屈原之所作也。昔楚国南部之邑，沅、湘之间，其俗信鬼而好祠。其祠必作歌乐，鼓舞以乐诸神。屈原放逐，窜伏其域，怀忧苦毒，愁思沸郁。出见俗人祭祀之礼，歌舞之乐，其词鄙陋，因为作《九歌》之曲……”但以朱熹之见，却认为屈原对其歌词的内容和形式都作了“更定”：“……蛮荆陋俗，词既鄙俚，而其阴阳人鬼之间，又或不能无亵慢荒淫之杂。原既放逐，见而感之，故颇为更定其词，去其泰甚。”[②] 闻一多在《什么是九歌》一文中，明确地指出了《九歌》与“巫音”的关系。他在该文最后的《巫术与巫音》中，肯定了苏雪林以“人神恋爱”解释

---

① 原载《中原》1945 年 10 月第 2 卷第 2 期。

② 《楚辞集注·九歌序》。

《九歌》的说法，但又指出“是扮演‘人神恋爱’的故事，不是实际的‘人神恋爱’的宗教行为。”他非常正确地肯定了作为“巫音”的《九歌》所重在“音”：“《吕氏春秋·古乐篇》曰‘楚之衰也，作为巫音。’八章诚然是典型的‘巫音’，但‘巫音’断乎不是‘巫术’，因为在‘巫音’中，人们所感兴趣的，毕竟是‘音’的部分远胜于‘巫’的部分。”① 闻一多对于《九歌》作为“巫音”，具体又怎样看呢？

闻一多先从神话的九歌说起，作为“天乐”，被后启偷到人间，“《九歌》韶舞是夏人的盛乐，或许只郊祭上帝时方能使用……正如一般原始社会的音乐，这乐舞的内容颇为猥亵。只因原始生活中，宗教与性爱颇不易分，所以虽猥亵而仍不妨为享神的乐”。② 而《楚辞·九歌》“一方面是外形几乎完全放弃了旧有的格局，内容则仍本着那原始的情欲冲动，经过文化的提炼作用，而升华为飘然欲仙的诗”。③ 实际上，《九歌》的人神恋爱的场面，声色相娱的歌舞，“士女杂坐，乱而不分”的情景，都可证闻一多所说是正确的。将《九歌》定为“巫音”而非“巫术”，闻一多在该文之五“九神的任务及其地位”中，有这样的看法：“……九神便是这九章之歌中的主角，原来他们到场是为着‘效欢’以‘虞太一’的。这些神道们——实际是神所‘凭依’的巫们——按照各自的身份，分班表演着程度不同的哀艳的或悲壮的小故事，情形就和近世神庙中演戏差不多。不同的只是在当时，戏是由小神们做给大神瞧的，而参加祭礼的人们是沾了大神的光而得到看热闹的机会；现在则专门给小神当代理人的巫既变成了职业戏班，而因尸祭制度的废弃，大神只是一只‘土木形骸’的偶像，并看不懂戏，于是群众便索性把他撇开，自己霸占了戏场而成为正式的观众了。”④ 这实际上是说明了巫史文化已从“自公以下至于庶人，其谁敢不齐肃恭敬致力于神”⑤ 的“民神不杂”，降而变为偃蹇姣服、芳菲满堂的人神声息相通、情意相融的“人神不分”，祈福弭灾的巫术，变为媚神、娱神的巫音。

有人认为，《九歌》既无巫觋降神之举，又无颂祝之辞，故无关乎巫。但实际上，王逸既云“祭祀之礼”，又云“歌舞之乐”，《九歌》应是与“祭祀之礼”密切相关的“歌舞之乐”。闻一多取郑振铎、孙作云、丁山等人所见，将《东皇太一》和《礼魂》看作迎神、送神曲，他认为，这二者是“实质的迎送的祭典”，另九章“是粉墨登场式的表演迎送的故事”，这实际上“歌舞之乐”已压倒了“祭祀之礼”。他在论二章与九章的关系时说：“就宗教观点说，二章是作为祭歌主体的迎送神曲，九章即真正的《九歌》，只是祭歌中的插曲”，“反之，就艺术观点说，九章

① 《全集》5卷351页，所引《吕氏春秋》“哀”字错，更正为“衰”。
② 《全集》5卷338页。
③ 《全集》5卷340页。
④ 《全集》5卷343页。
⑤ 《国语·楚语下》。

是十一章中真正的精华，二章则是传统形式上一头一尾的具文”。[①] 更具体地说明了“礼”与“乐”的关系。由于祭祀中既有“像东皇太一那样的一神教的上帝”、“正式宗教的神”，更有“崇拜发生得最早”的“日、云、星、山、川一类的自然神”，而且，“东君以下八神代表巫术降神的原始信仰”，这一祭神的“歌舞之乐”所具备的巫文化性质，可谓不言而喻。再者，虽说“巫音”不同于巫术，但既为“巫”，就有其特定含义：“巫，祝也。女能事无形以舞降神者也。”[②] 在古文字中，巫字与舞字相同，“恒舞于宫，酣歌于室，时谓巫风”[③]，《九歌》是歌舞剧，以巫任之，恒舞酣歌，以舞降神，正是巫音的特点。

当然，最足以作为《楚辞》代表的无疑是《离骚》。对于《离骚》，闻一多有一个总体性的看法，即“仙真人诗”。在《屈原问题》中，他说：“自‘驷玉虬以乘鹥兮，溘埃风余上征’以下一大段，中间讲到羲和，望舒，飞廉，雷师，讲到虙妃，有娀，有虞二姚，整个离开了这个现实世界，像这类的话，似乎非《仙真人诗》不足以解释。”[④] 何谓“仙真人诗”？他说：“‘仙真人诗’，就是以仙人为题材的独白式的歌剧”，但又说：“可是《离骚》既是‘仙真人诗’，又不是‘仙真人诗’，这话如何理解呢？这是因为《离骚》中夹有不少凡人的辞语，我们可以解释这是屈原利用当时流行的‘仙真人诗’的体裁而抒发个人的骚怨，借以讽谏他的楚君。然而这样写法是主动的还是被动的，我以为都有可能，只要我们用读‘仙真人诗’的观点去读《离骚》，好些问题就容易理解了。为什么呢？因为我们已经懂得《离骚》用的是以旧瓶装新酒的写法，在结构上不免仙凡成分相杂，辞语的衔接自难天衣无缝，这可说明《离骚》文中何以有时会出现前后文意不相协调的原因。”[⑤] 仙凡相杂的“凡”的部分就是“骚怨”和“讽谏”，就是在《屈原问题》中所说的“优伶丢掉了他剧中人的身份，说出自己的心事来，于是个人的身世，国家的命运，变成哀怨和愤怒，火浆似的喷向听众，炙灼着，燃烧着千百人的心”[⑥]，这里实际上是说，《离骚》不同于一般的抒情诗，而是屈原所写的代言体作品，由于仙凡相杂，前后文意不相协调，可以让我们窥见这种“主观”或“代言”不时凸现的特点，在高潮时，二者难分，所以才会“这时大概他自己也不知道是在演戏，还是骂街吧”。[⑦]

当然，我们现在很少注意闻先生对《离骚》中“求女”的解释，将此举看成神仙思想的产物。但他所说的“自‘朝发轫于苍梧兮’以下至乱词前，凡五段，皆游

① 《全集》5卷343页。
② 《说文解字》。
③ 《商书》。
④ 《全集》5卷24页。
⑤ 《闻一多论古典文学》，重庆出版社1984年版56—57页。
⑥ 《全集》5卷25页。
⑦ 《全集》5卷25页。

仙之词，而游仙之中心活动则为求女”，并引汉晋人诗赋中语十余事以举隅，论定“《离骚》确为后世游仙诗不祧之祖”[①]，无疑是正确的。闻一多既将《离骚》看作“仙真人诗”，但又能正视其中的巫文化色彩。他在释“命灵氛为余占之”时，引《大荒西经》曰：“大荒之中有灵山，巫咸、巫即、巫盼、巫彭、巫姑、巫真、巫礼、巫抵、巫谢、巫罗十巫，从此升降，百药爰生。”并说：“疑灵氛即巫盼。”[②]《离骚解诂甲》说得更详：“王注曰：‘灵氛，古明占吉凶者。’案下文又言求占于巫咸。《淮南子·墬形篇》高注曰‘巫咸知天道，明吉凶’，是灵氛之职司，与巫咸无异。《九歌·云中君》篇注曰‘楚人名巫为灵’，然则灵氛亦巫也。”[③]我们认为，《离骚》主要作为政治抒情诗，其主体是作者的主观抒情，但刘勰所说的“诡异之辞”、“谲怪之谈”，神话传说的深层之中，充满了巫文化色彩。尤其“济沅湘以南征兮，就重华而陈词”，“就前圣以正之”[④]的举动，只有“其智能上下比义，其圣能光远宣朗，其明能光照之，其聪能听彻之”的巫觋才能使“如是则明神降之”[⑤]；而灵氛占卜、巫咸夕降之举，以及“灵氛勉其远逝以求女，巫咸则劝其姑留以待时……终以楚俗太变，势难再合，故不听巫咸之言，而决从灵氛之占也。”[⑥]都可见巫觋地位之高。这清楚地表明：《离骚》在表现理性和现实的同时，还留着巫文化的色彩。

（二）神仙思想的表现

因为《楚辞》是以历史上第一位大诗人屈原为主的创作结集，理性的内容，抒情的色彩，毕竟与原始巫歌大不相同，所以闻一多对此未作更多的发掘和论述。我们注意到，他对于神仙思想的探源和分析，对于其在文学上的影响，有着非常深刻的见解。

据弗雷泽的见解，人类的智力随着对世界认识的发展，在经历前宗教或前万物有灵论的信仰之后，就进入巫术阶段，然后是宗教阶段，最后才是科学。巫术——宗教——科学，是人类发展的三阶段。但是，其间又难以绝对划分，“宗教和巫术的这种混淆还一直残留在那些文化程度较高的民族中，既曾经流传在古印度和古埃及，也绝没有从现代欧洲农民中消失。”[⑦]先秦时代固然是理性精神占据主导的时代，但也是巫风犹存、宗教萌生，二者相混的时代。闻一多《神仙考》等论著，对

---

① 见《离骚解诂乙》，《全集》5卷314、315页。

② 《全集》5卷325页。

③ 《全集》5卷271页。

④ 蒋骥语。

⑤ 《国语·楚语下》。

⑥ 闻一多引游国恩语，《离骚解诂乙》，《全集》5卷332页。

⑦ 《金枝》81页。

这一现象的考察，对其投影于文学的认定，都值得我们注意。

闻一多在《道教的精神》一文中，已说："我常疑心这哲学或玄学的道家思想必有一个前身，而这个前身很可能是某种富有神秘思想的原始宗教，或更具体点讲，一种巫教。"尤其指出庄子《逍遥游》、《大宗师》、《齐物论》所描述的神人、真人并非"寓言"，"实即人格化了的灵魂"。由于宗教的最基本出发点在于灵魂不死的信念，闻一多的见解较之现今论著将神人、真人看作庄子所描述的"理想人格"，似更具合理性。庄子之时，南楚巫风犹盛，冯友兰先生就曾指出："庄子为宋人，然庄子之思想，实与楚人为近……《庄子》书中，思想文体，皆极超旷。《天运篇》谓：……此段形式内容，皆与《天问》一致。"① 在这蒙昧与理性相混，既幼稚又好奇，既有困惑又有探索的时代，"富有神秘思想的原始宗教"当并非子虚乌有。至少，"神仙"之说是不待汉代始生，其对文学的影响可见之于《楚辞》，闻一多对此作了较深入的论述。

《神仙考》② 指出：春秋时齐国及其邻近地区与他国铜器铭文的嘏辞不同，由其不同，则可见齐地的不死观念，学者们断定这不死观念即神仙说的滥觞，由于齐地滨海，海上岛屿及蜃气刺激了想象。所说虽非无由，"但都不免把问题看得太简单了。实则春秋时的不死观念不曾直接产生战国时的神仙说，齐国（山东半岛）也并非神仙的发祥地，因之海与神仙亦无因果关系"。③ 闻一多认为，齐之所以前有不死观念，后有神仙说，当于其种族来源中求解答。他考证出齐人本为西方的羌族，内徙而华化，羌族的葬俗为火葬，"火葬的意义是灵魂因乘火上天而求得永生，故古书所载火葬俗流行的地方，也是'不死'传说发生的地方……很可能齐人的不死观念是当初从西方带进来的。"④ 齐人将演变后生成的肉体与灵魂并生的观念带到东方后，受土著思想影响，又演为纯粹的肉体不死。到战国初年，燕齐一带由于西方思想的第二度东传，又突然出现神仙传说，"所谓神仙者，实即因灵魂不死观念逐渐具体化而产生出来的想象的或半想象的人物"。⑤ 他在另一处说道："我认为神仙思想应该是羌人思想第一次传入齐国，而方士思想却是第二次。"⑥ 神仙思想对于先秦文学有何影响呢？"登遐"可谓很重要的一点。其本义是火葬，人死后"聚柴薪而焚之，燻上，谓之登遐"⑦，后刘昼《新论·风俗篇》作"升霞"，《太平广记》引《博物志》作"登霞"。"登霞"的本意是火化时灵魂乘火上升于天，这名词传入中

---

① 《中国哲学史》277、278页，中华书局1961年版。

② 原载昆明《中央日报》副刊"人文科学"第二期、第三期，1941年1月13日、20日，收入开明版《闻一多全集·神话与诗》，编入新版《全集》第3卷。

③ 《全集》3卷133页。

④ 《全集》3卷134—135页。

⑤ 《全集》3卷136页。

⑥ 《闻一多论古典文学》49页。

⑦ 《墨子·节葬》下篇。

国后有两种用法：帝王之死和仙人飞升。闻一多认为，《庄子》每讲到至人、神人、真人、大人，如何游于六合之外，无何有之乡，实是源于这种灵魂飞升的观念。他在西南联大讲课时说："上面说的登遐，乃是由火化后魂魄随烟霞上升而形成的观念，故魂必然是漂浮不定的，所以《易·系辞》云：'游魂为变。'《白虎通义》云：'魂，犹伝伝也，行不休也。'雲，古写作ε，而魂字结构从云，从鬼，乃古人想象中的鬼云或云鬼。因此，人们理想中的神仙一定是喜爱并善于云游的。既然好游，就越远越好，《楚辞》的《远游》篇即本此意而作。"并说："从《庄子》到《楚辞》，这中间大可沟通。"[①] 他不仅认为《远游》的"载营魄而登霞兮，掩浮云而上征"，与灵魂飞升相合，而且神仙思想对《楚辞》的影响尚有几端。

一是伴随着飞升的"游仙"，形成了"役使鬼神"的阵营，遂有"以龙为马，以云霓彗星之类为旌旗。有舆驾，还得有仪卫，这是由风雨电雷以及其他种种神灵鬼怪组成的。"《神仙考》的注释排比"驾龙辀兮乘雷，载云旗之委蛇"[②]，"龙驾兮帝服"[③]，"驾飞龙兮北征……飞龙兮翩"[④]，"乘龙兮辚辚"[⑤]，"驾两龙兮骖螭"[⑥]，并认为这些写"神"者，与《易·乾象传》"时乘六龙以御天"、《庄子·逍遥游》"乘云气，御飞龙"等相同与相近。而写仙的"驾青虬兮骖白螭"[⑦]，"驾八龙之婉婉兮，载云旗之逶蛇，建雄虹之采旄兮，五色杂而炫耀……擥彗星以为旍兮，举斗柄以为麾"[⑧] 等，亦与神同。至如"令飘风兮先驱，使冻雨兮洒尘"[⑨]，"左朱雀之茇茇兮，右苍龙之躍躍，属雷师之阗阗兮，道飞廉之衙"[⑩]，"召丰隆使先导兮，问太微之所居……历太皓以右转兮，前飞廉以启路……"[⑪] 等，更可见"役使鬼神"之力。所以，仅以"浪漫主义精神"、"神奇瑰丽的想象"之类来解释，还未免皮相，可惜闻一多关于神仙思想的论述，并未得到《楚辞》研究者的足够重视。

二是"求女"。旧说《离骚》中求女是喻思君，新说多谓以求女象征对理想的追求。但闻一多却指出了求女的本原在神仙思想，至如《离骚》中颇为费解的求女，上面写尧舜，下面忽转为求女，"这里就显露出仙真人诗的本来面目，求女以外的一切乃屈原增加的新内容，也是本篇的精髓所在"。[⑫] 即使在我们今天看来，美人芳草是体属比兴，但"求女"之举，确源于神仙思想，那个装了新酒的旧瓶实出

---

① 《闻一多论古典文学》52 页。
② 《九歌·东君》。
③ 《云中君》。
④ 《湘君》。
⑤ 《大司命》。
⑥ 《河伯》。
⑦ 《涉江》。
⑧ 《远游》。
⑨ 《大司命》。
⑩ 《九辩》。
⑪ 《远游》。
⑫ 《闻一多论古典文学》53 页。

于此。[①]

三是“闻乐”。闻一多认为:“说到世间乐趣,古人以为有三类,就是酒食、音乐、女色。而神仙既然不食人间烟火,只饮玉液琼浆和咀嚼霞片便足,就无需酒食,在他们长期消闲的生活中,听乐、求女就成了他们的最大兴趣。因此,听乐和求女两者关系极为密切,这是由于古代乐队多用女性的缘故。”[②] 《神仙考》中举《远游》例:“祝融戒而还衡兮,腾告鸾鸟迎宓妃,使湘灵鼓瑟兮,令海若舞冯夷。张《咸池》奏《承云》兮,二女御《九韶》歌。玄螭虫象并出进兮,形蟉虬而逶蛇,雌蜺便娟以增挠兮,鸾鸟轩翥而翔飞。音乐博衍无终极兮,焉乃逝以徘徊。”以说明女、乐合一。

诚如朱自清所说:“《楚辞》的‘引类譬谕’实际上形成了后世‘比’的意念。后世的比体诗可以说有四大类。咏史,游仙,艳情,咏物……这四体的源头都在王注《楚辞》里。”[③] 但具体而言,“‘灵修’‘美人’以媲于君,‘宓妃’‘佚女’以譬贤臣,虬龙鸾凤以托君子,飘风云霓以为小人”[④],却不同于《诗经》之比,种种不存在于现实世界之物,确只产生于神仙世界。

闻一多关于《楚辞》与神仙思想的关系之论述,确可打开我们的思路。他虽说“求仙的方法,有炼气、辟谷、烧丹诸类,但与《离骚》没多大关系”。[⑤] 但实际上并非全无关系。闻一多《神仙考》说,求仙者“最低级的方术,是符呪祠醮一类的感召巫术,无疑的这些很早就被采用了。这可称为感召派。比感召高一等的是服食派。”“但是最好的轻身剂恐怕还是气——本质轻浮的气。并且据说万物皆待气以生存,如果药物可以使人身轻,与其食药物,何如食药物所待以生存的气,岂不更为直捷,更为精要?所以在神仙方术中,行气派实是服食派进一步的发展。”以笔者看来,在《楚辞》中其实也留有服食和行气的印痕,闻一多《离骚解诂》也有涉及。

《离骚》中有“朝饮木兰之坠露兮,夕餐秋菊之落英”,“折琼枝以为羞兮,精琼靡以为粻”,《悲回风》中有“吸湛露之浮凉兮,漱凝霜之雰雰”,《远游》中有“吸飞泉之微液兮”,这些都被释为洁身修行之举,而往往未深究此类餐饮与神仙方术有何关系。曹丕《九日与钟繇书》曾写道:“屈平悲冉冉之将老,思飡秋菊之落英,辅体延年,莫斯之贵。谨奉一束,以助彭祖之术。”这“辅体延年”、“彭祖之术”实道出了关键。若参以扬雄《反骚》的“精琼靡与秋菊兮,将以延夫天年”,更可见屈原所写并非仅是比兴之义,而实有服食的方术基础,直至《本草纲目》,仍以菊“久服利血气,轻身,耐老延年”。在《九章·惜诵》中,亦可见“捣木兰

① 闻一多说《离骚》“用的是旧瓶装新酒的写法”,见《闻一多论古典文学》57页。
② 《闻一多论古典文学》53—54页。
③ 《诗言志辨》,《朱自清古典文学论文集》,上海古籍出版社1981年版269页。
④ 王逸《楚辞章句》。
⑤ 《闻一多论古典文学》55页。

以矫蕙兮，糳申椒以为粮。播江离与滋菊兮，愿春日以为糗芳。”在屈原所屡屡道及兰、菊等物以作食粮的背后，确可见出神仙思想的印痕，这种除秽轻身之举，再延续下去就是后来著名的“辟谷”。

《神仙考》说：“行气派实是服食派进一步发展。”庄子在《逍遥游》中已有藐姑射之山的神人“不食五谷，吸风饮露”之说，《知北游》又说“人之生，气之聚也，聚则为生，散则为死”，《在宥篇》有“今我愿合六气之精，以育群生”等语，可见“气”为生命之本与源，迨《大戴礼记》出，更有“食气者神明而寿”[①] 之论。在《楚辞》中，亦有服气之举。《悲回风》的“吸湛露之浮凉兮，漱凝霜之雰雰”，在与“朝饮木兰之坠露”相近的同时，已有服气意味；《远游》更明确道出“飡六气而饮沆瀣兮，漱正阳而含朝霞”，“吸飞泉之微液兮，怀琬琰之华英”，这岂非食气之举？虽然先秦时未必就懂得：“春食朝霞，朝霞者，日始欲出赤黄气也。秋食沦阴，沦阴者，日没以后赤黄气也。冬饮沆瀣，沆瀣者，北方夜半气也。夏食正阳，正阳者，南方日中气也。并天地玄黄之气，是为六气也。”[②] 但食气之举无疑是存在的，以上所提《楚辞》例，与此关系密切。

其实，“朝露夕霙，实阴阳之纯精，木兰秋菊，含自然之淑气。挹露于兰，拾霙于菊，一举而兼两善”[③]，合服食与行气二举的背后，又有着齐的稷下精气说的哲学基础。一般认为，“精气说”的代表是宋钘、尹文，而其学说则见于《管子》四篇。《管子·内业》篇说：“人之生也，天出其精，地出其形，合此以为人。”而同篇又说：“精也者，气之精者也”，这较之道家学说中的老子讲“道”即“气”，更为明确，且有发展。《内业》篇不但认为“气”是任何构物不可缺者，而且“是故此气也，不可止以力，而可安以德；不可呼以声，而可迎以意。敬守勿失，是谓成德。德成而智出，万物毕得。”所以屈原在《离骚》等篇中屡陈自修进德之意。又《离骚》中向重华陈辞后，果得中正，遂决然乘风上征，离世远举：“跪敷衽以陈辞兮，耿吾既得此中正。驷玉虬以乘鹥兮，溘埃风余上征。”有论者认为这“中正”即“纷吾既有此内美兮”之“内美”，可印证于《管子》四篇的“气者，身之充也”，“充不美，则心不得”，充而美，即“内德”，即精气，得“中正”就是得精气，故能“上征”。又《内业》有“虚其欲”之说，清除污秽后，精气才会自来。《内业》认为：“凡人之生也，必以平正。所以失之，必以喜怒忧患。”只有清污化哀，才“清气入而粗秽除”。《远游》所写即这样一个过程：在“遭沈浊而污秽兮，独郁结其谁语……意荒忽而流荡兮，心愁凄而增悲。神儵忽而不反兮，形枯槁而独留”后，经“内惟省以端操兮，求正气之所由”，然后才能“掩浮云而上征”。论者

① 《易本命篇》。

② 《楚辞·远游注》引《陵阳子明经》，转引自《神仙考》，又，《离骚解诂》亦引之，上海古籍版此书16页作“秋食沦漠”。

③ 《离骚解诂乙》，《全集》卷293页。按，闻一多谓“英”为古假借字，“霙”为后起专字。

又从朱熹《楚辞集注》中，注意到《远游》借王乔之口讲“神仙之要诀”一语，并以《管子》四篇语为之一一对应。[①]

屈原两度使齐，正值稷下学宫兴盛之日，接受其精气说，可谓适得其时。又由于楚国巫风犹盛，神话传说之荒诞谲怪对屈原影响甚深，对接受齐人的荒诞之谈更是素有基础。所以屈原可以在接受儒、法两家的政治思想同时，又可接受道家精气说。司马迁曾说：“自齐威宣之时，驺子之徒，论著始终五德之运……最后皆燕人，为方仙道，形解销化，依于鬼神之事。驺衍以阴阳主运，显于诸侯。而燕齐海上之方士，传其术，不能通。然则怪迂阿谀苟合之徒自此兴，不可胜数。”[②] 哲学可以流为方术，如果说屈原既接受了齐人的哲学，又有相应的“术”之信仰，也并非不可能，倘如此，神仙思想对于《楚辞》而言，就不会是外加的了。由此观之，闻一多赞同傅斯年《夷夏东西说》，并以学术思想之划分而不同于傅之以种族本位划分[③]，在《神仙考》中探寻了齐人神仙思想之源，又论其对《楚辞》的影响，其比之刘师培《南北文学不同论》，更有发展，视野更开阔，目光更深刻。刘文云：“屈子之文，音涉哀思，矢耿介，慕灵修，芳草美人，托词喻物，志行芳洁，符于二《南》之比兴。而叙事记游，遗尘超物，荒唐谲怪，复与庄、列同。”闻一多以儒家代表东方文化系统，道家代表西方文化系统，以神仙思想源于西羌，倘如此，屈原又是一位汇南北东西之学的人物，这对于治文学、美学，都应有所启发。闻一多说：“到了战国时代，这种夷人宗教思想华化更有了新的发展，在文化上开放出三朵奇花：哲学方面有庄子，科学方面有邹衍，文学方面有屈原。”[④] 以“夷人宗教思想华化”来观察这三大家，这更是值得深长味之的。

（三）《九歌》的综合研究

闻一多研究《楚辞》，对《九歌》给予了最多的关注和热情。有关的著作，除了《九歌解诂》、《楚郊祀东皇太一乐歌》这两种主要属于训释文字的著作外，还有论文及考证文章《什么是九歌》、《〈九歌〉的结构》、《九歌释名》、《东君·湘君·司命——〈九歌杂记〉之一》、《东皇太一考》、《怎样读九歌》以及拟用于舞台演出的《九歌古歌舞剧悬解》。而将以上成果与他《什么是九歌》的提纲草稿相较，他似应有一个更完备的研究计划，已刊发的论著并非他拟想的全部。

闻先生的手稿中，有提纲草稿《什么是九歌》留存下来，而同名论文，则是1941年在北京大学文科研究所举办的学术讲演会的讲演记录。[⑤] 提纲草稿不长，却

① 张正明《楚文化史》，上海人民出版社1987年版250—251页。

② 《史记·封禅书》。

③ 《闻一多论古典文学》21页。

④ 《闻一多论古典文学》56页。

⑤ 经整理后刊登于《文艺春秋》1947年8月15日第5卷第2期，后收入《全集》。

很重要。最先是“序”。闻先生以“剔除封建思想的旧注，恢复人民艺术的本来面目”为宗旨，认为“忠君思想汉人所加（强奸）”，“忠君则为主人生存”，是“骗局”，所以“旧注不仅是愚而且是坏”。本着求真的精神，他以“求生存的艺术”，“个人生存（饮食）”，“种族延续（男女）”，“为自己生存”，与旧注相对立。虽简单的几个词组，却在以我国历来惯用的“饮食男女”解释文艺起源的同时，又是用马克思主义的“生活资料生产”和“种的蕃衍”的观点来加以观照。《九歌》虽非戏剧，但闻先生之作《九歌古歌舞剧悬解》，实有视其为戏剧之源意思在，故而提纲中又是一组词组：“戏剧的起源”，“从生活中求”，“宗教生活”；“说明艺术的功能”，“艺术便活了”，“有血有肉”；“旧日只读文字闪避生活以便欺骗”。这又是“破”与“立”的对立，否定旧注，而从宗教生活上说明戏剧（九歌）的起源和功能。提纲的主体部分即“什么是九歌”，其内容即演绎为同名的论文。除《九歌》本身以外，提纲又分列“历史的九歌”，“宗教的九歌（太一与诸神）”，“戏剧的九歌”，“文学的九歌”及“拟定《九歌》剧本”诸内容。①

我们之所以如此重视上述提纲，不厌其烦地复述、评介，是因为这一提纲既体现了闻一多对《九歌》作综合研究的设想，又可涵盖他已经完成的研究项目。下面，我们就从历史、宗教、戏剧、文学、拟定剧本五方面，评述闻一多对《九歌》的新见和研究成就。

所谓“历史的九歌”，即《九歌》的溯源研究。

《九歌》之名，《尚书》、《左传》等书都有称引，可见其源甚古。闻一多在《什么是九歌》一文中，对《九歌》名称的来源，发表了己见。此文第一节《神话的九歌》开门见山即说：“传说中九歌本是天乐。赵简子梦中升天所听到的‘广乐九奏万舞’，即《九歌》与配合着《九歌》的韶舞。（《离骚》：‘奏九歌而舞韶兮。’）”“《九歌》韶舞是夏人的盛乐，或许只郊祭上帝时方能使用。”② 由于明言“神话的九歌”，故真正的溯源是在第二节《经典的九歌》中。闻一多在此节中说：“《左传》两处以九歌与八风，七音，六律，五声连举（昭二十年，二十五年），看去似乎九歌不专指某一首歌，而是歌的一种标准体裁。歌以九分，犹之风以八分，音以七分……我们以为最早的歌，如其是以九为标准的单位数，那单位必定是句——便是三章，章三句，全篇共九句。”③ 他认为《书·皋陶谟》的《元首歌》即合于三章、章三句的格式，恰因唐兰（立庵）先生据上文“箫韶九成”“帝用作歌”二句，认为即《九歌》，遂称道“这是很重要的发现”。④ 这里，虽或有未注意到《元首歌》并非原貌之失，但以《九歌》为“歌的一种标准体裁”的看法，应

---

① 《长编》623—625页。
② 《全集》5卷338页。
③ 《全集》5卷339页。
④ 《全集》5卷340页.

无太大问题。

值得注意的是，闻先生始终是把握着“剔除封建思想”这一原则，从“求生存的艺术”的角度，极其精到地在溯源之时论述了九歌的发展、转化。此节最后说：

> 神话的九歌，一方面是外形固守着僵化的古典格式，内容却在反动的方向发展成教诲式的“九德之歌”一类的九歌，一方面是外形几乎完全放弃了旧有的格局，内容则仍本着那原始的情欲冲动，经过文化的提炼作用，而升华为飘然欲仙的诗——那便是《楚辞》的《九歌》。①

以《左传·文公七年》所载相揆，“九功之德，皆可歌也，谓之《九歌》”，文中引《夏书》曰：“戒之用休，董之用威，劝之以《九歌》，勿使坏。”其主于“正德”，岂非“教诲式”之作？可见，儒家是将“内容颇为猥亵”的原始乐舞加以“德化”的改造。而在南楚，却是“本着”其根本，“提炼”而升华为《楚辞》的《九歌》。二者在格式和内容上是相反的发展，而从闻先生显见感情色彩和褒贬倾向的用语中，已可见他的弃取。

溯源的研究，不仅是溯源，因为还牵涉作意与功能。在历史上，既有王逸认为屈原作《九歌》是“上陈事神之敬，下见己之冤结，托之以风谏”之说，② 又有朱熹“又因彼事神之心，以寄吾忠君爱国眷恋不忘之意”之论③，都有较大的影响。追至现代，虽有胡适“是当时湘江民族的宗教舞歌”④ 一说，陆侃如《屈原评传》亦奉之，游国恩《楚辞概论》注意到《九歌》与巫觋的关系，对所祀诸神亦有考证，却未及于探源。闻一多所论，既驳正王逸、朱熹之说，又补时人之未及，在《楚辞》学术史上的价值不可小觑。

就“历史的九歌”这一论题，闻一多不仅“眼睛向上”，而且向下循流，以作全面溯源。他在《什么是九歌》的第八小节，以“赵代秦楚之讴”为题，将《九歌》与汉乐府的郊祀歌作了比较。他认为，《汉书·礼乐志》中“武帝定郊祀之礼，祠太一于甘泉……乃立乐府，采诗夜诵，有赵、代、秦、楚之讴”数语至关重要，因为《九歌》中诸神的地理分布，恰是与赵（云中君）、代（东君）、秦（河伯、《国殇》）、楚（大司命、少司命、山鬼）、南楚（湘君、湘夫人）相应。其中除《国殇》及东君二项证据稍嫌薄弱以外，另七项都有确切的考证。时至今日，即如萧兵先生认为闻先生的推测“当然极其勉强”，却未作反驳，仍认为“这里的‘楚讴’是极可能包含楚之《九歌》，因为《礼乐志》所载《郊祀歌》确实有不少是模

---

① 《全集》5卷340页。

② 《楚辞章句》卷二《九歌序》。

③ 《楚辞集注》卷二。

④ 《读楚辞》，《胡适文存二集》。

拟《九歌》做的。它们都是祭祀天神地祇的，跟《楚辞·九歌》的‘九神祭’差不多。”① 闻先生是以诸籍所载考诸神原来的国别，萧兵先生却至少从楚汉的源流相承证明了《九歌》的延续，为闻先生溯源探流之论作了补充。闻先生自认为以东君属代，《国殇》属秦，“充其量只是缺证，并没有反证呢?”② 我们也不妨可以认同他的“赵代秦楚之讴”一说。

所谓“宗教的九歌”，即是对《九歌》性质的研究。

王逸《楚辞章句》认为《九歌》是屈原放逐南部之邑、沅湘之间，见俗人祭礼歌舞“其词鄙陋，因为作《九歌》之曲”，但因兼有“事神之敬”，“下见己之冤结”，又托以风谏，遂使其性质变为多元。朱熹说法也并无太大区别。现代的研究者，始有“宗教歌舞”、“巫歌”、“祭歌”等说。闻一多对《九歌》的宗教性质，作了周密、系统的论证。

闻一多在《什么是九歌》中认为，《九歌》是楚人为郊祀楚国的上帝——东皇太一而作的。“祭东皇太一即郊祀上帝。只有上帝才够得上受主祭者楚王的专诚迎送。”③ “根据纯宗教的立场，十一章应改称‘楚《郊祀歌》’，或更祥（按，应作‘详’）明点，‘楚郊祀东皇太一《乐歌》’”。④ 据顾颉刚、杨向奎著《三皇考》，原始的三皇传说演化为这一巫神，又名为“皇天上帝泰一”，老子又以“道”之别名为泰一。无论是《汉书》的《郊祀志》和《礼乐志》，都有汉武帝作甘泉宫以祀太一的记载，由汉观楚，东皇太一确是楚人的“上帝”。

闻一多同意前人疑《礼魂》为送神曲之说，肯定近人郑振铎、孙作云、丁山主张《东皇太一》是迎神曲之见。他由汉《郊祀歌》及谢庄仿汉所作而上推，论证方法也是合理的。而将《湘夫人》、《河伯》之中的迎送字样，视作歌中人物自相迎送或对假想对象迎送，认为与二章的致祭者对神的迎送迥然不同，所说亦足以服人。但是，闻一多认为：“除去首尾两章迎送神曲，中间所余九章大概即《楚辞》所谓《九歌》”⑤，这一说法却引起争议。从《九歌》的研究史看，钱澄之、王邦采、徐焕龙等人都对“九”作过解释，笔者认为汪中释三九以为示多或很多，可以解释这一问题，马其昶《屈赋微》“九者数之极”，“其文不限于九”之说与之近，可取。闻一多是在确定迎送神曲后才稍带解释何以为九的，又说“《九歌》本不因章数而得名”⑥，论者执此而訾议，倒显得自己的胶柱鼓瑟了。

闻一多认为，《东皇太一》及其配偶篇《礼魂》，分别作为迎神曲、送神曲，从理论原则上讲，被迎送的只有东皇太一，但实际上，九神也参与了被迎送，与东皇

---

① 《楚辞的文化破译》523 页，湖北人民出版社 1997 年版。
② 《全集》5 卷 349 页。
③ 《全集》5 卷 342 页。
④ 《全集》5 卷 344 页。
⑤ 《全集》5 卷 341—342 页。
⑥ 《全集》5 卷 342 页。

太一同出同进。对此，他用《汉书·礼乐志》著录的《郊祀歌十九章》之八所说来解释，即“合好效欢虞（娱）泰一，《九歌》毕奏斐然殊”，可见出“九神便是这九章之歌中的主角，原来他们到场是为着‘效欢’以‘虞太一’的。”“九神之出现于祭场上，一面固是对东皇太一‘效欢’，一面也是以东皇太一的从属的资格来受享。”① 以上解释，有理有据，将诸神的主从关系和不同职能说得很清楚。

闻一多从宗教史的实际出发，认为自然神的崇拜发生得最早，次之是人鬼的崇拜，最后到大一统的帝国政府行将出现，才有东皇太一那样的一神教上帝应运而生。他将东君、云中君、湘君、湘夫人、大司命、少司命、河伯、山鬼作为自然神，国殇为鬼，东皇太一才是作为主体而祀（大祀、正祀）的神。其间的不同是：

> 东君以下八神代表巫术降神的原始信仰，《国殇》与东皇太一则是进步了的正式宗教的神了。②

但他又说：“在历史上，东皇太一，国殇，与八神虽发生于三个不同的文化阶段，而各有其特殊的属性，但那究竟是历史。在《九歌》的时代，国殇恐怕已被降级而与八神同列了。”③ 这一解释也是与史实相符的。

从《九歌》研究史看，认同“九”为虚数，从汪瑗《楚辞集解》、王夫之《楚辞通释》之说，以前十章祭十神的看法为多；且又多将十神分为天神（东皇太一、东君、云中君、大司命、少司命）、地祇（湘君、湘夫人、河伯、山鬼）、人鬼（国殇，即阵亡将士之魂）三类。笔者以为，这一分类也有道理，但相比之下，闻一多的三分法更具文化史、宗教史的理论底蕴，而且他将东皇太一作为主体，是大祀、正祀的“神”，国殇是小祀、陪祀的“鬼”，东君等八神是淫祀、助祀的“物”（自然神），也更合于祭典。况且，天神、地祇也确可并为自然神一类。更何况闻一多还从歌辞的内容、情调作了区分，以九神歌辞风格哀艳而似《风》（恋歌），国殇悲壮而似《雅》，东皇太一肃穆而似《颂》④，得文学之助，更具说服力。

闻一多在《什么是九歌》一文中，已或采时贤之说，或自作考证，对九神来源及“原产地”作了论列。此外，另有《东皇太一考》和《东君·湘君·司命——〈九歌杂记〉之一》收入新版《全集》中。前者援引诸籍，连绵辗转，最终考证出东皇太一即伏羲。而伏羲是苗族传说中的全人类共同始祖，楚人之祭他，“这是因为楚地本是苗族的原住地，楚人自北方移到南方，征服了苗族，依照征服者的惯例，他们接受了被征服者的宗教，所以《九歌》里把太一当作自家的天神来祭”⑤，所以

① 《全集》5卷343页。
② 《全集》5卷345页。
③ 《全集》5卷345页。
④ 参《全集》5卷346页所列表。
⑤ 《全集》5卷378页。

《高唐赋》有楚襄王的“醮诸神，礼太一”，汉人以太一为尊，则缘于汉高祖本是楚人。后者所考，我们在第一章论《求真》时已论及。总之，闻先生的所论虽很离奇，所考却很严密，至少对于拓宽思路，寻绎秘密，读懂作品，是有益的尝试，对人亦不无启发。

所谓“戏剧的九歌”，是对《九歌》作文艺学的研究。

闻一多先生从宗教的角度研究《九歌》已如上述，在他看来，《九歌》既有宗教的属性，又非纯然属于宗教。《什么是九歌》有“楚九歌与汉郊祀歌的比较”一节，虽囿于《九歌》是指十一章中间的娱神九章的已说，但最见思想闪光点的是这一辨析：

> 汉歌十九章每章都是祭神的乐章，因为汉礼除太一外，还有许多次等的神受祭。但楚歌十一章中只首尾的《东皇太一》与《礼魂》……是纯粹祭神的乐章。其余九章，正如上文所说，都是娱神的乐章。

“娱神”不同于“祭神”，闻先生以近于近世神庙中演戏相拟，于是，就有“巫术”与“巫音”之辨。他认为苏雪林所说的“人神恋爱”只是《九歌》的宗教背景，“八章歌曲是扮演‘人神恋爱’的故事，不是实际的‘人神恋爱’的宗教行为。”① “巫音”不是“巫术”，人们对“音”的兴趣远胜于“巫”的部分。而他所说的人神交涉赋予了恋爱故事以幽深、玄秘的气氛，“但须知道在领会这种气氛的经验中，那态度是审美的，诗意的”，“那与实际的宗教经验不同”。② 恰是这“审美的，诗意的”，就是《九歌》文艺性之所系与所在。

在《什么是九歌》的第一节，闻一多讲述神话的“九歌”，已说“是要指明《九歌》最古的用途及其带猥亵性的内容”③，在第六节“二章与九章”中，详言“用途”之别，第七节“九章的再分类”，遂坐实了“带猥亵性的内容”。他在第六节中说：因东皇太一与九神地位不同，所以二章与九章地位也不同，“在说明这两套歌辞不同的地位时，可以有宗教的和艺术的两种相反的看法……就艺术观点说，九章是十一章中真正的精华，二章则是传统形式上一头一尾的具文。《楚辞》的编者统称十一章为‘九歌’，是根据艺术特点，以中间九章为本位的办法。”④ 在第七节中说：“八章中尤其《湘君》《湘夫人》等章的猥亵性的内容（此其所以为淫祀），已充分暴露了这些神道的原始性和幼稚性。”而他自己则从“艺术性”与“猥亵性”相结合的角度，就“戏剧的九歌”作了较深入的研究。

---

① 《全集》5卷351页。
② 《全集》5卷351页。
③ 《全集》5卷339页。
④ 《全集》5卷343—344页。

在《九歌释名》（《全集》据手稿整理收入）中，闻先生从音乐、舞蹈方面论《九歌》。他据《山海经 · 大荒西经》、《周礼 · 大司乐》、《左传 · 文公七年》及《离骚》“奏《九歌》而舞《韶》兮”，证明：“以舞言《九招》，以歌言《九歌》，其实只是一种乐名。”又说：“古代乐名多称九，如《九秦》，《九成》，《九章》，《九变》，《九代》，《九辩》，《九招》（韶、磬），《九歌》，《九夏》等，不一而足。九是乐节之数”。[①] 这可谓沿流讨源、循名责实的研究。就舞蹈而言，他说：“韶舞也就是万舞。《鲁颂 · 闷宫》曰：‘《万舞》洋洋’，闷宫即禖宫——祀高禖之宫。而高禖乃是一种崇拜生殖机能的原始礼俗。”又说：“看来《九歌》是配合《万舞》的歌。《万舞》内容既如上述，所以《九歌》也是‘不类三代之乐，其声动人心’。而徒足供人‘康娱而自纵’的一种声乐。”[②] 这虽是作者《历史的九歌》的第一章“夏《九歌》”的第三节，并非论《楚辞》的《九歌》，然而在《九歌》的承传发展中，歌舞相配，其古老的“崇拜生殖机能”的“基因”岂是停止了遗传？他在论楚《九歌》与“赵、代、秦、楚之讴”的关系时，曾考察八位自然神与地域、文化的关系，认为：“地域愈南，歌辞的气息愈灵活，愈放肆，愈顽艳，直到那极南端的《湘君》《湘夫人》，例如后者的‘捐余袂兮江中，遗余褋兮醴浦’二句，那猥亵的含意几乎令人不堪卒读了。”[③] 可见，在北方已是理性化之时，南楚依然保留古风，而“灵活”、“放肆”、“顽艳”云云，与“猥亵”结合，作为“巫音”的《楚辞 · 九歌》，其音乐与舞蹈的感染力当不下于《诗 · 陈风》之所状。

从闻一多总体性的提纲《什么是九歌》看，他关于“戏剧的九歌”尚有“演出的时地与演出以前”、“剧本的结构”、“舞台艺术——布景导具（面具）效果”诸项内容，而现存文稿中却未见。提纲的最后一行字，是“拟定《九歌》剧本”，这可看作他对“戏剧的九歌”的艺术实践，而他的《九歌古歌舞剧悬解》，就是将“化石”复活的有益尝试。闻先生此著写成于牺牲前不久。1946 年 5 月，圭山区彝族音乐舞踊团在昆明演出，这些具有鲜明民族特点的节目令人耳目一新，闻一多担任了演出的编导顾问，事后又为之题词：“从这些艺术形象中，我们认识了这民族的无限丰富的生命力。为什么要用生活的折磨来消耗它？为什么不让它给我们的文化增加更多样的光辉？”[④] 受到这一演出的启发，闻一多连日工作，将《九歌》改编成歌舞，于 6 月 11 日完成，收入《全集》时名之为《九歌古歌舞剧悬解》，并且附有关于布景、道具、效果的设想，文后的“附注”则是对《九歌》的考证、研究心得。

《九歌古歌舞剧悬解》虽遭某些学者贬低[⑤]，但仍不乏肯定和赞赏。萧兵先生未

① 《全集》5 卷 364 页。
② 《全集》5 卷 365 页。
③ 《全集》5 卷 350 页。
④ 《长编》1029 页。
⑤ 可参见陈子展《楚辞直解》，复旦大学出版社 1996 年版 461 页。

从学术上论之，却有“写得文采辉煌，才华横溢，泼辣生动，如闻其声，如见其人”的赞叹。[①] 沈玉成、高路明则认为，游国恩先生在《楚辞》研究中是成就极高的，“不无遗憾的是，可能是在他的治学过程中较少地涉及戏曲，关于《九歌》与后世戏曲的关系仅仅点到为止而没有能作更深入的探寻，直到闻一多先生的《九歌古歌舞剧悬解》发表，这种关系才为楚辞研究者所普遍关注。”[②] 即此，活的“戏剧的九歌”的贡献可见。

“戏剧的九歌”既然与演出相关，语言就不应忽略，所以闻一多先生又从语言的角度论《九歌》。《九歌释名》从《元首歌》的三章共九句，考察了《诗经》中的《国风》、《小雅》，作了周密的统计，在解释三章体之增句原因时，提出了“因思想能力与表达之进步，变的趋势自然是由短而长”的原则[③]，继而分析歌字的本音意义，认为猗、兮、乎、啊的字形都属一个系统，歌与它们同一声符系统，“歌的本音实在应与今语啊同，而它的本义也不过是唱歌时每句尾一声拖长的啊——而已……总之《九歌》实即九声‘啊——’，而‘啊——’必在句尾，所以九‘啊——’即等于九句。”[④] 且不论结论是否正确，即研究方法而论，也很有启发性。他的《怎样读九歌》一文，则侧重于论“兮”字。他说：“《九歌》的文艺价值所以超过《离骚》，意象之美，固是主要原因，但那‘兮’字也在暗中出过大力”[⑤]，所以专门写了《九歌兮字代释略说》，逐句条列，将兮字换为其他虚字，十分在理，令人信服。因前面论“求美”已言及，此不赘。

最后，是“文学的九歌”，闻先生在提纲中拟有三项内容：章目，校补，注释。《全集》所收的《楚郊祀东皇太一乐歌》和《九歌解诂》即此类。如果说《楚辞校补》是择句训释，这就是全作的疏通、详解了。闻一多的学识、功力在这些著作中得到很好体现，我们现在不仅可以看到《九歌解诂》与《九章解诂》并作单行本行世，在《楚辞》学界可见其权威地位，而且影响甚广的北大编《先秦文学史参考资料》，所收《楚辞》作品（以《九歌》最多）的注释中，采近人之说最多者就是闻一多，这也可算一证吧。

总之，对《九歌》的综合研究充分体现出闻一多学者兼诗人、甚而戏剧家、美术家的综合素质，他在这方面的成就和影响堪称巨大和深远。萧兵先生认为《九歌》应分解为四个层面：原始九歌（巫术九歌）、中原九歌（经典九歌）、楚地九歌（民间九歌）、楚辞九歌（屈原九歌）[⑥]，当然是出于作品流变的实际及内部机制，然而在方法上，似乎也有闻先生综合研究的影响在。

---

① 《楚辞的文化破译》642页。
② 王瑶主编《中国文学研究现代化进程》430页。
③ 《全集》5卷366页。
④ 《全集》5卷367页。
⑤ 《全集》5卷381页。
⑥ 见《楚辞的文化破译》第二部分。

（四）《天问》、《九章》、《九辩》

闻一多先生有《天问释天》、《天问疏证》、《九章解诂》这几种属“诠释词义”、“校正文字”的著作，收入《全集》的还有《论九章》一文。未入《全集》的尚有郑临川《闻一多论古典文学》的《论〈楚辞〉》，其中属本节论述范围的有《论〈九章〉》、《论〈天问〉》、《论《九辩》》。我们就依据以上材料，对闻先生研究这三种著作的观点、成就作一评述。

先说《天问》。

发表在1936年1月《清华学报》（第9卷第4期）的《天问释天》一文，是闻一多研究《天问》的初尝。他在此文中批评王逸作《天问后序》自负过甚，“然今试执逸《注》以读《天问》，虽谓为无一事可晓，不过也。”后继者如何呢？“踵逸而起，注者相望。彼于逸《注》，补苴违正，亦既多矣，然而不可晓者犹十有四五焉。”他深感注书之难，却又迎难而上，“先取篇中问天事者四十四句释之”[①]，写成此文。后又作成全部《天问疏证》，可看成是作《天问释天》时所说的“斟酌众长，兼附已意，作一总结帐”[②]的最终实现。此著由于兼采众说，斟酌思考后才断以己意，确较前人注释改进良多。由于有些训释未有共识，即如被郭沫若称道过的《天问释天》之释“顾菟”，后注者亦有不同见解，且甚有道理，笔者又囿于学识，故不予评论。这里，主要就郑临川先生书中所载，来评述闻先生关于《天问》的卓识。

闻一多论《天问》，能以时代精神看待文学现象，将其置于思想发展的背景下审视，显示出极高的视界和视角，为当代的研究《天问》，打开了新的“视窗”。

闻一多说：“文学是时代精神的反映，故要知某种文学发生于某个时代，就当看那个时代精神是否同文学作品的描述相合。”宏观地讲，“太古时代，人类忙于求生，由警惕产生敬意”[③]，“《诗经》时代的人，生活是茫然的，缺少自觉性，虽有诗歌作品，并不欣赏自然，到了战国时代，人类性灵逐渐觉醒，对自然的真和美开始有较确切的认识与欣赏。”正是在这种背景之下，因思想深度、走向不同，而分别有诗歌、哲学和科学的发展：

> 因为性灵既然觉醒，便对自然感到惊奇，由惊奇发出来的声音，就成了诗歌。等到这种惊奇程度渐深，达到极点，就成了纯理性的哲学。在未达极点而没有作出解答时，那些语言仍然饱含诗意，如有人出来试作解答，那便产生了

---

① 《全集》5卷498页。
② 《全集》5卷498页。
③ 《闻一多论古典文学》63页。

科学和哲学。

闻一多不是孤立地看待《天问》现象，他纵观全局，横向联系，紧接上文而论：

故《天问》一篇，乍看似乎是当时的《博物志》，惟其未作出答案，所以仍旧在文学范围。(《庄子·天运》篇比它更富诗意。)凡有问无对的题目就是诗，故诗与科学相近。诗有惊讶，而科学为之解答，因而才有了《尔雅》(周公作之说可破)、《易传》这些著作，它们将宇宙万象分类排比，逐次加以解释；其次还有《尸子》(已佚，近于《尔雅》)、邹衍的大小九州说，五德相终始论，所有这些，都和《天问》是一条线索发展来的。①

时至今日，如果还是纠缠于王逸的见画呵问而书，似限于偶然而生，且视野太窄，而"入社考试"说则太茫远，故我们还是赞同"宇宙本体大讨论"的背景说，而恰是后者，已有闻先生言之在先了。

关于《天问》的美学特点，闻一多以一"大"字概括之，并作了前后左右的比较。他认为，《天问》的作者是古今中外的最大诗人，"他问尽了古今宇宙时空的最大问题，气魄之大，罕有人比，只有《尔雅》、《易传》、《邹子》、《庄子》与它有异曲同工之妙。拿《诗经》境界和它相比，相去何啻天渊哩！"② 由于作了"以大为美"的定位，闻一多一反前人所见，认为汉赋亦写大境界，不应忽视，但是在《天问》与之比较中，更是肯定了前者。他说："汉赋不为文学史家所重视，如以读《天问》观点去读它，便可看出它的伟大实超过其他文体……《上林赋》是司马相如所独创，它的境界极大，但和邹子、《天问》相比，已是强弩之末，在邹子大九州的地图上仅是一小点而已，然这一小点比后代诗人所写的境界已不知大了若干倍。"③ 他还认为，《天问》这类大作品，"不可无一，亦不可有二"，它所写的是如司马相如《大人赋》的"无积的大"，且"笔调变换也极尽其美"。由于《天问》产生在战国时代"百家争鸣"的背景下，所以"自从罢黜百家，思想定于一尊之后，文风跟着转变，《天问》一类的大境界、大作品再无人写，也少有欣赏的人，后来虽有少数作家偶然有所尝试，但因袭成分多，成功的确实罕见。"④ 这大概也可以说明何以"不可无一，亦不可有二"了。

最后，闻一多还将《天问》与《九辩》作了比较："《天问》情绪是冷的，《九

---

① 《闻一多论古典文学》64页。
② 《闻一多论古典文学》65页。
③ 《闻一多论古典文学》65页。
④ 《闻一多论古典文学》66页。

辩》则是热的。二者同时对宇宙现象、美或真发生反应，而形成两个类型，在中国文学发展上起过重要的历史作用。”①

以上就是《闻一多论古典文学》一书中论《天问》的主要观点。作为讲演记录，当然不能代表闻先生研究《天问》的全部心得，何况他毕竟以主要精力致力于此著文字的注释、疏解。即使如此，已可见到他作为文学史家、以“史”的眼光观照的识见不凡。当然，倘非苛求，还可以推扩至世界文学的背景上，与希伯来、印度、伊朗等民族的作品相较；就《天问》本身而言，不仅是问天，神话、历史、地理的内容也极丰富，其“究天人之际”的精神应比闻先生所言更广。

次说《九章》。

闻一多作有《九章解诂》，此处不评。仅就《全集》第五卷的“论九章”一文，及《闻一多论古典文学》中的同名者，评述他研究《九章》的主要观点。

《九章》的作者，王逸都定为屈原。宋洪兴祖《楚辞补注》疑《思美人》、《惜往日》、《橘颂》、《悲回风》四篇非屈原所作。明人许学勤《诗源辨体》疑《惜往日》、《悲回风》为唐勒、景差等人作。清代而至现代，关于各篇作者，尚有多种说法，但所据者多为作品文气而乏确凿证据。

闻一多也曾论及《九章》的作者问题。在《论古典文学》一书中，他一开始就说：“《九章》绝不是屈原的手笔，也不是一人的作品。”② 他认为九篇之中，《橘颂》与诸作显为不同。其余八篇，两字为题者共五篇，除《惜诵》外，皆有“乱辞”，三字为题者共三篇，皆无“乱辞”。“‘乱辞’的有无，不仅是有关形式的问题，而且证明它离音乐近，即时代较早而能入乐的诗篇。”“所以我还是认为《九章》中的二字题诸作是‘楚辞’的较古的作品。”③ 仅此还不够，他还据《史记》所说《怀沙》乃屈原绝笔，谓此后的三篇三字题，当时可能不在《楚辞》内；而《汉书·扬雄传》的“又旁（仿）《惜诵》以下至《怀沙》一卷，又曰《畔牢愁》”，是暗示扬雄时代这五种已成一个段落；刘向的《九叹》“叹《离骚》以扬意兮，犹未殚于九章”，可见当时《九章》尚未足九篇，与《扬雄传》正合。以上三证，是证明刘向、扬雄承认二字题的五章为屈原作，其余三章，绝非屈原作。此外，他还通过《悲回风》的句例，《惜往日》的气度，及前者太精、后者太拙，以及《思美人》之无屈原口气，证明绝非屈原所作。

收入《全集》第5卷的《论九章》，系据闻先生手稿整理而成。首先亦论八章二组之分及作者问题，与上述内容相仿。所不同的是改动了上文“《九章》绝不是屈原的手笔”一说，变为有条件地承认二字题的五章为屈原作：

---

① 《闻一多论古典文学》67页。
② 《闻一多论古典文学》60页。
③ 《闻一多论古典文学》60页。

> 以上五篇之古本《九章》，虽无法证明其必为屈子所作，然亦无法证其必非屈子所作，前已言之。凡古代相传之事实，在无人提出反证、或所提之反证并不充足时，吾人只得暂时承认传说为不误，或至少为“事出有因”。对于五篇之《九章》，吾人今即本此态度，而承认其为屈原所作。①

至于《惜往日》和《悲回风》，仍从语气、文词、思路、语法、用韵否定前者为屈原作，又以口气及技巧之太好否定后者。相较之下，“《思美人》将永远是嫌疑犯”。②

若以闻一多以上的关于《九章》作者的看法与古人对照，与洪兴祖看法为近，而他过于古人之处，则在于鉴别真伪的方法。除以上文气、技巧之类以外，闻一多又提出了这样一个原则：“无名的小家的作品，有被有名的大家吸引的趋势。愈是大家的集子，历时愈久，分量变得愈大，被吸收来的作品，往往是发现在全书或每卷的尾上。因此在有问题的大家集子里，愈是靠近全书或每尾梢的作品，愈靠不住。”衡之《楚辞》，“依今本的次第（《释文》本同），倒数上去，是《渔父》、《卜居》、《远游》、《九章》……。《渔父》、《卜居》之非屈原作品，如今不成问题。《远游》之非屈原作品也大致是公认的了。再向前数，便到《九章》了。在《九章》中，恰巧最有问题的《悲回风》、《惜往日》，也依次被排列在最末。这岂是偶然的?”③ 闻一多说“这个原则曾经屡试不爽”，既经实践检验，自应是可信赖的。

倘谓仅此原则不够，文本的对照应是一个好方法。闻一多认为，在属意和造句上，《九叹》剿袭《悲回风》者二处，《七谏》袭《惜往日》者四处，袭《悲回风》者六处，“可见《思美人》至迟在刘向时，《惜往日》、《悲回风》至迟在东方朔时，已是脍炙人口的古代名著了……总之，《思美人》、《惜往日》、《悲回风》三篇，虽非屈原所作，却也离屈原的时代不远。”④ 他在文后将《九章》与汉人作品词句列表对照，《九章》八篇，汉人作四篇（《吊屈原赋》、《七谏》、《哀时命》、《九叹》），证据昭昭具在，令人信服。

至于《橘颂》，闻一多认为其性质与荀卿《赋篇》相似。倘以章太炎《国故论衡·辨诗》“屈原言情，孙卿效物”之说相揆，这种相似实与屈原的基本面貌不类。他说：“以文体论，其古质处亦不下于其余八篇。西汉诸家所以尽拟八篇而独未及此者，实因此篇性质迥异，与诸家所作之范围渺不相涉。”至于作者，则因有“生南国”句，“明系楚人所作”。⑤

总之，关于《九章》的研究，主要属著作权范畴，所用原则、方法，很具合理

---

① 《全集》5卷639页。
② 《全集》5卷641页。
③ 《全集》5卷640—641页。
④ 《全集》5卷641—642页。
⑤ 《全集》5卷642页。

性。虽非定论，却能自证所说。此外，关于篇名，闻先生认为《惜诵》之“诵”当释为“讼”，“惜诵”即“自讼之辞”。《怀沙》通常释为“寓怀长沙”，先生以为是“囊沙”，即囊沙赴水以自沉。前者比之游国恩之释为“好谏”，似更妥当些，且与闻先生反对屈原“忠君”说一致。后者也合于屈原所行，较为可取。

再说《九辩》。

《闻一多论古典文学》有论《九辩》的内容。闻先生研读这一作品，提出了如下的重要观点。

其一，《九辩》为现代化的第一篇史诗。

闻一多说：“《九辩》为现代化的第一篇史诗，而以《九章》为桥梁，自古代过渡到近代。”理由何在呢？他接着论道：“《九辩》的内容较为复杂而有组织、有母题在。它是内在的节奏，为音乐性的节奏，为自然的经过人为意匠的造作而更显得整齐，又不十分整齐（不露痕迹），这些都是进步现象。”这是从内容结合形式而言。“其次，在《离骚》中，诗人只是抒写心中的忧郁，反复叹息，不知所云，而《九辩》的诗人，则是等痛定思痛之时能分析痛苦的原因，自己站在第三者的地位而分析过去的自我。”这是对“入而受之”与“出而味之”的对比，前者多于主观，后者多于客观。①

其二，全面地将《离骚》、《九辩》作对比：

> 自《离骚》通过《九章》达到《九辩》这个阶段，可看出《楚辞》文学的进化史。《离骚》算是古代文学的煞尾，而《九辩》则是近代文学的起点，两者都在同一规程之内而没有碰头。《离骚》还在与音乐合作，《九辩》则扬长而去；《离骚》有自傲气，而《九辩》则为自怜；《离骚》有孤独感，而《九辩》则以领略孤独感为主，故有“独申且而不寐兮，哀蟋蟀之宵征”这样的诗句，如果加以比较，则《离骚》的孤独操守是伦理的，而《九辩》则是诗的。

这里虽然没有展开论述，亦未作实证，却是闻先生诗心的感悟与理性的归纳，是千锤百炼之所得，是千言万语的浓缩，足见宏观识力，值得我们好好体会。

说了以上这段话，似尚未足其意，闻先生又从杜甫“风流儒雅亦吾师”的“风流儒雅”四字再作生发：“‘风流’，是指作者对他的孤独具有敏感，‘儒雅’，是指他操守的孤高。”以此相衡，《离骚》有儒雅而无风流，因为作者有神明主宰的信仰，以前代圣贤明智而严肃；《九辩》以“皇天”无意识、不可靠，圣贤虽明智却终难逃被诬之灾。既有此不同，遂总结道：“从以上这两种不同的观念，也可证明两篇作品不是同一时代的产物。”② 如果不是从屈宋“哀民生之多艰”与“惆怅兮而

---

① 《全集》5卷67—68页。
② 《全集》5卷71—72页。

私自怜”着眼，屈原为行己志，宋玉贫士失职，他们对“神权”和“王权”的态度确有区别，闻一多敏锐地抓到这点，从观念不同而断定作品时代的不同，也确是识力非凡，是知人论世的深刻见解。这不是“道德批评”，而是恩格斯所称道的历史的批评和美学的批评。

其三，由“骚”“辩”之别论屈宋绝非师生关系。

闻一多不仅认为《离骚》、《九辩》差别很大，异点几乎可以抹煞同点，而且认为二篇作品的时间差距在半世纪到一世纪间，故断定屈原和宋玉绝非师生关系，并分三点作了分析：生活态度，心理状态，艺术手法。

就生活态度而言，闻先生认为屈宋之别主要是自发的不屈与作好准备的不屈，消极的不合作与积极的不合作，愤而怒吼与忍而平和，对君主一怒骂一温情，一尚存幻想，一不免绝望。就心理状态而言，《离骚》的抒情混沌不分，《九辩》却感觉灵敏，前者以简单词句概括深刻复杂的内容，后者观察细密，善用联绵词及叠韵、双声，对失意处境作趣味描写，导后世文人“风流自赏”之先。就艺术手法而言，《九辩》造句错综复杂，章法是先说客体后说主体，通篇不时加以描绘渲染，句法趋向散文化，《离骚》却用和盘托出的写法，不同于《九辩》的采用象征手法。①

总之，论《九辩》始终是在与《离骚》的比较中进行，唯其如此，才避免了孤立、平直的论述，如果说闻一多先生对《楚辞》诸多作品的校补、解诂、疏证，是体现出他在校正文字、诠释词义上的微观研究和传统方法的功力，那么，他的论《九辩》以至《天问》，甚至是考《九章》的作者，就体现出他在宏观研究上的独到眼光。

（五）屈原问题

闻一多先生研究《楚辞》，自不能不涉屈原，他对屈原的研究投入颇多精力，有不少精到的见解。

《楚辞》虽然历来被重视，研究者代不乏人，但是关于屈原的生平，却仅见于汉代的《史记·屈原列传》和《新序·节士》，又由于记述过于简略，遂导致胡适及一些学者对屈原身份的怀疑，甚至认为历史上根本就未有其人。在反驳胡适的意见中，游国恩先生的所论很见分量。游先生《楚辞概论》以《史记》、《新序》为基础，结合作品，专为屈原写了《略传》并附年表。后又在蒋骥研究的基础上，写成《论屈原之放死及楚辞地理》的长篇论文，纠钱穆《楚辞地名考》之失，并修正了《楚辞概论》中关于屈原生平的一些说法。闻一多先生虽未能如游先生那样详细研究屈原生平，但他是坚决反对否定屈原存在之论的。据郑临川先生在《闻一多论

① 《全集》5卷70—71页。

古典文学》中所写的《永恒的怀念》（代序）所说，自己在西南联大选修闻先生的楚辞课时，为准备学期考查，听信了老同学所说的闻先生爱的是奇谈怪论，“于是我决心大唱反调，把否定屈原存在作为这篇读书报告的中心内容，有意向先生挑战”，在用两个多小时阐述论点和论据后，受到了闻先生温和而严肃的批评，而肯定屈原的存在，赞美屈原诗篇的爱国主义精神，又是同抗日战争，同国家、民族的生存和进步联系在一起的。

对于屈原的身份、人格，有些学者发表了错误的看法，闻一多毫不含糊地予以驳斥、辨正。胡适《论楚辞》提出了一个著名观点：“屈原的传说不推翻，则《楚辞》只是一部忠臣教科书，但不是文学。”有些学者的疑古与此不同，不否认屈原其人，却将“忠臣”的屈原论证为弄臣。闻一多写《屈原问题——敬质孙次舟先生》，就是驳斥与此相关观点的。他在文中列举了孙次舟的四项论证：《史记》所载屈原事迹都不可靠，战国末年纯文艺家没有地位，以宋玉陪君王说笑玩耍的职业可证屈原身份，战国重男色而《离骚》“充满了富有脂粉气息的美男子的失恋泪痕”，可见屈原是楚怀王的文学弄臣。闻一多以战国为奴隶社会的理论看待历史，并不否认当时有扈从游宴的“文学侍从之臣”，承认“孙先生以屈原为弄臣，是完全正确地指出了一桩历史事实”①，但是，区别在于：“我同意孙先生从宋玉的身份里看屈原的身份，但我不相信从宋玉的人格里找寻到屈原的人格”②，“我也不十分同意孙先生只称许一个‘天质忠良’、‘心地纯正’和‘忠款与热情’的屈原。这些也许都是实情，但我觉得屈原最突出的品性，无宁是孤高与激烈。”“如今孙先生察觉了屈原的‘脂粉气’而没有察觉他的‘火气’，这对屈原是不大公平的。”③ 闻先生不但认为“没有弄臣的屈原，那有文学家的屈原？”④ 而且驳斥孙次舟只将屈原身份限于弄臣，而不信他的政治生活的见解，认为“屈原是个文学弄臣，并不妨碍他是个政治家”，他以文学弄臣淳于髡为齐使赵成功证明己说，又说：“讲到身份，苏秦、张仪也够卑贱的，然而不妨碍他们致身卿相，然则在另一属性上身份也是卑贱的屈原，何以不能做三闾大夫和左徒呢？”⑤ 这种不以身份贬抑人格，从“人”的意义上辨析、发掘品性、资质，自与仕历、行踪的考证不同，更具有文学作为“人学”的意义、价值。奴隶、弄臣之说或可商，对文学家、政治家的屈原的肯定，既是对“忠臣”论的扬弃，又是对人民性的探寻。“事实本是先有弄臣，而后变成文人，（而且不是一个寻常的文人！）孙先生却把它看成先有文人，而后变成弄臣”⑥，这样的眼光和立场更是截然不同。

---

① 《全集》5卷19页。
② 《全集》5卷21页。
③ 《全集》5卷21—22页。
④ 《全集》5卷20页。
⑤ 《全集》5卷23—24页。
⑥ 《全集》5卷25—26页。

对屈原的思想，闻一多先生也有自己独到的理解。由于《屈原问题》是针对孙次舟的质询与驳斥，虽发表在1945年10月（1944年12月写成），然而他的论屈原思想，更见于此前的课堂教学。《闻一多论古典文学》中的《屈原论》，较集中地体现出闻先生的看法。在《读骚杂记》[①] 一文中，闻一多已反对外加的屈原的忠君思想说，认为“忠臣的屈原是帝王专制时代的产物，若拿这个观念读《离骚》，《离骚》是永远谈不通的。”[②]《屈原论》继续了这一论题，并且在战国时代诸家的处世态度和思想的背景下，作了比较性的探讨。闻先生说：“要分析说明屈原在中国历史上所占的地位，不妨先把结论提出。”什么结论呢？即：

> 屈原乃代表中国历史转变时期的悲运或被牺牲者。[③]

他深入浅出地说明了封建宗法制的形成，儒家与隐者的分化，到战国时代杨朱“为我主义”及儒、墨学派的成立，在士人与当政者矛盾极尖锐时，逃隐转为贵生，老庄学说产生，贵生转为方士，以采炼不死之药讨好国君，士人则弃隐士而当卿客。在近水的沃土已被贵族侵占，隐士到了存亡关头时，就面临着道路的选择，闻一多形象地展示了其间的区别：

> 一派主张投降以求取利禄，代表人物是苏秦、张仪，一派主张以死保全清白之名，这就是屈原了。[④]

及庄子、慎到与法家学说的产生并居于主导：

> 但这两派的决策都失之偏激，要求救于理智，便有庄周、慎到学说的产生。庄周主张超生死，慎到主张贵同人己，二人的主张都能使人取得心理上的胜利，然而最终还是不能彻底解决问题。于是有人睁眼认清现实，以为时移世易，其备必变，韩非等人的法家学说就是这样来的。[⑤]

法家对待隐士的态度是先劝导，再辩论，然后诋毁，最后拿权势去压服，而隐士却愈被骂愈反抗。屈原的人格并非如此，闻一多在形象说明当时的背景后，给他作了“廉士”的定位。至于其思想，则找出了法家的凭证。

闻一多认为，屈原不是那种与匹夫匹妇见识无异的廉士，不是“易愧而轻死”

---

① 发表在天津《益世报》1935年4月3日。

② 《全集》5卷5页。

③ 《闻一多论古典文学》75页。

④ 《闻一多论古典文学》77页。

⑤ 《闻一多论古典文学》77—78页。

者（《韩非外传》评廉士语）。而“我们读《惜往日》一篇（可能是屈原同时人或弟子所作），发现内容与字句颇与《韩非子》相近，足以证明屈原是具有法家思想，不自觉地表现在《惜往日》这篇诗中。”① 他还说，《史记·屈原列传》称屈原受命造作宪令，作品中又出现过“规矩”、“绳墨”一类词汇，“由此可推想屈原早年必是一个崇尚法家思想的实际政治家……屈原为楚王制定宪法，必然对贵族不利，所以上官大夫要夺取它，并非想据为己有，而是要根本把它毁掉，夺取不成，就在楚王面前造谣毁谤，终于达到把屈原撵走的目的。”② 显然，屈原在政治斗争中是失败者，闻先生认为他在失败后由廉士转为隐士，为方士，终又无法解脱，最后在忧愤中死去。慨言他的思想历程和生活道路，是这样的：

> 屈原本是具有法家思想的热烈的政治改革家，失败后突然降为庄周和慎到的思想境界，这二者之间距离太远，不能调和，遂以一死了之，所以说他是那个整个历史转变时期的悲剧。③

如果不是执着于为求讲课通俗易懂所使用的词语，不是对“隐士”及其分类过于循名责实，闻先生对战国的思想及士人的人生道路的描述，应是言简意赅、合乎史实的，对屈原断之为“以廉士的身份而兼有法家思想”，也是恰如其分的。当然，屈原的思想并非单一，那种与道家避世思想背道而驰的积极用世思想，那种持身修洁、守正不阿的精神，那种在作品中多次称述尧、舜、禹、汤、文、武的美政理想，都可见儒家的人生观，克己修身精神，和对儒家理想圣人的崇拜。而闻一多先生之认为屈原是夏、商、周三代黄金时代的迷恋者，其实也看到了他以儒家之典范为典范这一点。此外，屈原还在《离骚》中称道出于贱民的傅说、吕望、宁戚，这又与墨子“举义不避贫贱”的思想相一致。当然，他的一再强调法度和绳墨的重要，反对“背法度而心治”的贵族专政，确实是法家的思想。法家的先驱吴起在楚国实行过改革，虽然在楚悼王死后他被杀，但余教尚在楚国留存。闻先生特别强调屈原的法家思想是完全正确的，因为无论是热心从政和改革，还是对各种学识和思想的汲取，还是秉承先行者之志，都使屈原有显见的法家色彩。

由于闻一多这一讲演作于艰苦的抗战时期，中华民族正处于生死存亡的严重关头，就未免有感而发，使之并非是纯学术的了。所以文中说：“我们生活在今天的新时代，应该取法屈原刚毅的意志，韩非革新现实的态度，来努力完成当前抗战建国的神圣任务，则屈原的伟大精神便能够得到发扬光大了。”④

---

① 《闻一多论古典文学》78 页。
② 《闻一多论古典文学》78—79 页。
③ 《闻一多论古典文学》79 页。
④ 《闻一多论古典文学》79 页。

诚如郑临川先生在为此文写的按语中所说："先生当时对屈原的论述，跟他后来发表的许多文章意见颇有出入，但从中可以看出先生思想前后变化的痕迹。"① 闻先生在此文中说："在战国的思想家中，子华子重己而不贵生，慎到贵生而不重己。前者是迷恋旧理想，而后者是适应新环境；前者愚不可及，后者智不可及，屈原就是前一思想的实行家。"② 虽无贬义，却非赞扬。但在《屈原问题——敬质孙次舟先生》一文中，他却用高尔基所说的"自己的时代之子"和"为争取人类解放而具有全世界历史意义的斗争的参加者"来衡量和赞美屈原，承认自己是个"屈原崇拜者"。③ 1945 年 6 月发表的《人民的诗人——屈原》，更从四方面论证屈原之所以成为"人民的屈原"，认为他给这时代执行了"催生"任务，"等于领导了一次人民革命"。④ 这样的评价固然与当时形势及闻先生自己的投身于民主运动有关，但如果他回到案头，再从学术上论析屈原思想，也一定会转变的。

从 1935 年的《读骚杂记》之论屈原自杀原因，以"泄忿最合事实，洁身也不悖情理，忧国则最不可信"，到西南联大授课时将《屈原论》置于大背景下的再探讨⑤，从战国后期思想中确立屈原的地位，到最后突出他的反抗精神，称之为人民诗人，是闻一多研究屈原思想从个案走向群体、背景，从孤立论证走向比较论证的过程。同时，也是否定求善——入于求真——新的意义之求善的过程，即否定之否定过程。作为这一现代学术意义上的专题研究，闻一多先生的所论或有乏全面、持平、深刻，但毕竟是在创始期，今之视昔应承认在昔日的水准，而他的研究态度和方法，至今仍可给我们以启迪。

以上我们从五方面对闻一多先生的《楚辞》研究作了述评。他在《楚辞校补·引言》中曾说过给自己定下了三项课题，他所作的主要还是基础性的校正文字、诠释词义两项，1941 年底所写的这一引言有"情势迫我提早交卷"，"可以腾出时间来多作点别的事"的说法，看来，当是由于准备从学者向斗士的角色转变，使他"说明背景"的这项研究未及全部完成。即便如此，他的《楚辞校补》、《离骚解诂》、《九歌解诂》、《天问疏证》、《九章解诂》等著作，都博采众长，兼出己意，达到了当时的最高水准，其中不少训释，都是微观中见宏观，解决了《楚辞》研究史乃至思想史、文化史上的重要论题，他的考释并进的方法，也树立了一种研究的典范。由于此类例子甚多，加以笔者学识的谫陋，故此在前面未作评述。至于他属于文化史、思想史、文学史层面上的"说明背景"及专论，前面也大体论及，并有分析，从中也可以见到闻先生在史论结合上，确已给后辈学人垂范。当代研究《楚辞》的专家中，萧兵先生无疑是在文化研究中最勇于立说、成果最丰的一位，他曾自道学

---

① 《闻一多论古典文学》80 页。
② 《闻一多论古典文学》79 页。
③ 《全集》5 卷 26—27 页。
④ 《全集》5 卷 29 页—30 页。
⑤ 《长编》805—808 页所载《屈原论》手稿与此为近。

术经历，称“我在二十岁左右，受了闻一多等先生大著的启发，发愿写一部大书《玄鸟》，综合研究中国上古的民俗、神话、文化、艺术”①，即此，已见闻先生的影响是多么巨大，也可以说明，沿着闻先生开辟的独特的研究道路继续探索，可以取得多么令人瞩目的成果。

① 《楚辞的文化破译·前言》5页。

五　《周易》、庄子、乐府诗研究及其他

闻一多先生学术研究的范围很广，除前面已论及的神话、《诗经》、《楚辞》以外，属先秦时代的，尚有《周易》、《管子》和《庄子》，汉代的有乐府诗和《焦氏易林》，唐诗更是他用力最多、耗时最长、成果最丰富的研究领域。此外，未刊的《璞堂杂业》收入新版全集，系对《尚书》、《逸周书》、《尔雅》、《左传》、《周礼》、《礼记》、《论语》、《国语》、《墨子》、《孟子》、《尸子》、《老子》、《商子》、《荀子》、《韩非子》、《孙子》、《吕氏春秋》、《山海经》、《穆天子传》、《燕丹子》、《淮南子》、《史记》、《法言》、《说苑》、《易通卦验》、《易林》、《琴操》、《列子》、《文选》、《古文苑》、《蔡邕集》、《经典释文》等32种典籍摘句并写案语，仍属训释范围。关于研究甲骨、金文、《尔雅》等方面的论著，部分曾收入开明版《全集》，未收者据手稿整理后统称为《语言文字编》，收入《全集》第10卷。闻先生以文学史家自居，虽未及留下系统的著作，使后人未得一睹“诗的史”，但论文及年表不少，《全集》以《文学史编》之名收入第10卷。

考虑到本书的性质，《管子》不属文学范畴，《璞堂杂业》所研讨的对象虽涉文学，却仅是片断的札记、案语，兹不论。《周易》虽非文学著作，闻一多却从经济事类、社会事类、心灵事类作研究，与文学较为接近。语言文字类的部分内容涉及艺术起源论，与文学并非完全无关，所以准备加以讨论。从章节的布局和篇幅考虑，唐诗部分宜于单独论述，文学史的内容也可以独立成章，本章拟对闻先生关于《周易》、庄子、汉乐府、《焦氏易林》的研究，及部分文字研究作一述评。

（一）不主象数　不涉义理
——以钩稽古代社会史料为目的的新易学

《周易》是群经之首，历代的注家探颐索隐、作注释疑，可谓层出不穷。《四库全书总目》这样概言“易学”之变：“《左传》所记诸占，盖犹太卜之遗法，汉儒言象数，去古未远也。一变而为京、焦，入于禨祥；再变而为陈、邵，务穷造化，《易》遂不切于民用。王弼尽黜象数，说以老、庄。一变而胡瑗、程子，始阐明儒理；再变而李光、杨万里，又参证史事，《易》遂日启其论端。此两派六宗，已互相攻驳。又《易》道广大，无所不包，旁及天文、地理、乐律、兵书、韵学、算术，以逮方外之炉火，皆可援《易》以为说，而好异者又援以入《易》，故《易》说愈繁。”倘不计“旁及”者的“援《易》以为说”及“好异者又援以入《易》”，简单追述象数、义理两派的发展简史，我们才能更准确地理解现代以来的《易》学

变化，从而判断闻一多治《易》的特点和价值。

《周易》原为卜筮之书，春秋时还流传不广，到战国时渐被人引述，并有了为“经”作“传”的专论。因卜筮的性质，《周易》幸而未焚于秦火，得以保存。汉武帝定儒学于一尊，孔子晚年喜《易》，《周易》遂入于“五经博士”中，成为群经之首，《易》学亦随之勃兴。据《汉书·儒林传》，汉代《易》学始于田何，传授甚众。汉人重“象数”，即卦象、爻象所象征的事物和位置关系，以及阴阳数和爻数，被用作推测宇宙、人生的变化。西汉解《易》本于田何的有施仇、孟喜、梁丘贺三家，被列于学官。焦延寿自谓得孟喜之传，专言灾异，著有《焦氏易林》，授业与京房。京房长于卜筮，善以《易》讲阴阳灾变，深获汉元帝信任。此即《四库全书总目》所云“一变而为京、焦”。东汉的马融等人为西汉费氏《易》作章句，费氏《易》系古文《易》，有别于前述数家之今文《易》。郑玄兼治京、费二家，虞翻治孟氏《易》。相较而言，东汉《易》学影响不及西汉，而西汉对后世影响最大的是孟、京“象数派”两家。

唐代虽有陆德明、孔颖达等《易》学家，但只有到宋代才又是《易》学的高峰期。陈抟传《易》图，经邵雍《皇极经世》的宣传，形成以《河图》、《洛书》附会《易》义之说，朱熹甚至称图、书为“天地自然之《易》”。此即“再变而为陈、邵”。因“务穷造化”，“遂不切于民用”。

汉人重象数，以象求理，杂入术数，反使《易》义难明，故有魏晋时王弼注《易》的力矫汉儒弊端之举。王弼倡“得意忘象，得象忘言”，废象数而求义理，在注《易》时阐发玄学思想，另开治《易》新途。故四库总目提要有“尽黜象数，说以老、庄”之论。唐人孔颖达编撰《五经正义》，其中《周易正义》用王弼注本，因其“钦定”地位，唐宋两代均深受影响。

宋人治《易》，陈抟、邵雍是象数派的新学。庆历、皇祐时授徒甚众的胡瑗著有《易书》，其学重在义理。但影响更大的是理学家程颐。程颐不取邵雍之说以言数，而取王弼之说以言理，清皮锡瑞认为，“伊川《易传》专明义理”，又说：“程子不信邵子之数，其识甚卓。《易传》言理，比王弼之近老氏者，为最纯正。”① 至著“再变”的李光、杨万里，前者有《读易详说》十卷，“书中于卦爻之辞，皆即君臣立言，证以史事，或不免间有牵合……不若光作是书，切实近理，为有益于学者矣”；后者有《诚斋易传》二十卷，陈栎极非之，吴澄作跋亦有微词，“然圣人作《易》，本以吉凶悔吝示人事之所从……舍人事而谈天道，正后儒说《易》之病，未可以引史证经病万里也”。故此在众多的宋人治《易》著作中，《四库全书总目》独取李、杨的“参证史事”为胡、程“阐明儒理”后的“再变”。

元代《易》学，继谈图、书或性、理。明人除来知德《周易集注》外，仍多继

---

① 《经学历史》，中华书局1959年版220页，229页。

承程、朱的研究传统。清代重新重视汉《易》，康熙、乾隆两朝都有调和汉、宋，奉敕撰成的《周易》读本，象数、义理两派都有很大发展，惠栋、张惠言等人更在校辑汉《易》上作出了很大成绩。

《易》学进入20世纪，有了很大发展，“五四”的科学精神引导了一批学者从自然科学的角度研究《周易》，使《四库全书总目》所谓“旁及”者发展为“科学《易》”，三四十年代出版了一批与数、理相关的《易》学新著。民国时期，最有影响的是《易》学两大家：杭辛斋与尚秉和。杭主张贯通新知旧学，成一家之言，集儒、道、释、耶稣为一，形成了系统的体系，著有《易楔》、《易数偶得》、《读易杂识》、《学易笔谈》等共计七种著作。尚有《焦氏易诂》、《焦氏易林注》、《周易尚氏学》等，创象数学新说。此外，朱谦之的《周易哲学》、胡朴安的《周易古史观》等，则代表了《周易》的哲学、史学研究。郭沫若写《周易的社会背景与精神生活》一文，摘引卦爻辞来分析古代社会，是运用马克思主义的一种尝试。

闻一多先生研究《周易》，也是现代《易》学史上一大家。开明版《全集》仅编入《周易义证类纂》一种，另四种据手稿整理后，与前者一并收入新版《全集》。《周易字谱》与《周易分韵引得》二种，顾名思义，应是全盘研究计划中拟作工具用的，兹不论。下面对《周易义证类纂》、《周易新论》和《周易杂记》三种，作一简评。

《周易义证类纂》和《周易杂记》基本上属于注释、考证类的著作。著名《易》学专家李镜池先生认为，《周易义证类纂》“虽只解九十事，而精义颇多，且较郭（沫若）氏为详”[①]，原因就在于闻先生“精于训诂”。试举此著所释第一事：“包荒用冯河不遐遗”（泰九二），有注者曰：包，犹言“笼括”；荒，《释文》：“本亦作‘巟’”，《集解》引虞翻曰：“大川也。”此以笼括大川，喻九二阳刚居中，胸怀广阔而能包容一切。而后者则是：“此承前句义，说明九二既有‘包荒’之德，则可涉越长河，广纳远方贤者。”[②] 而闻一多认为“包荒”即匏瓜，声之转。又从《庄子·齐物论》的“葆光”，谓此即北斗之别名，“古斗以匏为之，故北斗一名匏瓜，声转则为葆光耳。”又《九怀·思忠》的“聊逍遥兮播光”之“播光”亦即北斗，同为匏瓜之转。他以《诗·匏有苦叶》，《鲁语》下之鲁叔孙赋此诗，《庄子·逍遥游》、《淮南子·说林篇》、《鹖冠子·学问篇》、崔豹《古今注·音乐篇》等多例，证以匏渡河事。故正确的释义是：“‘包荒，用冯河’，即以匏瓜渡河。‘不遐遗’者，不遐，不至也……遗读为隤，坠也，言以匏瓜济渡，则无坠溺之忧也。”[③] 闻先生的训释，多例以证，确是坚而难摧，决非大而无当，李镜池先生的“精于训诂”四字，岂是轻下？笔者于《易》学虽未窥门径，亦知闻先生所解更为可信。

---

① 《周易通义》，中华书局1981年版9页。
② 以上见黄寿祺，张善文《周易译注》，上海古籍出版社1989年版108页。
③ 《全集》10卷189—190页。

再举《周易杂记》卷首的“血去惕出，无咎（小畜六四）血去逖出，无咎（涣上九）”为例，看闻先生如何训释：

《涣》上九曰：“涣其血去逖出，无咎。”象曰：“涣其血，远害也。”俞樾曰：“据《传》，当以‘涣其血’三字为句，疑血下古更有血字，当作‘涣其血，血去逖出，无咎’。古人遇重文但加二画以识之，传写因夺去耳。‘血去逖出，无咎’，犹《小畜》六四曰‘血去惕出，无咎’。惕、逖古字通，此假逖为惕也。”案俞说精确……然俞又据马注《小畜》云“血当作恤，忧也”，谓《涣》之下血字亦为恤之假借，则有未谛……今谓血仍当读如字，惕与疡（注：繁体字为瘍）通……

在引《广雅·释诂》、王念孙说、《吴语》韦《注》、《韩非子·内储说》、《汉书·王子侯表》诸说后，经辗转连属的训诂，得出结论：

易与疡通。案狂易者多惊恐，惕训惊、训惧，故惊恐之病谓之惕。呼为病之专名，则书作疡……“血去疡出”者，此医家针砭之术，出血以疗病者也。《涣》下体坎，坎为心病（孟氏坎为疑），故曰疡。《小畜》与《涣》并上体《巽》。《巽》为进退不果，为躁卦。躁急不安亦狂疾之象也。[①]

这较之一般只作“涣其血去逖出，无咎”，能取俞樾之说补上夺字，但又以俞氏的恤惕并训忧不当，“‘恤去恤出’，犹言忧去忧出，不辞甚矣”，所出已见，足以服人，最后并《巽》卦而说，更是有力的旁证。总之，较之将“涣其血去逖出，无咎”译成“涣散（至极而四方聚合），于是离去忧恤脱出惕惧，无所咎害”[②]，闻先生是由艰转易，实而可信得多。

以上仅就《周易义证类纂》和《周易杂记》各取第一则与今人所著相较，已见出高下。二著虽分别解90和32则，所作训诂却非常严密、丰富，鉴于笔者的学养所限和篇幅不宜过长，其他的不作称引、论列了。我们仅从今人著作对闻一多所作训释的引述，就可从侧面见出闻先生以传统方法治《易》的权威性。如《周易十日谈》最后部分的《古经新说——六十四卦浅释》，其注释（包括部分断句）采用近人所说最多的是高亨、闻一多、李镜池、邓球柏、宋祚胤五家，分别为38、34、26、16、12处。[③] 闻一多略少于高亨，但因取闻著者仅《周易义证类纂》一种，此著仅释90事，而非其他学者较完备之著作，比例之高可想而知。

---

① 《全集》10卷293页。

② 《周易译注》，486页。

③ 以上统计可能略有出入，此书为上海书店1992年出版。

《周易杂记》原未行世，人所见闻先生的《易》学著作仅《周易义证类纂》一种，但此著除在考证、训诂的传统方法之外，更以其社会学的研究方法著称，故虽仅一种，却影响颇大，得到同为《易》学家的李镜池的赞誉，其《周易通义》称道：“与郭氏一样能注意社会条件与社会意义进行研究的还有闻一多……且较郭氏为详。”

《周易义证类纂》卷首有闻一多写于1941年4月的一段话：“以钩稽古代社会史料之目的解《周易》，不主象数，不涉义理，计可补苴旧注者百数十事，删汰芜杂，仅得九十。即依社会史料性质，分类录出，幸并世通人匡其不逮云。”明确表明对研究《周易》的象数、义理两大传统的不感兴趣，而是“以钩稽古代社会史料”为目的。书中的“依社会史料性质，分类录出”，共分为三大类：有关经济事类，有关社会事类，有关心灵事类。无类可入者，则作为“余录”置于最后。其中的“有关经济事类”分为器用、服饰、车驾、田猎、牧畜、农业（雨量附）、行旅等七小类；“有关社会事类”分为婚姻、家庭、宗族、封建、聘问、争讼、刑法、征伐（方国附）、迁邑等九小类；“有关心灵事类”分为妖祥、占候、祭祀、乐舞、道德观念等五小类。

我们在前面曾回顾《周易》的研究史，并引《四库全书总目》“两派六宗”之说，以见其流变。《周易》一书的性质，历来认识不一，最主要的分歧是占筮书与哲学著作之别。卦形、卦爻辞的创立，当然主要是用于占筮，而政教合一体制的影响，以及当时人们的认识水平，天子与诸侯国的军政大事常要凭卜官占筮以决定，“筮”之影响“思”亦为必然。以神道设教是事之始，又必然入于明义理以切人事之途，所以由占筮的《周易》开始，已在言象数中寓有义理，《易传》之进一步将义理向“人事”阐发，遂使之更向哲学移位。《易学》史上的“言象数”、“明义理”两派，实际上是在阐释学上畸重一端而已。

《周易》作为周人占筮的旧筮辞经记录后的编选，其目的在于明周之变易而挽救周室之危亡，这应是明天道、决人事的初衷。而筮辞之涉人事，必然有不少是当时社会生活的实录。无论是“汉儒言象数”，京、焦的“入于禨祥”，陈、邵的“务穷造化”，还是王弼的“说以老庄”，胡、程的“阐明儒理”，李、杨的“参证史事”，以至近人在这两派上的继承发展，其总体倾向却并无太大差别，即：受到传统的政治型文化观念影响，其学说与政治哲学及政权历史靠得太近，却对这些社会生活的实录材料或不屑一顾，或视而不见，或看得太轻。所以，现代《易》学史上如王国维的考证出“丧羊于易”、“丧牛于易”，以及顾颉刚从《周易》卦爻辞否定尧舜禅让、汤武受天命，肯定王亥丧牛羊、高宗伐鬼方、帝乙嫁女等五事，以及平心、高亨等人的继续探讨，才是积极的、现代意义的“参证史事”。而郭沫若开创、闻一多继续的社会学研究，则是现代《易》学的重要开拓。

摩尔根研究古代社会，将上古社会划分为蒙昧时代、野蛮时代、文明时代三期。恩格斯《家庭、私有制和国家的起源》第一版序言中说：“摩尔根在美国，以他自己的方式，重新发现了四十年前马克思所发现的唯物主义历史观，并且以此为指导，在把野蛮时代和文明时代加以对比的时候，在主要点上得出了与马克思相同的结果。”在肯定了摩尔根的研究同时，又发表了著名的论断：

> 一定历史时代和一定地区内的人们生活于其下的社会制度，受着两种生产的制约：一方面受劳动的发展阶段的制约，另一方面受家庭的发展阶段的制约。[①]

《周易》卦爻辞正是我国由野蛮时代进入到文明时代的社会生活实录。而闻一多《周易义证类纂》的“依社会史料性质”的分类，第一大类的“有关经济事类”，其中的农业、牧畜、田猎固然是生活资料的生产的本身，器用、服饰、车驾、行旅也“受劳动的发展阶段的制约”。第二大类的“有关社会事类”，其中的婚姻、家庭、宗族是“人类自身的生产”在这一历史发展阶段的存在形式和条件；封建、聘问、争讼、刑法、征伐、迁邑，则是既受劳动发展阶段的制约，与经济生活相关，又在国家政权之下的主要的社会生活分类。第三大类的“有关心灵事类”，虽非“两种生产”本身，但妖祥、占候、祭祀以及同这些不无关系的乐舞，是君权神授而乞灵于神的表现，仍可归结到生产水平、科学水平的高下，同最后的道德观念一起，也是“一定历史时代和一定地区内的人们生活于其下的社会制度”产物，是“受劳动的发展阶段的制约”的结果。

闻一多的“依社会史料性质”的分类，是“社会”的，又是“历史”的，这既非象数、义理派的传统，又非“参证史事”的服务于政治，他将王国维、顾颉刚等人关注大事的历史学研究，转为关注大众之事的社会学、历史学研究，这是他的《周易》学的新特点。《周易义证类纂》的90事，并非“分类录出”的简单排列，“可补苴旧注者”建立在坚实的训诂学基础之上，有人只将此书看作考证类的传统方法的著作，就是因为此书是以传统方法的形式出现的，这是他的《周易》学的旧根基。旧的形式，新的灵魂，确是《周易义证类纂》和《周易杂记》[②] 的特点。而我们本书旨在评述闻一多的古典文学研究，却将他的《周易》研究亦纳入其中，就是出于“古代社会史料”是古典文学近亲、近邻的原因。

若谓《周易义证类纂》和《周易杂记》是新旧结合的著作，《周易新论》就是推陈出新之作了。此著以《周易的历史与历史的周易》为副题，其性质可见。目录有八：传说中的《周易》作者，伏羲与八卦，何谓“周易”，孔子与《易》，《周易》的成长[③]，数卜与字卜，“易学”之兴起[④]，易学的流变——经学与纬学。最后

---

① 《马克思恩格斯选集》第4卷1—2页。

② 此著更偏于“旧”。

③ 包括三个子目：卦爻，卦爻辞，说卦、序卦、杂卦。

④ 彖、系辞、象、文言。

有附录，包括:《周易》版本考略，古籍论《易》，古籍引《易》，古籍引《易传》，古籍引逸《易传》文，古籍中类似《易传》之语，《周易》与《太玄》，汉人用“卦”字为动词，参考书目。

《周易新论》作为未刊稿，实为一详细的写作提纲，蕴涵的内容非常丰富，书中取《周易》经、传原话及诸多古籍所载，并汲取时人新见，力图写出概论性的“《周易》的历史”和阐释学的“历史的《周易》”。下面我们择要而论其作为“新论”的新特点。

其一，文化学的研究。

《周易义证类纂》和《周易杂记》的诸事训释，已具文化学的内涵。如后者的释“观，盥而不荐，有孚，颙若”，在引郑玄、马融、王弼、《正义》、《释文》、虞翻诸说后，认为“盥即《论语》之灌，是矣。其以此经之观即《论语》之观，则非。今案观亦当读为灌”。他以郊社、尝禘这“祭祀之重者”考灌尸之礼和灌后之荐，又考社祭以女为尸和灌者以鬯酒灌尸，以祓除垢灾，“齐社尸女之礼，盖兼灌荐二事。宜乎鲁君观之，君子以为非礼”。前人之误在于“以秦汉以后之制说周初古礼”，自己“今一扫陈言，惟依象立说，则卦爻釐然理解，而爻义亦大半可通”。①后面所附11则材料，更使所论坚不可摧。这是历史学的研究，但更是文化学的研究，前人的以宗庙之祭盥（或观）言之，就是不具文化史知识所致。

《周易新论》之二的“伏羲与八卦”，更是文化学的研究。此节先以神话、传说、民俗为证，其“二神与伏羲女娲”，“龙身造《易》者即伏羲”诸题，与一般治《易》者的研究确实不同。然后是以《周易》本书为证，提出“八卦既以伏羲为首，很可能即奉伏羲是为宗神的民族——伏羲氏的产物”。重点作了“《周易》哲学与生殖神伏羲”的研究，闻一多既引近人冯友兰关于《周易》的宇宙论系以个人生命来源为根据，由男女交合生人而类推宇宙的哲学之论，又引钱玄同、郭沫若关于乾坤二卦是男根、女阴记号之论，以及诸多古籍所载，以至《周易》本身的系辞、象传及关于乾、坤等语。通过古今结合的研究，可将这一哲学史与文化史结合的课题做足。与前面的民俗、神话研究相结合，伏羲作为造八卦的文化神，其背后是祖宗崇拜与生殖崇拜的文化背景，而这一论题在《易经》研究中也堪称新论。

其二，唯物史观的研究。

这一特点尤其明显地表现在第三节“何谓‘周易’”上。闻一多注意到《周易》筮辞体例虽与卜辞有不少共同点，内中并有殷人故事，但不能说筮是卜的后身。他采用余永梁所说三证：周人曾用殷人的卜，但殷人似未有筮，现甲骨卜辞和《商书》可知；卜辞所记，事事有卜，天天有卜，表明当时无筮法；殷人以游猎、牧畜为主，故能以大量兽骨供卜用，周为农业社会，乏兽骨而用筮接济卜具。闻一

① 《全集》10卷307—310页。

多认为余氏意似谓周人早用卜法，而筮出于卜，实与第三证自相矛盾。为此，作了重要补充："卜最初用龟，因商人初为滨海民族，而出土大龟皆海产。后内徙得龟难，乃用兽骨代之。周去海数千里之遥，不能产生卜法。其有卜，必自商传来也。"① 这或许在"何谓'周易'"的论题中是个小问题，却说明卜、筮产生的地理及相关的物产基础，不是唯物史观又是什么？

其三，全方位、综合性的研究。

在第五节，闻一多列出了以下诸方面研究的详细提纲：卦爻的演化符号，符号及其运用方法的演化，文辞的累积，八卦与八极，阴阳出于贞悔，六气与六交，卦爻辞的累积。每方面都有很丰富的内容。在第六节，有：数（数为六艺之一）卜与字卜的混合物——卦与易数卜——由卜至筮演化的过程——"象数"，对于卜数的两种看法，字卜。仅举第六节中二例，就可见这种全方位、多角度的综合研究作为"新论"的表现。一是借林惠祥《文化人类学》卜筮是魔术的一分枝及象征原理之说，二是注意到拉克伯里的语汇说，将其说离卦者释义24项列表出之，以及刘师培、陈柱之分释坤屯二卦和乾需二卦，然后肯定语汇说之原则，又指出应用之范围与方法大有问题。作为"历史的《周易》"的《易》学研究史，闻一多对流变的归纳极有见解，他将汉宋的焦、京、陈、邵归为数理——纬学一线；魏晋至宋的王、胡、程、李、杨归为哲理——经学一线；而从《易林》京房，直到火珠、林神签、牙牌数、烧饼歌、推背图，则是宗教——谶术一线。

（二）从卜筮之书到四言诗范

——关于《易林》的研究

上一节我们侧重谈了闻一多先生对《周易》的社会学研究，以及《周易新论》的特点。这些，虽也与文学不无关系，但毕竟距离较远。而他对《易林》的研究，则是真正的文学的研究。

《易林》是西汉焦延寿作，我们之所以要置于闻先生的《庄子》研究之前而论此，是出于作为《周易》研究的延续这一考虑。

闻先生研究《易林》，有《易林琼枝》和收入《闻一多论古典文学》一书中的《论古代文学》之五"论《易林》"。《易林琼枝》原作为"诗选"收入开明版《全集》的《诗选与校笺》，新版《全集》所收，增一选后说明，并有《附录》。②《论〈易林〉》是郑临川先生听闻先生在西南联大主讲"中国文学史分期研究"的课堂笔记，是先秦到两汉的几个专题之一，内容实为《易林琼枝·附录》第一部分，即提

---

① 《全集》10卷263页。

② 包括：从《周易》谈至文学直到《易林》的提纲，焦延寿事略，从《诗经》、《论语》直到唐诗的摘句，以与《易林琼枝》互证，从《周易》卦爻辞摘出有文学意味者21例。

纲的充实。下面，先综合《易林琼枝》和《论〈易林〉》，谈谈闻先生从《周易》到《易林》的文学研究。

在《易林琼枝·附录·一》中，闻一多列出了《六经与文学》的提纲。《论〈易林〉》则演提纲为论述。他说："按所谓'六经'，《乐》与《诗》的关系最密切，而《书》与《春秋》也和《诗》有关，我在'论史诗'里已有过说明。又按古代诗的用途是在祭祀与聘享，《诗》的'大小雅'即聘享诗，'颂'便是祭祀诗，这又是《礼》与《诗》的关系。"闻一多紧接而断言道："如果深入考察，就会发现没有比《易》同《诗》的关系更密切的。"他以比较研究的方法，强调宗教对文学有重要影响，在广阔的背景上展开论述："《易》，古代由卜人掌管，卜人就是后世所谓预言家。这种预言家常处在超然地位以观察人生，仿佛是上帝的代言人，颇带些神秘性，故《易·系辞传》说：'易者，探赜索隐，钩深致远。'用今天的话说，就是以超然态度静观宇宙人生的秘密。所不同的是，预言家是个冷酷的人，观察事物，漠然无动于心；而诗人则是以设身处地的态度对人生世相认真加以描写。所以西洋神话里，曾比喻卜人是从水晶球中观察宇宙的倒影，态度是漠然的。诗人则富于同情心，而宗教家又比诗人更积极，能进一步由悲天悯人发展而为舍身救人的具体行动。"由宗教家与诗人之可比，终于又回到《易》与诗的比较上来：

> 宗教家、诗人、预言家三者比较，诗人是介乎二者之间，宗教家与预言家都以神秘性的文字为主，因为不能泄露天机。所以《系辞》说："其称名也小，其类也大，其旨远，其词文，其言曲而中，其事肆而隐。"因此，处于中间状态的诗人所写，既不能过分显露，又不能过分带宗教色彩，而常偏向预言家方面……所以诗人必须具有这种预言家的精神，悲哀时并不怨天尤人，一概归之于命运，这是最高的神秘，西方文学的伟大成就便是由此发展来的；中国文学所缺少的也在这一点。由此看来，《诗》与《易》在基本精神上是相近的，后世相去日远，完全是由时代和人为因素造成的。①

《易林琼枝·附录·一》或可对以上所论有所补充。预言家的"超然"、"静观"、"离个人感情"，诗人的"设身处地以玩索之"，这其实是"出"与"入"的不同，理智与感情的不同。但是，诗人"同情心亦不宜过于露骨——廉价——于此诗人愈近预言家"，"然预言家也为定命论者。知无可奈何，故不为无谓的呻吟"。互相向对方的移位、靠拢，就使双方有了"感情的净化"这一共同点，所以闻一多得出了结论："故《易》与诗关系最基本——在精神不在外表。"从思维与表达而言，预言家与诗人又找到了共同点："预言家与诗人皆见之于文字"，"神秘的语

---

① 《闻一多论古典文学》33—34页。

言——比兴”，《系辞》上的“拟诸其形容，象其物宜”，《系辞》下的“其称名也小……”，都与“比兴”的心理联想机制及形象营造有相通之处。于是，在《周易》中有“人生的‘镜头’”，有“自然，人生喜剧悲剧”。①

对“其性质盖等于近代之观音签、牙牌诀之类”的《周易》卦爻辞，闻一多在通观之后，摘出“有文学意味者”共11例。如《大过》九二的“枯杨生稊，老夫得其女妻”，《大过》九五的“枯杨生华，老女得其士夫”，《明夷》初九的“明夷于飞，垂其翼，君子于行，三日不食”，《中孚》九二的“鹤鸣在阴，其子和之。我有好爵，吾与尔靡（摩）之”，《小畜》、《小过》六五的“密云不雨，自我西郊”，《震》上六的“震索索，视矍矍”等。② 以上这些，难道不是“人生的‘镜头’”，“人生喜剧悲剧”吗？

但是，《周易》毕竟为时代所限，亦为书的性质所限，所以闻先生在《论〈易林〉》中又说：“《周易》从文艺眼光去看，乃是一部包含‘人生小镜头’的书，它的内容是一般人的日常生活，毫无传奇性质，因为其中并无英雄故事存在。《易》所表现的都是极其平凡的生活形态，所以它的艺术技巧很低，自从《易林》出现，《易》的文学色彩就显得灿然可观了。”③ 他列出如下关系：

《诗》——《赋》（成绩最劣）。《乐》——《乐府》。

《书》《春秋》——《史记》。《易》——《易林》。

他认为“汉诗中二大成绩”是《乐府》和作为唐宋诗滥觞的《易林》，而整个文学史的两大杰作是《史记》和《易林》，皆非纯文学。④《史记》当然没有争议，为什么《易林》也可以被称为“非文学的文学杰作”呢？闻一多认为：“它的四言韵语的形式是诗；它的‘知周乎万物’的内容尤其是诗。”⑤“《易林》用《诗》多于《易》，盖事虽《易》，其辞则《诗》也。”⑥ 为此，他从焦延寿《易林》中摘出124例，并名之为《易林琼枝》。

《易林琼枝》的124例中，确实大部分都富有诗意，有的意象甚美，如例3的“随时春草，旧枝叶起”，例4的“临溪蟠枝，虽恐不危”，例8的“冬生不华，老女无家”等，皆可见之。闻一多既以《易林》为唐宋诗的滥觞，他也果然以之相证。如例12：“楩生荆山，命制输班。袍衣剥脱，夏热冬寒。饥饿枯槁，莫人震怜。”他以汉乐府《豫章行》及陈与义《十月》的“孤吟坐到三更月，枯木无枝不

① 《全集》10卷62页。

② 《全集》10卷66—67页。

③ 《闻一多论古典文学》34—35页。

④ 《全集》10卷61—64页。

⑤ 《全集》10卷61页。

⑥ 《全集》10卷65页。

受寒”、范成大《初履地》的“长胫阁躯如瘦鹤，冲风夺气似枯柟”、黄庭坚《六月十七日昼寝》的“马啮枯萁諠午枕，梦成风雨浪翻江”相证。又如例21：“凫得水没，喜笑自啄。毛羽悦怿，利以攻玉。”例22：“凫雁哑哑，以水为家”，他以苏轼的“春江水暖鸭先知”相证。而例55：“十里望烟，涣散四方。形容灭亡，终不见君。”也从王建《寄远曲》的“千回想见不分明，井底看花梦中语”得到印证。我们知道，诗歌意象有一种代代相承的递相延袭性，这里，既有向古人学习而有意为之一类，又有思维方式相同，或取象、拟喻的相同。我们虽不必证明后人是有意学习、化用《易林》，但《易林》以《易学》的焦京相传及此派影响，怕对后世的习《易》者也有潜移默化作用。闻一多以之同《史记》相并或为太过，但至少比之《周易》卦爻辞的“潜诗歌”来，确实是可以视之为诗，在《诗经》之后，曹操、嵇康、陶潜之前，也确是四言诗中的好作品，且诚如闻氏所说：“《周易》无此境界，《太玄》更堕魔窟。”①

在《论〈易林〉》中，闻一多又有重要的补充。他将《易林琼枝》抄出102则，以前26则为写草木鸟兽的，下面皆写人事。而写人事者又分为客商行旅、男女爱情（其中多是学《诗经》的作品）及人间各种悲剧等类。仅这样的多角度、多侧面地写到社会生活、爱情、人间悲剧，就已给“灿然可观”的“文学色彩”打下基础，何况还有诸多的进步！

闻一多不仅在抄录这102则时，插入引证唐宋诗以明《易林》之为“滥觞”，尤指出以鸟写人、以鱼写人与乐府诗之相同。他还从人与自然关系的发展上论述诗歌写物之变：“后世诗词写物，主要目的不专在物上，只是作为人的衬托而已。我们见物增添了诗意，并不是由于物的本身，重点仍在人的方面……在六朝以前则不然，自然景物本身就是独立题材，不必因人才富于诗趣，有时甚至写得人与物两不可分。”所举《易林》诸例即属此，正说明风尚的背后有历史的必然。他还进一步归纳出三阶段和两“主义”说：“远古神话时代，人们每自认自己祖宗的形象是半人半兽，原因是原始时期人与禽兽能力相差很大，在人未征服自然以前，只能崇拜歌颂它。后来人的能力逐渐提高，就对自然作平等看待，《易林》作者便是持这种观点。六朝以后，人力更加发达，自然大部分已被征服，它们引人注意的特点减少，所以在文学中就被降为人的衬托物来写了。前后比较，可以说前者是自然主义的，而后者是浪漫主义的。”这三阶段说虽与一般所讲的山水文学发展不同，甚至相倒②，但由于闻先生所论着眼点在人力与自然斗争的关系上，所论并无不确，且更有文化、哲学意味。在《论〈易林〉》的最后，闻一多写下这样的按语：

以上各章乃写人间各种悲剧，是后世中国诗歌所缺少的题材和意境。少陵、

① 《全集》10卷64页。

② 先秦之时，“物”只是比兴的材料，到晋宋之时才“庄老告退，山水方滋”。

香山的社会描写，也只是从政治观点着眼，不如哲人和宗教家那样持冷静深入态度观察人生世相，故诗人所写多偏重实用而缺乏悲剧性的浪漫激情。这许是东方文化的传统特点所使然吧。今后如果要求改进，则《易》与《诗》的关系似乎很值得重视和研究。①

诚然，中国人的世界观受儒家理性精神的影响、制约，从未入于全民族的宗教迷狂，这是好事。但闻一多以中西比较的眼光所指出的，也确是中国诗歌的特点和弱点。倘无巫文化背景和神仙思想，就不会有浪漫主义的《离骚》，从人所漠视的《易》，看到与诗的关系的重要，应是很有识见的。

闻一多说自己十年前已有以《易林》为诗的看法，后偶翻《诗归》，知三百年前"钟惺已经将这部书的部分内容收入他那著名的选本里去了，虽则我不能承认他所选的全能代表《易林》的真实价值"。②

一个有趣的现象是：数十年后，钱锺书先生也注意到《易林》的文学价值。《管锥编》第二册的《焦氏易林》第一则，就以"占卜书与四言诗范"作为副题。钱先生指出：《易林》在宋代已为流俗所熟闻，"有明中叶，谈艺之士予以拂拭，文采始彰，名誉大起。术数短书得与于风雅之林者，杨慎实有功焉……《太史升庵全集》卷五三摘《易林》佳句，叹为'古雅玄妙'，而嗤'世人无识，但以占卜书视之。'钟惺、谭元春评选《古诗归》，甄录诸《林》入卷四，赞赏不绝口，曰：'异想幽情，深文急响'，曰：'奇妙'，曰：'简妙'……竟陵之言既大行，《易林》亦成词章家观摩胎息之编……盖《易林》几与《三百篇》并为四言诗矩矱焉。"他亦如闻一多一样，认为扬雄为之不及："汉人依傍《易经》之作，尚有扬雄《太玄经》；雄老于文学，惨淡经营，而伟词新喻……屈指可尽，相形见绌也。"钱先生也如同闻先生那样，举《易林》中诸例，认为可分别持较曹植《野田黄雀行》，古诗《十五从军征》，《陇头歌辞》与《陇头流水歌辞》，《枯鱼过河泣》等。也如闻先生一样注意到章学诚《文史通义》内篇一《诗教》语："焦贡之《易林》、史游之《急就》，经部韵言之，不涉于诗也。"并为之辨。钱先生阐明一个道理："卜筮之道不行，《易林》失其要用，转藉文词之末节，得以不废，如毛本傅皮而存，然虎豹之鞹、狐貉之裘，皮之得完，反赖于毛。"③

闻、钱二氏，共赏于《易林》，继杨慎、钟惺、王士禛之后，是现代的重新发现，且所见略同，这也可见真有价值者终得真赏。

---

① 《闻一多论古典文学》35—43页。

② 《全集》10卷61页。

③ 《管锥编》，中华书局1979年版535—539页。

（三）论庄子文学与道家精神

闻一多先生研究《庄子》、庄子和道家，下了多年功夫，其成果单独成编，俱收入《全集》第9卷。《庄子编》共收著作4种：《庄子内编校释》、《庄子章句》、《庄子校补》、《庄子义疏》，论文2篇：《庄子》、《道教的精神》。《庄子内篇校释》原载重庆《学术季刊》第3期（1943.9.1），后收入开明版《全集·古典新义》。《庄子章句》是作者未刊稿，据手稿整理后收入新版全集。《庄子校补》亦作者未刊稿，原稿与《庄子章句》配合，单独成篇，据手稿整理后收入。《庄子义疏》为《庄子》内7篇义疏，未刊，整理后收入。论文《庄子》原载《新月》第2卷第9期（1929.11.10），曾编入开明版《全集·古典新义》。论文《道教的精神》原载昆明《中央日报》副刊《人文科学》第2、3期（1941.1.13，1941.1.20），曾编入开明版《全集·神话与诗》。

据《闻一多年谱长编》所引开明版《闻一多全集·编后记》，闻先生在1942年重新研究《庄子》，准备在此书上用五年工夫。可见他的研究《庄子》有前、后二期，而未刊的三种著作当主要作于后期。他在1944年9月授课讲《庄子》时，“一字一句的考证剖析，都详细谨严，他自己亲手抄写一本《庄子》，把别家的注释和他自己的发现与见解都写在上面”，“常常引用马叙伦先生的注释，也有时提出自己的见解来商榷”。[①] 据以讲课的备课稿，很可能就是这些未刊之著，而常引马叙伦注释，也确是闻一多注《庄子》的一个特点。这里，我们不论这四种著作，而主要据其论文，论闻先生研究庄子文学、思想和道家精神的建树、创获。

据《史记·老庄申韩列传》所载，庄子“其学无所不阈”，但“著书十余万言，大抵率寓言也”，“其言洸洋自恣以适已，故自王公大人，不能器之”。当然，也并非没有赏识他的人。“楚威王闻庄周贤，使使厚币迎之，许以为相。庄周笑谓楚使者曰：‘千金，重利；卿相，尊位也。子独不见郊祭之牺牛乎？养食之数岁，衣以文绣，以入太庙。当是之时，虽欲为孤豚，岂可得乎？子亟去，无污我！我宁游戏污渎之中自快，无为有国者所羁；终身不仕，以快吾志焉。”可见，他是不愿被王公大人所器重，主动地与统治者划清界限。

庄子为何一异于众士，而采取这样一条人生道路呢？闻一多在《庄子》一文中提出了宦途风气不好这一观点，他以庄子讥曹商舐痔得车为例，说明“在那种情况之下，即使庄子想要做事，叫他如何做去？”因为如此，庄子甘于“无用”之讥，“正因犯着有用的嫌疑，所以更不能不掩藏、避讳，装出那‘其卧徐徐，其觉于于，一以已为马，一以已为牛’的一副假痴假骇的样子，以求自救”。后来在西南联大

---

① 《长编》748页、750页。

授课讲屈原时，闻先生进而从封建制度的兴起和发展，来说明士人生活道路的分化，对庄子所走人生道路的原因，作了论述的深化。他说："到了战国时代，天下已无理想的乐土与圣君，而隐者人数增多，到这时候士人就不能不作让步，遂有杨朱'为我主义'（对君主不合作的理论）的出现……再往后发展，王侯的势力愈加扩张，简直达到咄咄逼人的程度……士人与当政者的矛盾已发展到极其尖锐的程度。这样，他们只得由逃隐转为贵生，态度日益缓和下来，老庄的学说便由此产生。"①这样的论述，是从社会发展着眼，存在决定意识，以唯物史观看问题，当然比十多年前显为不同。

庄子虽然在后世很得士人重视，名声煊赫，"他的书成了经典。他屡次荣膺帝王的尊封。至于历代文人学者对他的崇拜，更不用提"。但是，闻一多特别指出他生前的寂寞："除了同国的惠子之外，庄子不见得还有多少朋友。他的门徒大概也有限。朱熹以为'庄子当时亦无人宗之，他只在僻处自说'，像是对的。孟子是邹人，离着蒙不甚远，梁、宋又是他到过的地方，他辟杨墨，没有辟到庄子。《尸子》曰：'墨子贵兼，孔子贵公，皇子贵衷，田子贵均，列子贵虚，料子贵别囿。'没有提及庄子。《吕氏春秋》也有同类的论断，从老聃数到儿良，偏漏掉了庄子。似乎当时只有荀卿谈到庄子一次，此外绝没有注意到他的。"这是一般论者很少注意到的。在魏晋时代，"三日不读老庄，则舌本间强"，此时的文人，或很少想到当时寂寞的庄子，而且是自甘寂寞的庄子。在惠子死后，既是朋友、又是论敌者不存，庄子更为寂寞。闻先生指出庄子之寂寞更重于放旷，是与前面"论世"紧密联系的"知人"，也表现出他的独到眼光。

庄子生前要"处乎材与不材之间"，一心逃名，死后也埋没了相当长时间，待到魏、晋，注《庄子》者甚众，自此声势渐大，进而煊赫。何以至此？很重要的一个原因在于人们逐渐从庄子的处世、思想，转至认识到《庄子》的文学价值。闻一多论庄子思想，主要也是从文学立论，并阐发了不少独到的见解。他说："庄子是一位哲学家，然而侵入了文学的圣域"，"古来谈哲学以老、庄并称，谈文学以庄、屈并称。南华的文辞是千真万真的文学，人人都承认。可是《庄子》的文学价值还不只在文辞上。实在连他的哲学都不像寻常那一种矜严的，峻刻的，料峭的一味皱眉头，绞脑子的东西；他的思想的本身便是一首绝妙的诗。"他在引庄子一段论"道"的话后评道："他那婴儿哭着要捉月亮似的天真，那神秘的怅惘，圣睿的憧憬，无边无际的企慕，无涯岸的艳羡，便使他成为最真实的诗人。"这真是诗人对哲人诗思的感悟，使用的也是诗的语言。他贴近远古的心灵，发现庄子情之所系："他苦的是不能忘情于他的故乡。'旧国旧都，望之怅然'，是人情之常。纵使故乡是在时间以前，空间以外的一个缥缈极了的'无何有之乡'，谁能不追忆，不怅

---

① 《闻一多论古典文学》77页。

望?”“庄子的著述，与其说是哲学，毋宁说是眺望故乡，咀嚼旧梦。”

哲学在于明理，文学重在抒情，以文学家看待庄子，就要能发现他灵魂深处的情。人们或许较容易地看到庄子梦为蝴蝶的潇洒，妻死却鼓盆而歌的放达，闻一多除这两点外，又指出他“或滑稽，或激烈，或高超，或毒辣”的人格的多面性；更深发出他人难以见到的庄子“钟情之处，‘大有迳庭，不近人情’，太超忽，太神秘，广大无边，几乎令人捉摸不住，所以浪漫的态度中又充满了不可逼视的庄严”。甚而推至“开辟以来最古怪最伟大的一个情种：若讲庄子是诗人，还不仅是泛泛的一个诗人”。闻一多认为，思想和情绪难以分界，而“向来一切伟大的文学和伟大的哲学是不分彼此的”，“并且文学是要和哲学不分彼此，才庄严，才伟大。哲学的起点便是文学的核心”。正因为如此，即使《庄子》没有文学的花叶，而只要有类似于哲学的仁子“给投在文学的园地上，便是莫大的贡献，无量的功德”。在论者多以玩世不恭、放浪不羁看待庄子时，闻一多却看到他的深情和哲思，这是成就大文学家所必不可少的，所以肯定文学的《庄子》成为必然。

在闻一多看来，庄子与诸子不同，以文学家取之，是因为战国诸子的文章再好，充其量只算是辞令的极致，是纯熟的工具，到庄子手里，辞令成为文学，文字似是一种目的。而且《天下篇》讨论诸子，只讲思想，讲到庄周，则大半评论文辞。至于文中所说的：“读《庄子》的人，定知道那是多层的愉快。你正在惊异那思想的奇警，在那踌躇的当儿，忽然又发觉一件事，你问那精微奥妙的思想何以竟有那样凑巧的曲达圆妙的辞句来表现它，你更惊异；再定神一看，又不知道那是思想那是文字了，也许什么也不是，而是经过化合作用的第三种东西，于是你尤其惊异。”这种“多层的愉快”当是善鉴者的经验之谈，是从思想与文字相化合而至极端调和的文章中，得到的审美愉悦。

闻一多对庄子之以文学家相取，既说到在他“素净的说理文的背景上，也有着你看不完的花团锦簇的点缀”，又例举以论他是抒情的天才，以其《天运》可比屈原《天问》，又说“至于那越世高谈的神理，后世除了李白，谁追得上他的踪尘?”还指出他是写生妙手，“他的观察力往往胜过旁人百倍”，刻画具型者且不算，《齐物论》之写风，善写风的自身，不似宋玉《风赋》只写了风的表象。说理、抒情、状物，本是文学的基本技能，善得其一已非易事，庄子兼善三者，当然要得到闻先生的如此推崇。

《庄子》一文的最后部分，是专论庄子文学中的寓言。闻一多认为“寓言成为一种文艺，是从庄子起的”。并谓《桃花源记》、《毛颖传》直到《西游记》、《儒林外史》都可说是庄子的赐予。而庄子的寓言之所以是文学，缘于在中国文学中罕见的谐趣和想象正是其所长，“谐趣和想象打成一片，设想愈奇幻，趣味愈滑稽，结果便愈能发人深省——这才是庄子的寓言”。闻一多尤其指出庄子在其寓言中，善于以丑为美、化丑为美的特点：“文中之支离疏，画中的达摩，是中国艺术里最特色的两个产品。正如达摩是画中有诗，文中也常有一种‘清丑入图画，视之如古铜古玉’的人物，都代表中国艺术中极高古、极纯粹的境界；而文学中这种境界的开创者，则推庄子。”他笔下的叔山无趾、王骀等肌体不健全的人物，在庄子心目中却是健全的。为什么呢？因为“我们讲的是形骸，他注重的是精神”。[①] 今天，当我们读着李泽厚、刘纲纪《中国美学史》的《庄子论美》，其中之一的《“德有所长而形有所忘”——丑中之美》，虽所论更全面，却显然是闻先生所论的演绎。

总之，诚如第一章所说，闻一多的《庄子》一文是侧重在“美”，而能在庄子文章中发现这么多的美，这样丰富的文学性，也在于论者的善感善觉，而且读这样的文章，亦如他称赞庄子一样，“本分不出那是思想的美，那是文字的美”，读来真是一种享受。

作于《庄子》一文十多年后的《道教的精神》，诚如《全集》的“编者说明”所云，“与《庄子》并无密切关系”，加以同文学无多相涉，故这里简论之。

《道教的精神》不是哲学史的研究，而是兼具文化史意义的宗教研究，是对《庄子》的宗教根源、背景的发掘。闻一多在文中首先指出：东汉以来流行的道教，奉老子为祖师，以精深的老庄思想作理论根据，但其实质是巫术的宗教。有一派认为道教与道家全无关系，而守着儒家立场以道家为异端的一派，则认为道教就是堕落了的道家。如果以历史的眼光看，较高阶段是由较低阶段发展过来的，所以“我常疑心这哲学或玄学的道家思想必有一个前身，而这个前身很可能是某种富有神秘思想的原始宗教，或更具体点讲，一种巫教……这个不知名的古代宗教，我们可暂称为古道教，因之自东汉以来道教即可称之为新道教。”

闻一多开始了从《庄子》中的查证。他说：“后世的新道教虽奉老子为祖师，但真正接近道教的宗教精神的还是庄子。《庄子》书里实在充满了神秘思想，这种思想很明显的是一种古宗教的反影。”他列举了《逍遥游》中关于“神人”，《大宗师》中关于“道”的“神鬼神地，生天生地”，《齐物论》中的“至人”诸例，认为这些决非寓言，对于这些被现代哲学史家视为“理想人格”的“神人”、“真人”之类，闻一多认为，庄子是“真心相信确有其‘人’的。他并且相信本然的‘人’就是那样具有超越性……”闻先生抓住灵魂不死的信念是宗教的最基本出发点，认为庄子的“神人”、“真人”即人格化的灵魂，而“道”或“天”即“灵魂”的代字。灵魂不生不灭，是生命本体，是真，反之，肉体的存在是假。“全套的庄子思想可说从这点出发……以贵己重生为宗旨的道家中各支派，又可说是从庄子推衍下来的情绪。”他赞同冯友兰所说的：“老子之学，盖就杨朱之学更进一层，庄子之学，则更进二层也。”自己换从宗教思想立场来看，“庄子的神秘色彩最重，与宗教最接近，老子次之，杨朱最切近现实，离宗教也最远。”等而下之，遂成神仙方技，甚至弃“渐”而“养”形，追求“顿”即变“形”，如秦皇、汉武之求“不死药”。

---

① 《全集》9卷3—17页。

“庄和老是养神，杨朱可谓养生，神仙家中一派是养形，另一派是变形……”秦汉的道术方技，其最初根源是一种宗教信仰。

闻一多继而在道家、神仙家外再论其他各家。他认为，阴阳家、墨家与宗教的关系早已被论及，无须申论。至于儒家，他对胡适所说古代宗教迷信三要点和傅斯年分古民族为东西两大系作了辨析，认为胡适所谓“国教”，“只可说是东方民族的宗教，也便是儒家思想的策源地。”而且胡适所说三点可以合并为第三点：东方民族即儒家经典所认识的天，是人格的天，天神就是最高级的鬼，并非另拜天帝和山川。既然弄清了儒家鬼神观念的真相，就可以知道何以儒道二家对待丧葬的态度不同：儒家所谓死人不死，是形骸不死，故要厚葬和永远的祭祀；道家则是灵魂不死，故反对厚葬和祭祀供养。而儒家的不承认灵魂脱离形骸的独立存在，和道家的认为形骸死而灵魂被解放，得到绝对自由和真的生命。“这对于灵魂的承认与否，便是产生儒道二家思想的两个宗派的分水岭。因此二派哲学思想中的宇宙论，人生论，或知识论，以至于政治思想等，无不随着这宗教信仰上先天的差别背道而驰了。”

至于阴阳家，司马谈就认为是道家思想的主体或间架，血缘极近，结合极近。至于墨家，闻一多怀疑其节葬理论是受了重灵魂轻形骸的传统宗教思想影响，节葬与节用是此派重义轻生的发展，由于有轻形骸的宗教传统，所以赴汤蹈火是姿态自然，情绪热烈，与儒家不可同日而语。可见，墨家在东方，受儒家功利主义影响，但骨子里与道要调和得多，故怀疑墨家也与道家同出于古道教。这在《庄子·天下篇》中，也可以就其中对各人的“划圈”而得到证实。《天下篇》认为除儒家外，其他都在道家圈子里，又说“道术将为天下裂”。闻先生最后说：“这个未分裂以前的‘道’是什么？莫非就是所谓古道教吧！这古道教如果真正存在的话，我疑心它原是中国古代西方某民族的宗教，与那儒家所从导源的东方宗教比起来，这宗教实在超卓多了，伟大多了，美丽多了，姑无论它的流裔是如何没出息！”[①] 这最后的说法与《神仙考》可以相通，但未明确道出羌人而已。

闻一多先生的未刊手稿中，还有《道家的精神》写作提纲，内容较已发表者丰富得多。提纲共分四大部分。其叙论包括材料根据（《庄子》内七篇最早及其演化）、研究方法（庄子时代的心理观念可从神话、传说、成语、术语等外壳求之）、讨论范围（七篇表现的“前于庄子思想”的相关问题）。其一论原始思想本质：灵魂观念的产生（肉体和灵魂不死观），灵魂的投射作用（灵气遍在，以已有灵魂拟想大自然，原始思想的体系化等）。其二论原始思想的发展——氏族部会：灵魂观念的行为化，灵魂与灵魂投射作用的结合遂产生宗教（灵气拟人化与被利用，向神祈求永生、以祭祀为手段）。其核心是从“内七篇”研究庄子思想的原始背景，包括“一般的原始色彩”、“原始思想的遗痕”、“原始思想的来源”三部分。其中，

---

① 《全集》9卷448—458页。

第二部分以灵魂释梦、御风、蝴蝶、“登霞”、“真宰”，以灵气遍在释“道”，以肉体的灵魂化释全能式的真人等，均系核心明确、合乎逻辑、尤其未经人道的阐释；最后部分论“庄子思想本身的原始性——从先文明一跃而至超文明”，内容尤为丰富。看得出，这确乎是综合的文化研究，而非庄子的哲学研究或文学研究、宗教研究，其性质属于当今代表新潮的“文化破译”一类。可惜未及写出，让人难得一睹庄子研究的全新阐释。

《道教的精神》虽非文学研究，但对于理解《庄子》关系极大。我们今天看到的闻先生关于《庄子》的四种著作，基本属于传统的训释字句、疏通文义的基础工作成果。论文虽仅二篇，却极有见地，倘能按提纲详细写出拟想中的《道教的精神》，不仅是构成了他个人研究《庄子》的完整格局，而且堪称可开创《庄子》研究的新局面。即便如此，宗教史家也极其推重《道教的精神》（还包括《神仙考》），如《道教通论——兼论道家学说》一书，就称引二文，未忘其“许多闪光的思想”。[①] 其实，此书称道的刘尧汉对彝族祖灵葫芦崇拜的研究，也是闻一多《伏羲考》的延伸。仅此二例，闻先生的开辟之功和深刻影响已可见。

（四）汉乐府研究

在本章第二节论《易林琼枝》时，我们曾引用闻一多先生在此著后的《附录》，其中有这样的提纲内容：以《乐府》、《易林》为汉诗中两大成绩，而先秦至汉代的对应发展是“《诗》——《赋》，《乐》——《乐府》，《书》《春秋》——《史记》，《易》——《易林》”。他虽然没有论《乐府》的论文，却有《乐府诗笺》之作。《乐府诗笺》作于1940年，曾编入开明版《全集》，现作《乐府诗编》收入《全集》5卷，与《楚辞编》合为一卷。

《乐府诗笺》共笺诗39首，亦多采前人之说，或出以己意。下面择要而论，略作述评。

闻一多为乐府诗作笺注时，善作题旨辨析，有时更是不从定论，敢发己见，且深得其要。如《平陵东》之不从《古今注·音乐篇》和《乐府古题要解》所见，以“绑票”说反对翟义门人悲翟义被诛之说，就是一个很好的例子，第一章已论，此处不作详说。又如《有所思》，庄述祖认为此篇与《上邪》为男女问答之辞，应当合为一篇。闻先生认为：“案庄说允为妙语，然细玩两篇，不见问答之意，反之，以为皆女子之辞，弥觉曲折反覆，声情顽艳。”看似是简单的否定，然而“细玩”而“不见问答之意”，其说足以服人；而“以为皆女子之辞，弥觉曲折反覆，声情顽艳”，更是一种设身处地的情景设想，确实说得有道理，比那种直观的判断可取。

---

① 《道教通论——兼论道家学说》，齐鲁书社1991年版17—18页。

又如《猛虎行》，《乐府诗集》未载正辞，而载魏文帝所作五言六句体，前引古辞四句及魏明帝五言四句之作，魏文帝之下则有陆机、谢惠运等人所作。闻一多认为，古辞四句疑非全章，而其旨则是“此盖离家远行者，能为其所亲洁身自爱。‘饥不从猛虎食’，不蹈非法以求饱也，‘暮不从野雀栖’，不涉非礼以肆情也，而意尤着重在下句。‘游子为谁骄’，‘谁’斥其妻室，言游子之所为自爱者，非彼闺中之人而谁邪?”按理，简单四句本可有多向性理解，这也是诗的普遍特点，闻先生之如此确定题旨，是在于离古愈近其意亦近的原则，魏文帝、明帝所作“言夫妇之情，尚不失其意”，“陆机以下诸作，则去古意浸远”，所以这样的理解题旨也是令人信服的。

《乐府诗笺》还可看出闻一多善于以历史的眼光辨析事物的特点，在名物训诂上尤有见地。如《董逃行》，《古今注·音乐篇》认为是后汉游童所作，后董卓作乱，卒以逃亡，遂有乐府歌章之奏。而吴景旭认为是作于汉武帝之时，董逃是古仙人，《董逃行》实非起于后汉。闻一多赞同吴说，并谓《宋书·乐志》、梁简文帝诗皆作“董桃”，疑后人附和童谣乃改为“逃”字，所论较吴说更充分，故可信。此诗的“遥望五岳端，黄金为阙班璘”，闻先生引《列子·汤问》、《史记·封禅书》、《王子乔》古辞等，谓疑五岳本是海中五山，这显然是将后来的五岳拨回到历史时钟原来的位置上。又如辛延年的《羽林郎》，有“何意金吾子”句，闻一多认为：“‘金吾’本‘禁御’声之讹转，后以为中尉所执棒名，因称中尉为执金吾，冯子都霍氏之家奴，不得官执金吾。此云金吾子者，盖当时通称豪贵之美名。”这是以历史来澄清释者之误，所言极是。再如《陌上桑》，罗敷自夸其夫有“盈盈公府步，冉冉府中趋”二句，闻先生据《后汉书·儒林周泽传》中孙堪被谴斥事，说明其原因在于“孙堪以县令谒府而趋步迟缓，有近越礼”，相反，罗敷之夫贵为太守，“太守位尊，自当举趾舒泰，节度迟缓。此所谓公府步府中趋者，犹今人言官步矣。”一据史载，一援今言，所释确是难以置疑。

名物训诂，常有多义可循，何为最合理的解释，有时颇令人踌躇，要作出最能让人接受的解释，就要有最充分的理由。《饮马长城窟行》一首有句：“客从远方来，遗我双鲤鱼”，这“双鲤鱼”及烹鱼得书，不少人以比兴释之，如陈沆说：“烹鱼得书，譬况之言”，黄节也说：“《诗·桧风》：‘谁能亨（烹）鱼，溉之釜鬵；谁将西归，怀之好音。’烹鱼得书，古辞借以为喻。注者或言鱼腹中有书，或言汉时书札以绢素结成双鲤，或言鱼沉潜之物，以喻隐密。皆望文生义，未窥诗意所出。”闻一多却取傅振伦《简策说》的解释，认为双鲤为藏书函，“其物以两木板为之，一底一盖，刻线三道，凿方孔一，线所以通绳，孔所以受封泥。”“此或刻为鱼形，一孔以当鱼目，一底一盖，分之则为二鱼，故曰双鲤鱼也。函一名椟，《说文》曰：‘椟，检押也。’王国维谓一书用两检夹之（《简牍检署考》），是也。《说文》又曰：‘枷，柫也，淮南谓之椟。今梨园饰系囚所用枷或作鱼形，盖犹古制。其物之用在挟持而禁制之以为固，与藏书之函略同。用同者体亦常同，故二者皆或作鱼形，用同体同者名亦常同，故又并得称椟也。又古门钥以二木中贯牡以为固，其用于函亦近，而古称鱼钥疑因其形制而得名。此亦古函刻为鱼形之旁证。”因之，下句的“呼儿烹鲤鱼”就解为“解绳开函”。我们认为，比兴虽常见于诗，但此诗中，客从远方来，郑重传信，以函藏之，颇合情理。闻一多取诸释以证鱼形藏书函，并考究历史源流，旁证充分，足以服人。

闻一多既是诗人，又是学者，对我国古代诗歌常用的比兴手法当然很有研究，而《乐府诗笺》中就很见他所发比兴之妙，体现出诗人的别有会心和学者的精深底蕴。下面试举几例。

汉乐府诗距离我们的时代已经很远，诗中比兴所取的“喻体”，现在读来已很陌生，要懂得其涵义，非恃学问不可。《思悲翁》一诗，仅11句，却有8个3字句，句短，又用语颇难解，循文释意本已困难，而结三句：“枭子五，枭母六，拉沓高飞暮安宿”，更使人不知所云。闻一多指出：“枭，博棋胜采之名，此曰‘枭子五，枭母六’，用博棋术语，以喻母子。枚乘《梁王菟园赋》‘徐飞猭猪’，傅毅《舞赋》‘拉揩鹄惊’，拉沓与拉揩、猭猪同，飞貌也……兔麐已见侵害，因我枭高飞以远祸，妇人白儆勅之词。”解除了障碍后，我们才深感所用比喻的生动，才能理解“似谓夫为贼所执，庐舍被劫，妻子逃散”的题旨。而不知枭子枭母之为何物，则如读天书。

闻一多对《乐府》和《易林》都很称赏，且都有研究，所以在论及乐府诗的比兴时，也并举《易林》之例，触类旁通，以明汉人的奇情异想常有相同之处。如《枯鱼过河泣》，以鱼拟人，似遭祸而作书警告其友，极富想象力。闻一多指出：“《易林·谦之明夷》曰：‘鳣鰕去海，藏于枯里，街苍褊隘，不得自在，南北极远，渴馁成疾。’（《无妄之小畜》略同）亦假鱼以喻人。汉人常有此奇想。”又《豫章行》有句：“身在洛阳宫，根在豫章山，多谢枝与叶，何时复相连!”“何意万人巧，使我离根株!”闻一多亦援《易林》以明构想之似：“《易林·乾之既济》曰：‘梗生荆山，命制输班，袍衣剥脱，夏热冬寒，饥饿枯槁，莫人震怜。’① 假象奇绝，与此同工。”

乐府诗中的比兴，因母题同于他诗，亦有所喻相似的现象，闻一多曾援例以证这种创作现象，其实也是创作规律的探讨。如《焦仲卿妻》的开头二句：“孔雀东南飞，五里一徘徊”，显为诗之起兴。闻一多益之以《艳歌何尝行》的“飞来双白鹄，乃从西北来……五里一反顾，六里一徘徊”，魏文帝《临高台》的“鹄欲南游，雌不能随。我欲躬衔汝，口噤不能开，欲负之，毛羽摧颓，五里一顾，六里徘徊”，伪苏武诗的“黄鹄一远别，千里顾徘徊”，《襄阳乐》的“黄鹄参天飞，中道郁徘徊”，以说明鸟之双飞与徘徊，为多诗所用。故闻一多指出：“以上大旨皆言夫妇离

① 《大有之未济》、《贲之师》略同。

别之苦，本篇‘母题’与之同类，故亦借以起兴，惟易鹄为孔雀耳。”

作为诗人，以心会心，闻一多又善发比兴之妙。兹举二例。一是《芳树》后七句：“目不可顾，妒人之子愁杀人。君有他心，乐不可禁。王将何似！如孙如鱼乎？悲矣！”闻一多认为，诗中的“孙”字读为“荪”，字一作“荃”，他以《释文》引崔《注》解释此字：“荃音孙，香草也，可以饵鱼。”故诗中比喻之义是：“‘如荪如鱼’者，谓彼妒人之子如香饵，王则如鱼，将受其欺也。行临兰池，即自生感，语拙而哀音动人。作者其陈皇后、班婕妤之流欤？”尽管对诗之作者仅是悬测，却很能发弃女之心，对其心理联想理解得很准确，而诗中既言“王”，贵妇身份亦非所猜过于孟浪。再是《饮马长城窟行》的“枯桑知天风，海水知天寒”二句。闻一多指出：“沧海桑田，高下异处，喻夫妇远离不能会合。”又说诗中的枯桑是喻夫，海水是自喻，可分从《越榜人歌》和元稹《离思诗》证之。如其所言，“天风天寒，喻孤栖独宿，危苦凄凉之意。”这本无深意。但是，“见叶落而知木受风吹，见冰结而知水感天寒。枯桑无叶可落，海水经冬不冰，一似不知风寒者，非真不知之，人不见其知之迹象耳。”这就是发其所喻之深心，“以喻夫妇久别口虽不言而心自知苦”，是设身处地着想，故能得其意之所在。

闻一多先生的《乐府诗笺》，已简单评析如上。在他未刊的手稿中尚有未完成的《乐府叙论》，从中可以看到他对乐府诗的宏观论述和定位。文中说：

> 如果文学中有所谓正统的话，无疑诗是中国文学的正统，即在两汉也非例外。以产量论，赋在当时诚然居第一位，若论到质，则远不如诗，因之两汉文学的真实价值在诗而不在赋……反之，汉诗却仅进了一步的三百篇，只要排除了儒生们势利眼的尊经心理，我们当承认三百篇的文艺价值早已被超过了。建安以后不必论，因为那属于另一个文学的纪元，拿它和三百篇并论，根本是不公平的……建安以前，概括地说，是一个无主名的诗人时期，诗在当时也可说是社会的而非个人的产品。这样一个时期，与建安以后相对照，我们称之为古代。就作品说，“古代”的诗大体是歌曲，“近代”的诗才是诗。①

在他的心目中，汉乐府诗作为“古代”的群众性的“歌曲”创作，代表了两汉文学的真实价值，成就超过了《诗经》。虽或因系未成稿，“感于哀乐，缘事而发”等特点未及阐发；即便如此，其文学进化发展观已表述得很正确，对乐府诗的主要特点及其在文学进展中的地位，也概括得非常准确。此《叙论》倘能完成，定将与《乐府诗笺》相互辉映，仅留下吉光片羽，令人弥感珍贵。

---

① 《长编》591页。

（五）在依类象形、形声相益的背后
——用生产劳动来说文解字

我们在本章开始时已说，在前几章分论闻一多先生在神话、诗经、楚辞诸领域的研究之后，按研究对象所在的时代，拟定了本章，而后面的唐诗部分和文学史部分均属“单一”性质，故本章因“兼收”而显得“杂”了。在论闻先生的《周易》、《易林》、《庄子》和汉乐府诗研究后，本节论其文字研究。因本书的性质，择其中相关者，专论闻先生以生产劳动解释古文字的问题。之所以选择这一论题，是牵涉到文学艺术的起源论题，故与文学研究也并非全然无关；而且同前面所论一起，构成以恩格斯“两种生产”理论来观之的完整格局。

闻一多在先秦文学诸领域中的研究，已充分运用和证明了恩格斯关于“历史中的决定性因素，归根结蒂是直接生活的生产和再生产”及“人类自身的生产”的“两种生产”论。在他研究儒家学说的一份手稿上，曾写下这样的话：“上层建筑的特性暴露了社会经济结构的特性。”① 这无疑是经济基础决定上层建筑的唯物主义基本观点。他在文学研究中经常运用这一观点，在艺术研究中同样如此。如《闻一多纪念文集》有郭良夫《怀念我的老师》一文，谈及闻一多以绳纹解释陶器几何纹样的见解，认为器物原为绳络，后制为陶器虽不需绳络，但人们仍以绳络纹样为装饰，并以《庄子·逍遥游》“今子有五石之瓠，何不虑以为大樽”的成玄英疏“虑者，绳络之也”为证。

在古文字研究中，闻一多也常用生产劳动释其源流及变化。收入《全集》卷10《语言文字编》的就有几篇文章。

许慎在《说文解字序》中曾说：“仓颉之初作书，盖依类象形，故谓之文。其后形声相益，即谓之字。字者言孳乳而浸多也。”闻一多《释桑》就是从“孳乳而浸多”的字中，推原其“依类象形”之文，提出自己的独到之见的。在此文中，他先肯定了旧释卜辞中的字为“桑”是正确的，而同时指出，以此字为基形，而加“口”从两个到五个者不等，诸家皆释为“噩”，却不成文义，或义似可通而了无佐证。他认为，这些字由于加口愈多，木形诡变亦愈甚，若都释为桑，“则无不词恰理顺矣”。文中，分五义而列举37例，最后得出结论：“以上除7、10二例字作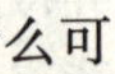，旧已释桑外，其余众口丛聚木间之繁文，旧所释为噩者，今并改释为桑。”为什么可以确信无疑呢？除了归类以见语义外，他又从生产劳动的角度，举“蚕”而见“桑”：

考卜辞有字作（《藏》185，3）

① 转引自刘烜《闻一多评传》343页。

酷肖蚕形，旧释蚕，今以同辞又有桑字（即上揭25例）证之，益之旧释不误。他辞又有“蚕示”，“蚕堂”以及从蚕之媫字，复证以殷墟残茧之发现，知当时养蚕之事已甚发达。夫蚕事已臻发达，而谓为数巨万之甲骨中，仅有作之桑字寥寥数见，宁非异事？①

闻一多不仅在“孳乳而浸多”的字形讹变中，窥见其潜存的美学信息，推原出“依类象形”的基始面目；而且在养蚕业的劳动中，证与之相关的桑字非寡；37例中的第26例与《月令》“季春之月，……后妃斋戒，亲东乡躬桑”相证，得出了“疑后世后妃躬桑之礼滥觞于此”的结论。这样，就诚如文中所说：

此于探究殷代经济状态，关系颇大，不特于卜辞中增一可释之字而已也。②

新版《全集》收入原未刊的《释商》一文，可作进一步补充。文中指出：“商”之古字，“其字乃从辛从桑从冏，则商字之语源可寻，盖商桑音同，商即从桑得声也。凡字声之所在，即其主义之所在，此通例也，商字亦然。卜辞龙凤及帝等字并从辛，辛之义虽不可确知，要当为一种表明神异之符号。商从辛，例与此同。”闻一多又举例证明金文之中国族名往往从冂，与不从者同，他在指出诸种图腾标识之后，再说：“冂殆犹后世神象之有座，于象之本身为附属品，故临文便事，可从省略。商下之冏，卜辞或不从口，即此矣。”于是，终得出这样的结论：

由上观之，辛冏俱非主要部分，商之核心，实只桑字耳。意者桑本商人崇拜之神木（后世榑桑之传说或出于此），故商人之社谓之桑林，又以商名其民族……

在考证了“商”、“殷”、“衣”、“鄁”、“卫”、“禕”诸字的关系之后，他又从文献记载中证荐衣之祭为殷人遗俗。继而又说：“既以衣名国，复荐衣有祭，其重衣也如此，是衣确为殷之本名……知殷古本作衣，而其义即衣服之衣，则商之本义，可以类推。盖蚕桑与衣服有必然之联系，国名曰衣，一名曰商，衣即衣服之衣，斯商即桑木之桑矣。”最后，仍从生产劳动、经济活动的角度加以总结：

综上所述，卜辞有多量之桑字，就中“弄桑”，“叀于桑”，以及训采桑之桑诸条，尤关重要，凡此，益以卜辞蚕字之数见不甚少，殷虚残茧之实物发现，可证养蚕之事，确为殷人所重，而养蚕之术，或即殷人所发明。以此推之，殷

① 《全集》10卷553—558页。
② 《全集》10卷558页。

世社会，盖已由纯农业的进而为农工并重的，而蚕丝作业尤发达，国民生计，度亦于焉是赖……

总之，这一“奉桑为社”、“以桑名国”，“荐衣有祭”，“国名之衣，或借㮨为之，遂孳乳为郼为衛。衣之声转复为殷。”如此综合的考证，确是令人信服。①

《释圝》一文，也体现出从生产劳动的角度考察字源的精神。闻一多仍从“依类象形”的美学原则出发作考察，他认为“圝从囗从豩，豩为豩之省”的旧释是对的，他所作的进一步研究是考察了“何所取义”？他从较晚出的著作中所载安南捕获和驯服大象事，指出：“囗象栏形，豩则手牵象而以言语教谕之，制字之意，与殊方土俗捕象之法悉合”，“考吾国上古北方本尝产象，以卜辞金文为字，及文献中殷人服象，象为舜耕诸传说证之，象盖尝一度为吾先民之重要牲畜，故捕象之事，有其专字。”他认为，至迟到战国时，中原已无象，媒翳之事，后世施诸捕鸟者最为普遍，所以许慎遂谓“率鸟者系生鸟以来之名曰囮”。由象而鸟、鹿，发展变化之中，贯串着一条线索：“总上所述，象媒谓之圝，鹿媒为之麢，鸱鸺之媒谓之舊，雉媒谋之鹞……四名之各有专字，殆有经济的意义存焉。”在对舜与伯益事迹与家世详作考辨后，继又言象：

> 以上关于舜、益之各种传说，其所反映狩猎时代之文化，固甚彰著。更观乎舜、象关系之密（惟象耕之说不足信），则其时北方产象之多可知。夫森林为象类蕃息之必要条件，原始森林之普遍存在，亦正狩猎时代之生活环境也，观卜辞中贞捕象之辞，才寥寥数见……知殷商时代象已渐次南徙，盖其时去舜、益已远，山林既启，农事日兴，社会景象已迥不侔也。②

这里不仅从狩猎文化、生态环境作了文化意义的考证，而且较之仓颉“见鸟兽蹄迒远之迹，知分理之可相别异也，初造书契”③ 的摹仿自然更加深入，更见本质，因为是真正道出了文字的产生、衍变与生产劳动、经济活动的关系。恩格斯说过：“自然界为劳动提供材料，劳动把材料变成财富。”④ 这财富是物质的，也是精神的，中国古代的文字之产生、发展，就是一个明证。

中国文字的字义演变，常使源与流、本与末相距甚远，当其融入文艺作品，承载着新义时，要追溯其初始，离不开对生活初源的解析。此文的第三部分，虽非言生产劳动，但仍使我们读之而深受启发。文中说：“鸟兽为人诱致其异性之同类者，

---

① 《全集》10 卷 577—580 页。
② 《全集》10 卷 533—538 页。
③ 许慎《说文解字序》。
④ 《自然辩证法》，《马克思恩格斯选集》3 卷 508 页。

在象曰圛，在鹿曰麢，在鸱鸺曰舊，在雉曰鷂，充类言之，则人之以异性相诱者，宜亦得此称，《广雅·释诂》一曰‘媱，婬也’是也。”闻一多以《高唐赋》“瑶姬”之“瑶”为“媱”，“言以淫行诱人也。今呼妓女为媱子，是其义”。又《山海经·中山经》之姑媱山帝女，死而化为䔄草，“服之媚于人”，辗转相证。他还认为：风谣之谣，亦出于圛，本义当为男女相招诱之歌，“故严格言之，惟说风情之谣乃为谣之正体。”我们看到，后世的里巷风谣，实多男女之歌，“牝牡相诱谓之风”，古人已言之，风、谣连称，上说实为的论。闻一多说：

> 要而言之，神女之以淫行诱人者谓之瑶姬，草有服之媚于人，传为瑶姬所化者谓之䔄草，男女相诱之歌辞谓之谣，并今人呼妓女曰媱子，皆圛义之引申也。①

饮扬子之水知其源出滥觞，可谁又知“瑶”、“谣”、“媱”诸字之源，竟出于史前的狩猎生活呢！闻一多给我们揭示出作为文艺的美学载体的文字，同样积淀着生活的原始意象，然而有此识力的，又有几人？

《释余》一文也很值得注意。文中指出，“余”字本为何物，尚未有人指出，仅有郭沫若以余为琜之初文，即玉笏，“斯说也，窃尝疑之”。闻一多先考个与余之关系，以证个之确当释余。他说：“个之状上为锐角形，下有柄。从余之字多与此意合。”在征引《淮南子》、《广韵》、《广雅》等书之所载后，得出了这样的结论：“农具之筡（捈梌），礼器之荼（琜），植物之荼（蒤），其状皆锐首，与个之形密合，而字皆从余，是学者谓个为余之初文，信而有征矣。”但三者之中何为本义呢？他先排除了“植物之荼”，因为“观个之笔意与茅穗之形相距最远，一望可知”，继而他以“礼仪之饰器无不起源于实用之工具，此器物演化之通例”的原理，断言“礼器之琜决不能早于农具之筡”。他从《淮南子》上溯《周颂·臣工》和《小雅·大东》，推出“知畬本训除草，则余之本义亦可知。上文云古未有犁时，以刀耕，而其刀即余。然则余殆即犁之前身欤？”他以字形变化与实物对照，再次以“依类象形”证其所论。问题是否可以终结了呢？不！他进一步指出：

> 在人类未知使用金属之先，余必系石制。石制之余，即琜之滥觞矣。

这样，就不仅证明了他所说的“礼仪之饰器无不起源于实用之工具，此器物演化之通例也”，而且指出了石制之余为玉制之琜的前身。② 其实，不独是礼器，乐器

---

① 《全集》10卷538—539页。
② 《全集》10卷547—549页。

亦然，如古磬，《尔雅·释乐》云："大磐谓之毊。"郭注："毊形似犁 锫，以玉石为之。"常任侠先生认为："农字从'辰'。农耕器早期用蜃，即用自然生成的巨型蚌壳来掘土种植。当人类会创造劳动工具时，于是因袭过去的习惯，即按照蚌壳的形式来制造，做成仿佛鲸鱼头似的下边平的剖割器，即'石庖丁'一类的工具。这种工具可以用作掘地种植，也可以用作食肉剖割；当歌舞的时候，也用来敲击，发出节奏。这便成为古磬的原始型。"① 确实，"意识在任何时候都只能是被意识到了的存在"②，就艺术创造的意识而言，诚如普列汉诺夫所说"劳动先于艺术"。

对于中国古籍上常见而又具神秘色彩的数字，闻一多也能以"一种文化运动态的表征"观之，并以之与生产劳动相联系，《七十二》一文③，使我们深刻认识到这一点。文中先引古书中有七十二这一数字者十五例，以说明这一神秘数字的风行。继而以《史记·高祖本纪正义》，《春秋繁露·尊阴篇》，《孔子家语·五帝篇》及王肃注，《古微书》十五所引语，考证出"七十二""是一年三百六十日的五等分数，而这个数字乃是由五行思想演化出来的一种术语。"阴阳五行说作为汉代的官方哲学，曾统治数百年之久，其渊源流变，很难考索，闻一多从"七十二候"，"七十二风"，及祠后稷（农业之祖）的祭仪有"舞者七十二人"等，推测"五行思想与农事的关系最密，说不定即渊源于农事"，应该说是合乎逻辑的。土可生木，木赖水滋，金可耕作，尤其"先王以土与金木水火杂，以成万物"（《国语·郑语》），"渊源于农事"，确可见之。当然，"七十二"多见于经籍，而非文艺，但古代文史哲多不分，后世诗文中此数又非罕见（常作七十），推究其源，且以之出于农事，亦可见闻一多治学的思想观念。且古希腊毕达哥拉斯派以数、和谐解释美感与艺术现象，故对"七十二"的探讨，亦非与文学绝缘。此文研究的是数字而非文字，但亦与生产劳动相关，故附而论之。

以上我们将闻一多先生对《周易》、《庄子》、《易林》、汉乐府诗及部分文字的研究作了述评，或有遗漏，但大体都在。正如前几章所说，闻先生在神话、《诗经》、《楚辞》诸领域的研究，都成果卓著，研究方法多能领先，研究水准多出众上。同样，本章所论的几个领域也在学界自成一家，都有较大影响。前三者的沟通哲学与诗，或文学与宗教，是具有创新意识的研究，开拓了独特的研究道路，注意到他人未注意的材料，或发掘、探寻出重要的线索，直到今天，仍不失新鲜感。乐府诗的研究方法虽是传统的，但微观中蕴涵宏观，有不少新见解。文字研究的独特视角和严密论证，也给人启迪，使人折服。闻一多先生当年曾遭某些正统学者"非常异议，可怪之论"的讥讽，但他毅然决然地走着自己的道路，终于得到了那些讥

① 《常任侠艺术考古论文选集》，文物出版社 1984 年版 100—101 页。

② 《马克思恩格斯选集》1 卷 30 页。

③ 原载《国文月刊》1943 年 7 月第 22 期，署名闻一多、季镇淮、何善周。收入开明版《闻一多全集·神话与诗》，现编入新《全集》第 10 卷。

讽他的人所未能得到的成功。当年寄思《忆一多教授》一文，曾记述闻先生在课堂上讲《庄子》时说过的一段话："有些拘谨的学者，很不以郭先生的见解为然，而且说他胆大与轻率。好，这些学者先生们一次都没有错，因为一句离开前人见解的话也不曾说过，这种过分的谨慎如果是怕说错了影响自己已成的学者之名，那却未免私心太重，这样谨慎了一辈子，对于古代文化的整理上最后还是没有添加什么。而郭沫若，如果他说了十句，只有三句说对了，那七句错的可以刺激起大家的研究辩正，那说对了的三句，就为同时代和以后的人省了很多冤枉路。"[①] 这也可看作闻先生的"自供状"，何况他绝对是说对了很多！他抛却私心，不求谨慎，以自己孜孜矻矻钻研，"为同时代和以后的人省了很多冤枉路"，他的这种精神同样是一笔宝贵的财富。

① 《文萃》1946 年 7 月 25 日第 40 期，转引自《长编》750 页。

六　唐诗研究的新贡献（上）

闻一多先生研究中国古代文学，其真正的起步是从唐诗开始的，后来虽然将研究范围扩大到《诗经》、《楚辞》、《周易》、《庄子》、神话、乐府诗等诸多领域，但唐诗的研究始终未曾中断。唐诗研究是他持续时间最长、成果最丰硕的学术领域。

闻一多于1928年10月发表《杜甫》一文，1930年开始发表《少陵先生年谱会笺》，1933年任教清华时完成了《岑嘉州系年考证》。据顾毓琇保存的朱湘所写《闻一多与〈死水〉》[①] 一文称，此时闻一多关于杜诗有三部著作，除《少陵先生年谱会笺》外，还有《少陵先生交游考略》、《杜学考》，在做着的有《王右丞年谱》、《岑嘉州系年考证》、《岑嘉州集笺疏》。将成或正进行的有：《唐代文学年表》、《初唐大事表》（分政治、四裔、宗教、学术、文学、艺术六栏）、《唐语》、《全唐诗人补传》、《唐诗人生卒年考》、《全唐诗校勘记》、《全唐诗拾遗》、《唐诗统笺》、《全唐诗选》、《见存唐人著述目录》、《唐代遗书撰人考》、《唐两京城坊考续补》、《长安风俗志》、《唐器物著录考》、《唐代研究用书举要》、《全唐文选》、《唐人小说疏证》等。[②] 同年9月闻一多在给友人饶孟侃的信中，谈到“向内发展的工作”计八项，除《毛诗字典》和《楚辞校议》外，其余六项皆属唐诗，即《全唐诗校勘记》、《全唐诗补编》、《全唐诗人小传订补》、《全唐诗人生卒年考》附《考证》、《杜诗新注》、《杜甫》（传记）。[③]

我们将他所有的唐诗及相关研究的成果分类列出如下（著作名前加＊号者是全集未收、年谱提到的）：

1. 关于笺注疏证的有：

《全唐诗校勘记》[④]

《唐诗校读法举例》[⑤]

＊《岑参集笺疏》[⑥]

《岑参集校读》[⑦]

---

① 1933年夏写，因闻一多不同意发表，待去世后才得问世。

② 《长编》437页。

③ 《全集》12卷265—266页。

④ 《全集·唐诗编·中》。

⑤ 《全集·唐诗编·上》。

⑥ 《长编》437页。

⑦ 《全集·唐诗编·上》。

＊《唐诗统笺》[①]
＊《杜诗新注》[②]
＊《杜学考》[③]
＊《唐人小说疏证》[④]
《说杜丛钞》[⑤]
《全唐诗辨证》[⑥]
＊《唐诗笺证》[⑦]

2. 关于表谱类的有：
《唐文学年表（二种）》[⑧]
＊《初唐大事表》[⑨]
＊《唐诗人生卒考（附进士登第年龄考）》[⑩]
《少陵先生年谱会笺》[⑪]
《少陵先生交游考略》[⑫]
《岑嘉州系年考证》[⑬]
《岑嘉州交游事辑》[⑭]
＊《王右丞年谱》[⑮]
＊《初唐四杰合谱》[⑯]
＊《新旧唐书人名引得》[⑰]
《唐诗要略》[⑱]

3. 关于传记类的有：
《杜甫（传）》[⑲]

---

① 《长编》437 页。
② 《长编》446 页。
③ 《长编》436 页。
④ 《长编》437 页。
⑤ 《全集·唐诗编·中》。
⑥ 《全集·唐诗编·中》。
⑦ 《长编》413 页。
⑧ 《全集·唐诗编·中》。
⑨ 《长编》437 页。
⑩ 《长编》413 页。
⑪ 《全集·唐诗编·上》。
⑫ 《全集·唐诗编·上》。
⑬ 《全集·唐诗编·上》。
⑭ 《全集·唐诗编·上》。
⑮ 《长编》437 页。
⑯ 《长编》413 页。
⑰ 《长编》413 页。
⑱ 《全集·唐诗编·上》。
⑲ 《全集·唐诗编·上》。

《全唐诗人小传》①

《全唐诗补传甲》②

《全唐诗补传乙》③

4. 关于选集和《全唐诗》续、补的有：

《唐诗大系》④

《全唐诗汇补》⑤

《全唐诗续补》⑥

*《唐文别裁集》⑦

*《全唐文选》⑧

*《全唐诗选》

*《全唐诗拾遗》⑨

5. 关于理论研究的有：

《唐诗杂论》所收：《类书与诗》、《四杰》、《宫体诗的自赎》、《陈子昂》、《孟浩然》、《贾岛》、《英译李太白诗》

《四千年文学大势鸟瞰》的有关部分　　《诗的唐朝》⑩

郑临川《闻一多论古典文学》中10篇：《诗的唐朝》、《王绩》、《初唐诗》、《陈子昂》、《盛唐诗》、《孟浩然》、《王昌龄》、《王维·李白·杜甫》、《大历十才子》、《孟郊》

《律诗底研究》、《歌与诗的有关部分》

6. 有关唐代文化札记及其他的有：

*《见存唐人著述目录》⑪

*《唐代遗书撰人考》⑫

*《唐代研究用书举要》⑬

*《唐两京城坊考续补》⑭

---

① 《全集·唐诗编·下》。

② 《全集·唐诗编·下》。

③ 《全集·唐诗编·下》。

④ 《全集·唐诗编·中》。《全集》据唐诗及唐诗大系二部稿子整理成，沿用开明版全集之名。

⑤ 《全集·唐诗编·中》。

⑥ 《全集·唐诗编·中》。

⑦ 《长编》413页。

⑧ 《长编》437页。

⑨ 《长编》437页。

⑩ 《全集·唐诗编·上》。

⑪ 《长编》437页。

⑫ 《长编》437页。

⑬ 《长编》437页。

⑭ 《长编》437页。

＊《唐器物著录考》①

＊《长安风俗志》②

《唐风楼据录》③

＊《璞堂杂记》④

＊《唐语》⑤

以上不论篇幅大小，共计63种，虽现在公诸于世者计40种，余皆未见，但已构成完整的研究格局，且让人惊叹：如何以一人之力，且从事研究者并非限于唐代，竟然能在不长的时间段，作出如此惊人的成绩！

正如陈伯海先生《唐诗学引论·序说》所言："唐诗的巨大成就，吸引着当时和后世的人们去反复诵读，刻苦钻研。一千多年来，围绕着这块宝藏，历代学者付出了辛勤的劳动，作了大量开发工作，无论在辑佚、选编、诂笺、考证、解析、品评或其他专题论述上，都取得了丰硕的成果，著述浩繁，不下几千种。可以说，唐诗的研究已经形成了一项专门的学问——唐诗学。"唐、五代、宋、金、元、明、清诸朝的研究且不说，现代以来如何？又怎样看待闻一多在现代唐诗学中的地位呢？陈先生又说："'五四'以后，西方文艺思想和科学方法的输入，促使唐诗研究实现了新的飞跃。学者们纷纷跳出传统的感想式批评的窠臼，从事系统的考察和理论概括，写出一批有价值的学术论著。其中闻一多、朱自清、陈寅恪、岑仲勉诸家贡献尤为突出，或钩沉辑佚，或博考旁搜，或贯古通今，或以史证诗，多方面地开拓了唐诗学的天地。"⑥ 下面，我们将对闻一多先生的唐诗研究作一评述论析，以见其贡献和成就。

（一）由美而善的追求　全面深入的探索
——闻一多的唐诗研究历程与概况

闻一多之走上研究唐诗之路，除第一章已道及的原因之外，从感情上说，还缘于他作为新诗人，却又有很深的旧学根底的唐诗情结。因旧式婚姻造就的感情苦闷，他要借诗来寻求慰藉，1923年给梁实秋的信中说："我的唯一的光明的希望是退居到唐宋时代，同你结邻而居，西窗剪烛，杯酒论文——我们将想象自身为李杜，为韩孟，为元白，为皮陆，为苏黄，皆无不可。只有这样，或者我可以勉强撑住过了

① 《长编》437页。
② 《长编》437页。
③ 《全集·唐诗编·中》。
④ 《长编》413页。
⑤ 《长编》437页。
⑥ 《唐诗学引论·序说》，知识出版社1988年1—2页。

这一生。"[1] 在美国留学学习美术，他却："老杜、放翁在书架上，在桌上，在床上等着我了，我心里又痒着要和他们亲热了；有时理智的欲火烧起来，我又想继续我那唐代六大诗人底研究……"[2] 后又在废旧诗六年后重作，1925 年 4 月致梁实秋信附四首，其中有句："唐贤读破三千纸，勒马回缰作旧诗"，"神州不乏他山石，李杜光芒万丈长"。[3] 在清华园读书评诗时就说过"其实没有进旧诗库里去见过识面的人决不配谈诗"[4]，他从新诗人实现到学者角色的转换，从唐诗切入，是很自然的。而且"新月派"作为新派格律诗，也近于唐诗，他说："律体在中国诗中做得最多，几要占全体底半数。他的发展最盛时是在唐朝——中国诗最发达的时代。"[5] 他又在回答朋友提问时说："中国的文学浩如烟海，要在研究上有点成绩，必须学西洋人治学的方法，先挑选一两个作家来研究，或选定一个时代来研究。"[6] 可见，以唐诗作为学术研究之始，自有其特殊的原因在。

闻一多研究唐诗的道路，同样是一条由求美、求真、终至求善的道路。吴晗为王康著《闻一多的道路》所写的序言很准确地作出了描述："在美国，开头学的是美术，虽然没有学到家，却指引他走上爱美的道路，写新诗讲究格律声韵，住屋子讲究光线色彩，到后来有一次还和我谈起几十年来的书面装帧，一本本的批评，提出他自己的看法……中年从写新诗转到研究旧诗，唐诗楚辞的研究是从爱美出发的，从诗文转到甲骨金石文字，而神话而图腾，也还是一条线索。"[7] 一俟走上学术研究的道路，学术本身的求真特性亦使从事此业者遵其轨范。闻一多 1930 年发表《杜少陵年谱会笺》，次年刊完，1933 年发表《岑嘉州交游事迹》，次年给饶孟侃信中谈及的六项唐诗研究，多为校勘、补编、订补、考证、注释，此类研究不属文艺美学范畴，当是求实而求真。卢沟桥事变爆发后，学校迁至南岳时，闻先生所作的也是《唐诗人登第年代考》和《唐诗人生卒年代考》之类的研究。但后来在昆明西南联大时，所见所闻亦使所思为之变，吴晗概括了这种变化："到后来，在昆明乡村中，在联大附近环城马路上，成天看见病兵，伤兵，死兵，也看见了农民如何过日子，如何在被剥削，被奴役，被拉夫拉兵，《三吏》、《三别》印证在脑海中。他明白了，不只女孩子没有被当作人，所有穷人都没有被当作人……他已经懂得一个女孩子的死，和无数农民的死，绝不是一个家庭或一个地方的问题，而是整个社会的问题，整个的政治问题，是天赋人权的被剥夺，是人民政权的被篡窃，是家长制度的流毒，

---

① 《全集》12 卷 140 页。
② 1923 年 3 月 30 日致翟毅夫、顾毓琇、吴景超、梁实秋信，《全集》12 卷 165 页。
③ 《全集》12 卷 222—223 页。
④ 《评本学年〈周刊〉里的新诗》，《全集》2 卷 51 页。
⑤ 《律诗底研究》，《全集》10 卷 159 页。
⑥ 熊佛西《悼闻一多先生——诗人、学者、民主的鼓手》，转引自《长编》443 页。
⑦ 王康《闻一多传》，湖北人民出版社 1979 年版 452—453 页。

是宗法观念在作祟……"[1] 因此，他不但在《贾岛》一文中借题发挥，谈着中老年人与青年人对挽救人心、改良社会的不同态度，更在1944年发表的《诗与批评》中，重估诗的"效率"和"价值"，谓不顾别人的苦难，无视流民图的陶谢之流"是多么无心肝，多么该死"，而与社会、与人民同欢共苦的杜甫却是从小我走向大我的一等诗人，明显地树起了"善"高于"美"的批评旗帜。

下面，我们谈谈闻一多是如何在具体的唐诗研究中，体现出从求美到求善的倾向，而大量的基础研究，又是如何奠定了求真的基础，从而使他的研究形成全面深入的格局，和真善美结合的特点的。

早在清华园求学时，闻一多就在《评本学年〈周刊〉里的新诗》一文中，建议学李益的诗以取代原来不当的用字，并提出了这样的创作原则："美的灵魂若不附丽于美的形体，便失去他的美了。"[2] 1926年5月发表在《晨报》副刊《诗镌》上的《诗的格律》一文，赞同赵翼"化工也爱翻新样，反把真山学假山"的观点，提倡诗的人工的、格律的美，认为诗应包括音乐的美（音节），绘画的美（词藻）和建筑的美（节的匀称和句的均齐）[3]。至于古代的律诗，论其作用，有短练、紧凑、整齐、精严诸项；而辨质，则有均齐、浑括、蕴藉、圆满、兼有诸项[4]，都系属于"美"的研究。

闻一多编选的《唐诗大系》，选260余家，选诗近1 400首，入选最多的是陈子昂（16首）、孟浩然（22）、王昌龄（17）、王维（50）、李白（49）、储光羲（18）、刘长卿（17）、杜甫（99）、岑参（18）、钱起（18）、韦应物（30）、孟郊（28）、韩愈（22）、白居易（34）、刘禹锡（22）、贾岛（21）、李贺（25）、杜牧（30）、李商隐（24）、温庭筠（19）、曹唐（22）等21家。[5] 所选以律诗为最多，其中最多的三家，李白15首、王维19首、杜甫44首。杜甫长于律诗，入选近半自不必说，李白本以乐府、歌行为主，入选律诗亦近二分之一。这一选诗思想与他倡导戴着脚镣跳舞的思想有关。白居易入选34首，其中讽喻诗仅两首，余多为感伤诗、闲适诗、杂律诗，闻一多颇以白诗缺乏隽永之趣，故不取其内容，却独以艺术性相取，对"童子解吟长恨曲，胡儿能唱琵琶篇"的"元和体"，更青眼有加。《唐诗大系》作为"五四"之后第一个有较大影响的唐诗选本，其选诗标准主要体现出求美的倾向。

鲁迅曾说过："选本可以借古人的文章，寓自己的意见。"[6] 从历史上看，昭明太子萧统《文选》不选经、史、子，是以此选确立纯文学的地位，清朱彝尊编《词

---

① 王康《闻一多传》，453页。
② 《全集》2卷41—42页。
③ 《全集》2卷141页。
④ 详见《律诗底研究》，《全集》卷10。
⑤ 此据开明版《全集》，新版《全集》以《唐诗》为主，辅以《唐诗大系》，仍用旧名。
⑥ 《集外集·选本》。

综》是树起“醇雅”的标准。就唐诗而言，唐殷璠选《河岳英灵集》标举“风骨”与“声律”兼备；元结《箧中集》揭示“雅正”的主张，代表沈千运、孟云卿一派追求“古淡”的趣尚；高仲武《中兴间气集》倡以“理致清新”，实以“大历十才子”为楷模；《才调集》以“韵高”、“词丽”为标准而实偏于后者，闺情诗较多。北宋王安石编《唐百家诗选》，选中晚唐诗较多，趣尚可见。传为元好问编选的《唐诗鼓吹》，以中晚唐伤时感怀者为多。元杨士弘的《唐音》选179位诗人的1 341首诗，体现了严羽的观点，是第一个宗盛唐的唐诗选本。明高棅的《唐诗品汇》选620家5 769首诗，旨在纠宋末诗风而成为前后七子“诗必盛唐”的先导。清王士禛《唐贤三昧集》表现出对王孟韦柳的偏嗜，以冲和淡远为主；沈德潜《唐诗别裁集》以李杜为宗而门径较宽，倡“格调”而重“诗教”；《唐诗三百首》虽系启蒙读本，却不囿于“诗必盛唐”之见，雅俗共赏，流传久远。近人高步瀛有《唐宋诗举要》，选唐诗84家619首，虽有集注、总评、夹评之长，但又有过偏之弊。

与前人的唐诗选本相比，闻一多的《唐诗大系》无偏嗜之弊，所选多为代表作，可见出唐代社会面貌和诗人的心灵世界。因手眼俱高，入选者多可见各家的艺术特色，又有作品考校和诗人传记的订补，故能自成一格。其选家选目的数量适度，无过严、过滥或过偏之弊，虽谓“求美”是其主要倾向，对作品的思想性也很重视，所以其长处确是过于古人。

傅璇琮先生在《唐诗杂论·导读》[①] 中指出，闻一多的唐诗研究是“特有的历史文化的综合研究”，这是很有创见的说法，我们在闻一多求美——求真——求善的唐诗研究之路中，将结合这一精神进行论述。

闻一多所作的唐诗与诗人的表谱，虽属资料编排一类，却非仅限于文学活动，而是辑入广阔的文化背景材料。如《少陵先生年谱会笺》，记玄宗始置翰林院，延文章之士及僧道书画琴棋术数之工为待诏，置教坊，自教法曲，谓“梨园弟子”，造兴庆宫，印度僧善无畏来华，访逸书，设“乾元院”，后改丽正修书院，印度金刚智、不空金刚来华，命僧一行造新历《大衍历》，梁令瓒造黄道游仪，封泰山，命吴道子等绘《金桥图》，徐坚等撰《初学记》成，释智升撰《开元释教录》，王维入公主第，唱《郁轮袍》，呈诗获嘉赏，吴道子作《地狱变相图》，两京诸州各置玄元皇帝庙，崇玄学，以老、庄、文、列为“四子”……以上仅开元二十九年、杜甫三十岁前之谱，已可见逐年诸多的重大文化活动。较之宋以来所作的数十家杜甫年谱，这种注重文化活动、成就，在历史——文化背景中展现谱主生平的写法，堪称创格，为年谱学的更新作出了开拓性的贡献。

关于杜甫，闻一多又有《少陵先生交游考略》和《说杜丛钞》并传记《杜甫》

---

① 上海古籍出版社1998年版。

之作。后者将在后面专论杜甫时再论，这里对前二者略作介绍并简评。《少陵先生交游考略》①，共考杜甫生平交游计111姓358人之多，排比姓名（或官职、排行），全据仇兆鳌《杜诗详注》本之卷次，列出这些人所在诗的篇名。其中如画家王宰，引朱景玄《唐朝名画录》、张彦远《历代名画记》及钱大昕《十驾斋养新录》诸籍所载而铺张其事，不甚知名的田梁丘、任华、李舟、韦之晋、郗昂、郭英×、鲜于仲通、严砺等人，皆广引各书以见其身世仕历。《说杜丛钞》② 引用清代及近人二十家著作，将涉及杜甫的内容钞出，其中既有笔记所载的名物、用语、人、事、字词之类，又有诗话所载的对杜诗之评论、赏析等内容，还有尚秉和《历代社会状况史》中对杜诗涉及史料的辨析、解释。二著一列杜甫所交之人，一收杜诗所涉之事、所处之世，是作者全面研究杜诗、为杜甫作传的重要基础工作，与"年谱会笺"一起，构成杜甫研究的三鼎足。

与《说杜丛钞》体例相近的还有《唐风楼捃录》，从各种书中辑出或考出有关以唐代风俗为主的材料计百余则。又有《唐语》，从唐诗及有关书中择出唐人专用语40多条。二者与有关唐代的书目一并收入《全集》第7卷，统称为《唐风楼捃录》，此书目据14类书籍共112种丛书而编入700余种。这些都是唐诗研究的重要基础工作。

对以写边塞诗著称的岑参，闻一多耗力亦多。《全集》第6卷有《岑嘉州系年考证》、《岑嘉州交游事辑》、《岑参诗校读》三种。前者发表在《少陵先生年谱会笺》三年之后的1933年，闻氏自谓岑参存诗360首，可确考作年者殆十有七八，本已分年隶属，可是"每定一诗，疏通篇旨，参验时事，引绪既繁，卷帙大涨"，只能大作删汰，"以事为经，以诗为纬"，详于事而略于诗。岑参旧无年谱，闻氏此谱本应有首创之功，适逢将撰成时，《岭南学报》刊出赖义辉的《岑参年谱》，取之相校，虽"同者不及一二，异者何啻八九"，为匡赖谱不足，作附注49则，又对赖谱的"筚路蓝缕，先我著鞭"表可喜和"吾有愧色"③ 之情，在维护学术严谨性的同时，不以名压人，表现出作学问的"求真"态度。《岑嘉州交游事辑》据各类史书及岑参或他人诗作，考岑参交游66人，名下皆列所见书、篇之名。

杜、岑二家，前人关注多寡不均，闻一多所作年谱及交游考，皆开径自行，各有拓展，比勘对照，用力甚勤，是以实证方法而求真，为作知人论世的研究打下了坚实的基础。关系岑参的著作，尚有《岑参诗校读》一种④，以正德本参校，多有系年，部分作品有说明。于此可见，闻一多的研究唐诗人及其作品，是先作年谱、交游、诗集校读，然后再作评论，对基础工作非常重视，对古人（尤其是清代）的

---

① 据北京图书馆所藏手稿整理后收入《全集》第6卷。
② 据北京图书馆所藏手稿整理后收入《全集》第7卷。
③ 北京图书馆所藏《全集》6卷284页。
④ 据手稿编入《全集》第6卷。

传统治学方法作了积极的继承，这绝非旧式诗话的印象式批评，或现代某些略作采撷就勇发新论者可比。

闻一多对《全唐诗》下过不少功夫，他认为此书“编得最草率，其间错误百出，几乎触目皆是”①，作了不少补救工作。著有《全唐诗汇补》、《全唐诗续补》、《全唐诗辨证》、《全唐诗校勘记》诸种，相关的还有《唐诗校读法举例》，前四种收入《全集》第7卷，后一种收入第6卷。诗人传记则有《全唐诗人小传》、《全唐诗补传甲》、《全唐诗补传乙》三种，均入《全集》第8卷。

《唐诗校读法举例》是要解决《全唐诗》的作品相混问题，试图“寻出若干构成错误的公式来，凭着公式去检验全书”②，所举6例，俱作辨析，确有示范作用。《全唐诗汇补》据28种书中的唐诗补《全唐诗》之所未收，《全唐诗续补》系再作补充，与之相配的还有《全唐诗辨证》、《全唐诗校勘记》。今日我们读到的中华书局版《全唐诗补编》（陈尚君辑校）虽已近126万字，但毕竟历经王重民《补全唐诗》、《补全唐诗拾遗》，孙望《全唐诗补逸》，童养年《全唐诗续补遗》，再加上陈尚君《全唐诗续拾》，才到这一规模。王重民的工作始于1935年，至1954年才编成初稿，又经王仲闻、俞平伯、刘盼遂校阅，才得此编。孙望《全唐诗补逸》初印于1936年，至42年后，合旧稿共得近800篇。闻一多的二补虽难比后出诸著，但以其个人之力且又从事多般研究，在当时能有二者，绝非易事，开拓之功自不可没。

《全唐诗人小传》、《全唐诗补传甲》、《全唐诗补传乙》三种，都系唐诗人传记，分别收199人、131人和54人，合计384人。每人名下将新旧《唐书》、《唐才子传》、《唐诗纪事》、《唐会要》、《本事诗》、《郎官石柱题名》等，及各种笔记、诗话的有关材料抄录，虽未据以拟成小传，却提供了较丰厚的原始材料。尽管当代的唐诗研究者可将此项工作做得更全面、完善和准确，但以历史的眼光看，闻一多当时所做的这项工作仍是极有分量的基础研究。仅举一例，就可知闻一多考据的水平：1935年10月，朱自清在《清华学报》第十卷第四期发表《李贺年谱》，文中在唐贞元二十二年条下引《新唐书·李益传》一条史料，以证李益与李贺齐名。闻一多指出其疑，朱自清遂重作考证，次年再发《李贺年谱补记》，云：“益以代宗大历四年进士擢第，年二十二；至贞元二十年五十七岁，成名已久。时贺年才十五；《益传》乃称益名与贺埒，似非信史云云。按闻先生所考益生卒甚确……此条多蒙闻先生指教，谨致谢。”又说：“他最初在唐诗上多用力量，那时已见出他是个考据家，并已见出他的考据本领。”③

以上这些辑佚、校勘、考证及年谱、传记的工作，都可谓学术的求真，而大致进入40年代后，则在所发论文中，表现出求美中求善的思想倾向，求真则重在文化还原。

---

① 《全集》6卷467页。

② 《全集》6卷467页。

③ 《长编》476页。

闻一多早年曾习美术，因此常以画家的眼光来领略诗歌的画面美，充分发挥了一个艺术家进入学术领域的优势。如1943年发表的《孟浩然》一文，他从欣赏王维所画孟浩然像的“颀而长，峭而瘦，衣白袍”的散朗风神，进入其“垂钓坐盘石，水清心亦闲”的恬淡心态，再领略其“求之不可得，沿月棹歌还”的清淡诗风，从而得出“诗如其人”或“人就是诗”的结论。

又如郑临川《闻一多论古典文学》中《王昌龄》一文，闻先生亦从绘画入手评王昌龄的独特诗风。他不沿袭传统的“诗中有画”说，而是利用西洋画家以点作画的技巧，来分析王昌龄诗兼具点的颤动和线的串连之长，即既有画面的生动美感，又有场景的连续转换，既有实景的着力刻划，又有虚词的似连非连，虚实相间所引起的颤动又增添了画面的生动美感。这样，就突破了前人仅从题材或章法技巧来评价王昌龄诗风的老套，为“诗中有画”注入新意，切实而非肤廓地道出了昌龄诗特有的美。

闻一多的唐诗论文丝毫不带学究气，繁琐的资料引证，枯燥的年代介绍，常代之以活生生的事件、人物的形象描述。如论盛唐诗的起讫年限：“盛唐的年限可划为自玄宗先天元年（712年），迄天宝十四载（755年）止，前后共44年，约为半个世纪。”接着说：“先天元年即杜甫生、宋之问死的一年。这一年，孟浩然二十四岁，李颀二十三岁，王之涣十八岁，王昌龄十五岁，王维、李白十二岁，高适十一岁，崔颢九岁，岑参未生。天宝十四载是安禄山反叛的那一年，孟浩然、李颀已死，王之涣不可考，王昌龄五十八岁，王维、李白五十五岁，高适五十四岁，崔颢已死，岑参四十岁，杜甫四十四岁。”① 这样一来，盛唐起讫年限就不再是枯燥乏味的数字，而是许多有血有肉的著名诗人的诗坛聚会，你甚至还可从那不同年龄的组合中悬想各自的风貌。

闻一多将严谨的学术论文当作艺术美文来写，有的更是以自己的善感善觉昭示了美的境界。《类书与诗》② 有一极好的“错位”式互拟：“若说唐初五十年间的类书是较粗糙的诗，他们的诗是较精密的类书，许不算强词夺理吧？”③ 而这又与前说的“太像文学的学术，和太像学术的文学”相应。④ 《宫体诗的自赎》⑤ 从卢照邻“颠狂中有战慄，堕落中有灵性”的狂风暴雨，到刘希夷“一片晶莹的宁静”与“万象的和谐”的爽朗黄昏，再到张若虚那“一番神秘而又亲切的如梦境的晤谈”，以及“更神秘更渊默的微笑”⑥ 的春江花月夜，将宫体诗自赎自救过程中，从放纵

① 《闻一多论古典文学》111—112页。

② 1934年3月发表于天津《大公报》“图书评论”副刊，1945年经修改，又发表于8月出版的《国文月刊》第37期，后作为《唐诗杂论》之一收入《全集》。

③ 《全集》6卷7页。

④ 《全集》6卷4页。

⑤ 发表于昆明《当代评论》1941年9月第1卷第10期，后作为《唐诗杂论》之一收入《全集》。

⑥ 《全集》6卷21—27页。

的气势到感情回返常态，再到宇宙意识的几个阶段，阐述得明晰、深刻而又诗味隽永。闻一多解释孟浩然“诗如其人”的特点：“淡到看不见诗了，才是真正孟浩然的诗，不，说是孟浩然的诗，倒不如说是诗的孟浩然，更为准确。在许多旁人，诗是人的精华，在孟浩然，诗纵非人的糟粕，也是人的剩余。在最后这首诗里，孟浩然几曾做过诗？他只是谈话而已。甚至要紧的还不是那些话，而是谈话人的那副‘风神散朗’的姿态。”① 将诗品出于人品的老话题出之以自然清隽的新辞。在谈到贾岛以丑为美、僻涩平淡的诗风时说：“正在苦闷中，贾岛来了，他们得救了，他们惊喜得像发现了一个新天地，真的，这整个人生的半面，犹如一日之中有夜，四时之中有秋冬——为什么老被保留着不许窥探？这里确乎是一个理想的休息场所，让感情与思想都睡去，只感官张着眼睛往有清凉色调的地带涉猎去。”② 寥寥数语，却准确、充分地展示了诗人的特色，生动、形象地把握住受众的心理。

闻一多亦史亦论亦诗的学术美文，充满了史家的睿智和胆识，哲人的深思和敏锐，诗人的激情和细腻，至如表述之优美，描绘之形象，比喻之生动，笔调之诙谐，覃思浅语，隽词妙笔，可谓比比皆是。难怪他的知己朱自清为之叹赏：“他创造自己的诗的语言，并且创造自己的散文的语言。诗大家都知道，不必细说；散文如《唐诗杂论》，可惜只有五篇，那经济的字句，那完密而短小的篇幅，简直是诗。”③

我们再看闻一多唐诗研究中的求善的思想倾向。

闻一多在他的青年时代，就很重视文艺的社会功利性，1920年已发出“艺术确是改造社会底急务，艺术能替个人底生计保险”的呼声。④ 后虽经过唯美主义的反复，追求过“纯艺术的艺术”，但是，“现实的生活时时刻刻把我从诗境拉到尘境来”⑤，1926年的“三一八”惨案，使他深信“爱国运动能够和文学复兴互为因果”⑥，到1933年为臧克家的诗集《烙印》作序时，以臧克家比孟郊，是重在诗的“极顶真的生活的意义”⑦。到40年代所发的唐诗论文，对体现为社会功利、生活意义、爱国主义的“善”，就有明显的推尊。

闻一多说：“旧来论诗，曾以仙圣佛称李、杜、王三家，或称为魏蜀吴，或称为天地人，也有称为真善美的。我的看法是以三人最重要的生活年代作比较来评论他们诗的特点……李杜王三位诗人都同时经历了安史之乱，他们处乱的态度正足以代表各人的诗境。”他认为杜甫《述怀》、《喜达行在所》等诗“表现他爱君的热忱，如流亡孩子回家见了娘”，而李白“在乱中的行动却有做汉奸的嫌疑，或者说

---

① 《全集》6卷54页。
② 《全集》6卷60页。
③ 《中国学术的大损失——悼闻一多先生》，载《闻一多纪念文集》，三联书店1980年版。
④ 《征求艺术专门的同业者底呼声》，《全集》2卷14页。
⑤ 1922年9月24日致吴景超信中语，《全集》12卷77—78页。
⑥ 《文艺与爱国——纪念三月十八》，《全集》2卷133页。
⑦ 《全集》2卷174页。

比汉奸行为更坏”，至于王维却似他诗中歌咏的息夫人，是“反抗无力而被迫受辱的弱女子”。[1] 这种对比，已非性格、作风之比，“道德批评”的背后尚有爱国主义的内涵在。

闻一多曾非常精炼地概括由汉至唐之变：“两汉时期文人有良心而没有文学，魏晋六朝时期则有文学而没有良心，盛唐时期则文学与良心二者兼备，杜甫便是代表。”[2] 这一视角独特的说法，实以美善相兼为归的。在另一处说得较为具体：“自东汉末年到六朝时代，我国作家的人生观是如在梦境，即使干戈扰攘，他们还能够那么风流潇洒，悠然自得。到了隋唐时代，才走出梦境面对人生，正视生活。”[3]

对诗人的评判，闻一多也常以“善”求之。如论陈子昂，谓之“能忘记小我”，“他的诗里除了宇宙意识之外，还具有社会意识，因而饱含着悲天悯人的深意。”[4] “太白之哭像婴儿，并没有什么真正的人生痛苦，子昂倒像成年人的哭声，他诚然是有所激而发的，也就容易感人。”[5] 孟浩然作为隐者，其诗似无多少社会意义，闻一多却肯定了他“在思想净化方面所起的作用，当与陈子昂平分秋色，而文字的净化，尤推盛唐第一人”。[6] 由于闻一多认为“政治节操是我们国人一向重视的。即便在今天，而且是在谈文学史，这点政治道德的传统观念还是不应该抹杀的。”[7] 所以肯定杜甫。之以李白“在乱中的行动却有做汉奸的嫌疑，或者说比汉奸行为更坏”，是因为安史乱时，“国家危机非常严重，所倚靠只有江南的财富和军队，而永王李璘按兵不动，妄想乘机自立，太白被迫接受伪署，还作诗歌颂他，岂不糊涂透顶！”[8] 他对大历十才子的肯定，首先在于他们“乃是分担时代忧患的一群诗人”[9]，而对并称的“郊寒岛瘦”作出轩轾，在于孟郊“最能结合自己生活实践继承发扬杜甫写实精神”[10]，而贾岛却“在别人忙着救世时，自己只顾做诗”。[11]

至此，又让人想起吴晗所说：“一多先生的道路是曲折的，多变的……其实，从历史的看法来说，一多先生也可以说并没有变……他一生在追求美，不止是形式上的美，而是精神上的美，真和善”。[12] 这是说他的人生道路，又何尝不是他的学术道路？且又具体到唐诗研究上？

---

① 《闻一多论古典文学》135—136 页。
② 《闻一多论古典文学》121—122 页。
③ 《闻一多论古典文学》114 页。
④ 《闻一多论古典文学》101—103 页。
⑤ 《闻一多论古典文学》109 页。
⑥ 《闻一多论古典文学》123 页。
⑦ 《诗的唐朝》附录语，《全集》6 卷 122 页。
⑧ 《闻一多论古典文学》136 页。
⑨ 《闻一多论古典文学》140 页。
⑩ 《闻一多论古典文学》156 页。
⑪ 《全集》6 卷 57 页。
⑫ 王康《闻一多传》454 页。

（二）“庶使文学得成为一种有机体的历史”
——论唐诗的分期与分派

唐诗的创作期虽非《诗经》、《楚辞》的先秦时代，然而对于今人来说，已很是遥远。因为遥远，许多创作本事已湮没无闻，又由于传抄过程中出现了年代、作者、字句的讹误，加以不同思想基础造成理解的歧义，或“诗教”说之类理论给予的人为的曲解。所以闻一多研究唐诗之“求真”，既包括文本、作者的层面，又包括思想、艺术的层面，还包括历史、文化的层面，这三个层面其实就是“微观——中观——宏观”的完整格局。

上一节我们主要论述了闻一多研究唐诗的经过，由求美而至求善的倾向，以及微观层面上的求真。以下各节，将论述他以探求唐诗思想、艺术为主的作家作品论。本节将论述他建筑在历史——文化观基础上的唐诗的分期、分派说。

如何还唐诗的历史真面目？如何找出唐诗发展的本质规律？闻一多曾说：“我是把古书放在古人的生活范畴里去研究。”① 这就是文化还原法。正如他在《诗经》研究中宣称要将读者带回到《诗经》时代一样，在唐诗研究中，他也竭力要将读者带入到唐诗时代，或者说，带入到那个被他称为“诗唐”的诗歌王国里，涵咏充满生活气息的诗篇，体验唐人的诗化人生。

闻一多的《说唐诗》首先就说《诗的唐朝》：

> 一般人爱说唐诗，我却要讲“诗唐”，诗唐者，诗的唐朝也，懂得了诗的唐朝，才能欣赏唐朝的诗。
>
> 所谓诗的唐朝，理由是：
>
> （一）好诗多在唐朝；
>
> （二）诗的形式和内容的变化到唐朝达到了顶点；
>
> （三）唐诗的体裁不仅是一代人的风格，实包括古今中外的各种诗体；
>
> （四）从唐诗分枝出后来新的散文和小说等文体。②

显然，这是“诗唐”命名的理由所在，是唐代文学以诗为核心的宏观概括，而“懂得了诗的唐朝，才能欣赏唐朝的诗”，则是微观的解读须恃宏观的观照。

闻一多对上面的第四条作了说明，认为唐代早期的散文附属于诗而作为集体写诗的说明书，衍化而独立成“八大家”古文中的抒情散文；士子试前行卷，为显示

① 刘烜《闻一多评传》，转引自陈凝《闻一多传》，前者北大出版社 1983 年版 275 页，后者民亨出版社 1947 年版 3 页。

② 《闻一多论古典文学》82 页。

能诗，用故事的形式将诗杂于其中，促使大量传奇小说的产生；新兴的词体，更是从唐诗主流中直接分流出的。这是对枝条生于本干、遂独立成树的唐代诸文体的宏观溯源。

此文继而说道：

> “诗唐”的另一涵义，也可解释成唐人的生活是诗的生活，或者说他们的诗是生活化了的。
>
> 什么叫诗化的生活或生活化了的诗呢？唐人作诗之普遍可说是空前绝后，凡生活中用到文字的地方，他们一律用诗的形式来写，达到任何事物无不可以入诗的程度。①

他深入浅出地从地理、历史的角度，分析了中晚唐怀古诗写得最多最好的原因；从精神高度紧张、久则发狂的精神、心理因素，说明降低诗境、产生打油诗的原因；又从知识分子登上仕途须凭借作诗，说明他们拼命写诗的原因。无疑，这是属于文化——心理与文学关系的宏观透视。

宏观研究不是空疏的概说，必须建立在微观研究的基础上，更是作家作品的中观层次研究的提炼、总结。闻一多对作家作品的研究，也采用了历史——文化的综合研究法。

闻一多不是单纯地论述作家的风格特点是什么，而尤重在作家风格形成的原因，以及在文学史上的地位和影响。他不作单个作家的孤立研究或单篇作品的鉴赏阐释，而注重作家与前后时代及周围文化环境的关系：一方面，将作家置于历时性的动态流程中上串下联，找出其间传承脉络；另一方面，通过作品中积淀的文化内涵，去透视作家特有的文化心态，自然还原了特定的文化氛围，形成了共时性的多样化状貌。通过对比，进行综合考察，既突出了某一作家的独特性，又强调了某作家群体的共性，同时又看到同时代各流派的多样性。这样一来，他的流派研究就不是枝节相近者的简单相加之罗列，而是有血有肉的“有机”的研究。

历时性与共时性的纵横凸现，就形成了“史”的结点，也透出作为“史”之“段”的特征，给文学史的分期提供了客观的基础，避免了主观的臆断。闻一多1940年11月致清华大学校长梅贻琦的信，附有《中国上古文学史研究报告》，其中说：“文学史为整个文化史中之一环，故研究某时期之文学史，同时必需顾及此期中其他诸文化部门之种种现象。今拟以若干问题为中，就其社会背景或思想潮流等方面，详加分析，庶使文学得成为一种有机体的历史，而非复一串账簿式的记载而已。”② 下面，且看闻一多对唐诗分期、分派的研究，是如何体现出“庶使文学得成

---

① 《闻一多论古典文学》83页。

② 《长编》593页。

为一种有机体的历史”的。

闻一多在《四千年文学大势鸟瞰》中，将中国文学史分为四段八大期，其中第三段名之曰《从曹植到曹雪芹》，共跨越1 919年。此段的起首是第五大期“诗的黄金时代”，起点定在东汉献帝建安元年（公元196年）。理由是：“建安以后，诗中有主名的作家，渐多起来，那表示作诗渐渐成了一部分人的专业。从建安直到现在，我们可以用一种广义的说法，称之为近代。建安以前，概括地说，是一个无主名的诗人时期，诗在当时也可说是社会的而非个人的产品。这样一个时期，与建安以后相对照，我们称之为古代。就作品说，‘古代’的诗大体是歌曲，‘近代’的诗才是诗。就产生的方式说，诗是创造的，歌曲可说是长成的。就应用说，诗是供人朗读的，歌曲则是供人唱的和演的”。[①] 古代与近代之分，和四段八大期之分，二者并不矛盾，因为前者是分在诗的范围内的无主名之歌与有主名之诗，后者是整个文学史。而二者的共同点则都在以建安划界。

四段八大期之分的第五大期，最独特的是将“诗的黄金时代”的结束点定在唐玄宗天宝十四载（公元755年）。这样不仅将完整的唐诗分成两截，一与汉魏六朝相连，一与宋诗相接，而且将人们常说的盛唐两大诗人李白、杜甫分属两个不同时期。为什么要这样分呢？闻一多1934年在清华大学的唐诗课上，就有说明：“分唐诗为两大时期，取其间主要诗作，参以时代背景及作家生活，依次讲授，以期说明唐诗之特标的风格，并其间所浮映之唐代文化”。[②] 他正是从“唐诗之特标的风格”与“唐代文化”的角度，来对唐诗作两段之分期的。

那么，天宝之前的唐与魏晋六朝有何相通之处，天宝之后的唐与宋又有何关联呢？

闻一多认为，给诗歌题材、形式、风格造成最大影响的，乃是诗人成分的不同，即天宝之前为门阀贵族，天宝之后为士人平民。作者的不同，必然因其思想、旨趣、审美标准之异，造成前述三者之异。他对魏晋至唐的门阀制兴衰过程有一简略描述：

> 汉末魏初，时属天下大乱，政治腐败，国家选用人才，漫无标准。魏陈群乃立九品中正，令州县之有才识者为之，政府官吏，因得其选。初行成绩甚佳，久之流弊渐生。驯至“上品无寒门，下品无士族”，造成社会上一特殊阶级。重以晋室南渡，中原士族随之南下，不欲与土著为伍，处处示其高贵气味。同时北方之大家，为与胡人区别起见，亦自树门第，故显特异。因上述种种关系，而六朝之门阀贵族遂以成美。
>
> 唐初此种局面犹在，惟一面因政府之竭力摧残，一面因士族自身之日趋堕落，乃渐成强弩之末。迨至开元天宝间，门阀之风，乃几乎熄绝矣。[③]

---

① 《乐府叙论》，见《长编》591页。

② 《长编》460页。

③ 《全集》10卷28—29页。

闻一多归纳了唐初门阀势力的三个特点："第一，不与黎庶通婚。黎庶益欲与之通婚，不惜以重币纳聘。第二，谱学盛行。第三，朝廷迫于时势，用人以门第为先，身出寒门者，虽位高而时被侮蔑。"继而从六方面总结出唐代门阀之衰落：第一，贵族不事生产却消费无已，阔绰之习难改，"末流所至，乃不得卖婚以求财。投机者因之乘时而起，冒称名族以渔利"。第二，唐太宗修改氏族志，以皇族为首，外戚次之，高宗时又擢后族武氏第一，其余以仕唐官员为准，使传统的名门（南王、谢，北崔、卢）发生显著的改变。第三，"令王妃主婚娶于勋臣家"，从精神上打击了望族。第四，寒流被引进，得势后更力抑名门，"李义府其尤著者也"。第五，"望族复有自许清高，不求仕进者，以此新贵之寒流益衔"。第六，选举重考试，为排斥望族之幸进者，始用糊名制。在以较多篇幅综论唐代门阀制之衰后，闻一多概括了东晋至唐的门阀之变及相应的诗风之变：

> 门阀之风，始于东晋，盛于六朝初唐，至盛唐而衰，天宝乱后，盖已完全灭熄矣。以诗论之，东晋至盛唐，亦天然成一段落。此期特色为华丽、温雅、清秀、高超（二谢是其代表）。
>
> 皆其时人品之写照，律诗之兴起全是贵族之表征。陶写田园，虽为贵族目中之田园，钟氏犹屈之于中等。鲍照已有"才秀人微"之讥，其"俊逸"处，实近魏武，宜列下等。
>
> 宫体诗之堕落，即贵族生活之堕落。王绩疏野甚于陶潜，故不为时人所重。唐初诸家但有华丽而无秀雅，贵族但有其表，而灵魂就尽矣，王维最后明星，《河岳英灵集》重尽矣。
>
> 玄宗末叶，门阀风歇，但有士人，而无士族，贵族与平民通约了。杜甫、元结及《箧中集》诸人开新纪元，以平民的作风写平民的题材。宋人称杜为村夫子。十才子贵族余音。孟、韩、元、白、姚、贾至宋……后世学盛唐，永远无效，诗与贵族烟消云散故也。杜可学，李有时可能，惟王不可能。①

如果说上面所总结的唐代门阀制的三点六方面，是体现了渐变，那么引起贵族化到平民化的激变原因，则是天宝十四载的安史之乱。这场大乱不但改变了唐帝国的经济结构、社会结构，也引起了士人巨大的思想变化。一方面，贵族消亡，庶族地主经济发展，世俗地主的力量增强，诗人的成分更趋于平民化；另一方面，士人发生分化：或将个人前途之瞻念转为对现实的关注，或因自信心减弱，沉溺于官能享受，抑或兴起禅悦之风。相对外倾、开放、飞动、热烈的唐型文化，渐由中唐生变，终至成为相对内敛、封闭、闲静澄定的宋型文化。文学的相应变化，也呈现出

---

① 以上见《全集》10卷29—30页，着重号为引者所加。

不同的风貌。

以三大诗人为例，就可看出这种不同。

李白虽说浸染有浓重的胡风，但本土文化对他影响更大，如道教色彩之浓厚就是很好的说明。道教对东晋士大夫很有影响，大族如王氏奉道者甚多，可见道教文化虽不乏下层群众的基础，却被上层贵族据有了精致、高级的一面。李白奉道，他笔下的理想世界，不乏道家的神仙色彩，他的理想人物，如范蠡、张良、谢安等，多为贵族。他仗剑远游，“不逾一年，散钱三十万”，那种“千金散尽还复来”的气魄，虽说有富商、游侠的痕迹，又何尝不是养士之风、贵族气派之所遗？

王维更是贵族诗风的典型代表和“最后明星”，虽说他前期也有过一些现实的感慨和理想的讴歌，但他主要的作品却是远离现实生活，徜徉在辋川别业中的吟唱，呈现出东晋以来“那些在月光下、梦境中写成的贵族作品风格”。①

即便是高适、岑参边塞诗的从军豪情和建功抱负，也主要是写个人理想，即如《燕歌行》之揭露兵将苦乐不均，仍是对王霸大略的关切。与杜甫或《箧中集》诗人以“平民身份”感同身受的写平民生活，以平民题材发现实感慨是不同的。即便是平民化的杜甫，也在诗中屡屡提及他颇以为荣的显耀家世，如远祖杜预、祖父杜审言的文治武功，可见贵族门第观念的影响之深。

但毕竟是由杜甫开创了新的写实主义，继之以韩孟的叹老嗟卑（尤其是孟郊“诗囚”的穷愁潦倒），元白为时而著、为事而作的新乐府，贾岛对人生半面即社会黑暗的揭示，一直到宋代的更贴近国计民生、日常生活。

诗人以杜甫为代表，时间以天宝十四载为界限，此前的唐诗（尤其是盛唐）颇多汉魏的慷慨激昂而尤见英雄气魄，和六朝超轶高华的贵族气派；此后的唐诗则由忧苦流寓之思，沉郁顿挫之体，转为伤感忧郁，以萧条淡泊、萧散简远的意境风格，成为宋人之所尚。而韩柳古文运动、元白新乐府，更受宋人推崇；儒学道统和平民意识，亦为宋代士人所追慕、维护。

闻一多说：“唐诗在天宝前后完全是两种迥然不同的风格面目，这是因为作者的身份和生活前后有了很大改变的缘故。”②“因为社会环境和生活方式已经完全改变，没有那种环境和生活条件，怎能写得出那种诗来呢?”③故而他认为“后世学盛唐，永远无效，诗与贵族烟消云散故也。杜可学，李有时可能，惟王不可能。”所以，“诗佛”王维在后世虽不乏企慕者，却终于难到其特有之境，人或以为系缺乏王维那份襟怀、素养所致，却未能如闻一多那样看出了贵族消亡而使王维成为“最后明星”的根本原因。

历来的唐诗研究者，虽也有人注意到安史之乱对唐史、唐诗的影响，也注意到

---

① 《闻一多论古典文学》86页。
② 《闻一多论古典文学》87页。
③ 《闻一多论古典文学》86页。

唐代门阀制的渐衰，但联系二者以之观照唐诗，并作为唐诗分期的汉界楚河，既发“从整个文学史来看，唐诗的确包括了六朝诗和宋诗，荟萃了几个时代的格调，兼收并蓄，发挥尽致，古今诗体，至此大备”① 之论，又能“高瞻远瞩，从当时社会的情况与作者的关系方面去研究那个时代作者的同异所在，然后求出一个共同的特点来，作为时代的标志”②，则闻先生确是有首创之功。

闻一多以安史之乱为界而划分唐诗为前后两期，表现出的是他作为文学史家的眼光，从他对唐诗的论述看，除专论初唐、盛唐外，他也有中唐、晚唐之说，可见他并不以“两分法”废“四唐说”。当然，满足于复述他人之论并不符合闻一多的学术个性，他的创见更表现在初唐诗的两类三派说、盛唐诗的复古三阶段说上。

据郑临川说，闻一多在课堂上讲过：“唐代的两位大诗人李太白，杜工部，我不敢讲，不配讲。不能自己没有踏实研究，跟着别人瞎说!”③ 为求创造，而非人云亦云，他对初唐诗却颇多关注，《唐诗杂论》中有《类书与诗》、《宫体诗的自赎》、《四杰》,《闻一多论古典文学》中有《王绩》、《初唐诗》、《陈子昂》诸篇。

对于初唐诗的评价，历来分歧很大，难于统一，原因在于这一历史时期的特殊性。改朝换代给知识分子心灵上的震撼，对前代文学遗产或沿袭、或改良、或名为复古实为创新的选择，政治生活、审美趣味的要求和左右等等，形成了初唐诗复杂的文化背景。闻一多据此以观，并循文学史发展线索和不同诗人的创作趋向，将初唐诗归纳为两大类三大派，即宫体诗及类书式的诗两大类，三大派见下表。

派　别	代表作家	影响作家	作品特点			
第一派	王　绩　薛　稷 魏　徵　陈子昂	包　融　薛奇童 张九龄　贺　朝 ……	五古	内容文 外形诗	风骨	理智
第二派	卢照邻　骆宾王 刘希夷　张若虚	常　理　蒋　冽 张　旭　王　翰 ……	七古 （七律七绝）	内容歌 外形文	性灵	肉感
第三派	王　勃　杨　炯 沈佺期　杜审言 崔　融　宋之问	韦承庆　郭元振 苏味道　李　峤 贺知章　张　说 韦　述　王无竞	五律 （七律五排）	折中	格律	官觉

他还作了进一步归纳：“表中第一派并不承认宫体诗或类书式的诗，目空一切，尤以陈子昂的境界最高，古今当推第一，李杜对他也不能不心服。第二派是针对宫体诗的缺点而发的改良派。第三派则是以类书式的诗作攻击的目标了。若以真美善的观点来划分，则第一派代表真，第二派代表美，第三派代表善。特别是善，是中国文学的特点（按即思想性和艺术性高度的统一）。这三派奠定了盛唐诗的始基，

① 《闻一多论古典文学》87 页。
② 《闻一多论古典文学》84 页。
③ 《闻一多论古典文学》169 页。

从文学史发展来说极为重要。”[①]

第一派代表“真”，根据对这派作品特点的概括，及同其他两派的比较，“真”当指“文质彬彬”之“质”，即以抒真情为主，而不过分讲究外部形式。这派诗人多有从政意识，文字对他们而言，言志载道的意味更浓，“内容文，外形诗”即指其创作诗歌用以议论时政，指责弊端，抒发从政理想，五古是最合适的形式，故少用当时盛行的“永明体”之类。此派中陈子昂境界最高，王绩作为较重要的诗人而独立于宫廷诗之外，故最有特点。

与第一派诗同政事联系，多理智、倡风骨不同，第二派多抒发性灵，作为“宫体诗自赎”的人物，不似宫体之重在肉欲，而是“多重声律与词藻”[②] 的以“肉感”为作品特点，他们长于歌行，因铺排而有文的特点，故有“内容歌，外形文”的概括。

第三派的王勃、杨炯虽与卢、骆并称“四杰”，但在形式选择上却不同：卢、骆长于七言歌行，王、杨专工五律。而沈、宋齐名，虽沈长于七言，宋五言较胜，后人却以之相并，认为至沈、宋而律诗之格始备。杜审言代表了五律的成熟。律诗既重格律，其设色选声之讲究当然又要恃之官觉，故闻一多将“格律”、“官觉”作为此派特点，并概之以思想性和艺术性高度统一的“善”。

闻一多基于第一、二派及第三派的王、杨两家，或有已发论文，或另立专章讨论的事实，特因沈、杜、崔、宋几家“因袭渐少，创新才多”，“跟盛唐诗接壤，在唐诗发展上具有关键性的影响”[③]，故另作说明。他认为沈佺期活动于国势极盛之时，所以诗多盛世之音，其《游少林寺》“表现了雍容和谐的气象，形成一种和平中直的境界，使人读了产生温柔敦厚的感觉，这也可以说是标准的中国诗。”[④] 而《古意呈补阙乔知之》的被推为唐律七律之冠，“当在于它的气体高古，一气呵成”。[⑤] 论杜审言，闻一多认为“造诣已达盛唐境界”，“如果从诗的对仗工稳和通体匀称来说，杜固然远不如沈宋，但他为诗的数量却驾乎沈宋之上”。[⑥] 他的五律有浑厚之气，七律《春日京中有怀》却近于歌谣，并影响了孙子杜甫。崔融其人，今日看来似名声不大，当时却与杜审言、李峤、苏味道被合称“文章四友”，杜审言至为自负，却佩服他。闻一多认为，他的五律《吴中好风》“竟不像一首律诗，简直是从《西洲曲》化出，极为生动，颇带歌谣风味，是从古诗到律诗过渡期间的绝妙佳作。”而五古《关山月》“尤见浑厚”。[⑦] 宋之问人格卑污下流，“可是他的诗的确

---

① 《闻一多论古典文学》92 页。
② 《闻一多论古典文学》91 页。
③ 《闻一多论古典文学》92 页。
④ 《闻一多论古典文学》93 页。
⑤ 《闻一多论古典文学》93 页。
⑥ 《闻一多论古典文学》94 页。
⑦ 《闻一多论古典文学》96 页。

高明，正如明代巨奸严嵩和阮大铖一样，诗风和人品太不相称了。”闻一多说，通常但知他的近体诗有名，但如五古《雨从萁山来》“可说是开了王右丞的先声”，祭杜审言文将审言“诗句意境凝练而成，即此也可看出他的巧思熔裁工夫了”。[①]

除了“打破传统的看法，重新把崔、宋两家归为一类，因为他们同以五古擅长，而把沈、杜归为另一类，因为他们又同工七律的缘故”[②]，闻一多论初唐诗还论及上官仪及其孙女上官婉儿（昭容），他认为上官仪是“一个最典型的类书式的诗人”[③]，婉儿“提倡文学有功，而又被众学士所推服”。他非常准确而深刻地概括道：“四杰的作风是以反上官体而卓然成家，沈、杜等人也是承受了王、杨的风气，但却又受着婉儿的支配，所以说唐诗初期的发展，简直是被上官氏一家左右了。”祖孙二人又有很大的不同：“上官仪的宫体诗是男人说女人话，而婉儿的宫体诗竟是女人说男人话了……就个性和遗传说，婉儿应该提倡宫体诗回到她祖父的时代，可是她竟不肯逆转时代风气，可算得诗坛难得的功臣。”[④] 这样，在三派人物之外又兼及上官氏，言简意赅地阐明他们与初唐诗及诗人的关系，可见出闻一多“有机的历史”的观念和眼光。

关于初唐诗的三派说已见于上，我们再看闻一多对盛唐诗复古三阶段的论述。

闻一多首先划定了盛唐的年限：自玄宗先天元年（公元712年）至天宝十四载（公元755年），前后四十四年，约为半个世纪。再谈了唐人选唐诗问题，因为唐人选诗自有主张，还牵涉到选本相对应的分期。他认为，谈盛唐诗，只取《国秀集》、《河岳英灵集》、《玉台后集》、《丹阳集》、《箧中集》五种就够了。由于是太平时代，盛唐诗的几种选本没有一本选过杜甫的诗，他的作风与《箧中集》相近，而社会描写不被人重视，“所以要看当时诗坛的盛况，《箧中集》以外的四种选本是有代表性的”。[⑤]

闻一多将盛唐诗分为三个复古阶段，即：（一）齐梁陈时期，（二）晋宋齐时期，（三）汉魏晋时期。他特地强调：

> 这里所谓“复古”，实指盛唐诗从摆脱齐梁诗的影响逐步回升到汉魏健康风格的发展过程。[⑥]

六朝不少文学理论家都倡以文学应与时更新，萧子显《南齐书·文学传论》更明确提出“若无新变，不能代雄”的口号。这本合于文学进化观，无可非议，但

---

① 《闻一多论古典文学》97页。
② 《闻一多论古典文学》97页。
③ 《闻一多论古典文学》98页。
④ 《闻一多论古典文学》99页。
⑤ 《闻一多论古典文学》113页。
⑥ 《闻一多论古典文学》114页。

“新变”的结果却是体现在形式、技巧上，文胜于质，词过于理，“志”降情溺，遂有“宫体”之盛。隋末大儒王通《中说》已批判了六朝的文士和文风，其孙王勃更将六朝以来“缘情体物”之作斥之为“雕虫小技”（见《平台秘略论·艺文》），希望唐王朝能“激扬正道”，“黜非圣之书，除不稽之论”（见《上吏部裴侍郎启》）。至陈子昂，终有“文章道弊五百年”之叹，感慨“汉、魏风骨，晋、宋莫传”，“齐、梁间诗，彩丽竞繁，而兴寄都绝”，树起了使“正始之音，复睹于兹”，“建安作者，相视而笑”（《与东方左史虬修竹篇序》）这一以复古为革新的旗帜。知乎此，才能了解闻一多“复古”说的意义。

闻一多认为第一个复古时期是“齐梁陈时期（齐梁风格）”，此派风格的作家又可分为三类：第一类有常理（代表作《古别离》）、蒋冽（代表作《古意》）、蒋锽（代表作《美人春卧》），“三人作品可算是全唐诗中宫体诗的白眉”；第二类有刘方平（代表作《乌栖曲》）、张万顷（《东溪待苏户曹不至》）、李康成（《采莲曲》），“这派虽亦能作宫体诗，但已由房内移到室外，故风格较高”；第三类有张说、贺知章、张旭、王湾、韦述、孙逖、张均、殷遥、蒋涣、颜真卿、杨谏诸人。第三类较复杂，闻一多举多例以明其中的不同风格。他总结道：“这一派所代表的恰是盛唐、中唐的一般风格（李杜韩白诸大家除外）。他们都是拿诗来作消遣的，又是当时在社会上活动的士大夫，所以形成了流行的风格，势力很大。就文学史来说，的确不可漠视，因为他们所形成的风气，常常足以影响大家。”他还提出大诗人和一般诗人的区别，前者“是向大自然追求真理，以出汗的态度，积极的精神作诗”，后者“是享受自然，随意欣赏，写成诗句，娱己娱人”，张说虽非大诗人，却有前者精神，故提出别论，认为他“高于这一派的小家诗人”。①

闻一多所定的第二个复古时期是晋宋齐时期（晋宋风格），认为这一派复古的风格又可分为两支，王维和李白分别是首领。王维为首的一支包括三个小派：

1. 孟浩然、包融、贺朝、李嶷、崔曙、萧颖士、张翚等，多写一般自然。
2. 储光羲、丘为、祖咏、卢象等，专写田园。
3. 綦毋潜、刘昚虚、常建等，专写寺观。

李白为首的一支包括两个小派：

1. 崔国辅、丁仙芝、余延寿、张潮等，此派专写江南，多写爱情，甚为大胆，诗中又有故事，有点像西洋诗，它的来源是民间乐府。此外，还可添入顾况，善画，诗境亦如画。但这类言情小诗，如果近于戏剧当更美妙。中唐于鹄

① 《闻一多论古典文学》114—120页。

善写小女孩，便是此派嫡系。

2. 王翰、李颀、王之涣、陶翰、高适、岑参等，此派专写边塞，只有王昌龄、崔颢无法分别安插在两派内，因为他们兼有两派之长。①

与第一派相比，此派的诗人有名得多，作品也多，难于如前之例举代表作而作评述，为免目迷五色，以诗人所擅之题材分为小派，相对较为妥当，从一般印象而言，所分也是允洽的。

闻一多将汉魏风格的"汉魏晋时期"作为第三派：

杜甫是这一派的集大成者，下面也包括三个小派：

1. 郭元振、薛奇童、薛据、阎防、郑德玄等，专写自然。

2. 张九龄、毕曜、李华、独孤及、苏涣、窦参等，专写天道。

3. 于逖、沈千运、张彪、王季友、赵微明、元结、元融、孟云卿等，专写人事。②

自然、天道、人事之分显然不同于王维、李白二派，似虚而实，不具体却层次更高。闻一多特地提到第二派中的苏涣，因《中兴间气集》谓之"得陈拾遗之鳞爪"，故大为杜甫所赞赏。对第三派尤其不吝笔墨，认为此派以《箧中集》的编者和作者为代表，"他们都爱作愁苦之言，令人读了难受"，赞之曰：

他们首先调整了文学与人生的关系，认定了诗人的责任，这种精神在中国诗坛是空前绝后的。③

闻一多还延伸至中唐而论孟郊、白居易对此派的继承。他不同于一般人的只重白居易《新乐府》及其《与元九书》的宣言，只看到对诗歌的理性调节和干政作用，而是顾及全人、尤重真情地发扬孟抑白之论："白居易仅喊喊口号而已，除《新乐府》之外，其他作品跟人生关系无多大联系，他的成功是杂体诗（如《长恨歌》和《琵琶行》等）和闲适诗而不是社会诗。只有孟郊是始终走着文学与人生合一的大路。"④ 除未对白居易的创作区分不同时期及相应思想发展外，所说是既合理又合事实。他还言简意赅地道出了元结、杜甫之别，和白居易的真正师承："两人同是新乐府的前驱，他们的区别在元是有意的创作，如《贫妇词》、《春陵行》、《贼

---

① 《闻一多论古典文学》120—121 页。

② 《闻一多论古典文学》121 页。

③ 《闻一多论古典文学》122 页。

④ 《闻一多论古典文学》122—123 页。

退示官吏》等诗，都是发于理智而不是由感情发出的，带着政治宣传的性质；杜甫的作品完全是出于自然感情的流露，不是有计划做出来的。这一点，白居易无疑是跟元结有着继承关系，他对杜甫的社会诗感到不足，原因就在这里。”①

表面看来，闻一多的派、支、小派之分，似乎只是根据作家由风格而题材的归纳，实际上根本区别于古人印象式的“××出于××”，不是单线、平面的相承，而是兼及多种文化、文学因素的“透视”，上溯下探，充分体现出“庶使文学得成为一种有机体的历史”的精神和特点。

他结合唐人选唐诗的趣尚及发展，找出了三个复古阶段的证据：“从《玉台后集》到《丹阳集》，可说是唐诗由齐梁回到晋宋的作风……到《箧中集》诸作者，便上升到汉魏诗的境界了。”② 尤其指出李白、高适、岑参诸人承受了北朝胡人一派的作风，“这是向来所没有的，盛唐以后也不再有继响。这派风格的诗，《河岳英灵集》和《国秀集》都有搜集”。如果说这是从“有机体的历史”观念看出的一种特殊情况，那么“其余作家的兴趣多集中在山水寺观，这批人可以《世说新语》代表他们的人生观，是晋宋诗风的嗣响”③，则是题内之义，且补上了“晋宋”的内涵。

盛唐诗发展的三阶段，经闻一多的慧眼审视，竟然是复古的三阶段，我们惊叹所论之新奇，又不得不佩服结论之严密。陈子昂的期许终成事实，而盛唐人走过的这一历程，或许迈动的并非自觉的脚步，但诚如闻一多所说，他们走出了六朝的梦境，能面对人生，正视生活，才能走过从宫体诗的“自赎”到盛唐诗的“复古”这条路，造就出光辉的“诗唐”。自齐梁而晋宋而汉魏的过程，意味着向现实的回归。闻一多从作家的良心肯定了杜甫一派从悲天到悯人，而悲天悯人只是在走出梦境、走向现实后才树立起的意识，“文学与良心二者兼备”，是杜甫之所以伟大之由。至此，也可以说，复古论固然符合诗之史实，但这一研究思想，又何尝不是闻一多“求善”精神的体现呢？

（三）宫廷内的学术化与山林中的疏野味

——论初唐类书与诗的关系及王绩诗

上面二节，我们谈的是闻一多唐诗研究的概况。第一节重在评介他关于唐诗的笺注、疏证、表谱、传记、选集及《全唐诗续补》等著作，偏于微观；第二节对他关于唐诗分期分派说作了述评，偏于宏观。从本节起，我们将转入对他专题性研究的讨论。这些研究属作家作品论范畴，而以作家研究为主，可看作中观层次。上面提到的几篇论文及另几篇，结集为《唐诗杂论》，连同郑临川整理的《闻一多论古

① 《闻一多论古典文学》123页。
② 《闻一多论古典文学》114页。
③ 《闻一多论古典文学》114页。

典文学》，虽仅寥寥十数篇，却同样是“有机体历史”的体现。下面按历史顺序作一描述，本节先论初唐。

闻一多曾向朱自清谈过自己对初唐文学的看法，朱自清的日记中留有记录。①我们这里综合《唐诗杂论》中的《类书与诗》及《闻一多论古典文学》中的《王绩》、《初唐诗》以看闻一多对初唐时期的宫廷诗及王绩诗的论述。尽管两相对照是“一”与“多”的关系，却不妨碍各为诗坛之一极的存在。

所谓“类书式的诗”，是指初唐诗坛盛行一时的讲究词藻、音韵、对偶的程式化的诗，即“上官体”之类是也。这种诗的出现，一般论者皆将其与沈约“永明体”相联系，诚然有一定道理。闻一多却从另外两个角度来探索其渊源所自。

其一是，它的产生与宫体诗分不开：“词藻、声调与宫体有着先天与历史的联系。”② 人们评价齐梁诗歌“声色大开”，“声色”之谓，除指内容上歌咏女人之美丽声容外，还专指形式上的词采华丽，声调美听。由注重人物外貌的摩声绘色，到注重物质世界诸如风花雪月等事物声容色貌的描写和有关掌故事典的运用，经“永明体”从声调上进一步将其格律化，上官仪“六对”、“八对”又从词藻、对偶上将其程式化，类书式的诗便盛行于诗坛了。

但类书式的诗产生在初唐的最直接的原因，闻一多认为是当时学术研究风气所致：

> 这时期如果在文学史上占有任何位置，不是因为它在文学本身上有多少价值，而是因为它对文学的研究特别热心，一方面把文学当作学术来研究，同时又用一种偏向于文学的观点来研究其余的学术……当时的著述物中，还有一个可以称为第三种性质的东西，那便是类书，它既不全是文学，又不全是学术，而是介乎二者之间的一种东西，或是说兼有二者的混合体。这种畸形的产物，最足以代表唐初的那种太像文学的学术，和太像学术的文学了。所以我们若要明白唐初五十年的文学，最好的方法也是拿文学和类书排在一起打量。③
>
> 拿学术观点研究文学成为这时期的特色，最明显的表现便是类书的编辑，造成一时期内若干毫无性灵的类书式的诗。④

我们从“类书式的诗”这一独有的闻氏命名即可看出闻一多关于这类诗产生的观点及其褒贬态度了。何谓类书？即或以类分，或以字分，以便寻检之用的群书。

对于初唐类书的编纂，闻一多列出了除现存的《北堂书钞》、《艺文类聚》之外

① 《长编》435 页。
② 《宫体诗的自赎》，见《全集》6 卷 21 页。
③ 《类书与诗》，见《全集》6 卷 3—10 页。
④ 《闻一多论古典文学》91 页。

的各种，如《文思博要》、《累壁》、《瑶山玉彩》、《三教珠英》、《芳树要览》、《事类》、《初学记》、《文府》等，并抓住了欧阳询在《艺文类聚·序》中所说的嫌“《流别》、《文选》，专取其文，《皇览》、《遍略》，直书其事”的办法不妥，遂取“事居其前，文列于后”的体例，以见出“他们看待总集与看待类书的态度差不多”的观点。

拿学术观点研究文学的结果便是文学被学术的同化，而文学被学术同化的结果便产生了“释事而忘意”的章句家，“采事而忘意”的类书家以及“用事而忘意”的文学家：

> 假如选出五种书，把它们排成下面这样的次第：《文选注》，《北堂书钞》，《艺文类聚》，《初学记》，初唐某家的诗集。我们便看出一首初唐诗在构成程序中的几个阶段。劈头是“书簏”，收尾是一首唐初五十年间的诗，中间是从较散漫、较零星的“事”，逐渐的整齐化与分化。五种书同是“事”（文家称为词藻）的征集与排比，同是一种机械的工作，其间只有工作精粗的程度差别，没有性质的悬殊……若说唐初五十年间的类书是较粗糙的诗，他们的诗是较精密的类书，许不算强词夺理吧？

我们知道，才、识、学或义理、考据、辞章虽为古人所强调，但人的资质、秉性不同，或所司之业有异，对三者并非均衡要求或具有，而文学创作，固有“学”的成分，但更需要“才”，至于诗，则尤重于“情”。唐人李德裕曾作《文箴》曰：“文之为物，自然灵气。惚恍而来，不思而至。杼轴得之，淡而无味。琢刻藻绘，弥不足贵。”① 但是，如果以编类书的态度来作诗，其结果只能是编排出有“事”而无“意”的“书籍”，唐初诗坛的主潮因之而“琢刻藻绘”，而缺少“自然灵气”和感情。无怪乎闻一多要叹息“他们所热闹的，与其说是诗，无宁说是学术……唐初人的诗，离诗的真谛是这样远”！

为什么类书的编辑会在唐初如此盛行？为什么诗歌在唐初会被学术同化？闻一多从历史文化综合研究的角度指出三点：

一是对六朝学术研究传统的继承：“寻常我们提起六朝，只记得它的文学，不知道那时期对于学术的兴趣更加浓厚。唐初五十年所以像六朝，也正在这一点。”“唐初诗人一面继承了六朝的声律传统……一面又继承了六朝那种学术材料的搜集工作。”② “所以我们要谈的这五十年，说是唐的头，倒不如说是六朝的尾。”这一看法，突破了就事论事的方法和机械分割的断代，表现出闻一多将文学看作延续不已的流程的真正史家之眼光。

---

① 《文章论》，《李文饶文集·外集》卷三，四部丛刊本。
② 《闻一多论古典文学》91页。

二是唐太宗的提倡怂恿。闻一多在列举了唐太宗时所编撰的成百上千卷类书书名之后指出："一个国家的政府从百忙中抽调出许多第一流人才来编了那许多的'兔园册子'（按：指类书），这用现代人的眼光看来，岂不滑稽？不，这正是唐太宗提倡文学的方法，而他所谓的文学，用这样的方法提倡，也是很对的。沉思翰藻谓之文的主张，由来已久，加之六朝以来有文学嗜好的帝王特别多，文学要求其与帝王们的身份相称，自然觉得沉思翰藻的主义最适合他们的条件了。文学由太宗来提倡，更不能不出于这一途。""太宗所鼓励的诗，是类书家的诗，也便是类书式的诗。"

三是文学的日趋实际化。"本来这种专在词藻的量上逞能的作风，需用学力比需用性灵的机会多，这实在已经是文学的实际化了。南朝的文学既已经在实际化的过程中，隋统一后，又和北方的极端实际的学术正面接触了，于是依照'水流湿，火就燥'的物理的原则，已经实际化了的文学便不能不愈加实际化，以至到了唐初，再经太宗的怂恿，便终于被学术同化了。"

我们不能不佩服闻一多敏锐而独到的眼光，他既从时间角度看到了文学运动的整体性、连贯性，也从空间角度看到了南北学风文风由异趋同的倾向，又从人文角度看到了统治者在文化史上的作用和影响。更重要的是，他看到了时间、空间、人文这三方面的运动、作用，不是单向发展而是互相渗透、互相牵制、互相促进的。

从诗歌流变史着眼，《诗经》的《国风》、《小雅》，汉乐府和《古诗十九首》，作者或为百姓、乐工，或为下层寒士，"感于哀乐，缘事而发"是他们创作的基本原则和出发点，自然情意勃发，充满性灵。即使是作为统治集团成员的"三曹"父子和其周围文学集团"七子"，也因处于乱世而满怀社会、人生的责任感，或横槊赋诗，高歌烈士之壮心；或忧谗畏讥，低吟不遇之怀抱；或涵咏文章，谱写经国之盛事，也都是有感有为之作。六朝以后，诗歌价值取向转由宫廷决定，偏安一隅的形势和不思进取的心态，对文学审美价值的发现，滋育了沉思翰藻的宫廷文学并逐渐成为诗坛主流。随着音韵学、章句学、文体学的发展，特别是"永明体"的产生，文学与学术相辅相成，虽诗歌形式上渐臻华美，也提高了学术品位的追求，但却丧失了诗歌的生命——感情和性灵。而这种由嗜好文学的帝王及上层文士所提倡的沉思翰藻之文长期主宰诗坛，已经形成了一种文学惯性，即使到了唐初，即使是唐太宗这样以功业自许的英雄皇帝，虽在政治上不同于六朝亡国之君，但在文学艺术上仍偏重于唯美的纯文学、纯艺术，与传统的诗教、乐教相反，或赞"文藻宏丽"的陆机文章，或"心慕手追"王右军的书法，或肯定"声无哀乐"的嵇康乐论（《贞观政要·礼乐》），以帝王身份介入诗坛，"他的影响不是一般人所能比的"。因此，尽管当时已有批评家对这类齐梁式的诗风表示强烈不满，但类书式的诗仍然盛行。

基于这一历史事实，闻一多深刻指出："这五十年，说是唐的头，倒不如说是六朝的尾。"正是看到了文学运动的连贯性和文风转变的长期性。按照闻一多的推理方式来看晚唐五代的“温、李新声”与北宋初年的“西昆体”的关系，我们应该也可以说：宋初“西昆”，说是宋的头，倒不如说是晚唐五代文苑传统的尾。原来“类书式的诗”是曾经反复出现的，而且都出现在宫廷高层，是名副其实的“台阁体”。

在历史文化的纵向运动中，其横断面的影响也是不可忽视的。闻一多不仅仅是将“类书式的诗”与六朝、初唐学术研究之风相联系，还尤其注意到了南北不同学风对文学的影响，“专在词藻的量上逞能的作风”与学力和性灵的关系，“北方的极端实际的学术”与南方文学的关系。

南北地域的思想方法和学风的不同，六朝人即已发现。《世说新语·文学》第四：“孙安国曰：‘南人学问清通简要。’褚季野曰：‘北人学问渊综广博。’支道林曰：‘自中人以还，北人看书如显处视月，南人看书如牖中窥日。’”即指北人学风显而实，南人学风隐而虚之特点。至于南北文风的不同，更是文学批评史上常引的话题：“江左宫商发越，贵于清绮；河朔词义贞刚，重乎气质。”（《北史·文苑传》）但以为北方极端实际化的学术研究风气影响了南方清绮虚灵的文学，而这“实际化”的倾向又并非是粗犷质厚，而是在重实际的太宗倡导下，在沉思翰藻的追求下，形成了精密的类书式的诗，这确乎是闻一多的独特发现。尽管他对唐太宗的看法不无偏颇之处，对唐初诗坛的成就也评价过低，但他将唐初诗歌与六朝沿袭下来的学术风气相连接，将唐初诗风与类书的编辑挂起钩来，这种敢于立论的精神给人耳目一新的开拓感。

再从思维方法而言，闻一多既从纵的方面考察文学自身运动的流变，具有史官意识；又从横的方面辨析各文化种类的关系，具有哲学家的思考；更从纵横交错的坐标系中探求人文背景所产生的影响，具有社会学家的眼光。如果说，闻一多曾以“宇宙意识”作为宫体诗自赎自救的本质原因的话，我们是否也可以从“宇宙意识”这个角度来认识闻一多的唐诗研究方法呢？

让我们再回到唐初诗坛上来。在一片热闹的宫廷赞歌声中，谁也没有注意到还有一个几乎被人遗忘的角落——“局外人”王绩。闻一多则以其睿智的眼光，在这“举桌之欢”外，重新发现这“向隅一人”：

> 王绩的诗，可说是渊源于陶渊明的。陶渊明何以在文学史上有如此大的势力，值得仔细研究。①

研究王绩的诗，却从陶渊明入手，用三分之一强的篇幅来论陶，从不同时代的相似的文学现象来探讨文学发展的规律，这正是闻一多不同于一般文学史家的独到

---

① 《闻一多论古典文学·王绩》87—90页。

之处，也是他独有的从历史文化的整体格局来研究作家作品的又一例证。

陶渊明和王绩确实存在着许多惊人的相似。

从生平经历看，两人都经历过改朝换代的时代巨变：陶处于晋宋之交，王处于隋唐之际；两人都有过三仕三隐的宦历，且都是自行解职；两人都曾亲事农耕，陶种豆南山，王躬耕东皋；两人皆与酒有不解之缘：陶“性嗜酒……或置酒而招之。造饮辄尽，期在必醉”（《五柳先生传》），王则“以酒德游于人间，有以酒请者，无贵贱皆往，往必醉”（《五斗先生传》）；陶有《饮酒诗》，王有《醉乡记》；连两人的自画像都十分相似：陶以“不戚戚于贫贱，不汲汲于富贵”，“忘怀得失，以此自终”的“五柳先生”自许，王亦以“忽焉而去，倏然而来，其动也天，其静也地，故万物不能萦心”，“遂行其志，不知所如”的“五斗先生”自号。

从世界观来看，两人都存在着深刻复杂的矛盾。前期他们都有儒家入世思想，但由于这样或那样的原因都不如意，于是退而为老庄，在他们的思想中，道家的“自然”哲学观的影响更多更深。陶渊明心目中的理想社会是融合了道家小国寡民与儒家上古之世的“自然”的社会模式：“悠悠上古，厥初生民，傲然自足，抱朴含真。”（《劝农》）他肯定的人生态度是：“纵浪大化中，不喜也不惧。应尽便须尽，无复独多虑。”（《形影神》之三《神释》）王绩亦“昔岁寻周孔，今春访老庄”（《赠薛学士方士》），“床头素书三帙，《老》、《庄》、《易》而已”（《答处士冯子华书》）。两人同有庄子式的冷眼不平、傲世情操：陶渊明不为五斗米折腰，成为中国士大夫阶层中理想人格美的最高典范；王绩简傲放逸，如闻一多所云：“洁已高标之士，尤指不胜屈，此唐诗之一大特质也，而开其风气之先者，则自王君始。”①

尤其是从诗歌创作题材、倾向和风格来看，歌颂田园隐逸、赞美饮酒是两人诗歌的两大主题；两人都以真率写意为主，不讲究沉思翰藻，陶渊明“此中有真意，欲辨已忘言”（《饮酒》其一），王绩则被闻一多划为属于真、偏于质的一派。② 明黄汝亨《东皋子集序》云：“东皋子放逸物表，游息道内，顺老庄，友刘阮，其酒德师妙，魏晋以来，罕有俦匹。行藏生死之际，澹远真素，绝类陶徵君。”总之，王绩作为唐代诗史上第一位仿陶者，在继承陶渊明诗风方面是非常突出的。

但在这两位相距几百年的诗人兼隐士兼酒徒的身上，最本质的相似点是什么？闻一多又是从哪个视角来将其作比较研究的呢？用闻一多的话来说，陶渊明和王绩皆是“不被时人所看重”的“局外人”，在“不被时人所看重”这一点上，闻一多找到了陶、王最本质的相似点并进而探讨了其所以然的原因。

陶渊明在“门阀贵族并未全倒，他们的生活态度和艺术趣味还支配着那个时代”的情形下大唱田园赞歌，“把诗的题材内容由歌舞声色改换为自然景色的歌咏”，“因之陶诗便不被时人所看重，他走的路跳过了同时代人几百年，非等到白香

① 《全唐诗人小传》，《全集》8卷15页。

② 《闻一多论古典文学》92页。

山、苏东坡出来，不足看出他的价值。也就是说，只有等到门阀贵族全部倒掉，一般人的生活态度改变，反映这种生活态度的诗的风格也有了改变，然后才看出陶渊明是诗坛的先知先觉者”。

王绩在龙腾虎跃的事功年代高弹隐逸之调，尤其是在几次出仕失败之后，更“具有和李唐对立的思想”，和他几个兄弟一样，“一股劲儿以遗民自居，这也是六朝士大夫的生活态度，因此他们都终于贫贱，默默无闻”。生活态度既与时代氛围格格不入，创作态度也随之不合时宜：“在王绩那个时代（隋末唐初），流行的诗风一面是病态的唯美主义，如陈子良、上官仪等人的作品；一面是有些人为功名而作诗，如虞世南、李百药等人作诗的态度。当时只有王绩一个人是退居局外，两条路都不走，独树一帜，这似乎是出于傲世。”这就不难理解为什么同是接续陶渊明田园隐逸之风的孟浩然何以在盛唐诗坛上大唱隐逸赞歌时却颇受时人并且是大诗人如李白、杜甫、王维等的推重了。因为盛唐时代毕竟不同于门阀贵族统治的六朝，也不同于沿袭江左余风的唐初，那是一个追求自然天真、朴质真率的时代，加以老子得到一再尊奉，庄子也沾了光，道家的人生观和隐逸思想几成一种终极式的追求，如李白要奋其智勇，使寰区大定后再功成身退，就是很好的说明。孟浩然自然成了这个时代审美祈向的理想模式。也不难理解为什么王绩那些充满死生忧患、祸福无常的诗篇要到中唐才被人重视、赏识，因为没有经过由盛变衰的时代动乱，“没有中唐人那种深邃的生活经验，是不容易了解和欣赏王绩的”。初唐诗人是对人生怀着一种少年人的初次展望和憧憬，盛唐人则是一种青年人的洒脱任性，初盛唐人都有着天真得近乎幼稚、烂漫得有些任性的精神状态，这与历尽风霜后的中晚唐是不可同日而语的，闻一多指出王绩“风韵似中唐”①，正是指其诗歌具有一种动乱之后全身远害，由关注社会退而关注自身的内敛倾向。如“百年长扰扰，万事悉悠悠。日光随意落，河水任情流。礼乐囚姬旦，诗书缚孔丘。不如高枕上，时取醉消愁”（《赠程处士》）。又如“置酒烧枯叶，披书坐落花。新垂滋水钓，旧结茂陵罝。岁岁长如此，方知轻世华”（《策杖寻隐士》）。联系韩愈对其《醉乡记》的称道（《送王秀才序》），白居易对其“惟以醉为乡”（《九日醉吟》）的摹仿，看来中唐人对王绩的欣赏也主要是这类诗歌。据此而言，“生活态度和艺术趣味”对时代精神的支配和“时代潮流所趋”是陶渊明和王绩两位诗人之所以成为他们所处时代的局外人的真正原因。

王绩既然是他那个时代的局外人，那么，他出现在唐初诗坛的意义何在？闻一多在不多的唐诗论文中专文研究王绩的目的又何在？将陶、王并举，指出他们本质的相似点又是为了什么？

闻一多指明了王绩继承陶渊明的意义：“陶渊明死后，他那种诗的风格几乎断

① 《全唐诗人小传》，《全集》8卷15页。

绝，到王绩才算有了适当的继承人”，他的《野望》诗也“不愧是初唐的第一首好诗”，好就好在“得陶诗之神，而摆脱了它的古风形式，应该说是唐代五律的开新之作，自然处渊明亦当让步”；好就好在它给予后人以艺术造境的启迪，“王绩的侄孙王勃曾写过一首五绝《山中》，有两句是‘况属高风晚，山山黄叶飞’，炼句取意，都可看出是受了叔祖《野望》诗的影响”。其实何止是王勃，初、盛唐许多诗人亦受其影响：王维许多山水诗尤其是《辋川集》即可引为同调；孟浩然疏淡朴实的田园小诗更是从陶渊明至王绩一脉相承；而在陈子昂、张九龄的《感遇》诗中，也不难发现王绩《古意》诗的痕迹……作为陶诗的继承者，王绩的确为整个唐诗的发展开创了良好的端绪。

《周氏涉笔》云：“旧传四声自齐梁至沈宋始定为唐律，然沈宋体制，时带徐庾，未若王绩剪裁锻炼，曲尽清玄，真开迹唐诗也。如云：‘牧人驱犊返，猎马带禽归’，‘琴曲唯留古，书名半是经’。《九月九日》一篇‘野人迷节候，端坐隔尘埃。忽见黄花吐，方知素节回。映岩千段发，临浦万株开。香气徒盈把，无人送酒来。’盖渊明古体，蟠屈入八句中，浑然天成，又唐末诸家所不能也。无功放逸傲世而诗句如此，岂其真得于自然乎?”明杨慎《升庵诗话》卷二亦云：“王无功，隋人入唐，隐节既高，诗律又盛，盖王、杨、卢、骆之滥觞，陈、杜、沈、宋之先鞭也。”皆看到了王绩在诗歌的体裁和风格方面承先启后之重大作用，“开迹唐诗”，可谓中的之论。我们不妨设想一下，如果王绩当时即被人看重呢？如果他这种对田园隐逸的歌唱，他这种疏野朴质的诗风在当时即能一呼百应，赢得人们纷纷仿效呢？恐怕流行的便不是“上官体”而是“王绩体”，而唐音自身改造的过程将会加速，盛唐之音也会提前奏响罢？

然而想象终归是想象，历史永远是历史，文学自有其本身演进的客观规律，它必然要受当时社会文化大背景的制约，而时代潮流所趋，原非一两个人可以扭转，王绩之所以像陶渊明一样，只能成为盛唐之音孤独的先行者，是因为他不符合时代潮流，而之所以后于王绩出现了四杰、陈子昂，也是因为他们顺应了时代潮流。闻一多一再强调王绩与陶渊明的相似之处，即在诗歌史上都有重大贡献而又都不为时人所看重，正是为了说明“时代潮流所趋”及“生活态度和艺术趣味”支配时代这一条被历史反复证明了的不可移易的文学发展规律。值得提出的是，闻一多的唐诗研究特别注意这种现象。如在《盛唐诗》① 中指出：“奇怪的是盛唐诗的几种选本里没有一本选过杜甫的诗，可见他的作风在当时就跟《箧中集》相近，只因那还是太平时代，这种社会描写不太被人重视，如果杜甫不长于其他各种诗体的话，他的诗很有可能因此被埋没。”联系杜甫生前并未像李白、孟浩然等人那样为世所重而直到宋以后才盛行于世，便可明了闻一多为何反复强调这一点。

---

① 《闻一多论古典文学》111—123页。

如果说，前面“局外人”之论是闻一多总结出的一条文学发展规律，那么，“特殊风格”论则是他探索出的另一条规律。他指出：

> 凡是大作家必然有他特殊的风格，这风格正如杨炯所说：“不须目击，亦不谬也。”文学风格的形成，在于反映时代和作家个人的生活态度。大家的风格，看似独创，其实是表现了前人未有的生活态度，这并不是创新，而是从遗产中选择合于个性的接受过来，再加入个人的生活经验，便形成所谓特殊风格。

我们可以从闻一多关于陶渊明与孟浩然的比较和陶渊明与王绩的比较的不同角度来理解这一点。

陶与孟的相比，闻一多是从“诗化人生”即诗品与人品统一这一角度着眼的。历史上，士人们塑造的理想人格并不可能在现实生活中真正实现，于是他们往往在艺术创作中寻找归宿，因而具有理想人格和精神的艺术形象及艺术境界便产生了。李白笔下的大鹏、黄河、蜀道、天姥等等一系列惊风雨、泣鬼神的艺术形象便是最典型的例子。陶、孟追求的都是艺术化的人生，按闻一多的说法是：“陶渊明是以士大夫身份乔扮作农夫，对农民生活作趣味的欣赏，拿审美的态度来看它，正如城里人下乡，见乡村生活有趣，于是模仿起来，比原来实际的乡村生活更显得新奇可爱。这种审美观念是纯粹的主观成分，把一切实用观点摆开，而陶渊明能够长期保持这种欣赏的生活态度，因而难得。陶诗的特点在于诗人对大自然长久作有趣的看法，天真的看法，表现出一种小孩儿似的思想感情。”孟浩然正是继承了这么一种审美的态度：“他是为了隐居而隐居，为着一个浪漫的理想，为着对古人的一个神圣的默契而隐居。”① 由于陶、孟的“审美观念是纯粹的主观成分，把一切实用观点摆开”，故而能够做到平淡自然，孟浩然选择了陶诗中那种适合自己个性的疏淡风格而达到了“诗如其人”或“人就是诗”的境地。然而严格说来，陶、孟之间还是有区别的，陶渊明是真正做到融身田园，达到“无我”、“忘言”的境地，孟浩然恐怕还做不到这一点。所以，如果陶渊明是“悠然见南山”的话，孟浩然则可能是“悠然望南山”了，这正如他的诗“却听泉声恋翠微”（《过融上人兰若》）中那个“恋”字一样，还是有个“我”在的。这是因为盛唐时代毕竟是一个“人的发现”的时代，是一个高扬自我的时代，将发现了的自我写入诗中，诗歌更具备了生命和个性，比起六朝谢灵运等少有个性和生命气息的山水诗无疑是一个质的变化。

对陶渊明和王绩，闻一多则从两人作为时代的局外人和诗坛的先行者这种身份来探讨其原因和价值。陶渊明在魏晋以来罗网高悬、祸福难料的时代氛围中毅然退出官场，抛弃功名利禄，返朴归真，从田园生活中找到自己真正的归宿，所以他能

① 《孟浩然》，《全集》6卷51—52页。

在“山气日夕佳，飞鸟相与还”和“带月荷锄归”的平凡生活中领悟到此中真意，达到欲辨忘言的境界，他的身上始终保持了一种大朴无亏的天性。王绩由隋入唐，虽经动乱，面对的毕竟是新世，他的与新世的不投合并非像陶渊明或阮籍等人般是出于反抗，而更多的是出于一种傲世情怀，而这傲世情怀又多半是由于未能与李唐统治者风云际会而获得建功立业之机所产生的一种对立情绪。因此，他要追求个性自由，追求个人价值的实现，魏晋风度在他身上的复活多半是因为那种独立人格精神的高扬，他要以高蹈者的人格精神来弥补其社会事功的失败：“归来南亩上，更望北溪头。古岸多盘石，春泉足细流。东隅诚已谢，西景惧难收。无谓退耕近，伏念已经秋。”（《晚年叙志示翟处士》）而陶渊明那种高洁傲世的隐逸生活，那些疏野朴质的田园诗歌给他这种“失之东隅，收之桑榆”的心理提供了极好的理想模式，他强调的是陶诗中放旷适意的一面：“足下欲使吾人适人之适，而吾欲自适其适。”（《答程道士书》）按照闻一多“特殊风格”形成的理论，他选择了陶诗中疏野的一面且更有发展，“王绩疏野甚于陶潜，故不为时人所重”①，却未真正达到陶诗的“清远真素”，他不可能像陶渊明那样了无挂碍，纯净自然，从而达到宇宙一体的境界，因此，陶渊明可以“相见无杂言，但道桑麻长”（《归园田居》其二），孟浩然亦可以“开轩面场圃，把酒话桑麻”（《过故人庄》），王绩则“相顾无相识，长歌怀采薇”（《野望》）。三人都是描写田园生活，但态度却有区别：陶是欣赏，欣赏尽可摆脱一切功利观而融身其内，如闻一多所指出的免乎物累：“庄子笑曰：‘周将处乎材与不材之间。材与不材之间，似之而非也，故未免乎累。’谁能了解庄子的道理，就能了解孟浩然的诗，当然也得承认那点‘累’。至于‘似之而非’，而又能‘免乎累’，那除陶渊明，还有谁呢?”② 孟是寄托，虽未全免乎累，但有了寄托自然也就获得宁静和满足。王则是补偿，补偿则有索取，有累，索取不到就会有失望，有孤独，他的“局外人”的孤独感原是比陶渊明更为深重的。这里虽是在阐明特殊风格形成的原因，实际上是在探讨文学史上继承和创新的关系，也从另一角度印证了“时代潮流”与“生活态度和艺术趣味”对文学的制约作用。

从陶渊明到王绩到孟浩然、王维，文学史上皆划为山水田园诗范畴，论者以陶渊明为田园诗的开创者，王绩为盛唐山水田园诗的先驱者，孟浩然、王维则为盛唐山水田园诗的杰出代表，固然不错，但为何陶渊明之后几百年才出现王绩？为何王绩之后近一个世纪才出现王孟诗派？为何到中唐王绩始受人重视？都没有像闻一多这样高屋建瓴，论述全面而深刻。且评论初唐诗，着眼于宫廷，亦如看三曹时代之邺下，自无不确，而闻一多在鱼龙光转的热闹的一群当中，又能调转目光，觑定灯火阑珊处的一个，见人之所不见，就足见其眼力之不凡。

---

① 《四千年文学大势鸟瞰》，《全集》10卷30页。

② 《孟浩然》，《全集》6卷54页。

（四）从“厚积的力量”到“庄严的宇宙意识”

——论宫体诗的自赎

关于“宫体诗”的定义，闻一多指出：

> 宫体诗就是宫廷的，或以宫廷为中心的艳情诗，它是个有历史性的名词，所以严格地讲，宫体诗又当指以梁简文帝为太子时的东宫及陈后主、隋炀帝、唐太宗等几个宫廷为中心的艳情诗。①

宫体诗的出现是在六朝，它的哲学基础是《列子》及时行乐的纵欲主义和杨朱自我享受的个人主义。实际上，在《古诗十九首》那些游子思乡，思妇念远，人生苦短的悲吟中，就已透露出对人自身存在就是目的的觉醒，对今生享受的肯定，对人生欲望的追求。两晋乱世之后，士人南行，宋、齐、梁、陈政权都无恢复失地之雄心壮志，只一味沉溺于偏安一隅，及时行乐的人生追求，在美丽的南方山水和温软的宫廷生活催化下，孕育出了文坛、艺坛那些美丽诱人的花花草草。闻一多毫不客气地指出：“人人眼角里是淫荡……人人心中怀著鬼胎……看看以上的情形，我们真要疑心，那是作诗，还是在一种伪装下的无耻中求满足。”话虽说得尖刻，确也概括了当时宫体诗充斥诗坛的情形。

> 宫体诗在唐初，依然是简文帝时那没筋骨、没心肝的宫体诗，不同的只是现在词藻来得更细致，声调更流丽，整个的外表显得更乖巧、更酥软罢了。说唐初宫体诗的内容和简文时完全一样，也不对。因为除了搬出那僵尸“横陈”二字外，他们在诗里也并没有讲出些什么。这又教人疑心这辈子人已失去了积极犯罪的心情。恐怕只是词藻和声调的试验给他们羁縻着一点作这种诗的兴趣（词藻声调与宫体有着先天与历史的连系）。宫体诗在当时可说是一种不自主的、虚伪的存在。原来从虞世南到上官仪是连堕落的诚意都没有了。此真所谓“萎靡不振”！

这段话，一般论者都以为有偏颇之嫌，但闻一多却在此既指出了宫体诗的沿袭性，又看到了宫体诗在新时代条件下的变化，眼光是相当敏锐的。

宫体诗在唐初的沿袭首先是自然而然的文学运动本身的惯性。齐梁宫体诗一统天下，陈隋亦顺其自然，炀帝更是作宫体的好手。唐太宗虽是马上取天下的一代英

① 《宫体诗的自赎》，《全集》6卷18—28页，下引此文不另注出处。

主，但其文学爱好却偏于齐梁诗风。史载太宗“尝作宫体诗，使虞世南赓和。世南曰：‘圣作诚工，然体非雅正。上有所好，下必有甚者。臣恐此诗一传，天下风靡，不敢奉诏。’”① 连善写宫体诗的虞世南亦不敢奉诏，可想见太宗此诗风貌。统治者的思想即统治的思想，“上有所好，下必有甚者”，世南的担心不无道理，这也许正是齐梁宫体在唐初沿袭成风的另一原因。

但目光敏锐的闻一多同时又看到了唐初宫体诗与六朝的不同之处。首先是这些艳情诗并无多少实质性的淫秽内容，所谓“除了搬出那僵尸‘横陈’二字外，他们在诗里也并没有讲出什么”，闻一多指责其“连堕落的诚意都没有了”；其次在形式上更为细致、流丽，更为乖巧、酥软。闻一多此话的本意是批评唐初宫体较之六朝更不如，但透过其言之过激的话语，我们可以看到其中合理的内核。大唐新世毕竟不同于六朝衰世，唐太宗作为创一代伟业的英主也毕竟不同于齐梁陈那些偏安一隅的享乐皇帝，对柔媚婉约诗风的偏爱只是作为其叱咤风云的马上生涯的补偿，而非像前朝小皇帝一样在堕落变态的生活中，“在一种伪装下的无耻中求满足”。因此，太宗君臣除作些点缀花草、绮靡轻艳的宫体诗之外，也时有雍容雅正的诗篇，此其一；其二，所谓物极必反，任何事物到了谷底，不能再低的时候，总会产生反弹。齐梁宫体诗之所以在唐初会出现这种原地踏步式的徘徊，正是其自赎自救的先兆，所谓“堕落毕竟到了尽头，转机也来了”，能“在窒息的阴霾中”看到宫体诗发展过程中的细微变化与趋势，正是闻一多作为诗人和哲人的眼光不凡之处；其三，宫体诗内容上的变化与其形式上词藻声调的更趋细致流丽有关，而词藻声调的变化，人们一般只论及其与沈约“永明体”的联系，闻一多则将其与“类书式的诗”的产生相关联，这种诗的出现使诗歌形式更趋乖巧和酥软，而这种乖巧酥软的形式总得用乖巧酥软的内容来相配，于是出现了唐初宫体诗并无多少淫秽的实质内容而只是词藻和声调的试验给他们羁縻着一点作这种诗的兴趣的情形。

然而，论述唐初五十年间宫体诗的发展变化毕竟还只是宫体诗衍变曲中的序曲，阐发宫体诗的自赎自救过程才是闻一多匠心独运谱出的变奏，相对于结构庞大，气势磅礴的唐诗交响曲而言，闻一多似乎对这段主题变奏曲格外钟情偏爱，给予了高度的评价。

关于初唐诗坛一百年间宫体诗如何从占据主导地位到被廓清的过程，前人多从宫体诗外去找原因，诸如文学批评风气的转变，四杰、陈子昂等文学新人的诞生，建功立业的大时代的开始等等，却没有人像闻一多这样，从宫体诗本身入手观其蜕变过程。《宫体诗的自赎》题目本身即已透露个中消息。“所谓‘自赎’，是一种蜕化，是从朽陈的母体中蜕出的新生命。”② 闻一多将宫体诗从亵渎走向净化的过程看作是一个自身蜕变的过程，一个“否定之否定”的过程，促使这过程完成的因素，

---

① 《新唐书》卷102《虞世南传》。

② 傅璇琮《〈唐诗杂论〉导读》，上海古籍出版社1998年版13—14页。

闻一多概括为两点：一是“厚积的力量”，一是“庄严的宇宙意识”。

所谓“厚积的力量”，“前人谓之‘气势’，其实就是感情”。闻一多举卢照邻《长安古意》和骆宾王《代女道士王灵妃赠道士李荣》为例说明这种真实感情的作品如何“使人们麻痹了百余年的心灵复活”，尤其是前者，闻一多充满诗意地描绘了在“细弱的虫吟，虚空而疲倦”的宫体诗的“窒息的阴霾中”，卢照邻挟着狂风暴雨般的气势，弹击着“生龙活虎般腾踔的节奏”，用“粗豪而圆润的嗓子”唱出了“颠狂中有战慄，堕落中有灵性”的诗篇，尽管这首诗有“一点点艺术上的失败，并不妨碍《长安古意》在思想上的成功”。这成功表现在“对于时人那虚弱的感情，这真有起死回生的力量”，“他是宫体诗中一个破天荒的大转变。一手挽住衰老了的颓废，教给他如何回到健全的欲望，一手又指给他欲望的幻灭。这诗中善与恶都是积极的，所以二者似相反而实相成。我敢说《长安古意》的恶的方面比善的方面还有用”。对卢照邻《长安古意》成功的手段，闻一多名之为“以毒攻毒”，并将其与庾信“一味的矫正”，“以非宫体代宫体”的失败相比，“卢照邻只要以更有力的宫体诗救宫体诗，他所争的是有力没有力，不是宫体不宫体”，所以，卢照邻是胜利者。闻一多并不讳言《长安古意》的颠狂、堕落、褊狭之处，却肯定“有效的方法”“就是对的方法”，肯定真实感情所带来的“不废江河万古流”的永恒价值，正是闻一多辩证艺术史观的体现。

如果说，“厚积的力量”使宫体诗能够在催人昏昏欲睡的沉迷中“教人们如大梦初醒而心花怒放”，看到“欲望的幻灭”的话，那么，“庄严的宇宙意识”则能教宫体诗从尚存亵渎的颠狂、褊狭中走出来，向灵魂净化的顶峰攀登。

所谓“庄严的宇宙意识”，即“从美的暂促性中认识了那玄学家所谓的永恒”。在与这神奇的永恒会面之前，闻一多导引着我们首先沐浴了卢骆的狂风暴雨，虽狂放而有气魄，却仍有烦躁紧张；接着领略了刘希夷“狂风暴雨后宁静爽朗的黄昏”，其最大特点是感情的回返常态，“唯其如此，所以烦躁与紧张都消失了，只剩下一片晶莹的宁静”。《公子行》的“愿作轻罗著细腰，愿为明镜分娇面”，“与君转向转相亲，与君双栖共一身。愿作贞松千岁古，谁论芳槿一朝新。百年同谢西山日，千秋万古北邙尘”，这类痴情的话语，是“将近百年以来宫体诗里”的“了不得的稀世珍宝”，它“越过齐梁，直向汉晋人借贷灵感”。闻一多从汉以后诗歌史着眼，指出“感情返到正常状态是宫体诗的又一重大阶段”，时刻不忘诗歌的历史进程，确是闻一多唐诗研究的特点。然而刘希夷的主要贡献还不止于此，其《代悲白头翁》云：“洛阳城东桃李花，飞来飞去落谁家？洛阳女儿好颜色，坐见落花长叹息：今年花落颜色改，明年花开复谁在……古人无复洛城东，今人还对落花风。年年岁岁花相似，岁岁年年人不同。”这才是“从蜣螂转丸式的宫体诗一跃而到庄严的宇宙意识”，即在感受到万象的和谐，与不可抵抗的美的同时，又憬悟到青春年华的短暂，但从美的暂促性中又彻悟到美的永恒——“一个最缥缈，又最实在，令人惊喜，又令人震怖的存在，在它面前一切都变渺小了，一切都没有了，自然认识了那无上的智慧”。

然而这种宇宙意识还是潜藏着的，宫体诗的自赎过程还没有完成，离张若虚的绝顶毕竟还有半步之遥。经过晶莹宁静的黄昏的徜徉，我们来到了“风雨后更宁静更爽朗的月夜”和张若虚会面了，张若虚给我们展开了《春江花月夜》的美丽画卷：这里有“江流宛转绕芳甸，月照花林皆似霰”的美丽和谐的大自然；有“不知江月待何人，但见长江送流水”的神秘渺远的宇宙；有“此时相望不相闻，愿逐月华流照君”的铭心刻骨的相思。既有寥廓万里的空间展示，也有绵延千载的时间追溯，更有在时空纵横交错坐标中人间的离情描绘。闻一多怀着极大热情赞叹这首诗：

> 是夐绝的宇宙意识！一个更深沉，更寥廓，更宁静的境界！在神奇的永恒前面，作者只有错愕，没有恐惧，只有憧憬，没有悲伤。
>
> 这里一番神秘而又亲切的、如梦境的晤谈，有的是强烈的宇宙意识，被宇宙意识升华过的纯洁的爱情，又由爱情辐射出来的同情心，这是诗中的诗，顶峰上的顶峰！

闻一多在此反复强调的“宇宙意识”究竟该如何理解？它与宫体诗题材的衍变有何关系？恐怕光就诗论诗来理解“暂促”与“永恒”是不够的，我们还必须从初、盛唐的文人心态来进行更深入广泛的探索。

闻一多曾经指出：“自东汉末年到六朝时代，我国作家的人生观是如在梦境，即使干戈扰攘，他们还能够那么风流潇洒，悠然自得。到了隋唐时代，才走出梦境面对人生，正视生活。懂得这一点，才能了解我国中古时代的诗。”①《春江花月夜》中“一番神秘而又亲切的、如梦境的晤谈”，正是指新世纪的人们面临梦境向现实人生转换时的讶异和向往并存，怅惘和欣喜交织的复杂心态。公元七世纪初、盛唐之交的人们，在新时代已经开始，大时代即将来临之际，开始了“当时年少春衫薄”的少年时代对前途的展望，对建功立业的壮丽人生的憧憬和向往，正如李泽厚《美的历程》对闻一多提出的“宇宙意识”的阐释：“它是走向成熟期的青少年时代对人生、宇宙的初醒觉的‘自我意识’：对广大世界、自然美景和自身存在的深切感受和珍视，对自身存在的有限性的无可奈何的感伤、惆怅和留恋。”② 但这种感伤和惆怅其实并无真正沉重的内容，它只是大时代人们在欣欣向荣的时代精神感召下，既有雄心勃勃建功立业之志，同时又感到虽事业长存而青春短暂，虽功名万里而离愁难遣的美中不足的时代审美心理。这种展望在诗中用春、江、花、月、夜五种最美丽的意象表现出来，“皎皎空中孤月轮”的等待与盛唐“风正一帆悬”（王湾《次北固山下》）的全力迸发相联系，预示着盛唐明月升空般的美丽之后，海潮磅礴

① 《闻一多论古典文学》114 页。

② 《美的历程》，文物出版社 1981 年版 129—130 页。

的壮观场面就要出现。而作者从现实人生的展望中企望通向宇宙之路，所谓“神秘的晤谈”，“渊默的微笑”，应是指心理时空从本身的局限向外的推扩，是离开人生本体后对有限和无限、有情和无情、短暂和永恒的超越，存在着某种天人交互的意味。在此超越中，人世间的眼光得到升华，形成了更为迥绝强烈的宇宙意识。

这种宇宙意识并非一蹴而就的，闻一多指出：

> 从前卢照邻指点出“昔时金阶白玉堂，即今唯见青松在”时，或另一个初唐诗人——寒山子更尖酸地吟着“未必长如此，芙蓉不耐寒”时，那都是站在本体旁边凌视现实。那态度我以为太冷酷，太傲慢，或者如果你愿意，也可以带点狐假虎威的神气。在相反的方向，刘希夷又一味凝视着“以有涯随无涯”的徒劳，而徒劳的为它哀毁着，那又未免太萎靡，太怯懦了。只张若虚这态度不亢不卑、冲融和易才是最纯正的。

这不仅仅是在谈诗，也不仅仅是在对宇宙意识的发展阶段作简单的回顾，它分明是在历史与逻辑互渗、审美和哲理交融之中，在对诗人、对社会、对人生、对宇宙作最深刻的剖析。

王国维在《人间词话》中曾对“出入”说作了非常精到的阐释：“诗人对宇宙人生，须入乎其内，又须出乎其外。入乎其内，故能写之。出乎其外，故能观之。入乎其内，故有生气。出乎其外，故有高致。”但单能出或单能入，都易使诗歌偏执一端，能出能入，才能达到诗歌的完美境界。

卢照邻和寒山子是偏于“出”，世外观世，固然理智，然一味在本体旁边凌视现实，又未免失去情而变得冷漠。作为陷于禅者静观之境的寒山自不用说，即以凭着“厚积的力量”在宫体诗坛掀起过一场狂风暴雨的卢照邻而言，虽然他“能让人人以一个清醒的旁观的自我，来给另一个自我一声警告”，但终因过于在诗外，总“不免暴露了自己态度的褊狭”；刘希夷则又入得太深，为情所迷，虽然可以感人，终因“一味凝视着‘以有涯随无涯’的徒劳”而缺乏昂扬向上的智者力量；只有张若虚既能“入而感之”，又能“出而观之”，既有深情郁勃的诗人的生气，又具有清醒睿智的哲人高致，出入相当，正好将感情和理智处理得适度。这也正是《春江花月夜》为什么怅惘而不悲伤、叹息却不沉重的原因。宇宙意识也只有在去掉或冷酷或沉迷的偏执后，才能达到冲融和易的纯正状态，也只有经过张若虚这一冲融和易的宇宙意识阶段后，才能进入陈子昂的更寥廓、更高绝的宇宙意识阶段。

在阐释了“厚积的力量”与“庄严的宇宙意识”这两个概念之后，让我们再把它们放回到宫体诗衍变的进程中，看它们是如何促使宫体诗完成自赎自救的使命的。

众所周知，宫体诗产生于齐梁后宫，以对女人的赏玩为特定趣味，如王世贞《艺苑卮言》所云“颂酒赓色”，内容和题材都相当狭小局限，而且赏玩的态度不可能产生真爱，于是咏美人之外，咏卧具闺房，咏花草莺蝶，“常常是那套褪色的陈词滥调，诗的本身并不能比题目给人以更深的印象”。在这种萎靡不振之中，先是卢、骆“生龙活虎般腾踔的节奏”和“一气到底而又缠绵往复的旋律之中”那种“欣欣向荣的情绪”给宫体诗以厚积的力量作撑持；继而是刘希夷诗中“极平凡极自然的思念”和“痴情话”使宫体诗的感情返到正常状态；最后刘希夷、张若虚诗中彻悟到的宇宙意识使宫体诗离开美色醇酒，人的眼光向上向外扩展，对于宇宙人生，包括自身生命、功业乃至社会意识有了一种接近终极关怀的思索。如果说，厚积的力量给予宫体诗以感情，使它获得生命与动力，那么，宇宙意识则给宫体诗以哲思，使它得到品格的提高，而这一切又只能在初盛唐贞观之治后欣欣向荣的社会人文背景之下，依靠着文学本身的运动规则完成其蜕变过程，一切违反文学内部规律或外部潮流的企图都是注定要失败的。庾信便是极好的反面例证。

杜甫曾对庾信推崇备至：“庾信平生最萧瑟，暮年诗赋动江关。”“庾信文章老更成，凌云健笔意纵横。”庾信早年深受南方文学熏陶，晚年羁留北方，又受北方原始质朴的文学的感染，以此反观南朝宫体诗，欲以刚健质朴挽救柔弱绮靡。然而他失败了，不仅南方宫体诗依然故我，就连北方原本充满热与力的诗风也“禁不起南方那美丽的毒素的引诱”而逐渐与南方宫体诗同化。

庾信失败的原因，闻一多归结为“壅塞”：“庾信对于宫体诗的态度，是一味的矫正，他仿佛是要以非宫体代宫体。”而当欲望“走入了歧途，只有疏导一法可以挽救，壅塞是无效的”。这里所用的是鲧禹治水的术语。闻一多所说的“壅塞”实际上就是以外部的强力去阻挡，而“疏导”是指顺内部自身的运动方向去引导。庾信想以北方的非宫体来代替南方的宫体，但这毕竟是宫体诗的外部动力而非自身发展的条件。不是入乎宫体诗之内，以一种厚积的感情力量来撑持，一种庄严的宇宙意识来升华超越，而只是站在宫体诗外来壅塞、改造，自然不可能对其产生影响，充其量是庾信个人晚年诗风由柔靡转为萧瑟苍凉而已。“堡垒须从内部攻破”，虽是常言，却是真理，何况庾信所处的时代环境也不具备对宫体诗进行彻底改造的社会人文条件，落后于南方文化的北朝文学并不可能触动南方经过长久文化积淀的宫体诗的根基。宫体诗产生于宫廷，齐梁时代固有此类诗的绮靡，也有民歌的清新，作者不一，风格亦别。但那些民歌或无名文人所作不可能占主导地位，所以无论是南方的这些作品或借北方文化，都改变不了宫廷的趣尚。而唐代宫体诗的“自赎”并非靠了宫廷本身，而是宫廷外的诗人，只有他们才能以自己的真感、真识、真情，并以他们艺术上显然高于宫廷的作品得到认可，以其从宫体入，又从宫体出之作，“走到市井”，“移至江山与塞漠”，完成了这一“自赎”。应该说，闻一多对宫体诗在初唐衍变的原因和过程的论述是独具只眼的，尤其是关于“宇宙意识”的发现和阐释，更具有历史的、文化的内涵。

（五）“卢骆·刘张”和“王杨·沈宋”

——“四杰”徽号新组

闻一多研究“四杰”的角度与常人不同。一般文学史多四杰并提，强调他们在初唐诗风转变过程中所起的作用：从他们反齐梁的文学主张，到诗歌题材的扩大，诗歌风格的创新，虽然也提及彼此之间在体裁和风格方面的区别，但更多的是强调其共性，“四杰”之称，被认为是合情合理的存在，似未有人提出过怀疑。闻一多则从“四杰”这一徽号本身入手，从讨论其是否合理，进而论及四杰的人品与诗品，体裁与使命，共性与个性，内部与外部，成就与地位，等等，更重要的是，他要研究：

> 他们在唐诗发展的路线网里，究竟代表着哪一条，或数条线，和这线在网的整个体系中所担负的任务。①

总之，他是从唐诗发展的全过程和整体格局来评定四杰的，希望由此而求得对唐诗发展的某些现象的更真实更科学的解释，自然避免了某些就四杰而论四杰观点的片面性和孤立性，而带有更深更广的历史文化色彩。

首先，他指出“四杰”之称的适应范围：

> 王杨卢骆都是文章家，“四杰”这徽号，如果不是专为评文而设的，至少它的主要意义是指他们的赋和四六文。谈诗而称四杰，虽是很早的事，究竟只能算是借用。是借用，就难免有“削足适履”和“挂一漏万”的毛病了。

从“文”的角度着眼，四杰确乎有许多共通处，尤其是他们的赋，皆具有虽尚辞藻却气势豪迈的特点。如王勃之赋“于艳丽之中寓豪迈之气”，“尤多磊落不平之气，文风亦较挺拔”②；骆宾王“所作更多慷慨之音”，“皆丽而不靡，劲而不直”；卢照邻“文笔恣肆而有气势，体式也较自由，不拘一格”；杨炯“亦颇多不得志的感慨，体式较自由而有气势”。总之，在唐初文、赋由艳丽而趋平易，由柔靡而为刚健的转变过程中，他们起了大致相同的作用。从“诗”的角度着眼，闻一多认为四杰的共同点是“年少而才高，官小而名大，行为都相当浪漫，遭遇尤其悲惨”，因此受尽人间唾骂，又赢得不少同情。然而这也就是“四杰”这徽号的“适用性的最大限度了”，如果放在唐诗发展的网络中，“四杰”之称马上就成问题了：

---

① 《四杰》，见《全集》6卷11—17页，下引此文不另注明出处。

② 马积高《赋史》，上海古籍出版社264—267页，下骆、卢、杨同。

因为诗中的四杰，并非一个单纯的、统一的宗派，而是一个大宗中包孕着两个小宗，而两小宗之间，同点恐怕还不如异点多。

接着，闻一多着重研究了四杰之异，他指出：

四杰无论在人的方面，或诗的方面，都天然形成两组或两派。

先看做人方面。闻一多从最明显也最基本的自然顺序说起，引用张说《裴公神道碑》、郗云卿《骆丞集序》、《唐会要》等有关记载乃至杨炯“愧在卢前，耻居王后”等语进行辨析，指出卢、骆和王、杨之间相差十岁左右，年龄大小不同，生活阅历和感受也有区别，自然存在“一道鸿沟”。然而“比年龄的距离更重要的一点便是性格的差异”，卢、骆是较浮躁的市井博徒兼英雄，闻一多以两人生而薄倖和死而不凡的事实来证明；王、杨则是较沉静的文人兼学者，闻一多以两人尤其是王勃寿命虽短著述颇丰的事实来证明。因此，“这几乎是不可避免的发展：由年龄的两辈，和性格的两类型，到友谊的两个集团”，对卢、骆之交情与王、杨之契合，闻一多亦用了无可辩驳的事实进行论证。

以上是知人论世的分析，也是闻一多历来最重视的分析研究方法。而由做人的不同到作诗的不同，闻一多认为这“正是一贯的现象”，甚至“不待知道‘人’方面的不同，我们早就应该发觉‘诗’方面的不同了”。这些不同表现在：

体裁不同——“卢、骆擅长七言歌行，王、杨专工五律”，当然，这并非指他们专做或不做什么诗，而指他们各自的长处。

来源不同——卢、骆是《风》、《骚》余响，王、杨则为晋宋遗音，闻一多在此借用杜甫诗“劣于汉魏近风骚”的启示来阐明一个真理。

使命不同——卢、骆是破坏者，“他们的使命是以市井的放纵改造宫廷的堕落”，“用以毒攻毒的手段……一举摧毁了旧式的‘江左余风’的宫体诗”而给歌行芟除芜秽，开出坦途；王、杨是建设者，他们的使命是将五律从“绵句绘章，揣合低卬”的台阁应制体中解放出来而推扩到江山塞漠，从而具有了“低徊与怅惘，严肃与激昂”的真正唐音的抒情特色，而抒情的形式，“五言八句似乎恰到好处”。于是，由题材的推扩到体裁的成熟，五律在王、杨手里正式定型。可见使命的不同是体裁不同、作风各异的根本原因。

鉴于上述种种不同，闻一多甚至建议以“前二杰”和“后二杰”来取代“四杰”之徽号，以此来明确他们在唐诗发展网络中所担负的不同任务。然而闻一多似乎并不满足于对旧“四杰”徽号的质疑，他还眼光独到地提出了对新“四杰”徽号重组的理由。

“四杰”重组后有两组：卢、骆与刘（希夷）、张（若虚），王、杨与沈（佺期）、宋（之问）。理由是：从做人方面看，王、杨与沈、宋存在着友谊的交往；从做诗方面看，王、杨、沈、宋共同奠定了五律的基础，而卢、骆、刘、张共同改良了宫体诗。总之，与传统“四杰”同点不如异点多恰好相反，重组后的两组“四杰”同点多于异点。

从以上闻一多对于文学史上沿袭已久的“四杰”徽号所作的质疑、分析、重组，我们可以看出闻一多唐诗研究的视角和方法之特点。

其一，从唐诗发展的宏观角度对作家作品作具体分析，这种鸟瞰式的角度使我们在了解“这四人集团中每个单元的个别情形”之外，还可以看到“他们之间的相互关系，尤其他们在唐诗发展的路线网里，究竟代表着哪一条线或数条线，和这线在网的整个体系中所担负的任务”。比如说，四杰在唐诗史上处于承上启下之地位，而这承上启下的功用却是由两组不同的人担负的，用闻一多的话说，即他们分别承担了“破坏”和“建设”的不同历史使命，不同的使命引发了唐诗发展的不同路线。他看到了“卢、骆的歌行，是用铺张扬厉的赋法膨胀过了的乐府新曲，而乐府新曲又是宫体诗的一种新发展，所以卢、骆实际上是宫体诗的改造者”。有了他们给歌行除秽开新，才会有刘希夷和张若虚，才会有白居易、元稹、韦庄，“甚至于李、杜、高、岑”；他也看到了由于王、杨对台阁体制题材的解放，才使五律进入真正唐音的抒情时代，才会有沈、宋的一脉相承，从而才使五律成为唐诗的正宗和最主要的形式。和其他的唐诗研究论文一样，闻一多总是先从宏观角度掌握全唐诗甚至整个古代诗歌的总面貌，然后在微观方面写出对诗人诗作的具体评价，这样，就能在全方位研究的基础上总结出规律性的东西，从而避免了那种“在某一观点下凑成一个数目”而在另一观点下并不适用的尴尬。

其二，注重人品和诗品的关系。这是闻一多一以贯之的“知人论世”之法。在《孟浩然》一文中，他提出著名的“诗如其人”或“人就是诗”的观点，在对王绩、王维、李白、杜甫、孟郊、贾岛等论述中皆有阐发，《四杰》一文中亦给予相当重视。比如他认为卢、骆是属于一种在某项观点下真可目为“浮躁”的类型，或为博徒革命家，或为市井轻薄子，因此“他们的使命是以市井的放纵改造宫廷的堕落，以大胆代替羞怯，以自由代替局缩，所以他们的歌声需要大开大阖的节奏，他们必需以赋为诗”，而他们的歌行就具有了“生龙活虎般腾踔的节奏，首先已够教人们如大梦初醒而心花怒放”了，从而完成了对宫体诗的改造。与卢、骆相反，王、杨属于较沉静的文人兼学者，他们的性格更宜于庄重沉稳的五言，因此，他们所建设、定型的正是低徊怅惘、严肃激昂的五言八句的抒情律诗而非大开大阖、放纵奔逸的叙事歌行，或者说，“王、杨的五律是完全成熟了的五律，而卢、骆的歌行还不免于草率、粗俗的‘轻薄为文’”。由此我们也可看出闻一多对诗歌体式的高度重视和深刻了解，他不仅从人品和诗品关系的角度来研究不同诗体的不同特点，而且从诗歌体裁发生、发展、成熟的全过程来研究某一时期某种诗体的存在状况及发展趋向。

其三，敢于对传统观念提出质疑、挑战，敢发独创之见。在闻一多的唐诗研究乃至整个古代文学研究中，处处表现出敢于创新的精神，这固然与其天生的狂狷气质有关，但更多得力于其学者的睿智与诗人的敏感，是其宏通的历史文化视野与会心独到的艺术感悟相结合的必然结果。

敢于创新首先表现在对“四杰”徽号的态度上。如前所述，对于沿袭已久，一直认为是合理存在的“四杰”之称，在论诗而非论文的前提下，闻一多推翻了这个存在而提出另外两组四杰的存在，他不是运用惯有的顺向思维而是逆向思维方法，即同中求其异，异中求其同。将传统的“四杰”之称经过历史文化的过滤析为两小宗，并由“人”而“诗”，论定他们不同的历史使命；又将原“四杰”分别与原本以为不相干的刘、张、沈、宋重新组合为新的“四杰”，并由“刘、张”与“沈、宋”的地位而重新论定“卢、骆”与“王、杨”的历史功绩。全文由对老“四杰”的徽号质疑入手，对新“四杰”的重组结束，虽从头到尾谈的是徽号的合理与否，但在质疑、分析、重组的过程中，不仅四杰承上启下的作风和功绩昭然明了，而且唐初文学思想的特点，文学发展的趋向及歌行、五律等诗体的承传脉络也十分清晰。尤其值得注意的是，对卢、骆、王、杨的功绩和地位，闻一多有不同于传统的看法：

> 在文学史上，卢、骆的功绩并不亚于王、杨。后者是建设，前者是破坏，他们各有各的使命。负破坏使命的，本身就得牺牲，所以失败就是他们的成功。人们都喜以成败论事，我却愿向失败的英雄们多寄予点同情。

这无疑是对以五律为正宗而排四杰顺序的传统观念的反拨。就文章本身而言，既是驳论，也是立论，用闻一多的话来说，既有“破坏”，也有“建设”，由“破”而“立”，总结出了诗歌发展史的重要规律。

敢发新见还表现在对于杜甫、李商隐论“四杰”之诗的别有会心的阐释上。杜甫《戏为六绝句》中“纵使卢王操翰墨，劣于汉魏近风骚”的原意，郭绍虞主编的《历代文论选》注云：“限于字数，举卢以概骆，举王以概杨。劣于汉魏近风骚，不如汉魏之近风骚。‘纵使’二字另读。‘卢王操翰墨，劣于汉魏近风骚’是一个完整的意思，当时人哂笑四杰的话。即前一首所云‘轻薄为文’。”① 闻一多则从中寻绎出卢、骆、王、杨分别与《诗经》、《楚辞》及汉魏古风之间的承传线索：

> 至于“劣于汉魏近风骚”，假如可以解作王、杨“劣于汉魏”，卢、骆“近风骚”，倒也有它的妙处，因为卢、骆那用赋的手法写成的粗线条的宫体诗，确乎是《风》、《骚》的余响，而王、杨的五言，虽不及汉魏，却越过齐、梁，直接上晋、宋了。这未必是杜诗的原意，但我们不妨借它的启示来阐明一个真理。

---

① 《历代文论选》第二册，上海古籍出版社 1979 年版 61 页。

李商隐《漫成五章》之一："沈宋裁辞矜变律，王杨落笔得良朋。当时自谓宗师妙，今日惟观属对能。"此诗原意，清冯浩解云："义山始受知彭阳，习为章奏，自幸师承可恃，致身亨衢，岂知后为其子所弃哉！徒以章奏之学，操笔事人，故曰'惟观属对能'，非较文品之高下，深叹此外之无能得益也。"[①] 清程梦星亦注云："首句言己学楚之章奏，非复昔日之体，犹沈、宋之变律也。次句言楚之与己不啻王、杨之良朋也。三句言当时得楚之学，自谓宗师之妙，将来可以展其经济。四句言今日方镇之辟，不过谓其工于牋奏，徒赏对属之能也。"[②] 此诗或有多种解法，但大致说来，借批评王、杨、沈、宋之徒工声律对偶来寄寓自己身世沉沦之慨应是较符合原意的，故而历代注家多在字面或本事上考索求证，闻一多却捕捉到了李商隐无意之中道出的王、杨律变与沈、宋裁辞之间的必然联系："'律'之变，本来在王、杨手里已经完成了，而沈、宋也是'落笔得良朋'的妙手。"以此证其结论："以沈、宋与王、杨并举，实在是最自然、最合理的看法。"

如前所述，闻一多对古人诗句的借用和新见是出于其会心独到的艺术感悟，然虽谓"能感"，岂非"能知"？惟能知才能感，否则只会盲目从众，难以自创新说。

（六）宇宙·历史·人生

——古今独步的陈子昂

陈子昂被誉为"唐之诗祖"[③]，但历来对其评价却颇有歧异。在现代唐诗研究史上，闻一多先生在论述陈子昂时，表现出特有的视角，提出了独到的观点，使迷雾得以廓清，而识见又远逾前人。

对陈子昂诗歌理解、接受的歧义自李、杜始，李白赞赏其"卓绝二道人，结交凤与麟"（《赠僧行融》）；杜甫却觑定"位下何足伤？所贵者圣贤"，称道"终古立忠义，《感遇》有遗篇"（《陈拾遗故宅》），这一道一儒的分歧十分显见。思想兼融儒道佛的白居易则有"每叹陈夫子，常嗟李谪仙……不得当时遇，空令后代怜"（《江楼夜吟元九律诗成三十韵》）之叹。如果说李、杜对于陈子昂是各以儒、道相取，白居易兼而悲其不遇，宋代以来则将思想的共鸣转为道德的评判，在"忠唐"或"拥周"上对子昂为人各有轩轾，相较之下，却较少顾及其诗。

恩格斯在《诗歌和散文中的德国社会主义》一文中，曾对歌德的评价提出了著名的原则："我们决不是从道德的、党派的观点来责备歌德，而只是从美学和历史的观点来责备他；我们并不是用道德的、政治的或'人的'尺度来衡量他。"闻一多对作为历史人物的陈子昂的评价，既承传统研究法之长，知人论世，由文及人，

① 转引自刘学锴、余恕诚《李商隐诗歌集解》第二册，中华书局1988年版923页。

② 转引自刘学锴、余恕诚《李商隐诗歌集解》第二册，中华书局1988年版920页。

③ 方回《瀛奎律髓》卷一。

又去其以政治标准代替文学标准的社会学研究法之短，即其所取不是“道德的、党派的观点”，而是“美学和历史的观点”，哲学的观点，或者说，他是用他一贯的而又独特的历史与文化综合研究的方法，给予陈子昂以特殊的关注和极高评价，从“古今独步，几乎众口一词，无人否认”① 引发，认为“这道理值得研究”。闻氏的研究即表现出他的卓识。

其一，循传统的“知人论世”准则，为之辩诬，破除“因人废言”的障碍。

前面说过，宋代以来文学批评重视“政治标准”，研究陈子昂遂成聚讼纷纭之势。宋祁《新唐书·陈子昂传》评其“荐圭璧于房闼，以脂泽汙漫之”。文同虽反对《新唐书》之见，认为“其不探伯玉为政理书之深意也”，但又在“正统论”的支配下，从另一角度将陈子昂视为“忠唐反周”的不贰之臣：“明堂、太学，在昔帝王所以恢大教化之地，自非右文好治之主为之，犹愧无以称其举，岂淫艳荒惑、险刻残诐妇人之所宜与乎？缘事警奸，立文矫潜，伯玉之言有味乎其中矣！”② 叶适亦认为“惟圣贤自为出处，余则因时各系其所逢。如子昂，终始一武后尔，吐其所怀，信其所学，不得不然，可无訾也”。③ 而其后的陈振孙则言其“大节不足言”④，文礼恺又以“其为唐室谋深”，直至清代王夫之“以为大臣任社稷可也”⑤，而王士禛《古诗选·凡例》虽对其诗有“夺魏晋之风骨，变梁陈之俳优，陈伯玉之力最大”的评语，但其《香祖笔记》则力诋之曰：“其表序碑记等作，沿袭颓波，无可观者。上《大周受命颂表》一篇，《大周受命颂》四章，其辞谄诞不经……此与扬雄《剧秦》、《美新》无异，殆又过之，其下笔时不知世有节义廉耻事矣，子昂真无忌惮小人哉！诗虽美吾不欲观之矣。”《四库提要》又表馆臣的“持平”之见：“是集之传，特以词采见珍，譬诸荡姬佚女，以色艺冠一世……子昂《大崇福观记》一篇，称武士彟为太祖孝明皇帝……俾操觚挥翰之士，知立身一败，遗诟万年，有求其不传而不能者焉。”

闻一多研究唐诗，对诗人的生平、仕历下过不少搜寻、考证的功夫，对陈子昂这位他尤为重视的诗人，当然也不例外。面对前人众多争议，他自不乏辨析，却独取陈沆《诗比兴笺》对陈子昂的评价。汉之吕氏、唐之武氏，以后党而夺帝党之权，自非正统所能承认。但是，由于二氏以原系皇后的身份擅权，毕竟不同于王莽之以外戚篡汉而自立新室，安禄山之以胡人反唐而建立燕国。况且王莽改制乱政而扰民，为害甚烈，而安史之乱造成的破坏更是难以描述，这两个政权均无吕后、武氏当政时的政绩。因此，陈沆既认为吕、周政权不同于新、燕，设身处地为陈子昂着想，连类而辩诬：“诚知仕吕仕周，不同新室、安史，则随例进贺之表，应制颂

① 《闻一多论古典文学·陈子昂》，下引此文不再注出处99—111页。

② 转引自清道光丁酉岁蜀刻本《陈子昂先生全集》。

③ 《习学记言序目》卷四十一《唐书四》。

④ 《直斋书录解题》卷十六。

⑤ 《读通鉴论》卷二十一。

美之什，诸公亦岂能独无。特一则功业揜文章，偶乏流传之什，一则文章揜忠义，翻遗玷颣之端……今既不能议诸公之仕周，乃犹谓仕周而不当从其称谓，其亦舍本而齐末，许浴而禁裸已。”既不能以仕周而苛求陈子昂之政治节操，更应进一步辨清陈子昂在这一政权中仕宦的作为。陈沆紧接着论道：“且夫同仕而异品，同迹而异心者，一辨诸忠佞之从违，二辨诸进退之廉躁。历考武后一朝，惟子昂谏疏屡见。武后欲淫刑，而子昂极陈酷吏之害，武后欲黩兵，而子昂极陈丧败之祸，武后欲歼灭唐宗，而子昂请抚慰宗室，甚至初仕而争山陵之西葬，冒死而讼宋人之冤狱，皆言所难言，如枘入凿。故杜甫《过陈拾遗故宅》诗云：‘千古立忠义，《感遇》有遗篇。’其为党附不党附，可不言决矣。”深具儒学根柢、极重正统意识的杜甫既许之以“忠义”，岂是孟浪之举？陈沆继而从陈子昂的仕历雪其“躁进”之说：“武后以官爵笼天下士……至文学材艺，更所牢笼……子昂曾有一于此乎？释褐十载，不过拾遗，自托多病，不乐居职，谏牍则遭极罢，参军则屡忤诸武。未及壮年，遽乞归养，父表庐墓，哀动路人，至以侍从之臣，竟死县令之手。故杜甫诗又云：‘位下何足伤，所贵者圣贤，同游英俊人，多秉辅佐贤。’其躁进不躁进，又可不言决矣。”陈沆纵观其一生，顾及其全人，综论其全作，为之总括道：“君子论人，善善从长，亦观其志之所存而已……历考唐人诸集，亦有片言只句，寄怀兴废，如子昂之感愤幽郁，涕泗被面下者乎？故知屈、阮之嗣音，杜陵之先导，心迹与狄、宋同符，文行掩沈、宋而上。”① 陈沆从子昂所处的特殊背景，与同朝之人的品性行事作比较，见子昂立朝之大节凛然及去朝之后的凄惨遭遇，然后以其《感遇》之诗相印证，认为陈子昂“心迹终始，日月争光矣”。对这一独到的名家眼光，闻氏赞之为“陈沆这一辩解真算是为陈子昂雪了诬，可谓千古卓见”。因为陈沆的“知人”立基于知其所处之世，不是因人（个别的）而废文（全体的），而是人、文互观，深入其里，故能发其真心，见其深衷。同样，闻一多之赞赏陈沆之见，亦是以心会心的结果。

其二，以纵横结合的方法，在文学史兼思想史的流程中确立陈子昂的历史地位。

为了深入作者思想去“知人”而非简单地“政治裁决”，闻一多以“向中国历史和他本人的家世去找原因”的历史文化综合研究方法，对陈子昂儒家思想之外的复杂因素及其形成原因进行分析。从出生地西蜀的民风影响，家庭和读书环境的熏染，高价买琴摔琴及自请将兵的赌徒性格和生活态度，指出子昂具有与李白极近的纵横家兼道家的综合气质；从子昂与晖上人的交往及多病的身体状况，指出他浸染佛学的禅者境界。他这样来概括子昂兼得其长的气质特点：

> 可以说纵横家给了他飞翔之力，道家给了他飞翔之术，儒家给了他顾尘之

---

① 《全集》6卷39—41页。

累，佛家给了他终归人世而又能妙赏自然之趣。

然而诸种气质又非简单相加，而是交融杂糅在一起，故他在“飞翔时目光注视尘世……掉下来——心中还不忘飞翔的记忆”①，这或许就是陈子昂复杂人格的最本质特点吧。

知人还须论世，但论世并非以孤立的、静止的观点而是立其所在之世又上贯前世查其渊源所自，在前后比较中立论。如果说上述第二点是侧重于横向研究文化思想的“类”给予子昂的影响，此处则是侧重于纵向考察文化思想的“史”的衍变而确立诗人地位。

闻一多列举中国伟大诗人的三位代表作为文化史链环中的三个点：

> 中国的伟大诗人可举三位作代表，一是庄子，一是阮籍，一是陈子昂，因为他们的诗都含有深邃的哲理的缘故。

庄子虽非狭义上的诗人，却极具诗人气质，其作品中对于圣人、神人、至人理想人格的诗意的追求，对摆脱物累游于无何有之乡的绝对精神自由境界中快乐心态的描绘，都说明庄子哲学不是思辨的哲学，而是形象的演绎，是浪漫的想象，是哲学的诗化，因而庄子也是一个潜在的诗人，在先秦时代，他是可与屈原互观的人物。作为最有哲学思想的诗人屈原，与最有诗意的哲学家庄子，共同体现了宋楚文化的浪漫色彩，也共同凝聚了先秦文化思想儒、道的精华。在此意义上，闻氏称庄子是最大的诗人之一。

以阮籍为伟大诗人，乃因为他是正始文学的代表，身当战乱频仍，礼教甚严而又玄学炽盛的时代，对理想人格的追求②以及由残酷政治斗争所引起的慷慨之气和“忧生之嗟”③ 是那么复杂地混融在一起，形成了“百代之下，难以情测”的“阮旨遥深”的特点，“把受残酷政治迫害的痛楚哀伤曲折而强烈地抒发出来，大概从来没有人像阮籍写得这样深沉美丽。正是这一点，使所谓魏晋风度和人的主题具有了真正深刻的内容，也只有从这一角度去了解，才能更多地发现魏晋风度的积极意义和美学力量之所在。”而陶渊明、阮籍两人，“才真正是魏晋风度的最高优秀代表”。④

陈子昂作为这条线上的第三点，有与庄、阮一脉相承之处。其好友卢藏用写诗赞曰：“陈生富清理。”为其集作序云：“至于感激顿挫，显微阐幽，庶几见变化之

---

① 《陈子昂》，《全集》6卷48页。

② 《大人先生传》。

③ 《咏怀》。

④ 李泽厚《美的历程》103、106页。

朕，以接乎天人之际者，则《感遇》之篇存焉。”但陈子昂异于亦高于庄、阮之处在于：其一，庄、阮的感慨、哲思“都是由个人出发而联想到时空大而无极”，多一己之悟或一己之惧，而子昂能忘记小我因而具有社会意识；其二，他能“把庄子、邹衍的时空境界诗化”，也能弥补阮诗“太不够画面”的缺陷，因此，“子昂比起庄子、阮籍来是诗趣胜于哲理”。闻一多从历史进程着眼，看到陈子昂与前人的相承和超越之处，从而定其历史地位：伟大诗人的三位代表之一。

其三，从“宇宙意识”的发展评价诗歌的品位和价值。

闻一多从三位诗人之所以伟大，导出缘由在于诗歌应该具有哲思，所谓哲思，或称玄感，其主要标志在于“宇宙意识”。闻氏对“宇宙意识”真是情有独钟，在初唐诗歌衍变史上曾反复提及，那么，陈子昂诗的“宇宙意识”的内涵是什么？与别人有何不同之处？

从“宇宙”的本义来说，宇指空间，宙指时间，而时间是如此悠长，空间是如此邈远，在广袤的时空境界中，人极易感到自身的渺小孤独，这种孤独之感，正是陈子昂宇宙意识的核心。最能说明这点的是他的《登幽州台歌》：

> 前不见古人，后不见来者。念天地之悠悠，独怆然而涕下！

第一、二句展现了过去和未来的无穷时间，第三句展现了无穷的空间，时空浩渺无限，而人却“生之也有涯”，壮志难伸之时又最容易滋生孤独感，此诗有《楚辞·远游》的影响，是伟大的孤独感。闻一多将此“孤独感”视为诗人最高的特性。它产生于什么样的思想基础，为何独高人一层？

子昂的宇宙意识，既近于庄子和邹衍的时空境界，渺远汗漫中透露出深不可测的“玄感”；又融合了孔子“逝者如斯夫，不舍昼夜”和孟子“登东山而小鲁，登泰山而小天下”的时空观念，充满了积极进取的精神和进取而受挫的悲慨。先秦诸子外，也深深浸染着正始时期阮籍“万事无穷极，知谋苦不饶。但恐须臾间，魂气随风飘”（《咏怀》）的忧患意识，在执着人生、享受人生的欲望中伴随着人生苦短的嗟叹。正因为兼取众家，又处于特殊的历史背景之下，他的宇宙意识就比一般人更辽阔更深沉。

在无穷的宇宙面前，佛门之寒山子、王梵志以参透人生的彻悟表现出对人生的冷酷；李白则取道家超然物外的态度旁观人生——因为“他们的感慨都是由个人出发而联想到时空大无穷极，而子昂能忘记小我，所见为纯粹的真理，但又不是纯客观的”，故其诗能“取得中和，既有关切的凝思，又能作严肃的正视”。闻一多所说的“中和”，实指子昂既能贴近现实，又能超越现实，他与初唐诗人的区别即在于此。他虽感现实之不遇，有不尽其才的发泄，但又能对无尽的时空和人的现实命运相碰撞作严肃认真的思考。他已经超越了杨炯等人“宁为百夫长，胜作一书生”的对现实事功的孜孜以求而具更多的民生关怀和人生思考，因而具有了对宇宙人生的更广阔的终极关怀之性质。这些都集中在《登幽州台歌》诗中。如前所述，有那种综观宇宙人生的宏阔胸怀以及由此产生的知音不遇的孤独之感，且这种孤独感并非一时之感受，从前之古人与后之来者的绵远的历史中，他还深深感受到未遇明主，生不逢时的孤独，因此，他的悲愁寂寞不仅仅是来自整个世界，也来自千载以来有志之士所共有的人生困扰而具有深沉的历史意识，甚至比较起来，“太白是高而不宽，杜甫是宽而不高，惟有子昂兼有两家之长”，“因为站得高，所以悲天，因为看得远，所以悯人”。如果说，“悲天”象征宇宙意识，“悯人”象征社会意识，那么，得其中和，兼有众长的陈子昂，能集悲天悯人于一体，能将社会意识融入宇宙意识，“因此能成功一个既有寥廓宇宙意识又有人生情调的大诗人”，他对盛唐的开启意义也正在于此。

其四，从“历史意识”来研究肯定陈子昂的诗歌。

在唐诗史上特别是近代唐诗研究史上，陈子昂历来被视为唐代诗风的改革者，唐代现实主义诗歌创作的奠基人。人们对他以复古为革新的创作理论及其诗歌内容几乎无一例外地加以肯定，而对他理论的来源，对他诗歌的艺术成就，则少有探究，或时有贬词。

闻一多却独从“历史意识”的角度全面肯定了陈子昂的诗，不仅指出陈子昂《登幽州台歌》“有历史意识”，而且指出：“我们如果拿研究文人太史公的眼光读子昂的诗，一定可以得到他的精华要义。”“历史意识”表现在子昂对所有文学遗产的继承和改造，尤其表现在他以复古为武器向现实的创作挑战，其《修竹篇序》即是著名的宣言书：“文章道弊五百年矣！汉魏风骨，晋宋莫传，然而文献有可征者。仆尝暇时观齐梁间诗，采丽竞繁，而兴寄都绝，每以咏叹。思古人常恐逶迤颓靡，风雅不作，以耿耿也。”这是人们常引述的一段话，但引述者常笼统提及他对汉魏风骨的肯定，而少探究他究竟从汉魏继承了些什么；或常重在他对齐梁诗歌的批判，而未看到他对齐梁诗的利用和改造，难免流于皮相、片面而未能得其诗之“精华要义”。

闻一多对陈子昂诗歌进行分析后，指出其汉魏风骨具体包含三个方面：建安时期的社会意识，正始时期的宇宙意识，太康时期的自然境界。

以曹氏父子和“七子”为代表的建安诗歌，充满了对现实人生的关注，对建功立业的向往，尽管也有“对酒当歌，人生几何”的人生嗟叹，但更有“烈士暮年，壮心不已”的老骥长嘶，而其人生嗟叹又与烈士壮心结合在一起，因此他们往往能将个人不幸与社会不幸，国家命运和民众苦难结合起来：“白骨露于野，千里无鸡鸣。生民百遗一，念之断人肠”（曹操《蒿里行》）；“步登北邙阪，遥望洛阳山。洛阳何寂寞，宫室尽烧焚”（曹植《送应氏》）；“名在壮士籍，不得中顾私。捐躯赴国难，视死忽如归”（曹植《白马篇》）；“南登霸陵岸，回首望长安。悟彼《下泉》人，喟然伤心肝”（王粲《七哀》）。无疑，陈子昂《感遇》诗中充满社会意识的描写和咏叹是来源于此。

以阮籍、嵇康为代表的正始诗歌，则由于司马氏集团的残酷统治而消退了建安诗歌中昂扬奋发的进取精神和对社会人生的关注，却自然发展了建安诗歌中“忧生之嗟”的一面，集中抒发了在危机四伏，动辄得咎的现实面前的人生慨叹和哀伤；又因为此期玄学开始盛行，导致了人们对于社会现象富有理性的清醒态度，因此也消退了建安诗歌中慷慨任气、真率自然的感情抒发，而是避开现实，从更广阔的时空来观察思索事物，将建安诗歌中对现实生活的感受化为对人生、社会、历史乃至整个宇宙的思考，因而呈现出浓厚的哲理色彩，闻一多将此归结为“宇宙意识”。如阮籍《大人先生传》中之歌“日出不周方，月出丹渊中。阳精蔽不见，阴光代谁雄。亭亭在须臾，厌厌将复东。离合云雾兮，往来如飘风。富贵俯仰面，贫贱何必终……”又如《咏怀》第三十三：“一夕复一夕，一夕复一朝。颜色改平常，精神自损消。胸中怀汤火，变化故相招。万事无穷极，知谋苦不饶。但恐须臾间，魂气随风飘。终身履薄冰，谁知我心焦！”诗中所表现出来的尖锐的人生悲哀和更为深刻的哲理思考，尤其是那种在现实中找不到出路的强烈的生命孤独感，正是陈子昂《感遇》和《登幽州台歌》宇宙意识的来源。

陈子昂在深受《易》、《老》影响外，又颇多释氏思想，有与晖上人酬答诗，闻一多认为这些诗有“佛家禅寂”[①] 之趣，并“达到向往自然的太康境界”，这是论者较少注意到的一点。如“风泉夜声杂，月露宵先冷”（《酬晖上人秋夜山亭有赠》），“岩泉万丈流，树石千年古。林卧对轩窗，山阴满庭户”（《酬晖上人夏日林泉》），“对户池光乱，交轩岩翠连”（《夏日游晖上人房》），皆具“泓峥萧瑟”[②] 之风，确与“清风动帷幕，晨月照幽房”（张华《情诗》五首其三），“崇云临岸骇，鸣条随风吟。静言幽谷底，长啸高山岑”（陆机《猛虎行》），“山泽纷纡余，林薄杳阡眠”（陆机《赴洛道中作二首》其一），“清露坠素辉，明月一何朗”（陆机《赴洛道中作二首》其二）等作，在遣词和造境上颇有相似之处。

陈子昂吸取了建安诸子对社会现实的关注，纠正了正始诗歌逃避现实的感伤色彩和理过其辞之弊，又以阮、嵇之诗对宇宙人生的理性思考，提高了建安诗歌的哲学品位，“把两个时代的文学作风融合起来，成就所以独高”。而“太康境界”之善写自然，则提高了造境的能力。

不惟如此，陈子昂诗歌的历史意识还表现为对齐梁文学的继承和改造，而这点常为论者所忽略。如其近体诗《月夜有怀》：“美人挟赵瑟，微月在西轩。寂寞夜何久，殷勤玉指繁。清光委衾枕，遥思属湘沅。空帘隔星汉，犹梦感精魂。”虽用齐梁宫体常见题材、背景，却不从实处写美人的声容体貌，而从西窗微月，帘外星河，遥夜清瑟，潇湘梦魂等虚处着笔，境界深沉而淡远，情思凝重而轻灵，闻一多赞之为“用宫体诗而别具神韵，真有点铁成金之妙”。

---

① 《全集·陈子昂》6卷48页。

② 《全集·陈子昂》6卷45页。

如果说，陈子昂诗中的“历史意识”一端导向过去，表现为对汉魏风骨的“复古”，那么另一端则导向未来，表现为对盛唐诗风的“开启”。

闻一多曾将盛唐诗分为三个复古阶段：从齐梁陈上溯晋宋，再到汉魏，而以杜甫为此阶段集大成者①，子昂无疑是导其先者，闻一多即明确指出其“继承全部遗产转递与盛唐”②，“李杜跟子昂正是一脉相承”。又云：“王船山对陈子昂的古风贬抑最厉害，说是‘似诵狱词，五古自此而亡。’我却认为他这种非古又非诗的古诗作风，正是他独到而难得的创造。”这种非古非诗的作风，正是盛唐那种既有古风的朴质劲健，又有近体的精致柔美的浑融一气的盛唐之音的先兆，孟浩然的“以古变律”即其嗣响，无怪乎闻一多要将张若虚、陈子昂、孟浩然三位诗人“看成盛唐初期诗坛的清道者”了。③

综上所述，闻一多正是因为能用“历史意识”来研究陈子昂的诗，所以能从子昂自己最有力的反齐梁的口号之外，看到“虽以齐梁文学之腐朽，到他手里也都化为神奇”的一面；能从“凡在他以前的文学遗产，几乎被他网罗殆尽”之中，看出“他胸襟的宽广和技巧的高明；能从他“改造建安以来的文学遗产”看到他开启盛唐诗风的立脚点和功绩。总之，能不局限于唐而上窥整个中国文学史的发展流程，正是具有“历史意识”的闻一多对陈子昂诗歌“历史意识”评价定位的立脚点。

对于陈子昂，闻一多确有不同一般的品评眼光，作为具有现代学术研究意义的是：看到陈子昂因“不遇”却又生逢唐之即入鼎盛期所产生的伟大孤独感，将陈子昂的多种气质进行综合研究，又超越人事、世道，从哲学高度发现并强调其“宇宙意识”，以昭示陈子昂是即将到来的盛唐之音的先兆。这就不同于20世纪新进的社会学批评，也突破了他早年在清华时的唯美主义范式，甚至超越了车尔尼雪夫斯基“美是生活”的美学批评。他将文学与历史、哲学结合起来，对陈子昂的研究同样可以纳入他一贯坚持的特有的历史——文化研究格局。

---

① 《闻一多论古典文学》122页。
② 《陈子昂》,《全集》6卷48页。
③ 《闻一多论古典文学》127页。

七　唐诗研究的新贡献（下）

（一）“淡到看不见诗了”

——论孟浩然人品与诗品的高度统一

孟浩然在唐诗史上算不得一流诗人，却是闻一多浓墨重彩备加赞赏的一位，有两篇专论①及其他散见评论。归纳起来，闻一多特别强调了孟浩然人品与诗品的高度统一，他说：

诗如其人，或人就是诗，再没有比孟浩然更具体的例证了。②

他从两方面来阐释诗如其人或人就是诗的含义。

一是其人画像与其人诗境的融合：

你在孟浩然诗中所意识到的诗人那身影，能不是“颀而长，峭而瘦”的吗？连那件白袍，恐怕都是天造地设，丝毫不可移动的成分。白袍靴帽固然是“布衣”孟浩然分内的装束，尤其是诗人孟浩然必然的扮相。编《孟浩然集》的王士源应是和浩然很熟的人，不错，他在序文里用来开始介绍这位诗人的“骨貌淑清，风神散朗”八字，与夫陶翰《送孟六入蜀序》所谓“精朗奇素”，无一不与画像的精神相合，也无一不与浩然的诗境一致。

一是其人与其诗的融合：

真孟浩然不是将诗紧紧地筑在一联或一句里，而是将它冲淡了，平均地分散在全篇中……淡到看不见诗了，才是真正孟浩然的诗，不，说是孟浩然的诗，倒不如说是诗的孟浩然，更为准确。在许多旁人，诗是人的精华，在孟浩然，诗纵非人的糟粕，也是人的剩余……得到了象，便可以忘言，得到了“诗的孟浩然”便可以忘掉“孟浩然的诗”了。这是我们前面所提到的“诗如其人”或“人就是诗”的另一解释。

---

① 分别收入《唐诗杂论》及《闻一多论古典文学》。

② 《孟浩然》，《全集》6 卷 50—55 页，下引此文，不另注出处。

如果说前一种解释还着眼于表层风度气质上的“诗如其人”的话，那么第二种解释则是进入“人是诗的灵魂”① 的更高层次的理解了。可贵的是，闻一多并未简单地停留在“诗如其人”的个案分析上，而是以孟浩然为一结点，古今中外贯通，从更深更广的领域来说明孟诗为何卓异于那个时代，实际上也阐释了唐诗的特点和价值。

首先他从中国文艺批评的特点来说明孟“诗如其人”的价值。他认为中西方人对诗的观念不同之处在于“西洋人不大计较诗人的人格，如果他有好诗，对诗大有贡献，反足以掩护作者的弊病，使他获得社会的原谅……西洋人作诗往往借故事或艺术技巧来表现作者个性，而中国诗人则重在直抒写作者的胸襟，故以人格修养为最重要，因为有何等胸襟然后才能创造出何等作品”。② 由此他得出第一个结论：

> 孟浩然的心境恰如一泓清水，淡然存在，但只要有此心境和生活态度也就够了，别人绞尽脑汁造作佳句，跟他比起来反觉多余。③

此即所谓“汝果欲学诗，功夫在诗外”（陆游《示子遹》）或俗话说“做诗先做人”，这是从中国文化传统上“一般人对于诗的态度和看法”来阐述。④

但人格美高于诗格美的观念，中国文人对于理想人格的追求，早已导源于先秦，孟浩然又有何特异之处？因此，在进行横的中西比较之后，闻一多又从纵的方面即人格美与诗境美二者关系的发展过程进行分析，从中凸现出盛唐时代的文化特点，孟诗在盛唐诗坛上的地位及其原因。他认为“自从先秦士大夫发表了他们修养超人境界的议论以后，在我国人思想中便逐渐形成了理想完美人格的概念与标准”；“自魏晋时代开始，就有人以人格来造境”，但“魏晋人只做到把人格表现在字中，至于把它表现在复杂的诗中则不十分成功”；“六朝人忽视人格之美，世风因以堕落”；“盛唐时代社会环境变了，人们复活了追求人格美的风气，于是这时期诗人的作品都能活现其人格，他们的人格是否赶得上魏晋人那样美固然难说，但以诗表现人格的作风却比魏晋人进步得多”。⑤ 由此他得出第二个结论：

> 孟浩然可以说是能在生活与诗两方面足以与魏晋人抗衡的唯一的人。他的成分是《世说新语》式的人格加上盛唐诗人的风度，故他的生活与诗品的总成绩远在盛唐诸公之上。⑥

---

① 《闻一多论古典文学》128 页。
② 《闻一多论古典文学》128 页。
③ 《闻一多论古典文学》128 页。
④ 《闻一多论古典文学》128 页。
⑤ 《闻一多论古典文学》128—129 页。
⑥ 《闻一多论古典文学》129 页。

这里提出的《世说新语》式的人格，即“儒家人格的观念加上道家人格美的理想”。[①] 儒家人格的最高境界是“得志，与民由之，不得志，独行其道。富贵不能淫，贫贱不能移，威武不能屈”(《孟子·滕文公下》)，或系颜回那种居陋巷，饭蔬饮水而不改其乐的精神；道家人格美的最高境界则是“天地与我并生，万物与我为一”，“游乎四海之外，死生无变于己”(《庄子·齐物论》)。儒家虽志在入世，希望既能以自己的道德才能为世所用，又不至于为世俗功利所异化而能返璞归真，回到“自然”，这正是先秦以来士人们向往追求而又难以达到的境界。即令如孔子，虽一方面希望外王、建功，另一方面又向往“暮春者，春服既成，冠者五六人，童子六七人，浴乎沂，风乎舞雩，咏而归”(《论语·先进》)的生活，在道不行时想“乘桴浮于海”，也是不愿人性被异化。魏晋玄学的兴起，更标志着人的价值的发现，人格的独立，它是对汉儒经学的一种反动，实际上可看作是魏晋时期道家的学说，《世说新语》中的挥麈谈玄、品藻人物，所重是在人的精神和风度，而非事业功名。

孟浩然不是“终南捷径”上的行人，而是真正的隐者，闻一多认为孟浩然的隐居是排除了任何功利目的的：

> 隐居本是那时代普遍的倾向，但在旁人仅仅是一个期望，至多也只是点暂时的调剂，或过期的赔偿，在孟浩然却是一个完完整整的事实……正如当时有许多有隐士倾向的读书人，孟浩然原来是为隐居而隐居，为着一个浪漫的理想，为着对古人的一个神圣的默契而隐居。

当然，闻一多也看到了孟浩然“虽然身在江湖，他的心并没有完全忘记魏阙”，但他认为“‘羡鱼’毕竟是人情所难免的，能始终仅仅‘临渊羡鱼’，而并不‘退而结网’，实在已经是难得的一贯了”。为此，他批驳了历史上对孟的误解：“唐代的士子都有登第狂，独浩然超然物外，而中晚唐的士子因为政治不明，更多落第机会，往往爱拿孟浩然来遮羞，于是编造浩然‘大内诵诗遭黜’的谣言，竟把这位心怀淡泊的风流雅士变成了东方名利场上的堂·吉诃德，这是自有诗人以来少有受到的侮辱和诬蔑。”[②] 他引用李白《赠孟浩然》诗，指出：“听李白这番热情的赞叹，便知道孟浩然超出他的时代多么远!”

盛唐社会条件的改变，一方面激发了士人建功立业的雄心壮志，另一方面也诱发了人们急功近利的心理，虽然三教并行，士人们常以此处理“出”、“处”矛盾，但少有人处理完美：李白“愿为辅弼”却落得先是赐金还山，继而从璘遭流放的下场；杜甫欲“致君尧舜”却坎坷一生，漂泊至死；王维身居高官却不得不低头折

① 《闻一多论古典文学》128页。
② 《闻一多论古典文学》131页。

腰，终究向禅学逃遁。孟浩然则不同。他虽非有意不求闻达，但终未退而结网；他心中有过“不才明主弃”的牢骚，却能自我消解。可贵的在于他“求之不可得”，便能“沿月棹歌还”（《万山潭作》），一反乱世隐居的常规而在欣欣向荣的盛世栖身林下，与追求功利的盛世士人之风始终保持距离，既未遭逢杜甫知其不可为而为之的艰难坎坷，又不会有李白狂放轻率的悲剧结局，也不必忍受王维进退维谷的心灵折磨。总之，他既避免了“今天是伊、皋，明日是巢、由，后天又是伊、皋”的“行为的矛盾”，又避免了“当巢、由时向往着伊、皋，当了伊、皋，又不能忘怀于巢、由”的“行为与感情间的矛盾”，与盛唐文人“在这双重矛盾的夹缠中打转”，“永远在一种心灵的僵局中折磨自己”不同，孟浩然避免了人性的异化，维持着一种纯然平静的心态，这在以前以后的文人中，似乎只有陶渊明达到过这种境界。陶的成就虽高，但因超出时代风气太远，不能引起当代人的重视和产生广泛影响，孟浩然却在当时即受到时人推重：“高山安可仰，徒此揖清芬”，以诗仙李白之天才狂放，独对孟推崇如此；“赋诗何必多，往往凌鲍谢”，以诗圣杜甫之沉稳厚重，亦倾心于孟的轻灵淡远；连遁向空门禅境的诗佛王维亦要挥毫作画，倾慕于浩然颀长峭瘦的落落风仪。社会文化背景的不同给两位都超出所处时代风气太远的诗人以不同的遭遇。只有在那思想与艺术多元化的盛唐时代，孟浩然才能以其超越世俗的诗情诗境，以其淳朴淡远的田园歌唱，在盛唐雄壮豪迈的交响曲中另弹新调，而遥接上陶渊明的无弦遗响，合奏出在盛世中弥显珍贵，令人向往的山水田园颂歌。

闻一多对孟浩然之超越时代，在“圣明”之世“端居”，终生躬行着儒者“穷”时才奉的“独善”之旨，寻找出独到的历史——地理的原因：

> 襄阳的人杰地灵，恐怕比它的山水形胜更值得人赞美。从汉阴丈人到庞德公，多少令人神往的风流人物，我们简直不能想象一部《襄阳耆旧传》，对于少年的孟浩然是何等深厚的一个影响。了解了这一层，我们才可以认识孟浩然的人，孟浩然的诗……心理上，他早与那位先贤同体化了。历史的庞德公给了他启示，地理的鹿门山给了他方便，这两项重要条件具备了，隐居的事实便容易完成得多了。实在，鹿门山的家园早已使隐居成为既成事实，只要念头一转，承认自己是庞德公的继承人，此身便俨然是《高士传》中的人物了。总之，是襄阳的历史地理环境促成孟浩然一生老于布衣的。孟浩然，毕竟是襄阳的孟浩然。

闻一多如此歌赞襄阳的人杰地灵，当然不能排除他对于乡贤的偏爱，但更重要的是他强调了地理文化对于精神文化的重要作用。正如丹纳强调地理气候对于精神气候的重要作用一样，是从更广阔的人文背景来研究文学现象。丹纳《艺术哲学》在研究不同种类的艺术发展史后指出：“首先我们要对种族有个正确的认识，第一步先考察他的乡土，一个民族永远留着他乡土的痕迹。"[①]"要了解作品，这里比别的场合更需要研究制造作品的民族，启发作品的风俗习惯，产生作品的环境。"[②] 闻一多一直很注重地理环境对诗人气质、文学风格的影响，对孟浩然，他采用比较法而与贺知章同观：

> 浩然在盛唐可与贺知章相匹，两人家乡的地理环境亦颇相当。襄阳有岘潭，会稽有七里滩；襄阳有鹿门，会稽有山阴；襄阳有庞德公，会稽有严子陵；襄阳有汉皋游女，会稽有西施，可说是有趣的对照。[③]

这样的比较例举，说明了地理环境及其上滋生的人文精神对于作家的影响，在发其底蕴的同时，也可见出论者眼光。

对于孟浩然的诗品，闻一多以"净"和"淡"加以概括。"净"是干净、纯净，包括思想和文字的双重净化；"淡"是平淡，主要指诗境的淡远浑融，可谓中的之论。

从"净"的角度言，孟浩然的功绩是：

> 对初唐的宫体诗产生了思想和文字两重净化作用。[④]

表现在思想内容上，"他对女人的观感犹如西洋人所谓'柏拉图式'的态度"，有欣赏而无色欲，可远观不可近亵，落落大方，全无脏气，不仅大异于宫体的轻浮猥亵，也不同于王维等人的"对女性简直抹杀不谈"[⑤]，高雅古澹中不乏妩媚，媚而不及纤巧，"不沾不弃，所以难得。譬如清油点灯，有光而无烟，这正表现了孟浩然对思想和诗境净化的成就"。[⑥] 因此，"他在思想净化方面所起的作用，当与陈子昂平分秋色，而文字的净化，尤推盛唐第一人"。[⑦] 之所以"读孟浩然的诗觉得文字干净极了"[⑧]，不仅是消极地不用陋词而已，而是"文字本身就表现了积极的正面的新境界，使人根本忘记词藻"[⑨]，也不仅仅是文字的纯任自然，不事雕琢，同时也避免了王维之弱、李白之滑、白居易之俗等诸家文字上的短处而达到古趣盎然的境界。在这里，闻一多不是孤立地指出孟诗思想和文字净化的成就，而是将其放到唐诗发

---

① 《艺术哲学》，人民文学出版社 1983 年版 243 页。
② 《艺术哲学》，人民文学出版社 1983 年版 242 页。
③ 《闻一多论古典文学》131 页。
④ 《闻一多论古典文学》123 页。
⑤ 《闻一多论古典文学》125 页。
⑥ 《闻一多论古典文学》125 页。
⑦ 《闻一多论古典文学》123 页。
⑧ 《闻一多论古典文学》123 页。
⑨ 《闻一多论古典文学》126 页。

展的过程中确定其价值、地位：

> 由初唐荒淫的宫体诗跳到杜甫严肃的人生描写，这中间必然有一段净化的过程，这就是孟浩然所代表的风格。①

思想、文字的净化自然形成了诗境的平淡浑融，因为不事雕琢，不必费力去炼字炼句，其诗意不是集中体现在某些佳句佳联中而是冲淡了平均分散在全篇中，所以平淡浑成；又因为他的近体诗多是“以古变律”，其对仗多用十字格甚或二十字格，即流水对形式，加强了诗句的散文化，更有一气呵就，浑融天成之感。闻一多评其为“简直像没有诗，像一杯白开水，惟其如此，乃有醇味”②。“一杯白开水”之譬，可令人想起古人之喻，据刘邵《人物志》，认为圣人的最大特点是“平淡”、“无名”、“无味”。无味即如水，可以和众。刘邵此说，甚为玄学中人所重。无味即至味，用白开水来形容孟诗真是再恰切不过，因为“孟浩然的诗是整体的，全篇字句是不可分割的”③，虽未有佳字句，却也没有摘去佳字句后的空白，正如白开水，虽无味道，却可以饮众。一方面，你喝的每一口都是它的精华；另一方面，每个人都需要这种似淡而醇、毫无矫作的真情的滋养。

如果说，在诗境的净化方面，孟浩然可以与陈子昂平分秋色，那么，在诗境的平淡自然方面，则可与陶渊明分庭抗礼了。但闻一多将孟与陶并论的目的和意义，远非止于诗境、文字的类比、评论。“孟浩然可以说是能在生活与诗两方面足以与魏晋人抗衡的唯一的人”（着重号为笔者所加），自然，这是从人格美与诗境美的统一来相提并论了，或者说，他是将孟浩然看成了盛唐的陶渊明。他抓住了两人人品和诗品中最根本的相同点——一种摆脱了功名利禄的“诗化人生”。尽管陶渊明有过三仕三隐的曲折经历，尽管孟浩然也有过“魏阙心长在，金门诏不忘”（《自浔阳泛舟经明海作》）的烦恼——而这恰是过去论者常指责“孟诗味之未能免俗”④的所在，也是现代许多学者认为闻一多将孟浩然提得太高的理由——但最终陶、孟能超越功利人生，他们的诗也能超越一般实用意义。闻一多对于“孟浩然的诗”和“诗的孟浩然”的评价，关于孟诗“如清油点灯，有光而无烟”及“一杯白开水，乃有醇味”的譬喻，常令人想起苏轼对陶渊明的赞赏：“外枯而中膏，似澹而实美”⑤，“质而实绮，癯而实腴”⑥。都远非对其诗艺或诗境的欣赏、评论，而是对其“诗化人生”和人生的诗达到高度统一境界的发现。正是在此意义上，闻一多对孟浩然作

---

① 《闻一多论古典文学》123页。
② 《闻一多论古典文学》126页。
③ 《闻一多论古典文学》126页。
④ 王士祯《渔洋诗话》卷上。
⑤ 《东坡题跋》卷一。
⑥ 《东坡续集》卷三《与苏辙书》。

出“在生活与诗两方面足以与魏晋人抗衡的唯一的人”和“他的生活与诗品的总成绩远在盛唐诸公之上”的极高评价。

如果说闻一多由论孟而论陶，看到他对陶“诗化人生”的延续是一历时性的发展过程的话，那么将孟之诗化人生与“诗唐”联系或将其视为“诗唐”的一个缩影，则是一共时性的相互依存了。而这已不再是一般意义上的说唐诗，实际上已融入了哲学上人生的终极追求。如果我们不拘泥于某一具体事实或结论，就得承认闻一多抓住了诗歌发展中最本质的东西。

（二）“点的颤动”与“线的串连”

——论王昌龄诗的绘画美

王昌龄的诗在唐代有较高地位，闻一多指出：“王昌龄的诗，在文学史上值得大书特书。唐代诗人的作品被当时人推为诗格者，只有王昌龄和贾岛二人。所以他别有绰号叫‘诗家天子王江宁’，‘天子’有的记载作‘夫子’，实误。被人尊为‘天子’或‘夫子’，可见他作诗技巧的神奇高妙。”[①] 王昌龄诗的神奇高妙在何处？一般文学史家多从其题材的三类（边塞、妇女、赠别）或体裁之偏擅（七绝）来谈其风格和贡献，其中不乏中肯之言甚至真知灼见，但大多缺乏对其独特个性的把握，而闻一多在确定作家风格特征时，总是注意把握其新创意境，由此来揭示其艺术上总的风貌。在王昌龄诗风研究中尤其体现这一特点。

闻一多是从绘画的角度来研究王昌龄诗的特色的。在中国艺术领域里，本就有诗画同源和诗画同理之说，这是由于中国诗和中国画在取象、寓意、造境上有共通之处，诗史上“诗中有画”的例子也非罕见。闻一多首次从绘画原理来分析王昌龄的诗境，但又与王维的“诗中有画”不同。王维诗可说是中国诗与中国画结合的最高典范，这不仅在于王维兼精诗画，横跨二域而兼融之，而且最能体现出中国诗画都以形神兼备为高的旨趣。闻一多不从一般原理上而是从西洋画“点”、“线”结合的技巧来探讨王昌龄诗的造境特色，他指出：

> 法国有一名画家，曾发明用点作画，利用人远看的眼光把点联成线条，并由此产生颤动的感觉，使画景显得格外生动。在中国诗里同样有点的表现手法。不过像大谢的诗只有点而不能颤动，昌龄的诗则简直是有点而又能颤动了，至于李长吉的诗又似有脱节的毛病。我们读这类诗时也应掌握这个特点，分析要着重在点的部分。

---

① 《闻一多论古典文学·王昌龄》131—135页，下引此文不另注出处。

按照闻一多对王昌龄诗例的具体分析，所谓“点”，应是指诗中最能点醒人物内心意绪的一系列物象，或者说是最能表现主题的聚焦点，它们常常是用名词或名词性词组所重笔勾勒的实景，如《听流人水调子》中的“孤舟”、“微月”、“枫林”、“鸣筝”、“客心”、“岭色”、“万重雨”、“断肠”、“泪痕”等，又如《长信秋词》中“帚”、“金殿”、“团扇”、“玉颜”、“寒鸦”、“昭阳”、“日影”等。在画中，“点”是实的，而利用人远看的眼光把点连串起来的“线”则是虚的，这样，似连非连，虚实相间，就产生了颤动感，使静止的画面变得格外生动。那么在诗中，连接这些实景意象的是时间的顺序或空间的层次或情绪的发展，它们有时可用虚词作为表征将意象串连起来，有时连这些外在的虚线都没有，只是一种意念的趋向，在想象中推进、转接那些“点”所表示的画面、场景，但无论如何，场景之间总有一条潜脉将那些或高或低或远或近的“点”连串起来，才会产生腾挪跌宕之势，使诗境显得格外生动。

如《长信秋词》第三句“玉颜不及寒鸦色”即是点的写法，初看来似乎与前二句所描绘的平明奉帚、持扇徘徊的宫女无甚联系，但首句表明女主人公虽生活在金碧辉煌的宫殿里却平明即起，洒扫庭除，其身份可知，其怨亦隐隐露出；次句用“团扇”二字括尽一首《怨歌行》故事，其怨已明；加上末句“昭阳日影”的点染，则第三句中那只沐浴朝阳的“寒鸦”就成了最能表现人物内心情绪的焦点，尤其是黑白对举，白不如黑，其怨更甚。整首诗的“线”即失宠宫女内心的幽怨，有“怨”的串连，全首诗的“点”也因之而活，表现出极为生动的诗境。

闻一多认为“昌龄诗给人的印象是点的”，“分析要着重在点的部分”，而点的形成又离不开物象的选择，文字的锻炼，那么，王昌龄诗在这方面有何特色呢？闻氏将其与孟浩然对举，指出：

> 至于文字色彩的浓淡，则浩然走的是清淡之路，昌龄走的是浓密之路。

当然这色彩的浓淡，不仅是指颜色的秾丽与素淡，还包括抒情的浓烈与轻淡，用笔的浓重与轻逸，字句的精心锤炼与随意拈来。与孟浩然“不是将诗紧紧地筑在一联或一句里，而是将它冲淡了，平均地分散在全篇中”① 的线的写法不同，王昌龄往往是重笔勾勒。像上面所举“玉颜”与“寒鸦”黑白对照以及“日影”与深宫冷暖相衬所形成的宠辱分明的强烈反差；“秦时明月汉时关”中“秦”、“汉”两个特殊的名词限制语所造成的辽阔的时空感；“不破楼兰终不还”的昂扬而决绝的气概；“一片冰心在玉壶”中所蕴含的无尽的身世感叹等等，都属于浓密之类。闻一多将昌龄与谢灵运相比：“大谢炼字工夫极深，但尚不能堆成七宝楼台，完成这

① 《全集》6卷53—54页。

一任务的只有王昌龄了。”因为“昌龄在汉字锻炼工夫上别开天地，比大谢成就更大”。锻炼而至于七宝楼台，可见昌龄诗浓密之程度和“点”之鲜明。

然而，点的构筑再鲜明，如果要“使人读起来自然地引起颤动的感觉”，还是离不开线的串连。闻一多在谢、王、李三家比较时即已指出“大谢的诗只有点而不能颤动”，即指大谢诗因注意锻炼，故常有佳句或佳联，如“池塘生春草，园柳变鸣禽”之类，但因为没有内在的红线贯串，致使他精心设计的“点”游离于画面之外而缺乏腾挪变化之势，更谈不上画面的浑融完整，这就是人们常批评的有佳句而无完篇。李贺的诗虽有突出的主题，有纷至沓来的鲜明的感官印象，从整个诗境而言，也极尽变化跌宕之能事，但画面之间跳跃性太大，其间的起承转合几无线索可寻，这是因为李贺诗主要塑造幻想境界，而思想是跑得最快的，所谓“思接千载，视通万里”，他又往往缺乏叙述性语言作为线索，任凭想象的直观形象跳跃、闪接，如同闻一多所指出的“往往忽略作这种连串性的安排，因而产生脱节的毛病”。昌龄则“简直是有点而又能颤动”，如上举《长信秋词》、《听流人水调子》等，又如脍炙人口的“一片冰心在玉壶”，这确是点的表现手法，但如果不是有前三句“线的写法，依层次串连下来，从夜晚写到天明，由眼前写到别后”，作为背景烘托，则身处蛮荒之地，孤独之境的身世之叹，于冷雨洒江，客中送客之际所表露的坚贞情怀，就不会有如此打动人心的力量了。

其实“线”的写法就是一种连串，也就是诗家常说的章法结构。王昌龄的七绝尤其有他自己独特的章法，他精心地安排每一句，往往在第四句转出新的意境，或前三句依次连串到第四句转接，或以第三句作为转接中介。前者如前举《芙蓉楼送辛渐》，又如《从军行》“青海长云暗雪山，孤城遥望玉门关。黄沙百战穿金甲，不破楼兰终不还”，前三句依次写塞外环境之荒远，军人生活之艰苦，战斗之频繁，最后揭示战士们英勇顽强的高昂斗志；再如《长信秋词五首》之一：“金井梧桐秋叶黄，珠帘不卷夜来霜。熏笼玉枕无颜色，卧听南宫清漏长。”前三句以梧桐黄叶、秋夜寒霜、珠帘笼枕组成凄凉惨淡的氛围，末句才点出女主人卧听宫漏、夜长无眠的寂寞心理。又如《采莲曲》：“荷叶罗裙一色裁，芙蓉向脸两边开。乱入池中看不见，闻歌始觉有人来。”前三句写人花一体，色美如花，自然天成，第四句以歌声划破荷塘寂静，不仅呼应前面的人花莫辨，且给画面注入活泼生气，更显明丽动人。后者如《闺怨》：“闺中少妇不知愁，春日凝妆上翠楼。忽见陌头杨柳色，悔教夫婿觅封侯。”前二句写少妇的天真无忧，末句写其惆怅悔恨，而引起她内心骚动的原因是陌头杨柳色触发她的春情，第三句为转捩关键；与此相似的还有《从军行》：“烽火城西百尺楼，黄昏独坐海风秋。更吹羌笛关山月，无那金闺万里愁。”这是一个由征夫而思妇，又由思妇而征人的感情的回环过程，颇似杜甫《月夜》诗，而末句想象中思妇的愁情又是由第三句“关山月”的笛曲触发，使得这种由此及彼，再由彼及此的思乡之情表达得格外委婉动人；又如《出塞》：“秦时明月汉时关，万里长征人未还。但使龙城飞将在，不教胡马度阴山。”前二句写现实中的悲剧：明月临关，征人不还，但由于首句“秦”、“汉”两个表时间的定语，就使第二句“万里长征人未还”具有了更辽阔的时空概念，千载以上，万里之外，它已成了世世代代人民的悲剧。第三句作假设，但仍是现实中的假设，因为边帅乏人，战士们劳而无功，无奈中只得寄托于假想中的“飞将军”，逼出第四句的美好愿望，因为有了前三句铺垫，“不教胡马度阴山”也便成了世世代代人民的美好愿望了。但假设中的美好是不存在的，则现实中的无奈更可想而知。全诗前二句写现实，末句写想象，第三句为由现实而想象的转换媒介，感情亦复杂回环但线索明晰。

从以上闻一多对王昌龄诗歌风格和绘画原理所作论述来看，充分体现了他作为一个艺术家进入学术领域的研究特色。但闻一多毕竟又是一个学者，一个文学史家，他不仅是以一个艺术家的欣赏眼光敏锐地把握住诗人的独特风格，他还要从学者的角度分析这独特作风的前因后果并由此探索总结出某些规律。因此，闻一多采取了在全局中纵横比较的方法，把诗人的独特成就放入特定的时代和创作群体中来考察，这样不仅可以在共性中更好地突出他的创作个性，也可以对他所表现的时代风貌及其独特作风的渊源走向作一番深入的分析观察，从而对他的贡献和地位作出全面的恰如其分的评价。

按照闻一多的盛唐诗三个复古阶段论：

> 魏晋宋风格的代表可举陶渊明、谢灵运两大家，盛唐诗人中属于这类风格的代表作家当推孟浩然与王昌龄。这四个人，浩然可匹渊明……昌龄则近大谢。①

文学史上常陶、谢并提，同被视为山水田园诗派的开创者，闻一多却始终将其视为双峰并峙的两大家，强调他们的区别：“人们认为一般大诗人是向大自然追求真理，以出汗的态度，积极的精神作诗；而一般诗人则是享受自然，随意欣赏，写成诗句，娱已娱人。陶和谢写作态度之不同，就在这一点分别。”② 又论张说诗语言云：“这种特出的炼句跟全诗不称的作风也是继承六朝的，大谢便是最明显的代表。陶诗却没有这个特点，所以谢一两句诗够人享受，正如陶诗的整首一样。”③ 正因陶与谢有如此明显的区别，以他们为代表的晋宋风格在孟浩然和王昌龄身上也就表现出清淡与浓密、自然随意与精心锻炼两种迥然相异的作风。至于孟与陶、王与谢之间的继承、擅变以及孟、王之间的具体差异已如前述。像这样把作家放在大的文学史发展过程中以及全唐诗整体格局中作纵横比较，自然作家的独特个性更加显著，其源流发展也更加明晰。

---

① 详见前面论述。

② 《闻一多论古典文学》119 页。

③ 《闻一多论古典文学》120 页。

作为文学史家，闻一多还给予文学体裁以高度重视。对于王昌龄“神奇高妙”的诗风，他不仅从绘画的角度去研究，也对王昌龄所运用的诗歌形式的起源发展和特点作深入考察，他指出：

> 所谓抒情诗，不只是说言情之作而已，我以为正确的含义应该是诗中之诗，如张若虚的《春江花月夜》就是抒情诗最好的标本，而绝句又是抒情诗的最好形式……七绝当是诗的精华，诗中之诗，是唐诗发展的最高也是最后的形式。

七绝之所以有这么高的地位，与它的起源分不开。闻一多考证诗歌发展的过程，认为“唐人作诗因入乐关系，多用四句为一节奏，故虽是长篇古风亦可截用四句”，因此，“七绝当从七古发源，便是七律也是从七古蜕变而来”，而“唐代大家为求纯诗味的保存，特别重视形式精简而音乐性强的绝句体”，他认为七古是源，七律、七绝都是流，进而指出此“流”的发展便“是在绝句这个基础上结合其他的因素发展创新”的“被人们欣赏的诗味更浓的词”，由此而否定了宋人关于绝句起源于律诗的解释，并对五律是唐诗重要成就的传统看法提出异议。

闻一多在《律诗底研究》中曾提到律诗有“三美”（音乐美、建筑美、绘画美）。从闻一多上述的论述中可看出，七绝除了具有上述三美之外，还独具精简灵活的特点，王昌龄恰恰是大量运用了这种抒情诗的最好形式并达到“神品”的最高造诣，其诗的神奇高妙亦不难理解了。

从这段关于体裁的论述中，我们不仅可以看到，闻一多作为一个学者所具备的严谨的科学态度和大胆的创新精神，而且作为一个艺术家而言，他不仅是从绘画角度，而且从音乐、从建筑等方面对诗歌艺术进行研究欣赏，他简直是打通各门类艺术而使读者得到最大收获，也使他的诗歌史研究具备更浓厚的文化色彩。

（三）贵族·平民·胡风

——唐诗风范三类型说

对唐代最著名的三大诗人，闻一多有过多次比较论述，最集中的是《王维·李白·杜甫》一文。① 此文将三位诗人在安史之乱中的态度作了对照，肯定杜“表现他爱君的热忱”，指责李“在乱中的行动却有做汉奸的嫌疑”，批判王“像一个反抗无力而被迫受辱的女子”。他分析三人之所以如此，是由他们不同的思想基础所决定的：

> 杜甫一生的思想，是存在于儒家所提出的对社会的义务关系之中，这关系

---

① 《闻一多论古典文学》135—138页，下引此文不另注出处。

是安定社会的基本因素。太白却不承认这种义务关系，只重自我权利之享受，尽量发展个性，像不受管束的野孩子一样。王维则取中和态度，他的理想生活是不知生活而享受生活，他的生活态度极其自然，只求在平淡闲远生活中安然度此一生。这是庄子的一个方面。

这样不同的思想基础就形成了杜甫的“社会我”、李白的“个性我”、王维的“自然我”之人格类型的区别。由三人的政治态度、思想基础进而评价其诗歌风格，即由其人格风范到其诗歌风范，闻一多认为：王维诗是贵族型的，杜甫诗是平民化的①，李白的诗他虽未具体类比，但从自由豪放、如不受拘管的野孩子等论述及他文中所论诸如“胡人血统”“极端浪漫”② 等语来看，闻是将李看作浸染胡风式的。

这种评价显然迥异于传统看法，那么闻一多的思维方向是什么？他的这种考虑分析有何高明之处？以下试作探析。

首先，闻氏以安史之乱及三人处乱态度作为评判人格和诗境的标准，立脚点就比时人高一筹，这非一般的知人论世，这“世”应该是与所论之“人”的生活最有关系的环境或阶段。安史之乱是中国封建史上极关键的一段历史进程，它甚至改变了中国封建王朝最光辉灿烂的唐帝国的历史方向，作为唐王朝甚或整个封建社会由盛而衰的分水岭，其对三个生活在此时的中国古代最有地位的诗人的影响可想而知。一个人在关键时刻所表现出来的思想感情、生活态度和性格特点应该是最真实的，这个评判标准的设定，本身就体现出“求真”的特点。

尤其值得注意的是闻一多对王维、李白、杜甫三人诗风的概括独具新貌：贵族型的、胡风式的、平民化的，其间透露出闻氏对唐代文化背景的新认识，也隐然贯串着中国文化发展的流程。下面拟分述之。

王维诗——贵族的清雅。

说起贵族，就让人想起六朝。六朝的贵族，凭借自给自足的庄园经济，世代沿袭的社会特权，保证了享乐的需要。适应着这种门阀阶级的贵族气派，文艺创作也有长足的发展，大小谢便是这时期诗人的具体代表。“便是六朝第二流作家如颜延之之流，他们的作品内容也是十足反映出当时贵族的华贵生活。就在那种生活里，诗律、骈文、文艺批评、书、画等等，才有可能相继或并时产生出来，要没有那时养尊处优的贵族生活条件，谁有那么多时间精力创造出那些丰富多彩的文艺作品！”③ 但应看到，六朝贵族文艺又有另一面，即以庄、玄为基础的“自然”的特点。由于哲学思潮的解放，破除了对两汉经学的迷信，抛弃了那套伦理道德的虚伪面具，由人的外在行为节操的讲究转为对人的内在才情气质的追求，世俗的实务功

---

① 《全集》10卷30页。
② 《闻一多论古典文学》107页。
③ 《闻一多论古典文学》85页。

业不再是他们关注的热点，以脱俗的言行、潇洒的风貌来展示内在的智慧成了他们孜孜以求的目标，手执尘麈、口吐玄言的清谈之风便是这种思潮的产物，而以自然景观之美来品评人物风貌便是这种清谈的主要内容。

> 《世说新语》里所记的人物故事，可代表这时期诗的理想境界，也可以代表这时期诗人的品性。①

这是很关键的说法。《颜氏家训·勉学篇》曰："何晏、王弼祖述玄宗……周孔之业，废之度外。直取其清淡雅论，剖玄析微，宾主往复，娱心悦耳，非济世成俗之要也。"此话可以概括《世说新语》中士族诸人的处世精神。即如王右军与谢安共登冶城之时，针对谢的"悠然远想，有高世之志"谓"今四郊多垒，宜从自效；而虚谈废务，浮文妨要，恐非当今所宜"（《世说新语·言语篇》），但羲之自己在弃官后，与东土人士营山水弋钓之乐，却叹曰："我卒当以乐死！"

诗歌领域中表现"玄对山水"精神的就是陶、谢及其后继者。如果我们不谈具体的诗，仍一窥《世说新语》，我们就会发现贵族在雍容、典雅、华贵之外的另一面。试看其《文学篇》中阮孚称道郭璞诗"林无静树，川无信流"是"泓峥萧瑟，实不可言，每读此文，辄觉神超形越"；而羊孚作《雪赞》："资清以化，乘气以霏，遇象能鲜，即洁成辉"；及谢尚在清风朗月之夜闻袁宏江渚咏诗，所赞赏的都是清澄的意境、情调。这与人物品藻的"清通简畅"、"岩岩清峙"、"自然是风尘外物"、"荀子秀出"、"阿兴清和"②，"温润恬和"、"清易令达"、"远有思致"、"高情远致"③，"濯濯如春月柳"、"萧萧肃肃，爽朗清举"④，山水赏会的"非唯使人情开涤，亦觉日月清朗"，"天月明净，都无纤翳"⑤，都是同一精神的体现。王维继承六朝贵族的应是这一脉。正如闻一多所指出：

> 到了盛唐，这一时期诗的思想与风格乃完全成熟，我们可拿王维和他的同辈诗人作代表……他们的风格跟六朝是一脉相承的。⑥

门阀士族发展到唐，虽经王室有意贬抑，但仍具相当势力，士族和王室之间虽有对立，却仍以联姻等形式达到合一；而盛世的强大实力又给贵族的庄园生活提供了经济上的保证；政治上的宽松氛围使得思想领域相当活跃，崇儒、好道、信佛、

---

① 《闻一多论古典文学》85页。
② 《世说新语·赏誉》。
③ 《世说新语·品藻》。
④ 《世说新语·容止》。
⑤ 《世说新语·言语》。
⑥ 《闻一多论古典文学》85页。

任侠等思潮并行不悖，驰骋边塞，建功立业以求仕进之外，退居林下，高蹈出世也不失为一条人生道路，六朝沿袭下来的贵族诗风便在此找到了最适宜的土壤。

王维本身为陕西豪族，他一生虽因安史之乱中接受伪职而受打击，但始终未离仕宦，即使定居在辋川别墅之后，也是一边领着朝廷俸禄，一边优哉游哉地徜徉林下田园，他内心虽有矛盾痛苦，但生活毕竟远离社会现实，隐遁逃避于大自然，故诗歌创作始终未脱贵族气。他的“自然我”的人格风范，他那种“不知生活而享受生活”，只求在平淡闲适生活中安然度此一生的生活态度，正好与“魏晋人生活上人格上的自然主义和个性主义”① 一拍即合；同时由于唐代毕竟不同于六朝，其诗人的眼光、生活阅历、艺术才能亦高于六朝诗人，因此，王维的诗虽承续了陶、谢山水田园诗风，但一方面消退了陶渊明田园诗中亲事农耕的感受和质朴，显得端庄典雅，另一方面又避免了颜诗的镂金错采和谢诗的有句无篇，显得浑融冲淡；又因为对庄禅文化的深厚浸润，退去了谢诗玄言尾巴和景、理的龃龉，使情、景、理契合无间。总之，比起六朝诗人来，王维诗更多了一层冲容和雅、端庄大度的贵族气派，近于王羲之书法之“清风出袖，明月入怀”，以他为杰出代表的山水田园诗，占据了盛唐之音优美宁静的一面。因此，闻一多得出结论说：

> 回顾这段时期（建安五年至天宝十四年）的诗，从作者的身份来说，几乎全属于门阀贵族，他们的诗，具有一种特殊的风格，被人们常称道的中国诗歌黄金时代的所谓“盛唐之音”，就是他们的最高成就。②
>
> 王维替中国诗定下了地道的中国诗的传统，后代中国人对诗的观念大半以此为标准，即调理性情，静赏自然，他的长处短处都在这里。
>
> 王维独创的风格是《辋川集》，最富于个性，不是心境极静是写不出来的，后人所谓诗中有画的作品，当是指这一类，这类诗境界到了极静无思的程度，与别家的多牢骚语不同，在静中，诗人便觉得一切东西都有了生命。

因此闻一多认为定下中国诗传统的是王而非李、杜。王维不仅以其诗风体现出农业文化背景下的士大夫情调，更以其“兼济”而“独善”，调和儒道而安顿于释氏。王维虽是“诗佛”，其处世态度却是“偶寄一微官，婆娑数株树”，“是夫子自道式的自我写照”，他在精神上更为深远地影响了后世的中国士人。

李白诗——胡化的浪漫。

> 太白身世的前半跟子昂无异，陈寅恪先生曾作考证，说他具有胡人血统，所以生命力强，富于想象，既想成大事业，又想作神仙。但太白的毛病在极端

① 宗白华《美学散步》，上海人民出版社 1981 年版 78 页。
② 《闻一多论古典文学》84—85 页。

浪漫，为了发泄他的生命力，有时往往不择手段，以致晚年发生从璘的附逆事件，想成为乱世英雄，而作了一些毫无意义的反动错事。诗固然写得好，而社会却受了他的大害。①

闻一多认为李白的从璘由其浪漫气质引起，而浪漫则出于胡华血统，这结论或有偏至之处，但一眼觑定太白身上儒道结合的浪漫作风，又将这最能代表盛唐时代风气的特征与胡风相联系，这种将文学与文化人类学结合考察的眼光却是相当敏锐的。

盛唐之盛不仅表现在对内的南北统一、安定繁荣，对外的开边拓土、威震四方，也表现在中外经济、文化的大交流大融合。随着经济贸易的交通发达，“胡商”的大量涌入带来的西域文化：音乐、舞蹈、绘画、服装、礼俗、宗教……在统治者的鼓励提倡下，唐人对待外来文化采取大胆的“拿来主义”态度，毫无顾忌地吸收、改造，也敢于突破旧的传统，显示了大时代人们海纳百川的气概。仅以音乐而言，唐宫廷“十部伎”中，仅《清乐》、《礼毕》属华夏清乐系统，《宴乐》、《西凉》已是华夷相融之乐，余六部全为胡乐伎。至于广义的隋唐“燕乐”，即除太常雅乐外的全部俗乐，更是四夷民间俗乐和中原音乐相融后产生的新的乐种，它以繁音促节、雄豪奔放的丰富表现力，取代了从容雅缓的清乐和雅乐而雄踞唐时乐坛。与音乐密不可分的舞蹈更是展示了激烈跳动、旋转如风的新面目。作为人类感情重要手段的音乐舞蹈在每个民族的文化生活中所占有的地位意义远不是娱乐可以概括的，在胡气氤氲的乐舞形式之下蕴含着的是唐人那种崇尚勇武的时代精神，而胡乐、胡舞、胡服、胡礼、胡酒、胡俗之所以会盛极一时，就是因为这种雄豪刚健的胡文化适应了唐朝人意气飞扬、青春勃发的浪漫心理，而跃上了盛唐历史舞台，成为一支新兴的文化力量。

太白即是这种浪漫的青春盛唐孕育的一个骄子：富商家庭养成的“千金散尽还复来”的非凡气派；中西语文兼习、文武并施培育出来的“天生我才必有用”的高度自信；“奋其智能，愿为辅弼，使寰区大定，海县清一”的儒家理想；爱好自然，向往自由，鄙视凡俗，善于解脱的道家气质；济危扶困，一诺千金，成功不受赏的任侠精神；华夷文化如此奇妙地融于其一身，正是盛唐中外文化水乳交融的一个缩影。而其诗亦如其人，始终执着地追求理想目标，始终遨游于幻想世界：“黄河之水天上来”的狂放奔逸，“朔风吹海树”的闪幻飞动以及“清水出芙蓉”的清新自然，反映了胡华文化气质相融后形成的通脱清峻之风。据此，闻一多将太白其人其诗归结为胡华文化结合而诞育的浪漫时代的浪漫结晶，是颇具文化学意义的。

这里，值得注意的是闻氏对李白晚年从璘事件的评价。由于李白复杂的思想、

① 《闻一多论古典文学》107页。

气质，他为自己设计的生活道路也是颇为独特的：功成、名遂、身退。他的成功手段是不走平庸的科举之路，而是凭个人才能以布衣直取卿相。因此他平交王侯，绝不出卖自由。然而，李白一生未成功，故而一生也未真正身退。之所以晚年从璘，也是他理想火焰的最后一次燃烧，而从璘事件本身亦说明李白只凭爱国热情率尔行事，而缺乏理性思考的浪漫气质。闻氏的语言未免偏激，但论述却是颇中肯綮的。作为诗人的闻一多，本身亦有浪漫狂狷的一面，加之当时抗战时期的特殊背景，以“乱中附逆”之由来批评李白也就不足为奇了。要紧的是透过这些过激的言论，看到闻一多对中国历史作严谨、全面审视的如炬目光。

杜甫诗——平民的写实。

杜甫是闻一多唐诗研究的起点，也是他下力气最大，著述最多的一个诗人，先后著《杜甫》（传记）、《少陵先生年谱会笺》、《少陵先生交游考》、《说杜丛钞》等，“差不多杜甫的每一首诗，他都给考定了著作的年月”①；对与杜有交往的358人，也都一一考证。对于这位中国文学史上最伟大的诗圣，闻一多并未像前人那样，多从儒家思想出发论其忠爱之忱，或从诗法出发论其诗律之细，或从风格出发论其沉郁顿挫，无疑，这些都是杜诗学所涵盖的范围，但仍不足以彰显杜甫在文学史上伟大地位、价值之所在，或者缺乏对杜甫其人其诗精髓的最根本的把握。闻一多始终站在历史学家的高度，注目于文学全过程的发展变化，注目于社会文化背景的多层面的动态和影响，在庞大复杂的“杜诗学”中，抓住“平民化”来审视杜诗，上下贯通，左右融汇，不仅杜诗学中，也包括文学史上的许多难题都可由此疏通。

在《诗的唐朝》② 中，闻一多指出：

> 天宝大乱以后，门阀贵族几乎消灭干净，杜甫所代表的另一时代的新诗风就从此开始。宋人杨亿曾讥笑杜甫是“村夫子”，恰好是把他的士人身份跟以前那些贵族作者形成了鲜明的对比。和他同时而调子完全一致的元结编选过一部《箧中集》，里面的作品全带乡村气味，跟过去那些在月光下、梦境中写成的贵族作品风格完全两样，从这个系统发展下去，便是孟郊、韩愈、白居易、元稹等人的继起。他们的作风是以刻划清楚为主，不同于前人标举的什么“味外之味”、“一字千金”那一套玄妙的文学风格。这一派在宋代还在继续发展。要问这一批人为什么在作品中专爱谈正义、道德和惯于愤怒不平呢？原因是他们跟上一时期贵族作者的身份不同，他们都是平民出身，平民容易受人欺负，因此牢骚也多，这样，诗人的成份很自然地由贵族转变为士人了……而唐代士人也一样，必须靠自己的文才去争取一官半职，他们同早期贵族一样由平民出身，跟人民生活比较接近，因此，他们能从自己的生活遭遇联想到整个民生疾

① 朱湘《闻一多与〈死水〉》，转引自《长编》436页。
② 《闻一多论古典文学》82—87页。

苦。从这点来说，也可以解释杜甫的“三吏”、“三别”诸诗为什么会跟汉乐府近似，表现出一种清新质朴的健康风格。

杜甫的“平民化”当然首先与其忧国忧民的思想分不开，历史上忧国忧民之士多矣，然他人多与个人的功业相联系，即如著名爱国词人辛弃疾亦曾高唱“了却君王天下事，赢得生前身后名”（《破阵子》）；而杜甫则真正是将爱国体现在爱民之上，真正与人民同呼吸、共命运。他人多奉行“达则兼济天下，穷则独善其身”的哲学，顺境时激昂慷慨，逆境时消沉隐退；而杜甫则不仅忧之深切：“穷年忧黎元，叹息肠内热”，且始终如一，以饥寒之身仍怀忧民之志，处穷困之境犹作济世之想：“安得广厦千万间，吾庐独破受冻死亦足”，且至死不变：“葵藿倾太阳，物性固莫夺。”他不仅广泛描写了社会各阶层人民痛苦的各个层面，也深刻揭示了他们的心理以及造成痛苦的社会根源。

对杜甫诗歌人民性形成的缘由，闻一多作了深刻的剖析和富有诗意的描述，这里有儒家传统的陶冶薰香，也有良好家风的耳濡目染：

> 在书斋里，他自有他的世界。他的世界是时间构成的；沿着时间的航线，上下三四千年，来往的飞翔，他沿路看见的都是圣贤、豪杰、忠臣、孝子、骚人、逸士——都是魁梧奇伟、温馨凄艳的灵魂……那政事、武功、学术震耀一时的儒将杜预便是他的十三世祖；那宣言“吾文章当得屈、宋作衙官，吾笔当得王羲之北面”的著名诗人杜审言，便是他的祖父；他的叔父杜升是个为报父仇而杀身的十三岁的孝子；他的外祖母便是张说所称的那为监牢中的父亲“菲屦布衣，往来供馈，徒行悴色，伤动人伦”的孝女；他外祖母的兄弟崔行芳，曾经要求给二哥代死，没有诏准，就同哥哥一起就刑了，当时称为“死悌”。你看他自己家里，同外家里，事业、文章、孝行、友爱，一一立德、立功、立言的人物这样多；他翻开近代的史乘，等于翻开自己的家谱。这样读书，对于一个青年的身心，潜移默化的影响，定是不可限量的。①

对杜甫儒家世界观人生观的形成，仍然从“时间的世界”即历史文化的积淀中寻找原因，这就是闻一多独有的研究方法。

当然，杜甫之所以成为中国诗歌史上最伟大的人民诗人，之所以开启了文人诗坛上平民化的写实潮流，更有着身世遭际方面的原因，特别是安史之乱中杜甫和广大难民一起颠沛流离，对时代、人民的苦难感同身受，因此他能够深切体会民众的痛苦，喊出人民的心声，表达人民的愿望。闻一多之所以将安史之乱中的表现作为

① 《杜甫》，《全集》6卷75—76页。

评判诗人创作的标准，无疑是看到了它对于杜甫从一个贵族后裔成长为平民化诗人的重要意义。

杜诗平民化不仅体现在为人民说话的内容上，很大程度也表现在其创作方法上。不再是盛唐前期以李白为代表的浪漫的主观幻想，也不是以王维为代表的贵族式的静观凝思，而是对现实中人民生活、心理的客观写实。他的融写景、抒情、议论为一炉的叙事手法，他的对人物语言、行动、心理的细节描写，都与盛唐前期重在“味外之旨”，重在自我表现的高情远韵大异其趣，而导向了中唐的“刻划清楚”，平易通俗。闻一多敏锐地从盛唐诗选本的标准发现并分析了这种现象：

> 奇怪的是盛唐诗的几种选本里没有一本选过杜甫的诗，可见他的作风在当时就跟《箧中集》相近，只因那还是太平时代，这种社会描写不太被人重视，如果杜甫不长于其他各种诗体的话，他的诗很有可能因此被埋没。①

将杜甫诗与“全带乡村气味，跟过去那些在月光下、梦境中写成的贵族作品风格完全两样”的《箧中集》相联系，共同点即是“平民化”的社会描写，闻一多指出《箧中集》作者都“是一批新的诗境拓荒者”②，杜甫则是这派拓荒者的先锋和翘楚。

杜甫的平民化写实作风不仅直接开启了中唐元、白诗派，也影响了宋代诗歌，“到了陆放翁便满纸村夫子气了”③，并一直贯串到明、清：“从这种新作风的时代开始以后，平民跟文学的关系一天比一天密切，小说就跟着发达起来。”④

综上所述，闻一多对唐代三大诗人的论析有两个显著特点：

一是通过对三人诗风特点及其形成原因的论述，凸现了唐时新文化背景的特征：从贵族文化的延续与消亡，到外来胡文化作为新兴力量跃上历史舞台，再到平民文化的开启和发展。以三大诗人为结点，在对“三才”的评判中，不仅以求美、求真、求善的标准为我们剖析了唐诗三大风范的深刻内涵，也引导我们对唐王朝三百年文化史作一巡礼，这绝非就诗论诗或就史论史者可及。

二是通过从王维到李白到杜甫诗风的变化，不仅指出盛唐诗歌各阶段的特点及变化原因，也概括出从六朝诗到宋诗的发展趋势。如前所述，闻一多将盛唐诗分为三个“复古”阶段，除“齐梁陈时期”实为初唐到盛唐之过渡外，“晋宋风格”和“汉魏风格”实是盛唐诗歌之典型风格，而王维和李白为晋宋之代表，杜甫则为汉魏之集大成者，“新诗境的拓荒者”，实为遥接汉魏乐府“缘事而发”的写实精神，

---

① 《闻一多论古典文学》113页。
② 《闻一多论古典文学》113页。
③ 《闻一多论古典文学》86页。
④ 《闻一多论古典文学》86页。

在新的历史条件下形成的新的写实诗派。他指出：

唐诗在天宝前后完全是两种迥然不同的风格面目，这是因为作者的身份和生活前后有了很大改变的缘故。①

据此，他甚至以天宝十四载为划分从建安到“五四”诗歌发展史的分水岭。不拘于传统的以朝代为划分标准，而是将盛唐划归为两个历史时期，正是看到了盛唐诗歌两种截然不同的创作倾向，从痛快淋漓的主观创意阶段到真实严谨的现实规范阶段，从高华雅逸的贵族气派到平易通畅的世俗风度。对闻氏这种观点，李泽厚《美的历程》作了进一步阐述：“如果都要说盛唐，那就应该是两种‘盛唐’，它们是两种不同的‘有意味的形式’，各自保有、积淀着不同的社会时代内容，从而各有风貌特征，各有审美价值，各有社会意义。”

由对盛唐两个阶段不同创作倾向的来源走向的分析，闻一多归结出唐诗在整个文学史上的贡献：

唐诗的确包括了六朝诗和宋诗，荟萃了几个时代的格调，兼收并蓄，发挥尽致，古今诗体，至此大备。②

如果说，王维是六朝以来贵族诗歌的“最后明星”③，杜甫是唐诗平民化的开启者和宋诗格调的奠基者，李白则是盛唐中外文化融合而孕育的浪漫骄子。以“三才”作为唐诗不同风范的代表，立足于唐而又放眼六朝与宋，深刻广博而又举重若轻，正显示出文学史家闻一多运用历史——文化方法研究唐诗的宏见卓识。

（四）“太阳和月亮走碰了头”
——李、杜交游的文化内涵分析

关于李白、杜甫两位大诗人碰面的意义，闻一多如是说：

我们应该品三通画角，发三通擂鼓，然后提起笔来蘸饱了金墨，大书而特书。因为我们四千年的历史里，除了孔子见老子（假如他们是见过面的），没有比这两人的会面，更重大，更神圣，更可纪念的。我们再逼紧我们的想象，譬如说，青天里太阳和月亮走碰了头，那么，尘世上不知要焚起多少香案，不

---

① 《闻一多论古典文学》87页。
② 《闻一多论古典文学》87页。
③ 《四千年文学大势鸟瞰》，《全集》10卷30页。

知有多少人要望天遥拜，说是皇天的祥瑞。如今李白和杜甫——诗中的两曜，劈面走来了，我们看去，不比那天空的异端一样的神奇，一样的有重大的意义吗？①

对李、杜的结识和交游，唐诗研究者们都要提到甚至也要论述其意义，但无论之前或之后，从未有人像闻一多这样满怀激情地“大书而特书”。固然这有其作为新诗人的浓郁的浪漫气质，用审美鉴赏的眼光来歌赞评价，但更多的是用文化审视的眼光，李、杜碰面的重大意义，当有更深的文化含蕴。

其一，从李、杜之交往看中国儒、道两家之相反相成。

人们都知道，唐诗人中，李白为道家思想代表，杜甫为儒家思想代表；人们也知道，李、杜两人的交情非常深厚；人们还知道，杜甫对李白的诗歌才华非常钦佩。但人们是否知道李、杜友谊建立的最初基础是什么？李、杜两人志同道合之间是否也有过矛盾冲突之处？杜甫儒家思想的人生观中是否也有过道家的影响？而了解这一些对我们研究唐诗又有什么意义？闻一多曾研究了杜甫给李白的三次赠诗，他发现：

子美集中第一首《赠李白》诗，满纸都是企羡登真度此的话，假定那是第一次的邂逅，第一次的赠诗，那么，当时子美眼中的李十二，不过一个神采趣味与常人不同，有“仙风道骨”的人，一个可与“相期拾瑶草”的侣伴，诗人的李白没有在他脑中镌上什么印象。到第二次赠诗，说“未就丹砂愧葛洪”，回头就带着讥讽的语气问：“痛饮狂歌空度日，飞扬跋扈为谁雄？”依然没有谈到文字。约莫一年以后，第三次赠诗，文字谈到了，也只轻轻的两句：“李侯有佳句，往往似阴铿”，不是什么了不得的恭维，可是学仙的话一概不提了……到不提学仙的时候，才提到文字，也可见当初太白的诗不是不足以引起子美的倾心，实在是诗人的李白被仙人的李白掩盖了。

由此，闻一多推论，李、杜友谊的最初基础不是什么忧国忧民的志同道合，也不是诗歌才华的互相仰慕，而竟然是对求仙访道神仙境界的共同追求。原因除了唐代求长生的社会风气影响外，也和杜甫对城市生活的厌倦，对青春浪漫理想的企慕有关。

然而，尽管李、杜两人在求仙出世上曾有过一段志同道合的时期，但“杜甫和李白的秉性根本不同：李白的出世，是属于天性的，出世的根性深藏在他骨子里，出世的风神披露在他容貌上；杜甫的出世是环境机会造成的念头，是一时的愤慨。

---

① 《杜甫》，《全集》6卷72—85页，下引此文不另注出处。

两人的性格是根本冲突的。太白笑‘尧舜之事不足惊’，于美始终要‘致君尧舜上’。因此两人起先虽觉得志同道合，后来子美的狂热冷了，便渐渐觉得不独自己起先的念头可笑，连太白的那种态度也可笑了；临了，念头完全抛弃，从此绝口不提了”。这种分歧哪怕是在他们交往最密切的时候、场合，也表现得很明显：在济南，他俩常常“醉眠秋共被，携手日同行”，他们经常到朋友家去宴饮、聊天，“往往谈到夜深人静，太白忽然对着星空出神，忽然谈起从前陈留采访使李彦如何答应他介绍给北海高天师学道箓，话说过了许久，如今李彦许早已忘记了，他可是等得不耐烦了。子美听到那类的话，只是唯唯诺诺；直等话头转到时事上来，例如贵妃的骄奢，明皇的昏聩，以及朝里朝外的种种险象，他的感慨才潮水般的涌来”。

闻一多在此花如许篇幅叙述李、杜如何从最初爱好的契合到后来性格的分歧，究竟有什么意义呢？笔者认为，这实际上为我们展现了中国传统的儒、道两家思想虽相反而又并存、虽并存而又分流的真实状况。

请注意闻一多曾将李、杜之见面与孔、老之见面相提并论，老为道，孔为儒；李亦为道，杜亦为儒。孔子问礼于老子，孔虽执弟子礼，但孔子的思想始终未被老子同化；杜甫服膺于李白，但杜甫终究与李白的求仙访道分道扬镳。这类比实在是太精妙绝伦了！它说明这么一个不争的事实：儒、道两家虽同为中国本产的哲学思想，虽同在中国士人的思想历程中统治了如许漫长的年代，但它们始终各行其是，即使是在唐代这么一个思想开放活跃的历史时期，它们也仅仅是并存而未合流。而且，儒家思想始终占主导地位，它可以吸收道家的治身，佛家的治心来为儒家的治世服务，从而形成更完善的修身养性治国平天下的思想体系，却不会被佛道同化而失去自己的根本原则。实际上，闻一多在后期对儒家思想也有过严厉的批判，但对道家思想的鞭挞更为无情：“讲起穷凶极恶的程度来，土匪不如偷儿，偷儿不如骗子，那便是墨不如儒，儒不如道。”[①] 这种对儒、道的基本看法，在对李、杜叙述评价的态度上即可看出来。李白也有儒家入世精神，也存在着“愿为辅弼”的理想，但这种“君侧”情结与杜甫“葵藿倾太阳”的天性是不同的，他的建功立业往往是不切实际的浪漫幻想，所以连个文学弄臣也当不好，被赐金还山。就在李白走出“围城”之时，杜甫满怀着青春的朝气走进了“围城”，这一进就是整整十年，这一进就是整整一生。闻一多大书而特书两个伟大诗人在一进一出“围城”的当口会面的意义，不仅仅是由于历史上文化巨人的产生往往是相隔多年甚至几个朝代，像李、杜只相差十一岁而会面并相交甚笃乃绝无仅有，故可与传说中的孔、老见面相提并论；也不仅仅是通过李白的衬托而对杜甫思想、人格的肯定即对中国士大夫文人的济世精神加以肯定，也引导我们进一步发现、认识产生这种济世精神的文化基础及其历史发展进程。

---

① 《关于儒·道·土匪》，《全集》2卷381页。

其二，从李、杜之交往看唐代文人交游的新范式。

中国古代文人交往，多带集群性质，多以与大自然联系为特征，这大约与汉代游学之风有关。东都洛阳成为文士的逐鹿场所，然毕竟得意者少，失意者多，于是文士滞留洛阳，聚群干议时政，造成清议之风盛行而引起党锢之祸，于是引起魏晋文人多向自然逃避。唐以前文人向山水亲和的集群交往除著名的以阮籍、嵇康为首的“竹林七贤”外，典型者尚有二，一是王羲之、谢安、孙绰等其时清流共四十一人的“兰亭之会”，临流赋诗，抒发了在大自然中因“仰观宇宙之大，俯察品类之盛”而引起的对于心灵深层的生命永恒的向往和追求；一是庐山高僧慧远导引包括僧众三十多人参加的石门之游，在这次规模盛大的石门山水畅游与诗文吟咏活动中，由对大自然的审美观照而激发了对潜藏于山水之中的庄玄佛禅“沉冥之趣”的探寻。总之，都有由欣赏自然而透视生命本体而又皈依自然的倾向。这种文人交游是魏晋时代特定的政治形势、哲学思想的特定产物。

唐代社会的改变，也极大地改变了文人的生活方式，尤其是重视边功和科举取士为寒士提供了改变命运的条件。唐代文人的生活方式出现了三大热点：从政、科举、漫游。“从政作为人生的目的，科举为通向政坛的主要门户，漫游又是应举与从政的准备，三者联结起来，形成一条完整的生活道路，是带有那个时代的历史特点的。就对诗歌的影响而言，漫游为创作提供了生活的原料，从政给予诗人以思想动力，科举则又促进了多方面的艺术、文化修养和较为普遍的文化氛围，三方面的结合，恰恰为诗歌的繁荣创造了合适的条件，这在我国历史上也比较特殊。”① 漫游是创作、应举、从政所不可缺少的重要环节，既可以通过遨游大自然得山川之助，陶冶情操，又可在漫游中广交朋友甚至名流，增长见识，扩大影响，因此唐代大诗人大多有一段漫游经历，如李白、杜甫、高适、岑参等等，漫游中自然而然形成了文人集群性质的活动，如李白、杜甫、高适等人，第一次会面即同在济南过了一段饮酒论诗、谈天说地、裘马清狂的交游生活，这种交游带有与前代文人集群活动的不同性质：不是为了向自然逃避，或怡情悦性，或探幽索微，而是带着青春期的蓬勃朝气和远大理想，或在天地山川之观览中开阔眼界：“荡胸生层云，决眦入归鸟。会当凌绝顶，一览众山小。”（杜甫《望岳》）或在与朋友交谈中增进友谊，切磋诗艺：“醉眠秋共被，携手日同行”，“何时一樽酒，重与细论文？”（杜甫《春日忆李白》）或是在不拘一格的游猎出行中驰骋自己的豪情：“放荡齐赵间，裘马颇清狂。春歌丛台上，冬猎青邱旁。呼鹰皂枥林，逐兽云雪岗。”（杜甫《壮游》）因此，李、杜的会面交游，正是盛唐文人最典型的交游范式，这对我们认识盛唐文人的生活方式、文化心理等都有深刻意义。

安史之乱捣毁了唐帝国的升平和秩序，也摧垮了多少士人的心理和梦想，李、

① 陈伯海《唐诗学引论》，知识出版社 1988 年版 55—56 页。

杜天各一方，甚至走上了截然不同的生活道路，从杜甫《梦李白》、《天末怀李白》等诗中，依然可见在“世人皆欲杀”的气氛中，两位大诗人友谊如故。但是，人事沧桑巨变，昔日之日不可再得，在封建大一统王朝从顶点跌落之后，还顾此前如“太阳和月亮走碰了头”的李、杜之交，则又可看作文化史上“湮没的辉煌”了。

（五）“逼真”和“伤感”

——论大历十才子的时代特点

闻一多推尊盛唐诗，应是不争的事实，这点颇似宋代严羽的眼光。然而严羽是将盛唐与汉魏相并，认为：“大历以还之诗，则已落第二义矣。晚唐之诗，则声闻、辟支果也。”① 其尊古意识极为显见。闻一多与之判然不同的是，对大历诗坛的评判是与时代相联系而非纯艺术论，故而对“十才子”作了相当多的肯定。他指出：

> 大历十才子是唐代最享盛名的一批诗人，这是当时社会一般人的看法……就纯粹诗的立场说，这批人最可敬，贡献也最大。

原因在于“十才子乃是分担时代忧患的一群诗人”，是“表现了这个时代特点的诗人”。②

文学史上常会有这样的现象：一流的大作家或因众醉独醒而高蹈于时尚之外，如陶渊明之于贵族诗外独树平淡朴素的田园一宗；或因天才纵放而挺秀于诗坛之上，如李白恣意挥洒而唱出旁人难以企及的时代最强音；或因思力沉厚而超越于时代之先，如杜甫之于盛唐浪漫的主旋律中预先弹奏出平民化的写实变奏曲。他们都遥遥领先于各自的时代，当时的诗坛即使亦步亦趋也难以望其项背（如李白），或根本就无法理解不能接受他们的成就（如陶渊明、杜甫）。这是一方面。而在另一方面，一些二三流的作家，他们既不致因才力不够而为时代所抛弃，也不会因才力过人而超越于时代，他们忠实于自己所处的时代，因此，时代的特点、文学风尚往往在他们身上体现得最集中、最明显。闻一多对初唐和中唐诗坛的研究对象往往集中于这些作家或作家群体，而且正是通过对这些作家与其时代关系的研究，发现一些根本性的规律。对大历十才子的研究即如此。

大历十才子所表现出来的时代特点，闻一多概括为：

> （一）写的逼真，如画工之用工笔，描写细致。
>
> （二）写的伤感，使人读了真要下同情之泪，像读后来李后主的词一样。

---

① 《沧浪诗话·诗辨》。

② 《闻一多论古典文学·大历十才子》138—153页，下引此文不另注出处。

这种“逼真的写作技巧和感伤的题材内容”是与当时的社会息息相关的。内容之伤感自然是由于经过天宝一场大乱，“人人心灵都受了创伤，所以诗人对于时节的改换，人事的变迁都有特殊的敏感，写入诗中便那么一致地寄以无穷的深慨”。“这些人由于乱离的遭遇，大抵儿女情多，故长于描写家人父子和亲友离合的主题”。之所以他们的内容、情绪是感伤而非感愤，一方面是由于他们诗歌的“内容只限于个人的身世遭遇和一般生活感受”，缺乏杜甫诗歌那种“穷年忧黎元，叹息肠内热”的广博深沉；另一方面，毕竟动乱已经平定，故不像杜甫乱中的诗歌那么呼号激切，而如李后主词般悱恻动人，情意深厚，闻一多评之为“得温柔敦厚之旨，正是标准的中国诗”。

描写逼真细致的原因，首先在于内容题材的渐趋琐细，盛世已过，昂扬奋发的时代精神不再，诗人从对前途的瞻望转入对现实的注目，然乱离的创伤又使他们逃避对整个社会大世界的关注而留意于身边小世界，自然没有杜甫那种“大庇天下寒士俱欢颜”的胸襟气魄，“惟其今非昔比，在文字功夫上较前人就更加显得用力”，尤其是“用字的细腻雅致，杜甫比起他们都嫌太浑厚了”，遂造成“取材小而刻划精”的特点。其次即使是写同一题材，也因失去盛唐时代之大气而显得气象偪窄。如窦叔向《春日早朝应制》：“紫殿俯千官，春松应合欢。御炉香烟暖，驰道玉声寒。乳燕翻珠缀，祥鸟集露盘。宫花一万树，不敢举头看。”写早朝景象不可谓不细致逼真，但与王维诗“九天阊阖开宫殿，万国衣冠拜冕旒”（《和贾至舍人早朝大明宫之作》）相比，即已失去盛唐气象而“只在文字上故作渲染，聊以自慰而已”。同时，为“聊慰落寞的时代感情”，诗人们往往“以艺术眼光欣赏自然景物”，形成精细的画面，如张继《枫桥夜泊》、戴叔伦《兰溪棹歌》、《苏溪亭》等等。

闻一多不仅非常精到地概括了大历十才子的诗歌特点，对历来众说纷纭的十才子的具体人名也提出他的独到看法：

> 我的看法是应该着重于活动在大历年间诗坛上的一群作风相似而又表现了这个时代特点的诗人（逼真的写作技巧和感伤的题材内容），拈出他们创作的特殊成就和在诗歌发展上的影响，不必受“十才子”这个传统数目字的拘限。这样，对评价他们的得失，也比较容易公平、合理。

闻一多的这个界定标准应该说更为符合当时诗坛实际，因为“大历十才子”的名称本就起源于这么一个事实：大历年间诗坛上出现了一群作风相似而又表现了大历时代特点的诗人；而十个人名的不一致本身也说明这么一个事实：这么一群诗人本无法用“十”的数字拘限。但中国文化传统历来喜用三、四、九、十等数字概括事物，于是论者便根据自己喜好而任意取舍，造成十才子人名众说纷纭的状况。因此，闻一多根据历史实际，对十才子人名提出新的界定标准，在此标准下，他简要分析了包何、包佶、钱起、皇甫冉、皇甫曾、张继、于良史、郎士元、戴叔伦、耿漳、张南史、郑锡、窦叔向、柳中庸、韩翃、司空曙、李端、卢纶、李益、韦应物共二十人的诗风。

闻一多对大历诗人作风的简要评析，体现了他独有的历史文化研究的特点。

其一，在横向的比较中，既注意作家的共性，又突出其个性。

其共性即表现时代特点之处：

> 形式多是五、七言近体诗，五律尤多，内容只限于个人的身世遭遇和一般生活感受，情绪偏于感伤，而艺术则着重于景物的细致刻划……故所谓大历十才子实际上可看成一个人。

以“一个人”来概括一个作家群体，可见这作风的惊人相似。比如以皇甫兄弟和于良史的诗表现十才子写友情深刻真挚的特色：“悠悠千里去，惜此一尊同。客散高楼上，帆飞细雨中”（皇甫曾《乌程水楼留别》）；以耿沣的诗说明十才子诗歌的伤感情绪：“终岁山川路，生涯竟若何？艰难为客惯，贫贱受恩多。暮角寒山色，秋风远水波。无人见惆怅，垂鞚入烟萝”（《邠州留别》）；以张南史的诗表现十才子写个人闲适生活的格调：“已被秋风教忆鲙，更闻寒雨劝飞觞”（《陆胜宅暮雨中探韵同作》）；以张继著名的《枫桥夜泊》来显示十才子诗精细的画面感和浓厚的抒情气氛等等，皆能注目于其创作的共同趋向及特有风尚。

但共性中个性的阐述似更能强调其典型意义，如评郎士元《听邻家吹笙》“风吹声如隔影霞，不知墙外是谁家。重门深锁无寻处，疑有碧桃千树花”，“用视觉的形象写听觉的感受，把五官的感觉错综使用，使诗的写作技巧又进了一层”；引戴叔伦风土诗《兰溪棹歌》“凉月如眉挂柳湾，越中山色镜中看。兰溪三月桃花雨，半夜鲤雨来上滩”以示“鲜明的民歌色彩。写景如画家之画花鸟一般，生动而又集中”；而李端在古诗方面重整旗鼓创出新的境界；李益、卢纶则在人生离合之感伤中更显沉酣慷慨的风格等等。

其二，在纵向的上串下连中，寻绎出文学史的发展线索。

闻一多对二十个作家的简要评价，绝非一个个孤立的作家研究，而是将作家放入文学史的动态发展过程中，尤其注重其前后承传关系，因此，虽是对具体作家作品的简析，却揭示出文学史发展的线索和规律。

比如他评包佶“乌窥新鲋栗，龟上半欹莲”（《秋日过徐氏园林》）为“新奇可诵，开中唐贾岛一派风气”；评张谓《过从弟制疑官舍竹斋》次联“野猿偷纸笔，山鸟污图书”是写真主义手法，“虽太白《赠崔秋甫》颈联‘山鸟下听事，檐花落酒中’亦无此细致。此种写法容易流于琐碎，但有新的发展”；评李端的五古《芜城》“……风吹城上树，草蔓城边路。城里月明时，精灵自来去”“真鬼诗也，李长吉便由此脱胎”；而韩翃《寒食》诗在富贵景象中“暗寓讽喻之情”，既是大历诗境的共同特色，也就为元、白新乐府导夫先路。

通过前后比较，闻一多总结、确立了大历诗人在文学史发展过程中的作用和地位。

从整个文学史的发展而言，十才子诗处于齐梁诗风至晚唐、北宋诗风以及唐宋词风之间承上启下的地位；从唐代文学本身而言，十才子诗又处于盛、中唐之相接地位，特别是对开启中唐诗风起了重大作用。

“他们的诗是齐梁风格而经张说所提倡改进过的，虽时髦而无俗气，境界趣味完全继承了张说这一派”，张说本人诗境虽不高，但毕竟“替盛唐诗奠了基，盛唐诗坛便建筑在这层上面”；十才子处于盛、中唐相接之时，近承张说，“远承谢康乐”，其地位和价值由此可见。

从边塞诗的发展而言，卢纶、李益的边塞诗或沉酣，或慷慨，“可视为盛唐边塞诗的发展”，如卢纶《和张仆射塞下曲》“以五绝短章，写边塞壮景，比盛唐李太白、龙标的七绝又别开生面，在全唐诗中也是独造境界，诚为千古绝唱”；李益边塞诗的七绝名篇更是不少，如《春夜闻笛》、《夜上受降城闻笛》、《从军北征》、《听晓角》、《边思》等等，皆具有虽慷慨而更显苍凉的意境，较之盛唐边塞诗之壮丽奋发显然不同，染上了伤感的时代特征，闻一多指出：

> 像卢纶、李益这样的边塞诗，既可说是盛唐边塞诗的发展，又可作为唐人边塞诗的尾声。边塞诗在中唐以后何以竟成了绝响，这也是一个值得好好研究的问题。

不言而喻，他是看到了时代巨变使诗歌题材从走向市井、边塞的开放推扩型又转而向内敛收缩型的发展趋势。

从中唐诗坛的发展变化而言，诗至中唐本一大变，各种流派兴起，各种作风争奇斗艳，十才子可说是各派诗风产生的或直接或间接的来源。如前所述，韩、孟诗派，元、白诗派乃至晚唐、北宋诗词皆可从中找到源头。特别是大历诗人普遍存在的伤感情绪而言，引发了中、晚唐诗坛的不同反响：

> 伤感是人类感情中最低劣的情绪，如果长期以此自我陶醉欣赏，则将陷入浅薄无聊的境地，所以跟着韩、孟、元、白接上来了，一从文字意境上进行调整，反对俗滥；一从题材内容上加以开拓，反对狭隘，开出中唐另一片新天地。顺着韩、孟的路走下去，便产生贾岛、李贺、李商隐、温庭筠等人的诗风；顺着元、白的路走下去，便有晚唐的聂夷中、杜荀鹤、皮日休、罗隐等人的出现。

其影响不仅是诗，在“取材小而刻划精、含义深而情味永”方面，更为词的诞生作了准备，特别是唐宋“偏安的词境那种对胜代情趣的留恋”，更可从十才子诗中找到渊源所自。之所以“人们读词胜于读诗，读晚唐诗又胜于读盛唐诗，是因为晚唐诗一面来自迷人的齐梁，一面又近承十才子风气的缘故”。由此闻一多总结出一条规律：

> 诗的发展趋势，往往是质朴走向绮靡，这也是人性的自然流露。我们既须承认事实，又须求其平衡。惟有大作家才能达到这一境界。所以读古人诗态度必须公平，不能有任何狭隘的偏见，更不能用有颜色的眼镜去妄断是非，标新立异。

从求其“事实”之真方面说明文学表现人性免不了从质朴走向绮靡的特点，又从求“平衡”的角度指出绮靡不能太过、须加以遏制的正确态度，由此对大历十才子那些既分担时代忧患，反映时代特点，又近承张说、远承大谢的时髦而不俗气的诗进行了高度肯定。当然，用大作家达到的境界来称许十才子，也许是对那些将其看得太低的狭隘之见的矫枉之论，但是，看到十才子是从盛唐到晚唐转折的关钮，无论是作为盛唐之流或晚唐之源，皆不可废，这就避免了从个别或枝节上看问题的片面性而体现了闻一多整体的文学史观。

（六）“写实”、“敢骂”与“人生的半面”
——论孟郊新风与贾岛现象

在闻一多所有的唐诗专题研究中，属于中晚唐作家的只有三篇，大历十才子与盛唐接壤，孟郊属中唐，贾岛则与晚唐相交，有些文学史将其划归晚唐。与闻一多对初、盛唐诗歌的研究工程相比，他的中、晚唐研究规模似乎太小，而就在这有限的篇幅中，著名的两大流派领袖韩愈和白居易几乎未占席位，而向来并称的“郊寒岛瘦”却各有专论，自有辨析，从其文学史家的角度而言，是颇有深意的。

欧阳修《六一诗话》认为：“孟郊、贾岛，皆以诗穷至死。而平生尤自喜为穷苦之句。”元好问《论诗绝句三十首》甚至将孟郊贬之为“东野穷愁死不休，高天厚地一诗囚”。而闻一多却指出孟诗主要特点有二：“写实”与“敢骂”。[①] 对孟郊之穷愁，他揆之以“真”而颇多肯定。一般的文学史论著多奉“现实主义”之说，而以白居易接武杜甫，闻一多却敏锐地指出杜、白之异，从而也发现了孟郊作为继承者、师法者的特有取向。他认为孟郊的写实颇同于杜甫而异于白居易。闻一多在谈到《箧中集》作者时曾指出：

> 他们首先调整了文学与人生的关系，认定了诗人的责任，这种精神在中国

① 《闻一多论古典文学·孟郊》153—156 页，下引此文不另注出处。

> 诗坛是空前绝后的……中唐承继这派作风的有孟郊和白居易两人。但白居易仅喊喊口号而已，除《新乐府》之外，其他作品跟人生关系无多大联系，他的成功是杂体诗（如《长恨歌》和《琵琶行》等）和闲适诗而不是社会诗。只有孟郊是始终走着文学与人生合一的大路。①

白居易亦有大量反映现实，表现民生疾苦的讽喻诗，但由于讽喻诗的创作是旨在“为君、为臣、为事而作”，其“干政”的理性意义始终处于主导地位，故而闻一多认为它们只是“在朝居官任内写的一些宣扬政教的政治文献而已”，是有意的创作而非感情的自然流露，虽不乏尖锐深刻，但毕竟隔靴搔痒，总缺乏一种有血有肉的感人的力量。而“孟郊并没有做过成套的‘新乐府’，他如果哭，还是为他自身的穷愁而哭的次数多，然而他的态度，沉着而有锋棱，却最合于一个伟大的理想的条件”。② 如用白居易本人所拟的“根情、苗言、华声、实义”（《与元九书》）的定义，其讽喻诗固以义见长，却终乏感同身受之情；而孟郊一生穷愁潦倒，历尽酸辛，他的诗歌多是这种穷愁生活的实录。如《答友人赠炭》：“青山白屋有仁人，赠炭价重双乌银。驱却坐上千重寒，烧出炉中一片春。吹霞弄日光不定，暖得曲身成直身。”欧阳修评之曰：“非其身备尝之，不能道此句也。”（《六一诗话》）极确。又如《秋怀》其二：“秋月颜色冰，老客志气单。冷露滴梦破，峭风梳骨寒。席上印病文，肠中转愁盘。疑虑无所凭，虚听多无端。梧桐枯峥嵘，声响如哀弹。”写自己毕生奔波仕途的失意遭遇和晚境的穷愁困苦，极为凄凉哀怨。其他如“借车载家具，家具少于车”（《借车》），“秋至老更贫，破屋无门扉。一片月落床，四壁风入衣”（《秋怀》）等等，皆为“身备尝之”之语。即使是代百姓立言的诗也因有亲身体验而写得格外动人，如他的《寒地百姓吟》写寒地百姓在冻馁难熬之际的反常心理：“寒者愿为蛾，烧死彼华膏。华膏隔仙罗，虚绕千万遭。到头落地死，踏地为游遨。游遨者谁子，君子为郁陶。”为取片刻温暖居然愿意变为扑火飞蛾，可见生不如死之惨痛！然更惨痛者是求死竟不能！将贫苦百姓生死两难的可悲命运写得如此入木三分，悱恻动人，试将之与韩愈《苦寒行》中对鸟雀受冻心理的描写作一比较：“啾啾窗间雀，所愿晷刻淹。不如弹射死，却得亲炮燖”构思亦可谓新颖奇僻，却不如孟诗表现得那么悲愤，那么能引起人们共鸣，原因即在于寒地百姓的感受，孟郊亦曾身备尝之，就像杜甫那些出于颠沛流离的生活感受和自然流露的真实感情的诗歌一样，孟郊的诗也不是有计划地“做”出来的。曾讥笑孟郊为“寒虫号”的苏轼倒是说了几句实在话：“我憎孟郊诗，复作孟郊语。饥肠自鸣唤，空壁转饥鼠。诗从肺腑出，出则愁肺腑。”（《读孟郊诗二首》）正因为如此，闻一多对于唐代写实诗的发展提出他的看法：

---

① 《闻一多论古典文学》122 页。

② 《〈烙印〉序》，《全集》2 卷 175—176 页。

> 孟郊是以毕生精力和亲身的感受用诗向封建社会提出血泪的控诉，它动人的力量当然要远超过那些代人哭丧式的纯客观描写，它是那么紧紧扣人心弦，即使让人读了感到不快，但谁也不能否认它展开的是一个充满不平而又是活生生地有血有肉的真实世界，使人读了想到自己该怎么办。所以，从中国诗的整个发展过程来看，我认为最能结合自己生活实践继承发扬杜甫写实精神，为写实诗歌继续向前发展开出一条新路的，似乎应该是终生苦吟的孟东野，而不是知足保和的白乐天。

闻一多对白居易的评价或许偏低，但却强调真实的生活和真实的感情是诗歌创作的命脉，并以此作为判断诗人创作成就的标准，肯定了感情抒发之“真”要高于理性制约之“善”，也坚持了文学的本原在于情，而非“干政”之偏于“理”，正是他“求真”原则的体现。

然而孟郊的写实又不同于杜甫，因为他“敢骂”：

> 孟郊一变前人温柔敦厚的作风，以破口大骂为工，句多凄苦，使人读了不快，但他的快意处也在这里，颇有点像现代人读俄国陀斯妥耶夫斯基小说的那种味道。

孟郊的敢骂仍源于他生活的穷苦，“惟其生计艰难，故入世最深，深情迸发，形成他愤世骂俗的突出风格”。他咒世道不古：“因冻死得食，杀风仍不休。以兵为仁义，仁义生刀头。刀头仁义腥，君子不可求。波澜抽剑冰，相劈如仇雠。”（《寒溪九首》其六）他骂人心险恶：“今人表似人，兽心安可测。虽笑未必和，虽哭未必戚。面结口头交，肚里生荆棘。”（《择友》）或怨天尤人：“古若不置兵，天下无战争。古若不置名，道路元欹倾。太行耸巍峨，是天产不平。黄河奔浊浪，是天生不清。”（《自叹》）或怒今斥古：“古詈舌不死，至今书云云。今人咏古书，善恶自宜分。秦火不爇舌，秦火空爇文。所以詈更生，至今横絪缊。”（《秋怀》）皆能对人情世态作大胆揭露和激烈抨击。“韩昌黎称他这种骂风叫‘不平则鸣’，可见他在继承杜甫的写实精神外，还加上了敢骂的特色，它不仅显示了时代的阴影，更加强了写实艺术的批判力量。这和后来苏轼鼓吹的‘每饭不忘君父’的杜甫精神显然是对立的。”

闻一多论证了孟郊诗敢骂的原因、特点和作用，它既不同于白居易出于改良社会之目的而作的理性分析，也不同于杜甫出于致君尧舜之目的而发的感叹劝告，而颇类于18—19世纪批判现实主义的创作倾向，由愤懑不平而发泄、批判。闻一多对这种批判力量给予很高评价，他曾在鲁迅先生追悼会上说：“唐朝的韩愈跟现代的鲁迅都是除了文章以外还要顾及到国家民族永久的前途，他们不劝人作好事，而是骂人叫人不敢作坏事。”① 这种战斗反抗的态度正是批判现实主义文学的精华，也是孟郊始终坚持“文学与人生合一”，并“沉着而有锋棱”地“为写实诗歌继续向前发展开出”的“一条新路”。一般论述韩、孟诗派多从其奇险寒涩处着眼，闻一多却进而看到了奇险寒涩的深层原因，并肯定了以“敢骂”的冷峻笔调揭示社会丑恶的力量：

> 谈到孟郊，我于是想起所谓好诗的问题。孟郊的诗，自从苏轼以来，是不曾被人真诚的认为上品好诗的。站在苏轼的立场上看孟郊，当然不顺眼……苏轼可以拿他的标准抹杀孟郊，我们何尝不可以拿孟郊的标准否定苏轼呢？即令苏轼和苏轼的传统有优先权占用“诗”字，好了，让苏轼去他的，带着他的诗去！我们不要诗了。我们只要生活，生活磨出来的力，像孟郊所给我们的。是“空螯”也好，是“蜇吻涩齿”或“如嚼木瓜，齿缺舌敝，不知味之所在”也好，我们还是要吃，因为那才可以磨炼我们的力。

此乃1933年7月为臧克家新诗集《烙印》所作序中一段，并非古典文学的学术专论，对苏轼的评价也非学术定评，自然有其特定时代和环境的要求、认识和意义，但仍可反映出闻一多对生活与诗的关系的一贯主张，如果说，强调真生活、真感情是其“求真”原则的体现的话，那么，强调对现实批判的力，生活磨出来的力，未尝不可看作其“求善”原则的运用了。

除了“写实”与“敢骂”的主要特点之外，闻一多还注意到了孟郊诗中所显示出来的宋诗的先兆，他从唐音和宋调转接的角度论述了孟郊诗的创新之处。

一是写实炼意的诗境。

闻一多指出：“古今中外诗境当不脱唐宋人所造的两种境界，前者是浪漫的，后者是写实的；唐人贵镕情而宋人重炼意，所谓炼意，即诗人多谈哲理的作风。”他举孟诗《听蓝溪僧为元居士说维摩经》“……空景忽开霁，雪化犹在衣。洗然水溪昼，寒物生光辉”云：“此写雪景，亦反映孟郊的心境，东坡等喜学此格。”又《访嵩阳道士不遇》句“日下鹤过时，人间空落影”云：“是双关语，宋诗格调发源于此。”又《桐庐山中赠李明府》句“千山不隐响，一叶动亦闻”云：“写极静境界妙极。”皆已具宋诗融理于境的特色。

二是上一下四的句法。

杜甫已有“以文为诗”之举，韩、孟继之，其表现之一就是改变诗的组合结构和节奏而汲取散文句式，上一下四的句法即为代表。孟诗《怀南岳隐士》颔联云：“藏千寻瀑水，出十八高僧。”闻一多指出：“在句法上创上一下四格，打破前例，使晚唐和宋人享用无穷。黄山谷（庭坚）赞东坡诗有句云：‘公如大江楚，吞五湖

① 《全集》2卷350页。

三江。’即用此格。”这又是在寻求江西诗派最重视的句法源头了。为造成瘦硬拗峭之美，江西诗派亦常打破诗的自然节奏，而孟郊这种“横空盘硬语，妥帖力排奡”（韩愈《荐士》）的“硬语”之力，正好成为这种语言取向之先导。黄庭坚即喜用此格，除上引诗外，《题竹石牧牛》中“石吾甚爱之”亦是。

三是丑中求美的手法。

闻一多指出孟郊《怀南岳隐士》第二首颈联“枫梩榰酒瓮，鹤虱落琴床”云：“这又是向丑中求美的表现，后来成为宋诗的一种重要特色。”

这种丑中求美的手法乃中国艺术的最大特点之一，其实在《庄子》中即已存在。庄子认为美丑具有相对性，《齐物论》说：“厉与西施，恢诡谲怪，道通为一。”《山木》中则有“逆旅小子”以丑妾为贵，美妾为贱的寓言。由美的相对性进而发展为“臭腐化为神奇，神奇复化为臭腐”（《知北游》）的相互转化论。他也确实创造了一系列化丑为美的形象，如《人间世》中的支离疏，形体支离不全，却与丑木一样得“终其天年”；《德充符》中有鲁国的兀者（被刖足）王骀及另一兀者叔山无趾、卫国的哀骀它，都属“才全而德不形者”。哀骀它“丈夫与之处者，思而不能去也。妇人见之，请于父母曰：‘与为人妻，宁为夫子妾’者，十数而未止也”。原因在于“非爱其形也，爱使其形者也”。这种丑中求美的手法到中唐韩、孟诗派更有发展。中唐诗坛求新、求变、求怪奇的风气使韩、孟等人常将一些丑陋可憎不宜入诗的事物写得想落天外，生动有趣，如韩愈的《陆浑山火》、《苦寒》、《嘲鼾睡》等等，给人以极强烈的印象。孟郊亦早在建中元年所作的《往河阳宿峡陵寄李侍御》诗中即已表现出以丑怪求美的倾向，他的写景状物皆不以圆融为美，而颇见怪怪奇奇。但相对于韩愈的狠重怒张、神奇鬼怪、匪夷所思而言，孟郊的丑中求美更具枯槁瘦劲、阴僻冷峭的特色，也更贴近日常生活。如《秋怀》之五：“病骨可剸物，酸呻亦成文。瘦攒如此枯，壮落随西曛”、之九“冷露多瘁索，枯风晓吹嘘。秋深月清苦，虫老声粗疏”、之十三“日中视馀疮，暗隙闻绳蝇。彼噢一何酷，此味半点凝”、《吊卢殷》之一“久病床席尸，护丧童仆孱。故书穷鼠啮，狼藉一室间”、《偷诗》“饿犬龇枯骨，自吃馋饥涎”、《戏赠无本》之一“瘦僧卧冰凌，嘲咏含金痍……有时踉跄行，人惊鹤阿师”、《京山行》“众虻聚病马，流血不得行”等等，日常生活中琐屑不雅的情事在他笔下得到较为广泛的关注，这自然与孟郊坚持以真生活真感受为诗，多抒其穷愁困苦有密切关系。恰恰是孟的这种贴近日常生活的丑中求美的手法在宋人诗中得到更广泛的运用。苏舜钦、梅尧臣、欧阳修等将这块唐人还未及充分开拓的领域大大扩展，尤以梅尧臣为突出。钱钟书曾指出：“他要矫正华而不实、大而无当的习气，就每每一本正经的用些笨重干燥不很像诗的词句来写琐碎丑恶不大入诗的事物。”[①] 诸如破庙、丑妓、虱子、跳蚤甚至乌鸦啄食厕

① 《宋诗选注》，人民文学出版社1958年版16页。

中的蛆等等，宋诗好为新奇，力避陈熟的风气恰恰在韩、孟诗派的丑中求美中找到了一条可供发展的途径。

孟郊已如上述，而对与之并称的贾岛，闻一多则从另一新的角度给予评价。

贾岛并非大诗人，对后代的影响却颇大，正如闻一多所指出的：贾岛“是唐以后各时代共同的贾岛”①，因此对他的研究便极具代表性。那么，贾岛的诗歌究竟有何特征？他为什么会在那个时代出现？他何以在文学史上有如此影响？闻一多通过层层剖析，提出了自己独到的看法。

他首先描述了贾岛诗产生的诗坛背景及其诗歌特征：

> 这像是元和长庆间诗坛动态中的三个较有力的新趋势。这边老年的孟郊，正哼着他那沙涩而带芒刺感的五古，恶毒的咒骂世道人心，夹在咒骂声中的，是卢仝刘叉的“插科打诨”和韩愈的宏亮的嗓音，向佛老挑衅。那边元稹、张籍、王建等，在白居易的改良社会的大纛下，用律动的乐府调子，对社会泣诉着他们那各阶层中病态的小悲剧。同时远远的，在古老的禅房或一个小县的廨署里，贾岛、姚合领着一群青年人做诗，为各人自己的出路，也为着癖好，做一种阴黯情调的五言律诗。

这里且不说对中唐诗坛三派概括的独到性（下文将论及），光看其对贾岛诗歌特征的归纳，就是极为精要的：作者——青年人；环境——古老禅房或小县廨署；目的——自己的出路和癖好；题材——远离社会的个人世界；体裁——五律；情调——阴黯。

接着，闻一多提出了三个问题：“贾岛和他的徒众，为什么在别人忙着救世时，自己只顾做诗?”“为什么单做五律?”“为什么老是那一套阴霾、凛冽、峭硬的情调?”《贾岛》全文就是对这三个问题的解答，而在这剥茧抽丝的解答过程中，闻一多不仅向我们展示了“整个的贾岛”，也为我们总结出文学史发展的重要规律。

对第一个问题，闻一多归结为“旧中国传统社会制度下的正常状态”，只有像韩愈、白居易那样或已成名或已通籍，才在权位上有说话做事的机会和责任；而像贾岛这样没功名没宦籍的青年人，是不可以越俎代庖去肩负对国家社会的崇高责任的。要想取得这种资格，只有拼命做诗以混得及第得官。虽说从整个唐代社会而言，仕进是士人的唯一出路，且科举又是步入仕途的最好阶梯，但盛唐时代科举并不限于以诗赋取士，有设非常之科以待非常之举的制科，有征辟、荐举等选拔人才之法，因此，盛唐士人普遍具有“天生我才必有用”的自负自信，他们不必都去挤科举那座独木桥，而怀着像李白那样羞与群鸡争食，希冀以布衣直取卿相的宏伟抱负。然

① 《贾岛》，《全集》6卷56—61页，下引此文不另注出处。

而安史之乱后，随着唐王朝官僚机构的日益庞大腐败，以门第勋位得官者日益增多，寒士的晋身之阶却越来越险仄，他们的出路几乎只有科举一途，在这座越来越窄的独木桥上，他们不拼命做诗以求一搏，又还能有什么出路？即使已经成名的白居易，在回忆自己入仕途中的艰难情状时也不无感慨：“十五六始知有进士，苦节读书。二十年来，昼课赋，夜课书，间又课诗，不遑寝息矣，以至于口舌成疮，手肘成胝，既壮而肤革不半盈，未老而齿发早衰白，瞥瞥然如飞蝇垂珠在眸子中也，动以万数。盖以苦学力文所致，又自悲矣。”① 又何况“时运不济”的贾岛们呢？“只好做一辈子诗”了。“为责任做诗以自课，为情绪做诗以自遣。贾岛便是在这古怪制度之下被牺牲，也被玉成了的一个。”“老年人中年人忙着挽救人心，改良社会，青年人反不闻不问，只顾躲在幽静的角落里做诗”，从这个今天看来“新奇”，在封建社会却是“正常”的社会现象中，闻一多挖掘出了产生贾岛们的社会制度的根源。

第二个问题其实与第一个相关，还是一个士人出路的问题。“做五律即等于做功课”，这真是对贾岛诗歌体裁运用目的的最中肯的说明。当然，除了“做功课”这个最主要的目的之外，体裁本身所具特征也是贾岛为何多写五律的原因。与五古的便于议论，乐府的便于叙事相比，五律更便于写景、寓情，或者说更便于营造一种氛围，表达一种官觉的感受，而这与贾岛的诗歌创作目的和诗歌风格情调也是密不可分的。

闻一多提出并回答的这两个问题，初看来似乎就是一般意义上士人的进身与科举之关系，但他却非泛泛而谈，而是就中晚唐这个特殊阶段寒士的人生之路与诗歌创作的关系，从创作背景到创作目的到选用体裁之间的前因后果都作了严谨的分析论证。

对第三个问题的解答应是本文的重点，贾岛“做诗为什么老是那一套阴霾、凛冽、峭硬的情调呢？”闻一多从宗教文化、审美意识和世纪末心态等方面对此展开了他独有的历史文化研究，并得出了迥异于前人而又令人信服的结论。他将贾岛诗中这种阴冷峭硬的情调归结为“人生的半面”，是一种“属于人生背面的、消极的、与常情背道而驰的趣味”，是对“那荒凉得几乎狞恶的‘时代相’”的写真，总之，是对人生消极面、黑暗面、丑陋面的探索，它的特征是题材的狭小精致和情调的阴暗僻苦，举凡哀蝉行蛇、湿苔树瘿、孤鸿怪禽、寒夜黄昏都是他入诗的好材料，而孤独冷寂、恐怖悲泣则是其诗境常有的氛围。当然，对于上述特征，宋代苏轼即已用“郊寒岛瘦”予以概括，但闻一多却从更深广的角度对其形成原因及其价值作了新的探索和肯定。

先从宗教文化的角度，说明贾岛诗风与其早年禅房教育的渊源关系。禅宗在大历间已得到士人青睐，到元和间更是盛行于世。它的影响有两方面，一是对士人生

---

① 《与元九书》。

活和诗歌题材的影响，在《王绩》一文中，闻一多即指出："中唐以后，士风大变，大部分读书人为了生活出家为僧，便产生了歌颂僧侣生活的诗歌，贾岛应运而生，不是很自然的事吗？"① 一是对士人心态和诗歌风格的影响，尤其对于曾经是僧无本的贾岛来说，"一个人前半辈子的蒲团生涯，不能因一旦返俗，便与他后半辈子完全无关，则现在的贾岛，形貌上虽是个儒生，骨子里恐怕还有个释子在"。佛家苦海无边，四大皆空的世界观使得他对于目前这个"走上了末路的，荒凉、寂寞、空虚，一切罩在一层铅灰色调中的时代"感到调和一致；禅宗的不执着，随缘旷放又使得"他对于时代不至如孟郊那样愤恨，或白居易那样悲伤，反之，他却能立于一种超然地位"。因为不愤恨，所以他没有孟郊那般恶毒的咒骂；因为不悲伤，所以他也没有白居易那种悲剧的泣诉；因为能保持超然心态，所以他对"一切属于人生背面的，消极的，与常情背道而驰的趣味"感到"亲切融洽"，"觉得与它们臭味相投"，无怪乎他的诗歌总是笼罩着一层虽阴黯却和谐的氛围，绝不像孟郊那般"沙涩而带芒刺感"。

闻一多在研究佛禅文化与贾岛诗风关系的同时，实际上又涉及中晚唐审美意识的发展变化，这就是以丑为美。如前所述，以丑为美的手法从先秦庄子到中唐韩、孟诗派更有发展，但相对于韩愈的狠重怒张，孟郊的阴僻冷峭和李贺的畸异诡激，贾岛的以丑为美又有他的独特之处，那就是虽僻涩而平淡，虽然表面看来，似乎"他爱静、爱瘦、爱冷，也爱这些情调的象征——鹤、石、冰雪"，"他爱深夜过于黄昏，爱冬过于秋。他甚至爱贫、病、丑和恐怖"，但实际上，"他只觉得与它们臭味相投罢了。更说不上好奇。他实在因为那些东西太不奇，太平易近人，才觉得它们'可人'，而喜欢常常注视它们"。虽然一方面他也受中唐诗坛好奇尚怪之风影响，"避千门万户之广衢，走羊肠鸟道之仄径，志在独开生面，遂成僻涩一体"；但另一方面在佛禅浸染的超然心态中，他将韩、孟诗派的狂恣纵肆易之以凡近平淡，将他们那些主观想象中不可逼视的骇人之景写得历历目前，可以"端详它，摩挲它，仿佛一件失而复得的心爱的什物样"，所谓"奸穷怪变得，往往造平淡"（韩愈《送无本师归范阳》），这些迹近凡俗的生活中的丑就获得了艺术上不俗的美。② 贾岛这种以丑为美或化丑为美的审美意识既是对庄子以来尤其是韩、孟诗派审美观的集中体现和发展，又是对韩孟诗派审美模式的突破。闻一多敏锐地把握住这一审美时尚的发展趋势和意义：

> 真的，这整个人生的半面，犹如一日之中有夜，四时中有秋冬——为什么老被保留着不许窥探？

---

① 《闻一多论古典文学》88页。
② 清代许印芳《诗法萃编》卷六。

闻一多之所以充分肯定贾岛对于“人生的半面”探索的价值，是与他自己的审美观密切相关的。他特别强调艺术创造的美，反对过于写实的美，他认为：

绝对的写实主义便是艺术的破产。“自然的终点便是艺术的起点”，王尔德说得很对。自然并不尽是美的。自然中有美的时候，是自然类似艺术的时候。①

如果照搬自然就会失去美，也就不能称为真。真正的美应该是从实际生活中选择美的材料或将丑的材料进行艺术加工，再将它与诗人自己的理想情操相结合并附之于美的形式。基于这样的认识，闻一多对以丑为美或化丑为美是肯定的，并在自己的创作中一以贯之。如他的新诗《死水》，这是一首对黑暗社会充满怨毒诅咒的诗，但闻一多并不是将象征丑陋事物的臭水沟赤裸裸地呈现出来以致使人感觉不舒服，而是将其经过修饰搬进文学作品，全诗写得那么典丽繁缛，使之既真实反映了生活的丑，同时又具有了艺术的美。我们不能据此批评闻一多是唯美主义者，因为对人生半面窥探的目的，化丑为美的最终目的，正如他在新诗《奇迹》里所宣称的那样：

我要的是整个的，正面的美。②

这与闻一多一贯坚持的以真、善、美的标准来评价中国古代文学的研究原则是一致的。

我们还可注意到，在论析贾岛的诗风特征和审美趣味时，闻一多对整个中唐诗坛创作趋向作了宏观的概述，某些方面或有可商榷之处，如卢仝、刘叉是否属“插科打诨”之类，但将贾岛从韩孟、元白两大诗派中划出来，特别是将一贯并称的“郊寒岛瘦”划归两个集团，却是颇具识见的。“郊寒岛瘦”确是寒士诗人的范式，却是两个迥然不同的范式。

首先是两人生活的时代不同，孟郊大贾岛28岁，前者主要生活在贞元至元和初的儒学复兴时代，后者主要活动于元和之后的社会衰落期。其次两人的主导思想也不同，孟郊奉行儒家用世哲学，虽也因命运偃蹇而亲近过庄禅，却始终未彻底离开儒家思想而转向；贾岛虽也有过强烈的用世之心，但骨子里却是释家人生观。由此造成两人创作倾向的根本区别。

再从创作主张看，孟郊对诗歌功能、意义的看法基本上是功利主义的，他主张“文高追古昔”（《游韦七洞庭别业》），“下笔证兴亡，陈词备风骨”（《读张碧集》），这些与韩愈的崇儒复古，白居易的匡时济世的文学主张一拍即合，他有强烈

① 《诗的格律》，《全集》2卷138页。
② 《全集》1卷261页。

的使命感，关注社会，关注现实，是属于“为责任做诗以自课”的一类；贾岛生活在唐王朝三大痛疾：藩镇割据、宦官专权、朋党之争更加激剧的年代，任何济世的努力已成徒劳，在政治恐惧症和政治冷淡症的时代氛围中，士人普遍从对社会的关心退缩为对个人命运的关怀，因此贾岛为着出路和癖好全力以赴而做诗，是属于为功课，“为情绪做诗以自遣”的一类。这些都明显表现在两人诗歌题材、情调、体裁、风格诸方面。

如孟郊多写人事、社会；贾岛则倾心于庄禅的自然境界。对于世态炎凉，孟郊的情感是怨愤的，面对黑暗现实，他愤世嫉俗，采取的是骂世的态度；贾岛的情调则是微微的酸涩，面对不可挽回的衰世，他顾影自怜，采取的是玩味的态度。孟郊为发议论而多用古体，重在炼意却不重音律，因此虽显得“格致高古，词意精确”①，却免不了“沙涩而带芒刺感”的狠峭尖利；贾岛为做功课、写情调而“单做五律”，重在炼句却缺乏立意，因此虽显得精致深婉，“诚有警句。然视其全篇，意思殊馁”②。

总之，孟、贾二人诗歌虽都有悲愁寒苦的思想内容，也呈现出清苦瘦硬的艺术风格，但其“寒”、其“瘦”却具有不同的内涵，呈现出不同风貌。如同闻一多对“王、杨、卢、骆”之间“同点恐怕还不如异点多”的敏锐观察一样，他对“郊寒岛瘦”亦提出了迥异于传统而又令人信服的看法。同时，也如同闻一多将“四杰”分属两个集团而使唐诗在初唐阶段的演进轨迹更加明晰一样，他将孟、贾分为两派，也更有利于我们了解中晚唐诗人的创作心态尤其是“世纪末心态”的形成轨迹及其影响，这也许正是闻一多分论郊、岛的深意。

如前所述，贾岛与韩孟、元白的创作倾向是根本不同的，简言之，韩孟、元白是儒家的创作思想，是前进的、抗争的态度；贾岛是庄禅的创作思想，是退缩的、休息的态度。而在贾岛的时代，后者的创作方法无疑更受欢迎。因为“初唐的华贵，盛唐的壮丽，以及最近十才子的秀媚，都已腻味了，而且容易引起一种幻灭感”，韩孟诗派的，恶毒咒骂与元白诗派的悲伤泣诉似乎给他们指出了新的途径，但前者过于乖张激烈而后者过于哀怨冗长，都是让人耗费热情而“声嘶力竭”的，“在多年的热情与感伤中，他们的感情也疲乏了”，于是，在情趣的腻味之中，贾岛的清凉酸涩给了他们以“酣畅的满足”；在感情的疲乏之后，贾岛的恬淡自安又为他们提供了一个理想的休息场所，无需理性的思考和感情的损耗：

> 让感情和思想都睡去，只感官张着眼睛往有清凉色调的地带涉猎去，“叩齿坐明月，搘颐望白云”，休息又休息。对了，惟有休息可以驱除疲惫，恢复气力，以便应付下一场的紧张。休息，这政治思想中的老方案，在文艺态度上

---

① 张戒《岁寒堂诗话》卷上。

② 司空图《与李生论诗书》。

可说是第一次被贾岛发现的。

正如闻一多所指出的，贾岛之前，人们即使在政治上采取退隐休息的态度之后，也往往在文艺创作中或以愤世嫉俗来宣泄，或以幻想幻境来转移，或以理想王国来寄托，希冀从文艺创作中得到有效的补偿。以隐逸著称的山水田园诗人陶渊明、孟浩然、王维无不如是，更遑论其他积极入世的诗人了。而贾岛生当末世，空负文才，屡试不第，成为寒士典型，几经人世坎坷，所谓“古镜重经几度磨”（《黎阳寄姚合》）后，他已然是“世界此心疏”（《孟融逸人》），对世事由萦系于怀到漠然视之到彻底抛却，而将全身心投入诗歌创作之中，从其“二句三年得，一吟双泪流。知音如不赏，归卧故山秋”可见其认真做诗的程度。然而他的写诗既非为社会的匡时济世，也非为个人的言志抒情，而是在狭窄的题材和阴黯的情调中“摩挲”着这“人生的半面”带给他的酣畅的满足感，哪怕是“春意留恋在严冬的边缘上”，“温馨与凄清糅和在一起”，这清凉而酸涩的口味是那样的亲切可人，他是真正把他的诗歌当作心灵休憩的宁静海湾了，既然是休息，就不必“向大自然追求真理，以出汗的态度，积极的精神作诗”，而是“享受自然，随意欣赏，写成诗句，娱己娱人”[①] 五言律诗也最适合“拈拾景物来烘托情调”，只要看看晚唐五律三千八百多首占四期中最多，就可知道贾岛们又是如何样在精致的形式中来玩味着“竞趋名场，殚工韵律”[②] 的创作快感。在这个理想的休息场所里，士人们既可以从险恶的政治环境中求得解脱，又可以在凡俗的尘世里保持节操，还可以在情趣的腻味之后得到调剂，一句话，可以在人生的挣扎与感情的疲乏之后得到释放和休息，它实在为那些既不愿沉沦堕落又无法精忠报国、既远离政治中心又想体现自己人生价值却又才力平平的“大众的诗人”提供了一个极好的模式，这个模式真是垂范久远，尤其是在末世，无怪乎闻一多要感叹道：

> 为什么几乎每个朝代的末叶都有回向贾岛的趋势？宋末的四灵，明末的钟谭，以至清末的同光派，都是如此。不宁惟是，即宋代江西派在中国诗史上所代表的新阶段，大部分不也是从贾岛那分遗产中得来的赢余吗？可见每个在动乱中毁灭的前夕都需要休息，也都要全部的接受贾岛，而在平时，也未尝不可以部分接受他，作为一种调剂，贾岛毕竟不单是晚唐五代的贾岛，而是唐以后各时代共同的贾岛。

这种末世心态在贾岛诗中蔚为大观，“诚然过去的诗人也偶尔触及到，却没有如今这样大量的，彻底被发掘过，花样层次也没有这样丰富”，所以贾岛才比孟郊

---

① 《闻一多论古典文学》119页。
② 胡震亨《唐音癸签》卷二十七。

得到后世更多的崇拜。

闻一多深刻地认识到文学发展过程中文学现象变化的直接原因是作者的心态变化，而心态变化又受制于时代的政治、经济和文艺思潮。因此，他将作家作品放入时代大背景中来探讨所归纳出来的末世回归贾岛现象及其原因，无疑是文学史上一条重要的发展规律。如果说，贾岛是第一个在文艺态度上发现了“休息”方案的人，那么闻一多则是第一个末世贾岛现象的发现者和论述者。

尽管闻一多将“郊寒岛瘦”分属两个集团并从不同角度分述其诗歌创作，但我们仍可看出其异中之同，即都与对待现实的态度有关，不过孟是从紧贴现实的角度而贾是从远离现实的角度，这除了与作为学者的闻一多独有的历史文化研究的视角有关之外，也许与作为斗士的闻一多在抗战时期对于现实的关注更有关系吧！

有了闻一多的精心指引和精彩解说，我们游历了这段唐诗的美的航程。爱美的闻一多指点我们领略了气象万千的画面：朝暾方吐，晨雾初散的静美；丽日中天，百川赴海的壮美；夕阳西下，縠纹皱江的秀美；夜色深沉，江灯渔火的幽美……爱真也爱善的闻一多更指点我们去观察这画面形成的原因和过程，为此，他有时要提醒我们注意那易为忽略却又对形成画面美至关重要的景点，有时甚至要为我们拨去迷雾看其真面。如果用“海纳百川”来形容浑涵万状的唐诗的话，那么闻一多不仅仅让我们欣赏到海面的风云变幻和美丽奇妙，更让我们去探索这百川的来源和流向，去了解那积淀了几千年的广阔深沉的海底世界。因此，这十数篇唐诗专论，虽然涉及的都是一般文学史都会涉及的作家作品，但在闻一多笔下却显得如此丰富多彩！然而它的价值不仅仅在于为我们提供了一种感性的“美”，更在于一种理性的“真”以及这“真”中所包容的“善”。

正如恩格斯在《诗歌和散文中的德国社会主义》中所指出的：

> 歌德在德国文学史的出现是由这个历史结构安排好了的。①

如果把“歌德”看作文学人物或文学现象的代名词的话，我们不妨将此话移之于闻一多所论述的唐诗发展史的现象，它们看来似乎是一些散见的点，但并非随意出现，而是由“历史结构安排好了的”，闻一多按照这个结构的原貌，竭力将点串成一根红线，让我们看到其发展的脉络和必然趋向。如：有了六朝的学术建设，就有了唐初兴盛期类书的编撰，而它对文学的影响就产生了类书式的诗；有了“天可汗”唐太宗马上生涯的东征西讨，就有了他对于另一类生活情趣的需求而提倡宫体诗；而宫体诗发展到一定程度后必然与大唐帝国昂扬进取的时代精神不相符合，故产生了心理与时空的由内向外的宇宙意识，诗歌由宫廷走向江山塞漠和市井人生，

① 《马克思、恩格斯、列宁、斯大林论文艺》，人民文学出版社1980年版37页。

完成了宫体诗的自赎自救；走向市井，就有了反映现实的四杰和陈子昂，走向江山塞漠，就有了王、孟的山水田园和高、岑、王昌龄的边塞风光，这就与唐王朝的历史发展趋向一致；在历史发展最丰富多彩的盛唐时代，就出现了生活色彩和阶级色彩最典型的“三才”李、杜、王；经过时代巨大事变之后，就笼罩着大历十才子的时代感伤；在消失了建功立业的热望之后有了寒士的苦吟，在感情的疲乏之后又有了休息的渴望以及由动趋静，由外扩而内敛的世纪末的创作心态，这就有了孟郊新风和贾岛现象的先后出现……这些看似平淡无奇且易为文学史家所忽略的点，在闻一多的串连和寻绎下，便在历史的天空中熠熠闪光了。虽然这只是一次简单的巡礼，但我们要感谢不朽的学者闻一多，为我们重新演绎了使我们感受更为丰富深刻的“诗唐”大观！

八　文学史观与独到的文学史研究

中国文学史的编纂，是建立了近代“史”的观念之后的产物，同时也与“西风东渐”大有关系。有资料表明，1880 年出版的俄罗斯瓦西里耶夫著《中国文学史纲要》，虽仅有163 页，却是第一部中国文学史著作。此书影响不大，所以一般认为第一部名为《中国文学史》的，是英国人赫伯特·贾尔斯所著，全书八章，共 448 页，1901 年在伦敦出版。作者曾任英国驻宁波领事馆领事，在华 20 多年，返英后任教于剑桥大学。另一部德国人葛鲁贝著《中国文学史》，1902 年出版于莱比锡，467 页。而汉学最发达的日本，则在十九世纪末已有右城贞吉《支那文学史》（1897 年）、笹川种郎《支那文学史》（1898 年）、中根淑《支那文学史要》（1900 年）等陆续问世。

中国人自己编写中国文学史，始于 1904 年。其时，京师大学堂学习日本的大学课程建制，开始讲授文学史课，主讲课程的林传甲自 1904 年 5 月起，用四个月时间编出《中国文学史》讲义 16 篇，于同年印行（署名林归云）。1910 年 4 月起在《广益丛报》连载，同年 6 月正式出版。黄人在 1904 年任教东吴大学时，开始撰写《中国文学史》，写于 1909 年以后，印行在林著之后。①

林、黄两种文学史著作，体例上、篇幅上都有很大差异，但都带有草创时期的共同缺陷：虽吸收了新观念，但其主体仍是中国传统学术的内容、模式。直到郑振铎《插图本中国文学史》在二十多年后问世，才表现出全新的特点：采用进化论的观点，将法国人丹纳所说的环境、时代、人种作为文学发展的三要素，注重外来影响和民间影响，采用古代、中世、近代分期法等，体现出较强、较系统的理论性。综观 1930 年前后到 1940 年前后，除郑振铎《插图本中国文学史》（1932 年）、《中国俗文学史》（1938 年）外，谭正璧《中国文学进化史》（1929 年）、刘大杰《中国文学发展史》（上卷，1941 年）等，也有较大影响，都是以“五四”以来进化论的文学史观指导写作的成果。

闻一多先生的文学史研究是在唐诗、《诗经》、《楚辞》、《庄子》、神话等领域的研究基础上进行的，用他 1943 年 11 月给臧克家信中的话来说就是：“从青岛时代起，经过了十几年，到现在，我的‘文章’才渐渐上题了，因为经过十余年故纸堆中的生活，我有了把握，看清了我们这民族，这文化的病症，我敢于开方了。单方的形式是什么——一部文学史（诗的史）……”② 虽因他的壮烈牺牲而未能写成，

---

① 以上据王水照《半肖居笔记·第一部〈中国文学史〉》。

② 《全集》12 卷 380 页。

留下的有关著作，已可知他的写作主旨和设想，可看出其概貌。

闻先生有关中国文学史的著作收入《全集·文学史编》的计九种：《歌与诗》、《文学的历史动向》、《四千年文学大势鸟瞰》、《中国上古文学》、《易林琼枝》、《中国上古文学年表》、《唐文学年表》、《律诗底研究》、《七十二》。其中的《易林琼枝》、《七十二》前已论，这里论七种，并兼及一些文艺评论文章。

《歌与诗》是作者计划中的一部《中国上古文学史讲稿》的一章，原载1939年6月5日昆明《中央日报》副刊《平明》第16期，曾收入开明版《全集·神话与诗》。《文学的历史动向》原载1943年12月《当代评论》第4卷第1期，亦曾收入《全集·神话与诗》。《四千年文学大势鸟瞰》原系未刊稿，据两种手稿整理后收入《全集》，这实际上是闻先生拟写《中国文学史》的提纲，最为重要。《中国上古文学》系作者题为《中国文学史稿（一）》手稿的基本部分，经整理者整理后收入《全集》，亦较重要。《易林琼枝》的《附录》涉及文学史，收入本编亦有道理。《中国上古文学年表》系未完稿，原稿从公元前730年（周平王四十一年）至公元220年（汉献帝延康元年），将950年间文学大事逐年列出，经整理后收入《全集》。《唐文学年表》是一份较完整的手稿，排列自公元618年（唐高祖武德元年）至公元906年（唐昭宣帝即哀帝李柷天祐三年），共288年文学大事，经整理后收入《全集》。《律诗底研究》写作最早，成于1922年初，未刊，经整理后收入《全集》。

下面，不取逐部（篇）述评法，而综合、统观、择要地论闻先生的文学史观及其研究中国文学史的主要成就。

（一）在世界文学中定中国文学之地位

闻一多在《中国上古文学》开头中说："'文学史'出于'文学'与'史'，然非'文学'与'史'之混合，乃化合。"这"化合"一说很值得体味，说明文学现象与历史有着内在的必然联系，受着难以移易的规律的制约，是稳固的结合，而非偶然的"混合"。针对"普通的文学史，无头绪，如烟海"的情况，他提出了自己的研究目标：

> 将艺术各部门及中外艺术进行比较，以求要点，即在世界文学中定中国文学之地位，和在整个文化中定中国文学之要点。因文学与史之研究皆在进展中——文学有新认识，史有新发现，中上古文学与史尤然，故须提出假定之纲领，分途研究，以求修正与证实。①

---

①《全集》10卷37页。

由于上古的文学尚未“自觉”，故有将艺术各部门及中外艺术进行比较的设想，给文学以参照系。而“在世界文学中定中国文学之地位”，则是闻一多文学史观的一个重要方面，成为他构建中国文学史的一个重要主导思想。

被视为“开山之作”的林传甲《中国文学史》，以“国学概论”的写法来写历代文体沿革，经、子、史、杂传，直至文字、音韵、训诂、文章作法均入其内，而文体则包括诏策、奏议、书表、碑志、论赞、语录之类的“非文学”或“杂文学”，这种“正统派”的写法，根本没有近代的文学观念，当然也没有世界的观念。“五四”前后，以胡适《文学改良刍议》为代表，提出了文学进化的观念，其《白话文学史》辟专章论佛经翻译对白话文学的影响。而文学进化观与外来影响说，也是郑振铎撰写文学史著作的主要理论支柱。闻一多的文学史观已非简单的进化论可言（下面再论），他关于中国与世界关系的看法，并非外来影响说可限。

闻一多早在1923年6月发表的《〈女神〉之地方色彩》一文，就表达了一种本土文化观，表达了类似于“越是民族的，就越是世界的”之观点。他说：“有人提倡什么世界文学。那么不顾地方色彩的文学就当有了托辞了吗？但这件事能不能是个问题，宜不宜又是个问题。将世界各民族底文学都归成一样的，恐怕文学要失去好多的美……真要建设一个好的世界文学，只有各国文学充分发展其地方色彩，同时又贯以一种共同的时代精神，然后并而观之，各种色料虽互相差异，却又互相调和。这便正符那条艺术底金科玉臬‘变异中之一律’了。”[①] 但是，对中西文化都有深厚学养的闻一多，又极有会通中西的眼光。他在《调整大学文学院中国文学外国语文学二系机构刍议》中，就论及战后的新时代的新要求，认为“中国要近代化”，“不复古，也不媚外”，“我们要放大眼光。建设本国文学的研究与批评”，“要批判的接受，有计划的介绍，要中西兼通。”[②] 有这样的眼光和素养，他在研究中国文学史时，遂有了“在世界文学中定中国文学之地位”的观念和设想。

在《四千年文学大势鸟瞰》这一重要提纲中，闻一多在《第二大期·五百年的歌唱》中，有这样的文字：

> 中国与希腊、印度、以色列四个古老民族文化的比较：中国与希腊——中国列国、希腊城邦，各派思想争鸣。孔子、老子、希伯来、释迦牟尼、苏格拉底。
>
> 以色列、中国皆在公元前一千年左右就有真实历史著录开始，以色列大卫所罗门，中国文王、武王。[③]

很显然，这是将中国置于世界中，是四个古老民族的平行比较，而非只看到

① 《全集》2卷123页。
② 《全集》2卷440页。
③ 《全集》10卷24页。

“受动”、“外来促变”。

《文学的历史动向》更是四个古老民族比较的具体化。此文一开头就很生动地写道：“人类在进化的途程中蹒跚了多少万年，忽然这对近世文明影响最大最深的四个古老民族——中国、印度、以色列、希腊——都在差不多同时猛抬头，迈开了大步。约当纪元前一千年，在这四个国度里，人们都歌唱起来，并将他们的歌记录在文字里，给流传到后代。”又说：“但那歌的性质并非一致的。印度、希腊，是在歌中讲着故事，他们那歌是比较近乎小说戏剧性质的，而且篇幅都很长，而中国、以色列则都唱着以人生与宗教为主题的较短的抒情诗。”“中国，和其余那三个民族一样，在他开宗第一声歌里，便预告了他以后数千年间文学发展的路线……从此以后二千年间，诗——抒情诗，始终是我国文学的正统的类型，甚至除散文外，它是唯一的类型。”“诗似乎也没有在第二个国度里，像它在这里发挥过的那样大的社会功能。在我们这里，一出世，它就是宗教，是政治，是教育，是社交，它是全面的生活。维系封建精神的是礼乐，阐发礼乐意义的是诗，所以诗支持了那整个封建时代的文化。”①这些，就不是在中国文学封闭的系统中的描述，而是在平行比较中识别特点，以寻求、确立中国文学在世界文学中的地位，明白中国何以是“诗国”的原因。

在《中国上古文学·殷周铜器艺术》中，闻一多作了另一类平行比较。他认为：“殷周之际文化当以铜器艺术为主峰”，“文学无可言。”因为“卜辞及早期金文皆朴质无文”，故可证“上古文学为艺术之附庸，犹文字为图案之附产品”。说到文字，其他国家多由象形文字转为拼音文字，“拼音文字折入另一途径，贴近语言”，而中国却是“象形文字固守旧途径，始终保存其图案意味。故中国文字与美术关系密切”。在中国的上古时期，“美术发展在前，文学随之。因之，文学发展之形态亦受美术之支配”。这样，遂形成如此的中西文学比较：

中—图案—骈文—平面中之平面（静空）

绘画—诗

雕刻—（小说）故事

西—

舞蹈—戏剧—立体中之立体（动时）②

虽未展开，其意大体可明，亦大致可概括中西艺术与文学的主要区别。有比较才有鉴别，才有明确的定位。现在我们读宗白华先生的《美学散步》，很为他对中西文艺比较的卓见而倾心，但他的许多论述，就几乎是上面公式的演绎，尽管宗、闻二位谁也没吸取谁的观点，所见却不乏相近、相似之处。

① 《全集》10卷16—17页。
② 《全集》10卷40页。

前面说过，“五四”以后文学史观的一个重要变化，是突破了本位文化的传统观念，注意到了外来的影响。闻一多“在世界文学中定中国文学的地位”，当然也将外来影响放在构建中国文学史新设想的重要地位。他在《四千年文学大势鸟瞰·第二大期》中，将“外来影响，民间影响”作为“二大原则”。[①] 作为主要观点或原则，这两点并非闻一多所创，胡适的《白话文学史》和《词选·自序》，就分别将外来影响作为中国文学变革的主因，和视民间文学为我国文学之本原。但是，闻一多并不仅将外来影响限于丝绸之路和佛教传入，他具有更为深厚的文化的素养和更深远的历史的眼光，他将中华民族看成是通过各民族不断融凝而发展的大民族，不为汉族所限，所以，他的“中国”和“世界”是动态、发展的概念，他的“在世界文学中定中国文学的地位”，也在动态中不忘“民族”这一重要环节，从而也使他的中国文学史观不以汉文学史观自限。

《四千年文学大势鸟瞰·第二大期·叙论》是这样的文字：“周王朝的兴衰及其社会背景：重心由王朝至列国，由西北至东南，民族的抟合与文化基调的形成。”[②]《中国上古文学》所论更早，其《巫史文学》有：“从部落到国家——夷夏的纷争与抟合——东与西，南与北。”[③]《史诗问题》有：“夏殷代表夷夏两民族——汉族最基本的二构成员——文化形态的两个决定因素。”[④] 因为从夷夏的抟合，到戎、狄的融凝，中华民族的第一次民族大融合形成高潮，这就牵涉史诗、神话，以及它们在世界文学中的地位问题。所以，只有注意到、并深入研究这一民族融合问题，才能解决这类文学作品及其发展史的问题，也才能在世界文学的坐标上比较而定位，否则，缺乏源头的文学史将是不完整的。第一次民族融合的完成，迎来了秦汉时代的强盛，闻一多《四千年文学大势鸟瞰》将《诗经》完成后的周定王九年至疆域广阔的汉武帝后元二年（公元前598—前87年）定为第三期，此期注意到“外围民族”问题。《叙论》全文仅二句：“色目与外国文化的吸收。西北与东南铜器的差异亦分二系。”可看到闻一多对此多么重视。后面的提纲又有“外围民族（西北与东南）及其文化的吸收。”[⑤] 在第五大期《诗的黄金时代》（东汉献帝建安元年至唐玄宗天宝十四载，即公元196—755年）中的第三期（479—664年），将“异族的侵入带来了原始血液中的英雄情调”作为“韵文内容方面的成功”的三因素之一。[⑥] 而第六大期（唐肃宗至德元载至南宋恭帝德祐二年，即756—1276年），认为居于主要地位的抒情诗之“有了更多样性与更参差的情调与观念（诗中有派，有体）”，是缘于“前期民族的

① 《全集》10卷23页。
② 《全集》10卷24页。
③ 《全集》10卷41页。
④ 《全集》10卷44页。
⑤ 《全集》10卷24—25页。
⑥ 《全集》10卷27页。

大混合”[①]。这五、六两大期，应是中华民族第二、第三次大融合时期，即匈奴、鲜卑、氐、羯、羌等“五胡”与汉族融合的时期，和契丹、女真、蒙古等民族汇入之时。闻一多对这两个时期的民族斗争——融合给予文学的影响，作出了积极的评价。当然，他的这一“鸟瞰”也有疏略之处，比如“故事兴趣”就着眼于“第二度外来文化（欧洲）渐次侵入与被注意”[②]，却对诸如元曲之兴是北方少数民族（胡夷之曲）与民间文学（里巷之谣）相结合的结果不够重视，此又或与他对宋代以后文学研究得较少有关。即便有这样的疏忽，他将文学史看作一个过程，而非作家传记加作品评述，这过程又是伴随着民族融合，使中国的概念不断发展，中国文学也在积极地不断前进，就是别的文学史家较少注意到的。中国文学发展的环节完整了，内涵也完整了，“在世界文学中定中国文学的地位”也就不会是残缺的了。

至于外国文学对中国的影响，闻一多当然不会不注意。《四千年文学大势鸟瞰》的第四大期（汉昭帝始元元年至东汉献帝兴平二年，即公元前 86 年—公元 195 年），被他称为“一个过渡期间”，关于这期的提纲，他写下了“第一度异土文化开始输入（印度）”的字样，注意到佛教输入的问题。而第五大期则有：“因佛教思想的刺激和其他原因，本土的老庄思想复活，产生了魏晋玄学。”“士人的新贵族阶级成立，韵文又抬头。因印度影响，词藻发达，声律产生，增加了韵文的官觉美（绘画和音乐）。”[③] 我们知道，魏晋玄学的产生，同佛教传入大有关系。初时，佛徒涉览六经，研习老庄，参加名士玄谈，并以庄学讲佛学（时称“格义”），使玄、佛得以沟通，从而玄学也得到发展。而玄言诗则是谈玄影响文学的直接结果，到谢灵运，诗中的佛理甚至过于玄言。佛教影响了从曹不兴到顾恺之、陆探微、张僧繇等人的绘画，以及众多的石窟开凿，佛画、佛雕大兴。佛典输入后，又影响了文风和文章观念。对梵音的研究渐盛，其字母复合引起探讨音韵的兴趣，声韵说渐盛，沈约等人创造了“永明体”。以上这些，可说明闻先生对印度影响概括得很精当。在第六大期，再度突出这点：“外来（印度）形式经过民间闯入文坛——故事兴趣的养成。”而第七大期（元世祖至元十四年至民国六年，即公元 1277—1917 年）则转为“第二度外来文化（欧洲）渐次侵入与被注意”，“第二次外来文化（欧洲文化）的大量接受”。[④] 在《文学的历史动向》中，闻先生作了较为详细的阐述：

> 若非宗教势力带进来那点新鲜刺激，而且自己的歌实在也唱到无可再唱的了，我们可能还继续产生些《韩非·说储》，或《燕丹子》一类的故事，和《九歌》一类的雏形歌舞剧。但是，元剧和章回小说绝不会有。[⑤]

---

① 《全集》10 卷 31 页。
② 《全集》10 卷 31 页。
③ 《全集》10 卷 26 页、27—28 页。
④ 《全集》10 卷 31 页。
⑤ 《全集》10 卷 18 页。

第一度外来影响刚刚扎根，现在又来了第二度的。第一度佛教带来的印度影响是小说戏剧，第二度基督教带来的欧洲影响又是小说戏剧（小说戏剧是欧洲文学的主干，至少是特色），你说这是碰巧吗？①

本着“在世界文学中定中国文学的地位”这一精神、观念，闻一多决不会以“国粹”主义坚持本土文化优越论，《四千年文学大势鸟瞰》以《未来的展望——大循环》为标题，将“五四”前夕的1918年直到未来，作为第四段（第八大期），并名之为”伟大的期望”。他提出文学的发展，“未来时代，小说、戏剧为主要形式”，并说：“世界性的趋势——印度影响与欧洲影响本质相似，中国与希伯来为一组诗歌式的，印度与希腊为一组故事式的，前者是后者的先锋——由印度式到欧洲式是自然的发展——四大文化二大系的渐次混合，又是历史的必然发展。”② 这是呼应了四个古老民族在约当纪元前一千年左右“同时歌唱”一说，而“大循环”绝非“平面”上的“圆圈游戏”，当是“立体坐标”上的“螺旋式上升”的某种相似。在《文学的历史动向》中，闻一多对于如何对待外来文化甚至作出绝对性的表述：“反正自己的花无法再开，那命数你得承认。新的种子从外面来到，给你一个再生的机会，那是你的福分。你有勇气接受它，是你的聪明，肯细心培植它，是有出息，结果居然开出很不寒伧的花朵来，更足以使你自豪！”③ 他在综观历史后认为，四个古老文化有三个转了手，没落了，中国还是自己文化的主人，也只仅免于没落而已。为此，他提出“为文化的主人自己打算，‘取’不比‘予’还重要吗？所以仅仅不怯于‘受’是不够的，要真正勇于‘受’。”④ 事实说明，自唐朝诗歌达到极盛之后，宋词、元曲、明清戏曲（传奇）和小说的“一代之文学”之继起，除词以外，“故事兴趣的养成”确是接受外来文化的结果。而转换机制，激发内部活力，才使文体代换，各有所胜，才能使中国文学继续在世界文学中占有地位。事实又说明，闻一多关于“未来时代，小说、戏剧为主要形式”的判断也是正确的，时至今日，即使电视文化占据主导地位，又何尝不是小说、戏剧的近亲，或有赖于二者？“世界性的趋势”或未演进到“世界文学”之时，待到“四大文化二大系的渐次混合”之日，回首前尘，中国文学留下的发展轨迹，仍必然清晰可见。

（二）在整个文化中定中国文学之要点

闻一多先生的文学史观的另一要义，体现在文学史的新构建中，即“在整个文

① 《全集》10卷19页。
② 《全集》10卷32页。
③ 《全集》10卷19页。
④ 《全集》10卷21页。

化中定中国文学之要点”，本节拟专论此。

在前面几章论述闻先生的古典文学研究时，我们常提及“文化”一词。闻先生从来就不把文学看成是孤立、单纯的作家作品，“说文学是精粹的语言，等于说文学是修辞学，偏重形式，是错误的”，而“文学应配合我们的政治经济及一般文化的动向”[①] 也绝非短期任务。文学本来就产生、发展于文化环境中，闻一多研究古典文学，其主要的方法、路径、特点之一，就是文化学的研究。他的研究古代文学史，也必然要在整个文化发展环境中作出探索，以求准确的描述和定位。

文化是个非常宽泛的概念，对文学来说，除了物质层面的经济活动以外，精神层面的政治、哲学、道德、宗教，尤其是语言和艺术等文化范畴，关系最为密切。

我们且看闻一多是如何“在整个文化中定中国文学之要点”的？先就泛论而言，《中国上古文学》的《巫史文学》部分，首先就论列“从混合经济到农业——夏商混合经济，周农业”，然后是“从部落到国家——夷夏的纷争与抟合”，而“农业发达。人口繁殖。食粮的需要增加。生产工具（人力）与资本（土地）的要求”则进而“产生侵略。国家形成。再扩充为封建”，在这样的经济、政治的环境发展中，就产生了巫史文学[②]。在《史诗问题》中，从社会形态寻找产生史诗的适当条件，认为“游牧部落产生英雄故事（一入农业国则否）”，在“自然崇拜——天象——命运的支配者——神与英雄；战争——草原的抢夺；文明的破晓”的背景下，人们处于“有了闲暇而又十分安定，有了收获而又不失为新奇”的生活状态和精神状态，遂使“生之惊奇与命运的喜悦产生神秘的故事和神话传说——神与英雄”[③]。

《四千年文学大势鸟瞰》也有简略的泛论。如第一大期有“殷商周初文化的蠡测（巫术、宗教与人事）”。[④] 第二大期在确立“外来影响，民间影响”为二大原则之后，又有此说：“文化消磨元气，需要新血液调补。前几次外来影响皆不自觉，因经由民间，最近一次乃士大夫所主持，故为自觉的”。[⑤] 第三大期既重视诸子“思想战的白热化”，又指出南北地域文化之别，即北方的“阴阳五行，自然科学，法治观念”和南方的“楚辞，自然主义”，而“学术思想的黄金时代”，则是“个人意识的醒觉”之结果。[⑥] 第四大期之所以被看作“一个过渡期间”，缘于文化、学术“定儒学于一尊”，闻一多表述为：“统一与建设工作的完成及其后的睡眠状态——思想渐就僵化，感情渐就冻结。”[⑦] 对于第五大期，闻一多就门阀制与文学的关系论列甚详，从魏之立九品中正，晋之以门阀自高，到唐初门阀势力的三表现，再到唐

---

① 以上引语见《调整大学文学院中国文学外国语文学二系机构刍议》，《全集》2卷440页。

② 《全集》10卷41—42页。

③ 《全集》10卷44页。

④ 《全集》10卷22页。

⑤ 《全集》10卷23页。

⑥ 《全集》10卷24—25页。

⑦ 《全集》10卷26页。

代门阀衰落的六方面，与之相对应的是二谢诗风，律诗兴起（贵族之表征），宫体诗的堕落（即贵族生活之堕落），待到“玄宗末叶，门阀风歇，但有士人，而无士族”之时，“杜甫、元结及《箧中集》诸人开新纪元，以平民的作风写平民题材”①，才发生了根本变化。总之，从以上的泛论可以看到，闻一多是在经济、政治、宗法、家族、门阀、思想、哲学（如玄、佛）等构成的“整个文化中”，从物质、精神、行为、制度各个层面，实事求是、各有侧重地“定中国文学之要点”。

对于与文学关系更为密切的文化中的其他部类，闻一多有更详尽的论述，较完备的研究，这主要表现在语言和艺术（美术、音乐）上。

作为文学载体的语言，是如何决定了中国文学的民族特性的？闻一多在《中国上古文学》中，以“中国语与中国文”为题，作了系统而深刻的论述。他指出了中国语单纯性的五特征：单音词占优势，较富孤立性，最富于分析性，以声调为辞汇的成分，元音特占优势。进而论道：“因为孤立，没有语尾变化，而由词的位置决定词性，所以词的位置非常固定，一经易位，词即变性，于是形成中国语的绝大弹性，与文章的简练。”② 汉语的单音词占优势，就形成词汇侧重于单音节性的特点，施于文字，性在表意，而非表音，单文独义，较为封闭。对此，闻一多表述为：“中国语的刚瘠性、保守性、不容有形式上的变化，遂直接使古代造字者因势利导，只用一简单固定的形体，以代替一个完全的意义。”③ 单音节性、孤立性，加上“以声调为辞汇的成分”和“元音特占优势”，闻先生概括出中国语言给予中国文艺的四个影响：简洁；骈偶；旋律，声调铿锵；声调、助词注定语调的姿态，增加其妩媚（朗诵，吟哦）。④

中国语（通常指汉语）还有一大特点，即书面语与口语的分离，形成文言与白话之别。闻一多比较了英语的文学语言随口语而演化，和中国“几千年来的文学对人们是公开的”，指出之所以能“与古人交接”，在于文言是“一种人为的语言”。这种人为的语言相对稳定，“因此文学作品富保守性，重模仿”，同时又造成诗发达而小说戏剧不发达。文言是“省略的人为的电报式的语言”，施之于诗最为适宜，因为“诗先天的是一种人为的语言”，却难于接近现实人生。小说、戏剧是从讲唱文学发展到案头的，为使受众能懂，当以白话为主，文人垄断了文言，无意于白话，遂造成小说与戏剧发展之滞后。他总结道：“故诗为中国最主要形式——正统文学。”“文言是贵族阶级产物（知识阶级）。中国正统文学，知识阶级独有的；小说戏剧近平民，不发达。”与之相关的是：“文与学——学亦知识阶级所有——掉书袋。中国文学最重学。故文学与才学关系密切”。或许是受到“五四”时期胡适提

---

①《全集》10卷28—30页。
②《全集》10卷37页。
③《全集》10卷37页。
④《全集》10卷38页。

倡白话，写《白话文学史》的影响，闻一多提出“文学的发达，是矫正此种传统的历史”（按，指知识阶级传统）的观点，并将“散文全盛与诗之散文化”，“散文复兴（诗变为词亦散文化）”，“白话散文（小说）与文言散文（外来影响），白话诗人与话剧（外来影响）”看作“几个矫枉过正的时期”①，应该说，这也是既合理、又合史实的。

对于中国美术与中国文学的关系，也是闻一多研究得较多的课题，《闻一多论古典文学》中有《从美术观点看古代文学》，《中国上古文学》有《殷周铜器艺术》，都是较详尽的研究。综合二著，可归纳为两方面的内容。

一是“文”出于造型艺术。闻一多先从甲骨文的“文”字说起，综《论语》皇侃疏、《说文》及成玄英注道家经文，得出“文”之初义：“文就是花纹，是图案，即是图案必然对称，具有美的意义”，进而在征引籍载后又说：“古人以对称为美的观念，固然来自图案，其实也是来源于生理上的对称，甚至心理上亦有对称之需要。”到六朝真正的文学观念成立后，“在六朝人眼中，‘文’的概念大都作为文饰主义，最明显的是萧统的《文选序》，其中两句云：‘事出于沉思，义归于翰藻’……刘熙《释名》云：‘文者，会集众彩以成锦绣，会集众字以成辞义，如绣彩然。’”“文”之初义是花纹，是图案，到后来人的心目中，出于沉思翰藻之文的“会集众字以成辞义”仍如同“会集众彩以成锦绣”，还是与画有不解之缘。经过这样的考察，闻一多发人之所未发：“苏东坡评王维诗，说他是‘诗中有画，画中有诗。’其实在王维之前，是以画为诗的时代，在他之后，才是以诗为画的时代。所以说，中国文学史与绘画实有不可分的因缘。”这一论断或可作这样理解：六朝至王维之前，诗重在文采翰藻，王维之后发生质文代变，而绘画也入以文学意味，渐成文人之作。无论怎样，“中国文学史与绘画实有不可分的因缘”，却是完全正确的结论，作为文化定文学的一个要点，同时也区别于西方之将诗画截然两分为时间艺术和空间艺术，在世界文学中为中国文学定了地位。

二是三代文化之中，铜器艺术与文学呈现雁行式发展的规律。闻一多在《中国上古文学·殷周铜器艺术》中，提出了“美术发展在前，文学随之。因之，文学发展之形态亦受美术之支配”② 的观点，《从美术观点看古代文学》作了具体阐述。他认为，画之作为美术，可以分为三个时期：（一）装饰；（二）写实；（三）写意。具体而言，三代青铜器是以画为装饰时期，汉至唐是画的写实期，唐以后属写意期。在《中国上古文学·殷周铜器艺术》中，闻一多将铜器艺术的发展分为五个时期：（一）朴略期，大率当于殷商前期；（二）雄厚期，殷商后期及周初成康昭穆之世；（三）雅健期，恭懿以后至春秋中叶；（四）纤丽期，春秋中叶至战国末年；（五）堕落期，汉。并对各期纹饰、型制的主要特点作了说明。由于“文学发展之形态亦

---

① 《全集》10卷38—39页。

② 《全集》10卷40页。

受美术之支配”，他将文学与铜器艺术相对照，认为文学与艺术呈现如下的雁行式发展：

（一）朴略期　卜辞。

（二）雄厚期　金文，《周颂》，《周书》。

（三）雅健期　金文，《雅》、《鲁颂》、《商颂》、《风》、《易》、《国语》、《论语》。

（四）纤丽期　金文，庄、老、孟、荀等，《战国策》，《楚辞》，古赋。

（五）堕落期　《淮南子》，汉赋。

并作重要补充：“以上为一般的时代风尚。其有独立于风气之外者，其人即为大家。”①

《从美术观点看古代文学》所取的是郭沫若的四期之分，铜器与文学“雁行式发展”的次序亦随之而变，但其精神相同②。

较之语言与文学的关系来，美术同文学的关系更远些，限于论者的修养，探讨也更少。闻一多从“文”之训诂入手，揭示其与图案的关系，并就文学“自觉”之后沉思翰藻之文与集彩成绣之“画”相匹，认定二者在表现“美”上的一致；并就古人之并提诗画及相互阑入对方之论，提出自己全新的看法，即以王维为界，此前是以画为诗的时代，此后是以诗为画的时代。这些看法，允为卓见，非但是沟通艺、文二域，而且真正发现了中国文艺代表（诗画）的民族美学性格，使比较文学的平行比较课题跨越艺文两域及推至与西方的比较，使文学史的文化史研究潜在地深入至西方，兼及他所倡的“世界”与“文化”之二“定”，收到一石双鸟的效果，启人心智，令人叹服。

闻一多在文化中定文学的另一课题，是对音乐与诗二者关系史的研究。此类研究有论文《歌与诗》及《闻一多论古典文学》中的《古代的音乐与诗》。前者可谓是历史的研究，后者则是“历史—地理”的研究。

《歌与诗》原载1939年6月5日昆明《中央日报》副刊《平明》第16期，新版《全集》据开明版《全集·神话与诗》收入第10卷。这是一篇备受学界重视的论文，在文末我们可知其作意在于“凭着一两字的训诂，试测了一次《三百篇》以前诗歌发展的大势”，然而正是对这一两字所蕴涵的丰富信息的发掘、演绎，使我们得以鸟瞰“前文学”期的初始文艺之走势，在歌与诗，亦即音乐与文学的关系中，探究出如何在文化中来定中国文学之要点。文中先用以今视昔的方法，从先秦

① 《全集》10卷41页。

② 以上引文除注明出于《中国上古文学·殷周铜器艺术》外，均出自《从美术观点看古代文学》，见《闻一多论古典文学》1—5页。

以来典籍所载的古歌辞，到汉乐府歌辞，撷出“猗”、“我”、“兮”等字，谓之原本于“啊”，“三字声音原来相同”，论定这介乎音乐与语言之间的感叹字是歌的起源，是歌的核心与原动力，“而感叹字本身则是情绪的发泄，那么歌的本质是抒情的，也就是必然的结论了”。文中第二部分训释“诗”字，从汉人训“诗”为“志”，证明“志”“诗”原为一字，而“志”的三义：记忆、记录、怀抱，“这三个意义正代表诗的发展途径上三个主要阶段”。闻一多从古籍中援十四例证“志”之“记录”义。“歌”的本质在抒情，“诗”的本质是记事，这又可换成这一说法：“古代歌所据有的是后世所谓诗的范围，而古代诗所管领的乃是后世史的疆域。”他据以上十四例进行分类归纳，证明在散文未产生之前，诗即史。而《诗序》以史读诗的观点，确有一段历史背景，从“史”字的训诂中，也可看出诗、史的渊源，看出二者不可分。第三部分认为，随着社会发展，因诗“繁于文采”而力求经济的散文应运而生，诗、志就分家成韵文与散文，韵文迁移而与“歌”合作。“诗与歌合流真是一件大事。它的结果乃是《三百篇》的诞生。一部最脍炙人口的《国风》与《小雅》，也是《三百篇》的最精彩部分，便是诗歌合作中最美满的成绩”，“无论以志为意或为情，这观念只有歌与诗合流才能产生”。①

这篇论文不仅考察了歌与诗的起源，抒情与叙事的特质，诗、歌合流及《诗经》的诞生，而且就诗、歌合流后，因观念的偏颇造成叙事诗的缺失，也陈述了己见。从歌与诗的互不相干，到二者的合流，遂使文学的诗与音乐的歌成为一体之二面，自此，“一代之文，每与一代之乐相表里”②，《诗经》、《楚辞》、乐府，一直到唐诗、宋词、元曲皆如此。这就是中国古代音乐与文学相结合的现象，既是就中国文化环境中“定中国文学之要点”，同样也以其特殊性，可在世界文学中“定中国文学之地位”。这篇论文，视野之开阔，目光之深邃，议论纵横而又言必有据，实非那种大而无当的空泛之论可望其项背，六十年来，实已成为上古文学史的经典之作，仅从朱自清的名著《诗言志辨》，就可见其影响。

《古代的音乐与诗》论古代音乐与诗的地域性。从乐器而言，周、秦都用缶作主乐，《诗经》演唱以缶为主，另有筝、竽、笙等，郑卫之乐多用弦索与竹管。本文重点由“四诗”引发并讨论了“南”的问题。“四诗”并非新问题，传统的“六义”除赋、比、兴三种手法外，仅列风、雅、颂三体，但自宋代起，就有人倡“二南”独立。苏辙肇其端，南宋王质、程大昌承其说。王质注意到苏辙《诗经传》的观点，他说：“南，乐歌名也。见《诗》‘以雅以南’，见《礼》‘胥鼓南’，见《春秋传》‘舞象箾南籥’，大要乐歌名也。”故将《南》与《风》、《雅》、《颂》并列为一体。程大昌亦从其说。清人如顾炎武亦以《南》非《风》（见《日知录》）。然而，如陈启源《毛诗稽古编》、魏源《诗古微》等，都持据反对《二南》与《风》、

---

① 《全集》10卷5—15页。

② 吴梅《中国戏曲揽论·明总论》语。

《雅》、《颂》并列之说。闻一多是赞同“四诗”说的，而且认为颂、雅、南、风可代表诗的四个发展时期。他从音乐、诗同地理的关系立论，指出：“河南在古代为商业中心，《左传》记郑国商人弦高犒师一事可证。南阳尤其是当时南北交通的枢纽，《诗经》曾提到江汉，实即现在的汉水，又提过汝水的名字，所以南阳就是《诗经》中所指的‘南’……周人在北方虽灭殷纣，但只攻克朝歌而已，对南方的楚多次进军无效，宣王甚至在南征中死在汉水，从此放弃南征政策，但为了防止楚人北伐，南阳便成了军事战略基地，地位益见重要。因此在文化上自然形成有代表性的地区，从而产生了所谓‘周南’的乐调。”又说，据铜器纹饰，郑、楚多同，说明当时两国关系密切，郑楚交往频繁，南北文化得以互相沟通，“‘南’遂由简单的诗句进而为乐调与歌辞更为复杂的‘楚辞’。梁启超说：‘南’为后世乐府艳盐的先声，见解是不错的。从此雅颂声息而‘楚辞’代兴遂成必然趋势”。①

闻一多不仅科学地论证了“二南”独立问题，而且从乐、诗、地理三者的有机关系所构成的文化环境，确立了《诗》中周南、召南的“要点”，又从历史上推出了《楚辞》渊源所自之一，进而更道出文乐相表里的代兴规律，真令人惊叹其目光如炬。

由上可见，闻一多对“整个文化”虽重点仅涉语言、美术、音乐三域，其余未及展开，仅此已可见其文学史观不囿于文学本身的广阔性、独特性。诚然，别的文学史家所论或也多涉背景及相关领域，却终不到“在整个文化中定中国文学之要点”的自觉、全面的追求。可惜的是，“鸟瞰”未尽展为全图，否则，他自诩为给民族疗疾单方的“诗的史”必成一代伟观。

（三）独特的文学史分期

文学史的分期对于文学史家来说，可谓一个恼人的问题。文学史是文学的历史，是文学运动自身演进的历史，本不应同以帝王谱系为核心的正史发展同步，但是，无论是出于中国数千年来政治型文化的习惯意识，抑或认同马克思主义的“统治阶级的思想就是统治的思想”，文学史的编纂，似乎很难于挣脱与正统断代史相同步的框架。时至今日，还难以找到一个很好的分期法。

郑振铎先生的《插图本中国文学史》是很有特色的，本着按文学史自然的进展趋势，此书分为古代、中世、近代三期。其理由在于东晋开始输入佛教文学，故中世开始于此，而近世之始于明嘉靖，在于昆剧的产生和长篇小说的发展。到1958年，郑先生写了《中国文学史的分期问题》，修正了旧作的分期法，而将三期改为四期：（一）上古期，从远古到春秋时代，即奴隶社会文学时期（公元前2000年—公元前402年）；（二）古代期，战国至隋，即封建社会文学前期（公元前403年—

① 《闻一多论古典文学》31—32页。

公元617年）；（三）中世期，唐至鸦片战争（公元618年—公元1840年）；（四）近代期，即半封建半殖民地时期（公元1840年—公元1949年）。这一转变显然是思想改造运动的结果，在当时的政治形势下，并不奇怪，而随后的文学史之采取这一分期法，也是很自然的事。

闻一多先生在其《四千年文学大势鸟瞰》中，提出了独特的中国文学史四段八大期的划分法。

第一段是一千年左右，即夏商至周成王中叶，以闻先生文化定文学的大局观，称之为“本土文化中心的抟成”，这第一段即第一大期，闻先生形象地命名为《黎明》。从文化而言，是公元前三千年前后的新石器时代仰韶文化，渐进入夏朝，新石器时代末期金石并用，农业兴起。东西（夷夏）二民族的对立，其前半的六百五十年（夏后抒公元前2050年—殷盘庚·公元前1400年），假定为史诗时期，在《中国上古文学》中有专论，此处以“一个荒古故事的残骸，它的形成的推测”作为研究提纲。逐渐是文字开始发明，“后半因散文萌芽，形声字激增，文字的发达到最后的阶段”。此期的后半期约三百年（殷盘庚·公元前1400年—周成王中叶公元前1100年），仰韶石器陶器花纹变为殷周的铜器花纹，甲骨盘盂开始出现散文萌芽。此期的文化只能是巫术、宗教、人事的“蠡测”，相关的文学是散文，殷周分别为卜辞、铭文和周易、周铭、周诰。

尽管当时闻一多因所据资料不足，三代的年代划分与后来历史学界的研究结果尚有差距，但他以夏、商至于周成王中叶为“黎明”的第一大期，较“上古文学”的名称似更具形象性。而《左传》昭公廿六年王子朝追述本朝历史，有“昔武王克殷，成王靖四方，康王息民”一说，1976年出土的史墙盘有“宪圣成王”“用肇彻周邦”的铭文，加以《诗经》大多成于此后，此期止于周成王中叶亦有道理。尤其在有文字的散文之前，意欲收拾“一个荒古故事的残骸”，作出史诗时期的假定和探究，比一般文学史著作就神话论神话来，更具史识，也更有“世界的”观念。

第二段是一千二百九十一年，即周成王中叶至汉献帝兴平二年（公元前1099年—公元195年），这一段是“本土文化区域的扩大”期，文学是从三百篇到十九首。此段又分三大期：周成王中叶至东周定王八年（公元前1099年—公元前599年），约五百年，即《诗经》时期，故名之为《五百年的歌唱》，先是宗教与礼仪乐章（周颂与大雅），然后是社会诗与情诗（小雅与国风，周易中的诗句，金石铭刻附）；周定王九年至汉武帝后元二年（公元前598年—公元前87年），共五百一十年，名之为《思想的奇葩》，其中第一期是春秋末，第二期是战国，第三期先汉，第四期汉；汉昭帝始元元年至东汉献帝兴平二年（公元前86年—公元195年），共二百八十一年，名之为《一个过渡期间》。

第二段的下限到东汉的建安以前，是基于闻一多以诗为正统的文学观，而“诗的史”自建安以后，他称之为“黄金时代”，断至建安前并非随心所欲的。对于“黎明”而言，第二期“五百年的歌唱”其义自明，而《诗经》最晚的《陈风·株林》作于鲁宣公十年，即公元前599年，所断自无疑问。除文化之变外，闻先生特别点明“文言（韵）与白话（散）开始分歧”，是很重要的思想。第三期名为“思想的奇葩”，是因为此期散文辞赋都有着“百家争鸣”的背景，《史记》和民歌也有思想的内涵，“学术思想的黄金时代，个人意识的醒觉”更是点睛之语，而汉武帝时代的结束，“罢黜百家，独尊儒术”使汉代进入经学和谶纬时期，此期的划分十分在理。第四期名为“一个过渡期间”，缘于“思想硬化，感情冻结”，亦为允当。其中第二大期对庄、屈分作“抒情的散文”、“诗的散文化”，以辩士文（国策、荀赋）为辞赋先声，都是极具见解的。第四大期以散文有文笔之分，诗以新姿态（五言）复活，并重视从宋玉到十九首的“抒情原素的发展”，亦是卓见。

最不同凡响的是：闻一多跨越东汉以后的诸多朝代，一直到1917年，从建安至此的一千九百一十九年，被作为第三段，名之为“从曹植到曹雪芹”，可见出对建安诗坛的代表和《红楼梦》的重视。此段包括三大期：第五大期即《诗的黄金时代》，东汉献帝建安元年至唐玄宗天宝十四载（196—755年），共五百五十九年；第六大期名为《不同型的余势发展》，唐肃宗至德元载至南宋恭帝德祐二年（756—1276年），共五百二十年；第七大期被称为《故事兴趣的醒觉》，元世祖至元十四年至民国六年（1277—1917年），共六百四十年。其中第五大期又分为四期：第一期为东汉建安元年到晋建武元年（196—317年），共一百二十一年，此期包括三曹与七子的建安诗人，嵇康、阮籍等正始诗人，和二陆、三张、两潘、一左等太康诗人；第二期为东晋大兴元年到宋顺帝异明二年（318—478年），共一百六十年，此期包括永嘉诗人刘琨、郭璞，玄言诗，陶渊明，元嘉诗人谢灵运、鲍照；第三期为齐高帝建元元年到唐高宗麟德元年（479—664年），共一百八十五年；第四期为唐高宗麟德二年到唐玄宗天宝十四载（665—755年），共九十年。

闻一多将公元196年到1917年作为第三段，其根据何在呢？由于第一段名之为《本土文化中心的抟成》，第二段名曰《本土文化区域的扩大》，看来他是本着“在整个文化中定中国文学之要点”为原则的，第一段“抟成”，第二段“扩大”，由夷夏而汉，中华民族最大的汉族即得名于汉代，这是第一次民族大融合的结果。此后，虽有三次民族融合“五胡”之融入，其完成迎来了隋唐的繁荣；契丹、女真、蒙古之融入，其完成迎来了明代之盛；清军入关后，羌、藏、回、苗等的融合，迎来当代之盛。但这三次融合对“本土文化”并未带来根本性的改变，而只是发展而已。如此解释，不知是否得其深衷？以“从曹植到曹雪芹”作为第三段的命名，也反证此非“文化”之变，而是文体之盛的转移：二曹分别是后人屡称的“建安风骨”代表，和古典小说顶峰、“封建社会百科全书”《红楼梦》的作者。这一段尽管跨过了“六代之骈语，唐之诗，宋之词，元之曲”等“一代之文学”① 的文体代盛，“本土

① 王国维语。

文化”却未变。至此，倘与郑振铎古代、中世、近代的三期相较，明显可见出文化与文体的不同。

对于第三段内三大期的要点之取，闻一多先生也极见史识。如第五大期将东汉建安到西晋之终定为第一期，以建安、正始、太康的三个诗人群的创作主调为“悲哀与玄想”，是十分正确的。而从永嘉到元嘉，概之以“奋兴与宁静”也较恰当，对谢灵运、鲍照特以“大自然的惊异与自由的人性之表现——浪漫情调”来说明，亦为必要之举。至于南北对立的第三期，闻一多认为韵文内容的成功在于三个因素：玄学供给了高贵内容，南渡使士人接近了南方平民的情歌，异族侵入带来了原始血液中的英雄情调，其中第一、第三点都是其他论著较少注意到的，而这种着眼积极面，以寻绎南北融合的成功之举，本身也是积极的。以门阀贵族之侈靡生活解释六朝文学之竞尚骈俪，继而论列九品中正制到唐代的门阀风，是闻一多论第五大期的重点，不惜笔墨，援引论列，大异于其他部分的写法。这些与他重点研究唐诗有关，他的贯通前后的论述唐诗与此也大有关系，我们在评述他的唐诗研究时已论及，兹不赘。

闻一多将第六大期之始定于唐肃宗之时，或系受到严羽等人推宗盛唐的影响，但其深层原因，恐怕还在于安史之乱不仅是唐代，也几是封建社会盛衰的分水岭。他肯定了中、晚唐诗在派、体的发展，但也只将此期的唐诗视为余势发展，而反省与沉思之“不同型”，也抓住了区别于初、盛唐的关键。第六大期已将印度形式的闯入导致“故事兴趣的养成”作为要点，第七大期进而以“故事兴趣的醒觉”命名之。闻一多的本土形式、外来形式之分，或过于绝对，因为戏曲、小说并非完全的外来，但他以诗文没落，小说、戏曲发展兴盛，却是完全正确的。

与一般文学史体例更为相异的是，闻一多打通了古代（包括现在通常所说的近代）和现代的界限，将 1918 年以后作为第四段。如果说他写《四千年文学大势鸟瞰》之时，现当代文学尚未能累积为史，那么他完全可以将“史”止于“五四”；第四段的《未来的展望》（第八大期的《伟大的期望》）是“未完成式”的指向未来，这既应是治疗“这民族，这文化的病症”的“单方”情结所系，更应是提纲中所写的对“少数的到多数的——全民大众”的期待。这样一来，“大循环”就不是消极的循环，由贵族文学“回到第一段”，大众—巫史—文士—大众，而应是“螺旋形上升”的“庶民的胜利”。若谓此时的闻一多面对现实，期待于大众，是诀别了知识分子的精英意识；那么他对“世界性趋势”“四大文化二大系的渐次混合”的展望，则是世界意识的体现了。不将势头正盛的欧美文化视为主流，由流寻源，仍以中国、印度、希伯来、希腊为“四大”“二系”，这一“大循环”观念体现在青少年时期就浸淫美欧文化的闻一多身上，其世界意识明显地包含着对历史上伟大民族复兴的期待，唯其如此，才弥足珍贵。

朱自清先生在开明版《闻一多全集序》中，对闻先生文学史分期的思想作了解题性的说明，而下面这段话更是《鸟瞰》的鸟瞰：“第一第二大期是本土文化的东西交流时代，以后是南北交流时代。这中间发展的‘二大原则’，是上文提到的‘外来影响’和‘民间影响’；而最终的发展是‘世界性的趋势’——这就是闻先生计划着创造着的中国文学史的轮廓。”这既是分期原因所在，也是这一思想的精粹之所在。这一思想在坚持“五四”以来的文学进化论同时，进一步加深了文学史的文化背景探寻，拓展了横向比较、面向世界的视野，在关注“史”的流动时，综合考察经济、政治、文字、语言、思潮、流派、风格、形式、范型等在这一整体流程中的变化，并把握其规律，力图作出历史——逻辑的阐释。这些，较之只重一端的发展（如文体演进，题材变化，文言或白话），或仅作作家作品的平面罗列、积而为“史”，确实是更具现代史观的意识和价值，也决非可用同一水平相衡。但也诚如朱自清所说：“假如有机会让他将这个大纲重写一次，他大概还要修正一些，补充一些。但是他将那种机会和生命一起献出了，我们只有从这个简单的轮廓和那些片段，完整的，不完整的，还有他的人，去看出他那部‘诗的史’或那首‘史的诗’。”[①] 这也就成为永远的遗憾了。

（四）上古文学史的拾遗补阙

闻一多先生的古典文学研究，主要集中在唐代以前，用他自己的分期法，即至第六大期的前半段，除唐诗以外，又主要集中在先秦，所以我们在前面论述他的研究时，神话、《诗经》、《楚辞》都可以单独成章。与历代以来对《诗经》、周易、庄子、《楚辞？的研究之繁盛相较，真正属于上古时期、且是文学的研究，无疑要贫乏得多。闻一多挟其“历史课题甚至伸到历史以前”和“文化课题超出了文化圈外”[②] 之势，有意识地对上古文学史研究作了拾遗补阙的工作。《中国上古文学》及《闻一多论古典文学》内都有这方面内容，我们略作归并调整，拟为巫史文学和史诗二题，下面分别论之。

关于巫史文学的研究，《中国上古文学》中只有一个较详细的提纲，就这一提纲，可以窥见闻一多的许多重要观点。在《巫史文学》这一提纲中，闻一多先对人类赖以生存的经济基础作了描述，即：“从混合经济到农业——夏商混合经济，周农业。”而社会结构则是从部落到国家，其进程是：“夷夏的纷争与抟合——东与西，南与北。部落同盟的霸主——古五霸。”此期先有口头文学，主要是歌谣，发展到后来有了文字，遂有最初的散文，闻一多概括为：“从口唱到书写——诗到散文（文字因散文而起，故见文字著录多散文）”。书写所用“从甲骨盘盂竹帛并行到专用竹帛”，作者则是“从官到私”，相应而变，“意识情绪从集团到个人”。下面这部分是真正的“入题”，简略地从经济、社会勾勒出产生巫史的条件和过程：

---

① 《全集》12 卷 449 页。

② 二语见致戚克家信，《全集》12 卷 381 页。

气候转变。文化长足进展。一千四百年跨到近代的门前。

农业发达。人口繁殖。食粮的需要增加。生产工具（人力）与资本（土地）的要求。

产生侵略。国家形成。再扩充为封建。

当然，更重要的是对巫史文化性质的论定。据当代文化史家的看法，巫史的勃兴是缘于古老民族由以神为本向以人为本发展的过程，而《礼记·表记》所云："殷人尊神，率民以事神……周人尊礼尚施，事鬼敬神而远之。"正反映了这种发展变化。于是，专司交通人神、以卜筮为业的巫师，也发生了变化："在太戊时，则有若伊涉、臣扈，格于上帝，巫咸乂王家，在祖乙时，则有若巫贤。"① "帝太戊立，伊涉为相……伊涉赞言于巫咸。巫咸治王家有成……帝祖乙立，殷复兴。巫贤任职。"② 参与了国家政权的管理，"掌官书以赞治"③，甲骨文中被称为"作册"、"史"、"尹"等。其实，作为初期的史官，他们与"巫"、"卜"、"占"等原始的宗教官并无区别，所以后世就以"巫史"相称，"王前巫而后史，卜筮瞽侑，皆在左右。王中心无为也，以守至正。"④ 他们除了卜祀和祭祀，还"以司典籍"，记录历史，"动则左史书之，言则右史书之。"⑤ 甚至职掌星历、医药和教育。而教育的内容包括"天人之学"，其中的文字、礼乐之类就与文艺相关。

闻一多以浓缩的文字，道出了由巫史而文学的发生发展：

巫术变为宗教。巫变为史。文字蕃衍，到竹帛记述大增。

礼仪的乐歌变为日常的徒歌——宗教意味渐少。

乐与诗分离，变为娱乐工具，失却宗教连系——新声——弦乐的发达。

诗渐为散文代替。诗亡。

巫史职掌的礼乐与文学的诗文，则是这样的源流关系：

史的职掌是礼。乐是礼的一部分，诗又是乐的一部分，故诗出于史。

礼的最主要部分是祭仪，旁及贵族阶级许多种生活方式与习惯——散文属之。

礼→学术。

乐→诗。

---

① 《尚书·君奭》。
② 《史记·殷本纪》。
③ 《周礼·天官》。
④ 《礼记·礼运》。
⑤ 《礼记·玉藻》。

虽是简单的几行字，甚至是几个字的表述，却是非常精到地指出诗、文之所自，将二者所诞生的巫史文化环境作了准确的抉择、描述，由“礼”而学术、由“乐”而诗的分流，用箭头表示，更堪称“一矢中的”。

闻一多还极简要地道出了巫史文化扩散的原因。“大抵古代学术，只有一个礼；古代学者，只有一个史（卜宗，祝）。”而且“史官本在王朝”，是具有垄断地位的，但是周初的分封诸侯，造成新的情况：“列国之有史，有分封时周天子所赐与的”，另外则是“有因王室衰微自动流散到列国的”，“如此学术乃由王朝分布到列国”。寥寥数语，解决了一个传播学的问题。延伸下去，则是“由春秋至战国，是个实际行动时代，史渐降于民间，于是史的官学渐变为民间私学”。

至此，我们可以回到闻一多《巫史文学》的第一个问题：时限。据当代学者研究，巫史在殷商西周时代占有崇高地位，巫史不分延续到西周初叶，但闻先生却说：“巫史文学，夏少康中兴后至春秋末（公元前19世纪—公元前5世纪），约一千四百年。”这或系将夏代看作准备期或潜在期，而由于神本文化转变为人本文化直至春秋战国才完成，而且至春秋之时，礼崩乐坏，“聘问歌咏不行于列国，学诗之士逸在布衣”[①]，将巫史文学（而非巫史本身）的下限定在春秋末，也是允当的。[②]

闻先生将巫史文学作为中国文学史的第一段，并作了研究构想，写出了提纲，虽然简略，却颇得其要。时至今日，各种版本的文学史多以历史为序，不以文化类型为基础，从未有“巫史文学”的提法，更无专门的章节，应该说，只知论述先秦诗文，却未溯其源流所自之巫史文化，这是一个不小的缺失。念至此，对于闻先生开拓性的拾遗补阙，实是不能不为之叹服。

其次，关于史诗。

闻一多在其《中国上古文学》中，有专论《史诗问题》，《闻一多论古典文学》中，亦有《论史诗》，此处合二者论之。从中，既可见理论性的开拓，又可见实证性的研究。

史诗几乎遍存于所有民族，尤其是古老的民族，但似乎中国是例外，所以闻一多在《歌与诗》的结尾，将“我们原来是否也有史诗”称为“那恼人的问题”。当然，中华民族并非没有史诗，藏族的《格萨尔王传》、蒙古族的《江格尔》都是篇幅巨大的民族史诗，西南各少数民族也多不乏本民族的“传古民歌”，但是，汉族典籍中，除《诗经·大雅》的《生民》、《公刘》、《绵》、《皇矣》、《大明》外，就找不到史诗了。而且从《荷马史诗》直到写渡海消灭巨妖的盎格鲁·撒克逊人的《贝奥武甫》，以父子战斗为题的日耳曼英雄颂诗《希尔德布兰特之歌》，写争夺三宝的芬兰的《卡列瓦拉》，写法兰克在西班牙与阿拉伯人作战的法国的《罗兰之歌》，写熙德战胜摩尔人的西班牙的《熙德》，写部落血仇与权力之争的德国的《尼

---

① 《汉书·艺文志》。

② 《全集》10卷41—43页。

伯龙根之歌》……都是战争的题材，英雄主义的颂歌、被欧洲批评史家认为是比较文学理论先驱的伏尔泰，其《论史诗》曾论述史诗的界说："就史诗本身来看，它是一种用诗体写成的关于英雄冒险事迹的叙述。"① 而五首西周史诗只有《皇矣》、《大明》是分别歌颂文王、武王指挥的战争（并非冒险），其余三首则是歌颂祖先的农业创造和率部东迁，与"英雄冒险"全不相涉。既然闻一多论史诗是本之于希腊，又说作为"一种定型的诗体。这个'史诗'名称，同我们向来所谓'诗史'含义并不相同，不容混为一谈"，而西周史诗实近于"诗史"，难怪他会提出"我们原来是否也有史诗"的问题。

闻一多对上古文学史补缺性质的史诗研究，首先要从理论上作中国有史诗的假设。他首先否定了"东方特殊性"："曾有一个时期，人们认为我国文明是东方文明，它的发展与新来的西方文明根本不属同一系统，所以不能作比较观。可是追本溯源，人类文化的源流原本相近，后来才分途发展，譬如一棵大树，枝条虽分，树干还是同体。"本着这一认识，他在《中国上古文学·史诗问题》中作了深入的理论阐发：

> 神话不只是一个文化力量，它显然也是一个记述。是记述便有它文学一方面。它往往包含以后成为史诗、传奇、悲剧等等的根苗，而在文明社会的自觉的艺术以内，被各民族的创作天才利用到这种方面去。②

这里，以神话为史诗的根苗，又谓"各民族的创作天才"，中国也有神话，也不应在"各民族"之外，并不乏"创作天才"，仅从形式逻辑言，就应同样有过史诗。闻一多继而作了神话的区分：社会的优先权，法律的证书，系统与当地权利的保障之类，"都不会在感情领域进行多远的，所以没有文学价值的要素"。不同的是，"信仰，在另一方面，不管是巫术信仰或宗教信仰，则与人类深切的欲求，恐惧与希望，热情与情操等等关系密切。爱与死的神话，失掉了'黄金时代'一类故事，以及乱伦与黑巫术的神话，则与悲剧、抒情诗、言情小说等艺术形式所需要的质素相合"。③ 这样，后者很可能先进入到史诗："它是具备了文学题材的资格的，究竟曾否被制成文学作品呢？那是很可能的。那作品又采取着什么形式呢？我们以为最可能的是诗。"④《论史诗》更作《理论上应有史诗》的论述，从人类社会幼年期的共同心理，肯定了我们古代也有史诗。文中说：

> 凡要是有文化的民族，在文化初期必然具有史的意识，而在现代人眼中却

---

① 引自《西方文论选》，上海译文出版社1979年版321页。
② 《全集》10卷43页。
③ 《全集》10卷43页。
④ 《全集》10卷43页。

不承认那是历史。如小孩爱听童话故事，就是要把自己知识的空缺处用想象来弥补它，才能感到满足。再有一种动机，是他们在知识感觉中有不满意的地方，就设法加以夸张，小孩之爱听神话或鬼话，他们的动机就在这里。这种无所谓的撒谎，却能使人们感到兴趣，从上述情况推测，人类初期社会也会有这种心理现象。所以说，中华民族上古不会没有历史意识……

这种历史意识，不同于现代人，带着上古的特点，神话就被视为历史，闻一多以最古的史书《尚书》为例，说明其中包含着不少神话成分，所以接而论道："进一步说，我国民族不有史诗则已，如有就必然具有神怪传奇的内容，即有所谓史诗的性质，而考察现在古史所传关于尧舜禹的记载，又无不带有史诗的意味。"解决了理论问题，假设得以证明，他下了这样的结论：

从内容方面分析考察，中国古代不会没有史诗。

我们且将"内容方面分析考察"暂置，先看闻一多先生关于中国古代产生史诗的条件，以及历史基础的论述。《中国上古文学·史诗问题》从社会形态方面对前者作了简论。他认为，殷中叶以前的社会形态是产生史诗的适当条件，因为"游牧部落产生英雄史诗"，还特意加括号说明"一入农业国则否"。殷中业以前是游牧农业的混合经济，牧畜相当重要。他以文献所载的"自契至汤八迁"（《史记》），"兹犹不常宁，不常厥邑，于今五邦"（《盘庚》），以及卜辞祭牲之多，争夺草原，卜年卜雨；周的"民之初生，自土沮漆。古公亶父，陶父陶穴，未有家室"（《绵》），"来朝（周）走（刍）马"等，证明这些都是游牧农业的反映。这样的社会形态和经济基础，就成为产生史诗的条件，闻一多简略地表述为：

自然崇拜——天象——命运的支配者——神与英雄；战争——草原的抢夺；文明的破晓——有了闲暇而又十分安定，有了收获而又不失为新奇，生之惊异与命运的喜悦产生神秘的故事和神话传说——神与英雄。

就历史的基础而言，"中国历史上夏及殷中叶以前正当此时期。文献中所见古代部落英雄故事之残余，果以此时为多（大雅非史诗）。"括号内的说明，实际上是对西周五首史诗的排除，在闻一多看来，这并不属"古代部落英雄故事"。尽管欧洲的海洋型文化（欧洲面积不大，从南到北被许多海或海湾的深入形成众多半岛，即使腹地的城市亦距海不远，从古希腊直到近代，都经海路实行对外扩张）不同于中国的大陆型文化，航海的商业文化与内陆的游牧农业有异，但伏尔泰所说的史诗"是一种用诗体写成的关于英雄冒险事迹的叙述"，却与闻一多的"古代部落英雄故事"，在"英雄"上是共同的。夏及殷中叶以前的历史概貌是：

> 部落——国家在开始形成中。殷王——部落群中的盟主。(1)《左传》载“殷民六族”;(2) 盘庚演说还保存着氏族民主主义的形式。首领与大众接近——祭祀仪式大众皆参加(在幼稚生产力的水平下,凡开辟草莱、斩伐林木等工作,都需要氏族共同体的集团协力)——带有社会娱乐性质——产生史诗的良好机会。①

中国产生史诗的社会形态和历史基础已明,我们再看闻一多如何从形式到内容探寻中国的史诗。他论形式,从古希腊诗的三类(歌、史诗、剧诗)谈起,着重讲了我国古代歌与诗在发展演变中的关系,颇长的篇幅同《歌与诗》的内容相近。在经过历史的考察和严密的论证后,得出了歌的本质在抒情,诗的本质是记事的结论,闻一多又说:“古代‘诗’字的涵义只是作为韵语的名称,那真正的诗趣却包含在古代的‘歌’里,这是就形式而言,至于内容,则诗必为史事,而歌才相当于今人所谓的诗。”群经中的《书》、《礼》、《春秋》都可通称为志,却又是史,“诗既等于志,志又等于史,故诗也就是史了”。“诗在古代本是用来记言记事的,故它的职责是史,散文兴起之后,诗才同它有了有韵与无韵的差别。在早期本来诗与史是不分的”,在援孟子与《诗大序》语后,说明古人将诗看作史笔,而“根据这些记载,我们可以说古代的史官也就是诗人了”。至于“史”字的训诂,闻先生引古籍四例得出其义“必是指繁于文采的意思”。经过合训诂——历史——逻辑为一体的论证后,他认为:

> 中国古代史诗的内容必是神怪化的,或叫做艺术的撒谎,是为趣味而写作,是传奇的,而外形则是诗的。

以上是《论史诗》中从形式人手而至内容作结的研究。《中国上古文学·史诗问题》对史诗的流传媒界、传播手段,直至形式,继有简略之论。文中认为,由于是时尚无文字,故事的流传媒界不外三种方式:图画的(《天问》),舞蹈的,语言的——不带动作的歌诗,即史诗。因图画、舞蹈仍须语言解释,故主要还是语言。最进步的方式是用语言讲故事,又分为说白(散文)与歌诗(韵文)二种。为便于记忆,长篇必为歌诗,而歌诗形式又取决于伴奏乐器,夏商之时只有敲击乐(鼓缶柷敔之类),重在节奏。据以上种种条件,闻一多断为:

> 史诗形式不能超过大雅的形式——四言为主的韵语。②

① 《全集》10卷44页。
② 《全集》10卷46页。

对于史诗的一些理论问题都解决了，又怎样在上古文学中寻找已失落的史诗呢？《论史诗》提出了比较法：

> 事实上，我们如果要寻找中国史诗的残骸，最好用比较方法去搜求，如同现代的考古学家常用地下发掘远古的零碎陶片拼成实物，再观察它的形状，颜色和花纹，从而考定它所产生的时代与文化。

具体的做法是：将《尚书》的《尧典》和《皋陶谟》两篇，去同《商书》、《周书》比较，由其间同异隐约看出中国古代史诗的雏形概貌。闻一多将《尧典》作了非常详细的训释串讲，其中的一段引法国汉学家之说，认为是古代神话的遗留，而后面出己见，以“虞”为掌鸟兽之官，舜国号虞，又始为猎夫，故可知其时尚在狩猎时代。相较之下，《皋陶谟》更具史诗意义。此篇记舜禹谈话，其中有以韶乐付禹的内容，闻一多认为：“其中有九具，也许便是最古的《九歌》。由此联系其他古书的有关零碎材料，加以凑合，不难隐约窥见中国古代史诗的原型。《山海经》说启自天帝处偷来‘九歌’演奏，说不定就是从本文取材的。”他又从东西文化二系的斗争来揭舜禹禅让之秘：舜代表东方文化系统，是殷民族的祖先，禹代表西方文化系统，是夏民族的祖先，所谓舜以帝位禅禹，其实多半由强迫造成，其真相应是禹夺舜位，益又夺禹位，启又夺益位。至于启得天下之后，则有荒淫无度的记载，启娶玄妻，其子恋母，竟起兵造反，启往征伐，不知下落而亡，羿夺走玄妻，灭启之子，而羿出猎时却被臣下寒浞所杀，夺走玄妻，夏之少康设计杀寒浞之子浇，夏得中兴。闻先生认为：“这些故事情节，与后代所写政治史料大不相同，我怀疑它是一段最好的史诗材料。”在《中国上古文学·史诗问题》中亦述此事，并谓“以上故事杂见于《尚书》、《左传》、《天问》、《离骚》等”，且明确称之为“一个史诗式的故事”。

这种“史诗材料”或曰“史诗式的故事”何以能留传下来？闻先生认为“用韵文叙述”是主要原因。古本《虞夏书》就应有故事内容加四言韵语形式，他还肯定地说：

> 今《虞夏书》犹多四言
> 先秦人引《尚书》多韵语　} 诗体
> 今《尧典》、《皋陶谟》叙事繁缛多对话
> 古本《五子之歌》或即史诗的残骸。①

至于后来为何失传了呢？闻一多从孔子整理古代文化及其背后的东西方文化斗

① 《全集》10卷47页。

争的角度作了解释：

> 自殷代以来，中国文化已相当成熟，而儒家的祖师孔丘也是殷的后代，并且鲁国原来是东夷地区，所以从孔丘整理古代文化以后，中国文化系统全盘受到东方文化支配，对其敌对方面的文献材料，有意加以泯灭或改削，史诗也就因此失传了。①

这样一来，孔子“不语怪力乱神”的后面竟然还有更深层的原因，倘只以“理性精神”言之，就未免轻轻放过了。

我们众多的文学史著作，对上古文学多以短短的篇幅带过，论及史诗似乎只有《周颂》这五首。由于《古史辨》派将历史还原为神话的影响，似乎神话更难与历史沟通，也就难以去努力寻觅史诗的残骸，将“陶片”拼成“实物”了。殊不知在德国考古学家施里曼对特洛亚古城进行发掘、考古之前，革命导师并不把希腊半岛的部落战争视为纯然神话，马克思在《路易士·亨·摩尔根〈古代社会〉一书摘要》，恩格斯在《家庭、私有制和国家的起源》中，都以《伊利亚特》、《奥德赛》所写到的事物，来论述古希腊的社会和历史。闻一多面对“残片”虽难做到这样，但他重视史诗的历史基础，注意到《皋陶谟》的情节与后代所写政治史料大异，怀疑为史诗材料，又从理论和文体演变上证明史诗曾经存在，努力去寻找已湮没的英雄故事，过程似与革命导师相反，方法却有较大的一致性。

（五）文体史研究与文学年表

闻一多先生在文学史领域的成果，尚有文体史研究与文学年表二类。前者有早年所著的《律诗底研究》，以及收入《闻一多论古典文学》中的《记言与记事》。后者有《中国上古文学年表》和《唐文学年表》。本节拟对前者加以评述，对后者则略作介绍。

文体演变史本应属于文学史的一部分，古时不说，现代以来，不少分体文学史已作了文体演变史的研究。闻一多所作，并非很完整的、长篇的研究，却在有关的史识上常见他人之所未到。

《律诗底研究》成于1922年初，未刊，据手稿整理收入《全集》第10卷。全著分七章：定义、溯源、组织、音节、作用、辨质、排律，对律诗的历史，尤其是形式特征，进行了很详细的研究。

闻一多对研究律诗的宗旨、意义，在第六章《辨质》的第七节《律诗底价值》

---

① 以上凡未注明出处的引文皆见《闻一多论古典文学》6—23页。

中，有完整的表达。他说，要研究中国的旧诗，应从律诗下手，原因有三："第一，因律诗为中国诗独有之体裁。以中诗之全数与西诗之全数相减，他种诗都相抵消，其余数则为律诗。故研究中国诗者若不着手于律诗，直等于没有研究中国诗。第二，因律诗能代表中国艺术底特质，研究了律诗，中国诗底真精神，便探见着了。第三，因律诗兼有古诗、绝句、乐府底作用。学者万一要遍窥中国诗底各种体裁，研究了律诗，其余的也可以知其梗概。"他还结合现实而论道："夫文学诚当因时代以变体；且处此20世纪，文学尤当含有世界底气味；故今之参借西法以改革诗体者，吾不得不许为卓见。但改来改去，你总是改革，不是摈弃中诗而代以西诗。所以当改者则改之，其当存之中国艺术之特质则不可没。"在这种坚持本位文化而类于"中体西用"观的观照下，他认为郭沫若的《女神》虽令人钦佩，"然谓为输入西方艺术以为创倡中国新诗之资料则不可，认为正式的新体中国诗，则未敢附和"。紧接又说："盖郭君特西人而中语耳。不知者或将疑其作为译品。为郭君计，当细读律诗，取其不见于西诗中之原质，即中国艺术之特质，以熔入其作品中，然后吾必其结果必更大有可观者。"① 可见，他是本着既探究旧体，又指导新诗创作之旨而研究律诗的。

我们不从《律诗底研究》评论闻一多关于此体的形式研究，而想侧重在文体史的角度，论其研究之史观、史识。

其一，"艺术必茁于优游侈丽的环境中"的发生发展论。

在第二章"溯源"中，闻一多指出：律诗之名为唐时沈佺期、宋之问等所创，但其起源却在更早，古体变为律体，是个潜隐而漫渐的过程，到齐梁"新体诗"已神完体备，其雏形至迟在魏晋已能找到。如果说他对律诗何以在"文的自觉"时代已具雏形未作细论，对其发展于六朝之原因，却颇有卓见。他说："大概到六朝，作诗不独为抒写性情，且成为一种艺术了。当时，虽然兵患频仍，究竟苦的只是平民；那些贵胄底奢靡，实为空前所未有。物质的享乐无极，艺术便因之而兴。从曹氏父子以至隋炀帝，中间的帝王公子鲜有不工吟咏者。于是文士才人，飙兴云集，会中于皇宫；君臣酬唱，蔚为奇观。这种情形，方之欧西，则法之路易十四时，庶几近之。盖艺术必茁于优游侈丽的环境中，而绮靡如律诗之艺术为尤然"。② 若说得更早一些，旧题葛洪撰《西京杂记》已有记司马相如论赋之言："合綦组以成文，列锦绣而为质，一经一纬，一宫一商，此赋之迹也。"这种追求艺术之完美的创作态度，与帝王将赋视为"润饰鸿业"之需大有关系。建安固以"风骨"著称，曹氏父子并邺下文人却不乏文酒风流。对艺术刻意追求，更见于六朝，陆机《文赋》已有"诗缘情而绮靡"之说，而"暨音声之迭代，若五色之相宣"实已见"声"、"色"渐进于律化，西晋太康、元康诗人刻意追求对偶，刘宋时范晔自谓"性别宫

① 《全集》10卷165—166页。
② 《全集》10卷139页。

商，识清浊”（《宋书》本传），南宋沈约、谢朓等创“永明体”，“四声八病”之说已俨然是格律之体。虽有钟嵘《诗品》以“自然英旨”反对“文多拘忌，伤其真美”，但刘勰《文心雕龙》对于声律、对偶、用典都持肯定态度。应该说，律诗的发展是文体的进化，但确实从曹魏、经萧梁直到李唐，“文士才人，飙兴云集，会中于皇宫，君臣酬唱”，确是律诗发展的主要条件。闻一多后来将诗视为贵族的艺术，这也应是原因之一。总之，“艺术必茁于优游侈丽的环境中，而绮靡如律诗之艺术为尤然”，确可见出青年闻一多对精美绮靡如律诗者的发展动因的深刻见解。

其二，“律诗实是最合艺术原理的抒情诗文”的民族形式论。

闻一多对中西各类诗歌作一简单比较：“戏曲诗中国无之。叙事诗仅有且无如西人之工者。抒情诗则我与西人，伯仲之间焉。如叙焦仲卿夫妇之事，盖非古诗莫办，故古诗叙事之体也。至于抒情，斯唯律诗。”① 他从短练、紧凑、整齐、精严四方面论之。他引孔颖达“真言写志，不必殷情”之说，认为抒情之诗旨在言情，宁略其词以被其情，律诗以八句之体，“古诗嫌其长，绝句病其短；惟此适中，抒情之妙具也”。②“律诗往往一首中包括无数的意思”，“发念虽一，而抽绪多端。作者每一动念，其所寄慨者辄蝉联珠贯，凡吊吉，伤时，感年，叹遇，思亲，怀土，千头万绪，莫不续起”。③ 他又引西方理论家关于整齐、节奏的理论，认为情感烈时便就矩范，挫暴磨棱，始急而中度，流而不滞，“律诗言情摅怨，从无发扬蹈厉之气而一唱三叹，独饶深致”。④ 再加上“抒情之作，宜精严也。精严之质与整齐有密切关系。艺术之格律不妨精严，精严则艺术之价值愈高”。⑤

有了这些条件，律诗不仅较之古体和绝句更擅抒情，而且“英文诗体以‘商勒’为最高，以其格律独严也。然同我们的律体比起来，却要让他出一头地”。所以“律诗实是最合艺术原理的抒情诗文”⑥ 的结论，兼涉中西，堪称是独拔于民族形式中的论断。在比较之中，可见出闻一多是将抒情文体发展史顶峰的桂冠给了律诗，虽然他以为抒情诗“我与西人，伯仲之间焉”，却惟有律诗不为之让。

其三，“首首律诗里有个中国式的人格在”的文化特质论。

《辨质》一章开头就说：“研究中国诗的，只要把律诗底性质懂清了，便窥得中国诗底真精神了”，“因为一则律诗是中国诗独有之体裁，二则他能代表中国艺术底特质，三则他兼有古诗、绝句、乐府底作用”。⑦ 这第一、第三点都属体裁范畴，更重要的是“辨质”要辨“代表中国艺术底特质”，了解“中国诗底真精神”。闻一

---

① 《全集》10卷153页。
② 《全集》10卷154页。
③ 《全集》10卷156页。
④ 《全集》10卷157页。
⑤ 《全集》10卷157页。
⑥ 《全集》10卷158—159页。
⑦ 《全集》10卷159页。

多从均齐、浑括、蕴藉、圆满论之。他认为，“中国艺术中最大的一个特质是均齐，而这个特质在其建筑与诗中尤为显著”，“我们的真美善底观念之共同的原素（即其所以发育之细胞核）乃是均齐”。具体而言，《易》理皆从阴阳变化出来，两仪、四象、八卦其数皆双；伦理的父慈子孝、兄友弟恭，皆双方调和相剂；制器整齐、对称，物形方，字形亦方，均齐者几居三分之二。总之，“均齐是中国的哲学、伦理、艺术底天然的色彩，而律诗则为这个原质底结晶，此其足以代表中华民族者一也”。[①] 闻一多又从中国幅员广、物产多、众族杂处、虽风俗语言不同却能调和，论及律诗“不独内含多物，并且这些物又能各相调和而不失个性”，终谓“必能如律诗这样的浑括，然后始能言调和也。此其所以能代表吾中华民族者二也。”其三是说蕴藉之质合于中国的国民性：“吾人皆知中国人尚直觉而轻经验。尚直觉故其思想，制度，动作，每在理智底眼光里为可解不可解之间，此所谓神秘者是也。律诗之蕴藉之质正为此种特质之表现。……此律诗之足以代表吾中华民族者三也。”[②] 最后是圆满：律诗的对仗平仄至美至善，合圆满之意，“然律诗中此质亦非偶然，盖亦我国民性之表现焉。”地大物博，独据一洲，形势成天然单位，物产能自赡饱，故满足而保守，自称“中国”，以天下文化尽在于此。“律诗于质则为一天然的单位，于数为‘百分之百’，于形则为三百六十度之圆形，于义则为理想，乌托邦的理想。此其所以能代表吾中华民族者四也”。[③]

兼有能代表中华民族特质的均齐、浑括、蕴藉、圆满，所以“首首律诗里有个中国式的人格在”。具体的论述或个别处略见牵强，整体而言却已具有文化哲学的高度。

总之，《律诗底研究》不但从语言——意象的角度研究诗歌史，以上三点，分别表现为“知人论世”的新见，以比较研究为民族形式定位，用文化——心理的方法探索研究的新路，更是文体史研究走入现代的一次成功尝试，闻一多后来文学史研究所取“世界”与“文化”的方法，在此已初步体现。

《记言与记事》是比较文体史研究，虽是课堂笔记，条理性、系统性却很强，既有实证性特点，又很见史识。我们拟对其内容和观点作三点归纳，并析论之。

其一，记言、记事之分及发展。

闻一多认为，人类文化的初期，一切以实用为主，适应生活的技巧与法则是最重要的。由工具制造发展出艺术，得出法则、继又推求事理，发展出“哲学”，而文学就处于艺术和哲学之间。在生活较优裕后，不再忙于狩猎，才有余暇从事文学创造。“但中国古代文学每偏于鉴戒而忽于表现，这和西方文学的发展有所不同”。[④]

---

① 《全集》10卷159—161页。

② 《全集》10卷163页。

③ 《全集》10卷163—164页。

④ 《闻一多论古典文学》24页。

“鉴戒”即将生活经验传给后代，记言比记事更为人们重视，记言文体得以创造，后因应用技巧和书写工具的进步，才有了记言时的附带记事。他将先秦时代记言、不纯粹记言及记事的书作了罗列，又特别指出《诗经》、《楚辞》与他书不同。记言又可分为代记和自记两种，代记中又有公言与私言之分，前者以《商周书》为代表，后者以《论语》为代表，“公言”是早期君主之言，“私言”起于孔子。

现在的不少文学史，多将先秦散文分为历史散文和哲理散文（或诸子散文），而对其发生学原理则罕有论及。闻一多所说，言简意赅，本着中国上古“重实际而黜玄想”的文化精神，作了重视鉴戒的定位，从起源上就同西方重表现划了界。而记言、记事之分，正是出于实用目的的必然结果。代记与自记、公言与私言，所说都合于史实，给人以“片言明百要”之感。其历史—文化的阐释方式，浅中见深，非一般的罗列加简介可及。

其二，记言的文学化。

“偏于鉴戒而忽于表现”的记言之作，既出于实用目的，又受制于政治型文化，如何涉于文学之域而成为文学作品呢？闻一多简要地论述了这一文学化的过程，一可称“发展”，二可称“偏离”。

前者如从“代记”至“自记”之间出现的“托言”。他说：“如《庄子》书中就有不少假托黄老之言和记物的寓言，所以托言又有人言和物言两种。而人言中又有虚实两类，实的如《庄子》之托言黄帝、老子，虚的如汉赋中的记言子虚、乌有先生等是……物言则更进一步，如《庄子》书中的罔两、骷髅、蛇、风等的发言，贾谊《鹏鸟赋》中作者与鹏鸟的对话，都是物言的例证。”他紧接而断言：

> 托言由托虚至于托物，乃渐有趣味，进而成为文艺上的一种体裁，在文学发展史上诚然大有意义。①

至于“自记”，始自《荀子》，闻一多认为是“最新最进步的文体”，《老子》一书，自记体与《荀子》同。到吕不韦的《吕览》，竟悬赏千金以易一字，可见“时代愈后，作者自我表现的程度就愈见明显”。《诗经》、《楚辞》更甚，“所表现是文艺的，与前此以鉴戒为主偏于实用的作品自有区别”。②

至于“偏离”，实为笔者杜撰。闻先生的原话是：“不过在有的鉴戒文章里偶尔稍带一点表现手法，对后世文艺仍有着不小的影响，这就是小说发展同记事史书所存在的历史渊源关系。”③ 他所举的例子是《战国策》中的《触龙说赵太后》，谓前面的一段叙事、描写，对记事文是了不起的进步。

---

① 《闻一多论古典文学》26—27 页。

② 《闻一多论古典文学》27 页。

③ 《闻一多论古典文学》28 页。

不少文学史著作都以寓言体论庄子以至贾谊之作，却未从“记言”一线的发展论之，而闻先生始终把握此线，将新体之出纳入其发展变化，这种史识实为人所未到。对《战国策》的例举及所论，则将一般认为后世小说与《史记》的渊源关系为之推前，且甚得其要。

其三，文字使用与记言、记事文的文学化。

以“史”的发展观念看待文体演变，不能忽略其语言载体。闻一多认为，文字使用过久，会产生弊端，所以西方人以琴弦为喻，说明文字用久亦必须重调，才能发出铿锵的乐音。先秦时的文字如新张琴弦，汉代渐呈松弛，即如《史记》，闻先生认为，抽去其中的传奇故事和抑郁的牢骚，可取的文字实在不多，旁人就更不足道了。他说，汉人中对调整文字痛下功夫的当推扬雄，扬雄以搬弄字眼来增加文学性，其故意雕饰与庄子的出于自然不同，所以是中国文学史上调整文字的第一个人。但是，语法修辞之生动，多出于下层人士的口语，而非文人学士，只是学者采用专门著作，却带来了妙趣。他又上追《墨子》、《尚书大传》、《礼记·檀弓》，摘引以证记事文在发展过程中的逐渐文艺化，又下伸到韩愈、杜牧、苏轼、黄庭坚，谓同继之以“奇险”。这样的虽简却详之论，不是平面的排比论析，而是抓住语言调整而议及左右、上下，“史”之意识、观念，始终凸现其中。

闻一多在此文的最后说：“总之，记言与记事是我国古代文学的两种重要文体，它们在发展上有先后之分，先记言而后记事，是从以记言作鉴戒为主而开始的。记事后来虽然发展成为独立的史传体，而鉴戒成分始终居于主导地位，司马光把他写的一部大的通史竟直接题名叫《资治通鉴》，便是最好的证明。前人说‘六经皆史’，可说是看到了问题的实质。它甚至影响到后世从史传分枝出来的稗官小说，这个历史特点和它所形成的有别于西方文学的民族传统，是应该为我们清楚认识和郑重思考的。”① 这一总结无疑又是在“世界中”和“文化内”的定位，也可证明他的文学史观是一以贯之的。

闻一多先生的文学年表之作有二：《中国上古文学年表》和《唐文学年表》。前者系未完稿，原稿从公元前730年（周平王四十一年）至公元220年（汉献帝延康元年），将950年间的文学人物和事件逐年列出。后者系较完整的手稿，原稿从公元618年（唐高祖武德元年）至公元906年（唐昭宣帝即哀帝李柷天祐三年），共288年，逐年列出，排列方式同《中国上古文学年表》。

年谱作为中国历史学家的一种创造，是与孟子知其人、论其世的研究思想相一致的，作为文学年谱，应尽可能地占有文学史料，才能为知人论世地研究文学家、文学现象提供“史”的基础。上古时代，学术初立，文、史、哲不分，写作文学年表本就有“主体”方面的难度，加以有关的年代考证未详，就更难措手了。闻一多

---

① 《闻一多论古典文学》30页。

的《中国上古文学年表》尽管今天看来还写得很简单，难以见出人、事、作品的来龙去脉，但其春秋一段，能粗陈梗概，战国一段，能稍见规模，重大历史事件历历在目，与文学活动相关者（如季札聘诸侯观乐于鲁，齐归鲁女乐）陈列其中，为后出者之转精，打下了基础。汉代一段，司马迁事迹有据，较详，张衡作品颇可考，作年亦详，但司马相如及前期汉赋部分就较为疏略，东汉及建安时期应详、可详而未详，三国段仅得嵇康一人，据此，当系未成之作（尤其东汉之后）。据整理者对手稿的说明，谓手稿每年一大格，大格内分上、中、下三格，上格标年号，中格记与文学有关的政治、军事、经济等重大事件，下格记文学本身大事，从中可见对文学的历史研究法。

闻一多关于唐代诗人的年谱，有杜甫、岑参二家，又有《全唐诗人小传》。《唐文学年表》有二种，一种如前述，另一种系据北京图书馆藏闻一多手稿经标点、断句后收入《全集》第 7 卷《唐诗编中》。二种大同小异，未知为何两收？且一入《唐诗编》，一入《文学史编》。因前论闻先生唐诗研究时已论及一种，兹不另赘。

以上我们对闻一多先生的文学史研究作了综览、述评，他虽未及写出系统的中国文学史著作，却在分段、分体的研究上已取得公认的成绩，并为构建全部文学史作了大量的准备工作。对他的文学史观及已进行的研究，我们不妨再作一简单归纳。对于他的本位文化思想与世界文化的眼光，第一小节已作评论；他的在中国文化中研究中国文学，亦见于第二小节。这里还要指出的是：他的《四千年文学大势鸟瞰》、《中国上古文学》及《闻一多论古典文学》中的有关章节，都贯穿着历史唯物主义的一根红线，而且以进化的主潮中的转换之主体观，来看待文学的运动发展，不是一种种文体兴衰史的相加，而是各种条件制约下的立体的转换，故其历史——逻辑的研究，又极具辩证法意义。与之相关，则是在微观领域进行深入研究的同时，始终不会迷失于具体的材料，一直在宏观的视野下有着清醒的目光；而他的宏观的观照也从不流于空疏，总是落到微观层面的实处。可以认为，他是有意识地寻求宏观与微观相会通的研究方法、道路，并提供了初步成果。

闻一多未及完成他的系统的文学史著作，而他的研究方法及运用这些方法取得的初步成果，却不失其典范意义。

代结语

在闻一多先生诞辰95周年纪念大会暨闻一多国际学术研讨会上，时任全国人大常委会副委员长的费孝通先生曾作过重要讲话，兹摘录其中片断，以代结语。他说：

……闻一多先生是近代现代中西文化大交汇、大碰撞中成长起来的一位学贯中西、博古通今的大家，他首先以独具特色的诗人闻名于世。闻一多诗作的数量并不算多，但却以感情深厚、艺术精美见长。他曾说“诗人主要的天赋是‘爱’，爱他的祖国，爱他的人民”。他的诗在内容上的突出特点，就是具有极强烈的民族意识和民族气质，表现出深沉、热烈的爱国主义精神，并从爱国爱民的真情出发，表现出对黑暗现实的厌恶，对人民疾苦的同情和美好未来的憧憬……

闻一多先生由一位诗人转而研究中国古代文学，并能取得超出前人和同辈人的成就，绝不是偶然的。他自幼就喜爱诗赋古文，具有坚实的国学基础，在研究中既继承了我国朴学注重名物训诂考据的传统，又广泛吸收现代西方社会学说，如文艺学、语言学、历史学、考古学、社会学、民俗学、文化人类学、心理学等新理论和方法，因此他的研究不仅考索赅博，扎实可信，而且大胆开拓，新见迭出，在《诗经》、《楚辞》、《庄子》、《唐诗》及神话等领域的研究中都取得了突破性的成果，自成一家言，在以上几个学科的研究史上有着独特的地位，产生了巨大而深远的影响。

抗日战争中期，由于国民党的统治愈来愈腐败黑暗，对外消极抗日、对内积极反共，在正面战场上节节败退，引起广大人民的不满，促使昆明的民主运动在党的领导下，在周恩来同志的直接关怀下逐渐形成了高潮……闻一多先生积极参加这些活动，在党和民盟同志的影响帮助下，认真阅读马列主义和毛主席著作，阅读《新华日报》和《群众》杂志等革命书刊，他的政治思想发生了深刻的变化，积极要求参加革命组织……

……他用自己的鲜血谱写了一首伟大壮美的不朽诗篇。5天之内，昆明发生了两大血案。“此种空前残酷、惨痛、丑恶、卑劣之暗杀的行为，实打破了中外政治黑暗历史之记录。中国法西斯的狰狞面目，至此已暴露无遗。一切政治欺骗，已为昆明有计划的大规模的政治暗杀枪声所洞穿。”激起了全国乃至全世界人民的抗议、声讨浪潮。

……

闻一多先生为了革命的需要，在关键时刻挺身而出，不顾个人的安危，在敌人面前敢于战斗，勇于战斗，视死如归，以身殉志，这种大无畏的英勇气概和伟大的爱国主义精神，将永远铭刻在广大人民心中，是我们学习的榜样。

参考书目

[1] 闻一多．闻一多全集［M］．北京：三联书店，1982.
[2] 闻一多．闻一多全集［M］．武汉：湖北人民出版社，1993.
[3] 郑临川．闻一多论古典文学［M］．重庆：重庆出版社，1984.
[4] 孙敦恒．闻一多集外集［M］．北京：教育科学出版社，1989.
[5] 闻黎明．闻一多萃语［M］．长沙：岳麓书社，1996.
[6] 闻黎明，侯菊坤．闻一多年谱长编［M］．武汉：湖北人民出版社，1994.
[7] 王康．闻一多传［M］．武汉：湖北人民出版社，1979.
[8] 刘煊．闻一多评传［M］．北京：北京大学出版社，1983.
[9] 闻黎明．闻一多传［M］．北京：人民出版社，1992.
[10] 闻一多．闻一多纪念文集［M］．北京：三联书店，1980.
[11] 季镇淮．闻一多研究四十年［M］．北京：清华大学出版社，1988.
[12] 俞兆平．闻一多美学思想论稿［M］．上海：上海文艺出版社，1988.
[13] 闻一多研究丛刊．武汉：武汉大学出版社，1989.
[14] 闻一多．唐诗杂论［M］．上海：上海古籍出版社，1998.
[15] 马克思，恩格斯．马克思恩格斯选集［M］．北京：人民出版社，1972.
[16] 马克思，恩格斯．马克思恩格斯论艺术［M］．北京：中国社会科学出版社，1983.
[17] 马克思恩格斯列宁斯大林论文艺［M］．北京：人民文学出版社，1980.
[18] 毛泽东．毛泽东选集［M］．北京：人民出版社，1964.
[19] 二十五史［M］．上海：上海古籍出版社，上海书店出版社，1986.
[20] 范文澜．中国通史［M］．北京：人民出版社，1978.
[21] 翦伯赞．中国史纲要［M］．北京：人民出版社，1979.
[22] 许倬云．西周史（增订本）［M］．北京：三联书店，1994.
[23] 顾颉刚．秦汉的方士与儒生［M］．上海：上海古籍出版社，1998.
[24] 陈寅恪．陈寅恪史学论文选集［M］．上海：上海古籍出版社，1992.
[25] 陈寅恪．唐代政治史述论稿［M］．上海：上海古籍出版社，1997.
[26] 皮锡瑞．经学历史［M］．北京：中华书局，1959.
[27] 冯友兰．中国哲学史［M］．北京：中华书局，1961.
[28] 李泽厚．中国古代思想史论［M］．北京：人民出版社，1986.
[29] 柳诒徵．中国文化史［M］．上海：东方出版中心，1988.
[30] 钱穆．中国文化史导论［M］．上海：三联书店上海分店，1988.

[31] 冯天瑜，何晓明，周积明. 中华文化史 [M]. 上海：上海人民出版社，1990.

[32] 王治心. 中国宗教史大纲 [M]. 上海：东方出版社，1996.

[33] 傅勤家. 中国道教史 [M]. 上海：上海书店，1984.

[34] 张紫晨. 中国民俗学史 [M]. 长春：吉林文史出版社，1993.

[35] 郭沫若. 十批判书 [M]. 上海：东方出版社，1996.

[36] 吕思勉. 先秦学术概论 [M]. 北京：中国大百科全书出版社，1985.

[37] 梁启超. 清代学术概论 [M]. 上海：上海古籍出版社，1998.

[38] 李镜池. 周易通义 [M]. 北京：中华书局，1981.

[39] 黄寿祺，张善文. 周易译注 [M]. 上海：上海古籍出版社，1989.

[40] 周易十日谈 [M]. 上海：上海书店，1992.

[41] 牟钟鉴，胡孚琛，王藻玹. 道教通论——兼论道家学说 [M]. 济南：齐鲁书社，1991.

[42] 十三经注疏 [M]. 北京：中华书局，1980.

[43] 二十二子 [M]. 上海：上海古籍出版社，1986.

[44] 四库全书总目 [M]. 北京：中华书局，1965.

[45] 陈振孙. 直斋书录解题 [M]. 上海：上海古籍出版社，1987.

[46] 许慎. 说文解字 [M]. 上海：上海书店，1992.

[47] 萧统. 文选 [M]. 上海：上海古籍出版社，1986.

[48] 郭茂倩. 乐府诗集 [M]. 北京：中华书局，1979.

[49] 沈德潜. 古诗源 [M]. 北京：中华书局，1963.

[50] 全唐诗 [M]. 上海：上海古籍出版社，1986.

[51] 陈尚君. 全唐诗补编 [M]. 北京：中华书局，1992.

[52] 唐人选唐诗 [M]. 上海：上海古籍出版社，1978.

[53] 沈德潜. 唐诗别裁集 [M]. 上海：上海古籍出版社，1979.

[54] 高步瀛. 唐宋诗举要 [M]. 上海：上海古籍出版社，1978.

[55] 陈伯海. 唐诗汇评 [M]. 杭州：浙江教育出版社，1995.

[56] 朱熹. 诗集传 [M]. 上海：上海古籍出版社，1980.

[57] 王夫之. 诗广传 [M]. 北京：中华书局，1964.

[58] 方玉润. 诗经原始 [M]. 上海：上海泰东图书局，1924.

[59] 余冠英. 诗经选 [M]. 北京：人民文学出版社，1982.

[60] 陈子展. 诗经直解 [M]. 上海：复旦大学出版社，1983.

[61] 朱自清. 古诗歌笺释三种 [M]. 上海：上海古籍出版社，1981.

[62] 王逸. 楚辞章句 [M]. 商务印书馆《国学基本丛书》本.

[63] 蒋骥. 山带阁注楚辞 [M]. 上海：上海古籍出版社，1984.

[64] 谭介甫. 屈赋新编 [M]. 北京：中华书局，1978.

[65] 马茂元．楚辞选［M］．北京：人民文学出版社，1958.
[66] 汤炳正等．楚辞今注［M］．上海：上海古籍出版社，1996.
[67] 金开诚．屈原辞研究［M］．南京：江苏古籍出版社，1992.
[68] 陈沆．诗比兴笺［M］．上海：上海古籍出版社，1981.
[69] 朱自清古典文学论文集［M］．上海：上海古籍出版社，1981.
[70] 马积高．赋史［M］．上海：上海古籍出版社，1987.
[71] 余冠英．汉魏六朝诗选［M］．北京：人民文学出版社，1978.
[72] 张永鑫．汉乐府研究［M］．南京：江苏古籍出版社，1992.
[73] 徐震堮．世说新语校笺［M］．北京：中华书局，1984.
[74] 陶渊明集［M］．北京：中华书局，1979.
[75] 玉台新咏笺注［M］．北京：中华书局，1985.
[76] 陈子昂先生文集［M］．清道光辛酉岁蜀刻本。
[77] 赵殿成．王右丞集笺注［M］．上海：上海古籍出版社，1984.
[78] 李太白全集［M］．北京：中华书局，1977.
[79] 王瑶．李白［M］．上海：上海人民出版社，1979.
[80] 王嗣奭．杜臆［M］．上海：上海古籍出版社，1983.
[81] 浦起龙．读杜心解［M］．北京：中华书局，1961.
[82] 冯至．杜甫传［M］．北京：人民文学出版社，1980.
[83] 李德裕．《李文饶文集》，四部丛刊本。
[84] 刘学锴，余恕诚．李商隐诗歌集解［M］．北京：中华书局，1988.
[85] 钱锺书．管锥编［M］．北京：中华书局，1979.
[86] 钱锺书．谈艺录［M］．北京：中华书局，1984.
[87] 施蛰存．唐诗百话［M］．上海：上海古籍出版社，1987.
[88] 刘开扬．唐诗通论［M］．成都：四川人民出版社，1981.
[89] 陈伯海．唐诗学引论［M］．北京：知识出版社，1988.
[90] 许总．唐诗史［M］．南京：江苏古籍出版社，1994.
[91] 中国社会科学院文学所．唐诗选［M］．北京：人民文学出版社，1978.
[92] 钱钟书．宋诗选注［M］．北京：人民文学出版社，1958.
[93] 吴梅．中国戏曲概论［M］．北京：中国戏剧出版社，1983.
[94] 俞平伯．论诗词曲杂著［M］．上海：上海古籍出版社，1983.
[95] 叶嘉莹．迦陵论诗丛稿［M］．北京：中华书局，1984.
[96] 叶维廉．中国诗学［M］．北京：三联书店，1992.
[97] 王瑶．中国文学研究现代化进程［M］．北京：北京大学出版社，1996.
[98] 郭豫适．学与思：文学遗产研究问题论集［M］．郑州：河南大学出版社，1999.
[99] 王水照．半肖居笔记［M］．上海：东方出版中心，1998.

［100］何文焕．历代诗话［M］．北京：中华书局，1981.

［101］丁福保．历代诗话续编［M］．北京：中华书局，1983.

［102］清诗话［M］．上海：上海古籍出版社，1978.

［103］王士禛．香祖笔记［M］．上海：上海古籍出版社，1982.

［104］郭绍虞．中国历代文论选［M］．上海：上海古籍出版社，1980.

［105］梁启超．中国之美文及其历史［M］．上海：东方出版社，1996.

［106］刘永济．十四朝文学要略［M］．哈尔滨：黑龙江人民出版社，1984.

［107］陆侃如，冯沅君．中国诗史［M］．北京：人民文学出版社，1956.

［108］郑振铎．中国俗文学史［M］．上海：上海书店，1984.

［109］罗根泽．乐府文学史［M］．上海：东方出版社，1996.

［120］郑振铎．插图本中国文学史［M］．北京：人民文学出版社，1957.

［121］刘大杰．中国文学发展史［M］．上海：上海古籍出版社，1982.

［122］游国恩．中国文学史［M］．北京：人民文学出版社，1963.

［123］中国科学院文学研究所．中国文学史［M］．北京：人民文学出版社，1962.

［124］章培恒，骆玉明．中国文学史［M］．上海：复旦大学出版社，1996.

［125］陈伯海．中国文学史之宏观［M］．北京：中国社会科学出版社，1995.

［126］宗白华．美学散步［M］．上海：上海人民出版社，1981.

［127］李泽厚，刘纲纪．中国美学史［M］．北京：中国社会科学出版社，1984.

［128］李泽厚．美的历程［M］．北京：文物出版社，1981.

［129］常任侠艺术考古论文选集［M］．北京：文物出版社，1984.

［130］西方文论选［M］．上海：上海译文出版社，1979.

［131］丹纳．艺术哲学［M］．北京：人民文学出版社，1983.

［132］恩斯特·卜西尔．人论［M］．上海：上海译文出版社，1985.

［133］马林诺夫斯基．文化论［M］．北京：中国民间文艺出版社，1987.

［134］马林诺夫斯基．巫术科学宗教与神话［M］．北京：中国民间文艺出版社，1986.

［135］弗雷泽．金枝［M］．北京：中国民间文艺出版社，1987.

［136］施密特．原始宗教与神话［M］．上海：上海文艺出版社，1987.

［137］史宗．20世纪西方宗教人类学文选［M］．上海：上海三联书店，1995.

［138］北晨．当代人类文化学概要［M］．杭州：浙江人民出版社，1986.

［139］岑家梧，李则纲．图腾艺术史·始祖的诞生与图腾［M］．上海：上海文艺出版社，1988.

［140］朱狄．原始文化研究［M］．北京：三联书店，1988.

［141］何新．诸神的起源［M］．北京：三联书店，1986.

[142] 陶阳，钟秀．中国创世神话［M］．上海：上海人民出版社，1989.
[143] 袁珂．中国神话通论［M］．成都：巴蜀书社，1993.
[144] 袁珂．山海经校译［M］．上海：上海古籍出版社，1985.
[145] 詹鄞鑫．神灵与祭祀［M］．南京：江苏古籍出版社，1992.
[146] 张岩．图腾制与原始文明［M］．上海：上海文艺出版社，1995.
[147] 张紫晨．中国巫术［M］．上海：三联书店上海分店，1992.
[148] 郭齐勇．文化学概论［M］．武汉：湖北人民出版社，1990.
[149] 童恩正．文化人类学［M］．上海：上海人民出版社，1989.
[150] 叶舒宪．诗经的文化阐释［M］．武汉：湖北人民出版社，1994.
[151] 张正明．楚文化史［M］．上海：上海人民出版社，1987.
[152] 萧兵．楚辞文化［M］．北京：中国社会科学出版社，1990.
[153] 萧兵．楚辞的文化破译［M］．武汉：湖北人民出版社，1997.
[154] 姚汉荣．楚文化寻绎［M］．上海：学林出版社，1990.
[155] 林河．《九歌》与沅湘风俗［M］．上海：三联书店上海分店，1990.
[156] 乌丙安．中国民俗学［M］．沈阳：辽宁大学出版社，1985.
[157] 直江广治．中国民俗文化［M］．上海：上海古籍出版社，1991.

闻一多古典文学学术活动年表

1912年

以鄂籍第一名的成绩考取北京清华学校。

1915年

6月，初次担任《清华周刊》中文编辑。

11月，任《清华年报》图画副编辑。

1916年

4月，读书札记《二月庐漫纪》开始发表于《清华周刊》第七十三期，此后从4月至12月，接连在该刊上发表续记十五，共十六篇五十九则。或论经史，或评诗词文赋，或取古籍典故而发现实感叹。

5月，于《清华周刊》第七十七期发表《论振兴国学》文。

1917年

6月，任《辛酉镜》一书的总编辑，该书分十三类，系统扼要记述辛酉级同学在中等科四年的学习与生活，其本人收入该书的文章有《读项羽本纪》、《陈涉亡秦论》、《生于忧患死于安乐论》等十三篇。

1918年

1月，暂停阅《汉书》改阅《史记》并作札记，阅完黎树昌选《续古文辞类纂》。

5月，评注司马光《谏院题名记》。

1919年

1月，作《读关雎章札记一首》。

9月，任《清华学报》中文编辑，并参与发起组织美术社。

1920年

1月，任《清华周刊》集稿员。

3月，与潘光亶等六人组成读书团体，并为之取名“上社”。

7月，回浠水老家，将所作古文诗词编为《古瓦集》，今佚。

1921年

2月，开学后，任《清华周刊》集稿部主席兼书记，主管文艺栏。

10月，在《清华周刊》第一九二期发表《征求艺术专门的同业者的呼声》及《清华的出版物与言论家》，反映其早期艺术观及对现实言论家的批判。

11月，任清华文学社书记并诗组领袖、《清华年刊》委员及美术编辑。

12月，在文学社第二次常会上作《诗底音节的研究》的报告（收入《全集》时改名为《诗歌节奏的研究》）。

1922年

1—2月寒假回湖北浠水老家完婚，蜜月著《律诗底研究》，3月脱稿。

6月，校订增广《律诗底研究》；作《义山诗目题要》；研究李白、陆游；离开清华准备赴美留学。

8月，抵美芝加哥美术学院留学，并研读韩愈等人作品。此后至1925年归国，在学习美术的同时，一直在进行诗歌理论、新诗创作的研究，亦未放弃对古典文学的爱好和研读。

1925年

5月，离开纽约，在美国西岸登船回国。

6月，1日抵沪，中旬回京。

11月，国立艺术专门学校开学，被聘为教授兼教务长，教美术史，此为其一生服务于教育之始。

12月，当选为艺专评议员。

1926年

4月，与朋友们共同创办专发诗与诗评的专刊《晨报·诗镌》，并在创刊号上发表《文艺与爱国——纪念三月十八》。

5月，于《晨报·诗镌》第七号发表《诗的格律》，从传统律诗与新诗的关系探讨新诗理论。6月，在《晨报·诗镌》第十号发表《英译的李太白》。

7月，携眷离开艺专回老家，8月只身至上海。

9月，受聘为吴淞国立政治大学教授兼训导长。

1927年

7月，其最早运用文化人类学方法撰写的学术论文《诗经的性欲观》开始发表于《时事新报·学灯》，至二十一续完。

8月，受聘为南京第四中山大学外文系英文门副教授。

9月，受聘为该校文学院外国文学系主任，教授英美诗、戏剧、散文。

1928年

3月，《新月》创刊，任编辑至第二卷第一号。

7月，接受武汉大学文学院院长之职的聘请。

8月，《杜甫》（传记）前半部分发表于《新月》第一卷第六号；至武昌，任武汉大学教授兼文学院院长、校务会议成员。

10月，在文学院讲授选修课“西洋美术史”，在外文系讲授选修课“现代英美诗”。

11月，出席湖北省第一届美术展览会；设计武汉大学校徽。

1929年

10月，论文《庄子》发表于《新月》第二卷第九号。

1930年

4月，《杜少陵年谱会笺》发表于武汉大学《文哲季刊》第一卷第一期，至第四期载完，入《全集》时题作《少陵先生年谱会笺》；同时进行杜甫研究的一系列工作，如《说杜丛钞》等，引历代学者论述杜甫之段落，引书达数十种。

6月，辞去武汉大学文学院院长一职；并接受青岛大学聘书。

8月，携眷至青岛。

9月，被聘为青岛大学教授兼文学院院长、中国文学系主任；讲授“中国文学史”、“唐诗”、“名著选读”等课程；同时给外文系开设英诗课。

1931年

9月开学，继续讲授“中国文学史”、“唐诗”、“英诗入门”课程，并从这时起，全面铺开有关唐诗研究的工作，项目如下：

传记方面有：《全唐诗人小传》；

疏证方面有：《唐诗笺证》、《唐诗校读法举例》、《全唐诗辨证》、《全唐诗校勘记》；

表谱方面有：《唐文学年表》、《唐诗人生卒考》（附进士登第年龄考）、《新旧唐书人名引得》、《初唐四杰合谱》等；

史料方面有：《唐诗大系》、《全唐诗补传》、《全唐诗续补》、《全唐诗汇补》；

札记方面有：《唐风楼捃录》、《璞堂杂记》、《唐诗要略》、《诗的唐朝》。

其时有草拟的《拟思唐宝聚著目录》，包括《唐代文学年表》、《唐两京城坊考续补》、《唐代遗书目录标注》、《唐人九种名著叙论》、《全唐诗人补传》、《全唐诗校勘记》、《少陵先生年谱会笺》、《少陵先生交游考略》、《说杜丛钞》、《全唐诗续补》、《全唐诗人生卒年考》、《岑嘉州系年考证》、《岑嘉州交游事辑》、《唐文别裁集》等。

上述项目进展不一，有的在青岛已完成，有的仅仅开头。

与此同时，还进行了《诗经》的研究，如《匡斋尺牍》等。

1932年

7月，辞职赴北京。

8月，应聘为国立清华大学中国文学系教授。

9月，开设“文学专家研究”课程，讲授“王维及其同派诗人”、“先秦汉魏六朝诗”，并与朱自清讨论诗歌理论问题。

1933年

2月开学，继续上学期工作，讲授杜甫作品及汉至隋主要诗篇。

3月，《岑嘉州系年考证》三稿完。

4 月，被聘为清华大学出版委员会委员。

5 月，《岑嘉州交游事辑》发表于《清华周刊》第三十九卷第八期（文史专号）。

6 月，《岑嘉州系年考证》发表于《清华学报》第七卷第二期；与朱自清谈论初唐文学中有关类书、声律、宫体诗等诸多问题；此时仍在继续进行青岛时已开始的唐诗研究工作；开始楚辞的研究，并就楚辞问题与游国恩通信频繁。

9 月，开设“诗经”、“楚辞”、“杜诗”三门课。在致饶孟侃信中谈到自己决心走“向内发展”（即学术研究）的路，包括：《毛诗字典》、《楚辞校议》、《全唐诗校勘记》、《全唐诗补编》、《全唐诗人小传订补》、《全唐诗人生卒年考》、《杜诗新注》、《杜甫》（传记）等八项研究项目。

12 月出任《清华学报》编辑，直至殉难。

1934 年

3 月，在天津《大公报》“图书评论”副刊发表《类书与诗——唐诗杂论之一》。

5 月，于《学文》创刊号发表《匡斋尺牍》（芣苡篇）。

7 月，在《学文》月刊第一卷第三期发表《匡斋尺牍》续“狼跋篇”（后有《兔罝》手稿未发）。

9 月，增设“唐诗”、“乐府研究”课，并与俞平伯、刘文典共授“国学要籍”；在《清华学报》第九卷第四期发表《天问 · 释天》。

本学年在北京大学兼课。

1935 年

4 月，在梁实秋编辑的天津《益世报》“文学副刊”第五期发表《读骚杂记》。

5 月，在清华文艺社聚会上谈孟郊。

7 月，在《清华学报》第十卷第三期发表《诗新台鸿字说》。

9 月，在天津《大公报》“文艺”副刊第九期发表《卷耳》；授“唐诗”，并与杨树达合授国学要籍“诗经”、“楚辞”，指导文科研究所研究生的中国古代神话研究。

10 月，在《清华学报》第十卷第四期发表《高唐神女传说之分析》。

1936 年

1 月，在《清华学报》第十一卷第一期发表《离骚解诂》、《高唐神女传说之分析补记》。

3 月，在北京图书馆编辑的《图书季刊》第三卷第一、二期合刊上发表《敦煌旧钞〈楚辞音〉残卷跋》（附校勘记）；对《九歌·山鬼》作有新解。

7月，暑假期间，赴河南安阳看甲骨发掘，并写了几篇契文疏证；继赴洛阳考察杜甫故地。9月继授“唐诗”课，与俞平伯、杨树达、刘文典合授国学要籍，并指导文学研究所研究生习《诗经》、《楚辞》、唐诗。

10月，在《清华学报》第十一卷第四期发表《楚辞斠补》。

1937年

1月，在《清华学报》第十二卷第一期发表《诗经新义》（二南）。

5月，在燕京大学国文学会《文学年报》第三期发表《释朱》。

6月，主编清华大学国文学会的《语言与文学》，并在创刊号上发表《释省〈契文疏证之一〉》；在《考古》第六期发表《释为释豕》；开始研究神话；开始为编撰《诗经字典》作准备。

7月，《释[illegible]》发表于《清华学报》第十二卷第三期；卢沟桥事变，北京大学、清华大学、南开大学组成长沙临时大学，后又改名为西南联合大学，因学校南迁而使其他文字疏证未能发表。

8月，南下至武汉，仍坚持古文字及典籍研究。

10月，写《张旭年考》一则。

11月，因长沙选校址困难，临时大学设在湖南南岳；其时开始研究《周易》。

1938年

1月，临时大学决定迁回长沙，后又决定迁至昆明。

2月，加入步行赴滇旅行团出发。

5月，旅途中成立“南湖诗社”，与朱自清同任诗社导师。

8月，迁西南途中于贵州省暑期讲习会任国文教学组讲师，主讲“诗经”课程。

12月，昆明西南联合大学开学，任文学院中国文学系教授，讲授“诗经”、“楚辞”、“尔雅”课程。

1939年

2月，讲授“离骚”课程。

3月，于《益世报》副刊“读书”第一—三期发表《璞堂杂记》，后入集时改名为《璞堂杂识》。

6月，在昆明《中央日报》副刊“平明”第十六期发表《歌与诗》。11月，作

《夏商世系考》，未发表。

12 月，作《易林琼枝》。

1940 年

1 月，作《姜嫄履大人迹考》，发表于 3 月 5 日《中央日报》“文学”副刊第七十二期。

2 月，在《中央日报》“读书”副刊第十七期发表《璞堂杂说》。

3 月，作《释繇》，发表于《金陵学报》第十卷第一、二期合刊。

10 月，《乐府诗笺》、《乐府诗笺》（续）分别发表于昆明《国文月刊》第一卷第三、四期，共笺 19 篇；并有未完成的《乐府叙论》。

11 月，致清华大学校长梅贻琦信，附《中国上古文学史研究报告》，云其研究旨趣、研究项目、研究结果、研究要目及相关问题论文目录；又作《怎样读九歌》，发表于次年一月《国文月刊》第一卷第五期。

12 月，在西南联大“冬青社”作文字问题的讲演。

1941 年

1 月，在《中央日报》“人文科学”副刊第二期发表《道教的精神》，第三期续完。

2 月，在《中央日报》“文艺”副刊第十八期发表《贾岛》；寒假中埋头古代神话研究；开学后讲授“古代神话”。

4 月，在约 5 万余字的《周易纂诂》基础上作《周易义证类纂》，发表于十月《清华学报》第十三卷第二期（清华大学三十周年纪念号下册）。

6 月，于《国文月刊》第一卷第八期发表《乐府诗笺》（续）共五篇。

7 月，作《九章》，未完成，后经整理定名为《九章解诂》；本月清华大学文科研究所成立，任中国文学部主任。

8 月，作《宫体诗的自赎》，发表于次月昆明《当代评论》第一卷第十期。

10 月，举家迁至昆明城外清华大学文科研究所，埋头学术研究。

11 月，拟定从整理古籍入手的《文科研究所中国文学部研究计划》，包括“子部二种”即《韩诗外传》、《管子》和“集部二种”即《岑参集》、《贾岛集》，其中《管子校释》经郭沫若等人整理补充为《管子集校》；在北大文科研究所的学术讲演会上作《什么是九歌》的演讲。

12 月，写定《楚辞校补》“引言”；在《国文月刊》第十一期发表《乐府诗笺》（续）4 篇；指导何善周选注先秦两汉文学史参考资料。

1942年

3月，国民图书馆出版《楚辞校补》（11月再版），采用《四部丛刊》洪兴祖《楚辞补注》，引用校勘材料颇广，仅《校引书目版本表》就列有65家，又采用古今诸家成说之涉及校正文字者有28家。

5月，在云南省地方行政干部训练团讲“神话及中国文化”；在《国文月刊》第十三期发表《乐府诗笺》（续）4篇；本学期还开设“中国文学专书选读”、“周易”课。

9月，开设“中国文学史问题研究”课。

10月，在《国文月刊》第十六期发表《乐府诗笺》（续）7篇。

11月，在西南联大文史学会主办的文学史讲座第一讲上讲“伏羲的传说”；作《伏羲考》“引论”及第二部分《从人首蛇身像谈到龙与图腾》，发表于次月昆明《人文科学学报》第一卷第二期。

12月，在中法大学讲“神话与诗”；本年重新开始研究《庄子》。

1943年

3月，与季镇淮、何善周师生合写《七十二》，并作“附识”，发表于7月《国文月刊》第二十二期。

6月，修改发表《芣苡》于《世界学生》第二卷第五期。

7月，在昆明《生活导报》第三十二期发表《端午节的历史教育》，另有《端午考》未及发表。

8月，在《大国民》周刊第三期发表《孟浩然》；在《世界学生》第二卷第七期发表《四杰》。9月，在重庆《学术季刊》第一卷第三期发表《庄子内篇校释》。

10月，在《中山文化季刊》第一卷第三期发表《诗经通义》（召南）改定稿；开始在中法大学兼授中国文学史课，讲课提纲有《四千年文学大势鸟瞰》。

11月，《狼跋篇》发表于重庆《时与潮文艺》第二卷第三期；作《诗经通义》（周南），后发表于1945年《图书季刊》新第六卷第三、四期合刊。

12月，在昆明《当代评论》第四卷第一期上发表《文学的历史方向》（入集时改为《文学的历史动向》；在中法大学讲演“诗与批评”；本年作《字与画》，未发表。

1944年

2月，在西南联大讲《舞与诗》；在《云南日报》“星期论文”专栏发表《复古的空气》。

3月，在《中央日报》发表《家族主义与民族主义》；在《昆明导报》第六十期发表《说舞》；在《中央日报》“星期增刊”发表《庄子外篇校释——骈拇》。

5月，在西南联大历史学会举行的“五四”二十五周年纪念座谈会上作《五四历史座谈》的讲演；其《楚辞校补》获教育部学术审议会颁发的1943年度学术二等奖；在《中央日报》“星期增刊”第十四期发表《九歌校释——东皇太一》；在联大国文学会上作《新文艺与文学遗产》的讲演。

暑假，在西南文化研究会作《什么是儒家——中国士大夫研究之一》的中心发言（次年发表于《民主周刊》第一卷第五期）。

9月在《火之源丛刊》第二、三集合刊上发表《诗与批评》；在《中央日报》“周中专论”栏发表《关于儒·道·土匪》；讲授《庄子》。

12月，应云南男女青年会同工读会所请，演讲“士大夫与中国社会”，后又在西南联大文史学会等处几次作此演讲；作《屈原问题——敬质孙次舟先生》，后发表于郭沫若主编的重庆《中原》第二卷第二期；本年还作杂文《真的屈原》（刊于《北京大学学报》1979年第5期）。

1945年

1月，《什么是儒家——中国士大夫研究之一》发表于《民主周刊》第一卷第五期。

2月，开设专书选读“楚辞”课。

5月，作《说鱼》后记，发表于6月昆明《边疆人文》（乙种）第二卷第三、四期合刊。

6月，在西南联大附中演讲“道家的人生观”；在昆明《诗与散文》“诗人节特刊”上发表《人民的诗人——屈原》。

11月，在西南联大第二次“战后之中国”系列演讲中作“战后的文艺道路”之演讲。

1946年

5月，出席圭山区彝族乐舞招待会，并为《时代评论》对此演出的评论专集题词；参加西南联大文艺社组织的以学习《延安文艺座谈会上的讲话》为主的文艺问题讨论会。

6月，端午节，在《诗与散文》“诗人节特刊”发表《九歌——古剧翻新》部分章节《迎神曲》、《东君》、《云中君》，11日《九歌——古剧翻新》初稿脱稿（后人集时题为《〈九歌〉古歌舞剧悬解》）；中下旬在昆明《人民艺术》第三期发表《九歌——人民的艺术和人民的讲教》（今佚）。

7月15日在李公朴殉难经过报告会上作最后一次的讲演，会后遇难。

后 记

柳绽鹅黄的早春季节，拿到《学者闻一多》的清样，难以抑制内心的激动。

还是在少年时代，我就读过《太阳吟》、《死水》、《红烛》等诗篇，在被其中的意蕴深深震撼的同时，尤其服膺新诗竟然也有如此严整的形式。后来，又知闻一多先生原来在美国学过西洋画，回国后又精心治印。恰因我当时对写诗、绘画、篆刻都有兴趣，惊叹于他的素描与印章的精美，闻一多先生遂成了我最有心心相印之感的五四以来人物。

转瞬间过去了二十年，当青少年时代的诸般爱好都已荒废以后，我成了一名古典文学教师，在讲授《诗经》、《楚辞》及唐诗等作品时，免不了要借鉴于前辈学者的研究，这时，又看到了久违的闻一多先生，看到了他在这些典籍的学术史上留下的巨大身影，使我又一次产生了中年时代理性的震撼。大约距今已有十年以上了，系里有部分教师正酝酿着一个集体科研项目，即以人为纲目的“二十世纪中国美学研究”。经几次商定，初拟出约十人的大师级名单，其中就有闻一多。主持其事的夏中义老师约我承担其中闻一多的课题，我以恭敬不如从命的态度答应了。

一旦进入此事，我才知道自己虽也看过一些美学著作，可专从美学上研究闻一多先生却显得力不从心，而且当时已读到厦门大学俞兆平先生所著的《闻一多美学思想论稿》，觉得自己难有系统的新见，倘若“硬写”，免不了有续貂之嫌。适逢当时我校中文、历史、哲学三系联合招收“中国文化建设”方向的研究生，目的在于发挥合力，以培养沟通文史哲的复合型人才，我是导师组成员之一，正在准备开设中国古代文化与文艺关系研究的课程，于是，就将闻一多研究的课题扭转到了文化学的方向上。承担各个子项目的各位同仁陆续捧出了自己的大作，而我只是在1993年写了名为《求真与求美》的六万字以作结项。这六万字分作五篇论文发表，我因忙于他事，竟将这一课题搁置了。直到五年半后，待我完成了几个唐宋词的集体项目，又写完了九十五万字的《中国绘画思想史》书稿后，才猛然想起1999年是闻一多先生的百年诞辰，为自己当年未能趁热打铁写出书来深感愧疚。我决心重新开始，并准备从古典文学角度为闻先生写成一部学术评传式的著作。我想在1999年的夏天完成全书的写作，但只有半年的时间，手头还有其他一些事情未完，以我一人之力很难写成。在拟定写作提纲之后，我想到了从我攻读博士学位的赵晓岚女士，她原任教于湖南师大中文系，从事唐宋文学教学与研究十多年，完全可以胜任此事。在征询她的意见后，得到了满意的答复，并开始了愉快的合作。

1999年9月初，《学者闻一多》全稿约三十万字写成，得郭豫适、陈伯海两先生推荐，申报上海市马列主义出版基金，年终得知通过评审，并交由学林出版社出版。此书虽然未能赶在闻先生百年诞辰之前问世，也未能在澳门回归前盛唱《七子之歌》时“趁势而出”，但毕竟前后拖逾十年的心愿已了，我也有如释重负的感觉。此书之能先于我耗费五年时间完成的《中国绘画思想史》出版，首先要感谢上海市党政领导，为了贯彻两个文明一起抓的方针而设立了这一基金，使本书的问世得到了经济上的支持。还要感谢上海市委宣传部理论处的范小平女士，华东师大社科办的许红珍女士、费斌先生以及我所在系的领导，他们都为本书的出版出过力。责任编辑黄晶女士更为本书耗费了不少心血。我更难以忘怀陈伯海、郭豫适两位教授的热情推荐，郭先生在百忙中赐序，多有勉励，感激之外，还令我汗颜。

迄今为止，关于研究闻一多先生的成果已出了不少，但全面评述他的古典文学研究成就的专著似还未见，个中原因不少，最主要的恐怕还在于作为一位古典文学研究的大师，闻一多先生治学面之宽，跨度之大，是他这一辈学人中几为仅见的，又遑论后人？所以对他作“研究之研究”，是很困难的事。我自己深知学殖浅薄，对闻先生研究的每一领域，我都未曾真正涉足，只不过读过一些文化学的书，对他的研究方法有兴趣之同而已。当年曾亲炙其教的老一辈学者，都深感自己在多年以后都只有对老师的仰止之情，遑论超越？何况似我等之后辈！闻一多先生为民主捐躯时只有四十七岁，大师的学术天赋与成就是不能以年龄计的，王国维、梁启超、鲁迅都逝于中年，这在令我们感叹为何上世纪前半叶国运多舛而巨人频出时，又为我辈的马齿徒增而赧颜。尽管如此，当此世纪相交之际，瞻前顾后，评量前辈大师怕也是不得不为之举，虽斗胆管窥蠡测，只要循夫子之教，“毋意、毋必、毋固、毋我”（《论语·子罕》），总还是有益之事。

闻一多先生曾写过：“红烛啊！莫问收获，但问耕耘。”前辈大师已矣，“江山代有才人出”，在耕耘中也必有收获，新世纪新一代学术大师必然也会诞生，即使如此，相信他们也不会忘记自己所踩踏的巨人的肩膀。

谨书所感，以为后记。

邓乔彬
2001 年 3 月 13 日

论　文

吴梅评传

吴梅是20世纪初著名的曲学大师，1933年出版的钱基博《现代中国文学史》写道："并世之治词以进于剧曲著，有海宁王国维、长洲吴梅。"书中进而将二人相较："特是曲学之兴，国维治之三年，未若吴梅之劬以毕生；国维限于元曲，未若吴梅之集其大成，国维详其历史，未若吴梅之发其条例；国维赏其文学，未若吴梅之析其声律。而论曲学者，并世要推吴梅为大师云"。[①] 现代著名的曲学专家如任讷（字中敏，号二北，晚号半塘）、卢前（冀野）、钱南扬、王起（季思），词学专家唐圭璋、万云骏，艺术史专家常任侠，古典文学专家徐震堮、胡士莹等，都曾受教于吴梅。但是，由于吴梅治曲在作曲、度曲、制谱、订谱诸方面用力甚多，难免被看作旧式文人，非但新中国成立后的著作中很少提及他的名字，即使老一辈戏曲专家，对吴氏的成就也有人并不首肯。如叶德钧说："他的创作如诗、词、散曲、戏曲全部都是摹拟前人的东西，其中杂剧传奇且有民国以后的作品，没有注意的必要，这里且不去说它。论著部分如《南北词简谱》，虽为作曲而设，但还可视为给前人曲谱作一个总结账。至如《曲学通论》、《顾曲麈谈》，又是以作曲、度曲为对象，也不去讨论。《元剧研究ABC》、《中国戏曲概论》虽全是泛论，但在吴氏全部著作中是仅有的两部涉及戏曲史和考证的著作，而其中显然的错误、违失之处也颇不少"。[②] 为此，对吴梅实有重新认识和评价的必要。

一

吴梅，字瞿安（瞿亦作臞、癯，安亦作庵、盦），一字灵鳷，晚号霜厓，江苏长洲（今吴县）人。生于光绪十年甲申（1884年）旧历七月二十二日，抗日战争时期，辗转避兵，1939年2月17日卒于云南大姚县李旗屯。

吴梅祖上虽以科目称吴中望族，然而自己的儿童时代颇不幸，三岁丧父，八岁嗣于叔祖为嗣孙，十岁丧母，十二岁始习八股文，十五岁初应童子试，次年再应童子试，提覆被斥。自此，虽犹习举业，但已注力于诗词、古文，"文读望溪，诗宗选学"。[③] 1900年结婚，夫人邹瑞华，元和人，少吴梅一岁，两年后得子。

1901年，吴梅以第一名补长洲县学生员。同年，开始戏曲创作，据南明瞿式耜

---

① 《现代中国文学史》上编（四）《曲》。

② 《戏曲小说丛考》卷上《吴梅的霜厓曲跋》。

③ 《遗嘱》。

在广西抗清事迹，写成《风洞山传奇》。十九岁与二十岁再应乡试，“所惜踏秋闱，两度铩羽翰”，转赴上海，于东文学社习日文。1904 年，《风洞山》的《先导》及第一出《忧国》，刊于《中国白话报》第四、六期，因排场近熟，费时十二月之久改定之。次年，改作《苌弘血》传奇（初名《血花飞》，1903 年作），秋，黄摩西介绍其至东吴大学堂任教。1906 年，以《板桥杂记》所载姜如须事，作《暖香楼》杂剧（后易名《湘真阁》），是年撰《奢摩他室曲话》。次年，《暖香楼》在《小说林》第一期刊出，《奢摩他室曲话》亦在该刊刊出；是年，为悼念秋瑾死难，吴梅作了《轩亭秋》杂剧。陈去病准备在上海召开秋瑾追悼会未成，在《神州日报》刊出《神交社雅集小启》，回顾了明末复社、几社的盛况，表示要广结同志，以江南人士为基础，进而联络全国新旧知识分子。八月十五日，吴梅同陈去病、邓实、黄节、沈昌直、刘三等，雅集于上海张园（一说愚园），实际上成为南社的最早的成员。1909 年，吴梅被荐至开封作幕，留汴中三四月后返吴，是年冬，南社正式成立，吴梅被邀入盟。次年，任存古学堂检察官，此时晚清词学大家朱祖谋、郑文焯客居吴下，吴梅与之过从甚密，获益甚多。

辛亥革命后的 1912 年春，吴梅应聘执教于南京第四师范。次年，在上海民立中学任教。为《小说月报》撰写《顾曲麈谈》，1916 年由商务印书馆印成专书，后又列入《国学小丛书》，销行至数十万册，为吴梅奠定了曲学研究的地位。《落茵记》在是年《小说月报》上刊出，并写成《绿窗怨记》传奇四十出。1917 年秋，吴梅应北京大学聘，教授古乐曲，次年兼北京高等师范课，在北大前后共五年。在北京期间搜求戏曲书籍不下二万卷，使之藏曲之富，海内无与伯仲。到北京后的第四年，开始写《南北词简谱》，前后历十年之久始得完成。1921 年，军阀徐树铮任西北筹边使，礼聘吴梅任秘书长，吴却其请，并作《鹧鸪天·答徐又诤（树铮）》，表明自己的狷洁襟怀：“辛苦蜗牛占一庐，倚檐妨帽足轩渠。依然浊酒供狂逸，那有名花奉起居。　　三尺剑，万言书，近来弹铗出无车。西园雅集南皮会，懒向王门再曳裾。”1922 年秋，吴梅应东南大学聘，举室南归，四年半中，主讲词曲，并任国文系国学研究会指导员。1927 年，东南大学停办，吴梅举室回苏州，校订《奢摩他室曲丛》一百五十二种成，分散曲、杂剧、传奇三类，交商务印书馆。应中山大学聘，九月赴广州，因生活不适应，年底返吴。次年，在上海光华大学任教，东南大学易名为中央大学，复课，吴梅被迎归，兼南京、上海二地课。是年，《奢摩他室曲丛》初集、二集出版，到 1933 年，三、四集亦已印就，因适逢“一·二八”战役，书及存版尽毁于战火，无法重印。1930 年，写成《高子勉题情国香曲》，合前作《香山老出放杨枝伎》、《湖州守干作风月司》、《陆务观寄怨钗凤词》，总名为《惆怅爨》，前后历时十六年之久。夏，作《辽金元文学略》（后改为《辽金元文学史》），年底，《曲选》由商务印书馆出版。次年，历时十年之久的《南北词简谱》脱稿，卢前所辑《霜厓曲录》由商务印书馆出版。东北发生“九一八”事变，吴梅作《闻辽沈警讯》诗：“白山黑水认前朝，不道将军竟度辽。已见边庭潜易帜，岂知上国善藏刀。敦槃信使秋风急，城郭人民夜哭高。太息专城膺重寄，严疆万里等鸿毛。”

1932年，上海发生“一·二八”事变，日机炸毁商务印书馆涵芬楼，非仅《奢摩他室曲丛》三、四集刻版毁于战火，吴梅留在馆中的《曲丛》底本亦毁。以后几年中，一直在南京任教，授课与著述之余，频繁参加南京、上海、苏州等地的词社、曲社及学会的活动。除校点《董西厢》、《日知录》等著作外，又与唐圭璋商订《全宋词》，并为之作序。热情指导著名昆剧演员韩世昌、白云生学戏，应白云生请，为《桃花扇》中的几出戏谱曲。1937年“七七”卢沟桥事变爆发，吴梅作《闻寇警口号》：“西风笳鼓动芦沟，大错真看铸六州。又剪吴淞半江水，南朝士女尚无愁。”不久，上海爆发“八一三”事件，数日后日机投弹苏州，吴梅携家避战，由木渎，经南京，再至武汉，旋又移至湘潭。寓湘潭柚园时，作《避寇杂咏》五十首，“不作豪咏但写真”，诗中写日机投弹苏州：“疾雷跃铁破空来，织里桥边有劫灰。一夜胡床难合眼，起看星斗伫雄才。”对武汉被炸，死伤五百余人，更感悲愤：“涂地群生等虮虱，极天横祸捷雷霆。胭脂山下芭蕉巷，遥夜高丘递血腥。”在湘潭看到家人为前线战士缝制军衣时，“忽忆申江枕戈士，寒衣九月未装棉”，表现出对抗日勇士的深切关怀。是年除夕，手定诗三百八十一首为《霜厓诗录》四卷。次年三月，历时三年的手定旧词工作在湘潭完成，是为《霜厓词录》。五月，中央大学国文系主任胡小石电召吴梅返校，以喉喑辞之。六月底，携家迁至桂林。八月，致书中央大学校长罗家伦，以病坚辞电召。十月，自忖健康日衰，致书卢前，托以身后遗著出版之事。十二月，应东南大学时的学生李一平之约，从桂林抵昆明。1939年1月，再抵李一平故乡云南大姚县李旗屯，因喘疾加剧，相继复书龙榆生、夏承焘、徐益藩等人，并以数日写成遗嘱。因累夜失眠，哮喘更急，于2月17日下午三时逝世。前此二日，复信其门生万云骏，竟成绝笔。

吴梅逝世后，学生们得讯而极感悲痛，逝世三周年时专门出版了纪念专辑，从中可见他的朋友、学生对他的深切悼念之情。他在南京如社的词友廖恩焘、仇埰都写了挽词。夏承焘因得吴梅在大姚临终前不久所写的论词乐书札，在《水龙吟》（题瞿安先生大姚遗札）中写道：“昨夜天风一纸，炯双瞳梦中亲付。开天事往，人间谁记，霓裳宫羽？”门人所作，悼念尤深。如徐震堮《水龙吟》（挽吴瞿安师）：“伤心海雪词人，抱琴竟向蛮中老。干戈满眼，田园万里，王风蔓草。药裹关心，长镵托命，瘴江春渺。记南明旧事，玉箫曾谱，缄愁地、今亲到。[①]　廿载湖山吟啸，都付与秣陵凄调。[②]画船贳酒，玄亭问字，前尘如扫。虎阜埋云，蛉川涨雨，骑鲸路杳。叹《大招》赋罢，哀时余泪，洒霜花稿。”[③]　枨触无端，词恳情切，悲壮动人。唐圭璋《虞美人》写道：“乱山迷雾姚州路，不道臞仙去。两年避地走天涯，

① 自注：先生早年有《风洞山》传奇，谱瞿忠宣事。

② 自注：吴骏公《秣陵春》，最多兴亡之感，先生亟称道之。

③ 自注：先生手定词稿，邮沪乞序于夏吷庵，未梓而归道山。

白发飘萧，日日望京华。 豪情曾击珊瑚碎，几度青溪醉。水磨白苎寂无闻，莺老花残，空忆石桥春。”想到南京大石桥寓所的多年交往承教，尤见情谊之深。徐益藩的挽联：“十年潜社风流，从此谁堪盟主座？千古放翁心事，弥留应有示儿诗！”在悼念一代学人之时，道出了对国难未平的共同悲哀，因而“望江南何日及升平，魂归乐”①，确有特定涵义了。

吴梅逝世后，由李一平全力协助料理后事，名墓道为“霜园”，抗战胜利后，接骨回苏州，后葬常州。1984年11月，江苏省、苏州市有关部门召开了吴梅先生诞辰百周年纪念会。1986年6月，迁葬吴县，并举行了悼念仪式。

吴梅在1938年10月致书卢前，以出版遗著事相托，意欲以自己所作的诗、文、词、曲、剧及整理的曲谱行世，即《霜厓文录》二卷、《霜厓诗录》四卷、《霜厓词录》一卷，《霜厓曲录》二卷，《霜厓三剧》三种附谱，及《南北词简谱》十卷。以上六种，有半数非关曲学。他在《遗嘱》中说：“生平之志，五十以后，归田读史。节衣缩食，得涵芬楼二十四史。颇思在此一二年，辞去讲席，专诵此书，以殿本细校一遍，当有不少发明处。”可见晚年有志于史学。其实，吴梅之学非限于曲，张茂炯《霜厓三剧序》云：“忆予初耳霜厓名，固乡之人所称为曲家者也……比归里闬，所居密迩，昕夕相过从，尊酒论文，从容谈谦。然后知霜厓富藏书，博闻见，自经史大义以至古今学术源流、文章派别，无不融会贯通，所为诗文，亦出入古作者林，自成一家，词曲特其绪余耳。则向之藉藉以曲家称霜厓者，盖犹未深知霜厓者也。”然而，吴梅毕竟是以曲家名世，曲论著作有（按出版时间排列）：《奢摩他室曲话》（1907年）、《顾曲麈谈》（1914年）、《曲海目疏证》（1915年）、《朝野新声太平乐府校勘记》（1924年）、《中国戏曲概论》（1926年）、《元剧研究》（1929年）、《曲学通论》（1932年）、《长生殿传奇斠律》（1934年）、《南北词简谱》（1939年）等。剧作有：杂剧《轩亭秋》、《落茵记》、《湘真阁》（原名《暖香楼》）、《无价宝》、《惆怅爨》，传奇《苌弘血》、《风洞山》、《绿窗怨记》、《东海记》、《双泪碑》等。

曲学著述，戏曲创作、词曲教学之外，吴梅还精于度曲、制谱，热心于戏曲实践活动。他早岁并不通音律，后刻苦自学并从学于“江南曲圣”俞宗海（俞振飞之父），俞是学之于叶怀庭传人韩华卿，直接继承魏良辅的水磨腔，实为昆曲正统。1921年穆藕初在苏州创办昆曲传习所，由全福班老艺人沈月泉、沈斌泉等担任教师，吴梅此时在北京大学任教，每次返苏州，都与老艺人共商技艺，并给学生讲授剧本，他与俞宗海同是传习所的最好顾问。他常参加苏州道和曲社的活动，亲自擫笛，教授唱法，校正字音。1917年初到北京时，曾指导梅兰芳演《木兰从军》，梅的新编京剧如《霸王别姬》、《黛玉葬花》、《贵妃醉酒》、《麻姑献寿》等，曾请吴

---

① 陆维钊《满江红》句。

梅审定剧本、润色唱词。与韩世昌的交往更几近二十年。

浦江清《悼吴瞿安先生》一文写道："近世对于戏曲一门学问，最有研究者推王静安先生与吴先生两人。静安先生在历史考证方面，开戏曲史研究之先路。但在戏曲本身之研究，还当推瞿安先生独步。""处明清之际，一般文人才士皆能言曲。处三百年后，欲振拾坠绪，钩稽玄微，不但尽古人之所长，且有以胜之者，则非大学者不办，此所以先生之地位尤高也。""求如吴先生之于制曲、谱曲、度曲、校订曲本、审度曲律均臻绝顶之一位大师，则难有其人，此天下之公论也。"① 这一评价，较之叶德钧仅作为戏曲史家的褊狭眼光，确是公允得多。

二

吴梅的曲论涉及戏曲美学、戏曲音律论，创作论、批评论和戏曲史等领域，下面拟作一简单评析。

吴梅的戏曲美学思想散见于各著作，体现出以"真"为骨，兼及"善"、"美"的特点。

吴梅一反将词曲视为"邪宗"、"卑品"的传统观点，极力推尊之。他说："词曲之道，俨同乐府，而雕绘物情，模拟人理，极宇宙之变态，为文章之奇观，本不以俚鄙为讳也。"② 虽然由于戏曲包括了唱、念、做、打的表演因素，且是代言体之作，"我欲为帝王，则垂衣端冕，俨然纶綍之音，我欲为神仙，则霞佩云裾，如带朝真之驾"，但舞台"美"的背后却是生活的"真"："士大夫伏处蓬庐，送穷无术，惟此一种文字，足泄其抑塞磊落不平之气，借彼笔底之烟霞，吐我胸中之云梦。"③ 他本着"天下文字，惟曲最真，以无利禄之见存于胸臆"④ 的认识，在上书《明总论》中又有颇为深刻的见解："一代之文，每与一代之乐相表里，其制度虽定于瞽宗，而风尚实成于社会。天然之文，反胜于乐官之造作。"

历史上的金元杂剧、明清传奇入于"列代乐府之真际"，在清末以来戏曲创作又形兴盛之时，吴梅以《风洞山》等剧作，实践了"翠羽明珰，唤醒钧天之梦；清歌妙舞，招还祖国之魂"⑤ 的创作主张，以配合旧民主主义革命。同时，倡以"但取历史中事实，其有可惊可愕可感可泣者，谱成词曲"，"以今时之砌抹，演旧日之声容"。⑥ 这四个"可"提出了审美范畴的崇高与悲剧性，且以爱国思想、民族气节熔铸为具体可感的艺术形象，使观众作出审美评价和判断。同时道出了戏曲宜于表

① 载《吴霜厓先生逝世三周年祭特辑》。
② 《中国戏曲概论·明人传奇》。
③ 《顾曲麈谈·原曲》。
④ 《中国戏曲概沦·金元总论》。
⑤ 柳亚子《二十世纪大舞台发刊词》。
⑥ 《顾曲麈谈·论作剧法》。

现历史题材的特点，又体现出吸取现代戏剧的道具、布景重在写实的改革观。吴梅进而就“演旧日之声容”，提出“用故事则不可一事蹈虚，用臆造则一事不可征实”[①] 的具体原则，并高度服膺“用故事”的《桃花扇》，“用臆造”的《牡丹亭》的典型意义。“征实”和“蹈虚”实际上已道出了现实主义和浪漫主义的创作方法。但吴梅的看法过于绝对化，在二者间划出严格的界线，不了解舞台是幻觉的领域，固然是“用故事不可蹈虚”的认识基础，但他之固守昆剧传统，尤其是遵奉清代以来形成的“苏州风范”，也是他强调一切真实，甚至全部细节真实的原因。

明清以来，以迎合小市民的低级趣味，相当多的戏曲作品带有怪诞、色情等特点，吴梅未像某些曲论家那样，对清末剧坛嗜痂成癖的颓风大加挞伐，而是正面阐述了戏曲“规正风俗”、“补救社会”，“不妨就末流之习，渐返于正始之音”[②] 的作用。他又说：“大抵剧之妙处：在一真字。真也者，切实不浮，感人心脾之谓也……新之有道，异之有方，总期不失情理之真。俾观者知所惩劝，而无敢于为恶，斯亦可矣……不若以有道之新，易无道之新，以有方之异，易无方之异，则庶几人皆乐于从事，而案头场上，交相为美，此真之说也。”[③] 既要惩恶扬善，高台教化，就必然提出“善”的要求，他甚至认为“传奇之作，用之代木铎”，“是药人寿世之方，救苦弥灾之具”。[④] 要想起到“有裨风化”的“善”的目的，戏曲必须“动观听”，因而“风趣”不可少，“太史公谓‘谈言微中，亦可以解纷’，此言于传奇中最合”，“所谓正告之不足，旁引曲喻之，则有余也”。[⑤] 他总结道：“真，所以补风化，趣，所以动观听，而其唯一之宗旨，则尤在于美之一字。”[⑥] 实已兼顾到戏曲的认识作用、教育作用和美感作用。虽然他看不到真与美之间还有一个“美化”、典型化的中介，但能从作者与观众两方面着眼，不是只顾一时功利，他的真、善、美结合的看法，实为古典曲论关于戏曲社会职能的较全面、正确的继承和总结。

吴梅的戏曲创作论主要是结构论和语言论，为评述方便，亦将音律论纳入。

吴梅很重视李渔的戏曲结构理论，在继承的基础上并有新见。他关于结构的总体见解就是“总以脉络分明，事实离奇为要”[⑦]，包括从文学角度的情节结构，到舞台演出的设关目、分角色、剂冷热，具有全局性和剧场性。

按照西方古典主义的美学规范，戏剧是“对于一个完整而具有一定长度的行动的摹仿”[⑧]，戏剧行动与行动时间、地点具有一致性，戏剧行动经过简化，凝缩为锁

---

① 《顾曲麈谈·论作剧法》。
② 《顾曲麈谈·论作剧法》。
③ 《顾曲麈谈·论作剧法》。
④ 《顾曲麈谈·论作剧法》。
⑤ 《顾曲麈谈·论作剧法》。
⑥ 《顾曲麈谈·论作剧法》。
⑦ 《顾曲麈谈·论作剧法》。
⑧ 亚里士多德《诗学》第七章。

闭式结构，从古代悲剧直到十七世纪高乃依的剧作，都属这种结构类型。随着社会生活的发展，三整一律受到挑战，戏剧行动的复杂化扩展为开放式结构，莎士比亚得其风气之先。我国戏曲诞生得晚（较希腊），却成熟得早，元杂剧已采用开放式结构，明传奇多以唐人小说挥洒敷衍而成，较元剧四折一楔子的起、承、转、合更多变化，但李渔在清初就慨叹“头绪繁多，传奇之大病”，告诫“作传奇者，能以‘头绪忌繁’四字刻刻关心”。① 吴梅祖述李渔“立主脑”之见，重申“一人一事，即所谓传奇之主脑”，又说：“传奇主脑，总在生旦，一切他色，止为此一生一旦之供给”②，对“六尺氍毹，人鬼参半”极表不满，看到了戏剧结构凝缩性与表演行当程式化的关系，注重戏曲情节应合乎生活的真实性。与“立主脑”密切相关的是“减头绪”，角色集中、行动统一的“立主脑”，只有通过“减头绪”才能实现，而“减头绪”作为生活真实与艺术真实的中介，非但对作家的创作必不可少，且对沟通舞台与观众，对欣赏也是不可或缺的。吴梅极有体会地指出：“头绪繁多，曲之大病也”，“若喜设关目，多添角色，则通部前后，或有照应不及之处，而线索紊矣”。③ 他还从演出角度提出“均劳逸”，“惟昆曲悠扬绵邈，每终一曲，而难比他曲不啻数倍，故角目虽分析至细，而其所负之责，曾不少轻焉”，他从演员着眼，告诫“是以填词者，当知优伶之劳逸”。④ 他虽未对“事实离奇”详作说明，但“传奇者，以奇事可传也，事若不奇，势必不传”⑤，则可见“奇事”是基础，“脉络分明”是建立在奇事基础上的。

吴梅在《顾曲麈谈·原曲》中说：“曲之胜场在于本色。”这就是他论戏曲语言的纲。《顾曲麈谈》于结构论之后分列两节：《词采宜超妙》、《宾白宜优美》。吴梅同李渔一样，都认识到戏曲立足于剧场，其语言当以“显浅”为主要特征。但李渔所主在于通俗显露、直说明言，吴梅则强调雅俗结合、俗中带雅，“但顾座客之哄堂，不顾雅人之唾弃，则又不然也”。在浅显的基础上还要讲“机趣”：“故填词者，须有跌宕风流之致，虽存扶持名教之旨，切不可为迂腐可鄙之词。”他还从人物身份、性格与角色的行当程式相结合出发，提出“故作生旦之曲白，务求其雅，作净丑之曲白，务求其俗”的原则，以“重贴切”为倡。他还就演出角度从三方面论述了宾白的重要性，较李渔所见更具理论深度。

吴梅对声律的研究尤有心得，创获颇多。

一是论宫调。历来曲家都讲宫调，尤以王骥德论列周详。他详举论宫调的乐书，并以相旋为宫的原理，说明八十四调及四十八调的来历，将宫和调分开释名。吴梅从多年的研究心得中找到规律，下了一个极简明的定义：“余以一言定之曰：宫调

① 《闲情偶寄·结构第一》。
② 《闲情偶寄·立主脑》。
③ 《闲情偶寄·减头绪》。
④ 《闲情偶寄·均劳逸》。
⑤ 《闲情偶寄·脱窠臼》。

者，所以限定乐器管色之高低也。”[①] 并就笛音角度谈轮流作宫的道理，道出了宫调的本质，非仅说法有独到之处，且符合科学的音乐原理。

二是论音韵。吴梅说：“曲中之要，在于音韵”，并就五音（宫商角徵羽）与发音部位（喉腭舌齿唇）的对应关系作了说明。他还以王鵕《音韵辑要》为基础，汇集考订，“分别部居，勒成一种曲韵”，做了一番重要的整理归纳。

三是论“按谱寻声之道”。他基于南北曲板眼不同、联套规律有别，分列南词创作的“四宜”和北曲的“三要”，即体式宜别、卑亢宜调、板式宜检、套数宜酌，以及要识曲谱、要明务头、要联套数。确为重要的经验之谈。

诚如叶德钧所说，吴梅并非戏曲史家，他未能像王国维那样在戏曲史资料建设上作出可观的实绩，但在戏曲史观上却有高于王国维之处。

王国维肯定了元曲的价值，开拓了古典文学和艺术史研究的新领域，但他认为“巫以乐神”、“优以乐人”，对戏曲发展取决于宫廷多所强调。而吴梅却对戏曲与社会政治、经济、生活，同作家的为人、思想的联系，有较深入、全面的看法。他将宋元相较，认为“宋人大曲，为内廷赓歌扬拜之言，不足见民风之变”，“自杂剧有十二科，而作者称心发言，不复有冠带之拘束”，“其他万事万物，一一可上氍毹”[②]，肯定了元杂剧表现生活，可见民风之长。就作家言，王国维赞赏宫天挺的“瘦硬通神，独树一帜”，吴梅却通过宫作《范张鸡黍》，指出了“痛论选举之弊，与汉制无涉，当是影射时政”[③] 的创作意图，实为洞见内里之见。在评论汤显祖《邯郸记》时也说：“记中备述人世险诈之情，是明季宦途习气，足以考万历年间仕宦况味。”[④] 对于清人戏曲不如明代，他论述了四个原因，即：“开国之初，沿明季余习，雅尚词章，其时人士，皆用力于诗文，而曲非所习，一也。乾嘉以还，经术昌明，名物训诂，研钻深造，曲家末艺，等诸自郐，一也。又自康雍后，家伶日少，台阁巨公，不喜声乐，歌场奏艺，仅习旧词，间及新著，辄谢不敏，文人操翰，宁复为此？一也。又光宣之季，黄冈俗讴，风靡天下，内廷法曲，弃若土苴，民间声歌，亦尚乱弹，上下成风，如饮狂药，才士按词，几成绝响，风会所趋，安论正始？此又其一也。”[⑤] 从科举、学术、艺术风尚趣味等政治、社会原因的“四端”分析清代昆腔戏曲的衰弱，是较全面的看法。

吴梅较王国维更能全面、公正地评价戏曲遗产。王国维几乎全盘否定明人杂剧，如谓徐渭《四声猿》“虽有佳处，然不逮元人之甚”。吴梅则认为：“徐文长《四声猿》中《女状元》剧，独以南词作剧，破杂剧定格，自是以后，南剧孳乳矣。其词

---

① 《顾曲麈谈·论宫调》。
② 《中国戏曲概论·金元总论》。
③ 《范张鸡黍跋》。
④ 《中国戏曲概论·明人传奇》。
⑤ 《中国戏曲概论·清总论》。

初出，汤临川目为词坛飞将……今读之，犹自光芒万丈。"① 非但对王国维"既无定折，又多用南曲"的守定成式之见表示异议，且肯定了徐渭的革新精神和剧作水平。王国维评戏曲仅言"意境"、"自然"，吴梅却能从戏剧文学特点出发，分析戏曲作品的情节结构和人物设置，指出艺术价值之所在。如王国维称道《梧桐雨》"可谓千古绝品"，然仅言风格"悲壮"而已。吴梅则曰："此剧结构之妙，较他种更胜，不袭通常团圆套俗，而以夜雨听铃作结，高出常手万倍。"② 对明清传奇的结构艺术，吴梅更有众多的精到见解。由于他始终将戏曲作为综合艺术，作为场上之曲，故能从文律谐协的角度分析、肯定被王国维全盘否定的明清传奇。王国维固然鄙薄沈璟，认为汤显祖亦有"人工"之痕，吴梅却说："世所谓临川近狂，吴江近狷，自是定论"，俱倡"法"、"意"，赞赏"以临川之笔协吴江之律"③。清代传奇中，吴梅最赞赏《桃花扇》、《长生殿》，且认为排场布置、宫调分配，更以《长生殿》为佳。

王国维以元曲为"一代之文学"，表明其文学发展观，但却认为明清传奇为"死文学"。吴梅从戏曲发展过程中文学与音乐、舞蹈结合的渐臻完善，戏曲选材的进步，曲韵、曲谱的完备及戏曲研究和创作理论的发展上肯定明清戏曲的进步，从而表明了较彻底的戏曲发展观。他以"洵乎声音之道，随时势为变迁"④，综观戏曲史，考察文乐相表里的发展，勾划了南北曲起源的轮廓，描述了历代戏曲的演变。他肯定了明人杂剧视内容容量定折数，较元人四折一楔子的刻板体例是一进步，明人不守元剧一人独唱的旧例，且南北词通用，亦是值得肯定的发展。清人戏曲虽总体逊于明人，但取材严肃，形式得体，适合演出，曲谱、曲韵、曲律渐臻完善，戏曲整理与研究更为进步，更有成就。他虽摒弃了光宣之后的"黄冈俗讴"，但认为"参军代面，大曲小令，弋调昆讴，随时代递变，而各呈伟观"。⑤ 他不像王国维那样"腰斩"整部戏曲史，而仅作"截尾"，他的戏曲发展观基本上坚持始终。

最后看吴梅的戏曲批评。王国维的曲学侧重于史，与吴梅同时或稍前的童斐、王季烈、陶富梁、姚华等人，在戏曲批评上都用力不多，这一时期戏曲批评的成就主要是吴梅作出的。

详尽，客观，注重思想意义，有全局眼光，是吴梅戏曲批评的四个特点。《霜厓曲跋》和《霜厓叙跋》涉及剧作百余种，且重点在明清杂剧、传奇，跋文都大大长于前人曲评，堪称详尽。吴梅既重"知人论世"，又不是以人定文或因人废言，能从作品出发，作客观评述。他既赞扬白朴的气节、品格，充分肯定汤显祖蔑视利禄、反对性理的叛逆精神，又鄙薄阮大铖"人品固不足道"，李渔"为人善逢迎，

① 《中国戏曲概论·明人杂剧》。

② 《梧桐雨跋》。

③ 《中国戏曲概论·明人传奇》。

④ 《张怡庵六也曲谱叙》。

⑤ 《王古鲁译中国近世戏曲史序》。

龌龊可笑”，同时肯定阮、李艺术之长。吴梅评价作品，不同于前人的纯粹文、律赏析，间或能联系时代、社会背景来分析思想意义。如对《四声猿》、“临川四梦”的评价，都可看到这一特点。他不像前辈文人那样，孤立评价剧作，而是具有全局眼光，对风格流派的划归，对艺术风尚的消长，都作了合乎史实的归纳分析。如论元曲的关汉卿、王实甫、马致远三派，较传统的“四家”合理，明代“条列家数，实不出吴江、临川、昆山三家”，也是他的独特之见。

吴梅的曲评很重视情节结构。他很注意戏曲取材的征实性。如索求《双金榜》的素材出处，考证其影射、寄托之迹，屡征诸著辨《荆钗记》“为梅溪辩白”之意。在分析戏曲作品取材的源流时，常注意到它们的广泛性。如《仗义疏财》、《燕青搏鱼》、《双献功》等，“皆出耐庵《水浒》之外”，认为《文星榜》“情节颇似《聊斋志异》中胭脂事”，对戏曲素材出于小说颇为留意。他还注重以生活真实权衡艺术，评判剧作。他认为关汉卿《望江亭》“情理欠圆，岂有一夕江亭，并符牌盗去之理?”指出《玉簪记》情节背离生活的“三不合”，均可谓善摘其弊。此外，吴梅论剧常以剧场性作标准。他肯定了阮大铖《石巢四种》的情节离奇、声情并茂、载歌载舞，充分调动各种艺术手段来增强剧场效果，对吴炳“粲花五种”情节结构、艺术手法的分析也多具眼之见。

吴梅评曲，涉及语言者颇多。他以“本色”概言元杂剧，同时也看到关汉卿在“雄肆”以外，还有如《望江亭》“俊语颇多”，有些曲子“字字芳逸”的另一面。他对“四大传奇”各有断语，就“学则诚易失之腐，学君美易失之粗”论述明传奇语言的因革源流，指出直到汤显祖，才使语言臻于完美，以本色基础上求工丽为极则。对明末“粲花五种”，清初《桃花扇》、《长生殿》评价很高。

三

吴梅是曲学大师，也是“这时代里作古剧的文士的中坚”。[①]

他作于十八岁时的《风洞山》，是早期作品中唯一行世者。他在《自序》中说：“思宗殉国，王业偏安，东南人士，痛雪国耻。竭忠尽智，碎骨捐躯，阁部而外，莫如临桂。”在“风雨如晦，翛焉寡欢”之时，怅想“荒土一抔，夕阳千古”，他“摭拾遗事，衍为院本”来“长歌当哭”，借瞿式耜死节来抒发凭吊故明、借古喻今的反清感情。

《桃花扇》之作欲令人“知三百年之基业，隳于何人？败于何事？消于何年？歇于何地?”[②] 吴梅对此剧极为心折，亦有意用艺术形象来续写南明历史。

顺治五年（1648 年），即弘光破国后三年，唐、鲁政权覆灭二年之后，桂王朱

---

① 郑振铎《文学大纲》第四册。
② 孔尚任《桃花扇小引》。

由榔的永历小朝廷曾取得军事斗争的重大胜利，形成南明时期第一次抗清高潮。在本应乘时北进、徐图恢复之时，统治者又重犯弘光政权的错误："反正功臣"的楚党与"扈驾元勋"的吴党彼此攻讦，形同水火；朝臣将领贪婪刻酷，畏敌怕死，造成民失所业，兵无斗志。《风洞山》艺术地表现了滇营三将的同床异梦，离心离德，心怀私怨，只顾分饷，无意守关，被清兵杀下榕江，桂林城破。剧中的永历天子朱由榔闻警即逃，瞿式耜忍死艰难，为国效力，滇营三将却惧不出兵，官吏逃窜，无人守土，贪官克扣军饷，使军心涣散。只剩一座孤城的瞿式耜之处境甚至不如拥兵三千的史可法。

在艺术地再现永历政权覆灭原因同时，《风洞山》还通过塑造正面人物形象以葆扬民族正气。瞿式耜作为文渊阁大学士兼吏部兵部尚书，自请留守桂林，在形势险恶，朱由榔执意西行时，他虽知"盛衰递换，山河已休，问中兴事业谁能够"，还是立下"江山愿为王孙守"之志，"死生有命，头颅尚留"，准备尽忠死节。在大势已去，众人逃窜之时，他的学生张同敞泅水过江，独入危城，愿与老师成仁取义，以文天祥为榜样。他们严词拒绝清将的劝降，在狱中绝粒四天还赋诗明志。吴梅不仅据史实塑造了抗清尽节的瞿式耜，还虚构了爱情一线的男女主人公，这固然是因为传奇难出生旦敷演的传统，更是意欲以这一爱情悲剧激起民族仇恨。

由于历史和现实的阶级矛盾集中凝聚为民族压迫和歧视，所以《风洞山》以激烈的民族主义表现出鲜明的思想倾向。十九、二十世纪之交，甲午战争失败，戊戌维新夭折，1900 年的八国联军侵华，更使清政府签订了丧权辱国的《辛丑条约》，宣称要"量中华之物力，结与国之欢心"，对内则继续实行民族压迫。清王朝的腐败激发起爱国主义思想，首先表现为高涨的民族意识。《风洞山》的《先导》（存初稿中）实际就是直接、激烈的反清宣传，它针对"忘上国之衣冠，而奉豚尾为国粹"而发，"华夷之辨既明，报复之谋斯起"[①]，勇敢地跳踉高呼。其中"论夙恨苍天知道，哭神州凄凉凭吊。再焚香，暗祷告，愿万岁千秋，汉家长好"确是血泪交流，激昂慷慨。

《风洞山》虽还带着狭隘的民族复仇观念，不无光复旧朝的理想，但在故明之思中，唤起了反清情绪，实是迎接辛亥革命的强烈呐喊。

另一以明季为时代背景的是杂剧《湘真阁》，此剧取材于余怀的《板桥杂记》，吴梅在《自序》中称："非特寄艳情，亦以状故国丧乱之状，虽谓之逸史可也"。他痛惜"胜国末年"的历史，对"溺声色而谈气节"的文人学士不满，指出"青溪一水"的秦淮河，"足为故家兴废之由"。通过《湘真阁》，从一个侧面反映明末社会生活，表现知识分子精神面貌，有一定的意义。此剧仅一折，结构很紧凑，孙临、方以智装盗和姜垓惊怖的情节颇生动，文辞很美，颇有抒情性，熔铸旧诗词了无痕

---

① 柳亚子《二十世纪大舞台发刊词》。

迹，语言亦见性格化。

吴梅剧作中艺术水平最高的当推《霜厓三剧》中的《惆怅爨》。前末二种的《放杨枝》、《题园壁》系不满桂馥《后四声猿》的同题作品而重作，《湖州守》作得较晚，《国香曲》完成在最后。此四剧取材于白居易、陆游、杜牧、黄庭坚的故事，多涉爱情，且都贯串着统一的惆怅情绪，故命名为《惆怅爨》。

这四个短剧创造了生动、鲜明的人物形象。剧中的晚年白居易早已消失了“有阙必规，有违必谏”的精神，消极退隐，宦兴索然，故有卖骆马、放樊素之举，唱词将其老年的颓唐心情和对少年的感慨，写得丝丝入扣。“花月丛中旧亭长，没来由戴一顶乌纱头上”的杜牧，所表现出来的是面子放倒、骨子认真、蔑视礼教、谐中见庄的这一面性格，确令人看到“落魄江湖载酒行”，“赢得青楼薄倖名”的生动形象。剧中黄庭坚虽未出场，但与剧中人都有关系，正是这种关系维系住他们，他们的祭奠庭坚，作诗长歌，新姬领唱，都合乎人物性格逻辑。至于陆游，确实写出了“孝义兼挚”的特点，展现了既不违孝道，又痛惜爱情的矛盾性格。

《惆怅爨》还表现出抒情性与剧情性紧密结合的特点。除《放杨枝》以外，其余三剧都表现了生活的激变。陆游、唐琬的沈园之会，黄庭坚的死讯骤降，杜牧定情后十四年再作迎娶，却是“狂风落尽深红色，绿叶成阴子满枝”。通过激变组织了情节，以剧情激动了人们的感情。剧中的惆怅之情更是贯串始终，大量的唱词都表现出浓郁的抒情性。《风月司》用早作预示来制造悬念，并盘马弯弓，延宕悬念，更见抒情与剧情的紧密结合。

《帐惆爨》的语言有很高技巧。“落笔务在得情，择词必须合意”①，此剧既“得情”又“合意”，无论是情势语言、性格语言、抒情语言，都较成功。如白居易所唱《红绣鞋》，将其垂暮之年叹惜青春已逝，无心于歌舞女色的颓唐性格表现得恰如其分，而通俗的语汇、惯见的比喻，又带有白诗特有的显浅。杜牧前后的唱词分表其感时伤世、讽谏时弊，和历经名场潦倒之后的笃情，也有如见其人之感。陆游所唱的《挂金索》、《后庭花》等曲，将其追念、祈愿的矛盾心理表达得非常深刻。表现情节的语言当以《风月司》为高，故作摇曳，再生突转，剧情跌宕，使观众的情感与剧中人物渐形贴近。四剧都很注意以唱词抒情，造成惆怅的氛围。白居易《醉春风》的百无聊赖，《一煞》的惘然无着，杜牧《节节高》情景相契地讽时刺世，高子勉《牧羊关》的为黄庭坚遭遇痛感不平，都不失为好笔墨。尤其是陆游《集贤宾》、《逍遥乐》因春起愁的感情铺垫，结尾《浪里来煞》、《浪里来》的痛惜爱情已失，自怜形孤影单，将惆怅心情推至顶点。此外，通俗显浅、生动明快的用语和比喻，尖新出奇的修辞手法，都可见追摹元人的语言功力。

《惆怅爨》还学习了阮大铖“皆合歌舞为一”的艺术手段。《湖州守》中的湖

---

① 清黄图秘《看山阁集闲笔》。

州水嬉，所扮东方偷桃、南郭吹竽的唱词的民歌风，中山狼的渔鼓词，西施采莲的棹歌，北海赌酒的步虚词，都雅俗共赏，为剧增色。《国香曲》中的众姬合唱、国香领唱，且用檃括原诗的南词集调形式，确是别开生面。

《惆怅爨》虽置于古剧作之林而不逊色，只是由于不可抗拒的新陈代谢规律，吴梅也只能作“吁磋孰令吾生迟”之叹了。

吴梅的剧作也有涉及现实的题材。随着从“辛亥”至“五四”前新思潮的兴起，封建主义受到初步冲击，女权渐被重视，文学家们开始关注这一题材，吴梅是较早的一位。他的杂剧《落茵记》、传奇《双泪碑》都反映现实中的恋爱婚姻，都涉及女权问题，前者作于1912年，后者完成于1916年。

《落茵记》写一自幼定亲的女子心醉自由，与一男子相恋，先避处申江，后东游日本。不料此男子原已有妻，其妻赶至东瀛，作河东狮吼，男子回国，女子被弃异邦，幸被同乡送回。但被爹娘赶出家门，只得寄身乳母，被乳母卖入烟花，幸得援手相救，才被“惜花人扶上青天”。吴梅在自序中说：“方今女权沦溺，有识者议张大之，是矣！顾植基不固，往往有脱羁覂驾，而身陷于邪慝……守身未定，他何足道！一失千古，谁共恕之？”从表面看来，此剧之作与一千多年前“止淫奔”的白居易之《井底引银瓶》并无不同，实际上，随着世纪初的西风东渐，欧洲妇女解放运动已为国人所知，争取婚姻自主在青年学生中渐成潮流。对此，吴梅不是昭示廉价的自由婚姻道路，而正视“植基不固”告诫守身之要，不仅是对择人不当者见弃于家庭社会而发，且“为名花解惜”，对失足女子表示同情。表面看来，吴梅还谴责“自由”，评判生活的态度不够积极，但想及鲁迅写于1925年的《伤逝》，自由结合的青年男女依然是“觉醒之后无路可走”，吴梅之作就不无意义了。

《双泪碑》共四出，写一男二女的婚姻纠葛：日本留学生王岸销毁婚约，致书李碧娘，而与汪柳依结合。李寄信汪，汪大为感动，决意自我牺牲，留下遗书，吐血而死。剧中的汪、李二女都值得同情，王岸亦非谴责对象，这一悲剧是一种历史现象。吴梅在此剧自序中有一语：“王生之过，虽不可逭，而我国婚礼，可议者正多。”可见对传统婚姻制度的合理性持怀疑以至否定态度。此剧重心虽在道德伦理，但他面对这一历史交接期，艺术地记录了新旧潮流激起的漩涡吞噬年轻人幸福以至生命的现象，摒弃了明人院本“托兴闺襜，寄情兰芍”、“托体不尊”的陋习，甘冒野狐之诮，涉足现实题材，其精神是可贵的。

《落茵记》、《双泪碑》二剧情节并不曲折，然而语言秾挚缠绵，文律俱佳，使“一时好事者，争相传唱”。

吴梅以五十六岁的壮年早逝，使人悼惜尤深。吴梅先生逝去半个世纪了，他的未竟的事业正在继续着，先生泉下有知，定会感到欣慰！

传统与现代的完美结合

——闻一多古代文学研究方法给我们的启示

闻一多先生逝世六十周年了，他以壮年而牺牲，留下了“千古文章未尽才”的遗憾，却在短暂的一生中经历了诗人、学者、斗士三个阶段。作为古代文学的研究者，我们更注重以相同的身份去认识、了解他，充分肯定他的成就，继承他丰厚的学术遗产，从中得到滋养和启示。随着时间推移，我们对他作为古代文学学者得风气之先的研究方法，体会尤深，本文拟对此作一专论。

一

闻一多的古代文学研究处于“五四”的更新期之后，属于学术转型时期，在走出了晚清“体用”之说后，他在方法论上将传统与现代、中国与西方，结合得非常完美，在古代文学研究领域表现出新颖性、独特性、前瞻性，不仅展现出显著的研究个性，而且取得了极其突出的成就。

要对闻一多作出准确的历史定位，须了解我国的现代学术史。

钱穆曾说：

> 文化异，斯学术亦异。中国重和合，西方重分别。民国以来，中国学术界分门别类，务为专家，与中国传统通人通儒之学大相违异。①

他对中西学术因文化之异所表现出的最大区别，以及二十世纪以来中国学术的变化，作了准确的概括。由此而追溯历史，又简明地指出了晚清之末两位学术大师康有为、章炳麟及弟子们的师承。由于二人所治皆为旧学，钱穆继而论及以胡适为代表的新学，指出了胡适治学的主要特点，及其在新文化运动中的作用，又进而从这一运动论及旧学与新学之别，以及后者对前者的冲击与改变：

> 胡适之早年游学美国，归而任教于北京大学，时任公静安亦同在北平……适之则径依西学来讲国故……而其讥评国故，则激昂有更超太炎之上者……故三人中，适之乃独为一时想望所归。而新文化运动乃竟掩胁尘嚣，无与抗衡。

---

① 钱穆《现代中国学术论衡·序》，三联书店2001年版。

风气之变，亦诚有难言者。

旧学宏博，既需会同，又求切合时宜，其事不易。寻瑕索疵，漫肆批评，则不难。适之又提倡新文学白话文，可以脱离旧学大传统，不经勤学，即成专家。谁不愿踊跃以赴……专家学者，率置其专学以外于不论，否则必加轻鄙，惟重己学有如此。于是文学、史学、哲学，及考古发掘龟甲文等各项专门之学，一时风起云涌，实可谓皆自新文化运动启之。

闻一多生于19世纪末，出身耕读之家，有传统的旧学根底，又就读于清华，留学美国，其治学背景接近胡适而辈分稍晚，也兼得中西治学之长。他在清华经历了“五四”新文化运动，留美归来，在提倡新文学之时，以白话新诗见称于世，如日中天，大可以“脱离旧学大传统，不经勤学，即成专家”，但是却转而治古代文学，走上“向内发展”的道路，成为了主要应属于“专门之学”中的古代文学研究家。

闻一多的研究，始于唐诗，进而上及神话与先秦典籍，下到汉代、乐府诗。郭沫若在为开明版的《闻一多全集》写序时很正确地指出：闻氏一百多万字的著作，关于文化遗产部分要占到四分之三。而1993年湖北人民出版社出版的闻氏全集，除诗歌（第1卷），美术（第11卷），书信、日记、附录（第12卷），以及文艺评论、散文杂文（第2卷）的部分涉及文化遗产外，其余各卷，均为古代典籍的研究。可见，研究古代文学、文化者仍占近四分之三。他的研究领域覆盖从史前到唐代。而据其《四千年文学大势鸟瞰》，他对中国文学发展的进程作了独特的分期，其中第七大期以“故事兴趣的醒觉”为题，时限是元朝到民初，可见他的全盘研究是拟将戏曲、小说都纳入的①，他的文学史写作计划甚至一直延续到近现代。

闻一多的学术研究，与传统的“通儒”之学不同，亦与近现代的“通人”如章太炎、梁启超、王国维等人的广涉多种学问相异，除了通小学、明训诂这些传统的基础学问外，他的治学，基本都在古代文学的范围之内，而未涉其他。因此，可从总体上认定其学术研究属“务为专家”的性质，但又并非回复到乾嘉时期的“窄而深”②，对今天的研究者来说，其覆盖面之广，是难以企及的。闻一多不是“率置其专学以外于不论，否则必加轻鄙，惟重己学有如此”，在经历了“五四”新文化运动的洗礼之后，较之他的前辈来，他的研究更为专精，而较之他的后辈，却更显博洽，可谓是将传统的通儒之学收缩到重“分别”的“专家”之学同时，又将“专学”覆盖至如前所说的古代文学多个领域。

闻一多生活的时代，以及所接受教育的经历，使其治学走上“西方重分别”之路是很自然的。但是，我们又应看到，在很明显地具有结旧而开新的色彩同时，闻

---

① 《闻一多全集》第10卷，湖北人民出版社1993年版31页。以下简称“全集”，版本同。

② 梁启超以乾嘉朴学具有十个特点，其中第九是“喜专治一业，为‘窄而深’的研究。”见《清代学术概论》，上海古籍出版社1998年版47页。以下所引版本同。

一多又是有着深厚传统学养的学者，他不只是“讥评国故”，仅立足于批判，而是真正的治学，既未“脱离旧学大传统”，在“宏博”中求“会同”，又“切合时宜”，会通东、西与新、旧，以自己的研究实绩昭示了传统国学与现代西学相结合的可能，为现代学术界树立起榜样。

闻一多转向古代文学研究的原因，限于篇幅，此处不论[①]，若取钱穆所说，当也有“讥评国故”之旨，如郭沫若就认为他是作为鱼雷在古文献里游泳，是为了扬弃古代而钻进古代[②]；他自己也因被人误解为故纸堆中的蠹鱼，而自称是杀蠹的芸香[③]。但是，我们要集中到本文的论题，就应以钱穆的“论衡”相衡，就其所说的新学与旧学，和合与分别，“寻瑕索疵，漫肆批评”与“既需会同，又求切合时宜”，用之以对闻一多作出力求正确的评价。

郭沫若说：

> 一多对于文化遗产的整理工作……就他所已成就的而言，我自己是这样感觉着，他那眼光的犀利，考索的赅博，立说的新颖而翔实，不仅是前无古人，恐怕还要后无来者的。[④]

凡学问之事，常是前修未逮、后出转精，后无来者之说或可存疑，但前无古人则是可以绝对肯定的。而闻一多“眼光的犀利”，独到的发明与发现，得之于传统与现代的结合，如果说“考索的赅博”主要见诸旧学，那么“立说的新颖而翔实”则主要得之于新学，是中西学术的“化合”而非简单相加。

作为闻一多的知己，朱自清在为其全集所写的序中，很精当的概括了闻氏的学术道路，及其背靠传统学问，又接受西方学说的治学特点：

> 他在“故纸堆内讨生活”第一步还得走正统的道路，就是语史学和历史学的道路，也就是还得从训诂和史料的考据下手……他于是读卜辞，读铜器铭文，在这些里找训诂的源头……抗战以后他又从《诗经》《楚辞》跨到了《周易》和《庄子》；他要探求原始社会的生活……他不但研究文化人类学，还研究佛罗依德的心理分析学来照明原始社会这个对象。从集体到人民，从男女到饮食，只要再跨上一步；所以他终于要研究起唯物史观来了，要在这基础上建筑起中国文学史。[⑤]

---

① 可参见拙著《学者闻一多》第一章，学林出版社 2001 年版。

② 详见开明版《闻一多全集》序。

③ 详见 1943 年 11 月致臧克家信。

④《全集》第 12 卷 431—432 页。

⑤《全集》第 12 卷 445—446 页。

但是，在闻一多牺牲后的短短数年，中国历史发生了巨变，学术史变化尤烈。如前引的钱穆序言所说："不幸而日本东侵，一九四九年后一切情势皆大变。中国旧文化、旧传统、旧学术，已扫地而尽。治学则务为专家，惟求西化。中国古书，仅以新式眼光偶作参考翻阅之用，再不求融通体会，亦无再批评之必要。则民初以来之新文化运动，亦可谓已告一段落。"内地学术界更是经历了无数的波折和痛苦，十年秦火，神州浩劫，其后历经复苏和发展，而有了今天的盛世。重温朱自清的序言，对闻一多先生作"研究之研究"，相信将对古代文学研究界会有不少启示。

二

诚如郭沫若所说，闻一多所致力的主要研究对象属先秦阶段，除神话传说为"再建"外，其余如《周易》、《诗经》、《庄子》、《楚辞》等古籍，他所作的"考索的赅博"，都属于传统的治学。

说到传统治学，不能不说清儒，闻一多对传统方法的运用，带有显见的从清初到乾嘉学术的主要特点。

> 清儒之治学，纯用归纳法，纯用科学精神。此法此精神，果用何种程序始能表现耶？第一步，必先留心观察事物，觑出某点某点有应特别注意之价值；第二步，既留意于一事项，则凡与此事项同类者或相关系者，皆罗列比较以研究之；第三步，比较研究的结果，立出自己一种意见；第四步，根据此意见，更从正面、旁面、反面博求证据，证据备则泐为定说，遇有力之反证则弃之。凡今世一切科学之成立，皆循此步骤，而清考据家之每立一说，亦必循此步骤也。①

闻一多研究先秦典籍，就是十分注重归纳法与科学精神。限于篇幅，此处就其对《诗经》和《周易》所作名物训诂各举一例。

《秦风·无衣》有句："王于兴师，修我戈矛，与子同仇。"一般都将"仇"释为"仇恨"。而闻一多《诗经通义乙》却认为："仇借为畴。《说文》：'耕治之田也。'襄公三十年《左传》'取我田畴而伍之'，《注》：'并畔为畴。'《周语》'田畴荒芜'，贾《注》：'一井为畴，九夫一井。'《孟子》'易其田畴'，《注》：'一井也。'"史学家柳诒徵据《周官·小司徒》郑《注》引《司马法》："……亩百为夫，夫三为屋，屋三为井，井十为通。通为匹马，三十家，士一人，徒二人，通十为成。"以说明周代的田制与兵制，认为"周代授田之法，一以均贫富，一以通兵制，所谓寓兵于农也。"② 闻一多正是结合授田法与兵制来解释"同仇"的，"仇"之借

① 梁启超《清代学术概论》62页。

② 《中国文化史》上卷，东方出版中心1988年版142页。

为"畴"，同畴的农人一起当兵，"偕作"、"偕行"是必然之事。这里，可谓独拈一字而发千年之覆，惟有知周代制度，才能正确解释之，科学精神与归纳法俱见。

闻一多是《周易》研究的一大家，其《周易义证类纂》和《周易杂记》基本上都属于注释、考证类的著作，《易》学专家李镜池认为，前者"虽只解九十事，而精义颇多，且较郭（沫若）氏为详"，原因即在于闻氏"精于训诂"。[①] 此处举一例。《周易义证类纂》所释第一事："包荒，用冯河，不遐遗"（泰九二），苏轼《东坡易传》解释为："九二，阳之主也，故'包荒，用冯河'。'冯河'者，小人之勇也；小人之可用，惟其勇者。'荒'者，其无用者也……"我们今天读来，颇觉大而化之。而闻一多却认为包荒即匏瓜，声之转，又据《庄子·齐物论》"葆光"，谓之即北斗之别名，"古斗以匏为之，故北斗一名匏瓜，声转则为葆光耳"。而《九怀·思忠》"聊逍遥兮播光"之"播光"亦即北斗，同为匏瓜之转。再以《诗·匏有苦叶》，《鲁语》下之鲁叔孙赋此诗，《庄子·逍遥游》、《淮南子·说林篇》、《鹖冠子·学问篇》、崔豹《古今注·音乐篇》等多例，证以假匏瓜渡河之事。因此，闻一多认为正确的解释应该是："'包荒，用冯河'，即以匏瓜渡河。'不遐遗'者，不遐，不至也……遗读为陨，坠也，言以匏瓜济渡，则无坠溺之忧也。"[②] 所作训诂，多例相证，非苏轼之可比。

乾嘉朴学的方法是："凡立一义，必凭证据；无证据而以臆度者，在所必摈。""选择证据，以古为尚。""最喜罗列事项之同类者，为比较的研究，而求得其公则。"[③] 从以上二例可见，闻一多所作与之甚合。

闻一多对《楚辞》的研究，正如他的《楚辞校补·引言》所说，是针对了解作品的三种困难而给自己定下了三项课题：说明背景，诠释词义，校正文字。《楚辞校补》引用古今旧校材料5家，新采校勘材料引书65种，采用古今诸家成说涉及校正文字者28家。他的其他关于《楚辞》的著作也有博采众长、断以己意的特点，如《离骚解诂乙》所征引者多达46家。闻一多在1933年致信游国恩，谓"清代大师札记宜多涉猎，以其披沙拣金，往往见宝也"。[④] 可见他对清儒研治所得的重视。

闻一多对古代事物的考释虽沿用乾嘉朴学的方法，但却被当代学者认为是区别于古人的新考证，之所以为新，我们认为，应看到他所作名物训诂，与传统考据学毕竟不同。他在《风诗类钞甲》的《序例提纲》中，对《诗经》研究方法作了归纳，在他看来，"经学的"、"历史的"、"文学的"属于"三种旧的读法"，之所以"旧"，是因为"经学的"近于求善，"文学的"近于求美，"历史的"虽与求真较近，但终未及"本书的读法——社会学的"来得真且切，所以社会学的读法是他所

---

① 李镜池《周易通义·前言》，中华书局1981年版9页。
② 《全集》第10卷189—190页。
③ 《清代学术概论》47页。
④ 《全集》第12卷270页。

倡导和追求的。他依社会组织的纲目对《国风》作婚姻、家庭、社会的重行编次，且提出了以考古学、民俗学、语言学的方法“带读者到诗经的时代”。在研究中，他所作的名物新考释都贯注着以上述学科相观照的精神。

试举一例。《卫风·氓》：“乘彼垝垣，以望复关。不见复关，泣涕涟涟。既见复关，载笑载言。”六句中“复关”凡三见。王先谦《诗三家义集疏》认为“复关”即“重关”，其他注家也多以地名解释之。而闻一多却在《诗经通义乙》中提出了自己的独特见解。他引《周礼·太宰》的“关市之赋”，《司关》的“关门之征”，以及《韩非子·外储说左上篇》的“乘白马而过关，则顾白马之赋”，并以《后汉书·桓帝纪》、《张让传》释“顾（与雇通）白马之赋”为酬白马之税。又以“顾复义近，并训反训还”，而最后得出结论：“复关谓酬其货赂之租税也。”① 虽说“重关”或来往关卡的释义，在诗中文意较顺，但由于“氓”是“抱布贸丝”的商贾，以租税解释“复关”，可见“社会学的”解释或许更接近事物真相，是真正的文化还原。

社会学的研究是在史学界疑古思潮盛行下所取的科学方法，而要真正贯彻这一方法，则需要文字以外的实证。闻一多深知这一点，他对上古文学的研究总体设想，见于1940年致清华大学校长梅贻琦的信中。他在此信的研究报告中确定了两项研究旨趣：了解文学作品和考察时代背景。对于前一项，他说：“今拟遵清人旧法，佐以晚近新出材料（如敦煌残卷，及殷墟卜辞，商周铜器等），对于先秦两汉诸古籍之奇文滞义，作更进一步的探索，冀于昔贤传注，清儒考订之外，有所补充焉。”

闻一多所作的基础工作，是将乾嘉以来校勘、训诂等“旧法”作合理改造。倘以之与1934年陈寅恪为《王静安先生遗书》作序时所总结者相较，可见出其间的相同处。陈寅恪指出了王国维“学术内容及治学方法”“可以转移一时之风气而示来者以轨则”者有三，第一点就是“取地下之实物与纸上之遗文互相释证”，而闻一多所说的“晚近新出材料”多为“地下之实物”，只有“地下实物”与“纸上遗文”的互证，才能补充或更正清儒考订之见。他所作的考证，因在清儒的基础上，益之以实证，更具科学性，也更有颠覆性和开拓性。

致梅贻琦信所说的后一项研究旨趣，闻一多认为：“文学史为整个文化史中之一环，故研究某时期之文学史，同时必需顾及此期中其他诸文化部门之种种现象。今拟以若干问题为中心，就其社会背景，或思想潮流等方面，详加分析，求其相互的关系，庶使文学得成为一种有机体的历史，而非复一串账簿式的记载而已。”② 可见，闻一多有明确的大局观，在他的古籍研究中，尤其在文学史研究中，能将文化与文学、文学与他学科、中国与外国的关系之思考、比较贯注始终。有了这样的大局观，就不是如乾嘉朴学那样的以“窄而深”的研究自得，止于一物一事的训诂，

---

① 《全集》第4卷157页。

② 《全集》第12卷367—368页。

而对个案与整体、阶段与全程，了然于心。对古籍研究本身，也是以方法求“义理”，将考证作为手段而非目的，所作的是具有新义理的新考证。

闻一多科学运用传统方法，却不停留在方法，又将方法与“主义”结合得极其完美。从我国的学术史来看，汉学与宋学各行其道，清人再纠宋学之弊，推崇汉学而自成清学，否定之否定，并未能解决二者结合的问题。清人复兴汉学的本意是求“义理”的科学依据，后来却止步于方法，因此梁启超以之为“方法运动”而非“主义运动”。而闻一多所作的，由于既在“清儒考订之外，有所补充”，又有“庶使文学得成为一种有机体的历史”的总体认识，因此在学术史上具有前人无可比拟的价值和地位。

尤应指出，闻一多研究古籍在方法论上近于乾嘉，而与乾嘉不同的是朴学之生与政治高压、思想禁锢有关，故只有方法论的价值，而闻一多的研究却是经世精神的体现，是与现实思考紧密结合的。梁启超曾以乾嘉学术发达缘于文字狱之烈①，此说虽为今人质疑，我们也难以在此探讨个中原因，但此时之学术已离异了清初大儒的经世实用精神，却是不争的事实。正如郭沫若在开明版《闻一多全集·序》中说：

> 汉儒的研究是在第二第三阶段上盘旋，宋儒越躐了第三阶段，只是在第二阶段的影子上跳跃。清儒又回到了第二第三阶段上来，然而也只在这里盘旋，陶醉于训诂名物的糟粕而不能有所超越……不能超越那个时代和意识，那便无从客观地认识那个时代和那个意识，不用说是更不能够批判那个时代和那个意识。②

梁启超曾以贵创、博证、致用三点来概括顾炎武，以之为能当一代开派宗师之名，有创革研究方法，贯注以新锐精神之功。③ 闻一多的贵创和博证是毫无疑义的，而作为“杀蠹的芸香”、“游泳的鱼雷”，立志写出挽救民族的“诗的史”，与顾炎武的致用精神也极为一致。确实，闻一多的“有所超越”、“客观认识”与“批判意识”，是他在继承传统治学同时，又为乾嘉诸儒所不及之处。从某种意义上说，他对于现代学术的开拓，亦如顾炎武之于清学。

三

对于继承传统治学并益之以现代方法，闻一多已在给梅贻琦的信中作出说明。

---

① 《论中国学术思想变迁之大势》，上海古籍出版社2001年版119—120页。

② 《全集》第12卷434页。

③ 《清代学术概论》11—12页。

除了类于“取地下之实物与纸上之遗文互相释证”外，在其诸多研究中，还体现出陈寅恪总结王国维所说的另两点，即“取异族之故书与吾国之旧籍互相补正”，以及“取外来之观念与固有之材料互相参证”，尤其在后者创获更多。

由于闻一多研究范围太广，受篇幅所限，本文仅就其神话传说及《诗经》研究简论之。

我国缺少史诗，因以“不语怪力乱神”的精神对待古代典籍，神话也流传甚少。因此，郭沫若将闻一多的神话研究称之为“再建”。如何再建？仍需要科学的态度和方法。闻一多原本很重视《楚辞》、《山海经》和《吕氏春秋》等著作保存的神话资料，抗战时转辗来到昆明，多民族聚居，民间传说甚多，他很注重搜集活的材料，研究方法也发生了改变。“他勇于吸收各个学科的见解，如弗洛伊德的精神心理分析以及图腾、禁忌之类的学说……看到美国摩尔根的《古代社会》（1877年出版）等书，觉得很有启发。因为不仅给他提供了丰富的原始社会的知识，还引导他开始接触马克思主义的经典著作——恩格斯的《家庭、私有制和国家的起源》等。”① 因此，“吾国之旧籍”“固有之材料”与“异族之故书”“外来之观念”互相结合，使其神话研究获得极大成功。

《伏羲考》是闻一多神话研究的里程碑式成果。伏羲是中华民族的始祖神，女娲则是创世女神，前者屡见于先秦典籍，后者虽曾出现在《楚辞·天问》中，但其故事则见于汉代以后。对于他们的关系，汉朝后即有夫妇与兄妹两说。前者始见于《淮南子》高诱注，后者最早见于《风俗通义》。闻一多的研究就是从这一矛盾引发出来的。其直接的起因，则来自1939年重庆沙坪坝出土的汉代石棺伏羲、女娲像，以及苗族的洪水故事与伏羲女娲的传说。闻一多读到相关论文，前者的论文以人首蛇身画像为主，附论洪水遗民故事，后者的论文以洪水遗民故事为重心，旁及人首蛇身画像。两篇论文引发了闻一多的研究兴趣，他将二文所记25则洪水故事，依地理分布，作了由近而远的排列，最后得出了“兄妹配偶兼洪水遗民型的人类推源故事”的结论。他不仅以血缘婚理论及诸多实例，解决了长期以来关于伏羲、女娲的关系问题，而且继续就人首蛇身与龙图腾，战争与洪水，汉苗种族关系，伏羲、女娲与葫芦等问题上，阐发了自己的独到见解。

《伏羲考》由伏羲、女娲的人首蛇身，以神话母题、原型理论观照众多例证，考证出龙图腾源于蛇，吸收了其他团族的图腾，逐渐演化为现在所知的龙。闻一多的研究还由神话入于历史，以文化人类学为基本方法，辅之以考古手段，运用史料考辨和文字训诂，从神话与造型艺术的角度，切入古代史领域，完成了由神话到历史的推源过程，提供了多学科结合以研究史前历史的成功范例。他勾画出龙图腾形成与古代民族的关系，以及民族迁徙的过程：“现在的所谓龙便是因原始的龙（一

① 王康《闻一多传》，湖北人民出版社1979年版215页。

种蛇）图腾兼并了许多旁的图腾，而形成的一种综合式的虚构的生物。这综合式的龙图腾团族所包括的单位，大概就是古代所谓‘诸夏’和至少与他们同族的若干夷狄。他们起初都在黄河流域的上游，即古代中原的西部，后来也许因受东方一个以鸟为图腾的商民族的压迫，一部分向北迁徙的，即后来的匈奴，一部分向南迁徙的，即周初南方荆楚吴越各蛮族，现在的苗族即其一部分的后裔。”

从图腾理论来说，闻一多通过《伏羲考》的研究，归纳出图腾崇拜的三阶段说：从“人的拟兽化”，经由“兽的拟人化”，终至“全人型”。古史辨派将上古的三皇还原为神话，是一个很大的进步，但因缺乏神话学的理论，使之对神话演变为历史难以作出科学的解释。而闻一多这一学说，确能为打开古代秘密提供了一把钥匙。

对于《诗经》，闻一多在传统研究的基础上运用“外来的观念”，而有众多的文化发现。

《诗》在成为了“经”之后，就被政教观所左右，汉代虽有四家诗，却正如清人程廷祚《诗论十三》所说：“汉儒言诗，不出美刺二端。”宋儒欲破汉学樊篱，多疑《诗序》，但由于训诂不及汉人，终难从根本上动摇成说。清儒以汉学斥宋学，训诂成就逾于汉人，对《诗经》所作的文学研究，也远较古人深入。闻一多本着要“真”而不要“神圣”，了解“诗人”而非“圣人”之旨，论《狼跋》、《兔罝》等诗，是在训诂的基础上作文学的文化学、社会学研究，体现出他研究《诗经》的独特性。《〈诗经〉的性欲观》一文针对淮南王刘安所说的“国风好色而不淫，小雅怨诽而不乱”，提出了“好色而淫”的观点，以研究性欲的方法来研究《诗经》，以了解其真相。虽所论难以让人全都首肯，但所说堪称振聋发聩：“不管十五国风里那大多数的诗，是淫诗，还是刺淫的诗，即便退一步来讲，承认都是刺淫的诗，也得有淫，然后才可刺。认清了《左传》是一部秽史，《诗经》是一部淫诗，我们才能看到春秋时代的真面目。”这对于悠久的尊古敬古传统，无疑是巨大的挑战，对经“圣人”点化的“经”，则是彻底的颠覆，所使用的方法，也因其科学性而使他的研究具有文化还原的性质。

闻一多“用‘诗经时代’的眼光读《诗经》”，在揭示其性欲表现之后，进而寻找此中的生殖崇拜痕迹。如果说前者的理论基础是弗洛伊德的泛性论，那么后者却是恩格斯“种的蕃衍”说。闻一多为讲述上古文学史，曾广泛阅读中外的社会学、人类学专著，其中就有摩尔根与恩格斯的著作。《匡斋尺牍》论《周南·芣苢》，就是以生殖崇拜说作研究的一个很好例子。他从“芣苢”的释名入手，认为古籍中以芣苢“宜子”，从音韵学讲，芣苢即“胚胎”，认为此诗是“母性本能的最赤裸最响亮的呼声”，而从社会学来看，宗法社会中的女人为种族传递并繁衍生机而存在，“前有本能的引诱，后有环境的鞭策，在某种社会状态之下，凡是女性，生子的欲望没有不强烈的。”由芣苢之多子，推而及于《唐风·椒聊》，都可用生殖崇拜观照之。以此相推，对国风中的“忧”、“施”、“食”、“饥”、“饱”等词，他都视作表现性欲的廋语，并有自己严谨而独到的考证。至于他的《说鱼》一文，论述了鱼作为性的象征，由数十首民歌上溯先秦典籍，从鱼这一“原始心象”的演变细寻远古祖先的“心理残迹”。这一发现启发了后人，当代的研究在继续证实着闻一多所论，提供了更多的民间文艺证据。

闻一多揭示《诗经》中的生殖崇拜，尤其深刻地表现在探讨姜嫄及高唐神女这两篇重要论文中。《姜嫄履大人迹考》是对周人始祖诞生传说的科学考证，闻一多剥去《大雅·生民》的神圣面纱，考出姜嫄履大人迹而感孕，其实是姜嫄耕而与人野合以至有身。《高唐神女传说之分析》跨越《诗经》与《楚辞》，在流变中探究原型，从社、桑、高禖祀典等礼俗中，找到了生殖崇拜与原始宗教关系的文化信息，给人以很大的启示。

生殖崇拜其实已涉巫术观念。闻一多论《芣苡》时指出：“……芣胚并‘不’之孳乳字，‘芣苡’之音近‘胚胎’，故根据类似律（声音类近）之魔术观念，以为食芣苡即能受胎而生子。”① 在解决了训诂同时，又道出了其中的巫术观念。《诗经通义》解释《邶风·匏有苦叶》引发出安排嫁娶之时的议论。闻一多指出，《诗经》中所见婚期以春天最多，秋天二见，原因在于“初民根据其感应魔术原理，以为行夫妇之事，可以助五谷之蕃育，故嫁娶必于二月农事作始之时行之。”②《高唐神女传说之分析》也接触到这一问题，文中以“云雨”的纽带连接起诸多复杂的关系，得出了这样的结论：“在农业时代，神能赐予人类最大的恩惠莫过于雨——能长养百谷的雨……先妣能致雨，而虹与雨是有因果关系的，于是便以虹为先妣之灵，因而虹便成为一个女子。”③ 在“神女——奔女”的转型、流变中，闻一多揭示出农业文化的背景和巫术的原始意象，其众多的证据和严密推演，足以让人信服。

马克思在读了摩尔根的《古代社会》后曾说：“在宗教领域里发生了对自然力量的崇拜以及对人格化的神灵和伟大的主宰的模糊观念。”④ 英国人类学家马林诺夫斯基指出：“无论怎样原始的民族，都有宗教与巫术，科学态度与科学……一种是神圣的领域或巫术与宗教的领域，一种是世俗的领域或科学的领域。”⑤ 弗雷泽的《金枝》更对未开化人类以交感巫术求取丰产，有详细的论述，其中有《两性关系对于植物的影响》的专章。闻一多从西方典籍中汲取，以巫术观念观照《诗经》，将两千年来神圣与理性的外衣剥去，还其原始的本来面目，确实是“取异族之故书与吾国之旧籍互相补正”，尤其是“取外来之观念与固有之材料互相参证”的成功体现。

---

① 《全集》第3卷308页。

② 《全集》第3卷368页。

③ 《全集》第3卷25—26页。

④ 《路易士·亨·摩尔根〈古代社会〉一书摘要》，《马克思恩格斯论艺术》第2卷，中国社会科学出版社1983年版4页。

⑤ 《巫术科学与宗教》，中国民间文艺出版社1986年版3页。

虽说在今天，闻一多曾借鉴的文化人类学已大大超越了古典学派，“国学”及其基本的实证方法——考据学，也面临着前所未有的挑战，但闻一多的典范意义，并没有成为过去，传统与现代的结合，仍然是我们要走的道路。

存　目

1.《吴梅的戏曲批评》，《求是学刊》1984 年第 5 期。

2.《吴梅曲论评介》，《戏曲研究》（第 13 辑）1984 年 12 月。

3.《曲学大师吴梅》，《光明日报》1987 年 2 月 24 日。

4.《闻一多的图腾研究》，《中国民间文化》1994 年第 4 期。

5.《穿越时空——闻一多先秦文学史观一瞥》，《中文自学指导》1993 年第 12 期。

6.《巫术与宗教的观照——论闻一多对先秦文学的独特发现》，《华东师大学报》1994 年第 6 期。